外国文学研究丛书

英国形式主义美学及其文学创作实践研究

高 奋 著

ZHEJIANG UNIVERSITY PRESS
浙江大学出版社

本书是国家社会科学基金项目最终成果
本书承蒙浙江大学董氏文史哲研究奖励基金资助出版

序　言

高奋教授的学术专著《英国形式主义美学及其文学创作实践研究》作为国家社会科学基金项目最终研究的成果，即将由浙江大学出版社出版。这是她近年来持续发力，持续推进英国现代主义研究的结晶，可喜可贺！

高奋的这部专著是对她上一项国家社会科学基金项目研究成果《走向生命诗学——弗吉尼亚·伍尔夫小说理论研究》的推进，将研究范畴从文学拓展到文艺和美学，践行了更为明确的中西互鉴研究方法。它以罗杰·弗莱、克莱夫·贝尔、弗吉尼亚·伍尔夫和利顿·斯特拉奇等英国布鲁姆斯伯里文化圈的重要美学家、小说家和传记家为研究对象，系统梳理、论析和揭示英国形式主义美学的思想基础、方法论、创新路径、学术视野、理论内涵、批评模式等。它将"英国形式主义美学及其文学创作"放置在西方形式美学和英国近现代美学的大框架和发展脉络中，探讨它对西方美学传统的继承、拓展和创新，同时借鉴中国传统诗学范畴，比如言志说、形神说、情景说、知人论世、以意逆志等，阐明其美学理论与创作实践在古今、中西视域内的共通性和创新性。它通过系统研究罗杰·弗莱、克莱夫·贝尔、弗吉尼亚·伍尔夫和利顿·斯特拉奇的美学观与形式创新，对英国形式主义美学及其文学创作实践做了由表及里的深度解析，是一部具有较大启示性和开拓性的文艺美学研究新著。

此书有以下三方面特点，值得向读者介绍与推荐。

第一，具有较强的理论性，研究起点比较高，展现良好的美学功底和综合分析能力。它首先追述西方美学史发展脉络，然后对罗杰·弗莱、克莱夫·贝尔、弗吉尼亚·伍尔夫和利顿·斯特拉奇等 4 位美学家与作家进行抽丝剥茧般的分析考辨与归纳论证，论析他们各自的情感说、形式说、艺术批评和形式创新，阐明这 4 位布鲁姆斯伯里文化圈核心成员思想上的共通性和创新性。研究主旨鲜明，视野开阔，思路明晰，结构完整而严谨。通过梳理，使英国形式主义美学思潮发生与兴起的重要阶段与关键节点一目了然，有益于读者豁然领悟其间缘由，获得启迪。

第二，具有较高的创新性，以独特方式对英国形式主义美学及其文学创作实践做了系统而深入的探讨。其显著特色是：所选取研究对象既有理论家又有实践家，有益于更充分地揭示英国形式主义美学的本质与特性；在方法论上，采用"中西审美批评双重观照法”，有利于摆脱传统思维的束缚，提出独到见解；在研究路径上，遵循“从个案到整体”“从特殊到一般”的思路，更具说服力。其主要创新点体现在：对弗莱的实践美学、情感说、形式说、艺术批评立场和方法做了有价值的梳理、归纳和分析，丰富了对贝尔“有意味的形式”的内涵和价值的探讨，挖掘了伍尔夫作品形式与美学的关联，拓展了对斯特拉奇“新传记”的研究。

第三，作者所实践并推进的中西互鉴的研究方法，具有鲜明的学术特性。由于作者近年来始终坚守这一方法，故本书在整体框架上，采用了以“西学为史，中学为镜”的原则，将英国形式主义美学及其文学创作实践纳入自古希腊至现当代的西方美学长河中，审视其思想对西方传统的继承、反思与突破；又用中国诗学范畴观照其内涵和价值，这一中西双重视野研究是使中国文艺理论“走出去”的一次有益实践。其间，对以“中学为镜”的理念进行了多方面探索。比如：用中国诗学“言志说”观照弗莱被忽视的“情感说”的价值；用中国诗学“形神说”阐明弗莱形式理论的多重内涵；用中国诗学的“以意逆志”和“知人论世”揭示弗莱艺术批评的内涵与价值；用中国北宋时期的文人画理论与贝尔的形式理论的比较阐明后者的深层内涵；用中国老庄哲学观照伍尔夫《达洛维夫人》对西方价值观的反思和批判；用中国诗学“情景说”揭示伍尔夫文学创作的诗意性；以中国诗学“形神说”解析斯特拉奇“新传记”的创新性等。这些中西互鉴的研究例证思致通透，别具理路，既能从比较中获得双重观照之启迪，又能从互鉴中取得整体评判之便利，能够为原创性研究开辟路径，值得予以关注。

高奋教授的这部新著是她主持的国家社会科学基金项目成果的体现，贡献了她30年来致力于英美现代主义研究的最新思考，有益于推进并深化西方现代文艺和美学研究。谨志数语，冠于篇首，以作庆贺。

殷企平
2021年

目　录

绪　论　英国形式主义美学及其文学创作实践的中西审美批评

第一节　概　述

英国形式主义美学,指称20世纪初期兴盛于英国文艺界的一种美学思潮。该思潮的理论创立者是英国著名艺术批评家罗杰·弗莱(Roger Fry,1866—1934)和克莱夫·贝尔(Clive Bell,1881—1964)。弗莱和贝尔于1910年和1912年在英国伦敦举办了两次后印象主义画展,并以欧洲、亚洲、美洲、非洲的原始艺术、经典艺术和当代艺术为研究对象,发表和出版了一系列富有冲击力和原创性的论著,以全新的美学理论和艺术批评将保守的英国文论和批评提升到欧洲现代美学的前沿领域,创立了英国形式主义美学。它继承并推进了自毕达哥拉斯的"数理形式"、柏拉图的"理式"(eidos)以来的西方形式美学和17—18世纪英国经验主义美学、19世纪上半叶英国浪漫主义美学、19世纪下半叶英国维多利亚时期美学和19世纪末英国唯美主义美学,体现了具有全球视野的开放性、包容性和创新性。其美学理念的文学创作实践者是英国著名小说家弗吉尼亚·伍尔夫(Virginia Woolf, 1882—1941)和著名传记家利顿·斯特拉奇(Lytton Strachey, 1880—1932,又译斯特雷奇)。伍尔夫和斯特拉奇充分实践弗莱和贝尔的形式主义美学理念,在广泛领悟英国、法国、俄国、古希腊、美国、日本、中国经典文学的基础上,分别出版了《雅各的房间》(*Jacob's Room*, 1922)、《达洛维夫人》(*Mrs. Dalloway*, 1925)、《到灯塔去》(*To the Lighthouse*, 1927)、《海浪》(*The Waves*, 1931)等举世瞩目的原创小说和《维多利亚名人传》(*Eminent Victorians*, 1918)、《维多利亚女王传》(*Queen Victoria*, 1921)等风靡一时的

"新传记"(New Biography),开启了英国现代主义文学和传记的新纪元,将停滞在自然主义文艺思潮中的欧美文学和传记从低谷推向巅峰。

他们形成了布鲁姆斯伯里文化圈(Bloomsbury Group),保持30余年的学术交流活动,享有共通的思想基础、思维方式、美学理论和方法论,极大地推进了视觉艺术、美学、文学和传记的交叉发展,树立了理论创新和形式创新的典范。

一、英国形式主义美学的主要贡献及研究概述

英国形式主义美学的主要贡献有以下几个:

第一,东西贯通,古今相融。弗莱和贝尔通过举办后印象主义画展,发表一系列为后印象主义辩护的论著,将后印象主义绘画的源头追溯至欧洲、亚洲、非洲、美洲原始艺术和东西方融合的拜占庭艺术;通过分析世界艺术史、艺术作品和艺术家,提出艺术本质"情感说",阐明艺术作为"情感交流的方式,以情感本身为目的"的本质特性。他们突破了西方根深蒂固的"模仿论"局限,其观点与中国传统诗学的核心思想"诗言志"相通,体现出广博的全球视野。

第二,推动并实现欧洲艺术从"再现"到"表现"的转向。弗莱和贝尔基于自己对欧洲、亚洲、非洲、美洲的原始、经典和当代艺术的研究,提出了"表现统一性和意蕴统一性""情感性与表现性合一""有意味的形式"等形式理论。其观点突破西方长期以来形式/内容二元对立的局限,通达毕达哥拉斯的"数理形式"、柏拉图的"理式论"、亚里士多德的"四因说"、贺拉斯的"合式说"等形式一元论,与中国诗学的"形神说""文质说"相通。他们从拜占庭艺术和塞尚、梵高(又译凡·高)、高更的后印象主义艺术中,提炼出融"形式"与"情感"为一体的"表现"论,以此突破近代西方现实主义和自然主义的"再现"壁垒,成功实现了西方艺术的"表现"转向。其重要性可以与以中国北宋时期苏轼、黄庭坚为核心的文人画从"写实"向"写意"的重大突破性转向相媲美。

第三,建构并推行"实践美学"方法论。弗莱和贝尔继承了英国经验主义美学所建构的"从经验出发,对审美感悟做理性归纳"的归纳法,推进浪漫主义美学、维多利亚时期美学和唯美主义美学所坚持的审美批评立场,通过不断自我修正,成功地建立了以生命情感为目的的"实践美学"方法论,并在艺术批评中充分实践了"知人论世""以意逆志"式的批评模式。

第四,催生并推进英国现代主义的发展。弗莱和贝尔的形式主义美学思想影响并催生了弗吉尼亚·伍尔夫的现代主义文学形式创新和利顿·斯特拉奇的"新传记"形式创新,为欧美现代主义的形成、发展和繁荣提供了坚实的美学基础,推动了文艺审美趣味从再现性现实模仿向表现性形式创造的转向。

不过,弗莱和贝尔的形式主义美学理论尚未得到学界的充分研究。虽然弗莱早就被著名艺术史家肯尼斯·克拉克称赞为"改变了一个时代的趣味"[①]的人,但是在西方美学研究史上,该美学思潮往往只被简略地提及。比如英国美学家李斯托威尔在《近代美学史评述》(1933)中只是极简略地提到"有意味的形式"[②];吉尔伯特和库恩合著的《美学史》(1939)中不曾提到他们[③];苏珊·朗格在《情感与形式》(1953)这部重点讨论形式美学的专著中,仅仅将"有意味的形式"称为"著名而神秘"[④]的术语而一笔带过。在西方现代主义研究中,他们也较少被提到,比如在马尔科姆·布雷德伯里(Malcolm Bradbury)等主编的《现代主义:1890—1930》(*Modernism: 1890—1930*, 1976)和迈克尔·莱文森(Michael Levenson)主编的剑桥指南《现代主义》(*Modernism*, 1999)中他们仅仅被简略涉及,雷纳·韦勒克在《近代文学批评史》中仅简述其思想要点,并称其"产生不了多大作用"[⑤]。中国学者主编的《西方美学史》和《现代西方美学史》只简述了"形式主义美学"的渊源和主要观点。[⑥]与20世纪上半叶其他美学思潮,比如弗洛伊德的精神分析美学、伯格森的"绵延说"、克罗齐和科林伍德的表现主义美学、杜威的实用主义美学、卡西尔和苏珊·朗格的符号论美学、阿恩海姆的格式塔美学等相比,弗莱和贝尔的形式主义美学的研究相对滞后,然而它在艺术批评和理论上的创新并不逊色于其他美学思潮。

导致研究不充分的主要因素则有以下几个:

其一,弗莱和贝尔的全球视野尚未获得学界的充分关注。其形式主义美学的研究对象是欧、亚、非、美原始艺术,东西方交融的拜占庭艺术和法国后印象主义绘画。弗莱和贝尔的全球视野使他们的理论超越了欧洲中心主义,他们提出的核心观点是融"形式说"与"情感说"为一体的"有意味的形式",所采用的研究方法是实践美学和审美批评,一种被20世纪欧美理论界边缘化的传统方法论。其批评和理论在20世纪语言学模式和阐释学模式主导的西方文艺批评形态中未能获得充分关注,属于正常现象。

其二,弗莱和贝尔的实践美学和审美方法论尚未获得学界的重视。弗莱和贝尔均强调,真正可信的美学理论应该基于两种素质之上——艺术的敏感性和清晰的思辨能力。也就是说,真正有价值的审美理论所采用的方法论应该是:以深广的审美

---

① Clark, K. Introduction to Fry's *Last Lectures*. In Fry, R. *Last Lectures*. Cambridge: University of Cambridge Press, 1939, p. ix.

② 李斯托威尔:《近代美学史评述》,蒋孔阳译,合肥:安徽教育出版社,2007年,第128页。

③ 详见吉尔伯特、库恩:《美学史》,夏乾丰译,上海:上海译文出版社,1999年。

④ 朗格:《情感与形式》,刘大基、傅志强、周发祥译,北京:中国社会科学出版社,1986年,第34页。

⑤ 韦勒克:《近代文学批评史》(第五卷),杨自伍译,上海:上海译文出版社,2009年,第100页。

⑥ 详见汝信主编,金惠敏等著:《西方美学史》(第四卷),北京:中国社会科学出版社,2008年,第53—75页;牛宏宝:《现代西方美学史》,北京:北京大学出版社,2014年,第267—273页。

体验为基础，在综合思辨后做出理论归纳。这一方法论根植于英国经验主义美学、浪漫主义美学、维多利亚时期美学和唯美主义美学，它所推崇的审美方法论与柏拉图在《斐德若篇》中所提出的“定义—分析”法（即先设定理论假说，再进行分析论证），以及欧洲大陆一贯坚持的大陆理性主义方法论截然不同。在理性思辨和逻辑推论占主导的20世纪文论界，它未获得应有的重视，属于正常现象。

20世纪欧美文论思潮大都遵循柏拉图的“定义—分析”法，具有概念明确、论证缜密、逻辑严谨、体系周全、理论与实践主客分明等特性，整个体系系统而完整。而英国形式主义美学却缺少完整体系，它的理论是由多篇（部）文艺作品批评、绘画史评论、绘画思潮评论和绘画理论等审美批评论著汇聚而成的。虽然大部分论著均问题明确、论析详细、观点深刻，但是由于这些论著的出发点是审美体验，其中的感性领悟成分要远远大于严密的理性推论，且没有提出鲜明的定义（假说）并予以详尽的逻辑推论和分析；如果不是因为克莱夫·贝尔在《艺术》中提出简洁有力的术语“有意味的形式”，并论述其内涵、特性、价值，英国形式主义美学是否能作为思潮被西方学界认可，很难说。毕竟松散的论述需要全面评析后才能阐明其内涵和价值。英国形式主义美学的审美感悟在一定程度上相通于同样基于审美体验的中国诗学，就像中国诗学蕴藏于历代诗话、随笔、评点中的感悟被提炼成重要“范畴”（如言志、趣味、美丑、意境等）一样。正如钻石需要加工才能熠熠发光一样，英国形式主义美学也需要进行系统的梳理和提炼。

其三，视觉艺术研究尚未获得学界的广泛关注。弗莱和贝尔的美学理论是建立在对西方绘画史和绘画作品的研究之上的，并非笼统而抽象的思辨性论述。研究视觉艺术的学者大大少于文学、哲学等学科的学者。在西方文论这一庞杂丰富的领域中，视觉艺术理论的研究一直相对冷门。

二、英国形式主义美学文学创作实践的主要贡献及研究概述

英国形式主义美学文学创作实践的主要贡献有以下几个：

第一，基于形式主义美学的理念，创建了英国现代主义小说和英国新传记。弗吉尼亚·伍尔夫和利顿·斯特拉奇依托布鲁姆斯伯里文化圈长达30余年的学术活动，就文艺形式的“真、善、美”问题与弗莱、贝尔展开长期的对话。他们在小说和传记创作中充分实践了“有意味的形式”这一美学理念，以《雅各的房间》《达洛维夫人》《到灯塔去》《奥兰多》《海浪》《幕间》等卓尔不凡的小说和《维多利亚名人传》《维多利亚女王传》等不同凡响的传记，成功地突破了现实主义和自然主义的再现性形式，实现了现代主义小说和现代新传记的形式创新，体现了“笔简意远”“情景交融”“有意味的形式”等创新形式特征。

第二，创建了英国小说理论和新传记理论。弗吉尼亚·伍尔夫和利顿·斯特拉奇以自己的小说创作和传记创作为范例，撰写了数百篇随笔、书评，阐发了“生命创作说”“情感形式说”等现代小说理论[①]和“传记生命说”“简约形式说”等现代传记理论。

虽然20世纪全球学者有关弗吉尼亚·伍尔夫研究的论著汗牛充栋，然而伍尔夫和斯特拉奇在小说和传记中依据“有意味的形式”美学理念所开展的形式创新并未获得充分研究。百年伍尔夫研究基本聚焦于现代主义、女性主义和后现代主义等领域，比如：20世纪20—70年代，批评界重点探讨伍尔夫的现代主义创作特征；70—90年代，伍尔夫研究的主要范式是女性主义批评、马克思主义批评、精神分析批评和文化批评等；90年代至21世纪初期，伍尔夫研究以后现代主义为主导特性。斯特拉奇的传记研究基本上门可罗雀。

导致研究不充分的主要因素则有以下两个：

其一，弗莱和贝尔的形式主义美学的内涵不曾得到深入研究。批评界探讨了弗莱、贝尔的理论与伍尔夫、斯特拉奇的创作之间的关系，但是弗莱、贝尔的形式美学与伍尔夫、斯特拉奇的形式创新之间的内在关联尚未得到充分研究，这与弗莱和贝尔的形式理论研究的匮乏有较大关联。

其二，相对于西方20世纪理论批评的繁荣，审美批评处于边缘地位。大部分批评家在研究问题的选择上随着文论思潮的改变而改变，批评对象本身的内在美学特性常常被忽视。伍尔夫研究的重点不断在性别、社会、政治、文化批评之间转换，基于审美体验之上的审美批评较少获得关注。传记研究基本处于边缘地带，斯特拉奇的传记研究备受冷落。

英国形式主义美学作为20世纪西方美学的分支，一方面扎根于西方悠长的美学传统，另一方面立足于东西方美学相交融的高地。它既体现具有全球视野的西方学者和作家对西方近代美学的反思与突破，也体现他们对东西方共通的审美方法和美学本质的论析和揭示。其美学核心问题包括：美的本质是什么？艺术的本质是什么？形式的本质是什么？情感与形式的关系如何？

要梳理并揭示英国形式主义美学及其文学创作实践的内涵、特性和价值，我们将采用“西学为史，中学为镜”的研究方法，从中西互鉴的双重审美视野出发，去梳理、概括和阐明罗杰·弗莱与克莱夫·贝尔的美学理论和弗吉尼亚·伍尔夫与利顿·斯特拉奇的创新形式。具体地说，我们既要将它纳入自古希腊至现当代的西方

① 参见高奋：《走向生命诗学——弗吉尼亚·伍尔夫小说理论研究》，北京：人民出版社，2016年。

美学长河中，审视其思想对西方传统思想的继承、反思与突破；又要充分运用中国诗学的相关范畴，如言志说、形神说、文质说、情景说、意境说等，用中国诗学去观照英国形式主义美学及其文学创作实践的内涵和价值。这样，我们可以努力去阐发21世纪的前沿美学思想。

第二节　研究现状述评

迄今为止，中西学界对英国形式主义美学理论家、批评家罗杰·弗莱和克莱夫·贝尔及其美学思想的实践者弗吉尼亚·伍尔夫和利顿·斯特拉奇的研究，主要聚焦在作品批评上。也就是说，对弗莱和贝尔的研究聚焦在他们的艺术批评上，对伍尔夫和斯特拉奇的研究聚焦在他们的小说作品和传记作品的文艺批评上。

一、罗杰·弗莱研究综述

罗杰·弗莱，英国形式主义美学理论家和批评家。他的主要学术著作包括《乔瓦尼·贝利尼》(*Giovanni Bellini*, 1899)、《视觉与设计》(*Vision and Design*, 1920)、《变形：关于艺术的批判性和假设性论文》(*Transformations: Critical and Speculative Essays on Art*, 1926)、《塞尚及其画风的发展》(*Cezanne: A Study of His Development*, 1927)、《佛兰德斯艺术评述》(*Flemish Art: A Critical Survey*, 1927)、《亨利·马蒂斯》(*Henri Matisse*, 1930)、《法国艺术的特性》(*Characteristics of French Art*, 1932)、《英国绘画回顾》(*Reflection on British Painting*, 1934)、《后期演讲稿》(*Last Lectures*, 1939)等。

百余年来，欧美及中国的弗莱研究大致集中在三个方面：传记研究、艺术批评研究和美学影响研究。

1. 传记研究

迄今为止，罗杰·弗莱的传记有两部，外加一篇随笔，分别由他的好友和他的研究者撰写。

客观性传记：1940年，弗莱去世6年后，弗莱的好友弗吉尼亚·伍尔夫为他撰写的传记《罗杰·弗莱传》(*Roger Fry: A Biography*)出版。此传记是弗莱的亲属郑重委托伍尔夫写的，弗莱的书信、日记等一手资料翔实而完整。伍尔夫发挥了她作为一名著名小说家的出色创作力和想象力，不仅形象描述了弗莱成长、求学、结婚、工作等生平经历，而且生动刻画了他作为一名艺术批评家和理论家的鲜明个性、心理活动、学识渊源、感悟方式、道德品性、理论要旨、学界影响等。由于过于追求客观

真实，伍尔夫引用了弗莱太多的书信、日记等，使传记显得冗长有余、精练不足；另外，她有意规避她自己和她的家人，尤其是她姐姐凡妮莎·贝尔(Vanessa Bell)与弗莱的关系，使传记有所缺失。不过她的传记为我们准确地了解和研究弗莱提供了极其珍贵的客观资料和审美立场。她恰如其分地评价了弗莱的贡献："他用写作改变了他那个时代的趣味，用捍卫后印象主义运动改变了英国绘画的走向，用一系列讲座不可估量地增强了公众对艺术的热爱。"①

评价性传记：1956年，好友克莱夫·贝尔在传记《老朋友：个人回忆》(*Old Friends: Personal Recollections*)中单独撰写一章回忆弗莱，重点描述了弗莱作为艺术批评家的正直人格、科学思维、渊博学识、学术贡献等，称赞弗莱是他那个时代"无可争议的一流批评家"，也是"有史以来，视觉艺术领域最优秀的作家之一"②。

学术性传记：1980年，罗杰·弗莱理论的爱好者和研究者弗朗西斯·斯帕尔丁(Frances Spalding)在完成他的罗杰·弗莱研究博士论文5年后，撰写并出版了弗莱传记《罗杰·弗莱：艺术与生活》(*Roger Fry: Art and Life*)。作为一名后来者，斯帕尔丁与弗莱之间的时代距离和个人关系距离使他能够更完整、全面地审视弗莱的一生。作为弗莱理论的爱好者和研究者，他对弗莱的思想有比较深刻的理解，他认为弗莱探索艺术形式的内在本质的难度要远远大于20世纪盛行的社会文化政治批评，他明白弗莱的艺术审美批评的重要性③，因而他的传记重在揭示弗莱的艺术理论的内涵和价值，这对弗莱研究的升温发挥了重要作用。

除了上述传记外，丹尼斯·萨顿(Denys Sutton)于1972年编辑出版了《弗莱书信集》(*Letters of Roger Fry*)，还原了"弗莱其人其趣味，使读者知晓弗莱对英国、美国、法国艺术所做的贡献"④。

2. 艺术批评研究

弗莱作为"一流艺术批评家"的地位早就获得了西方学界的公认，学界对他的艺术批评的研究是比较深入的。弗莱为后印象主义画展所撰写并发表的一系列论著给学界留下了深刻印象，这些艺术评论不仅成功说服英国学界和民众接纳后印象主义绘画及其理念，而且增强了民众对新艺术的喜爱。因此，弗莱在学界的地位日益提升，不断被邀请去女王音乐厅做艺术讲座，被聘为国王学院荣誉研究员，被任命为剑桥大学的斯拉德艺术教授。可以说，弗莱在有生之年已经获得了英国著名艺术批

① Woolf, V. *Roger Fry: A Biography*. New York: Harcourt, Brace and Company, 1940, p. 294.

② Bell, C. *Old Friends: Personal Recollections*. New York: Harcourt, Brace and Company, 1956, p. 90.

③ Spalding, F. *Roger Fry: Art and Life*. Norfolk: Black Dog Books, 1999, pp. vi-ix.

④ Fry, R. *Letters of Roger Fry*. Sutton, D. (ed.). New York: Random House, 1972, p. xiii.

评家的美誉。

以下是欧美学界关于弗莱的艺术批评的主要研究成果。

对弗莱艺术批评的内涵和作用的肯定性评析：1963 年，所罗门·菲什曼(Solomon Fishman)在《艺术阐释》(*The Interpretation of Art*)一书中，单独开辟一章，详尽评析弗莱的艺术批评及其美学思想。他认为“罗杰·弗莱是第一位获得国际声誉的英国艺术批评家”[①]。相较于约翰·罗斯金对艺术的道德批评和瓦尔特·佩特对艺术家的印象批评，弗莱对艺术、艺术作品和艺术家的批评的重要性体现在他的专业性、学术性和深刻性上。菲什曼着重揭示了：弗莱非功利的和科学的审美批评的重要性、弗莱的渊博学识给英国学界带来的审美和趣味的双重改变的重要性、弗莱的审美批评将批评家的主观情感与艺术作品的客观形式融为一体的重要性、弗莱对想象自由和非功利性的认识和他对审美的经验性的认识的重要性。总之，他评析了弗莱的重要批评论文，阐明了他的艺术批评的特性和价值，并将它们提升到美学的高度，肯定了他作为一名形式主义批评家无人能及的地位。[②]

对弗莱的艺术批评的关键术语“有意味的形式”的辨析：1962 年，贝雷尔·朗(Berel Lang)发表论文《意味或形式：弗莱美学思想的两难境地》(1962)，重点探讨弗莱的“有意味的形式”(significant form)理论中两个关键术语“意味”(significance)和“形式”(form)的内涵，及两者的关系和融合的难度。[③] 1977 年，戴维·泰勒(David G. Taylor)发表《弗莱美学理论重评》一文，批判了学界将弗莱的“有意味的形式”的内涵简单等同于克莱夫·贝尔的相同术语的内涵的观点，指出弗莱的深刻形式观更多体现在他的后期著作《变形》之中，他更多强调的是作品的内在关系和造型设计。[④] 1987 年，哈利·佩恩(Harry C. Payne)发表了《弗莱的有意味的形式》一文，重点阐释了弗莱的“感性”(sensibility)的内在成分，指出它包含传统、道德、纯粹、客观、原始、张力等成分，并逐一加以论析。[⑤]

---

① Fishman, S. *The Interpretation of Art*: *Essays on the Art Criticism of John Ruskin*, *Walter Pater*, *Clive Bell*, *Roger Fry and Herbert Read*. Berkeley: University of California Press, 1963, p. 105.

② Fishman, S. *The Interpretation of Art*: *Essays on the Art Criticism of John Ruskin*, *Walter Pater*, *Clive Bell*, *Roger Fry and Herbert Read*. Berkeley: University of California Press, 1963, pp. 102-142.

③ Lang, B. Significance or form: The dilemma of Roger Fry's aesthetics. *The Journal of Aesthetics and Art Criticism*, 1962, 21 (2), pp. 167-176.

④ Taylor, D. G. The aesthetic theories of Roger Fry reconsidered. *The Journal of Aesthetics and Art Criticism*, 1977, 36 (1), pp. 63-72.

⑤ Payne, H. C. The significant form of Roger Fry. *Soundings*: *An Interdisciplinary Journal*, 1987, 70 (Spring/Summer), pp. 33-63. 对于外国人名，正文一般只译出“名＋姓”，原文中的首字母缩写省略不译(少量名字不详的人，仅译其姓氏——编者注)。

对弗莱的形式主义美学思想的综合考察:1980 年,杰奎琳·弗尔肯海姆(Jacqueline V. Falkenheim)在论著《罗杰·弗莱与形式主义艺术批评的开端》(*Roger Fry and the Beginnings of Formalist Art Criticism*)中,最早对弗莱的形式主义美学进行了综合考察。该书的意义在于,它从两个层面凸显弗莱的形式主义对现代艺术发展的贡献:一方面,它肯定了由弗莱领衔的后印象派艺术运动的意义,指出它在本质上是一场"明确的意识形态变化"(a definite ideological change)①;另一方面,它提出,弗莱始终致力于在传统和现代艺术家之间建立另一种血统(an additional lineage of artists),以此在艺术史的层面上为后印象主义正名。②

弗莱美学思想探源:20 世纪 80 年代,批评家雷纳·韦勒克在《近代文学批评史》(第五卷)中对弗莱的艺术批评做了简短点评,其点评聚焦于弗莱的论文集《视觉与设计》,阐明弗莱的核心思想源自托尔斯泰的《艺术论》。韦勒克对弗莱的情感说、审美体验说等观点持质疑态度,重点肯定了弗莱将后印象主义绘画引入英国,"引导大众认识本世纪的新艺术"③的贡献。

弗莱选集出版:20 世纪 90 年代,由克里斯托弗·里德(Christopher Reed)主编的《罗杰·弗莱读本》(*A Roger Fry Reader*)④出版,其中收录了弗莱 50 余篇重要论文和随笔,对推进弗莱研究有重要意义。里德将弗莱的论文分为 5 个部分,并对每个部分做出了简要精练的点评。

弗莱美学思想专题论析:1999 年,弗莱美学思想专题论文集《艺术造就现代:罗杰·弗莱的艺术视野》(*Art Made Modern*: *Roger Fry's Vision of Art*)出版。论文集收录了克里斯托弗·格林(Christopher Green)、伊丽莎白·普利特琼(Elizabeth Prettejohn)、安娜·罗宾斯(Anna G. Robins)、理查德·考克(Richard Cork)、朱迪斯·柯林斯(Judith Collins)、卡洛琳·埃兰(Caroline Elam)、弗拉米妮娅·桑托里(Flaminia G. Santori)等多位学者就弗莱的艺术、批评和设计所撰写的论文。部分论文有较高学术价值。比如《进入二十世纪:在 2000 年回顾罗杰·弗莱的事业》一文中,格林指出弗莱的形式主义是开放而包容的,他采用了"质疑式方法论"(methodology of doubt),兼容高雅艺术与装饰艺术、欧洲艺术与非欧洲艺术、文学与

---

① Falkenheim, J. V. *Roger Fry and the Beginnings of Formalist Art Criticism*. Ann Arbor: UMI Research Press, 1980, p. 16.

② Falkenheim, J. V. *Roger Fry and the Beginnings of Formalist Art Criticism*. Ann Arbor: UMI Research Press, 1980, pp. 109-110.

③ 韦勒克:《近代文学批评史》(第五卷),杨自武译,上海:上海译文出版社,2009 年,第 97 页。

④ Reed, C. (ed.). *A Roger Fry Reader*. Chicago: The University of Chicago Press, 1996.

视觉艺术。[①] 在《发展经典:罗杰·弗莱对"文明"与"野蛮"的评估》一文中,格林从后殖民主义视角出发审视弗莱对经典的界定,指出弗莱"泛文化开放性"(pan-cultural openness)的背后是"英国式美学价值观念"(English set of aesthetic values)。[②] 2013年,弗莱美学思想的最新专著《罗杰·弗莱的"困难且不确定的科学"》(*Roger Fry's "Difficult and Uncertain Science"*)[③]出版。阿德里安娜·鲁宾(Adrianne Rubin)将弗莱的艺术生涯划分为4个阶段,聚焦弗莱的艺术评论本身,集中剖析了他的审美知觉(Aesthetic Perception)思想的内涵和发展历程。

中国国内译介弗莱论文始于20世纪80年代。《论美学》和《回顾》[④]两篇文章最早收录于《二十世纪西方美学名著选》。21世纪初,弗莱的《视觉与设计》[⑤]《塞尚及其画风的发展》[⑥]《弗莱艺术批评文选》[⑦]等陆续翻译出版。

在中国弗莱艺术批评研究方面,沈语冰的研究最为深入。他在《罗杰·弗莱的批评理论》中对弗莱的理论进行了总体概览[⑧],他评述了弗莱的塞尚艺术批评,指出"它既是弗莱批评理论的具体化,也是对他的形式主义批评方法的一个集中展示"[⑨]。他为《弗莱艺术批评文选》撰写长篇序言,讨论了弗莱为后印象主义画展撰写的一系列辩护文章,论证了弗莱作为形式主义者介入社会生活的程度,探讨了弗莱晚年对形式主义思想的反思和修正。[⑩]除此之外,他还在专著《二十世纪艺术批评》中专辟一章"罗杰·弗莱与形式主义批评"来论析弗莱的批评思想。[⑪]

3. 形式主义美学对文艺创作的影响研究

弗莱的美学思想对弗吉尼亚·伍尔夫等作家的文艺创作的影响得到了学界的

---

① Green, C. (ed.). *Art Made Modern: Roger Fry's Vision of Art Edited*. London: Merrell Holberton Publishers, 1999, pp. 13-30.

② Green, C. (ed.). *Art Made Modern: Roger Fry's Vision of Art Edited*. London: Merrell Holberton Publishers, 1999, pp. 119-126.

③ Rubin, A. *Roger Fry's "Difficult and Uncertain Science": The Interpretation of Aesthetic Perception*. London: Peter Lang, 2013.

④ 弗莱:《论美学》,见蒋孔阳主编《二十世纪西方美学名著选》(上),上海:复旦大学出版社,1987年,第175—191页;弗莱:《回顾》,见蒋孔阳主编《二十世纪西方美学名著选》(上),上海:复旦大学出版社,1987年,第192—201页。

⑤ 弗莱:《视觉与设计》,易英译,南京:江苏教育出版社,2005年。

⑥ 弗莱:《塞尚及其画风的发展》,沈语冰译,桂林:广西师范大学出版社,2009年。

⑦ 弗莱:《弗莱艺术批评文选》,沈语冰译,南京:江苏美术出版社,2013年。

⑧ 沈语冰:《罗杰·弗莱的批评理论》,见弗莱《塞尚及其画风的发展》,桂林:广西师范大学出版社,2009年,第213—228页。

⑨ 沈语冰:《弗莱之后的塞尚研究管窥》,载《世界美术·史与论》2008年第3期,第74页。

⑩ 沈语冰:《罗杰·弗莱:阐释与再阐释》,见弗莱《弗莱艺术批评文选》,南京:江苏美术出版社,第3—47页。

⑪ 沈语冰:《20世纪艺术批评》,杭州:中国美术学院出版社,2003年,第54—80页。

关注。简介如下。

约翰·罗伯茨(John H. Roberts)通过对《达洛维夫人》和《到灯塔去》两部小说中的"形式"分析,证实"弗莱眼中的塞尚和毕加索的艺术表现,正是伍尔夫在小说中试图表现的"[①]。罗伯茨认为伍尔夫在小说创作中采用了弗莱的建议,摒弃了传统小说的"再现"和"情节";在《达洛维夫人》和《到灯塔去》两部作品中,小说形式本身就是小说的意义之所在。托马斯·马特罗(Thomas G. Matro)进一步探讨《到灯塔去》中的形式,指出"伍尔夫在小说中隐喻地、有意识地借用了后印象派的形式、造型、平衡、有意味的设计等概念"[②]。安·班菲尔德(Ann Banfield)认为,时间关系之于小说家正如空间几何关系之于后印象派。《到灯塔去》的第一章"窗口"和第三章"灯塔"都是伍尔夫对瞬间真实的表现,恰如印象派对"视觉"的表现一样。伍尔夫用第二章"岁月流逝"使过去与将来交汇,以此将第一与第三两个独立的故事有机结合,从整体上将它转化为一部后印象主义小说。[③]克里斯托弗·里德全景比照了伍尔夫的创作过程和形式主义美学的发展过程,指出当前学界往往只关注它们的相似处,忽略了相关观点的发表时间,因而论证中不乏误读。他认为,早期二者显示相互拒斥关系,中期伍尔夫接纳了形式主义,后期伍尔夫对形式主义存疑,二者之间是一种动态的交互影响关系。[④]里德这篇论文对深入揭示伍尔夫与形式主义美学之间的双向互动关系有很好的价值。

20 世纪 90 年代开始,对弗莱的跨学科研究逐渐跳出"弗莱与文学"的局限,拓展到其他领域。比如:戴维·霍尔特(David K. Holt)指出弗莱的艺术批评为女性主义艺术和女性主义艺术批评重返正统提供了良方。[⑤]克劳福德·古德温(Craufurd D. Goodwin)从艺术生产、艺术消费和艺术拍卖制度三方面着手,探讨弗莱对艺术市场的关注。他认为弗莱将艺术视为文明的表现形式,表明艺术市场不仅是利益产生之地,更是趣味传播的媒介。[⑥]马丁·包华石(Martin Powers)发表了题为"中国体为西方用:罗杰·弗莱与现代主义文化政治"的论文,从文化研究视角出发,指出弗莱的

---

① Roberts, J. H. "Vision and design" in Virginia Woolf. *PMLA*, 1946, 61 (3), p. 836.

② Matro, T. G. Only relations: Vision and achievement in *To the Lighthouse*. *PMLA*, 1984, 99 (2), p. 213.

③ Banfield, A. Time passes: Virginia Woolf, post-impressionism, and Cambridge time. *Poetics Today*, 2003, 24 (3), pp. 471-516.

④ Reed, C. Through formalism: Feminism and Virginia Woolf's relation to Bloomsbury aesthetics. *Twentieth Century Literature*, 1992, 38 (1), pp. 21-22.

⑤ Holt, D. K. Feminist art criticism and the prescriptions of Roger Fry. *Journal of Aesthetic Education*, 1998, 32 (3), pp. 91-97.

⑥ Goodwin, C. D. *Art and the Market: Roger Fry on Commerce in Art, Selected Writings, Edited and with an Interpretation*. Ann Arbor: University of Michigan Press, 1998.

现代主义艺术理论是“中国体为西方用”的典范，表明艺术现代主义伴随着民族主义的发展而发展，现代性是跨文化且多样的。[①]

中国学者同样探讨了弗莱对文学创作的影响。比如：杨莉馨探讨了伍尔夫的《达洛维夫人》《到灯塔去》《海浪》中的“造型”如何受到塞尚画风的影响。[②] 刘倩探讨了弗莱的中国古典艺术研究与英国现代主义文学的关系、伍尔夫如何受到形式主义美学的影响及其与中国古典艺术的关系。[③] 唐岫敏考察了弗莱的美学思想对英国“新传记”代表人物利顿·斯特拉奇的影响。[④]

总体而言，欧美和中国学界对弗莱的艺术批评和美学思想的研究已经取得一定的成果，但仍有很大的拓展空间。比如，弗莱的实践美学、情感说、形式理论、艺术批评立场和方法都需要做系统梳理归纳和深入分析。

二、克莱夫·贝尔研究综述

中西学界对英国形式主义视觉艺术理论家、艺术批评家克莱夫·贝尔的研究，大约可用门可罗雀来形容。有影响力的研究论文和著作较少，基本上处于批判和辩护阶段，还需要深入阐明其内涵和价值。西方学界对贝尔的研究可分为两个阶段。

1. 第一阶段：贝尔的论著《艺术》出版之后的20年间，同时代学者对他的理论进行批判性简评

贝尔的论著《艺术》(*Art*,1913)刚出版，学者查尔斯·艾特肯(Charles Aitken)便在《柏林顿杂志》(*Burlington Magazine*)上发表文章，认为贝尔的理论在论证中存在“死板、偏狭”的问题。[⑤] 艾弗·理查兹(Ivor A. Richards)在他的《文学批评原理》(1924)中指出，人的心理中根本就不存在贝尔所说的“审美情感”[⑥]。柯特·迪卡斯(Curt J. Ducasse)在专著《艺术哲学》(1929)中指出贝尔的“有意味的形式”定义存在着循环论证问题。[⑦] 1926年，罗杰·弗莱在论文《一种新的艺术理论》中评论了贝尔的“有意味的形式”论，指出它在方法论上存在着“循环论证”和“不够周全”的局限；它在理论内涵

---

① 包华石：《东方体为西方用：罗杰·弗莱与现代主义文化政治》，载《文艺研究》2007年第4期，第141—144页。

② 杨莉馨：《“用文字来表现一种造型感”——论罗杰·弗莱的设计美学对伍尔夫小说实验的影响》，载《南京师大学报(社会科学版)》2015年第1期，第139—146页。

③ 刘倩：《跨越时空的文学因缘：罗杰·弗莱的中国古典艺术研究与英国现代主义文学》，载《中外文化与文论》2015年第2期，第71—82页。

④ 唐岫敏：《罗杰·弗莱的艺术美学思想与斯特拉奇“新传记”》，载《淮阴师范学院学报(哲学社会科学版)》2010年第3期，第362—370页。

⑤ Aitken, C. On art and aesthetics. *Burlington Magazine*, 1914—1915, 26, pp. 194-195.

⑥ Richards, I. A. *Principles of Literary Criticism*. London: Routledge, 1924, pp. 15-16.

⑦ Ducasse, C. J. *The Philosophy of Art*. New York: The Dial Press, 1929, p. 308.

上对“审美情感”的设定仅仅是“一种虔诚的信念,而不是理由充分的断言”;他对待西方艺术史的态度过于轻率,将“野蛮的变成了全盛期,而全盛期则成了彻底的堕落”①。虽然弗莱对贝尔的总体评价是积极的,但是他质疑性的论述与前三位学者的观点比较接近,大致囊括了西方学界对贝尔理论的主要局限的批判,即论证不严密、循环论证和审美情感谬误。此后,研究处于沉寂状态。

2. 第二阶段:20 世纪 60—70 年代,学者们为他的理论做辩护

贝尔 1964 年去世前后,他的视觉艺术理论再次引起西方学界的关注。虽然有学者依然认为贝尔的理论论证不充分②,但相对深入的研究也在这一阶段出现了。1963 年,所罗门·菲什曼在专著《艺术阐释:罗斯金、佩特、贝尔、弗莱、里德艺术批评研究》中,用一章的篇幅,解析了贝尔的“有意味的形式”的内涵、渊源、问题、贡献等。分析的侧重点依然落在贝尔“有意味的形式”的概念论证不严密、审美情感设定有欠缺等方面,不过他对贝尔“提出了独特的、普遍的假说,为视觉艺术作品的审美批评提供方法”③的贡献还是十分肯定的,他意识到贝尔所提出的审美情感的精神性观点的重要性。他的结论是:“从辩证的方法看待美学的发展,我们可以将贝尔的形式主义看作对流行的文学性绘画分析的一种必要的对抗。”④

1965 年,《英国美学期刊》(第 5 期)刊登了一组贝尔理论研究论文,以纪念贝尔去世一周年。这些论文包括:(1)乔治·狄基(George T. Dickie)的《克莱夫·贝尔与“伦理学原理”方法》(“Clive Bell and the Method of Principia Ethica”),分析了乔治·摩尔的《伦理学原理》(*Principia Ethica*)对贝尔的影响⑤;(2)埃利奥特(R. K. Elliott)的《克莱夫·贝尔的审美理论与他的批评实践》(“Clive Bell's Aesthetic Theory and His Critical Practice”),指出要从贝尔的艺术批评出发去审视他的审美理论,两者之间并不像学界所言是矛盾的⑥;(3)米格尔(R. Meager)的《克莱夫·贝尔与审美情感》(“Clive Bell and Aesthetic Emotion”),为贝尔的循环论证和审美情感

---

① Fry, R. A new theory of art. In Reed, C. (ed.). *A Roger Fry Reader*. Chicago: The University of Chicago Press, 1996, pp. 158-162.

② Stolnitz, J. *Aesthetics and Philosophy of Art Criticism: An Introduction*. Boston: Houghton Mifflin Company, 1960, pp. 145-156.

③ Fishman, S. *The Interpretation of Art: Essays on the Art Criticism of John Ruskins, Walter Pater, Clive Bell, Roger Fry and Herbert Read*. Berkeley: University of California Press, 1963, p. 77.

④ Fishman, S. *The Interpretation of Art: Essays on the Art Criticism of John Ruskins, Walter Pater, Clive Bell, Roger Fry and Herbert Read*. Berkeley: University of California Press, 1963, p. 98.

⑤ Dickie, G. T. Clive Bell and the method of “principia ethica”. *British Journal of Aesthetics*, 1965, 5 (April), pp. 139-143.

⑥ Elliott, R. K. Clive Bell's aesthetic theory and his critical practice. *British Journal of Aesthetics*, 1965, 5 (April), pp. 111-122.

做辩护[①]；(4)赫伯特·里德(Herbert Read)的《克莱夫·贝尔》("Clive Bell")，回顾了贝尔在20世纪艺术界的地位，认为贝尔是让罗杰·弗莱意识到后印象主义的重要性的人物之一，指出贝尔的理论的源头可以追溯到法农·李(Vernon Lee)[②]。

20世纪70年代，西方学界进一步推进对贝尔理论的辩护性研究。1975年，威廉·白怀特(William G. Bywater)出版第一部贝尔研究专著《克莱夫·贝尔的眼睛》(*Clive Bell's Eye*)。该专著从分析贝尔的批评理念和方法出发，反驳了先前学者关于贝尔的理论存在循环论证和僵化的局限的说法，阐明其艺术批评的开放性；并以此为基础，重新解析贝尔"有意味的形式"的内涵和它所包含的形而上学假说。最终得出结论：贝尔理论的力量在于，他将绘画要素和读者均视为审美的基本成分，强调了人本主义审美的必要性。[③]该专著还附上了贝尔在论著《艺术》出版之后陆续发表的重要论文，特别声明他的研究是基于对贝尔的全部论著的研究之上的。1977年，托马斯·麦克劳克林(Thomas M. McLaughlin)发表论文《克莱夫·贝尔的审美：传统与有意味的形式》("Clive Bell's Aesthetics: Tradition and Significant Form")，为贝尔理论的不严谨、循环论证、脱离生活、审美情感等逐一做辩护，并阐明贝尔的思想对传统的继承性。[④] 1986年，雷纳·韦勒克在《近代文学批评史》(第五卷)中简略点评了贝尔的理论，认为《艺术》"产生了比较广泛的冲力"[⑤]。

总而言之，西方学界的贝尔研究基本上围绕着他的论证局限展开批判和辩护，在这一过程中他的主要观点逐渐被学界所接受。不过，由于西方学者大都从理性思辨角度分析贝尔基于后印象主义绘画的直觉理论，因而并未真正认识贝尔理论的价值。从基于直觉体验的中国生命诗学出发，我们也许更容易领悟其深层内涵和价值。

除了学术研究之外，贝尔的生平介绍也略有进展，主要散落在一些介绍布鲁姆斯伯里文化圈的著作中，如《岁月与海浪：布鲁姆斯伯里文化圈人物群像》[⑥]《隐秘的火焰：布鲁姆斯伯里文化圈》[⑦]《回荡的沉默：布鲁姆斯伯里文化圈侧影》[⑧]等。

---

① Meager, R. Clive Bell and aesthetic emotion. *British Journal of Aesthetics*, 1965, 5 (April), pp. 123-131.

② Read, H. Clive Bell. *British Journal of Aesthetics*, 1965, 5 (April), pp. 107-110.

③ Bywater, W. G. *Clive Bell's Eye*. Detroit: Wayne State University Press, 1975.

④ McLaughlin, T. M. Clive Bell's aesthetics: Tradition and significant form. *The Journal of Aesthetics and Art Criticism*. 1977, 36 (4), pp. 433-443.

⑤ 韦勒克：《近代文学批评史》(第五卷)，杨自伍译，上海：上海译文出版社，2009年，第98页。

⑥ 罗森鲍姆：《岁月与海浪：布鲁姆斯伯里文化圈人物群像》，徐冰译，南京：江苏教育出版社，2006年。

⑦ 贝尔：《隐秘的火焰：布鲁姆斯伯里文化圈》，季进译，南京：江苏教育出版社，2006年。

⑧ 罗森鲍姆：《回荡的沉默：布鲁姆斯伯里文化圈侧影》，杜争鸣、王杨译，南京：江苏教育出版社，2006年。

3. 中国学界对贝尔的研究不多，总体上肯定他的理论观点

1928 年，画家丰子恺在《一般》杂志上连载论析西方现代画派的文章[①]，在《主观主义化的艺术——后期印象派》一文中，他概述了贝尔的理论要点，称其为“塞尚艺术的哲学解释”[②]，认为贝尔的理论充分说明了 19 世纪与 20 世纪画派之间的巨大差异。1936 年，美学家朱光潜留学欧洲期间完成的书稿《文艺心理学》由开明书店出版，朱光潜在论析“心理距离”的章节中提到了贝尔的理论，认为贝尔的《艺术》在学理上总结了后印象主义艺术，“值得注意”[③]。

1981 年，美学家李泽厚在《美的历程》中以贝尔的“有意味的形式”术语作为分析中国古代仰韶彩陶章节的小标题，认为贝尔“这一不失为有卓见的形式理论”虽然有“循环论证”的局限，却为“后期印象派绘画提供了理论依据”[④]；贝尔所阐明的是从物象写实走向纯形式线条的趋向，这也是仰韶彩陶中体现的特性。1984 年，贝尔的《艺术》被翻译成中文在国内出版[⑤]，单篇研究论文也相继发表。1985 年，钱谷融发表《关于艺术性问题——兼评“有意味的形式”》一文，肯定贝尔用“有意味的形式”表达内容与形式相统一的内涵，赞同贝尔提出的“将对象当作纯粹的形式，将它们看作自身的目的，而不是手段或工具”[⑥]的观点。1985 年，王又如发表论文《略论贝尔与弗莱的形式主义美学思想》，他在简要概述贝尔与弗莱的基本观点的基础上，结合西方 60 年代发表的论文，阐明了他们的美学思想的四个特点：现代经验主义美学；受摩尔伦理学的影响；以“表现”为特征的新形式主义；为后印象主义绘画提供理论基础。王又如又总结出三点启示：摈弃形式—内容二元对立，推动形式—情感关系研究，重视艺术的自主性。[⑦]

总而言之，中西学界对贝尔兼容审美领悟和理性分析的理论的评价莫衷一是，体现了中西学界不同的立场和定位。我们还需要更为全面、深入地探讨贝尔“有意味的形式”的内涵和价值，以及他的形式理论和批评理论的内涵和价值。

---

① 这些文章后由开明书店于 1930 年结集出版，即《西洋画派十二讲》。其中有关印象派、后印象派的部分 2015 年由新星出版社结集出版，见丰子恺：《如何看懂印象派》，北京：新星出版社，2015 年。

② 丰子恺：《如何看懂印象派》，北京：新星出版社，2015 年，第 161 页。

③ 朱光潜：《朱光潜全集》(第一卷)，合肥：安徽教育出版社，1987 年，第 231 页。

④ 李泽厚：《美的历程》，天津：天津社会科学出版社，2001 年，第 37 页。

⑤ 贝尔：《艺术》，周金环、马钟元译，北京：中国文联出版社，1984 年。

⑥ 钱谷融：《关于艺术性问题——兼评“有意味的形式”》，载《文艺理论研究》1985 年第 11 期，第 2—5 页。

⑦ 王又如：《略论贝尔与弗莱的形式主义美学思想》，载《上海社会科学院学术季刊》1985 年第 5 期，第 181—194 页。

三、弗吉尼亚·伍尔夫研究综述

英国著名小说家弗吉尼亚·伍尔夫一生著作丰硕，不仅出版了《雅各的房间》《达洛维夫人》《到灯塔去》《奥兰多》《海浪》《幕间》等世人瞩目的原创小说，也出版了《罗杰·弗莱传》和《普通读者Ⅰ》(*The Common Reader*, first series, 1925)、《普通读者Ⅱ》(*The Common Reader*, second series, 1932)、《飞蛾之死》(*The Death of the Moth*, 1942)、《瞬间集》(*The Moment and Other Essays*, 1947)、《船长临终时》(*The Captain's Death Bed and Other Essays*, 1950)、《花岗岩与彩虹》(*Granite and Rainbow*, 1958)、《现代作家》(*Contemporary Writers*, 1965)等传记、随笔集等，不仅文采斐然，而且思想深刻。

(一)西方百年伍尔夫研究

西方百年伍尔夫研究主要集中在现代主义、女性主义和后现代主义批评三方面。既然本专著的研究重心是阐明形式主义美学理论在伍尔夫作品中的实践，因而我们的研究综述就集中在学界对伍尔夫的"形式"和"意味"的研究上，其他研究观点暂且略去。

1. 伍尔夫现代主义批评中聚焦于作品的"形式"和"技巧"的研究

百年伍尔夫研究中，欧美学界一直关注伍尔夫的形式和技巧研究。

20世纪20—40年代，伍尔夫的创新形式既获得肯定又遭到质疑。这一时期的主要文章汇集在《弗吉尼亚·伍尔夫：批评传统》(*Virginia Woolf: The Critical Heritage*, 1975)一书中，伍尔夫同时代的爱德华·摩根·福斯特、罗杰·弗莱、威廉·燕卜荪、托马斯·斯特恩斯·艾略特、克莱夫·贝尔、丽贝卡·韦斯特、利顿·斯特拉奇等批评家和艺术家肯定她形式中的丰富想象、精巧意象、精致结构和深刻意蕴，但批判了她在人物塑造和情节连贯方面的缺陷。福斯特的评论最具代表性，他认为伍尔夫的形式很精妙，"少一笔——它将失去诗意。增一笔——它将跌落深渊，变得冗长乏味和附庸风雅"①，但是她的人物却缺乏生命力，"像大多数有价值的小说家一样，她游离了小说的常规。她梦想、设计、开玩笑、祈求神示并观察细节，但她却不讲故事，也不编排情节——那么，她能够塑造人物吗？这是她的核心问题之所在"②。可以看出，当时大多数批评家以模仿论为准绳，尚不能接受伍尔夫的形式创新。

---

① Forster, E. M. Virginia Woolf. In McNees, E. (ed.). *Virginia Woolf Critical Assessments* (Vol. 1). Mountfield: Helm Information Ltd., 1994, p. 118.

② Forster, E. M. Virginia Woolf. In McNees, E. (ed.). *Virginia Woolf Critical Assessments* (Vol. 1). Mountfield: Helm Information Ltd., 1994, p. 119.

20世纪40—60年代,伍尔夫的创作形式逐渐获得学界认同。学术界对作品的研究不再局限于人物或情节探讨,而是关注形式与思想的关系。比如琼·班内特(Joan Bennett)在《弗吉尼亚·伍尔夫:作为小说家的艺术》(*Virginia Woolf: Her Art as a Novelist*, 1945)中指出伍尔夫的人物与结构不同于传统现实主义小说,她着重表现了现代生活的流动性。[①]詹姆斯·哈夫雷(James Hafley)在《玻璃屋顶:小说家弗吉尼亚·伍尔夫》(*The Glass Roof: Virginia Woolf as Novelist*, 1954)中分析了伯格森"绵延"论在伍尔夫作品中的体现[②];穆迪(A. D. Moody)在《弗吉尼亚·伍尔夫》(*Virginia Woolf*, 1968)中着重研究伍尔夫的意识流叙事中所表现的人文价值观及其意义[③]。这一时期的研究中,埃里希·奥尔巴赫(Erich Auerbach)在著作《模仿:西方文学中的现实再现》(*Mimesis: The Representation of Reality in Western Literature*, 1946)中有关《到灯塔去》的剖析,被认为是伍尔夫研究中"最重要、最有启发性、最有影响力"[④]的成果,它揭示了伍尔夫创作的主要特征:"人物意识的多重再现、时间的多层次性、外部事件连贯性的瓦解和叙述视角的转换"[⑤]和它的"综合宇宙观"[⑥]。奥尔巴赫的剖析第一次详尽展现了伍尔夫的作品形式的内在机制。

20世纪70年代到21世纪,批评界对伍尔夫的思想有了更深入的认识,不仅继续探讨伍尔夫作品中的技巧,也开始分析她的美学思想。

伍尔夫作品的技巧研究包括:詹姆斯·奈尔默(James Naremore)在《没有自我的世界:弗吉尼亚·伍尔夫与小说》(*The World Without a Self: Virginia Woolf and the Novel*, 1973)以"极度的敏感性"和"水的意象"为切入点,研究伍尔夫小说的风格、技巧和意蕴,论证伍尔夫用小说建构"一个前所未有的经验秩序的努力"[⑦]。戴维·洛奇在《现代写作模式:现代文学的隐喻、转喻和拓扑学》(*Modes of Modern Writing: Metaphor, Metonymy, and the Typology of Modern Literature*, 1977)中分析了伍尔夫现代主义创作形式的形成过程,认为她的创作体现了传统小说的要素

---

① Bennett, J. *Virginia Woolf: Her Art as a Novelist*. Cambridge: Cambridge University Press, 1945.

② Hafley, J. *The Glass Roof: Virginia Woolf as Novelist*. Berkeley: University of California Press, 1954.

③ Moody, A. D. *Virginia Woolf*. Edinburgh: Oliver and Boyd, 1963.

④ Goldman, J. (ed.). *Virginia Woolf*, To the Lighthouse *and* The Waves. Cambridge: Icon Books Ltd., 1997, p. 29.

⑤ Auerbach, E. The Brown Stocking. In McNees, E. (ed.). *Virginia Woolf Critical Assessments* (Vol. 3). Mountfield: Helm Information Ltd., 1994, p. 525.

⑥ Auerbach, E. The Brown Stocking. In McNees, E. (ed.). *Virginia Woolf Critical Assessments* (Vol. 3). Mountfield: Helm Information Ltd., 1994, pp. 528-529.

⑦ Naremore, J. *The World Without a Self: Virginia Woolf and the Novel*. New Haven: Yale University Press, 1973, p. 4.

人物、情节、背景等被现代小说的要素象征、母题替换的历程。[①]布雷德伯里的《现代世界:十位伟大的作家》(*The Modern World*: *Ten Great Writers*,1989)将伍尔夫列为现代世界十位伟大作家之一,认为伍尔夫凭借印象主义写作风格成功表现其深刻主题。[②]简·惠瑞(Jane Wheare)的《弗吉尼亚·伍尔夫:戏剧小说家》(*Virginia Woolf*: *Dramatic Novelist*, 1989)探讨了伍尔夫的《远航》(*The Voyage Out*, 1915)、《夜与日》(*Night and Day*,1919)和《岁月》(*The Years*,1937),指出它们是戏剧小说,具有强烈的现实性和显著的作者引退特征。[③]

伍尔夫作品的美学研究包括:爱丽丝·范·布伦·凯利(Alice van Buren Kelley)在《弗吉尼亚·伍尔夫的小说:事实与视象》(*The Novels of Virginia Woolf*: *Fact and Vision*, 1973)中指出伍尔夫作品呈现笛卡儿式的二元对立特征,事实与视象分别代表她的作品中物象世界的孤寂和精神世界的和谐。[④] 莫里斯·贝加(Morris Beja)在《弗吉尼亚·伍尔夫批评选辑》(*Critical Essays on Virginia Woolf*, 1985)中分析了伍尔夫的视象瞬间(Moment of Vision),认为这些视象瞬间是伍尔夫作品的基本技巧,是理解她的作品的关键元素,因为这些瞬间"尽管稍纵即逝……却在很大程度上决定了人物,特别是小说的结构"[⑤],并指出伍尔夫小说的共同结构是"经历多个重要顿悟,最后进入视象瞬间,这一瞬间综合数个重要主题,将故事分散的线索聚合在一起"[⑥]。卢西欧·罗托洛(Lucio P. Ruotolo)的《打断的瞬间:弗吉尼亚·伍尔夫小说研究》(*The Interrupted Moment*: *A View of Virginia Woolf's Novels*, 1986)研究伍尔夫小说中人物意识被打断的瞬间,指出这些"被打断的瞬间"隐含着伍尔夫既不喜欢被打断又希望通过打断扩展对世界的感悟的矛盾心理,表达了创作策略的封闭性与审美感受的完整性之间的对立。[⑦] 威廉·西克斯顿(William R. Thickstun)在《现代小说的视象闭合》(*Visionary Closure in the Modern Novel*, 1988)中分析了福斯特、劳伦斯、乔伊斯、伍尔夫和福克纳等作品中的视象瞬间,指出伍尔夫《到灯塔去》中的视象瞬间不仅照亮小说而且将其幻化为整体,使永恒与有限

---

① Lodge, D. *Modes of Modern Writing*: *Metaphor*, *Metonymy*, *and the Typology of Modern Literature*. London: Edward Arnold Ltd., 1977, pp. 217-230.

② Bradbury, M. *The Modern World*: *Ten Great Writers*. London: Penguin, 1989, pp. 229-252.

③ Wheare, J. *Virginia Woolf*: *Dramatic Novelist*. London: The Macmillan Press Ltd., 1989.

④ Kelley, A. V. B. *The Novels of Virginia Woolf*: *Fact and Vision*. Chicago: University of Chicago Press, 1973.

⑤ Beja, M. (ed.). *Critical Essays on Virginia Woolf*. Boston: G. K. Hall, 1985, p. 212.

⑥ Beja, M. (ed.). *Critical Essays on Virginia Woolf*. Boston: G. K. Hall, 1985, p. 228.

⑦ Ruotolo, L. P. *The Interrupted Moment*: *A View of Virginia Woolf's Novels*. Stanford: Stanford University Press, 1986.

连接,并赋予碎片化的生活以意义。[①]斯特拉·麦克尼柯(Stella McNichol)的《弗吉尼亚·伍尔夫与诗性小说》(*Virginia Woolf and the Poetry of Fiction*, 1990)指出,"伍尔夫小说由创造性想象激发的意象和结构从深层内涵而言是具有诗性本质的"[②],并力图揭示伍尔夫全部小说的诗性特质。迈克尔·惠特华斯(Michael Whitworth)在《弗吉尼亚·伍尔夫和现代主义》一文中详尽探讨了伍尔夫与同时代现代主义作家的异同。文章认为,伍尔夫虽然直接或间接地接受了弗洛伊德、爱因斯坦、伯格森、尼采等伟大思想家的影响,但是她对待维多利亚文化遗产的态度并不像其他现代主义作家那样绝对,她对待城市、秩序、技术现代性、神话现代主义等诸多现代问题的观点也颇为独特。文章的结论是:"她的现代主义思想中包含着后期维多利亚时代的美学观点,这使她在审美倾向上与同时代其他现代主义者保持批判性距离。"[③]安·班菲尔德(Ann Banfield)的《桌子幽灵:伍尔夫、弗莱、罗素与现代主义认识论》(*The Phantom Table: Woolf, Fry, Russell and the Epistemology of Modernism*, 2000)在全面研究剑桥大学"使徒社"精英分子对伍尔夫的思想影响的基础上,重审现实主义与形式主义的关系,详尽阐释伍尔夫的双重现实感。[④]凯瑟琳·辛普森最新出版的专著《伍尔夫:艰涩文风指南》(*Woolf: A Guide for the Perplexed*, 2016)全面回顾了百年伍尔夫研究对伍尔夫艰涩文风的解读,从"语境、文本和整体观照"[⑤]三个层面整理并剖析了学者们对伍尔夫作品的形式解读,重点阐明伍尔夫的社会文化背景、伍尔夫的现代主义美学观和伍尔夫的形式创新对理解伍尔夫作品的重要作用[⑥]。

总体而言,现代主义研究从剖析创作形式出发,探寻伍尔夫的作品形式与美学思想的关联,最终从其独特写作中发现其美学内涵。"瞬间""视象"等伍尔夫反复提及的术语受到特别的关注。

2. 伍尔夫女性主义批评中涉及伍尔夫与美学的关系的研究

简·戈德曼(Jane Goldman)的《弗吉尼亚·伍尔夫的女性主义美学:现代主义、

---

① Thickstun, W. R. *Visionary Closure in the Modern Novel*. London: The Macmillan Press Ltd., 1988.

② McNichol, S. *Virginia Woolf and the Poetry of Fiction*. London: Routledge, 1990, p. xi.

③ Whitworth, M. Virginia Woolf and modernism. In Roe, S. & Sellers, S. *The Cambridge Companion to Virginia Woolf*. Shanghai: Shanghai Foreign Language Education Press, 2001, p. 147.

④ Banfield, A. *The Phantom Table, Woolf, Fry, Russell and the Epistemology of Modernism*. London: Cambridge University Press, 2000.

⑤ Gao Fen, Ma Ye. *Woolf's Ambiguities: Tonal Modernism, Narrative Strategy, Feminist Precursors* by Molly Hite, and *Woolf: A Guide for the Perplexed* by Kathryn Simpson. *Style*, 2019, 53(1), p. 146.

⑥ Simpson, K. *Woolf: A Guide for the Perplexed*. London: Bloomsbury Publishing Plc, 2016.

后现代主义和视觉政治》(*The Feminist Aesthetics of Virginia Woolf: Modernism, Post-Impressionism and the Politics of the Visual*, 2001)指出,伍尔夫传达了一种富有挑战性的女性主义美学,虽然表面看起来有些自相矛盾。[①]克里丝汀·弗娄拉(Christine Froula)的《弗吉尼亚·伍尔夫和布鲁姆斯伯里先锋派:战争、文明、现代性》(*Virginia Woolf and the Bloomsbury Avant-Garde: War, Civilization, Modernity*, 2005)在现代性语境下肯定了历来受忽视的布鲁姆斯伯里文化圈在英国现代主义运动中的重要作用,指出布鲁姆斯伯里文化圈的重要价值在于"它以自我批判的目光,在第一次世界大战的危机中,不是试图去'拯救'文明,而是努力将欧洲推向它从未实现的理想,推向一种从未存在的文明"[②],而伍尔夫作为布鲁姆斯伯里文化圈的一员,身在其中又飘然其外,将妇女运动界定为争取自由、和平和权利的先锋运动,用小说完成了走向尚未存在的文明的思想航程。莫莉·海特(Molly Hite)最新出版的伍尔夫研究力作《伍尔夫的含混:基调现代主义、叙述策略和女性主义先驱》(*Woolf's Ambiguities: Tonal Modernism, Narrative Strategy, Feminist Precursors*, 2017)是一部颇具前沿性的研究作品,她以"形式主义分析与历史主义研究相结合,现代主义研究与女性主义批判相交融"[③]的研究方法,不仅阐明伍尔夫的叙述艰涩难懂的缘由,而且探索了伍尔夫与她的被忽视的女性前辈之间的关系[④]。

3. 伍尔夫后现代批评中涉及伍尔夫小说"结构"的研究

希里斯·米勒(J. Hillis Miller)在《小说与重复》(*Fiction and Repetition*,1982)中解读了《达洛维夫人》,指出伍尔夫的形式特征是,以人物的记忆和叙述人的记忆重复过去,以"记忆重复"模糊上与下、过去与现在、生与死、短暂与永恒的二元对立,构建整体小说形式。[⑤]杰弗里·哈特曼(Geoffrey H. Hartman)发表《弗吉尼亚的网络》("Virginia's Web")一文,探讨意义的来源。他认为,伍尔夫小说的意义产生于想象。[⑥]

---

① Goldman, J. (ed.). *The Feminist Aesthetics of Virginia Woolf: Modernism, Post-Impressionism and the Politics of the Visual*. Cambridge: Cambridge University Press, 2001.

② Froula, C. *Virginia Woolf and the Bloomsbury Avant-Garde: War, Civilization, Modernity*. New York: Columbia University Press, 2005, p. xii.

③ Gao Fen, Ma Ye. *Woolf's Ambiguities: Tonal Modernism, Narrative Strategy, Feminist Precursors* by Molly Hite, and *Woolf: A Guide for the Perplexed* by Kathryn Simpson. *Style*, 2019, 53 (1), p. 151.

④ Hite, M. *Woolf's Ambiguities: Tonal Modernism, Narrative Strategy, Feminist Precursors*. New York: Cornell University Press, 2017.

⑤ Miller, J. H. Mrs. Dalloway: Repetition as the raising of the dead. In Beja, M. (ed.). *Critical Essays on Virginia Woolf*. Boston: G. K. Hall, 1985, pp. 53-54.

⑥ Hartman, G. H. *Beyond Formalism: Literary Essays 1958—1970*. New Haven: Yale University Press, 1970, pp. 71-84.

保罗·里科(Paul Ricoeur)在《时间与叙述》(*Time and Narrative*, 1985)中解读《达洛维夫人》,他相信,我们有必要探讨读者在现实生活中的时间与读者在虚构世界中的时间的不同,以及这种不同和交叉的意义。里科认为,小说中,赛普蒂莫斯的死亡增强了达洛维夫人的生命力,昭示了伍尔夫不同于现实生活的时间观。[①]斯皮瓦克(G. C. Spivak)用后现代思想解读《到灯塔去》,认为小说结构本身是一个隐喻,昭示着主题,具体说就是,小说第一部分可以被视为婚姻语言,拉姆齐夫人代表主语;小说第三部分可以被视为艺术语言,拉姆齐夫人代表谓语;小说第二部分对应着伍尔夫的疯癫时期,预示一种不连接状态,割裂了第一和第三部分。[②]哈罗德·布鲁姆(Harold Bloom)在《西方正典》(*The Western Canon*,1994)中称颂伍尔夫在《奥兰多》(*Orlando*, 1928)等作品中表现出的对阅读的热爱,认为伍尔夫的创作核心是唯美主义。[③]

4. 伍尔夫哲学批评中聚焦伍尔夫作品"意味"的研究

伍尔夫哲学批评的重点是伍尔夫对生存和生命的关注。最早的成果当推伯纳德·伯莱克斯通(Bernard Blackstone)的《弗吉尼亚·伍尔夫:评论》(*Virginia Woolf: A Commentary*, 1949)。该专著深入研究伍尔夫的玄学思想,指出伍尔夫之所以在创作上与传统决裂,是因为她需要用不同的创作形式来表达她的哲学观点。[④]影响较大的专著是法国批评家让·居伊(Jean Guiguet)的《弗吉尼亚·伍尔夫和她的作品》(*Virginia Woolf and Her Works*,1965)。该书的英文版出版后,一直被视为伍尔夫研究最重要的成果之一。居伊运用法国哲学家萨特的存在主义思想解读伍尔夫的作品,指出伍尔夫前期研究的局限在于几乎不触及伍尔夫作品中的存在、生命、死亡等主题;他相信伍尔夫全部小说都建立在"存在的内核"的基础上,围绕对自我、生命、艺术和真实的感悟展开,表现了人类内在的不确定性、苦痛、变化力和重生力。[⑤]哈维纳·里奇特(Harvena Richter)的《弗吉尼亚·伍尔夫:向心的航程》(*Virginia Woolf: The Inward Voyage*,1970)从哲学视角出发,以松散的结构探讨了伍尔夫对意识的理解,涉及双性同体、非个人化、瞬间等论题。[⑥]霍华德·哈珀(Howard Harper)的《在语言和沉默之间:弗吉尼亚·伍尔夫的小说》(*Between Language and Silence: The Novels of Virginia Woolf*, 1982)指出,伍尔夫所有的

---

① Ricoeur, P. *Time and Narrative*. Chicago: University of Chicago Press, 1985.

② Spivak, G. C. *In Other Worlds: Essays in Cultural Politics*. New York: Methuen, 1987, pp. 30-45.

③ 布卢姆:《西方正典》,江宁康译,南京:译林出版社,2005 年,第 341—352 页。

④ Blackstone, B. *Virginia Woolf: A Commentary*. New York: Harcourt Brace, 1949.

⑤ Guiguet, J. *Virginia Woolf and Her Works*. London: The Hogarth Press, 1965, pp. 15-28.

⑥ Richter, H. *Virginia Woolf: The Inward Voyage*. Princeton: Princeton University Press, 1970.

作品都表现了追寻超验意义的过程，它们共享一种戏剧性模式，即从焦虑或者情感诱惑走向超验的幻象瞬间的模式。[①]马克·赫西(Mark Hussey)的《歌唱真实界：弗吉尼亚·伍尔夫小说的哲学》(*The Singing of the Real World*: *The Philosophy of Virginia Woolf's Fiction*，1986)分析了伍尔夫小说中的身体、身份、自我、他者、艺术、现实、沉默和时间等主题，从中找出伍尔夫的哲学语词及其所体现的焦虑，呈现伍尔夫自己的声音。赫西认为，伍尔夫的哲学思想未曾受到任何哲学大师的影响，因为没有任何哲学体系能回答她所思考的存在问题，即一种无形的、无名的、无以言说的自性问题，它只存在于真实界之中。[②]

从总体上看，欧美学者对伍尔夫作品的"形式"和"意味"的探讨是相当深入的，但是他们对两者的分析是各自独立的，很少有人整体探讨伍尔夫的"有意味的形式"，这正是本书需要深入展开的。

(二)中国伍尔夫研究

中国伍尔夫研究主要集中在形式主题、小说理论、女性主义研究等方面，与欧美伍尔夫研究相呼应。

1.20世纪20年代

20世纪20年代，中国学者开始简要介绍、点评和翻译伍尔夫及其作品。

赵景深于1929年发表论文，向国人介绍伍尔夫、乔伊斯和多萝西·理查逊等英国当代作家。[③]此后他又发文指出伍尔夫小说的秘诀是"选择有力的最激动情感的地方来描写"[④]，称其为"小说界的爱因斯坦"[⑤]。其他学者也高度称赞伍尔夫，认为她是"极有价值的作家"[⑥]，表现了"滚滚不尽的紊杂无章的意识之流"[⑦]。对伍尔夫的作品做相对深入评析的是叶公超。他为译文《墙上一点痕迹》作"译者识"时，不仅指出伍尔夫小说的审美特质，而且充分肯定其价值："吴尔芙绝对没有训世或批评人生的目的。独此一端就已经违背了传统的观点。她所注意的不是感情的争斗，也不是社会人生的问题，乃是极渺茫、极抽象、极灵敏的感觉，就是心理分析学所谓下意识

---

① Harper, H. *Between Language and Silence*: *The Novels of Virginia Woolf*. Baton Rouge: Louisiana State University Press, 1982.

② Hussey, M. *The Singing of the Real World*: *The Philosophy of Virginia Woolf's Fiction*. Columbus: Ohio State University Press, 1986.

③ 赵景深：《二十年来的英国小说》，载《小说月报》1929年第20卷第8号，第1231—1246页。

④ 赵景深：《英美小说之现在及其未来》，载《现代文学评论》1931年第3期，第12页。

⑤ 赵景深：《一九二九年的世界文学》，上海：神州国光社，1930年，第80页。

⑥ 金东雷：《英国文学史纲》，上海：商务印书馆，1937年，第476页。

⑦ 柳无忌：《西洋文学的研究》，上海：大东书局，1946年，第164页。

的活动……吴尔芙这条路是极窄小的，事实上不能作为小说创作的全部，但是小说的基础……是建立在个性的表现，所以吴尔芙的技术是绝对有价值的。”[①]叶公超这一段话是针对当时英国批评界对伍尔夫的作品贬褒不一的现状和伍尔夫与班内特之间的激烈论战而做的剖析。他寥寥数语便道出纷争的缘由和伍尔夫创作的优劣，体现中国学者的领悟力和判断力。

该时期的翻译集中于伍尔夫有关创作的随笔和作品，比如叶公超翻译了《墙上一点痕迹》，范存忠翻译了《班乃脱先生与白朗夫人》(1934)，卞之琳翻译了《论俄国小说》(1934)，冯亦代翻译了《论英国现代小说》(1943)，王还翻译了《一间自己的屋子》(1947)，石璞翻译了《弗拉西》(商务印书馆 1935 年)，谢庆垚翻译了《到灯塔去》(节译本)(商务印书馆 1945 年)。当时，中国文艺界对伍尔夫的译介和接受是积极的，留学欧美归国的年轻学者不仅及时译介伍尔夫的文章和作品，热诚肯定其创作风格，而且充分吸收其创作技巧。“新月派”和“京派”作家徐志摩、林徽因、凌叔华、李健吾等人的创作都曾受到伍尔夫的影响。[②]

2.1979 年以来

1979 年以来，中国伍尔夫研究主要集中在形式主题研究、小说理论研究、女性主义研究三方面。其中伍尔夫小说的“形式”研究主要聚焦在主题、人物、结构和意识流技法上。

瞿世镜开拓和推进了伍尔夫主题技巧研究。1982 年和 1986 年，他发表论文《伍尔夫的〈到灯塔去〉》和《〈达罗威夫人〉的人物、主题、结构》，剖析了伍尔夫小说的结构、主题、人物和艺术特征，率先拉开伍尔夫小说形式主题研究的序幕。1987 年，瞿世镜在论文《伍尔夫・意识流・综合艺术》中，指出伍尔夫的创作经历了从传统到意识流再到综合化艺术形式几个阶段，分析伍尔夫与乔伊斯、普鲁斯特在意识流技巧上的差异，阐述伍尔夫小说的诗化、戏剧化和非个人化特征，认为伍尔夫在创作中融合了音乐、绘画、电影等多种艺术因素，最后探讨精神分析心理学、经验主义哲学、实在论哲学对伍尔夫创作的影响。[③] 瞿世镜还出版了国内第一部伍尔夫评传《意识流小说家伍尔夫》[④]，概述其生平、文学理论，并分析其主要作品。他编译的《伍尔夫研究》[⑤]精选了西方伍尔夫研究中比较重要的论文。

---

① 叶公超：《〈墙上一点痕迹〉译者识》(原载《新月》1932 年第 1 期)，见陈子善编《叶公超批评文集》，珠海：珠海出版社，1998 年，第 128 页。

② 关于“新月派”“京派”与伍尔夫的关系，详见杨莉馨：《20 世纪文坛上的英伦百合：弗吉尼亚・伍尔夫在中国》，北京：人民出版社，2009 年，第 29—119 页。

③ 瞿世镜：《伍尔夫・意识流・综合艺术》，载《当代文艺思潮》1987 年第 5 期，第 132 页。

④ 瞿世镜：《意识流小说家伍尔夫》，上海：上海文艺出版社，1989 年。

⑤ 瞿世镜：《伍尔夫研究》，上海：上海文艺出版社，1988 年。

探讨伍尔夫的意识流技法的论文主要包括：王家湘的《维吉尼亚·吴尔夫独特的现实观与小说技巧之创新》(1986)，以伍尔夫的现实观为基点，剖析其9部小说的基本结构[①]；张烽的《吴尔夫〈黛洛维夫人〉的艺术整体感与意识流小说结构》(1988)，揭示伍尔夫以印象画面和象征物为结构，以自由联想、意识汇流、时空蒙太奇为叙述关联的特征[②]；韩世轶的《弗·伍尔夫小说叙事角度与对话模式初探》(1994)，以热奈特叙事理论为参照，指出伍尔夫小说多视角、变换聚焦的叙事技巧和转换话语模式[③]；李森的《评弗·伍尔夫〈到灯塔去〉的意识流技巧》(2000)，剖析其间接内心独白、自由联想、象征手法、时间蒙太奇和多视角叙述方式[④]；申富英的《〈达洛卫夫人〉的叙事联接方式和时间序列》(2005)，整合罗森塔尔的4种连接方式和迈法姆的4种时间序列，构建经纬纵横的整体叙述框架[⑤]；高奋的《记忆：生命的根基——论伍尔夫〈海浪〉中的生命写作》(2008)，以伍尔夫的生命写作理论为基点，揭示小说的艺术形式与其中心意象"包着薄薄气膜的圆球"的契合，指出小说的记忆叙述呈现"气膜"形态和生命"圆球"[⑥]。

伍尔夫小说的绘画特性获得了关注。张中载的《小说的空间美——"看"〈到灯塔去〉》(2007)分析了伍尔夫用文字表现的景物之光和色，揭示小说营造的空间美。[⑦]另有学者探讨了光和色在《到灯塔去》和短篇小说中的表现方法和象征意蕴。学者们基于伍尔夫深受后印象主义绘画影响的事实和诗画同源的理念，探讨光与色在空间营造和主题表达上的作用，从另一个侧面揭示伍尔夫小说的形式美。

学者们在主题研究中揭示了伍尔夫的超越"意味"。比如申富英的《评〈到灯塔去〉中人物的精神奋斗历程》(1999)分析主要人物的精神历程，阐明他们分别代表现代人走出虚无的三种途径——理性、爱和艺术[⑧]；杜娟的《死与变：〈达洛维太太〉、〈到灯塔去〉、〈海浪〉的深层内涵》(2005)，分析了三部作品中主角与次主角之间"死与

---

① 王家湘：《维吉尼亚·吴尔夫独特的现实观与小说技巧之创新》，载《外国文学》1986年第7期，第56—61页。

② 张烽：《吴尔夫〈黛洛维夫人〉的艺术整体感与意识流小说结构》，载《外国文学评论》1988年第1期，第54—59页。

③ 韩世轶：《弗·伍尔夫小说叙事角度与对话模式初探》，载《外国文学研究》1994年第1期，第94—97页。

④ 李森：《评弗·伍尔夫〈到灯塔去〉的意识流技巧》，载《外国文学评论》2000年第1期，第62—68页。

⑤ 申富英：《〈达洛卫夫人〉的叙事联接方式和时间序列》，载《外国文学评论》2005年第3期，第59—66页。

⑥ 高奋：《记忆：生命的根基——论伍尔夫〈海浪〉中的生命写作》，载《外国文学》2008年第5期，第56—64页。

⑦ 张中载：《小说的空间美——"看"〈到灯塔去〉》，载《外国文学》2007年第4期，第115—118页。

⑧ 申富英：《评〈到灯塔去〉中人物的精神奋斗历程》，载《外国文学评论》1999年第4期，第66—71页。

变”的对立融合关系，揭示其超越死亡、延续生命精神的主题意味[①]。

学者们在小说理论研究中揭示伍尔夫作品的“形式”和“意味”。高奋发表多篇论文，从本质、批评、现实观、诗学理论等方面阐明伍尔夫小说理论的生命本质。《小说：记录生命的艺术形式——论伍尔夫的小说理论》(2008)全方位剖析伍尔夫有关现代小说、人物、形式、艺术性和本质的思想，阐明其小说理论的精髓是：小说是记录人的生命的艺术形式。[②]《批评，从观到悟的审美体验——论伍尔夫批评思想》(2009)考察伍尔夫的批评随笔，揭示其批评思想中超感官、超理性、重趣味的生命体悟本质。[③]《中西诗学观照下的伍尔夫“现实观”》以中西相关诗学为参照，指出伍尔夫在重构现实观时，剥离了其中的认知成分，将其还原为直觉感知与客观实在物的契合。[④]《弗吉尼亚·伍尔夫生命诗学》(2010)全面阐述了伍尔夫生命诗学的要旨。[⑤]她的专著《走向生命诗学——弗吉尼亚·伍尔夫小说理论研究》(2016)体现了“以中国诗学为灯”和“中西互鉴”等特性，聚焦中国本土文艺趣味，以中国自秦汉至晚清的诗学理念、框架、范畴和方法，去观照伍尔夫飘忽模糊的思想，梳理和揭示弗吉尼亚·伍尔夫对文艺本质、创作思维、作品形神、批评要旨、文艺境界的领悟。[⑥]伍尔夫小说理论与传统的关系也得到学者的关注。郝琳的《伍尔夫之“唯美主义”研究》(2006)梳理了伍尔夫与唯美主义代表人物的交往关系，剖析了两者在文学观点、道德关怀及艺术理念上的相通之处。[⑦]

总体而言，中西学界在伍尔夫的“形式”和“意味”研究上取得了进展。尚需拓展的方面包括：伍尔夫的创作思想与形式主义美学的内在关联性，伍尔夫在小说创作中对形式主义美学理念的实践。

四、利顿·斯特拉奇研究综述

利顿·斯特拉奇，英国 20 世纪二三十年代“新传记”的代言人。他的主要作品包括：(1)传记——《维多利亚名人传》《维多利亚女王传》《伊丽莎白女王与埃塞克斯伯爵》(*Elizabeth and Essex*, 1928)。(2)评论和随笔集——《法国文学里程碑》

① 杜娟：《死与变：〈达洛维太太〉〈到灯塔去〉〈海浪〉的深层内涵》，载《外国文学研究》2005 年第 5 期，第 65—71 页。

② 高奋：《小说：记录生命的艺术形式——论弗吉尼亚·伍尔夫的小说理论》，载《外国文学评论》2008 年第 2 期，第 53—63 页。

③ 高奋：《批评，从观到悟的审美体验——论弗吉尼亚·伍尔夫的批评理论》，载《外国文学评论》2009 年第 3 期，第 32—40 页。

④ 高奋：《中西诗学观照下的伍尔夫现实观》，载《外国文学》2009 年第 5 期，第 37—44 页。

⑤ 高奋：《弗吉尼亚·伍尔夫生命诗学研究》，载《英美文学研究论丛》2010 年第 12 期，第 334—342 页。

⑥ 高奋：《走向生命诗学——弗吉尼亚·伍尔夫小说理论研究》，北京：人民出版社，2016 年。

⑦ 郝琳：《伍尔夫之“唯美主义”研究》，载《外国文学》2006 年第 6 期，第 37—43 页。

(*Landmarks in French Literature*, 1912);《书与人:法国人、英国人》(*Books and Characters*: *French and English*, 1922);《微型画像及其他》(*Portraits in Miniature and Other Essays*, 1931);《人物与评论》(*Characters and Commentaries*, 1933);等等。无论是传记还是评论,斯特拉奇均批判性地反思了英国维多利亚时期道德至上的写作传统,以尖锐、讽刺、创新的笔调成为众所周知的"偶像崇拜破坏者"(iconoclast)[①],和英国"新传记"创始人。

(一)斯特拉奇研究在欧美

斯特拉奇在欧美的研究主要集中在以下三个方面。

1.传记真实性研究

20世纪20年代,斯特拉奇的三部传记陆续发表,他声名鹊起,引发了学界对"新传记"的赞誉和批评。有学者称,"1914—1932是英国文学史上的斯特拉奇时代"[②],在此期间,英国报刊发表有关斯特拉奇的传记的评论文300余篇[③],争议的焦点是他的传记的真实性问题。

一方面,许多批评家赞同斯特拉奇的传记创新,认为他突破了传统传记繁复冗长和歌功颂德的缺陷,融小说技法和传记为一体,聚焦人性刻画,开创了传记新模式。比如,弗吉尼亚·伍尔夫将斯特拉奇、莫洛亚、尼科尔森等人的传记称为"新传记"[④],指出他们不仅缩减篇幅,改变视角,而且始终"保持传记家本人的创作自由和独立判断力……他的独立精神带给他一种居高临下的视野,可以一览无余地审视传主的材料。他取舍,他综合。一句话,他不再是记事者,他已经成为艺术家"[⑤]。伍尔夫又撰写《论传记艺术》一文,重点分析斯特拉奇的成功与局限,指出斯特拉奇同时展现了"传记所能表现和所不能表现的"[⑥]。她认为《维多利亚女王传》是成功之作,而《伊丽莎白女王与埃塞克斯伯爵》则失败了,因为前者遵循传记的规则,既充分施展传记家选择和组合材料的能力,又始终保持事实的真实性;而后者却游离在事实与

---

① 贝尔:《隐秘的火焰:布鲁姆斯伯里文化圈》,季进译,南京:江苏教育出版社,2006年,第89页。

② Fletcher, J. G. Lytton Strachey and French influences on English literature. *Books Abroad*, 1934 (April), p. 132.

③ Kallich, M. Lytton Strachey: An annotated bibliography of writings about him. *English Literature in Transition*, *1880—1920*, 1962, 5 (3), pp. 1-77.

④ Woolf, V. *Granite and Rainbow*: *Essays*. London: Harcourt Brace Jovanovich, Inc., 1958, pp. 149-155.

⑤ Woolf, V. *Granite and Rainbow*: *Essays*. London: Harcourt Brace Jovanovich, Inc., 1958, p. 152.

⑥ Woolf, V. *The Death of the Moth*. New York: Harcourt Brace Jovanovich, Inc., 1970, p. 189.

虚构之间,结合现实却又脱离现实,导致了事实与虚构之间的自相残杀。[①]哈罗德·尼科尔森赞赏斯特拉奇为传记所做的贡献,认为他的主要特性是凸显了传主的思想和理智,表达了对人类思想的高度尊重,其贡献在于用传记塑造人类精神。[②] 安德烈·莫洛亚认为,斯特拉奇开创了不同于传统维多利亚传记的新模式,其最大特性是艺术性,同时保持了历史性。[③] 布拉德福德和奥古斯汀·比瑞尔等指出,斯特拉奇为传记注入了新的活力,赋予传记以艺术的尊严[④]。大卫·塞西尔盛赞《维多利亚女王传》是一部"传记典范",在"艺术(形象描述)与生活(史实)之间获得一种优美的平衡",兼具戏剧性、图像性与阐释性。[⑤]

另一方面,质疑声与批评声从未中断过,批评家认为斯特拉奇欠缺对历史事实的尊重[⑥],认为斯特拉奇最根本的失败在于"他缺乏哲学支撑,缺乏判断准绳,只建构了象牙塔",因为"他太重视艺术,太轻视历史了"。[⑦]

2. 传记形式研究

20 世纪 30 年代以后,学界开始研究斯特拉奇传记的艺术形式。批评家肯定了斯特拉奇的创新,称赞他兼容史料真实和文学技法的形式创新。比如德斯蒙德·麦卡锡认为,斯特拉奇"通过危险的自身示范,业已改变了大众传记文体的写作方法……即使他自己的作品没有获得完美的效果和长存的新鲜感,但是这种影响本身,足以确保他在文学史上占有一席之地"[⑧]。伯顿·拉斯科在《讲故事能手利顿·斯特拉奇》("Lytton Strachey as Raconteur")一文中对他的反讽技法赞誉有加,称赞他是"讲故事能手",认为他将"秩序与智力,温和、高贵与优雅,鲜明的学者气质、精神正直与天赋"[⑨]融合为一体。盖伊·鲍阿斯(Guy Boas)分析其修辞等文体手法,探讨其文风渊源。[⑩] F. L. 卢卡斯指出,斯特拉奇在传记形式上做出了三大贡献:(1)传记需

① Woolf, V. *The Death of the Moth*. New York: Harcourt Brace Jovanovich, Inc., 1970, pp. 190-192.

② Nicolson, H. *The Development of English Biography*. London: Hogarth Press, 1927, p. 150.

③ Maurois, A. *Aspects of Biography*. Cambridge: Cambridge University Press, 1929, pp. 7-8.

④ Kallich, M. Lytton Strachey: An annotated bibliography of writings about him. *English Literature in Transition, 1880—1920*, 1962, 5 (3), p. 4.

⑤ Kallich, M. Lytton Strachey: An annotated bibliography of writings about him. *English Literature in Transition, 1880—1920*, 1962, 5 (3), p. 14.

⑥ Gosse, E. *Some Diversions of a Man of Letters*. New York: Scribner's, 1919, pp. 313-336.

⑦ Gersh, G. Lytton Strachey: Pathfinder in biography. *Modern Age*, 1967 (4), p. 399.

⑧ 麦卡锡:《利顿·斯特雷奇》,见罗森鲍姆《岁月与海浪——布鲁姆斯伯里文化圈人物群像》,徐冰译,南京:江苏教育出版社,2006 年,第 186 页。

⑨ Rascoe, B. Lytton Strachey as raconteur. *English Literature in Transition, 1880—1920*, 1962, 5 (3), p. 56.

⑩ Boas, G. Lytton Strachey—Reviewer. *The Spectator*, 1950 (April), p. 456.

要合适的篇幅和明智的取舍;(2)传记需要优雅的风格;(3)传记人物应该是鲜活的。[①]

20 世纪五六十年代出现了几部比较系统研究斯特拉奇传记形式的专著。比如:查尔斯·桑德斯(Charles R. Sanders)的专著《论利顿·斯特拉奇的思想与艺术》(*Lytton Strachey: His Mind and Art*, 1957),整体研究了斯特拉奇的文学评论(包括他对英国伊丽莎白时期戏剧、法国文学,英国 18 世纪、维多利亚时期文学的评论)、传记观、传记作品、传记批评、思想价值和影响力等。[②] 里昂·艾德尔(Leon Edel)在《书写生命:传记原则》(*Writing Lives: Principia Biographica*, 1959)中用"移情理论"分析斯特拉奇的传记,指出斯特拉奇对男性传主毫不留情,对女性传主却富有同情心,其中包含着"移情"因素。[③]马丁·凯里奇(Martin Kallich)在《利顿·斯特拉奇的心理环境》(*The Psychological Milieu of Lytton Strachey*, 1961)中用精神分析理论分析了斯特拉奇及其作品。[④]约翰·格拉提(John A. Garraty)在《传记的本质》(*The Nature of Biography*, 1964)中指出,斯特拉奇的"新传记"的创新性是建立在创作者良好的文学素养上的,而此后的追随者并无斯特拉奇的智慧,结果将"新传记"演变成牵强的心理传记和揭短传记。[⑤] 艾拉·奈德尔(Ira B. Nadel)在专著《传记:虚构、事实和形式》(*Biography: Fiction, Fact and Form*, 1984)中详尽论析了斯特拉奇传记中的隐喻及其作用。[⑥]

20 世纪六七十年代,斯特拉奇评传在英国面世,推进了斯特拉奇研究。1967、1968 年,迈克尔·霍尔洛伊德(Michael Holroyd)出版了两卷本《利顿·斯特拉奇:评传》(*Lytton Strachey: A Critical Biography*)。1971 年,霍尔洛伊德在两卷本传记的基础上,整合出版了《利顿·斯特拉奇传记》(*Lytton Strachey: A Biography*)。1994 年,霍尔洛伊德又在进一步修订的基础上出版了《利顿·斯特拉奇:新传记》(*Lytton Strachey: The New Biography*)。至此,霍尔洛伊德声称他对斯特拉奇的传记写作终于圆满了。[⑦]霍尔洛伊德历时 25 年,不断完善传记,以翔实的一手资料,全

---

① 转引自 Sanders, C. R. *Lytton Strachey: His Mind and Art*. New Haven: Yale University Press, 1957, p. 349.

② Sanders, C. R. *Lytton Strachey: His Mind and Art*. New Haven: Yale University Press, 1957.

③ Edel, L. *Writing Lives: Principia Biographica*. New York: W. W. Norton & Company, 1959.

④ Kallich, M. *The Psychological Milieu of Lytton Strachey*. New York: Bookman Associates, 1961.

⑤ Garraty, J. A. *The Nature of Biography*. New York: Vintage Books, 1964.

⑥ Nadel, I. B. *Biography: Fiction, Fact and Form*. London: The Macmillan Press Ltd., 1984, pp. 160-164.

⑦ Holroyd, M. *Lytton Strachey: The New Biography*. New York: W. W. Norton & Company, Inc., 2005, p. XXXI.

景展现斯特拉奇的家庭背景、求学历程、社会活动、传记创作等,其中涉及剑桥大学的“使徒社”与20世纪初期英国著名的布鲁姆斯伯里文化圈,不仅生动真实地呈现传主形象,而且对其传记创作做了点评,提升了公众和学界对斯特拉奇的关注。同时,斯特拉奇的随笔、日记等陆续整理出版,为进一步研究提供了坚实的基础。

3. 学术思想研究

20世纪70年代以来,随着斯特拉奇的随笔、日记的出版,学界开始关注斯特拉奇的学术思想,整体或专题探讨他的传记创作观、历史观、文艺观等。比如:

1971年,霍尔洛伊德在专著《利顿·斯特拉奇与布鲁姆斯伯里文化圈:他的作品与它们的影响》(*Lytton Strachey and the Bloomsbury Group: His Work and Their Influence*)中整体探讨了斯特拉奇在布鲁姆斯伯里文化圈中的贡献和影响力,论析了斯特拉奇的文学批评、传记创作、批评思想、人文观念等。

此后,学界重点拓展斯特拉奇的历史观和文艺观研究。有学者认为斯特拉奇所坚持的是一种历史艺术观,将历史视为“类虚构艺术”(quasi-fictional art),或者说,将历史看作一种叙事①,其观点是对19世纪的实证主义和历史编纂论的反拨。另有学者指出他的散文文体体现了中性的特质,具有节奏性和庄严感②;还有学者指出,斯特拉奇的文风具有现实性、象征性和隐喻性相融合的特性③。

斯特拉奇的性别观和道德观也受到关注。有学者论析了斯特拉奇的同性恋取向,指出他有情感受虐的无意识倾向④;另有学者对斯特拉奇的同性恋取向做了文化学阐释,并细致分析性取向在他的传记作品中的表现⑤;还有学者剖析了斯特拉奇反讽风格中所蕴含的伦理观,认为他在伦理上聚焦社群意识与个体意识之间的关系⑥。

(二)斯特拉奇研究在中国

斯特拉奇的作品很早就引起了中国学界的关注。梁遇春是向中国学界引介斯

① Thibodeau, G. & Avery, T. Lytton Strachey's "The Decline and Fall of Little Red Riding Hood". *Marvels and Tales*, 2011, 25 (1), p. 147.

② Spurr, B. Camp Mandarin: The prose style of Lytton Strachey. *English Literature in Transition 1880—1920*, 1990, 33 (1), p. 32.

③ Morse, D. E. The moving finger of literary fashion. *Hungarian Journal of English and American Studies*, 2009, 15 (2), p. 467.

④ Roy, D. Lytton Strachey and the masochistic basis of homosexuality. *Psychoanalytic Review*, 1972, 59 (4), pp. 579-584.

⑤ Taddeo, J. A. *Lytton Strachey and the Search for Modern Sexual Identity: The Last Victorian*. Oxford: Harrington Park Press, 2002.

⑥ Avery, T. "This intricate commerce of souls": The origins and some early expressions of Lytton Strachey's ethics. *Biography*, 2004, 13 (2), p. 199.

特拉奇作品的重要学者，1929 年他在《新传记文学谈》中介绍了"新传记"这一在西方刚刚兴起的传记创作，指出新传记即用小说家的态度来写传记，并加入戏剧效果。[①] 1932 年 10 月，他以"秋心"这一笔名在《新月》上发表文章，以纪念刚刚去世的斯特拉奇。他在文中对斯特拉奇的"新传记"做了较为全面的评析，指出其形式创新在于揣摩和描绘传主个性。[②] 1935 年，卞之琳应中华文化基金会特约，翻译了《维多利亚女王传》，并由商务印书馆出版。

20 世纪八九十年代，斯特拉奇传记研究在学理、思想基础、内在特性等方面获得很大推进。杨正润在《传记文学史纲》(1994)中肯定了斯特拉奇作为"新传记"代表人物的地位，给予他很高评价：斯特拉奇"是从 19 世纪末开始的英国传记革新的集大成者，又是新传记以及整个 20 世纪传记革命的开创者"[③]；他重点指出斯特拉奇的特长在于传主性格刻画和结构戏剧化处理。赵白生在《新传记的三板斧》中指出，斯特拉奇等新传记家破旧立新的三板斧是"艺术第一""务必解释"和"心的趣味"[④]。杨正润在《"解释"与现代传记理念》中指出，斯特拉奇的传记特别注重"精神自由"[⑤]。唐岫敏在专著《斯特拉奇与"新传记"——历史与文化的透视》(2010)中，以斯特拉奇、弗吉尼亚·伍尔夫和哈罗德·尼克尔森的传记作品为研究对象，从历史语境与思想资源、反叛性和实验性三个方面探讨了"新传记"的思想基础、价值观和创新性，指出：乔治·摩尔的伦理学、罗杰·弗莱的美学思想和陀思妥耶夫斯基与弗洛伊德的心理分析是"新传记"的思想基础；"新传记"体现出对维多利亚时期价值观的质疑和突破；"新传记"体现了创作上的精神自由、对"事实"内涵的重新定位和对科学精神的推崇。[⑥]

总体而言，自 1918 年斯特拉奇出版《维多利亚名人传》至今，在百年研究中，利顿·斯特拉奇的传记经历了最初的追捧与责难，逐渐进入常规研究。相对于文学批评的繁荣而言，斯特拉奇研究总体比较单薄。究其原因，一方面是因为传记作为历史与文学的交叉学科，其重要性尚未获得学界的充分认识，另一方面，斯特拉奇作为新传记的开创者，他的形式创新性尚需获得学界更充分的研究。在传记作品井喷的今天，我们对它的形式的剖析无疑是重要的。尚可拓展的议题包括：斯特拉奇与形式主义美学的关系，他的传记理论和形式说，他的传记创作对形式主义美学的实践，以及他的新传记对当代传记的影响等。

---

① 梁遇春：《梁遇春散文》，杭州：浙江文艺出版社，2001 年，第 242 页。

② 梁遇春：《梁遇春散文》，杭州：浙江文艺出版社，2001 年，第 197—214 页。

③ 杨正润：《传记文学史纲》，南京：江苏教育出版社，1994 年，第 443 页。

④ 赵白生：《新传记的三板斧》，载《世界文学》2002 年第 2 期，第 288—303 页。

⑤ 杨正润：《"解释"与现代传记理念》，见杨国政、赵白生编《欧美文学论丛第四辑：传记文学研究》，北京：人民文学出版社，2005 年，第 29 页。

⑥ 唐岫敏：《斯特拉奇与"新传记"——历史与文化的透视》，太原：山西人民出版社，2010 年。

第三节　中西审美批评的立场、定位和方法

一、研究对象

本专著的研究对象是英国形式主义美学理论家和艺术批评家罗杰·弗莱和克莱夫·贝尔的论著，小说家弗吉尼亚·伍尔夫和传记家利顿·斯特拉奇在小说和传记中对该美学思想的实践。罗杰·弗莱和克莱夫·贝尔的形式主义理论是从视觉艺术批评中提炼出来的，具有显著的审美体验和直觉感悟特性，弗吉尼亚·伍尔夫和利顿·斯特拉奇的审美原则和创作实践同样是基于审美体验的形式创新。他们的理论、创作与中国传统诗学有共通性。有鉴于此，本专著将英国形式主义美学思想和创作实践放置在中西双重审美视野中加以考察，旨在揭示英国形式主义理论家和实践家的美学渊源、思想内涵、研究方法、创作实践和影响价值。

二、研究立场、定位和方法

(一)坚持“以我为主，为我所用”的立场

本专著将坚持“以我为主，为我所用”的立场，实践“中国思维”和“对话创新”的原则。也就是说，从本民族最本源的思维方式和思想观点出发，审视、观照和对话国外文化，在中西文化的双重视野中完成对英国形式主义美学的研究。[①] 在研究中，将重视下面两点：

1. *以中国思维为主导*

中西思维方式是不同的。关于这一点，西方汉学家和中国学者都曾做深入论述。近百年来，由于西方书籍的大量翻译、引进和传播，中国外国文学界接受了西方的“概念思维”，但可能疏忽了中华民族的“象思维”。我们需要明晰两者的差异，以凸显本民族思维的主导作用。西方“概念思维”的“首要特征是抽象性，即把思维对象从具体的感性现实中抽象出来，并以下定义的方式加以严格规定”[②]。这是由柏拉图概括和提炼的，是一种让概念的抽象普遍性超越并凌驾于事物的具象特殊性之上的思维模式，它的核心原则是本质/现象、主观/客观等抽象概念与感性事物之间的

---

① 高奋：《吸收借鉴国外优秀文化成果之立场、方法和视野》，载《中国出版》2013 年第 1 期，第 25 页。

② 王南湜：《中西思维方式的差异及其意蕴析论》，载《新华文摘》2012 年第 3 期，第 34 页。

二元对立。中国的“象思维”则“不对现象做定格、分割和抽取,而是要尽量保持现象的整体性、丰富性与动态性。它不是要到现象的背后去寻找稳定性和规律,而是要在现象的自身之中找到稳定性和规律。它也对事物进行概括,发现事物的普遍性,但始终不离开现象层面。概括的结果,依然以‘象’的形式出现”[①]。中国“象思维”以天人合一、主客一体的方式来把握世界,其思维具有整体性、关联性、互补性和动态性的特征。

以中国思维为主导,我们不仅可以避免西方思维的二元对立和概念先导的局限,而且可以消解西方思维“只见树木,不见森林”的局限,充分发挥中国学者擅长领悟的天性,释放我们的创新能力。

2. 重视中西互鉴

中西互鉴就是基于中国诗学的整体观照,辅以西方理论的科学分析,将“心”的感悟与“物”的解析结合起来,以贯通审美领悟与理性认知。中国传统批评的“心”悟的基本表现形式是:以生命体验为本质特性,实践“以意逆志”的审美方法,将文学纳入自然、文化、心灵中加以整体考察,从文学的内在关联性、互补性和动态性中领悟生命洞见。西方文学批评对文学的“物”析体现在西方著名文论家乔纳森·卡勒(Jonathan Culler)所归纳的两种主导批评模式——语言学模式和阐释学模式[②]——中,前者可追溯到古希腊的修辞学研究,重在揭示文学作品的内在形式构成,比如情节、人物、主题、象征、反讽等基本成分和修辞法;后者从政治、历史、社会、文化、性别、生态、空间等外在视角出发,运用特定理论去解析文学内涵。语言学模式和阐释学模式都将文学视为感性之“物”,用理性分析去提炼普遍概念。

中西互鉴的目标在于将整体生命观照与精细理性分析相融合,以达到思想的深刻性与论析的严谨性的契合。老一辈思想家、批评家钱锺书、朱光潜等早已提供了中西互鉴的研究范例。

(二)开展审美批评

本专著实践“西学为史,中学为镜”的批评原则,一方面将英国形式主义美学放置于西方形式美学和英国美学史的长河中观照其对传统的继承性和创新性,另一方面以中国诗学为镜,充分阐明英国形式主义美学基于审美体验的审美思想和内涵价值。有鉴于此,本研究的主导批评模式是:审美批评。

何谓审美批评?我们将从中西批评两方面予以论析。

---

① 王南湜:《中西思维方式的差异及其意蕴析论》,载《新华文摘》2012 年第 3 期,第 34 页。

② Culler, J. *Literary Theory: A Very Short Introduction*. Oxford: Oxford University Press, 1997, p. 61.

1. 西方认识性批评与西方审美性批评之辨

西方现当代主导的文学批评具有显著的理论先导的特性。形式主义、女性主义、解构主义、文化研究、后殖民主义、混沌理论、生态主义、空间理论、创伤及证词理论等各种理论轮番上阵，它们频繁的建构/解构主宰了文学批评的短暂兴衰和快速更替。在理论繁荣之下，文学批评离文学本身越来越远，渐渐湮没于政治、文化和科学理论之中。西方学者不断发出“回归文学本身”的呼吁，但是根深蒂固的本质/现象二元对立假说，以及“定义—分析”[①]研究法则，依然促使西方学界将文学批评依附于不断涌现的新理论。但与此同时，不绝于耳的“回归文学本身”的呼声本身便昭示了这样的事实：在西方主导的批评理论和方法之下涌动着一种传统的、被忽视的批评模式。

也就是说，除了乔纳森·卡勒所归纳的语言学和解释学这两种显在的批评模式之外，还有另一种隐在的批评模式。2004 年，迈耶·艾布拉姆斯（Meyer H. Abrams）在《文学术语汇集》（*A Glossary of Literary Terms*）中曾将实践批评分为两类：明断式批评和印象式批评。前者类似于卡勒所指称的有预设标准的批评模式，它“不单单与作品进行交流，而且将批评家的个人判断基于特定的文学精品的标准之上，从主题、谋篇布局、技巧和风格等切入，分析和阐释一部作品的功效”[②]；后者类似于普通读者的阅读模式，“力图阐明对特定段落或整部作品的感受，阐明作品在批评家心中激起的反应（印象）”[③]。

如果我们将艾布拉姆斯的明断式批评和印象式批评向前推进到本质层面，可概括出西方批评的两种基本类型。我们称它们为：认识性批评和审美性批评。

认识性批评是西方现当代批评的主导模式。它指称这样一类批评：它用一种特定的认识（理论）来预设批评的原则、视角、方法和目标，旨在以理性分析作品来提取概念或佐证认识（理论）；该批评所遵从的认识（理论）通常已形成完整的体系，有明确的术语、定义、思想内涵、功用，有一定的影响力。它的主要特征有五个：(1)理论（概念、定义）先导。(2)视文学为现实的模仿——要么视作品为介入现实的实践话语，通过批评揭示作品对政治、性别、种族、文化等现实问题的态度、观点，或者视作品为反映现实的镜子，用批评展开社会、文化、历史考证（解释学模式）；要么依照理论剖析作品的构成和技法，往往以现实为隐在的参照物（语言学模式）。(3)赋予批

① 柏拉图：《斐德若篇》，见朱光潜《朱光潜全集》（第十二卷），合肥：安徽教育出版社，1991 年，第 132 页。

② Abrams, M. H. *A Glossary of Literary Terms*. 7th ed. Beijing: Foreign Language Teaching and Research Press, 2004, p. 51.

③ Abrams, M. H. *A Glossary of Literary Terms*. 7th ed. Beijing: Foreign Language Teaching and Research Press, 2004, p. 50.

评居高临下的权威地位，按照理论准则和假说对作品进行定位、分类、剖析、考证、解释和提炼。文学只是批评的附庸。(4)依据选定的理论和术语框定有限的批评视角，很少用情趣去感悟和品味作品本身。(5)研究结论与理论假说一致。

比如洛伊斯·泰森的论文《"寻找，你就会得到"……然后又失去：〈了不起的盖茨比〉的结构主义解读》，开篇便阐明"我想通过茨维坦·托多洛夫的主题句模式来阐明该小说的叙事'语法'……根据这个框架去找出文本是如何通过重复出现的行动(类似动词)与特征(类似形容词)和相关的特定人物(类似名词)之间形成的关系模式来建立起来的。……我认为所有行动都可以归结为三个动词：'寻找''找到'和'失去'"①。全文细致严谨地分析了小说中的"寻找—找到—失去"结构，最后的结论与开篇的预设一致。我们所概括的几个特性在此论文中全都体现。这是一种严谨的科研方式，其假说明晰，视角和方法明确，分析细致，逻辑严密，将特定理论运用于作品分析中，可看到作品中先前看不到的东西。

不过它有局限性：(1)缺乏自主活力——依托特定理论，一旦理论过时，批评也过气。如果理论狭隘，批评显得怪异。(2)以偏概全——作品没有获得整体解读，而是聚焦于某预设的假说，容易导致误读或过度阐释。(3)不可持续性——批评家受制于理论，既不整体领悟作品的情感思想，也不运用自己的情感与想象。批评更像一种呆板的验证，而不是心灵的交流。批评时常不能揭示作品最深刻的思想，也不能体现批评家的深刻感悟。理论的艰涩常常体现在批评中。

其实，优秀的批评家，即便从某种理论出发，也不会受制于该理论。他们仅仅将理论作为基础，将重心落在心灵冲突、生命感悟和人性洞见之上。比如以希利斯·米勒的《小说与重复》的第7章"《达罗卫夫人》——使死者复生的重复"为例，该章基于米勒本人原创的"重复"理论展开，但真正使他的评论熠熠发光、充满活力的是他对伍尔夫作品中"心灵与心灵之间关系的微妙差别"②的深刻而犀利的论析；在这里，重复理论只是平台，批评所揭示的是一位批评家透视小说家的作品所领悟的心灵奥秘。

审美性批评指称用自己的心灵去感受作品的情感思想的批评。艾布拉姆斯所说的印象式批评就是典型的审美批评。这是一种比较传统的批评，在现当代批评中常常受轻视被边缘化，其经典评论见于蒙田的《随笔集》、维克多·雨果的《论莎士比亚》、柯勒律治的《莎士比亚演讲录》、保罗·瓦莱里的《达·芬奇方法引论》、瓦尔

---

① 泰森：《"寻找，你就会得到"……然后又失去：〈了不起的盖茨比〉的结构主义解读》，见张中载、赵国新编《文本·文论——英美文学名著重读》，北京：外语教学与研究出版社，2004年，第12页。

② Miller, J. H. Mrs. Dalloway: Repetition as the raising of the dead. In Beja, M. (ed.). *Critical Essays on Virginia Woolf*. Boston: G. K. Hall, 1985, p. 54.

特·佩特的《文艺复兴:艺术与诗的研究》、弗吉尼亚·伍尔夫的《普通读者》等诗人和小说家的评论中。自觉的审美批评在西方的历史不算长。"审美"(Aesthetic)一词取自拉丁语,原意为"感性学",1750年德国美学家鲍姆嘉通(A. G. Baumgarten)第一次使用该术语,将其定义为研究"感性认识的科学"[①]。此后,康德在《判断力批判》(1790)中阐明了美"不带任何利害""普遍性愉悦""无目的的合目的性"和"共通感"四大契机[②],为审美批评在西方的发展提供了理论基础。1818年,英国浪漫主义诗人塞缪尔·泰勒·柯勒律治(Samuel Taylor Coleridge)将康德的观点与英国经验主义哲学相结合,阐明了审美批评的内涵:"一个真正的批评家,如果不把他自己放在中心,从这个中心出发俯视全体",他就不可能真正读懂一部文学作品,因为我们只有"将那种与一切环境无关的人类本性中那些真实的东西视为一部作品的精神与实质",在鉴赏过程中考察人类不朽的灵魂与"时代、地点和当时的生活习俗"等外在因素的关系,我们才能真正把握批评的实质。我们常犯的错误是,"仅仅将环境作为不朽的东西,而完全忽略了那唯一能使环境活跃起来的灵魂的力量"[③]。1865年,马修·阿诺德指出批评的无功利本质,指出批评的法则是"超然无执"[④],超越于社会、政治、党派等利益之上。1873年,唯美主义者瓦尔特·佩特倡导审美批评的目标是"最充分地表现美"[⑤]。1925年,弗吉尼亚·伍尔夫出版《普通读者》,阐明审美批评的原则和步骤。上述概述大致构成英国审美批评的主要发展历程。

它的特性是:(1)不带先入之见。将作品中的感性描写作为研究对象,感悟和品味其中的情感和思想。(2)视文学为情感和思想的自然流露。认为文学是"日常的东西在不平常的状态下呈现在心灵的面前",文学的目标是用这些事件和情节去探索人类的"天性"[⑥]。(3)视批评与文学创作同源同质。批评就是批评家探索作品中的灵魂的过程。(4)不带任何功利性。(5)关注心灵与社会、文化、环境、时代等各种现实因素之间的关系,但批评的焦点始终是生命性情本身。

柯勒律治的《莎士比亚演讲录》是审美性批评的范例。他相信一个批评家如果缺乏对人类心灵的洞悉,在认识心灵时没有孩童般的喜悦,那么不论他学识多高,他

---

① 鲍姆嘉通:《美学》,简明、王旭晓译,北京:文化艺术出版社,1987年,导论。

② 康德:《判断力批判》,邓晓芒译,北京:人民出版社,2002年,第37—76页。

③ Coleridge, S. T. *Lectures and Notes on Shakespeare and Other English Poets*. London: George Bell and Sons, 1884, p. 227.

④ 阿诺德:《当代批评的功能》,见伍蠡甫主编《西方文论选》(下卷),上海:上海译文出版社,1979年,第81页。

⑤ 佩特:《文艺复兴:艺术与诗的研究》,张岩冰译,桂林:广西师范大学出版社,2002年,序言。

⑥ 华兹华斯:《〈抒情诗歌谣〉序言及附录》,见中国社会科学院文学研究所编著《古典文艺理论译丛》(卷一),北京:知识产权出版社,2010年,第5页。

都不能读懂作品。基于这一认识，他从自己的心灵出发去阅读莎士比亚，认为《暴风雨》展现了人的想象之美，它消去暴风雨的恐怖成分，用场景的和谐、女主人公的神圣气质、爱情的神圣性等体现了“人类天性的一切伟大的组成力量和冲动”[①]。他认为，要理解《哈姆雷特》中主人公性格和行动的矛盾，要从考察人类的心灵构造出发，去感悟人物在外部冲击与内在思想不平衡的状态中人性的犹豫、困惑和抉择[②]。

弗莱和贝尔所采用的就是典型的审美批评法。他们的形式主义美学的实践者弗吉尼亚·伍尔夫曾阐明审美批评的原则、过程、利器和准绳。她指出：批评的原则是“依照自己的直觉，运用自己的心智，得出自己的结论”；其过程是“评判林林总总的印象，将那些瞬息即逝的东西变成坚实和持久的东西”；所使用的利器是“想象力、洞察力和学识”；评判准绳是“趣味”[③]。也就是说，伍尔夫视批评为批评家运用自由精神、表达独立见识的过程；他首先需消除先入之见，获得对作品的完整感受；然后在想象力、洞察力和学识的帮助下感悟作品的真义；批评的标准是批评家来自天性和学识的情趣。

2. 中国审美批评

在中国，源远流长的主导批评模式是审美批评。中国传统诗学认为，文艺批评是一种审美体验，包括以下主要思想。

(1)孟子的“知人论世”和“以意逆志”。前者是批评的前提，后者是批评的方法。孟子云：“颂其诗，读其书，不知其人，可乎？是以论其世也。是尚友也。”(《孟子·万章下》)也就是说，批评的前提是，批评者需了解作者的性格、情感思想、修养气质等(知人)，同时需了解作者所处时代环境和社会风貌(论世)。批评的方法是“以意逆志”：“故说诗者，不以文害辞，不以辞害志。以意逆志，是为得之。”(《孟子·万章下》)也就是说，批评即心灵对话，不要因为语句的表面意思而影响对作者的情感思想的理解，要以批评家之心意去求取诗人之心志，或者以古人之心意去求取古人之心志。孟子思想的哲学和伦理学基础是人性论和性善论，即人心是相通的，人的本性皆善。

(2)西汉大儒董仲舒提出“诗无达诂”(《春秋繁露·精华》)，指出文艺批评并无定式，仁者见仁，智者见智，明确了审美批评的自主性和多元性。

---

① Coleridge, S. T. *Lectures and Notes on Shakespeare and Other English Poets*. London: George Bell and Sons, 1884, p. 282.

② Coleridge, S. T. *Lectures and Notes on Shakespeare and Other English Poets*. London: George Bell and Sons, 1884, pp. 342-352.

③ Woolf, V. *The Common Reader* (second series). London: The Hogarth Press, 1959, pp. 258-270.

(3)魏晋南北朝时期,刘勰在《文心雕龙》中提出审美批评"知音说"。首先他要求批评者"博观",以六观方式整体观照文学作品:"是以将阅文情,先标六观:一观位体,二观置辞,三观通变,四观奇正,五观事义,六观宫商。斯术即形,则优劣见也。"①也就是说,批评者要整体审视情感与文体、语言、创新意识、新奇与雅正、典故和声律。其次,他揭示批评与创作同源同质,皆由心而发,因而要以心观之,"夫缀文者情动而辞发,观文者披文以入情,沿波讨源,虽幽必显。世远莫见其面,觇文辄见其心"②,也就是说,创作是观物——情动——辞发的过程,而批评则是观文——情动——妙悟的过程,两者殊途同归,所表现和领悟的都是人心之情思和洞见。

(4)此后的学者诗人围绕以意逆志、知音等审美批评核心思想,从多侧面推进审美批评的范畴。所提出的范畴包括兴会(批评的感发性)、美丑(批评的统一性)、趣味(批评的品味)、自然(批评的标准)等。所运用的批评方式包括:"文为活物",一种用意象来表达对作品的评判的方式,如用草蛇灰线、空谷传声等鲜活意象评点作品;"法须活法",一种既符合法理又保持文章的活泼性的行文风格;"美在空虚",一种虚实相生的批评方式;"眼照古人",即借古人之事以表达自己之意。③

简而言之,中国审美批评的主要特性是:(1)视批评的本质为生命体验——知音说、神与物游说;(2)视文学为情感和思想的表达——诗言志;(3)强调批评的整体观照原则——知人论世说、六观说;(4)视批评的基本方法为批评家与作品(作家)的心灵对话——以意逆志;(5)强调批评的多元性——诗无达诂;(6)推崇审美机制集整体性、关联性、互补性、动态性为一体——兴会观、美丑观、趣味观、自然观;(7)倡导开放灵动的批评模式——文为活物、法须活法、美在虚空、眼照古人。

中国文学批评的渊源是汉儒讲论经义的章句(逐句分章释义)、训诂(解释经文字义)、条例(归纳原则)和魏晋以来受佛典疏义影响而形成的开题(讲解题意)和章段(章节段落),因此中国传统批评的目标是:既要从文字上领悟作者之用心(情理),又要从题目、章段中领悟作品的主旨和文辞之美。也就是说,批评的核心是情理和文辞,两者不可分割,情理为主,文辞为次,如刘勰所言"故情者文之经,辞者理之纬;经正而后纬成,理定而后词畅;此立文之本源也"④。要揭示情理与文采,"以意逆志"和"整体观照"是中国传统批评的主导方法与视野。

比如南朝钟嵘的《诗品》在评价诗人李陵时,用评语"文多凄怆,怨者之流"⑤凸显

---

① 周振甫:《文心雕龙今译》,北京:中华书局,1986 年,第 438 页。

② 周振甫:《文心雕龙今译》,北京:中华书局,1986 年,第 439 页。

③ "文为活物""法须活法""美在虚空""眼照古人"这四点是学者龚鹏程对中国传统批评法则的总结。详见龚鹏程:《中国文学批评史论》,北京:北京大学出版社,2008 年,第 169—181 页。

④ 周振甫:《文心雕龙今译》,北京:中华书局,1986 年,第 288 页。

⑤ 钟嵘:《诗品》,见张寅彭编《中国诗学专著选读》,桂林:广西师范大学出版社,2006 年,第 1 页。

其诗句的性情文采,同时还道出其诗风渊源、诗人生平和诗品评论,短短40余字,一气呵成,生动勾勒李陵的诗作和性情的形神特质。又比如金圣叹评点《水浒传》,他首先在总序中阐明《水浒传》与《史记》的差异在于,前者"因文生事"后者"以文运事"①,昭示他对文学的想象性与虚构性的认识。他将批评的重心置于人物性情与文采技法的评点上,揭示小说最精妙之处在于"写一百八人性格,真是一百八样",重点称颂李逵的"天真烂漫"、鲁达的"心地厚实"②等人物个性,和草蛇灰线法、棉针泥刺法等创作技法。然后他用序一阐明作者之意,序二阐明题旨,序三阐明作者生平;接着摘录《宋史纲》《宋史目》相关史实以示对照,最后对每一章回做出总批和评注,详述篇章布局、人物关系、人物性情、章回关联、创作技法、文辞风采等,情理与文采合一,极为精妙。比如他在第26回总批盛赞小说以虚实相生法表现鲁智深之英武的精妙:"须知文到入妙处,纯是虚中有实,实中有虚,联绾激射,正复不定,断非一语所得尽赞耳。"③

可见中西批评异中有同。西方主导的认识性批评与中国主导的审美性批评大相径庭,而西方边缘化的审美性批评与中国主导的审美性批评则本质相通。认识性批评与审美性批评的差异是本质性的:前者视批评对象为"物",用理性去解析它,其目标在于探求并推导人类的普遍性法则;也就是说,它的起点是理论假说,理性分析作品后,最终回到理论假说的验证或修正。后者视批评对象为"心",用批评家之心领悟作品(作家)的心意,其目标在于获得生命体验的交流、共鸣和洞见;也就是说,它的起点是批评家与作品(作家)生命感悟的交汇,整体观照作品后,最终道出生命真谛和艺术美。在西方美学史上,学者们不断开展对理性缺陷的批判,比如维科用"诗性智慧"对抗笛卡儿几何学在诗学研究中的滥用;康德阐发"审美判断力";尼采用"酒神精神"与"日神精神"的合体为生命精神正名等。西方审美性批评与中国审美性批评的相通之处在于,两者均视批评为生命体验。不同之处在于:西方审美批评重在探索生命精神,强调用想象力、判断力与学识去感悟生命体验;中国审美批评同时关注生命情理的揭示和生命精神的形式表现,已经建立了神思、虚静、妙悟、虚实等创作范畴,情志、文质、意象、意境、气韵、形神等形式范畴和知音、美丑、趣味、风骨等批评范畴。

推进中国外国文学审美批评,就是要以中国思维和中国传统诗学为基础和主干,在中西贯通的基础上实现中国审美批评的现代化和全球化转型。以下面几点为主要特性:(1)坚持"诗言志"的文学观。视文学为生命精神的表达,以想象性和虚构

① 施耐庵:《水浒传·金圣叹批评本》,长沙:岳麓书社,2015年,第1页。
② 施耐庵:《水浒传·金圣叹批评本》,长沙:岳麓书社,2015年,第2页。
③ 施耐庵:《水浒传·金圣叹批评本》,长沙:岳麓书社,2015年,第312页。

性为主要特性，而不将文学依附于不断变化的现实问题和理性认识。(2)坚持"以意逆志"的批评方法。视文学批评为不带先入之见的生命体验和洞察，而不让批评依仗理论的权威居高临下，视作品为批评的附庸。(3)强调"知人论世""六观说"等整体观照批评视野。依据阅读体验来确定研究问题，依据研究所需自主地运用中西文论，从多侧面考察和领悟作品的情理和文采，关注文学内外诸因素的关联性、互补性、动态性，不用理论来限制批评的议题、方法和目标。(4)强调"神与物游"的批评过程。使批评始于批评家与作品(作家)的生命感悟的交汇，整体观照作品后，最终抵达生命情理和作品文采的美的境界。

当我们用"心"去领悟和洞见外国文学作品中最具活力的心灵力量和艺术美时，我们的批评才更具创意和深度。

老一辈思想家、批评家早已提供中西互鉴的研究范例。比如朱光潜在《诗的实质与形式》一文中以对话方式探讨实质与形式的关系问题，在研究方法上并不采用西方惯常的"定义—分析"模式，而是启用中国思维的整体性与关联性。他将实质具化为情感和思想，形式具化为语言，重点阐明情感、思想、语言之间的关系，不仅揭示西方传统的"实质说"与"形式说"的缺陷，而且指出西方现代理论家克罗齐的"艺术即形式、直觉即表现"理论的局限。他最终提出"实质形式一致说"，将实质与形式的关系提升到意境的高度。[①] 整个讨论内含中国诗学的情志说、言意说、文质说等多个诗学范畴，深刻而犀利。比如叶维廉在《史蒂文斯诗中的"物自性"》一文中，将中国道家美学"肯定物之为物的本然本样"的"物自性"观与西方柏拉图以来所坚持的"真理存在于超越具体真实世界的抽象本体世界里"的"物超越"观相比照，在此基础上评析史蒂文斯的诗歌，揭示其诗性美基于"物之为物自身具足"的观点。[②] 该批评融中西诗学、整体观照和细致分析为一体，精彩演绎了他自己对优秀批评家的界定："一个完美的批评家必须要对一个作品的艺术性，对诗人由感悟到表达之间所牵涉的许多美学上的问题有明晰的识见和掌握，不管你用的是'点、悟'的方式还是辩证的程序。"[③]

(三)实践中西互鉴法，实现理论创新

从方法论上看，中国主导的审美性批评所运用的是整体观照法，而西方主导的认识性批评坚持"定义—分析"法。我们将对比这两种方法，以阐明中西互鉴法的价值和意义。

---

① 朱光潜：《朱光潜全集》(第三卷)，合肥：安徽教育出版社，1987 年，第 275—302 页。

② 叶维廉：《史蒂文斯诗中的"物自性"》，载《华文文学》2011 年第 3 期，第 7—16 页。

③ 叶维廉：《中国诗学》，北京：人民文学出版社，2006 年，第 12 页。

1."整体观照"的基本特性

"整体观照"是中国诗学的基本方法。"观"作为一种方法,指称用人的心灵去映照万物之"道"的审美体验方法。"观"是中国自先秦以来就普遍采用的一种感知天地万物的方法,比如老子《道德经》通过观照万物来洞见生命之本质,所提出的"人法地,地法天,天法道,道法自然"这一认识生命和世界的方法,便是经典的整体观照法。唐宋之后,受佛教影响,取自佛经的"观照"成为中国审美感知的重要方式。其内涵与道家的"观"相同,强调主体用澄明心灵去洞见被观照事物的本质,使主体的生命精神与万物的本真相契合。它是一种生命体验,其基本特性有以下几种。

(1)其要旨是以主体为核心,从心灵出发,直觉感悟事物;以物我合一的方式感悟事物整体,获得对事物生命精神的洞见。

(2)其根基是中国的"象思维"。"象思维"的基本特性是直觉洞见事物之本质,其思想以"象"的形式呈现。

(3)其优势是重视整体性、关联性、互补性、动态性,能够洞见事物之核心。其弱点是:不重分析,逻辑体系不强。

2."定义—分析"法的基本特性

西方诗学视文学为"物",对它进行科学研究。其基本方法长期承袭柏拉图在《斐德若篇》中提出的两大修辞法则:"头一个法则是统观全体,把和题目有关的纷纭散乱的事项统摄在一个普遍概念下面,得到一个精确的定义,使我们所要讨论的东西可以一目了然……第二个法则是顺自然的关节,把全体剖析成各个部分。"[①]我们暂且简称它为"定义—分析"法则。亚里士多德的《诗学》便是这两大法则运用的典范,它从确定模仿说的定义出发,分析并阐明悲剧的类属、功能、构成、作用等。自西塞罗、贺拉斯至中世纪,西方理论和批评"一直被包括在修辞学的范畴内……修辞学对于诗艺的主导地位从来不曾受到质疑"[②]。16、17 世纪,文学研究与修辞学"结盟"[③]。18、19 世纪,西方文论和批评的研究对象从审美客体过渡到审美主体,文艺界对情感、想象、趣味的兴趣大大加强,然而修辞学始终与文学研究如影随形。[④] 20 世纪的文艺研究突破文学学科的束缚,广泛运用心理学、社会学、文化学等其他学科理论来研究文学,但是"定义—分析"的基本方法依然坚如磐石。

(1)其要旨是以某种(些)有影响力、普遍接受的理论为参照,用其中的"定义"为批评提供预设标准;将所研究对象细细分析(解),从中提取抽象概念,就像柏拉图所

---

① 柏拉图:《斐德若篇》,见朱光潜《朱光潜全集》(第十二卷),合肥:安徽教育出版社,1991 年,第 132 页。

② 贝西埃、库什纳等主编:《诗学史》,史忠义译,天津:百花文艺出版社,2001 年,第 65 页。

③ 贝西埃、库什纳等主编:《诗学史》,史忠义译,天津:百花文艺出版社,2001 年,第 225 页。

④ 贝西埃、库什纳等主编:《诗学史》,史忠义译,天津:百花文艺出版社,2001 年,第 512—570 页。

言,“除非把事物按照性质分成种类,然后把个别事例归纳成为一个普遍原则”,否则“就不能尽人力所能做到登峰造极”①。

(2)其基础是西方的“概念思维”。“概念思维”的要旨是从具象中归纳概念,并以定义严格规定它;依据定义分析“物”的结构、形态、性质及其运动规律。

(3)其优势是逻辑推论,分析思辨。其弱点是从极偏远的个别现象中提取的概念,因样本极小,很可能不具备普遍性,却常常被视为普遍规律,因而以偏概全在所难免;只见树木、不见森林是通病。

显然,将中国整体观照法与西方的“定义—分析”法融合,可以有效推进理论的创新。

3. 本研究的特性

本研究所采用的是中西互鉴法,主要体现下面的特性。

(1)中西诗学双重审美观照法:本研究以中西审美诗学为参照,研究并揭示英国形式主义美学的理论、实践与价值。基本原则:“西学为史,中学为镜”,将英国形式主义美学放置于西方形式美学和英国近代美学史中观照其继承性和创新性,同时以中国诗学为镜,阐明其内涵价值。基本方法:“以意逆志”与“分析论证”相结合,一方面以主体为核心和出发点,运用“象思维”,重视研究的整体性、关联性、互补性、动态性,以物我合一方式感悟事物整体,洞见事物之本质;另一方面,在具体论析中,做到资料翔实,论证严密,分析深入。

基本依据:一方面,英国形式主义美学的核心理念“艺术以有意味的形式表现思想情感”与中国传统诗学的核心理念“诗言志”相通,有关随物赋形的思考有诸多相近处,其集理性与感性、抽象与具象、主观与客观为一体的整体思维方法与中国传统审美思维相近。中国博大精深的画论和文论可以提供理想光源,照亮英国形式主义的价值。另一方面,弗莱、伍尔夫等推崇中国文化艺术,曾通过汉学家宾扬、阿瑟·韦利的译著了解、汲取和评析中国文艺,与徐志摩、凌叔华等有直接交往。中国传统文艺是其创新思想的重要源泉之一。

(2)跨学科交叉:本研究集美学、艺术、文学和传记为一体,充分考察不同学科之间的交互影响。同时,通过艺术理论与文学理论的比照,阐明其相通之处。

基本依据:本研究的主要对象包括两名艺术理论家和批评家,一名小说理论家和小说家,一名传记理论家和传记家。

(3)理论与实践相结合:本研究推崇并实践自英国经验主义至英国形式主义美学所运用的审美原则与中国诗学所倡导的审美原则。首先从弗莱、贝尔的艺术批评

---

① 柏拉图:《斐德若篇》,见朱光潜《朱光潜全集》(第十二卷),合肥:安徽教育出版社,1991年,第144页。

中提炼他们的美学思想,然后考察该美学思想在伍尔夫、斯特拉奇的创作中的实践,最终在中西方美学思想的比照中揭示其内涵、价值与局限。

基本依据:四位研究对象同属布鲁姆斯伯里文化圈,其基础与路径相同,理论观点与批评实践相通。理论与实践始终相辅相成,融会贯通。

第四节　研究框架与核心问题

本专著共五章。在阐明英国传统美学思想的基础上,全面研究罗杰·弗莱、克莱夫·贝尔的形式主义美学思想和弗吉尼亚·伍尔夫、利顿·斯特拉奇对形式主义美学思想的文学创作实践。

一、研究框架和核心问题

第一章系统追溯和阐明英国形式主义美学的思想基础。核心问题包括:

(1)自古希腊至19世纪,西方“形式”概念的主要内涵是什么?经历了怎样的演变?

(2)英国17—18世纪经验主义美学家提出了什么美学观点和方法论?它的主要特性是什么?

(3)19世纪浪漫主义美学家提出了什么美学观点和方法论?它的主要特性是什么?

(4)19世纪英国维多利亚时期和唯美主义的主要美学家提出了什么美学观点和方法论?它的主要特性是什么?

第二章梳理、概括和阐明罗杰·弗莱的形式主义美学思想。核心问题包括:

(1)弗莱形式主义美学的思想基础和特性是什么?

(2)弗莱的实践美学启用了怎样的方法论?其审美立场是什么?他怎样定位艺术的本质?

(3)以中国诗学的“言志说”为参照,弗莱的“情感说”的渊源、内涵、作用是什么?

(4)弗莱的形式论如何继承并推进西方的形式论?以中国诗学为参照,他的形式观的内涵和价值是什么?

(5)以中国诗学的“知人论世”“以意逆志”为参照,弗莱艺术批评的特性和价值是什么?

第三章梳理、概括和阐明克莱夫·贝尔的形式主义美学思想。核心问题包括:

(1)贝尔形式主义美学的基础和特性是什么?

(2)以中西审美诗学为参照,贝尔的“有意味的形式”理论的艺术内涵、形而上学

内涵以及思想特性是什么?

(3)贝尔的形式理论在内涵与价值上与中国北宋时期文人画理论有何异同?

(4)贝尔的艺术批评的特性和价值是什么?

第四章系统研究弗吉尼亚·伍尔夫的文学创新与形式主义美学的内在关联性和创作实践。核心问题包括:

(1)伍尔夫的创作思想的形成过程及其美学理念是什么?

(2)伍尔夫的生命创作说与情感形式说与形式主义美学的内在关联性是什么?

(3)伍尔夫在《雅各的房间》中如何实践形式主义美学理念?

(4)伍尔夫在《达洛维夫人》中如何实践形式主义美学理念?

(5)伍尔夫在伦敦随笔中如何实践形式主义美学理念?

第五章探讨利顿·斯特拉奇的传记创新与形式主义美学的内在关联性和创作实践。核心问题包括:

(1)斯特拉奇的创作思想的形成过程及特性是什么?

(2)斯特拉奇的传记生命说和简约形式说与形式主义美学的内在关联性是什么?

(3)斯特拉奇在《维多利亚名人传》中如何实践形式主义美学理念?

(4)斯特拉奇在《维多利亚女王传》中如何实践形式主义美学理念?

(5)斯特拉奇的"新传记"与当代"传记小说"有何审美异同?

二、研究目标

(1)完成对英国形式主义美学的整体研究,综合探讨其渊源、内涵、审美立场、方法、创新点、文学创作实践、跨学科交互影响,揭示其理论和实践的价值。

(2)从中西诗学、艺术学、文学、传记学、哲学、伦理学等角度出发,综合考察并阐明英国形式主义视觉艺术、文学、传记的本质、形式和方法论。

(3)揭示文艺理论创新和文学原创的动力源自东西方文化的互鉴和贯通。英国形式主义美学是在综合领悟康德美学、乔治·摩尔伦理学、托尔斯泰文艺思想和法国、意大利、俄罗斯、中国及非洲、大洋洲某些国家的原始艺术及现代艺术的基础上诞生并发展的,其最大特性是东西方思想的兼容。

(4)阐明理论与实践相结合的重要性。形式主义美学坚持"美学理论的基础是审美体验"的原则,实践主/客、形式/内容和理性/感性的融合,突破西方传统的模仿论和二元对立思维的局限,对艺术本质和形式做出重构和阐发,其本质与中国诗学相通,它可以为当前理论发展提供启示,也可昭示中国诗学的价值。

第一章　美学基础

英国形式主义美学是20世纪上半叶兴起并盛行于英国的一个美学流派，它继承并推进了西方传统美学，尤其是英国传统美学。首先，其核心概念"形式"是对西方自古希腊以来的"形式"概念的继承、突破和推进。其次，其理论内涵和方法论全面继承并拓展了英国近代美学理论，即17—18世纪的经验主义美学、19世纪的浪漫主义美学、维多利亚时期美学、唯美主义美学。它将近代英国美学与德国古典美学、法国印象主义美学相结合，以欧、亚、非原始艺术和现代艺术作品为审美实例，从视觉艺术、文学、传记等多个视角反思和推进美学理论，体现了20世纪上半叶英国艺术批评家和文艺创作者的美学创新和文学实践，展现英国布鲁姆斯伯里文化圈历时30年的交流和研究所形成的全球美学视野。

本章重点探讨英国形式主义美学的思想基础。分为下面四节：(1)西方"形式"概念的内涵及其演变；(2)17—18世纪英国经验主义美学；(3)19世纪英国浪漫主义美学；(4)19世纪英国维多利亚时期美学和唯美主义美学。

第一节　西方"形式"概念的内涵及其演变

20世纪英国形式主义美学是对西方形式美学的继承和推进，追溯西方美学史上"形式"概念的主要内涵及其演变无疑是最合适的研究出发点。

"形式"是西方思想史上最重要的概念之一。自古希腊到当代，西方学者对"形式"的界定众多。最具原创性和最重要的论述当推古希腊哲学家毕达哥拉斯学派的"数理形式"、柏拉图的"理式"、亚里士多德的"四因说"和古罗马诗人贺拉斯的"合式说"，它们构成了西方形式概念的四大基石。此后的"形式"论基本上是对这四种学说的重构或综合性拓展。柏拉图的"理式"和亚里士多德的"四因说"大致处于钟摆的两端，"理式"与"四因说"的贯通主要由康德来完成。英国形式主义美学力图推进这种融合，其创新灵感来自东西方交融的中世纪拜占庭美学。

一、毕达哥拉斯学派的"数理形式"

"数理形式"是古希腊哲学家毕达哥拉斯学派以"自然"为研究对象而提出的对世界本原的认知。

远古以来，古希腊人一方面以人格化的自然物与自然力的故事，比如雷电之神宙斯、太阳神阿波罗、海神波塞冬等，建构神话传说和英雄传说，并在公元前 9 世纪至公元前 7 世纪时，让这些传说在荷马史诗《伊利亚特》《奥德赛》和赫西奥德的《神谱》中得到比较集中的描述，展现古希腊将自然力量人格化的审美取向；另一方面他们又以自然万物为研究对象，探究统摄自然万物的元素或原则，以揭示世界之本原，在公元前 6 世纪和公元前 5 世纪时，诸多哲学家就世界的本原问题进行了阐发。大部分哲学家依照"万物归一"的原则，认定某一实在之物构成了自然之本原。比如米利都的泰勒斯提出，万物皆由"水"构成；米利都的阿那克西美尼认为，万物皆由"气"构成，而萨摩斯人毕达哥拉斯提出了"数(arithmos)乃万物之本原"的观点。亚里士多德在他的《形而上学》中曾这样概括毕达哥拉斯学派的思想："数的本原也就是一切存在的本原……在数中要观察到比火、土、水中更多的与存在着的东西的相似之点。像公正、灵魂和理智等等都不过是数的某种属性……整个自然中数是最初的，数的元素也就是所有存在物的元素。"[①]也就是说，万物是由数的无限和有限的结合而形成的，无限和有限的结合展现出一种和谐的关系。

数的和谐是毕达哥拉斯学派美学思想的核心概念，其主要内涵包括："第一，和谐是数的结构，它是最重要的数的规定性，它规定事物，使事物能够被认识。第二，'和谐最美'……第三，和谐产生于对立面的差异，'和谐是杂多的统一，不协调因素的协调'……第四，和谐适用于存在和生活的一切领域。"[②]在此基础上，一些基本的形式美学观点便诞生了，比如："一切事物的形状都具有几何结构。几何结构则与数字相对应：1 是点，2 是线，3 是面，4 是体。世界生成过程是由点产生出线，由线产生出面，由面产生出体，从体产生出可感形体，产生出水、火、气、土四种元素。"[③]比如"黄金分割"规律，球形、圆形最美的观点等。

毕达哥拉斯学派的数理形式理论在整个希腊罗马美学中发挥了重要作用，影响了赫拉克利特、德谟克利特、柏拉图、亚里士多德等重要思想家的观点，同时为整个

---

① 亚里士多德：《亚里士多德全集》(第七卷)，苗力田主编，苗力田译，北京：中国人民大学出版社，1993 年，第 39 页(说明：译文中的"数目"在引文中一律改为"数")。

② 汝信主编，凌继尧等著：《西方美学史》(第一卷)，北京：中国社会科学出版社，2005 年，第 40—41 页。

③ 汝信主编，凌继尧等著：《西方美学史》(第一卷)，北京：中国社会科学出版社，2005 年，第 42—43 页。

西方形式美学的发展提供了核心观点。它所提出的"和谐最美""和谐是杂多的统一""一切事物的形状都有几何结构"均是后世重要美学理论的出发点或核心理念。

二、柏拉图的"理式"

"理式"是古希腊哲学家苏格拉底、柏拉图以"自我"为研究对象而提出的对世界本原的认识。

继毕达哥拉斯学派的数理形式之后，赫拉克利特、恩培多克勒和德谟克利特继续在自然研究的基础上揭示世界之本原，陆续提出了"万物皆火""世界构成四根说""万物的本原是原子和虚空"等观点，从不同视角推进毕达哥拉斯学派的和谐说。到了苏格拉底时代，人和社会成为关注的中心，自然万物退居其次，苏格拉底是古希腊人实现从"自然"关注转向"自我"关注的关键人物。他以德尔菲神庙中的名言"认识你自己"为思想基石，从理性出发探讨灵魂的奥秘，提出"理式"为万物之本原的观点。苏格拉底没有留下任何著作，他的言行主要由他的弟子柏拉图和色诺芬阐发。柏拉图在著作中以苏格拉底为主角，以对话的方式全面阐发古希腊人对生命灵魂的认识和对世界本质的认知。

柏拉图的"理式"指称统摄世界之根本的原则，具有"范型"之意蕴。该词的希腊文为"eidos"，拉丁文为"forma"，英文为"idea"，其希腊文原意是"种，属"，类似哲学上的"普遍、一般"，与"特殊、个别"相对应。柏拉图在保留原意的基础上，又赋予它超验的属性，将它看作为万物的"共相"。也就是说，它并不是"观念"和"理性"的同义词，而是指一种根本性的、先在性的客观精神范型，不同于毕达哥拉斯的数理形式所代表的客观自然范型。[①]朱光潜在《斐德若篇》译文的"理式"注释中阐述了它的基本内涵：

> 柏拉图所谓"理式"是真实世界中的根本原则，具有"范型"的意义。如一个"模范"可铸出无数器物……最高的理式是真、善、美。"理式"近似佛教所谓"共相"，似"概念"而非"概念"；"概念"是理智分析综合的结果；"理式"则是纯粹的客观存在。[②]

"理式"具有统摄世界的作用。柏拉图在《理想国》第10章中阐明："我们经常用一个理式来统摄杂多的同名的个别事物，每一类杂多的个别事物各有一个理式"，比如"床"有三种："第一种是在自然中本有的，我想无妨说是神制造的，因为没有旁人

---

① 参见赵宪章：《西方形式美学》，上海：上海人民出版社，1996年，第47页。

② 柏拉图：《斐德若篇》，见朱光潜《朱光潜全集》(第十二卷)，合肥：安徽教育出版社，1991年，第109页。这一页有朱光潜翻译《斐德若篇》时对"理式"一词的详尽注释。

能制造它；第二种是木匠制造的；第三种是画家制造的。”[①]柏拉图由此阐明了艺术模仿现实、现实模仿理式的模仿论的基本内涵。

“理式”是认识世界的途径和方法。他在《斐德若篇》中解析了运用理式的基本方式：“这原因在人类理智须按照所谓‘理式’去运用，从杂多的感觉出发，借思维反省，把它们统摄成为整一的道理。”[②]他进而阐明了修辞术的基本法则：“头一个法则是统观全体，把题目有关的纷纭散乱的事项统摄在一个普遍的概念下面，得到一个精确的定义，使我们所要讨论的东西可以一目了然……第二个法则是顺自然的关节，把全体剖析成各个部分……”[③]这一修辞学法则实质上成为统摄西方学界的主导思辨方法。

美的“理式”是永恒的、绝对的和单一的。柏拉图在《斐多篇》中阐明了两种不同的存在：一种是美本身，一种是具有美的特性的具体事物。前者是永恒的、单一的，是美的理式本身；后者是短暂的、多样的，它们分有美的理式。他这样区别两者：“某事物之所以是美的，乃是因为绝对的美出现于它之上或者该事物与绝对的美有某种联系……依靠美本身，美的事物才成为美的。”[④]比如说，玫瑰花之所以美，是因为它分有美本身的特性。他在《会饮篇》中更深入地阐述了美本身作为理式的本质特性：“这种美是永恒的，无始无终，不生不灭，不增不减……它只是永恒地自存自在，以形式的整一永与它自身同一；一切美的事物都以它为源泉，有了它一切美的事物才成其为美，但是那些美的事物时而生，时而灭，而它却毫不因之有所增，有所减。”[⑤]柏拉图对美的理式的概括，表达了他对理式的最高境界的认识，真和善都是最高理式。

柏拉图的“理式”对后世的影响极大。它“作为范型和 form，在哲学史和美学史上最主要的贡献不仅仅是注意到世界万物的自然形式，而且深刻地揭示出包括人在内的世界万物的‘内形式’——整个宇宙生成演进的内在精神范型”[⑥]。通过对“理式”这一世界“内形式”的本质的揭示，柏拉图阐明了人类认识世界的途径、思辨方式和至境，成为西方后世各种思潮取之不尽的源泉和坚如磐石的基础。

三、亚里士多德的“四因说”

“四因说”是古希腊哲学家亚里士多德在反思和批判毕达哥拉斯学派的“数理形

---

① 柏拉图：《理想国》，见朱光潜《朱光潜全集》(第十二卷)，合肥：安徽教育出版社，1991 年，第 60—62 页。

② 柏拉图：《斐德若篇》，见朱光潜《朱光潜全集》(第十二卷)，合肥：安徽教育出版社，1991 年，第 108 页。

③ 柏拉图：《斐德若篇》，见朱光潜《朱光潜全集》(第十二卷)，合肥：安徽教育出版社，1991 年，第 132 页。

④ 柏拉图：《斐多篇》，见《柏拉图全集》(第一卷)，北京：人民出版社，2002 年，第 110 页。

⑤ 柏拉图：《会饮篇》，见朱光潜《朱光潜全集》(第十二卷)，合肥：安徽教育出版社，1991 年，第 233 页。

⑥ 赵先章：《西方形式美学》，上海：上海人民出版社，1996 年，第 72 页。

式"和柏拉图的"理式"的基础上，提出的对"存在"的内在构成的认知。

亚里士多德是柏拉图的弟子，他在柏拉图学院生活了20年，与柏拉图交往了17年，直到柏拉图去世才离开柏拉图学院。他无疑是最深刻理解柏拉图思想的弟子，但他坚持"吾爱吾师，吾更爱真理"的原则，创建了他自己的原创思想体系。罗素曾这样概括两人在思想上的关系："亚里士多德在这一领域的工作就是试图以自己的新理论来取代苏格拉底的理念论。"①

1. 亚里士多德的突破点

(1)他提出对本原的研究应推进到对本原的构成元素的揭示上。他在《物理学》的第一卷阐明："只有在我们认识了根本原因、最初本原而且直到构成元素时，我们才认为是认识了每一事物。"②他关于存在的"四因说"就是对本原的构成因素的揭示，也就是说，他将毕达哥拉斯、柏拉图的本原说推进到内在因素层面。

(2)他认为世界的本原不可以与实体相分离，将本原仅仅视为数或性质是荒谬的，因为"万物既是实体又是数和性质……除了实体之外，没有任何其他范畴能够分离存在"③。他将数理形式、理式与实体的物合成为有机整体后，阐明了其内在的四大构成因素，那就是"四因说"。

"四因说"是亚里士多德哲学体系的核心思想，揭示了自然物形成的四种原因：质料因、形式因、动力因和目的因。所谓"质料因"，即"事物由之生成并继续存留于其中的东西"，比如雕像中的青铜；所谓"形式因"，即"'是其所是'的原理及它们的种"，比如事物的数和原理等本质属性；所谓"动力因"，即"运动或静止由以开始的本原"，比如策划者是行动的原因，父亲是儿子的原因；所谓"目的因"，即事物之所以存在的"目的"，比如健康是散步的目的。④ 形式因、动力因和目的因属于同一类原因，动力因和目的因可归入形式因之中，因此"四因说"又可归结为"二因说"，即"形式因"和"质料因"。

2. "形式"的主要内涵

"形式"在亚里士多德的著作中，其希腊文是"eidos"，与柏拉图的"理式"是同一个词。其"形式"的主要内涵是：

---

① 罗素：《西方的智慧》，亚北译，北京：中国妇女出版社，2004年，第100页。

② 亚里士多德：《亚里士多德全集》(第七卷)，苗力田主编，苗力田译，北京：中国人民大学出版社，1993年，第3页。

③ 亚里士多德：《亚里士多德全集》(第七卷)，苗力田主编，苗力田译，北京：中国人民大学出版社，1993年，第6页。

④ 亚里士多德：《亚里士多德全集》(第七卷)，苗力田主编，苗力田译，北京：中国人民大学出版社，1993年，第37页。

(1)它在内涵上对柏拉图的理式有推进,不仅指称事物的种、属、共相、范型,还包含事物的"动力因""目的因",因而它是本质的、普遍的、动态的、主体的;同时"形式"就在物的内部,不能脱离物来理解,形式与质料相辅相成。"形式赋予了物质特性,实际上就是使物质变成了某种实体。"①

(2)"形式"比"质料"更重要,因为形式代表事物的共相、规律和属性,质料仅仅代表事物的原材料。形式是构成现实世界的基本的、不变的、永恒的实体。从这一点看,亚里士多德的观点"与苏格拉底的理念并没有太大的差别"②。

亚里士多德由此构建了一个以"形式"为第一本体的有机整体说。他不仅揭示事物的本质属性,而且阐明它的运动性、目的性和物质性,由此揭示了事物作为有机整体的全部构成因素,推动了对事物的全面认识。亚里士多德的《诗学》就是体现"四因说"的极好范例,他不仅阐明文学的本质、对象、媒介(模仿说),悲剧的成分(情节、性格、言词、思想、形象、歌曲),而且以古希腊悲剧、史诗等为分析的质料,揭示文学的内在运动性(情节、性格的发展规律)和目的性(净化说)。③在这里,"形式"的内涵是有机的、整体的,既包括文学的本质特性和作品的内在构成,又包括它的运动性和目的性。

四、贺拉斯的"合式"

"合式"(decorum)是古罗马诗人贺拉斯阐发的有关"文艺"的形式原则。

"合式说"并无"数理形式""理式"和"四因说"那样揭示世界本原的哲学深度和广度,它仅仅是对诗艺形式和技巧的感悟。贺拉斯是古罗马时期最著名的诗人和文论家,他的"合式"理论是对希腊化时期和古罗马时期的文艺思想的概括,代表了古罗马古典主义诗学的核心思想,曾对17世纪欧洲新古典主义产生较大的影响。

"合式"阐发在贺拉斯的《诗艺》中,对文艺创作的选材、布局、措辞、情节、诗格等创作技法以及诗人的品德、创作条件等进行了概述。"合式"的主要内涵就是"合情合理",朱光潜曾做出精辟的点评:"'合式'这个概念是贯穿在《诗艺》里的一条红线。根据这一概念,一切都要做到恰如其分,叫人感到完美,没有什么不妥当之处。"④值得注意的是,贺拉斯虽然受到亚里士多德的《诗学》和古罗马修辞学的影响,但是他所提出的艺术形式"合情合理"说的参照物并不是某种预设的理论,而是他作为诗人对世界、诗艺本身和读者的感悟。比如,他认为人物描写要符合人的天性,要关注不

---

① 罗素:《西方的智慧》,亚北译,北京:中国妇女出版社,2004年,第100页。
② 罗素:《西方的智慧》,亚北译,北京:中国妇女出版社,2004年,第101页。
③ 亚里士多德:《诗学》,罗念生译,北京:人民文学出版社,1962年,第3—107页。
④ 朱光潜:《朱光潜全集》(第六卷),合肥:安徽教育出版社,1990年,第105页。

同年龄的不同个性;措辞的考究、诗格的合适、结构的内在一致性、情节的取舍等都要符合艺术本身的规律,须学习并遵循古希腊经典创作范例;作品的效果要有感染力,要给读者带来益处和乐趣,寓教于乐。[①] 这可能正是这篇内容简单的文章对后世产生持续影响的主要原因吧,因为它实际上是一位优秀诗人的创作感悟,以美的文字给人留下动人心弦的美感。

"合式"重点关注创作技巧,形式与内容的二分已经有所体现。我们不妨简单追述其缘由。希腊化时期和古罗马时期,战乱不断,社会动荡,人们更多关心个体生活,而不像古希腊时期那样关注天地本原、灵魂本性和存在本质。当时的哲学体现出自我观照的取向,比如斯多葛派推崇清净寡欲,伊壁鸠鲁学派视宁静为快乐,怀疑论派对世界不置可否。该时期的文学艺术青睐个人生活和个人情感描写,诗人们更关注文学的创作技法;同时由于修辞学是该时期的显学,文艺理论特别注重总结和探讨作品的形式与技法,形式与内容二分的态势大体形成。贺拉斯的《诗艺》便是体现这种态势的代表作。

五、中世纪美学中的"形式"

在欧洲中世纪美学中,神学家奥古斯丁和神学家阿奎那的"形式"(forma)观先后"复活"了柏拉图的"理式说"和亚里士多德的"四因说"。

公元 4 世纪,奥古斯丁将柏拉图的"理式说"、普洛丁的"太一流溢说"与基督教的神学观相结合,同时吸收毕达哥拉斯学派的"数理形式说",阐明:一切受造物的"形式"都是神的理念的不完全影像,"形式"不仅指事物的外观,而且指给事物以生命的存在。他推崇美的和谐、多样性的统一,以及美的层次性,其根本性观点与柏拉图的"理式说"相通。

公元 13 世纪,阿奎那将亚里士多德的思想与基督教的神学观相结合,建构了自己的神学体系。他接受亚里士多德的"四因说",创造性地推进了亚里士多德的"存在优先"原则,指出,任何事物、形式或本质在尚未获得存在之时都只是一种潜在。存在的特性在于它的现实性,是它使潜在转化为现实活动。而"形式"就是结构化的存在,它就是物质现实化的原理,即具体事物的结构构成。美基于事物的"形式"之上,它具有超验的、与存在共生的特性。他由此倡导用亚里士多德的"存在"主义取代柏拉图的"本质"主义。

中世纪美学中值得关注的还有拜占庭美学,它的视觉"形式"对英国形式主义美学的影响很大。拜占庭(Byzantium)帝国横跨欧、亚、非三洲交界处,建都君士坦丁

---

① 贺拉斯:《诗艺》,杨周翰译,北京:人民文学出版社,1962 年,第 135—161 页。

堡，是一个多民族国家；自公元476年西罗马帝国灭亡至1453年君士坦丁堡被土耳其人攻占，它持续了近千年历史。拜占庭的官方语言是希腊语，柏拉图著作在拜占庭影响广泛，其美学基础是希腊教父美学，主要流行基督教—新柏拉图主义世界观，同时兼容东方文化，因而形成独特美学。它相信物质与精神、肉体与灵魂的双重本质，认为“没有物质媒介我们无法认识精神世界……通过对物质的观照，我们达到对精神的观照”；[①]它推崇“崇高”“形象”而不是古希腊古罗马的“和谐”“美”“尺度”；它相信视觉艺术是一种“形式”，可以让无形的上帝显形，可以为膜拜上帝的行为服务，因此它经历了圣象崇拜运动和反圣象崇拜运动的冲突。它的艺术“形式”主要呈现在教堂的壁画中，其艺术宗旨是表现并阐释基督教的教义，表现神的圣洁与崇高，因而它的“形式”始终是“有意味的”，体现超然性、静穆性、崇高性、永恒性、抽象性等神的特性。不过拜占庭帝国的艺术家们对艺术形式的论述极少，后人对这一东西方合璧艺术的研究也不充分。它是英国形式主义美学的重要源泉。

六、文艺复兴美学中的“形式”

文艺复兴时期的美学是因古希腊古罗马文化的再发现而催生的，因而当时的美学体现出中世纪美学、古希腊古罗马美学与近代自然科学相交融的形态。其“形式观”体现为柏拉图的“理式”所推崇的“精神性”、自然科学主义所崇尚的“精确性”与修辞学所关注的“技巧性”的融合。主要体现出三方面特性：

(1)从神性到人性的转向：基督教题材与现实生活交融，人们青睐用切身感受去表现宗教题材。比如拉斐尔在油画《西斯廷圣母》中，在圣母身上表现了一个普通母亲失去儿子的悲痛与哀伤，中世纪圣母的神圣光辉被替换成人性情感。世俗题材大量出现。

(2)从精神到物象的转向：自然科学的发展使人们更多关注艺术形象的逼真性和精确性，透视法被广泛运用于绘画中，艺术的科学性、准确性和生动性日益提升，比如达·芬奇曾通过解剖尸体来提升绘画的精确性。

(3)从主题到技法的转向：个人主义精神得到推崇与弘扬，艺术的独创性获得青睐，艺术家非常重视艺术视角和艺术技法的创新，比如《蒙娜丽莎》就体现出视角技法的独创性。从总体看，艺术形式的现实性、逼真性和技巧性比重加大。

文艺复兴时期的艺术辉煌，受益于“理式”的精神性、自然科学的“现实性”与修辞的“技巧性”的交融。它催生了但丁、薄伽丘、拉伯雷、莎士比亚、塞万提斯和达·芬奇、米开朗琪罗、拉斐尔等融思想性、情感性与精湛技法为一体的伟大的文学大师

---

① 塔塔科维兹：《中世纪美学》，褚朔维等译，北京：中国社会科学出版社，1991年，第57页。

和绘画大师。不过它的“形式”是用作品呈现出来的，而不是用理论阐发出来的。

七、17—18 世纪美学中的“形式”

17—18 世纪的欧洲美学包括：法国古典主义美学、英国经验主义美学、大陆理性主义美学、法德启蒙运动美学等。该时期的美学思想受到英国经验主义哲学和大陆理性主义哲学的影响，在思辨方式和基本理念上均与两大哲学思潮保持一致，因而该时期美学中的“形式”体现为两大类型：

(1)英国经验主义美学的“形式”观：强调从经验出发，用理性去归纳美的本质，强调“美的形式”即多样性的统一。比如，舍夫茨别利提出“内在感官说”，指出美在形式，而不在物质，“美的、漂亮的、好看的都绝不在物质(材料)上面，而在艺术和构图设计上面，绝不在物质本身，而在于形式或赋予形式的力量”①。哈奇生认为，美的形式即多样性的统一，“凡是能唤起我们的美的观念的形状，似乎是那些具有多样中统一的形状”②。威廉・荷加斯在分析米开朗琪罗、鲁本斯、拉斐尔等人的作品的基础上，提炼出美的形式的六项原则，即“适应、多样、统一、单纯、复杂和尺寸”，并强调六项原则“都参与美的创造，互相补充，有时互相制约”③。

(2)大陆理性主义美学的“形式”观：强调理性至上，从先验的理性原则出发去表现美的形而上意义。它认为：美在于和谐与秩序(莱布尼兹)；美在于事物本质的圆满性(斯宾诺莎)；美在于事物本质的内在完善(鲍姆加通)；而和谐、秩序、圆满性和完善均产生于多样性的统一：“多样性中的统一性不是别的，只是和谐，并且由于某物与一物较之与另一物更为一致，就产生了秩序，由秩序又产生出美，美又唤醒爱。”④

八、19 世纪美学中的“形式”

19 世纪的欧洲美学包括德国古典主义美学，德、英、法等国的浪漫主义美学和唯美主义美学等。我们此处只概述曾经对 20 世纪英国形式主义美学产生极大影响的康德美学和英国浪漫主义美学、维多利亚时期美学和唯美主义美学中的“形式”观。

康德美学中的“形式”体现出对 17—18 世纪英国经验主义美学与大陆理性主义美学、柏拉图的“理式”与亚里士多德的“四因说”的融合。康德的学术兴趣广泛，

---

① 舍夫茨别利：《论特征》，见北京大学哲学系美学教研室编《西方美学家论美和美感》，北京：商务印书馆，1980 年，第 216 页。

② 哈奇生：《论美和德行两种观念的根源》，见章安祺编订《缪灵珠美学译文集》(第二卷)，北京：中国人民大学出版社，1987 年，第 62 页。

③ 荷加斯：《美的分析》，杨成寅译，桂林：广西师范大学出版社，2005 年，第 10 页。

④ 莱布尼兹：《论智慧》，转引自卡西勒《启蒙哲学》，济南：山东人民出版社，1988 年，第 118 页。

1770年获得教授职称之前，他主要研究自然科学和自然哲学问题，涉及天文学、生物学、地理学、物理学、人类学等；1776年前后，他阅读了英国经验主义哲学家休谟、洛克、舍夫茨别利、伯克等人的著作后，研究兴趣逐渐转入人类思想领域。他认为17—18世纪的英国经验主义美学和大陆理性主义美学各执一端，都有片面性，并未解决人类如何认识世界的问题。他从源头出发，指出存在于人类之外的"物自体"是不依赖于人的意识而存在的，人类所认识的只是"物自体"作用于我们感官而在我们心中留下的表象；也就是说，我们对世界的认识从本质上看是我们意识自身的创造物，我们的认识无法触及"物自体"本身。以这一思想为基础，康德认为，人类的知识是先天原则与后天感觉的结合物，依托心灵的三种能力来获得。第一种是出自先天原则的认识能力，即"纯粹理性"，它是一种知性，是人类依照先天法则建立起来的有关自然的理论知识，即自然概念；它的认识对象是自然，它是理论性的，所建构的是"自然哲学的理论哲学"。第二种是欲求能力，即实践理性，它是一种理性，是人类依照先天法则建立起来的有关意志的实践知识，即自由概念；它的认识对象是人类的欲求，它是实践性的，所建构的是"道德哲学的实践哲学"①。第三种，在知性和理性之间有一道巨大的鸿沟，唯有"愉快和不快的情感"可以连接两者，它是一种判断力，它依托先天法则建构有关情感的审美原理，所遵循的先天法则是形式的合目的性。康德这样定义美或美的形式：从鉴赏判断的质来看，美是"完全无利害的"②；从鉴赏判断的量来看，美是"不凭借概念而普遍令人愉快的"③；从目的关系看，美是"合目的性的形式"④；从对象所感到的愉快情状上看，美是具有"共通感"的⑤。

康德在审美判断力上实现了理性和感性的融合，审美判断既具有内在的先天法则，又以情感为认识的出发点和认识的对象。他的审美判断力也实现了柏拉图的"理式"和亚里士多德的"四因说"的融合。审美判断力所依凭的先天法则类似于柏拉图的先天理式，所不同的是，康德的先天法则是内在于事物的，而柏拉图的理式是超然于事物之上的。康德在揭示美的形式的先天法则之外，同时揭示了美的无功利性、普遍性愉悦、合目的性和共通性，与亚里士多德的物质因、形式因、动力因和目的因遥相呼应，大致都从美的现实性、目的性、本质性、效用性等多个方面，深入地揭示了美的形式的特性。

19世纪英国美学包括浪漫主义美学、维多利亚时期美学和唯美主义美学，其形

① 康德：《判断力批判》，李秋零译，北京：中国人民大学出版社，2011年，第5页。
② 康德：《判断力批判》（上卷），宗白华译，北京：商务印书馆，1996年，第47页。
③ 康德：《判断力批判》（上卷），宗白华译，北京：商务印书馆，1996年，第57页。
④ 康德：《判断力批判》（上卷），宗白华译，北京：商务印书馆，1996年，第74页。
⑤ 康德：《判断力批判》（上卷），宗白华译，北京：商务印书馆，1996年，第76—79页。

式观从整体上汲取了康德的思想，带有各自的时代特性。

(1)浪漫主义美学融英国经验主义美学与康德、谢林等德国古典主义美学为一体，其“形式”观体现出融想象性与有机整体性为一体的特性。柯勒律治推崇美的形式的“有机整体性”，指出“关于美，最保险同时也是最古老的定义，就是毕达哥拉斯的‘多样性的统一’”，也就是说，“美感存在于对各部分之间的关系，以及对部分与整体之间关系的瞬间直觉中，这种直觉激起一种直接的、绝对的满足，这里没有任何官能的或智力的利益介入。”[①]这一定义接纳了康德关于美的形式“不带任何利害”“普遍性愉悦”“无目的的合目的性”和“共通感”的四大契机，同时又超越康德的理性分析，用“瞬间直觉”将各种要素贯通，凸显想象力的融合作用。雪莱认为，诗即“想象的表现”[②]，诗作为美的形式，具有神圣性、真理性、直觉性等，“诗是神圣的东西。它既是知识的圆心又是它的圆周……它是一切思想体系的老根和花朵”，“诗是一切事物之完美无缺的外表和光泽……犹如永不凋谢的美之形式……”[③]。

(2)维多利亚时期的“形式”观体现了有机整体性与道德性的融合。罗斯金认为，人们在观照美的时候，总是凭借智力，怀着道德情感，体验着某种神性的东西，因此他指出典型美具备六大特性：无限性，一种神圣的高深莫测的类型；统一性，一种神圣广袤包容的类型；静穆性，一种神圣永恒的类型；对称性，一种神圣公正的类型；纯洁性，一种神圣活力的类型；适度性，一种符合法律的类型。并详尽剖析真实再现事物的各种绘画技巧。[④]马修·阿诺德指出，文学是无功利精神的自由运作，具有愉悦的、直觉的和动人的形式性，“文学天才所禀赋的是这样一种性能——当其置身于某一智力和精神的气氛中、某一思想的秩序中，总是有着愉快、兴奋的感受；直觉地对待这些思想，通过最为有效、动人的组合，呈现它们，一句话，用它们来制作美的作品”[⑤]。

(3)唯美主义美学的核心思想是“为艺术而艺术”，反对将艺术看成诠释伦理道德的工具。瓦尔特·佩特认为，美学研究的目标是分析美的形式，“一幅画、一处风景、生活或书籍中的一个讨人喜欢的人物，通过其优美而使人产生独特的美感或快

---

① 转引自汝信主编，李鹏程等著：《西方美学史》(第三卷)，北京：中国社会科学出版社，2008年，第761页。

② 雪莱：《为诗辩护》，见中国社会科学院文学研究所编著《古典文艺理论译丛》(卷一)，北京：知识产权出版社，2010年，第81页。

③ 雪莱：《为诗辩护》，见中国社会科学院文学研究所编著《古典文艺理论译丛》(卷一)，北京：知识产权出版社，2010年，第107页。

④ 罗斯金：《现代画家》(第二卷)，赵何娟译，桂林：广西师范大学出版社，2005年。

⑤ 阿诺德：《当代批评的功能》，见伍蠡甫主编《西方文论选》(下卷)，上海：上海译文出版社，1979年，第81页。

感，审美批评家的作用就在于区分、分析这些优点，将这些优点同其附属物分离开来，指出美感与快感源自何处，在何种情况下被人感知”[1]。他的贡献在于精彩地描写了意识从“瞬息万变”到“闪烁消逝”直至最终留下“鲜明印象”的三个阶段的形式技巧。[2] 奥斯卡·王尔德阐明唯美主义的三大原理是：艺术的独立性、艺术的想象性、生活模仿艺术。他认为，艺术用形式隔开了现实和道德的侵入，“艺术家就是各种美的对象的创造者”[3]。艺术的目标是，讲述“美而不真实的事物”[4]。

【结语】从总体看，西方“形式”概念是对本原的揭示。毕达哥拉斯、柏拉图、亚里士多德和贺拉斯分别以自然、自我、存在和艺术为研究对象，提出了“数理形式”“理式”“四因说”“合式”四种“形式”论，揭示了自然的数理和谐性，精神共相的永恒性与单一性，事物存在的整体性与有机性，艺术构成的合情合理性和寓教于乐性，它们构成了古希腊罗马美学和整个西方美学的形式论的四大支柱。此后，新的元素不断融入，中世纪美学将神学与柏拉图和亚里士多德的形式论相融合，文艺复兴美学将神学、古希腊罗马形式论与自然科学相融合，17—18 世纪美学分别将理性主义和经验主义与古希腊罗马形式论相融合，19 世纪的美学实现了柏拉图“理式”与亚里士多德“四因说”的融合及理性主义与经验主义的融合，开创了审美形式论的新纪元。与此同时，自古希腊以来，修辞学“形式”研究一直在同步推进。20 世纪初的语言学转向使语言修辞技巧研究成为文艺美学研究中的显学，克罗齐的直觉主义、俄国形式主义、英美新批评、符号学美学等相继推出，20 世纪英国形式主义美学是其中之一，不过它的聚焦点并非单纯的文学语言特性，而是视觉艺术中融情感与形式为一体的“有意味的形式”。

第二节　17—18 世纪英国经验主义美学

20 世纪英国形式主义美学的方法论是审美性的，它推崇、倡导并实践从经验出发，在感悟艺术作品的过程中，用理性去归纳和提炼美学理论的方法，所继承的正是英国经验主义美学方法论。了解经验主义美学主要思想家的观点，可以为我们理解

---

① 佩特：《文艺复兴：艺术与诗的研究》，张岩冰译，桂林：广西师范大学出版社，2002 年，序言。

② 佩特：《文艺复兴：艺术与诗的研究》，张岩冰译，桂林：广西师范大学出版社，2002 年，结语。

③ 王尔德：《王尔德作品集》，北京：人民文学出版社，2000 年，第 3 页。

④ 王尔德：《谎言的衰朽》，见伍蠡甫主编《西方文论选》（下卷），上海：上海译文出版社，1979 年，第 117 页。

20世纪英国形式主义美学方法论提供基础。

17—18世纪，英国形成了一种基于经验和实践、通过理性分析或直觉领悟寻觅本质和形式的英国美学模式，与欧洲大陆基于概念、依据法则和标准所建构的理性主义体系形成鲜明对照。英国哲学家罗素曾这样概括英国经验主义美学的主要特性："它并不像理性主义者那样预先断定了人类的知识范围；另外，它强调了感性和经验的因素"[①]，它"遵循科学的经验主义研究方法。它以零散的方式讨论了许多小问题，当它真的要提出普遍性原则时，就会把这些原则置于直接证据的验证之下"[②]。也就是说，它具有独特的方法论，其美学思辨遵循从感性领悟上升到普遍法则的归纳过程，在方法论上更贴近东方式的由感及悟的思维模式。

一、社会文化背景

17—18世纪的英国经验主义美学，是在英国资产阶级与专制王权激烈冲突，宗教改革兴起，自然科学快速发展的政治文化大背景下形成并发展的。资产阶级革命经历了内战、复辟、光荣革命等几次反复后，最终废除专制王权，确立了君主立宪制。自由的政治社会环境，为英国哲学和美学的发展提供了两个重要基础：

(1)资产阶级革命倡导"人人都必须以自己的方式和上帝沟通"[③]，推崇所有信徒无论平民还是国王在上帝面前一律平等。它推进自由主义思想的传播，将人们从中世纪残留的政治、宗教、暴政和各种极端主义新教派的盲目狂热中解放出来[④]，为英国哲学和美学的发展提供思想基础。

(2)随着英国经济的快速发展，英国自然科学崛起，以波义耳和牛顿为代表的近代实验科学在机械力学、物理学等领域取得了令人瞩目的成就，为英国哲学和美学的发展提供了方法论基础。

二、主要美学家及其观点

基于英国17、18世纪特定的政治、思想和文化基础，英国经验主义哲学和美学具有经验性的特征，不同于德国哲学和美学的理性和思辨特性。鲍桑葵曾对两种思潮的差异做了精辟论述：

> 笛卡儿学派及其后裔莱布尼茨—沃尔夫哲学的总的明显特点，是坚持宇宙中的理性体系和必要联系一面。而英国的经验学派，从培根到休谟，倒是从个

① 罗素：《西方的智慧》，亚北译，北京：中国妇女出版社，2004年，第282页。

② 罗素：《西方的智慧》，亚北译，北京：中国妇女出版社，2004年，第288页。

③ 罗素：《西方的智慧》，亚北译，北京：中国妇女出版社，2004年，第276页。

④ 罗素：《西方的智慧》，亚北译，北京：中国妇女出版社，2004年，第279页。

人主义的感受或者说感官知觉出发的，并且要求根据这种感受所宣告的内容来推出关于实在的学说。[①]

也就是说，上述两种学说在研究对象、方法论和目标上大相径庭。笛卡儿等理性论哲学推崇抽象的理性主义和唯智主义，倡导用理性演绎法，推导出普遍性法则；休谟等经验论哲学推崇经验论和感性论，倡导用经验归纳法，获得对普遍特性的领悟。但是它们又拥有一个共通的特点，那就是，它们都是以“思想着、感受着和知觉着的主体”[②]为出发点，去认识和阐释世界的本质。

主要的经验主义美学家包括培根、霍布斯、洛克、舍夫茨别利、哈奇生、休谟、伯克、荷加斯、雷诺兹等，他们从不同视角和不同侧面为经验主义美学的发展做出贡献。

1. 培根

弗朗西斯·培根(Francis Bacon, 1561—1626)的贡献在于创立了经验主义方法论，即经验归纳法，因而被誉为经验主义哲学和美学的创始人。培根在《新工具》中全面论述了他的经验归纳法。从知识就是人“对自然的解释”[③]这一基本观点出发，培根指出人的感觉经验是认识的来源，“全部解释自然的工作是从感官开端，是从感官的认知经由一条径直的、有规律的和防护好的途径以达到理解力的认知，也即达到正确的概念和原理”[④]。而实验是认识的真正来源，“一种比较真正的对自然的解释只有靠恰当而适用的事例和实验才能做到，因为在那里，感官的裁断只触及实验，而实验则能触及自然中的要点和事物的本身”[⑤]。培根由此阐明人的认识是始于经验，终于感性与理性的结合体的认识过程。

培根的论述表明，他自觉地将当时盛行的自然科学方法运用于人文思考中，倡导在人文思辨中采用融感性经验与理性分析为一体的方法论。培根的经验归纳法的创新之处，正在于融感性经验与理性分析为一体的定位——“这种经验方法既强调通过观察、实验收集材料，又重视对所收集的材料用理性方法加以整理，以求得合乎规律的结论，是符合从感性到理性、从个别到一般的认识过程的”[⑥]。

培根将经验归纳法运用于他的美学思考中，在《论美》《学术的进展》等论著中阐述了他的美学观点。

---

① 鲍桑葵：《美学史》，张今译，桂林：广西师范大学出版社，2001年，第140页。

② 鲍桑葵：《美学史》，张今译，桂林：广西师范大学出版社，2001年，第142页。

③ 培根：《新工具》，北京：商务印书馆，1984年，第5页。

④ 培根：《新工具》，北京：商务印书馆，1984年，第216—217页。

⑤ 培根：《新工具》，北京：商务印书馆，1984年，第26页。

⑥ 汝信主编，彭立勋等著：《西方美学史》(第二卷)，北京：中国社会科学出版社，2005年，第280页。

他在《论美》中探讨了美的本质,提出"美的精华在于文雅的动作"①的观点。他以"文雅的动作"指称外在形式美与内在精神美的合一,此观点突破了当时思想界只重视外在形式美,却忽视内在精神美的偏颇。他批评毕达哥拉斯、奥古斯丁等人关于"美即事物各部分之间的和谐比例"的观点,指出事物的美不在于各个孤立部分的美,而在于整体美。"我们常看到一些面孔,就其中各部分孤立地看,看不出丝毫的优点;但是就整体看,它们却显得很美。"②

他在《学术的进展》(1605)一书中强调了诗的想象性和虚构性。他指出"诗是真实地由不为物质法则所局限的想象产生的",它是"虚构的历史",能够赋予"人心一些满足",因为它"具有一种比在事物本性中所发现者更为丰富的伟大,更为严格的善良,更为绝对的多样性",因此诗具有神明性,它能赋予"弘远的气度、道德和愉快"③。他的诗论中关于诗的想象性与虚构性的观点,是对锡德尼《为诗辩护》(1580)中有关诗人的标志是对"卓越形象的虚构"④的观点的肯定和推进。

2.霍布斯

托马斯·霍布斯(Thomas Hobbes, 1588—1679)继承了培根的经验论思想,他肯定了认识的来源是感觉经验,同时强调理性在认识中的重要作用。"知识的开端乃是感觉和想象中的影像;这种影响的存在,我们凭本能就知道得很清楚。但是要认识它们为什么存在,或者根据什么原因而产生,却是推理的工作。"⑤他在《利维坦》中系统阐述了人的感觉、记忆、想象、幻想、推理、判断、情感、欲望等心理活动,并论述了文艺创作与人的心理的关系,因而他的主要贡献在于:为审美心理学的形成和发展发挥了开拓作用。

他的审美思考大致体现在下面两个方面:

(1)对美、丑、善、恶做出定义,并论述美丑与善恶之间的关系:

> 拉丁文有两个字的意义接近于善和恶,但却不是完全相同,那便是美与丑。前一个字指的是某种表面迹象预示为善的事物,后一个字则是指预示其为恶的事物。但是我们的语言中,还是没有这样普遍的字来表达这两种意义。关于美,在某些事物方面我们称之为姣美,在另一些事物方面则称之为美丽、壮美、

---

① 培根:《论美》,见朱光潜《朱光潜全集》(第六卷),合肥:安徽教育出版社,1999年,第502页。

② 培根:《论美》,见朱光潜《朱光潜全集》(第六卷),合肥:安徽教育出版社,1999年,第502页。

③ 培根:《学术的进展》,见伍蠡甫主编《西方文论选》(上卷),上海:上海译文出版社,1979年,第247—248页。

④ 锡德尼:《为诗辩护》,见孟庆枢、杨守森主编《西方文论选》,北京:高等教育出版社,2007年,第66页。

⑤ 北京大学哲学系外国哲学史教研室编:《十六—十八世纪西欧各国哲学》,北京:商务印书馆,1975年,第66页。

漂亮、体面、清秀、可爱等等；至于丑，则称为恶浊、畸陋、难看、卑污、极度可厌等等，用法看问题的需要而定。这一切的语词用得恰当时，所指的都是预示着善或恶的外表。①

霍布斯在论述美丑与善恶的关系时，将两者理解为外在形式与内在意蕴的关系，指出了它们之间的异同和关系。同时他从经验出发，提炼出美的多种形态。他的观点对伯克的崇高和美的分析有启示。

(2)认为诗歌创作应该同时兼备想象和判断。“好的诗歌，不论史诗或戏剧，不论十四行诗，讽刺短诗，或其他体裁，里面判断与想象都是必需的。也许应该更重要一些，因为狂放的想象能讨人喜欢，但是不要狂放得没有分寸以致让人讨厌。”②这一观点是对培根诗论的推进。

3. 洛克

约翰·洛克(John Locke, 1632—1704)的主要贡献在于继承并推进了培根和霍布斯的经验论，为经验主义美学的发展提供了新的方法论。洛克在《人类理解论》中提出了著名的“白板说”，认为人降临世界时，心灵犹如白纸，上面没有任何标记和观念。人的所有观念和知识都是外界事物在心灵白板上印刻的痕迹，都是从“经验”来的，“我们的一切知识都是建立在经验上的，而且最后是导源于经验的。”③洛克的贡献并不在于将培根和霍布斯的经验论推向极致，而在于更深入地对人类理解的过程做系统阐述。

他首先提出，“观念”的来源有两个。一个是我们的感官，它“能够按照那些物象刺激感官的各种方式，把各种事物的清晰知觉传达于人心……我们叫这个来源为‘感觉’”。另一个是我们的心理活动，“我们的心理活动在反省这些心理作用……它们便供给理解以另一套观念……属于这一类的观念，有知觉、思想、怀疑、信仰、推论、认识、欲望，以及人心底一切作用……(我们称它为)‘反省’”④。也就是说，“外界的物质东西，是感觉的对象，自己的心理作用是反省的对象……我们的一切观念所以能发生，两者就是它们唯一的来源”⑤。

接着，他论述可感物体的性质可分为两种：第一性质是不论在什么情形下都和

---

① 霍布斯：《利维坦》，见中国社会科学院外国文学研究所编《外国理论家 作家论形象思维》，北京：中国社会科学出版社，1979 年，第 37—38 页。

② 霍布斯：《利维坦》，见中国社会科学院外国文学研究所编《外国理论家 作家论形象思维》，北京：中国社会科学出版社，1979 年，第 15 页。

③ 洛克：《人类理解论》(上册)，北京：商务印书馆，1983 年，第 68 页。

④ 洛克：《人类理解论》(上册)，北京：商务印书馆，1983 年，第 69 页。

⑤ 洛克：《人类理解论》(上册)，北京：商务印书馆，1983 年，第 69—70 页。

物体完全不能分离的“凝性、广袤、形相、可动性”，第二性质是“能借其第一性质在我们心中产生各种感觉的那些能力。类如颜色、声音、滋味”等，它们是凭借物体的体积、形相、组织和运动，表现于心中的“观念”[①]。

然后他描述了“观念”的两个类型：简单观念和复杂观念。简单观念“不是人心所能造的，亦不是人心所能毁的——这些简单的观念，就是一切知识的材料”[②]，它们是通过感觉和反省两条途径获得的，比如由感官所获得的“空间观念、广袤观念、静止观念和运动观念”[③]，由简单的反省所获得的“知觉、思维、意向”[④]，由感觉和反省所获得的“快乐、痛苦、能力、存在”[⑤]。复杂观念是“被人心由简单观念造成的”[⑥]，它是由几个简单观念复合、并列、抽象而成的：

> 由几个简单观念所合成的观念，我叫它们为复杂的观念，就如美、感激、人、军队、宇宙等等。这些观念虽然都是由各种简单观念复合而成的，虽然是由简单观念所合成的复杂观念复合而成，可是人心可以任意认为它们是整个的一个东西，而且用一个名词来表示它们。[⑦]

在洛克看来，简单观念与复杂观念的主要区分在于：前者是一种被动感觉，体现客观性、单一性等特征；后者是一种主动作用，体现主观性、复杂性等特征。

洛克细致考察并论述了观念的来源、性质、类型，推进了一种与理性主义相对立的、基于感觉和心理的新的方法论：“洛克的新方法在于，不是把一般的理性真理，而是把特殊的心理现象变为每一种科学研究的出发点。”[⑧]这种新方法促进了以“内在感官”为主导的美学流派。不过洛克本人只是将“美”归入复杂观念的范畴，并没有进一步探讨“美”的内涵特性。因而他的贡献主要体现在方法论的推进上。

上面三位学者——培根、霍布斯和洛克的主要贡献在于建构并推进了经验主义方法论，为经验主义美学的形成奠定了基础。真正建构英国经验主义美学思想的是下面几位学者：舍夫茨别利、哈奇生、休谟、伯克、荷加斯、雷诺兹，其中舍夫茨别利、哈奇生的贡献在于探索了审美心理，提出并推进审美的“内在感官说”。休谟、伯克、荷加斯、雷诺兹则对美学本质、审美趣味做出了系统阐述。我们将分别论述他们的

---

① 洛克：《人类理解论》（上册），北京：商务印书馆，1983年，第100—101页。

② 洛克：《人类理解论》（上册），北京：商务印书馆，1983年，第84页。

③ 洛克：《人类理解论》（上册），北京：商务印书馆，1983年，第92页。

④ 洛克：《人类理解论》（上册），北京：商务印书馆，1983年，第93页。

⑤ 洛克：《人类理解论》（上册），北京：商务印书馆，1983年，第93页。

⑥ 洛克：《人类理解论》（上册），北京：商务印书馆，1983年，第130页。

⑦ 洛克：《人类理解论》（上册），北京：商务印书馆，1983年，第130页。

⑧ 吉尔伯特、库恩：《美学史》，夏乾丰译，上海：上海译文出版社，1999年，第305页。

经验主义美学观点。

4. 舍夫茨别利

安东尼·阿什利·库珀，舍夫茨别利第三任伯爵（Anthony Ashley Cooper, Third Earl of Shaftsbury, 1670—1713）的美学思想是对新柏拉图主义和经验主义的融合。他的基本观点与普罗提诺的观点相似，他相信“美是世界神圣生活的表现”①，“可见事物的魅力乃是神的原则的明显结果”②。他批判霍布斯的机械论和洛克的白板说，提出了审美的“内在感官”这一概念。他指出，人天生就有审辨善恶和美丑的能力，这种能力就是“内在感官”，它是视听嗅味触等五官感受之外的“第六感官”，是专门用于审辨善恶美丑的。以“内在感官”概念为出发点，他指出：“艺术的真正目的是要按照得自感官知识的形状，在心灵面前，展现观念和情操，因为有训练的眼睛和耳朵是美与不美的裁判官。”③鲍桑葵对舍夫茨别利的“内在感官”观点做了点评，认为舍夫茨别利向我们揭示了“我们的道德心与审美趣味的传递具有直接性和可信性。他这种动机，是想通过把我们对美和善的感受同我们整个实体紧密联系在一起，来保证我们这类感受的重要地位及严肃性”④。

舍夫茨别利的主要美学观点还包括：

(1)美与真和善是统一的：“凡是美的都是和谐的和比例合度的，凡是和谐的和比例合度的就是真的，凡是既美而又真的也就是在结果上是愉快和善的。”⑤

(2)美不在物质和物质本身，而在于形式和精神：“美的、漂亮的、好看的都绝不在物质（材料）上面，而在艺术和构图设计上面，绝不在物质本身，而在于形式或赋予形式的力量。”⑥

(3)美的形式有三种类型：“死形式”“赋予形式的形式”“赋予形式于心本身”。“死形式”是指由人或自然赋予的一种形状，它们本身没有赋予形式的力量，比如石头、人体、人工制作品等。“赋予形式的形式”是指有智力、行动力和创造力的东西，具有形式和智力的双重美，比如心灵完美的人。“赋予形式于心本身”是指那种不仅赋予形式于物质，而且赋予形式于心本身，它是一切美的本原和源泉。比如，建筑、

---

① 鲍桑葵：《美学史》，张今译，桂林：广西师范大学出版社，2001年，第145页。

② 鲍桑葵：《美学史》，张今译，桂林：广西师范大学出版社，2001年，第146页。

③ 鲍桑葵：《美学史》，张今译，桂林：广西师范大学出版社，2001年，第146页。

④ 吉尔伯特、库恩：《美学史》，夏乾丰译，上海：上海译文出版社，1999年，第310页。

⑤ 舍夫茨别利：《论特征》，见北京大学哲学系美学教研室编《西方美学家论美和美感》，北京：商务印书馆，1980年，第94页。

⑥ 舍夫茨别利：《论特征》，见北京大学哲学系美学教研室编《西方美学家论美和美感》，北京：商务印书馆，1980年，第98页。

音乐及人所创造的一切都可追溯到这类美。[1]

5.哈奇生

弗朗西斯·哈奇生(Francis Hutcheson, 1694—1746)继承并推进了舍夫茨别利的"内在感官"观点,他在《论美和德行两种观念的根源》(1725)这部美学专著中全力为舍夫茨别利的学说做辩护,不仅驳斥了医生兼哲学家曼德维尔对舍氏的抨击,而且推进了内在感官说。

哈奇生思想的出发点是舍夫茨别利的主要观点,即人天生就有审辨善恶美丑的内在感官,它包括美感、道德感等,两者是相通的。他将人的感官分为两种:一种是接受简单观念的外在感官,即视听嗅味触等外在感官;另一种是接受复杂观念、审辨事物价值(善恶美丑)的内在感官。他还对两者做了区分。他指出,内在感官与道德感之间的共通性是直觉感受性:"把这种较高级的接受观念的能力叫作一种'感官'是恰当的,因为它和其他感官在这一点上相类似:所得到的快感并不起于对有关对象的原则、原因或效用的知识,而是立即在我们心中唤起美的观念。"[2]

从"内在感官说"出发,哈奇生对美做了阐述和分类。他指出:"美,是指'在我们心中唤起的观念';美感,是指'我们接受此种观念的能力'。"[3]他认为,美是一种主观观念,并非事物本身的属性:"所谓绝对美或固有美不是说事物的某些属性其本身就是美的,与感知的心灵无关。因为美,像其他感性观念的名称那样,当然指某一心灵的知觉。"[4]他将美分为固有的(绝对的)和比较的(相对的)两种,并指出他是按照审美快感而不是根据事物本身来分类的。"我们所了解的绝对美是指我们从对象本身里所认识到的那种美,不把对象看作某种其他事物的摹本或影像,从而拿摹本和蓝本进行比较……比较美和相对美也是从对象本身中认识到的,但一般把这对象看作另一事物的摹本或与另一事物相类似。"[5]

对于美的形式的基本属性,哈奇生继承了毕达哥拉斯、奥古斯丁等从古希腊到18世纪不断被思想家承袭的原则,即多样性的统一原则,"凡是能唤起我们的美的观

---

① 朱光潜:《朱光潜全集》(第六卷),合肥:安徽教育出版社,1990年,第241页。

② 朱光潜:《朱光潜全集》(第六卷),合肥:安徽教育出版社,1990年,第245—246页。

③ 哈奇生:《论美和德行两种观念的根源》,见章安祺编订《缪灵珠美学译文集》第二卷,北京:中国人民大学出版社,1987年,第79页。

④ 哈奇生:《论美和德行两种观念的根源》,见章安祺编订《缪灵珠美学译文集》第二卷,北京:中国人民大学出版社,1987年,第61页。

⑤ 哈奇生:《论美和德行两种观念的根源》,见章安祺编订《缪灵珠美学译文集》第二卷,北京:中国人民大学出版社,1987年,第97—98页。

念的形状，似乎是那些具有多样中统一的形状"[①]。诚如朱光潜所言，哈奇生的美学观点，只是将舍夫茨别利美学杂感"系统化"[②]，不过他的系统化推进了英国经验主义学说，并对德国古典美学产生过一定影响。

6. 休谟

大卫·休谟(David Hume，1711—1776)的贡献在于深入探讨美的本质和审美趣味的标准等美学根本问题。主要著作有《人性论》(1739—1740)、《人类理解研究》(1748)和《道德原则研究》(1751)等。

休谟认为，美在本质不是事物本身的属性，而是人的心灵的感受，但是与事物的属性有关联。他在《审美趣味的标准》一文中写道：

> 美并不是事物本身里的一种性质，它只存在于观赏者的心里，每一个人心中见出一种不同的美。这个人觉得丑，另一个人可能觉得美。每个人应该默认他自己的感觉，也应该不要求支配旁人的感觉……虽然美和丑还是甚于甜与苦，不是事物的性质，而是完全属于感觉，但同时也必须承认：事物确有某些属性，是由自然安排得适合于产生那些特殊感觉的。[③]

休谟在描述美的本质时，重点强调了美的主观性，但是也不否认美的感受与物质本身属性的关联性，那是因为他相信，审美心理与美的事物在构造上具有某种共通性：

> 美是[对象]各部分之间的一种秩序和结构，由于人性的本来的构造，由于习俗，或者由于偶然的心情，这种秩序和结构宜于使心灵感到快乐和满足，这就是美的特征，美与丑(丑自然倾向于产生不安心情)的区别就在此。所以快感与痛感不只是美与丑的必有的随从，而且也是美与丑的真正本质。[④]

也就是说，美和丑源自事物的秩序结构与审美者的人性构造之间的同情，是一种主观感受与客观事物之间的交互作用，但是美与丑从本质上说是人的快感与痛感。休谟在推导美的来源时是辩证的，但是在得出美的本质的结论时，却是二元的，只承认美的主观性。可以看出，在论述美的本质时，休谟重点突出了审美者的心灵

---

① 哈奇生：《论美和德行两种观念的根源》，见章安祺编订《缪灵珠美学译文集》第二卷，北京：中国人民大学出版社，1987年，第62页。

② 朱光潜：《朱光潜全集》(第六卷)，合肥：安徽教育出版社，1990年，第249页。

③ 休谟：《论文集》，见北京大学哲学系美学教研室编《西方美学家论美和美感》，北京：商务印书馆，1980年，第108页。

④ 休谟：《论文集》，见北京大学哲学系美学教研室编《西方美学家论美和美感》，北京：商务印书馆，1980年，第109页。

感受的主导地位。

基于对美的本质的界定，休谟提出了效用说和同情说。休谟认为，“美有很大一部分起于便利和效用的观念”，这便是他的“效用说”的基本观点。比如，“在这个动物身上，强有力的形状才是美的，在另一个动物身上，轻巧的标志才是美的”①。朱光潜指出休谟效用说的两层内涵：(1)美的相对性：美随着人的利益不同而显出分歧；(2)美可分为感觉美与想象美，前者由感官直接感受，后者源自对对象的效用的联想。② 休谟“同情说”的基本观点是，美丑“这种情感必然依存于人心的特殊结构，这种人心的特殊构造才使这些特殊形式以这种方式起作用，造成心与它的对象之间的一种同情或协调”③。对象之所以能使人产生快感，是因为它满足了人的同情心，不一定触及切身的利害关系。比如，我们看到别人的房子、果园也会产生快感，是因为“我们对房主的同情。我们借助想象，设身处地想到他的利益，因而也感到他对这些对象自然会感到的那种满足”④。休谟的效用说和同情说强调美感与观赏者无直接利害关系，而是与所有人有关，只有通过共鸣，观赏者才能感受美。这一观点“实在是康德的‘没有目的的观念的合目的性’或他的‘不关利害的快感说’的近似的前身”⑤。

休谟探讨了审美趣味及其标准。他将审美趣味与理智区分开来，指出了审美趣味的情感性、主观性和创造性：“理智传达真和伪的知识，趣味则产生美与丑和善与恶的情感。前者按照事物在自然中的实在情况去认识事物，不增也不减，后者却具有一种制作的功能，用从心情借来的色彩去渲染一切自然事物，在一种意义上形成一种新的创造。”⑥审美趣味既是主观的，也是相对的。不过休谟在指出它的相对性的同时，又阐明了它的普遍性。一方面，“美与价值都只是相对的，都是一个特别的对象按照一个特别的人的心理构造和性情，在那个人心上所造成的一种愉快的情感”⑦；另一方面，“尽管趣味仿佛是变化多端，难以捉摸，终归还是有些普遍性的褒贬

---

① 休谟：《论文集》，见北京大学哲学系美学教研室编《西方美学家论美和美感》，北京：商务印书馆，1980年，第109—110页。

② 朱光潜：《朱光潜全集》(第六卷)，合肥：安徽教育出版社，1990年，第254页。

③ 休谟：《论文集》，见北京大学哲学系美学教研室编《西方美学家论美和美感》，北京：商务印书馆，1980年，第108页。

④ 休谟：《论文集》，见北京大学哲学系美学教研室编《西方美学家论美和美感》，北京：商务印书馆，1980年，第110页。

⑤ 鲍桑葵：《美学史》，张今译，桂林：广西师范大学出版社，2001年，第147页。

⑥ 休谟：《论人的知解力》，见北京大学哲学系美学教研室编《西方美学家论美和美感》，北京：商务印书馆，1980年，第111页。

⑦ 转引自朱光潜：《朱光潜全集》(第六卷)，合肥：安徽教育出版社，1990年，第258页。

原则;这些原则对一切人类的心灵感受所起的作用是经过仔细探索可以找到的"[①]。趣味具有普遍性,因为它的基础是人类心灵的共通性,但是趣味的标准却是由少数超于常人的优秀人士创立的:"只有卓越的智力加上敏锐的感受,由于训练而得到改进,通过比较而进一步完善,最后清除了一切偏见,只有这样的批评家才对上述称号当之无愧。"[②]

7. 伯克

埃德蒙·伯克(Edmund Burke, 1729—1797)是英国经验主义美学的重要代表人物,他在美学专著《论崇高与美两种观念的根源》(1756)中,重点探讨了崇高和美的根源、品质及审美趣味标准。

在方法论上,他运用培根等人倡导的经验归纳法,坚持始于经验,终于感性与理性相结合的研究过程;在认识论上,他恪守洛克的"白板说",将经验视为美学研究的唯一源泉和出发点。他的创新之处在于,首次区分崇高与美两个审美范畴,从心理学和生理学视角考察崇高和美的基础、品质和标准,是英国经验主义美学的集大成者,曾对康德的美学思想产生影响。

伯克认为,崇高和美的生理和心理基础是人的两种基本情欲,即"自体保存"情欲和"社会生活"情欲,前者指称保存个体生命的本能,后者指称维持种族生命的生殖欲和一般社交或群居的本能。他的基本观点是:

(1)崇高感源自人的"自我保存"本能。"自我保存"只有在个体生命受到威胁时才被激发出来,在情绪上表现为恐怖和惊惧,而恐怖和惊惧正是崇高感的基本心理内容:在实际生活中惊恐只是一种强烈的痛感,而在崇高感中惊恐还夹杂着一种快感。也就是说,崇高感发生的条件是双重的,一方面面临危险,另一方面此危险又得到了缓和:"当危险或痛苦逼迫太近,不可能引起任何欣喜,而只有单纯的恐怖。但当相隔一段距离时,得到某种缓解时,这时如同我们日常经历,危险和苦痛就有可能是欣喜的。"[③]伯克朦胧地道出了"心理距离"的美学价值。

(2)美感源自人的"社会生活"本能,即两性交往(生殖欲)和一般社交本能。人不同于动物,人的情欲与某些社会性观念相结合,因而是"复合的情欲",我们可称之为"爱",而"爱"正是美感的主要心理内容:"我把美称为一种社会素质,这是由于,只要是妇女和男子……当我们见了他们而产生一种欢欣和快乐的感觉时……我们心

① 休谟:《论趣味的标准》,见北京大学哲学系美学教研室编《西方美学家论美和美感》,北京:商务印书馆,1980年,第111页。

② 休谟:《论趣味的标准》,见北京大学哲学系美学教研室编《西方美学家论美和美感》,北京:商务印书馆,1980年,第112页。

③ 伯克:《崇高与美——伯克美学论文选》,李善庆译,上海:上海三联书店,1990年,第37页。

中就会激起一种对他们的温柔和喜爱的情感……"①

伯克指出"一般社会生活的情欲"可分为"同情""模仿"和"抱负"三种。他认为艺术的基础之一是"同情",他这样阐发他的"同情说":"必须认为同情是一种替代,因而我们就设身处地地处于别人地位,在很多方面产生与他人一样的感觉……主要根据这一原理,诗歌、绘画以及其他动人的艺术把一个人心中的感情传输到别人心中,常常能把愉悦与沮丧、苦难、死亡等感情融为一体。"②伯克从舍夫茨别利和哈奇生关于"五官感受之外存在着第六感官"的"内在感官说"和休谟关于"人的心灵结构与它的对象之间具有一种同情和协调"的"同情说"出发,进一步提出了类似"人心相通"的同情原则,实现了将审美基础从感官与心灵、心灵与物质之间的协调,推进到心灵与心灵之间的相通,为近代美学中的感应说、移情说奠定了基础。伯克认为艺术的另一个基础是模仿。他将模仿看作"同情"的变种,认为同情使我们关心旁人的感受,而模仿使我们仿效他人的言行,并获得快感,因此模仿也是艺术的基础,"当诗歌或绘画中表现的对象是我们在现实中不希望看到的东西时,那么我们可以肯定,诗歌或绘画中的力量应归功于模仿的力量"③。伯克指出,艺术还有一个基础是"抱负",即个体在人类有价值的方面觉得比他人优越的心理,它驱使人们炫耀自己,这既是推动社会进步的一种力量,也是个体崇高感产生的动力。任何东西只要能提高一个人对自己的估价,都会在人的内心引起"自负和得意"④。

伯克在阐明崇高感源自自我保存的情欲和美感源自人的社会生活情欲等生理和心理基础后,进一步从感觉和经验出发,概括和描述崇高感和美感的品质要素。他认为,崇高感的主要特性是恐怖,因而激发崇高感的对象的感性品质大致包括:巨大的体积、晦暗或模糊、力量、无限性、壮丽、虚空、孤寂、突然性等。而美感与崇高感是对立的,它源自社会交往感情,主要的心理内容是爱,因而它的情感基调是愉快的:"我所说的美是指物体中的那种性质或那些性质,用其产生爱或某种类似爱的情感……因美产生的情感,我称它为爱。"⑤伯克由此反驳了"美在比例""美在效用""美在圆满"等传统观点,论述了能激发爱的愉悦的美感对象的感性品质:体积小、光滑、渐次的变化、娇柔、美的色彩等。

伯克的"趣味说"同样是从经验出发概括和提炼出来的。他认为审美趣味涉及三种心理功能:感官、想象力和判断力。他这样定义"趣味":"它是一种功能,是极易

---

① 伯克:《崇高与美——伯克美学论文选》,李善庆译,上海:上海三联书店,1990年,第41页。
② 伯克:《崇高与美——伯克美学论文选》,李善庆译,上海:上海三联书店,1990年,第43—44页。
③ 伯克:《崇高与美——伯克美学论文选》,李善庆译,上海:上海三联书店,1990年,第51页。
④ 伯克:《崇高与美——伯克美学论文选》,李善庆译,上海:上海三联书店,1990年,第53页。
⑤ 伯克:《崇高与美——伯克美学论文选》,李善庆译,上海:上海三联书店,1990年,第101—102页。

受到外界触动的人类心灵的功能,它也能够对想象力的活动和优雅的艺术品进行判断和鉴赏。"[①]这三种功能中,感官最基本,想象力最活跃。

> 除了感官带来的意识及其连带的痛苦或愉悦感受以外,人类大脑自身还拥有一种创造性力量;这种力量或是表现在以同样的顺序和方式随意再现感官所接受的意象,或是表现在以另外的秩序重组这些意象。这种力量就叫作想象力……想象力是愉悦和痛苦活动的最广阔区域,也是害怕与希望交织的地方,更是所有与之相关联的激情所绽放的舞台。[②]

判断力也很重要,因为只有超越感官和想象力,进入风俗、性格、行为、德行、罪恶等判断力领地,才能构成完整的趣味。良好的趣味不仅取决于感觉和想象力,还取决于判断力,判断力可以使作品融贯一致。伯克进一步指出,人性的感官、想象力和判断力三方面大体是一致的,这种一致性构成了趣味的普遍原则和共同基础。

8. 荷加斯

威廉·荷加斯(William Hogarth,1679—1764)的贡献在于为欧洲美学史撰写了第一部专门分析美的形式的专著《美的分析》(1753),概括了形式美的六项原则和绘画的基本构图,推进了舍夫茨别利关于美的形式的笼统论述和哈奇生关于美的形式的基本属性即"多样性的统一"的观点。

荷加斯撰写专著的目标是想打破"美"的定义的概念化和深奥化的局限。"解释美的原因的大量尝试毫无成果,研究美的论著几乎完全被人置于脑后了",因为一般人都认为"美是一个崇高的和特性过于微妙的概念,是很难明白浅显地论述的",他立志撰写一部与流行观点"相抵触"的著作[③],以便明晰晓畅地对美做出分析。他在方法论上实践了经验归纳法原则,以西方艺术家米开朗琪罗、鲁本斯、拉斐尔等人的绘画原则和画论为基础,通过大量观察和分析人们常见的大自然中美的物体,动物、植物、人体,以及建筑、雕塑、绘画等人类创造物,拓展古典艺术家的感悟,提出"美的形式"的六项原则。

荷加斯提出"美的形式"的六项原则是"适应、多样、统一、单纯、复杂和尺寸"。他特别强调,所有这些原则"都参与美的创造,互相补充,有时互相制约"[④],也就是说,这六项原则绝非孤立,而是相辅相成、相互制约的。

---

① 伯克:《关于我们崇高与美观念之根源的哲学探讨》,郭飞译,郑州:大象出版社,2010 年,第 17 页。
② 伯克:《关于我们崇高与美观念之根源的哲学探讨》,郭飞译,郑州:大象出版社,2010 年,第 20 页。
③ 荷加斯:《美的分析》,杨成寅译,桂林:广西师范大学出版社,2005 年,第 i 页。
④ 荷加斯:《美的分析》,杨成寅译,桂林:广西师范大学出版社,2005 年,第 10 页。

(1)适应,即"合乎目的的美"[①]。也就是说,不论在艺术中还是在自然中,只有当一件事物的局部与其总的意图相适应时,它才能达到最大意义的美。或者说,事物的形式只有在符合目的的时候,才是美的,因此事物的体积和比例取决于它的合目的性。

(2)多样,即"有组织的多样性"[②]。杂乱无章的和没有意图的多样性,本身就是混乱和丑的。多样性的美在自然万物中随处可见,"各种植物、花卉、叶子的形状和色彩,蝴蝶翅膀、贝壳等的配色,就像是专为以多样性悦人眼目而创造出来的"[③]。

(3)统一,即"整齐、统一或对称,只有能形成合乎目的性的观念时,才能使人喜欢"[④]。整体、统一的确能带来快感,但是也容易产生单调,避免单调是绘画构图的基本原则。当我们表现静止和运动的稳定性时,统一在某种程度上是必要的。但是如果借助奇数可以同样成功地达到目的的话,"我们的眼睛还是会喜欢多样性"[⑤]。要实现统一和多样性的平衡,最重要的是要合乎目的。

(4)单纯,即"单纯与多样性的结合"。如果让单纯与多样性相结合,单纯就会让人喜欢,因为"它能提高多样给予人的快感,使眼睛更轻松地感受多样性"[⑥]。单纯可以赋予多样性以美,多样性同样可以赋予单纯以美。

(5)复杂,即多样性。人类具有追踪复杂性的天性,万物常常以复杂的形态展现,在迂回曲折的林间小道和蜿蜒曲折的河流中,我们可以感受到复杂的波状线和蛇形线:

> 我把形体的复杂性确定为构成形体线条的这样一种特色:它迫使眼睛以一种爱运动的天性去追逐它们,这个过程给予意识的满足使这种形式堪称美,所以,可以这样说,除了多样性以外,这一条规则(复杂性)比其他五项规则都更直接地决定着吸引力的概念。多样性实际上包括复杂性,也包括其他规则。[⑦]

(6)尺寸,"尺寸能够使优美增添雄伟,但是要避免过大,否则尺寸就会变成笨拙、沉重,甚至可笑"[⑧]。尺寸大的形体,即便形体不美,也能引起我们的关注和赞美,产生崇敬感。大与单纯结合,可以带来美感。

荷加斯以辩证的方式论述"美的形式"的六项原则。在这些原则中,适应作为合

---

① 荷加斯:《美的分析》,杨成寅译,桂林:广西师范大学出版社,2005 年,第 11 页。
② 荷加斯:《美的分析》,杨成寅译,桂林:广西师范大学出版社,2005 年,第 14 页。
③ 荷加斯:《美的分析》,杨成寅译,桂林:广西师范大学出版社,2005 年,第 14 页。
④ 荷加斯:《美的分析》,杨成寅译,桂林:广西师范大学出版社,2005 年,第 18 页。
⑤ 荷加斯:《美的分析》,杨成寅译,桂林:广西师范大学出版社,2005 年,第 18 页。
⑥ 荷加斯:《美的分析》,杨成寅译,桂林:广西师范大学出版社,2005 年,第 19 页。
⑦ 荷加斯:《美的分析》,杨成寅译,桂林:广西师范大学出版社,2005 年,第 23 页。
⑧ 荷加斯:《美的分析》,杨成寅译,桂林:广西师范大学出版社,2005 年,第 28 页。

目的性，是其他五项原则都需要符合的；多样与统一、单纯与复杂、尺寸与单纯则相互补充、相互制约。从整体上看，这六项原则实质上是对"多样性的统一"这一古希腊美学原则的拓展性阐述。

在六项原则的基础上，荷加斯分析了直线、曲线、直线曲线结合体、波状线和蛇形线等多种线条类型，指出蛇形线以其生动性、复杂多样性和统一性而堪称最美的线条。此外，荷加斯以线条为主要分析对象，探讨了"优美的形体由哪些部分构成和怎样构成"的问题，重点分析绘画构图技法，涉及明暗、色彩、面部、姿态和动作等多方面。主要论点基本围绕"适应、多样、统一、单纯、复杂和尺寸"六项原则展开。

关于荷加斯的重要性，鲍桑葵曾在他的《美学史》中做简要论析。他指出《美的分析》在出版初期曾获得德国美学家莱辛的赞赏，莱辛认为荷加斯的分析赋予艺术材料以新的解析，但随后又质疑其观点缺乏说服力。① 鲍桑葵本人对荷加斯的评价是中肯的，他说："荷加斯单单从造型艺术中就得来对美的分析乃是多样性的统一这一抽象原则在最高水平上的表现，因而成为向本世纪的分析的过渡点，到本世纪，才在……逐渐变化的曲线中找到了特征意义。"②

9. 雷诺兹

约书亚·雷诺兹爵士(Sir Joshua Reynolds, 1723—1792)，英国18世纪著名画家。1768年，他创建英国皇家美术学院并担任第一任院长后，每年向全院做一次演讲，阐述自己的美学思想。这些演讲稿汇集成《艺术演讲录》出版，表达了一位集新古典主义与经验主义思想为一体的艺术大师的美学观。他的观点得到了罗杰·弗莱的高度评价。

雷诺兹倡导一种理想化的美学原则。他一方面以典型的新古典主义者的立场强调艺术创作要遵循古典法则，要"绝对服从于大师们通过实践所确立的种种艺术规则……应该把那些经过几百年实践考验的范例视为完善可靠的向导……视为自己模仿的对象，而非自己批评的对象"③；另一方面他又要求人们从自身经验出发，将大自然作为创作的对象，"要求助于始终在我们身边的大自然本身，与自然界那些真正的壮丽景色相比，以最佳颜色绘制出来的许多图画都黯淡失色、软弱无助"④。

雷诺兹将学习古典技法与取材自然景物合而为一，实际上是要求人们以理想的态度对待自然万物，不是去模仿事物的表象，而是去表现大自然所固有的那种永恒、伟大和普遍的观念。也就是说，重要的是"要观察自然界的各种活动"，"应该选择；

① 鲍桑葵：《美学史》，张今译，桂林：广西师范大学出版社，2001年，第168页。
② 鲍桑葵：《美学史》，张今译，桂林：广西师范大学出版社，2001年，第169—170页。
③ 转引自吉尔伯特、库恩：《美学史》，夏乾丰译，上海：上海译文出版社，1999年，第346页。
④ 转引自吉尔伯特、库恩：《美学史》，夏乾丰译，上海：上海译文出版社，1999年，第346页。

应该提炼;应该系统化;应该比较”,因为,“艺术整个的美与庄严就在于,它能够提高一切单个的形式、各种地方性的习俗、各种个性以及每种细节”①。罗杰·弗莱对雷诺兹的艺术观有深刻的认识,曾对此做精辟的总结:“雷诺兹的论点是,艺术不是一种模仿的机械技巧,而是人类经验的一种表现模式,没有一个文明社会可以忽略这种表现;它要求完美的智性参与,不管可能采用何等不同的形式,它都取决于以往大师的伟大传统中可以或多或少加以发现的某些原理。”②

雷诺兹相信美是每一种事物的中心形式,它不是单个个体,而是这一类事物的普遍观念或普遍形式,是从这一类事物中抽象出来的。“每一物种的完全的美必须能把这一物种所有一切美的品质都融合在一起。”③艺术以美为目标,艺术家的任务就是表现我们心中所存在的观念:

> 我们所从事的艺术以美为目标,我们的任务就在发现而且表现这种美,我们所追求的这种美是一般的,理智性的;它是只在心中存在的一种观念,眼睛从来没有见过它,手也从来没有表现过它,它是住在艺术家胸中的一种观念,这种观念他一直在力图传达到死都没有传达出。④

雷诺兹的重要贡献在于,他以一位艺术家的身份,而不是以一位哲学家的身份,考察美学问题。他关于美的本质和创作原则的思考往往比哲学家更深刻,用罗杰·弗莱的话说,他是“一位既拥有实践知识,又拥有在这一艰难而不确定的科学中写出任何有价值的著作所必不可少的提炼概括能力的作家。这种情形是非常难得的。雷诺兹是最早做出这种尝试的人之一,也是迄今为止做得最好的人之一”⑤。

【结语】17—18世纪的英国经验主义美学家,以他们的原创性勇气,努力为英国哲学和美学开辟了一条基于经验归纳的路径。这条路径完全不同于欧洲大陆理性主义所实践的形而上学的概念演绎之路径。它的显著特性可归纳如下。

(1)以方法论的创新为基础,它实践了将自然科学方法运用于人文研究的创新,开创了从感性经验出发,经由理性分析,提炼普遍观念的经验主义方法论。

(2)它不断丰富和拓展认知模式:培根指出认识的来源是“经验”;霍布斯在此基础上指出人的“心理”活动在认识中发挥重要作用;洛克吸收培根和霍布斯的观点,

---

① 转引自吉尔伯特、库恩:《美学史》,夏乾丰译,上海:上海译文出版社,1999年,第347页。

② 弗莱:《罗杰艺术批评文选》,沈语冰译,南京:凤凰出版传媒集团,2010年,第72页。

③ 北京大学哲学系美学教研室编:《西方美学家论美和美感》,北京:商务印书馆,1980年,第116页。

④ 北京大学哲学系美学教研室编:《西方美学家论美和美感》,北京:商务印书馆,1980年,第116—117页。

⑤ 弗莱:《罗杰艺术批评文选》,沈语冰译,南京:凤凰出版传媒集团,2010年,第66页。

从经验和心理两方面解析"观念"的来源，阐明可感物体的物质性和感觉性双重性质以及简单观念和复杂观念的内涵，比较完整地提出了经验主义认知方式。正是基于洛克的认知方式，经验主义美学家们提出了一系列承前启后的美学观点，主要包括：舍夫茨别利的"内在感官说"、休谟的"同情说"、伯克的"崇高说"和"美感说"、荷加斯的"美的形式说"、雷诺兹的理想美学观。

(3)基于感性/理性一体化的方法论和认知模式，它的美学思想体现整体观照特性。经验主义美学家均自觉地批判古希腊以来所承袭的"美在比例""美在效果""美在圆满"等观点，努力避免美学定义或侧重于客体或侧重于主体的偏颇，提出内外合一、主客相融的美学观点，具有审美的整体性视野。

(4)它重在构建审美的外在形式与内在精神的融合。比如：培根提出"美的精华在于文雅的动作"；霍布斯揭示美丑与善恶的内外对应关系。

(5)它重在揭示审美的主客交融特性。比如：洛克揭示观念由感官感受和心理活动共同构成；舍夫茨别利指出审美即心灵对感官感受的审辨，美不在于物质本身，而在于形式或赋予形式的力量；休谟的"同情说"揭示了美丑感受即"心与它的对象之间的一种同情或协调"；伯克以人类的生理心理感受与事物的感性品性之间的交融，揭示崇高感和美感的本质是主客交融后所产生的恐怖和爱；荷加斯通过观察分析大自然中的物体，提炼出"美的形式"六项原则；雷诺兹将古典技法与自然景物融合，指出美的创造的目标是表现人对自然的永恒理念的领悟。

第三节　19世纪英国浪漫主义美学

一、社会文化背景

决定19世纪的英国社会文化状况的两个主导因素是法国大革命和英国工业革命。

1789年的法国大革命以激烈的政治事件促进了席卷欧洲的资产阶级民主自由思想的传播，"自由、平等、博爱"成为广泛接受的社会价值观。英国文学与美学因此获得了突破性发展。法国大革命初期，年轻的威廉·华兹华斯、塞缪尔·泰勒·柯勒律治、罗伯特·彭斯等英国诗人都盛赞法国革命，美国激进主义者托马斯·潘恩出版于1791—1792年的小册子《人的权利》6个月之内在英国售出20万册[①]，足以显

① 哈维、马修：《19世纪英国：危机与变革》，韩敏中译，北京：外语教学与研究出版社，2007年，第196—197页。

现资产阶级思想在英国传播之迅猛和广泛。同时古代文物的传入所引发的古希腊文化热，和康德、谢林等德国古典哲学家思想的引入，均对英国文化和思想产生很大影响。它们合力催生并推进了崇尚情感与想象，赞美自然与田园生活的英国浪漫主义文学和美学的发展。

19 世纪的英国工业革命，以蒸汽机的发明和火车船舰的问世为重要标志，它在推动英国工业化、城市化、商业化发展的同时，也催生了该时期独特的美学。在维多利亚时期(1837—1901)，英国的海上霸权促成殖民扩张快速发展，推动国内经济繁荣，铸就英国历史上的"日不落帝国"。然而在物质文明高速发展的同时，社会两极分化明显。大量民众在圈地运动、工业化进程中背井离乡，颠沛流离；亚当·斯密在《国富论》中为经济发展提出的"劳动分工"观点，将工人细分并固定在某个工作环节，在提高效率的同时却很少关注它给工人带来的非人性化感受；经济高速发展与制度、管理、教育落后之间形成的巨大反差，给普通民众带来莫大痛苦。社会上拜金主义盛行，唯利是图观蔓延，巨大的贫富差距催生了野蛮贵族、庸俗中产阶级和无知群氓。总之，工业革命所带来的经济繁荣的背后，是对"人的问题"的忽视。功利主义哲学应运而生，边沁所倡导的"善就是快乐，恶则是痛苦……我们所能达到的最佳状态，就是用快乐最大限度地抵消痛苦的状态"[①]的功利主义信条在社会上流行。教育的作用得到重视，道德的培育得到重视，机会均等、平等安全观念得到关注。作为对边沁的"自由竞争"概念的延伸，达尔文的"物竞天择，适者生存"学说广为接受。

在这一繁荣中充满变革和危机的社会文化背景下，维多利亚早、中期的艺术家和美学家提出了以道德为核心的美学观，维多利亚晚期的美学家提出"为艺术而艺术"的唯美主义美学观，两者均体现出对工业革命的弊病的反拨。

诚如鲍桑葵所言，"真正的英国美学并不是从哲学中诞生的，也不是从哲学家中诞生的"[②]，英国真正的美学家大都是文艺创作者，这一点在 19 世纪英国美学中表现得最为显著。无论是浪漫主义美学家，还是维多利亚时期美学家或唯美主义美学家，主要代言人不是诗人，便是小说家、戏剧家或散文家，他们的美学思想与他们的文艺创作感悟息息相关。

二、主要美学家及其观点

英国浪漫主义运动发轫于 18 世纪 90 年代，以华兹华斯和柯勒律治的《抒情歌谣集》为开端，传达了反对新古典主义、崇尚个性解放、倡导自由想象和情感表达的文艺创作和美学思想。此运动大约持续了半个世纪(1790—1832)，其美学思想扎根

---

① 罗素：《西方的智慧》，亚北译，北京：中国妇女出版社，2004 年，第 350 页。

② 鲍桑葵：《美学史》，张今译，桂林：广西师范大学出版社，2001 年，第 145 页。

于英国经验主义,同时汲取法国浪漫主义思想和德国古典哲学思想。主要的浪漫主义美学家包括柯勒律治、华兹华斯、雪莱、济慈等人,他们是该时期的著名诗人,从自己的创作中感悟并提炼其美学观点,将英国传统的经验主义美学与德国古典美学相交融,为英国近代美学的发展做出贡献。

1. 柯勒律治

塞缪尔·泰勒·柯勒律治(Samuel Taylor Coleridge, 1772—1834),英国著名浪漫主义诗人、批评家、美学家,他以诗歌《古舟子咏》《忽必烈汗》等流芳百世,以《莎士比亚演讲》成为文艺批评界翘楚,又用《文学传记》将英国美学推上一个新的台阶。他对英国美学的主要贡献是:开拓新的方法论和认识模式,提出美学和艺术学有机整体观,加深对模仿论的领悟。

柯勒律治以英国经验主义美学为基础,学习并汲取康德、谢林的德国古典主义哲学和美学思想,提出新的方法论和认知模式。雷纳·韦勒克曾在《近代文学批评史》(第二卷)中详述柯勒律治的著述对康德、谢林、施莱格尔等人的借鉴[①],他的结论是:"柯勒律治用他自己的方法贯通了他从德国汲取的各种思想,并把它们同十八世纪新古典主义以及英国经验主义的传统成分结合起来。"[②]

这种结合最充分地体现在柯勒律治的方法论创新上。众所周知,笛卡儿以来,欧洲出现两种认知模式:一种是概念论证式的大陆理性主义,另一种是经验分析式的不列颠经验主义。康德发动了一场哲学界的哥白尼革命,他赞同休谟的经验主义观点,认为一切知识都来自经验,但是与休谟不同,康德没有用经验来解释概念,而是用概念去揭示经验。也就是说,"康德哲学在不列颠经验主义的极端立场和笛卡儿理性主义的先天原则之间保持了平衡"[③]。康德认为,感官经验是产生知识的必要条件,但不是充分条件,是心灵所提供的理性使经验成为知识。柯勒律治在康德融理性和经验为一体的基础上再向前推进一步,提出了"有机整体性"方法论。他指出,方法论指的是"吻合进程的统一性……它在人的头脑里统一事物,并把多种事物合而为一"[④]。他的"有机整体性"方法论鲜明地体现在他对"艺术"的概括中:

> 当然各种美的艺术都是属于外在世界的,因为它们都是借助某些视觉形象和听觉形象及其各种可感的印象来从事活动的;而且,如果不能巧妙和熟练地处理这些方面,那么,不管什么人,都不是(或不能成为)音乐家或诗人……但

① 韦勒克:《近代文学批评史》(第二卷),上海:上海译文出版社,1997年,第185—192页。
② 韦勒克:《近代文学批评史》(第二卷),上海:上海译文出版社,1997年,第192页。
③ 罗素:《西方的智慧》,亚北译,北京:中国妇女出版社,2004年,第316页。
④ 韦勒克:《近代文学批评史》(第二卷),上海:上海译文出版社,1997年,第192页。

是，同样无疑，如果谁不是首先为一种强大的内在力量——感情……所驱使，那么，他必定永远是艺术大地上的一位贫穷、不成功的耕作者；如果，在他的前进的过程中，那种朦胧的、模糊不清的冲动不能逐步地变成一种明确的、清晰的和富有生气的"理念"，那么，他的艺术就不会取得伟大的进步。[①]

柯勒律治相信，艺术是物质形象、内在情感和生命理念的有机统一体，缺一不可。也就是说，立足整体视野，从各个侧面提炼有机成分，将它们合而为一，这便是柯勒律治的"有机整体性"方法论。

这一方法论的基础是事物的同一性。他相信"主客的同一性……自然和存在于人本身的智力及自我意识是等同的……存在与认识和真理是同一的"[②]；他相信，诗歌和哲学是同一的："我深信，一种真正的哲学体系——生命哲学，是诗歌用以教育人们的最好的东西。"[③]他的有机整体性的原则是：

它调和同一的和殊异的、一般的和具体的、概念和形象、个别的和有代表性的、新奇与新鲜之感和陈旧与熟悉的事物、一种不同寻常的情绪和一种不同寻常的秩序……并且当它把天然的与人工的混合而使之和谐时，它仍然使艺术从属于自然；使形象从属于内容；使我们对诗人的钦佩从属于我们对诗的感应。[④]

正是基于"有机整体性"方法论，柯勒律治对美、艺术、想象、象征、鉴赏力等美学基本范畴做出了创新性界定。

关于美的本质，他指出，"关于美，最保险同时也是最古老的定义，就是毕达哥拉斯的'多样性的统一'"，也就是说，"美感存在于对各部分之间的关系，以及部分与整体之间关系的瞬间直觉中，这种直觉激起一种直接的、绝对的满足，这里没有任何官能的或智力的利益介入"。[⑤] 这一定义接纳了康德关于美"不带任何利害""普遍性愉悦""无目的的合目的性"和"共通感"的四大契机，同时又超越了康德的理性分析，用"瞬间直觉"将各种要素贯通，体现出诗性哲学的穿透力和融合力。

关于美的功能，柯勒律治同样强调有机整体性："美也是精神的，是表达真理的简约的象形文字——是联系真理和情感、头脑和心灵的媒介。"[⑥]

---

① 转引自吉尔伯特、库恩：《美学史》，夏乾丰译，上海：上海译文出版社，1999 年，第 530—531 页。

② 韦勒克：《近代文学批评史》（第二卷），上海：上海译文出版社，1997 年，第 193 页。

③ 转引自吉尔伯特、库恩：《美学史》，夏乾丰译，上海：上海译文出版社，1999 年，第 526 页。

④ 柯勒律治：《文学生涯》，见《十九世纪英国诗人论诗》，刘若端译，北京：人民文学出版社，1984 年，第 69 页。

⑤ Coleridge, S. T. *Biographia Literaria*. Oxford: Oxford University Press, 1979, p. 238.

⑥ 转引自汝信主编，李鹏程等著：《西方美学史》（第三卷），北京：中国社会科学出版社，2008 年，第 761 页。

关于艺术，如上面的引文所显示的那样，他重点阐明了物质性、情感性和理性的合一。

柯勒律治对"想象"的概括充分体现了他透过现象直击本质的能力。他在《文学传记》第十三章中这样概括"想象"：

> 我认为想象要么是第一性的，要么是第二性的。第一性的想象是一切人类知觉的生命力和原动力，是无限的我在(the infinite I AM)的永恒创造活动在有限心灵中的复现。第二性的想象是第一性想象的回声，与自觉意志共存；它在动力作用上与第一性想象相同，在程度和作用上不同。它熔化、分解和扩散，以便重新创造。即便无法实现其目的，也竭力实现理想化和统一性。它本质上是生机勃勃的，即便它所有的对象都是固态的、僵死的。①

柯勒律治着重指出了想象的三大功能：最重要的功能是，它是有限的心灵通达无限的我在的媒介；最强大的功能是，它具备重新创造的能力；最美好的功能是，它具备理想化和统一性的能力。所有这些功能都是在融合无限的我在与有限的心灵、想象与意志、分解与创造、碎片与统一、生机与僵死等诸多正反元素的过程中实现的，是一个有机统一的过程。

柯勒律治继承了柏拉图、亚里士多德多的艺术模仿说，并有所推进。他认为："我们必须模仿自然！这一点不容置疑。但是我们模仿自然的什么呢？一切吗？绝不是。我们模仿自然中的美。"②这里的"美"不仅指自然山水之美，也指称人类的精神美和天地的实在美。对柯勒律治而言，文艺并不像柏拉图所说的那样，只是对现实世界的模仿，与理念隔了两层；也不像亚里士多德所说的那样通过模仿行动中的人来揭示普遍本质；它以象征的方式，将有限与无限、有形与无形合一，以表现有机整体："象征意味着特殊在个体中，一般在特殊中，普遍在一般中的隐现。更为重要的是，象征是永恒在短暂事物中的含蓄体现。象征蕴藏在'实在'(the reality)之中，而'实在'因象征而变得明晰；象征表现整体，又是它所表现的统一体的有机部分。"③

柯勒律治对文艺鉴赏力的有机性有透彻的理解，因此将鉴赏的中心点放置在人的情性上，而将所有环境因素视为鉴赏的手段。他认为，一个真正的批评家，应该把他自己放在中心，从这个中心出发俯视全体，他才能真正读懂一部文学作品，因为我们只有将人类本性中那些真实的东西作为一部作品的精神与实质，在鉴赏过程中考

① Coleridge, S. T. Biographia literaria. In Abrams, M. H. (ed.). *The Norton Anthology of English Literature* (Vol. 2). 5th ed. London: W. W. Norton & Company, 1986, pp. 396-397.

② Coleridge, S. T. *Biographia Literaria*. Oxford: Oxford University Press, 1979, p. 256.

③ Bate, W. J. *Coleridge*. London: Routledge, 2000, p. 163.

察人类不朽的灵魂与它所处的时代、地点和生活习俗等外在因素的关系,我们才能真正把握批评的实质。因为“艺术不能不借助自然,或脱离自然而存在;一个人能够给予他同胞的东西是什么呢?岂不是他自己的思想情感和基于思想情感的建议吗?”①柯勒律治的这一席话非常深刻,阐明了文艺鉴赏的主观性(以人为中心俯视整个作品)、生命性(其目标是阐明人的本性、思想情感和灵魂)、方法论(探讨时代地点习俗与灵魂的关系)。

柯勒律治对英国美学的贡献是全方位的。他以诗人的禀赋将康德融理性主义与经验主义为一体的哲学和美学思想提升到有机整体性的高度,以此为基础,他将美学、艺术、想象、象征和鉴赏力都推进到有机整体的至高境界,他无疑是英国美学史上最具原创性的思想家之一。只是,他的诗性阐述比较零碎,不成体系,需要系统梳理和提炼。

2. 华兹华斯

威廉·华兹华斯(William Wordsworth, 1770—1850)是公认的英国浪漫主义运动代言人,其基本观点“一切好的诗都是强烈情感的自然流露”②道出了英国浪漫主义运动的核心思想。他一生创作大量诗歌,1843年获“桂冠诗人”的称号。

他的美学思想是在全面分析自己的诗歌创作经验的基础上提出的。其观点主要发表在《〈抒情歌谣集〉序言》(1800)、《〈抒情歌谣集〉附录》(1802)、《〈抒情歌谣集〉序言》(1815)中,主要围绕诗歌是“强烈情感的自然流露”展开,就诗歌的本质、功用、题材与语言、想象力和诗人的本质等基本问题阐发自己的观点。对于他的美学贡献,吉尔伯特和库恩曾做精练的概括:“华兹华斯把浪漫主义的第一原则——诗人是预言家和圣人;与浪漫主义的第二原则——富于诗意的真理就是富于情感的真理,融合在一起。”③

关于诗歌的本质,华兹华斯在《〈抒情歌谣集〉序言》中提出了四大特性:

(1)诗歌的感受性和同情性。诗歌情感源自诗人的感受,情感中蕴含思想;其目的在于激发和提升读者情感的强度和纯粹性。也就是说,诗歌具有打通诗人情感与读者情感的同情性。

> 一切好的诗都是强烈情感的自然流露……凡有价值的诗,不论题材如何不同,都是由于作者具有非凡的感受性,而且又深思了很久。因为我们的思想改

① Coleridge, S. T. *Lectures and Notes on Shakespeare and Other English Poets*. London: George Bell and Sons, 1884, p. 227.

② 华兹华斯:《〈抒情诗歌谣〉序言及附录》,见中国社会科学院文学研究所编著《古典文艺理论译丛》(卷一),北京:知识产权出版社,2010年,第6页。

③ 吉尔伯特、库恩:《美学史》,夏乾丰译,上海:上海译文出版社,1999年,第520页。

变着和指导着我们的情感的不断流动,我们的思想实际上是我们以往情感的代表;我们思考这些代表的相互关系,我们就会发现什么是人们真正需要的对象;如果我们重复和继续这一思考,我们的感情就会和重要的题材联系起来……我们描写事物和表达情感在性质上和关系上都必定会使读者的理解力有一定程度的提升,他的情感也一定会增强和变得纯粹。①

(2)诗歌的创造性。诗歌情感不同于生活情感,它具有依托回忆的再创造性。"诗是强烈情感的自然流露。它起源于平静中回忆起来的情感。诗人沉思这种感情直到一种反应使平静逐渐消逝,就有一种与诗人所沉思的情感相似的情感逐渐发生,确实存在于诗人的心中。"②

(3)诗歌表现人类的天性。诗歌最重要的是"探索我们的天性的根本规律"③,它是对"宇宙间美的承认",是对"人的庄重性的一种顶礼",是对"人们借以理解、感觉、生活和运动的快乐的伟大基本原则的顶礼"④。

(4)诗歌的真理性。诗歌"是一切文章中最富有哲学意味的……诗的目的是真理,不是个别的和局部的真理,而是普遍的和有效的真理;这种真理不是以外在的证据作为依靠,而是凭借热情深入人心"⑤。这第四点尤为重要,实际上,华兹华斯对诗歌本质的定位,已经将它置于揭示事物的终极本质的制高点,将诗歌与哲学置于同等重要的位置。在这一点上,华兹华斯与柯勒律治所持观点相同。

关于诗歌的功用,华兹华斯相信,每一首诗歌都"有一个有价值的目的"⑥,它的功用有:(1)提高读者的理解力,增强和纯化他们的情感;(2)让读者充分体会心灵的优美和高贵;(3)使读者愉悦;(4)表达真理,用热情使真理直达人心。华兹华斯对诗歌功能的概括,与他对诗歌本质的理解相呼应,着重围绕"诗歌表现情感"这一核心原则,强调它的同情性、天性、愉悦性和真理性。

对于诗歌的题材和语言,华兹华斯提出了独创的想法。他反对传统诗歌固守

---

① 华兹华斯:《〈抒情诗歌谣〉序言及附录》,见中国社会科学院文学研究所编著《古典文艺理论译丛》(卷一),北京:知识产权出版社,2010年,第6页。

② 华兹华斯:《〈抒情诗歌谣〉序言及附录》,见中国社会科学院文学研究所编著《古典文艺理论译丛》(卷一),北京:知识产权出版社,2010年,第18页。

③ 华兹华斯:《〈抒情诗歌谣〉序言及附录》,见中国社会科学院文学研究所编著《古典文艺理论译丛》(卷一),北京:知识产权出版社,2010年,第6页。

④ 华兹华斯:《〈抒情诗歌谣〉序言及附录》,见中国社会科学院文学研究所编著《古典文艺理论译丛》(卷一),北京:知识产权出版社,2010年,第13页。

⑤ 华兹华斯:《〈抒情诗歌谣〉序言及附录》,见中国社会科学院文学研究所编著《古典文艺理论译丛》(卷一),北京:知识产权出版社,2010年,第12—13页。

⑥ 华兹华斯:《〈抒情诗歌谣〉序言及附录》,见中国社会科学院文学研究所编著《古典文艺理论译丛》(卷一),北京:知识产权出版社,2010年,第7页。

"诗的辞藻"的做法,提出要用自然清新的"田园生活语言"创作"田园生活"题材。因为田园生活是人们表达情感的最好土壤;田园生活更适宜让人们用纯朴有力的语言表达他们的共通情感;田园生活中表露的情感是持久的习俗的萌芽;田园生活中,人们的情感与自然的美的形式合而为一。而田园生活中的语言在表达思想和情感时,单纯而不做作,持久而富有哲学意味。① 他进而论述了题材、情感、语言和技巧之间的相辅相成的关系:"只要诗人把题材选得恰当,在适当的时候他自然就会有热情,而由热情产生的语言,只要选择得很正确和恰当,也必定很高贵而且丰富多彩,因为隐喻和比喻而充满生气。"②

华兹华斯在1815年版的《〈抒情歌谣集〉序言》中较为详尽地论述了想象力的内涵和特性。他指出:想象力"是存在于我们头脑中的,它与仅仅作为不在眼前的外在事物的忠实摹本的意象毫无关联。它是一个更加重要的字眼,意味着心灵在那些外在事物上的活动,以及被某些特定的规律所制约的创作过程或写作过程"③。在这一总括性定义之后,华兹华斯通过诗歌分析,总结了想象力的三大特性:(1)想象的赋予力——"想象的这些程序是把一些额外的特性加之于对象,或者从对象中抽出它的确具有的一切特性";(2)想象的改造力——想象将"联合起来的几个意象互相影响和改变";(3)想象的创造力——"想象力最擅长的是把众多合为单一,以及把单一分为众多"。④

华兹华斯赞同柯勒律治关于想象的定义,不过觉得他的定义太笼统,因而提出上面三个更为具体的特性。他进一步指出,想象具有"不可摧毁的统治力",想象可以"激发和支持我们天性的永久部分"⑤。总体而言,华兹华斯对想象的界定与柯勒律治的界定在"多样性的统一"这一核心思想上是一致的,不过他的定义只停留在艺术创作的层面,并未像柯勒律治那样上升到哲学思辨层面。

华兹华斯对诗人本质的概述不仅充满诗意,而且比较全面地描述了诗人的禀赋、任务和能力。他这样描写诗人的天性:

---

① 华兹华斯:《〈抒情诗歌谣〉序言及附录》,见中国社会科学院文学研究所编著《古典文艺理论译丛》(卷一),北京:知识产权出版社,2010年,第5页。

② 华兹华斯:《〈抒情诗歌谣〉序言及附录》,见中国社会科学院文学研究所编著《古典文艺理论译丛》(卷一),北京:知识产权出版社,2010年,第11页。

③ 华兹华斯:《〈抒情诗歌谣〉序言及附录》,见中国社会科学院文学研究所编著《古典文艺理论译丛》(卷一),北京:知识产权出版社,2010年,第34页。

④ 华兹华斯:《〈抒情诗歌谣〉序言及附录》,见中国社会科学院文学研究所编著《古典文艺理论译丛》(卷一),北京:知识产权出版社,2010年,第36—37页。

⑤ 华兹华斯:《〈抒情诗歌谣〉序言及附录》,见中国社会科学院文学研究所编著《古典文艺理论译丛》(卷一),北京:知识产权出版社,2010年,第39—41页。

诗人是以一个人的身份向人们讲话。他……比一般人具有更敏锐的感受性，具有更多的热忱和温情，他更了解人的本性，而且有着更开阔的灵魂；他喜欢自己的热情和意志，内在的活力使他比别人快乐得多；他高兴观察宇宙现象中的相似的热情和意志，并且习惯于在没有找到它们的地方自己去创造……他有一种气质，比别人更容易被不在眼前的事物所感动……他有一种能力，能从心中唤起热情……他能更敏捷地表达自己的思想和感情……①

他认为，诗人的任务是依据自己的天性和生活观察人；以一定的信念、直觉和推断来思考复杂现象；以同情心体悟他人的思想情感；用心灵感悟自然中最美丽最有趣味的东西；捍卫人类的天性；将自己神圣的心灵注入事物中，将它化成活生生的东西。②他认为诗人应该拥有六种能力：(1)观察和描绘能力，以准确把握事物的真面目；(2)感受力，以领悟心灵对事物的反应；(3)沉思能力，以把握动作、意象、思想和情感的价值；(4)想象力和幻想力，以改变、创造和联想；(5)虚构能力，以塑造人物情节；(6)判断力，以运用和调和上述诸多能力。③ 华兹华斯从多个侧面概述诗人的天赋和能力，始终围绕着"诗歌表达情感"这一准则，充分关注感性与理性、个体与人类、物质与精神、想象与现实等多种因素之间的融合和多种天赋能力之间的融合，隐含着对有机整体性的认同和实践。

华兹华斯的核心思想是"诗歌表达情感"。他有关诗歌的本质、功用、题材与语言、想象力和诗人的本质等基本问题的阐发均围绕该核心展开，所有观点的基础是"有机统一"这一方法论；就如柯勒律治的核心思想是"有机整体性"，而所有的观点都是围绕"情感思想"展开的一样。他们两人从不同侧面建构了英国浪漫主义美学的整体框架和主要思想，将英国经验主义美学方法论和思想从经验分析和经验提炼的基础层面，提升到经验感悟与理性思辨的有机统一高度，体现了浪漫主义者对想象力的作用的深切领会和运用。

3. 雪莱

珀西·比希·雪莱(Percy Bysshe Shelley, 1792—1822)，英国浪漫主义诗人和美学家，主要作品包括《西风颂》《解放了的普罗米修斯》等，其美学思想主要阐发在《为诗辩护》(1821 年创作，1840 年发表)。《为诗辩护》是为反驳同时代作家皮科克

① 华兹华斯：《〈抒情诗歌谣〉序言及附录》，见中国社会科学院文学研究所编著《古典文艺理论译丛》(卷一)，北京：知识产权出版社，2010 年，第 11—12 页。

② 华兹华斯：《〈抒情诗歌谣〉序言及附录》，见中国社会科学院文学研究所编著《古典文艺理论译丛》(卷一)，北京：知识产权出版社，2010 年，第 13—15 页。

③ 华兹华斯：《〈抒情诗歌谣〉序言及附录》，见中国社会科学院文学研究所编著《古典文艺理论译丛》(卷一)，北京：知识产权出版社，2010 年，第 29—30 页。

在短文《诗的四个阶段》(1820)中轻视诗歌功能的言论而撰写的，雪莱追根溯源，从词义、文学史等视角切入，综合论述诗歌的本质、诗人的特性和诗歌的社会功用，就文艺美学的本质和作用做了诗意阐发，将英国浪漫主义美学思想提升到真善美合一的高度。

关于诗的本质，雪莱从“诗”的主要元素“想象”的词义解说开始，提出诗即“想象的表现”的定义。雪莱认为，“想象”，希腊文原意为“创造力”，意指“心灵对思想起了作用”，或者说它是“染上了心灵本身的光辉”的思想。[①]诗即“想象的表现”：一方面外在印象掠过心灵时产生了曲调，另一方面人的天性对掠过的印象产生了和音，“外在事物”与“心灵对事物的理解”两者结合所产生的就是艺术，因此“语言、姿势，以及模拟的艺术，既是媒介，又是表现”，诗即“想象的表现”。[②]

那么艺术家是什么呢？更确切地说，诗人是什么呢？

雪莱从几个侧面概括了诗人的特性：

(1)其表现方法能打动人心：“诗人在表现社会或自然对自己的心灵的影响时，其表现方法所产生的快感，能感染别人，并且从别人心中引起一种复现的快感。”[③]

(2)对存在有深刻洞见：“做一位诗人，就是领会世间的真与美，简言之，就得领会善，所谓善，第一依存于存在与知觉的关系上，第二依存于知觉与表现的关系上。”[④]

(3)本质上是立法者或先知：“在较古的时代，诗人都被称为立法者或先知：一位诗人本质上就包含并且综合这两种特性。因为他不仅明察客观现在，发现现在的事物应当依从的规律，他还能从现在看到未来，他的思想就是最近时代的花和果的萌芽。”[⑤]

(4)其工具和素材是语言等。“语言、颜色、形象、宗教以及文明行为的习惯，都是诗的工具和素材。”[⑥]狭义的诗歌就是有韵律语言的特殊配合，其无上威力基于人

---

① 雪莱：《为诗辩护》，见中国社会科学院文学研究所编著《古典文艺理论译丛》(卷一)，北京：知识产权出版社，2010年，第80页。

② 雪莱：《为诗辩护》，见中国社会科学院文学研究所编著《古典文艺理论译丛》(卷一)，北京：知识产权出版社，2010年，第81页。

③ 雪莱：《为诗辩护》，见中国社会科学院文学研究所编著《古典文艺理论译丛》(卷一)，北京：知识产权出版社，2010年，第82页。

④ 雪莱：《为诗辩护》，见中国社会科学院文学研究所编著《古典文艺理论译丛》(卷一)，北京：知识产权出版社，2010年，第82页。

⑤ 雪莱：《为诗辩护》，见中国社会科学院文学研究所编著《古典文艺理论译丛》(卷一)，北京：知识产权出版社，2010年，第83页。

⑥ 雪莱：《为诗辩护》，见中国社会科学院文学研究所编著《古典文艺理论译丛》(卷一)，北京：知识产权出版社，2010年，第83页。

类天性之中。

在雪莱对诗人特性的4点描述中，第3点是核心思想，阐明了诗人通达存在之道的重要地位；第1点阐明诗人与他人之间的同情心，第2点以真善美阐明了诗人体悟可达到的最高境界，第4点则点明诗人的工具——语言——乃表达人的天性的媒介。

关于诗的社会功用，雪莱结合文学史予以阐发，以反驳皮科克对文艺的轻视。皮科克指出诗歌发展一般都经历铁、金、银、铜4个时期，不断循环；古典诗歌可分为4个阶段：铁（歌功颂德）、金（荷马史诗）、银（以维吉尔为代表的模仿时期）、铜（力求贴近黄金时期）；现代诗歌同样分为4个时期：铁（中世纪）、金（文艺复兴）、银（新古典主义）、铜（浪漫主义）。皮科克进而指出，诗歌是情感的无节制、夸张、做作的宣泄。雪莱反其道而行之，他丢弃皮科克对各文学时期的主观臆断式命名，依据各时期文学的特性，阐明其社会功用：

（1）诗歌带来快感和智慧。荷马时期的诗歌将理想具化为人的性格，通过不朽的人物塑造，净化人的心灵。"诗唤醒人心并且扩大人心的领域，使它成为能容纳许多未被理解的思想结构的渊源。诗……显露世间隐藏的美，使平凡的事物仿佛不平凡；诗再现所表现的一切，诗中的人物都披着极乐境界的光辉……"①

（2）诗歌传递人类激情和力量的最高境界。雅典时期的戏剧和抒情诗表现了空前绝后的力、美、善。"雅典的戏剧，或者在任何其他地方业已登峰造极的戏剧，总是与时代的道德及知识上的伟大成就同时并存。雅典诗人所写的悲剧犹如一面明镜，观者在这镜中照见自己，仿佛置身于隐约假托的环境中，摆脱了一切，只留下理想的美满境界和理想精神。"②

（3）诗歌发挥说教作用。在堕落时代，艺术也堕落了，极度缺乏想象力，只能发挥羸弱的教化功能。古希腊晚期缺乏想象力的戏剧和古罗马时期羸弱的模仿均是实例。诗人们缺乏对快感、激情和自然风景的敏感性，只能模仿已有的艺术作品。中世纪时期，随着艺术旨趣的消亡，艺术陷入黑暗时期，只剩下宗教教义。

（4）诗歌唤醒人性、同情和美。11—17世纪，从中世纪黑暗中复苏的文学首先用骑士文学的爱情之歌唤醒人性，然后但丁和弥尔顿用人性之歌唤醒人们的同情，揭示世间的美。他们"仿佛把人性的若干因素，当作一块调色板上的颜色，混合在一起，然后根据史诗的真实所含的规律，搭配这些颜色，构成一幅伟大的图画……指望

---

① 雪莱：《为诗辩护》，见中国社会科学院文学研究所编著《古典文艺理论译丛》（卷一），北京：知识产权出版社，2010年，第88页。

② 雪莱：《为诗辩护》，见中国社会科学院文学研究所编著《古典文艺理论译丛》（卷一），北京：知识产权出版社，2010年，第91页。

以一连串外界宇宙的活动和有才有德的人物的行为,来唤起千秋百世人类的同情"[1]。"一切崇高的诗都是无限的…… 我们固然可以拉开一层一层的罩纱,可是潜藏在意义最深处的赤裸的美却永远不曾揭示出来。"[2]

雪莱进一步对文学的功用做了新的定义,指出文学真正的功用是"产生和保证最高意义的快乐"[3]。他总结了诗歌的双重作用:"它一方面替知识、力量与快感创造新的资料;另一方面它在人们心中唤醒一种欲望,要去再现这些资料,并根据某种节奏或规则把它们重新配合,以求合乎美和善。"[4]

最后,雪莱详述了诗歌的本质:

(1)诗歌是一切思想的神圣源头和表现。"诗是神圣的东西。它既是知识的圆心又是它的圆周……它是一切思想体系的老根和花朵。"[5]

(2)诗歌是一切事物的美的形式。"诗是一切事物之完美无缺的外表和光泽……犹如永不凋谢的美之形式……"[6]

(3)诗歌揭示真理。"假如诗歌不能高飞到……那些永恒的境界,从那里把光明与火焰带下来,则道义、爱情、爱国、友谊算得了什么?"[7]

(4)诗歌基于人的本能和直觉。"诗的才能所含有的本能性与直觉性,在雕塑和绘画中更容易被人看出:一个伟大的雕塑或一幅伟大的图画在艺术家的努力下逐渐形成……"[8]

(5)诗歌的最高境界是真善美。"诗歌可以使世间最善最美的一切永垂不朽;它捉住了那些飘入人生阴影中一瞬即逝的幻象,用文字或形象把它们装饰起来,然后

---

① 雪莱:《为诗辩护》,见中国社会科学院文学研究所编著《古典文艺理论译丛》(卷一),北京:知识产权出版社,2010 年,第 101 页。

② 雪莱:《为诗辩护》,见中国社会科学院文学研究所编著《古典文艺理论译丛》(卷一),北京:知识产权出版社,2010 年,第 103 页。

③ 雪莱:《为诗辩护》,见中国社会科学院文学研究所编著《古典文艺理论译丛》(卷一),北京:知识产权出版社,2010 年,第 105 页。

④ 雪莱:《为诗辩护》,见中国社会科学院文学研究所编著《古典文艺理论译丛》(卷一),北京:知识产权出版社,2010 年,第 106 页。

⑤ 雪莱:《为诗辩护》,见中国社会科学院文学研究所编著《古典文艺理论译丛》(卷一),北京:知识产权出版社,2010 年,第 107 页。

⑥ 雪莱:《为诗辩护》,见中国社会科学院文学研究所编著《古典文艺理论译丛》(卷一),北京:知识产权出版社,2010 年,第 107 页。

⑦ 雪莱:《为诗辩护》,见中国社会科学院文学研究所编著《古典文艺理论译丛》(卷一),北京:知识产权出版社,2010 年,第 107 页。

⑧ 雪莱:《为诗辩护》,见中国社会科学院文学研究所编著《古典文艺理论译丛》(卷一),北京:知识产权出版社,2010 年,第 108 页。

送它们到人间去，同时把此类快乐的喜讯带给它们的姐妹们在一起留守的人们……"[①]

(6)诗歌的目标是使万物化成美。"诗使万象化为美；它使最美丽的对象愈见其美，它给最丑陋的东西添上美……这种美是世间种种形象的精神。"[②]

雪莱以诗一般的优美和灵动描述了诗的本质、功用和诗人的本质，凸显了"诗歌即想象的表现"这一核心思想。他的贡献在于揭示诗歌想象下接人性之威力，上达真善美之至境的广阔视域。他继华兹华斯的"情感说"和柯勒律治的"有机整体说"之后，提出了富有创意的"想象表现说"，他对英国文艺的影响是巨大的。

4. 济慈

约翰·济慈(John Keats, 1795—1821)，英国浪漫主义诗人，在短暂的一生中创作了瑰丽的诗篇，如《夜莺颂》《希腊古瓮颂》等。他在书信中写下他对艺术的思考，剖析他的创作心理，其中最具创意的观点是"消极能力说"(negative capability)。

济慈这样描述"消极能力说"：

> 一个有成就的人，特别是在文学上有成就的人，是具有某种品质而得到成就的。莎士比亚就大大具有这品质——我的意思是说，一种消极能力，也就是能够处于含糊不定，神秘疑问之中，而没有追寻事实和道理的急躁心情。例如柯勒律治吧，他从神秘殿堂抓到了一点精细的、孤立的真相，便大加渲染，因为他不能够安心满足于一知半解。如果不惜篇幅，把这话推究下去，那得到的结论也许不过如下：对一位大诗人来说，美感是压倒一切的考虑，或进一步说，取消一切的考虑。[③]

济慈的"消极能力说"体现了他对审美本质的深入理解。他相信艺术展现的是错综复杂的世界的本来面目，诗歌的内在意蕴应该由诗人或读者本人来意会，而不是由诗人在诗歌中直接道出主旨。他相信"诗的天才必须在一个人的身上寻找它自己的出路，它的成熟不能依靠法则和概念，只能依靠知觉和警觉本身。有创造性的东西必须创造它自己"[④]。也就是说，他用"消极能力说"来倡导一种"立象尽意"式的开放性创作，让诗歌本身言意，让读者自己体悟，而不是由诗人来揭示。这在东方文论中极为普遍，但在西方文论中是罕见的，直到西方现代主义文学中才有意识地表

① 雪莱：《为诗辩护》，见中国社会科学院文学研究所编著《古典文艺理论译丛》(卷一)，北京：知识产权出版社，2010 年，第 108—109 页。

② 雪莱：《为诗辩护》，见中国社会科学院文学研究所编著《古典文艺理论译丛》(卷一)，北京：知识产权出版社，2010 年，第 109 页。

③ 济慈：《书信》，见伍蠡甫主编《西方文论选》(下卷)，上海：上海译文出版社，1979 年，第 61—62 页。

④ 济慈：《书信》，见伍蠡甫主编《西方文论选》(下卷)，上海：上海译文出版社，1979 年，第 64—65 页。

现这一“让诗歌创造它自己”形态，比如意象派，不过理论上的阐述依然较少。

基于这样的美学思考，济慈认为诗人应该进入相应的“无我”状态：

> 谈到诗人的性格……他不是他自己——他没有自性——他是一切，他又什么都不是。他没有性格——他欣赏光线，也欣赏阴影；他淋漓尽致地生活着，无论清浊、高低、贫富、贵贱……我所说过的东西，都不可以假定为从我真正本性中产生出来的见解——因为我根本没有本性。①

济慈浑然无我的审美思想，比较贴近中国的“虚静观”，倡导艺术家在忘我状态中，将人类共通的本真性情酣畅淋漓地展现出来。不过他的观点并未获得西方学者的深切领悟，他们或者认为它表现了济慈的“抱恨和自卑”②，或者认为济慈是为了“完全排除诗歌的道德职能”③。作为一名浪漫主义者，济慈深刻地将艺术家如何在忘我状态中表现人类本性之共通性这一奥秘揭示了出来，这对英美现代主义作家产生很大影响。

【结语】浪漫主义美学由柯勒律治和华兹华斯共同开启，经过雪莱和济慈的深入阐发而完成，在方法论和美学观点两个层面上推进了英国美学的发展。在方法论上，柯勒律治综合康德美学和英国经验主义美学，以诗人的悟性提出了“有机整体性”方法，为浪漫主义美学奠定了基础，使它超越经验分析的局限，进入感性与理性交融的想象高度。在美学思想上，柯勒律治就美、艺术、想象和象征提出的美学理论将毕达哥拉斯的“多样性统一”推进到“有机整体性”层面；华兹华斯的“诗是强烈情感的自然流露”的思想为浪漫主义美学提供了核心理念，他关于艺术的本质、功用、想象、语言和诗人的禀赋的观点从各个侧面阐明了诗歌的“情感”内涵；雪莱的“诗即想象的表现”以表现为核心，将诗、诗人的本质和诗歌的功用提升到真善美的至境；济慈的“消极能力说”表达了一种无我、无限的多样性统一。总体而言，英国浪漫主义美学的关键词是“想象”和“情感”，基于对“想象”和“情感”的深刻理解，他们从多个侧面深度阐释美、艺术、诗人的本质和特性，极大拓展美学的基本内涵。

---

① 济慈：《书信》，见伍蠡甫主编《西方文论选》（下卷），上海：上海译文出版社，1979 年，第 65 页。

② 韦勒克：《近代文学批评史》（第二卷），上海：上海译文出版社，1997 年，第 259 页。

③ 吉尔伯特、库恩：《美学史》，夏乾丰译，上海：上海译文出版社，1999 年，第 537 页。

第四节　19世纪英国维多利亚时期美学和唯美主义美学

一、维多利亚时期主要美学家及其观点

维多利亚时期(1837—1901)是英国历史上政治和经济辉煌和繁荣的时期,当时的英国拥有“日不落帝国”的美誉。经济高速发展的背后是制度、教育、宗教、文化滞后所产生的一系列问题,和繁荣的物质财富与贫瘠的精神世界的对立所导致的信仰危机和道德危机。维多利亚时期的思想家们主动承担起社会批判和道德建设的重任,表现出一种以道德为目的的美学建构姿态。主要美学家包括:卡莱尔、罗斯金、阿诺德、莫里斯。他们大都是文艺批评家,其美学观点带着鲜明的道德色彩。

1. 卡莱尔

托马斯·卡莱尔(Thomas Carlyle, 1795—1881)是英国维多利亚时期思想家和作家,一生著作颇丰,出版了《法国大革命》《拼凑的裁缝》《论英雄、英雄崇拜和历史上的英雄事迹》等重要作品。他博览群书,曾阅读卢梭、伏尔泰、康德、费希特、谢林、席勒、歌德等欧美哲学家、文学家著作,在自己的著作中表达了对工业化社会精神贫瘠的批判,并建构了英雄崇拜观。他的美学思想主要表现在他对诗人英雄和文学家英雄的描写中。

卡莱尔在《论英雄、英雄崇拜和历史上的英雄事迹》(1841)中阐述了他的英雄观。他认为,人类的历史归根结底是“伟人们的历史”,“他们是人类的领袖,是传奇人物,是民众努力仿效的典范和楷模。从广义上说,他们是创造者……可以公正地说,世界历史的核心就是伟人的历史。”[①]他在书中论述了六类英雄:神(北欧神话)、先知(穆罕默德)、诗人(但丁和莎士比亚)、教士(马丁·路德和约翰·诺克斯)、文学家(塞缪尔·约翰逊、柏恩斯和卢梭)和帝王(克伦威尔和拿破仑)。他对诗人英雄的描述,在一定程度上是对华兹华斯和雪莱的诗人特性描写的一种复述和拓展。他认为,诗人英雄具有如下特性:(1)强有力,他们敢想敢做,勇往直前。(2)敏锐性,能观察到普通人所不能觉察的东西。(3)热诚,有一颗炽热的心。(4)深刻性,能发现蕴藏在现实背后的神秘性和无限性。(5)音乐性,他们的想象可以让一切事物充满和谐的曲调。

---

① Carlyle, T. *On Heroes and Hero Worship and the Heroic in History*. 东京:外语研究社,昭和八年,p. 4.

他认为,诗人是预言家和先知,诗人是属于一个时代的英雄人物。诗人是先知,又不同于先知;两者的共性在于,他们都能深入神圣的奥妙深处;不同之处在于,先知能够把握道德的奥妙,而诗人英雄能把握美的奥妙。不过他认为,完美的诗人英雄并不存在,所有人的心中都有诗人的气质,我们在读一首诗歌的时候,我们就是诗人。显然,卡莱尔心目中的英雄更多是指向某些美好的品德,那些维多利亚时期急需唤醒的品德,而他的英雄观实际上是为匡正时弊而设定的,包含着对工业化的机械主义的反拨。[①]只是他的论述带有较强的主观性和说教性,争议较大。

在方法论上,他青睐英国经验主义,并借助《拼凑的裁缝》的主人公托尔夫斯德吕克(卡莱尔心中的作家英雄)的话,嘲笑了以笛卡儿为代表的欧洲大陆理性主义:"我是谁?这个我又是什么?是一个声音、一个动作、一个表象,还是无尽思维中某个体现出来的、可见的思想?我思故我在。唉。可怜的思想家!这个观点对我们的帮助甚微。我现在存在,后来就不存在,这是千真万确的;但我从哪里来,如何来,又到哪里去?答案就在身边:用各种颜色、各种行为、欢呼或悲号的各种声调表达出来,汇入和谐的自然中千姿百态的物种和它们发出的声响中。"[②]对卡莱尔来说,真正的思想来自我们身边的世界和我们的生活经验,而不是来自理性主义的概念演绎。

卡莱尔推崇的是想象,不是推理。他的英雄崇拜论实质上是他对历史人物的神性想象,正如他的《法国大革命》是对真实事件的历史想象一样。他用想象重构法国大革命这一真实的历史事件,其目的在于发现隐藏在历史事件背后的真理;而他用想象重构历史上六类英雄,其目的则在于揭示隐藏在历史人物身上的英雄品德和道德力量。他的历史书写曾在当时引发较大反响,或许可以算作 21 世纪初期兴盛的"传记小说"(对真实历史事件的自由虚构)的源头之一,而他的英雄书写或许为 20 世纪初期利顿·斯特拉奇的"新传记"提供了启示。

2. 罗斯金

约翰·罗斯金(John Ruskin, 1819—1900),维多利亚时期的著名思想家、批评家、艺术家、作家。他一生著作丰硕,代表作包括:《现代画家》(五卷)(1843—1860)、《建筑的七盏明灯》(1849)、《威尼斯的石头》(1851—1853)、《绘画的要素》(1857)、《芝麻与百合》(1865)、《尘世的伦理》(1866)、《时代的潮流》(1867)等。

罗斯金将毕生精力投身于两项喜爱的事业:"对美的爱"和"对正义的爱"。他将"对美的爱"倾注于艺术批评中,用 17 年时间完成了五卷本专著《现代画家》,系统论述他的美学思想和艺术评论;他将"对正义的爱"倾注于对英国的社会改革和政治经

① 殷企平:《"文化辩护书":19 世纪英国文化批评》,上海:上海外语教育出版社,2013 年,第 81—85 页。
② 卡莱尔:《拼凑的裁缝》,马秋武等译,桂林:广西师范大学出版社,2004 年,第 51 页。

济的评论中，完成了多部著作。这两个部分就像一个分币的两个面，相辅相成，相互交融。①他自己曾这样说：《威尼斯的石头》中关于正义的教诲，是对《现代画家》中关于自然美的教诲的进一步发挥。②

罗斯金的艺术研究具有双重性。他一方面热诚汲取华兹华斯等浪漫主义者的思想精粹，推进对美学的基本范畴的阐释，另一方面将艺术与社会道德水准的提升紧密关联，因而被吉尔伯特和库恩称为"拥有实际纲领的浪漫主义者"③："当罗斯金在人类的各种生产中探寻艺术的起源时，在主要的社会倾向中探寻艺术的作用时，在世界的规律和本质中探寻艺术的对象时，他发现了艺术所包含的道德的和经济的意义。"④这一段话准确地概括了罗斯金融艺术与社会为一体的美学特性。

他的美学思想是在大量分析自然美景（天空、大地、水、植物、山、云、叶子等）、绘画作品（透纳、丢勒、塞尔瓦托、克劳德、普桑、鲁本斯等人的作品及中世纪和现代风景画等）的基础上归纳总结出来的，充分运用了英国学界最擅长的经验分析法，其写作充满诗意和洞见。他重点聚焦艺术、崇高、真实、美、想象力等美学主要问题。

他对艺术的理解以界定"伟大的艺术"为焦点。他认为艺术本质上是一种表现，因而诗与画是共通的，它的伟大性体现在它所传递的思想意识的高度上。"采用任何方式传递给观众最多最伟大意识的绘画是伟大的作品，并且我认为的伟大意识是被高层次的观众所接受的，在它的影响下，他们的思想会变得更加高尚。"⑤从中可以看出，他定义艺术的目标在于让艺术包含提升道德的因素。这一思想明确体现在他对艺术的本质——"伟大意识"——的内涵的阐释中。他指出，艺术的"伟大意识"包括五层内涵：

（1）能力意识，即对创作心理或生理的感知力，包括从手指的能力到最高智慧。罗斯金提出这一点，颇具拓展性。虽然霍布斯、洛克、伯克等经验主义美学家 17 世纪开始就从心理或生理出发阐释美学思想，但是 19 世纪艺术家大都未论析创作心理和生理的重要性。

（2）模仿意识，即"当一幅作品所描绘的事物与我们想象中不同时，我们就会得到所谓的模仿意识。"⑥这一看法传递出与西方传统模仿论不同的立场。罗斯金强调，艺术模仿并非对事物表象的模仿，而是要融入创作主体的感受。他在《现代绘画》第四卷中特别阐明艺术家与绘画对象之间的"共鸣"性，"艺术家成就有多高取决

① 殷企平：《"文化辩护书"：19 世纪英国文化批评》，上海：上海外语教育出版社，2013 年，第 163 页。
② 吉尔伯特、库恩：《美学史》，夏乾丰译，上海：上海译文出版社，1999 年，第 547 页。
③ 吉尔伯特、库恩：《美学史》，夏乾丰译，上海：上海译文出版社，1999 年，第 544 页。
④ 吉尔伯特、库恩：《美学史》，夏乾丰译，上海：上海译文出版社，1999 年，第 546 页。
⑤ 罗斯金：《现代画家》（第一卷），唐亚勋译，桂林：广西师范大学出版社，2005 年，第 11 页。
⑥ 罗斯金：《现代画家》（第一卷），唐亚勋译，桂林：广西师范大学出版社，2005 年，第 16 页。

于他与其绘画对象的共鸣有多少。如果一个画家用心与他的绘画对象交流……那么他的作品一定更卓越。"[①]这一观点是对经验主义美学家休谟和伯克等人的"同情说"的推进。它与中国诗学中的"物我合一说"相近。

(3)真实意识,即"对自然本质的忠实描述"[②]。罗斯金强调,绘画的真实决非自然表象之精确,而是自然本质之表现。"真正具有创造力的艺术家……他首先感受……这形象作为他绘画的主要材料……他立即能产生强烈的感情……然后他把自己放在遥远的位置,重构他脑海里对刚才景象留下的印象。"[③]在这一点上,罗斯金颠覆了模仿说所强调的与模仿对象保持一致的单一性,而将艺术真实视为物象真实、情感真实与艺术创作的融合体,即物真、情真与艺术之真的有机融合。其观点充分吸收了柯勒律治的有机整体说,与中国诗学中的"真幻说"贴近。

(4)美的意识,即"通过对事物外观特点的简单思考而获得的快乐,这种思考不带有任何直接而确切的智慧成分"[④]。罗斯金强调,艺术美指称精神主体直觉领悟的美,而不是理性认知的美。

(5)关联意识,即"有表现力、情感丰富及性格张扬的作品"[⑤]所体现的意识。罗斯金用具体例证阐明这种意识的高妙之处。比如,透纳在《迦太基建筑》画中描写了一群正在划玩具船的小孩,而不是忙碌的石匠或武装的士兵。罗斯金认为,这幅画的表现力远远高于画家克劳德在同一题材中所刻画的搬运带着铁锁的红色箱子的人的画面场景。它具有意味深长的、暗示式的表现力,罗斯金称之为"关联"(relation)意识。

罗斯金在阐述艺术本质时,着重强调了艺术的社会价值,他所阐明的五大意识全都围绕艺术"表现"这一核心展开,不仅突破模仿论,而且在感受力、美和关联性等方面推进了柯勒律治和雪莱的浪漫主义美学思想。

《现代画家》第一卷出版 10 年后,罗斯金在《现代画家》第三卷中进一步阐述了他对"伟大艺术"的定义。他指出,伟大艺术的特性包括 4 项:(1)崇高主题的选择;(2)一以贯之地用事实反映主题观念的美;(3)完美的和谐中包含真理;(4)有创造性。[⑥] 在这一定义中,罗斯金重点突出了艺术的思想性、统一性、真理性和创造性,显示出对艺术的社会价值的重视。他还提出,艺术理想的三种形式是:"由爱引发的激情,它寻求一种能与永恒的爱情相匹配的美;创造发明的技能,它能温和地展示存在

① 罗斯金:《现代画家》(第四卷),丁才云译,桂林:广西师范大学出版社,2005 年,第 12 页。
② 罗斯金:《现代画家》(第一卷),唐亚勋译,桂林:广西师范大学出版社,2005 年,第 18 页。
③ 罗斯金:《现代画家》(第四卷),丁才云译,桂林:广西师范大学出版社,2005 年,第 23 页。
④ 罗斯金:《现代画家》(第一卷),唐亚勋译,桂林:广西师范大学出版社,2005 年,第 22 页。
⑤ 罗斯金:《现代画家》(第一卷),唐亚勋译,桂林:广西师范大学出版社,2005 年,第 24 页。
⑥ 罗斯金:《现代画家》(第三卷),张鹏译,桂林:广西师范大学出版社,2005 年,第 27—37 页。

于我们周围的世界；思想自由愉快驰骋的能量，它在多重情况下使不可能变成可能。”①这三种形式，他分别称之为纯粹主义、自然主义和奇异风格。

罗斯金对“崇高”的界定，突破了伯克关于崇高源自“对恐惧的自我保存”的观点，将它提升到更为普遍的层面。他指出：“真正伟大或崇高的感觉不是对死亡的恐惧，而是对死亡的沉思；不是对自我保存本能的颤抖与挣扎，而是对宿命精确的预言。”他的定义是：崇高就是“使思想升华的事物”②。

关于“美”，罗斯金提出两种美的形态：典型美和生命美。他批判了当时流行的关于美的四种观点，即美真同一说、美的有用说、美的习俗说和美的联想说。他指出，人们在观照美的时候，总是凭借智力，怀着道德情感，体验着某种神性的东西。因此他指出“典型美”具有六大特性：(1)无限性，一种神圣的高深莫测的类型；(2)统一性，一种神圣广袤包容的类型；(3)静穆性，一种神圣永恒的类型；(4)对称性，一种神圣公正的类型；(5)纯洁性，一种神圣活力的类型；(6)适度性，一种符合法律的类型。③罗斯金论述的“典型美”主要指大自然和艺术中美的事物的普遍秩序美，与18世纪流行的比例和谐、对称法则、多样性统一等形式美的观点一脉相承，比如，荷加斯提出的美的形式的六项原则“适应、多样、统一、单纯、复杂和尺寸”④。罗斯金对这些学说做了拓展和提炼，从观众心理出发概述美的品德，并将内涵拓展到神性领域，用来概括上帝所创造的万物的完美品性。“生命美”主要是指活生生的事物之美，包括植物、动物和人。罗斯金用优美的语言概括了“生命美”的基本特征：

> 在有机的整体世界中，所有达到完美境界的生物均表现出快乐的迹象，并在其本性、欲望、营养状态、习性和生死规律等方面，昭示出某种道德的秉性和原则。首先，我们从有机生物的快乐中感受到强烈的共鸣之情，真实而鲜明。这种感受，不仅令人喜悦，而且促使我们将这些生物视为最可爱、最美丽的对象。其次，在公正道德意义上，人们能正确解读这些生物所传达的教诲……这种道德意义最终体现为一个理论上的完整精神世界，这个世界只存在于我们的心中。⑤

在这段引文中，罗斯金归纳了生命美的两大基本特性：(1)生命所表现的活力和快乐；(2)生命所体现的道德和公正的意义。总之，“典型美”体现神圣的形式美，而“生命美”体现神圣的心灵美和道德美。

---

① 罗斯金：《现代画家》(第三卷)，张鹏译，桂林：广西师范大学出版社，2005年，第66页。

② 罗斯金：《现代画家》(第一卷)，唐亚勋译，桂林：广西师范大学出版社，2005年，第36—37页。

③ 罗斯金：《现代画家》(第二卷)，赵何娟译，桂林：广西师范大学出版社，2005年，第172—215页。

④ 荷加斯：《美的分析》，杨成寅译，桂林：广西师范大学出版社，2005年，第10页。

⑤ Ruskin, J. *Modern Painters*(Vol. 2). New York: John Wiley & Sons, 1885, pp. 64-65.

关于想象力，罗斯金提出了三种类型。(1)联想性想象力，一种将部分整合为一个和谐而优美的整体的能力；(2)洞察性想象力，一种凭直觉与凝视等方式，透过事物的表象，把握事物的本质的能力——是人类的最高智力；(3)沉思性想象力，以特殊方式整合事物的一种能力——它通常分为两步，首先抓住事物鲜活的形象，然后在形似的基础上把握它的精神。① 如果将罗斯金的想象力定义与柯勒律治的想象力定义做一比较，可以发现，罗斯金继承并推进了柯勒律治对想象力的笼统阐释，赋予柯勒律治关于想象力通达存在本身、想象力具有创造性和想象力具有统一性这三种能力以具体的名称，分别称它们为联想性、洞察性和沉思性，并给予详细阐述。罗斯金对想象力的分类，或许比华兹华斯将想象力细分为"赋予力、改造力、创造力"的做法，更为深刻而完整。

罗斯金的最大贡献是，身体力行地实践并推进了英国浪漫主义的"有机整体性"思想。对于这一点，韦勒克有清晰的认识，他认为罗斯金"鲜明地重申了浪漫主义的有机说……恪守有机体的中心学说，尽管侧重面有所转变"②。罗斯金的贡献体现为：(1)在界定艺术本质时，他将艺术的五大意识与高尚思想密切结合；(2)在阐述创作论时，他将创作主体、创作对象与艺术形式相统一；(3)在论述艺术本体时，他将思想性、统一性、真理性与创造性相统一；(4)在论述美的形式时，他将形式与生命相统一；(5)在考察想象力时，他将联想、洞察和沉思相统一。如果没有了"有机整体性"这一核心理念，就不会有罗斯金的原创性和深刻性。

3. 阿诺德

马修·阿诺德(Matthew Arnold, 1822—1888)，维多利亚时期著名诗人、文学评论家和教育家。其父亲是英国教育家、拉格比公学的校长托马斯·阿诺德。他毕业于牛津大学，曾被委派调查英格兰教育状况，考察德国、瑞士、荷兰、法国的自由教育特色，其考察报告被当局采用，对英国教育的发展产生影响。他在牛津大学任教10年，通晓古希腊文学和英、德、法文学，撰写了大量文化研究和文学批评论著。主要论著有《批评论文集》(第一集，1865；第二集，1885)、《文化与无政府状态：政治与社会批评》(1869)、《文学与教条》(1873)等。与卡莱尔以"英雄崇拜"来提升社会道德的做法不同，阿诺德尝试用"文化"来改造英国社会的无政府状态，提出颇具影响力的文化观。他的美学思想即他的文化观的核心思想。

阿诺德的文化观的核心思想主要体现在他对文化的本质和功用的描述上：

在与我们密切相关的所有问题上，世界上有过什么最优秀的思想和言论，

---

① 罗斯金：《现代画家》(第二卷)，赵何娟译，桂林：广西师范大学出版社，2005年，第269—329页。

② 韦勒克：《近代文学批评史》(第三卷)，上海：上海译文出版社，1997年，第267—268页。

文化都要了解，并通过学习最优秀知识的手段去追求全面的完美。我们现在不屈不挠地、却也是机械教条地遵循着陈旧的固有观念和习惯；我们虚幻地认为，不屈不挠地走下去就是德行，可以弥补过于机械刻板造成的负面影响。但文化了解了世界上最优秀的思想和言论，就会调动起鲜活的思想之流，来冲击我们坚定而刻板地尊奉的固有观念和习惯。①

在这里，阿诺德不仅阐明文化的本质即“世界上最优秀的思想和言论”，文化的功用是“调动起鲜活的思想之流，来冲击我们坚定而刻板地尊奉的固有观念和习惯”，而且说明了他给出这一定义的时代背景：机械教条的观点和习惯泛滥且坚固。阿诺德所处的维多利亚中期正是繁荣的物质文明与贫瘠的精神文明严重脱节的社会转型期，英国社会在打碎旧的农业体制的同时，还来不及建立新的工业体制，整个社会面临着严重的思想和信仰危机。② 因此阿诺德提出了这一救世良方：用世界上最优秀的思想和言论去冲刷旧观念和旧习惯，以便建立新的思想潮流。

阿诺德实施其“文化观”的领域包括神学、哲学、历史、艺术、科学等学科，实施的重要途径是“批评”。他这样概述批评的任务和功用：

批评的任务是，“在知识的所有部门，神学、哲学、历史、艺术、科学，探寻事物本来的真面目”。于是，它最后可能在理智的世界造成一个局势，使创造力能加以利用。它可能建立一个思想秩序……它可能使最好的思想占了优势。没有多少时候，这些新思想便深入社会，因为接触到社会，因为接触到真理，也就是接触到人生，到处都有激动和成长；从这种激动和成长中，文学的创造时代便来了。③

他将文化传播的重任赋予“批评”，因为“批评”可以阐明各类学科知识的“真面目”，并将经批评阐释后的思想和真理广泛传入社会，以促进人类心智的成长和社会的完善。基于这一设想，他进一步阐明了批评的法则和特性：

最重要的是，英国的批评必须洞察，它在前进之中，应采取什么法则……这些法则可用一语来说：做到超然无执……远离实践；断然服从本性的规律，也就是对于所接触的全部事物展开一个精神的自由运作；坚决不让自己去帮助关于思想的任何外在的、政治的、实际的考虑……批评的任务，正如我已经说过的，

① 阿诺德：《文化与无政府状态：政治与社会批评》，韩敏中译，北京：生活·读书·新知三联书店，2002年，第208页。

② 殷企平：《“文化辩护书”：19世纪英国文化批评》，上海：上海外语教育出版社，2013年，第69—72页。

③ 阿诺德：《当代批评的功能》，见伍蠡甫主编《西方文论选》（下卷），上海：上海译文出版社，1979年，第77页。

是只要知道世界上已被知道和想到的最好的东西，然后这东西为大家所知道，从而创造出一个纯真和新鲜的思想的潮流。[①]

上面这段引文中，阿诺德指出了批评的基本法则是："超然无执"，即超然于社会、政治、党派、机构、生活等实际利益之上，完全依照批评者的本性，用精神去感受、领悟与阐释文学、哲学、历史等领域最优秀的思想。他进而指出，批评的两大特性是：(1)它是一种无功利的精神活动，不容忍实际生活或社会政治等外来因素的侵扰；(2)它是一种精神的自由运用，通过这种运作，它将神学、哲学、历史、艺术、科学中已知的和已想的最好东西解析出来，为大家所知，在社会上形成新的思想潮流。阿诺德的批评思想吸收了康德关于美的无功利性的思想，推进了柯勒律治关于文学鉴赏从人的主体出发，去感知作品中的情感思想的观点。

阿诺德重点探讨了文学的本质和特性：

文学天才的伟大工作，是一项综合和阐述的工作，而非分析和发现的工作；文学天才所禀赋的是这样一种性能——当其置身于某一智力和精神的气氛中、某一思想的秩序中，总是有着愉快、兴奋的感受；直觉地对待这些思想，通过最为有效、动人的组合，呈现它们，一句话，用它们来制作美的作品。[②]

可以看出，阿诺德对文学本质的阐释是基于他的"文化论"的核心观点之上的：文学的首要特性是它的思想性，它是无功利的精神的自由运作。文学的精神运作具有自身的独特性，那就是它的愉悦性、直觉性和有效而动人的形式性。它是"美的作品"，这是文学不同于其他学科的根本特性。

作为美的作品，阿诺德相信文学的作用是双重的。一方面文学最根本的特性是将思想运用于人生，安慰人生，支持人生。"诗歌伟大的主要本质在于它将高尚而深刻的思想运用于人生。"[③]"坚持这一点，这很重要：诗歌从根本上说是一种人生批评；诗人的伟大之处在于他将思想有力地、美丽地运用于生命——运用于探讨这个问题：如何生活。"[④]"越来越多的人会发现我们必须求助于诗歌来为我们解释人生，来安慰我们支持我们。没有诗歌，我们的科学会显得不完整，而我们现在视为宗教和

---

① 阿诺德：《当代批评的功能》，见伍蠡甫主编《西方文论选》(下卷)，上海：上海译文出版社，1979年，第81页。

② 阿诺德：《当代批评的功能》，见伍蠡甫主编《西方文论选》(下卷)，上海：上海译文出版社，1979年，第77页。

③ Arnold, M. Wordsworth. In Abrams, M. H. (ed.). *The Norton Anthology of English Literature*(Vol. 2). 5th ed. London: W. W. Norton & Company, 1986, pp. 1434.

④ Arnold, M. Wordsworth. In Abrams, M. H. (ed.). *The Norton Anthology of English Literature*(Vol. 2). 5th ed. London: W. W. Norton & Company, 1986, pp. 1435.

哲学的大部分东西也将被诗歌所取代。"①另一方面诗歌具有"高度的真理性和严肃性",它能够发挥道德作用。"遵循亚里士多德的深刻思考,我们就诗歌的本质和特性还可以增加一点,那就是,诗歌高于历史,因为它具有更高的真理性和严肃性。"②在这里,阿诺德将华兹华斯、雪莱对诗歌的生命价值的推崇和亚里士多德对诗歌的真理价值的推崇充分结合,以凸显诗歌的重要社会作用。

在批评方法论上,阿诺德推崇将理性思辨与实践分析相结合,倡导英国批评加强思想的运作。"有思想的世界,有实践的世界:法国人常常主张抑制后者,英国人常常主张抑制前者;但是两者都不应抑制。……对于所有事物展开精神的自由运用,这个概念本身便是一种享受,使愿望有了对象,给一个民族的精神提供了基本的元素,倘若一个民族的精神缺少这些元素,无论在其他方面有什么补偿,终必由于营养不足而死亡。然而英国人的思想却很少考虑这一点……"③

总体而言,阿诺德的美学思想体现出将英国浪漫主义的超然审美精神与维多利亚时期的严重文化危机相结合的特性。在美学精神上,他汲取并推崇华兹华斯、雪莱对诗歌的感受性、直觉性、理想性、真理性的颂扬,他的文章《论华兹华斯》几乎通篇赞扬华兹华斯,而且他对诗歌本质的概述很大程度上是从华兹华斯的诗歌和散文中抽取出来的。在批评方法上,他汲取了柯勒律治的"有机整体性"观点,强调将理性推论与感性分析相结合。在文学批评上,他将揭示人性中最优秀的思想和信念作为批评的终极目标,这一点与柯勒律治的立场基本相同。当他将浪漫主义者的思想运用于对维多利亚时期的分析时,他重点突出了"最优秀的思想"的重要性,将提升国人的道德意识视为最重要的任务,由此建构了他的文化观体系。在这一体系中,文学作为最美好的思想的宝库,是安慰、支撑贫瘠精神的支柱,而美好思想的解析和传播是通过批评来完成的。他的理论设定是带着提升公众道德的功利目的的,他的思想内核和实施的方法却始终是非功利的,是精神的,这就是为什么他的思想能体现强大的力量,深深影响着利维斯等英国后世思想家。

4. 莫里斯

威廉·莫里斯(William Morris,1834—1896),英国维多利亚时期诗人、工艺美术设计师。他曾学习神学、中世纪诗歌、建筑和装饰艺术,在英国掀起艺术与工艺运

---

① Arnold, M. The study of poetry. In Abrams, M. H. (ed.). *The Norton Anthology of English Literature*(Vol. 2). 5th ed. London: W. W. Norton & Company, 1986, pp. 1442.

② Arnold, M. The study of poetry. In Abrams, M. H. (ed.). *The Norton Anthology of English Literature*(Vol. 2). 5th ed. London: W. W. Norton & Company, 1986, pp. 1446.

③ 阿诺德:《当代批评的功能》,见伍蠡甫主编《西方文论选》(下卷),上海:上海译文出版社,1979年,第79页。

动(Arts and Crafts Movement)。他深受约翰·罗斯金的影响,坦率地声明他是从罗斯金那里学会了对社会的不满。[1]维多利亚时期的美学家都有将美学与社会文化密切关联的特性,但是关联的方式各不相同。如果说,卡莱尔努力以"英雄崇拜"提升人们的道德信仰,阿诺德倡导用"文化"来支撑起社会的价值体系,罗斯金将道德视为艺术本质的一部分,那么莫里斯的观点则带有社会主义的理想色彩,他呼吁将艺术直接视为社会改良的武器,打通艺术与生活的隔阂。他的美学思想主要发表在《艺术与社会主义》《我怎样成为一名社会主义者》《人民的艺术》等文章中,并在小说《乌有乡的消息》(1890)中描绘了一个相应的乌托邦世界。他的美学思想主要围绕"人民的艺术"这一主旨展开,探讨了艺术的困境,阐述了艺术的本质、来源、范围、目标、作用等。

莫里斯认为,艺术面临的困境是:(1)在工业快速发展的社会中,利益分配极不公平,两极分化严重,艺术只被少数有钱人把持;(2)机器大生产使人民的生活紧张而忙乱,人民的生活快乐和艺术快乐都被破坏了;(3)资产阶级社会将商业推崇为宗教,唯利是图,艺术被蹂躏了。[2]所有这些问题,使得人民"由于失去了他们为他们自己创造的艺术,因而也失去了那种劳动的天然安慰"[3]。从这一论述中可以看出莫里斯有关艺术的基本信念:艺术源于人民,艺术就是劳动,艺术的作用是给人带来心灵安慰和快乐。

莫里斯在文章中阐明了这些基本美学理念。他相信,艺术本质上就是劳动、快乐、自由、生活,他将艺术的本质、作用、目标完全合一了。(1)艺术就是自由和快乐。"我们这些小康的人民爱好艺术,不把它当作玩具,而把它当作人生的必需品,当作自由和快乐的标志,因此我们把提高人民的生活水平当作我们最好的工作。"[4](2)艺术就是爱。"对艺术之爱",也就是"对生活的真正快乐之爱"。[5] (3)艺术就是生活的目标。艺术的目标就是"人民对快乐生活的希望……艺术的目标就是人民的目标"[6]。

---

① Morris, W. How I become a socialist. In Briggs, A. (ed.). *News from Nowhere and Selected Writings and Designs*. London: Penguin, 1986, p. 35.

② 莫里斯:《艺术与社会主义》,见伍蠡甫主编《西方文论选》(下卷),上海:上海译文出版社,1979年,第90—91页。

③ 莫里斯:《艺术与社会主义》,见伍蠡甫主编《西方文论选》(下卷),上海:上海译文出版社,1979年,第90页。

④ 莫里斯:《艺术与社会主义》,见伍蠡甫主编《西方文论选》(下卷),上海:上海译文出版社,1979年,第96页。

⑤ 莫里斯:《艺术与社会主义》,见伍蠡甫主编《西方文论选》(下卷),上海:上海译文出版社,1979年,第94页。

⑥ 莫里斯:《艺术与社会主义》,见伍蠡甫主编《西方文论选》(下卷),上海:上海译文出版社,1979年,第96页。

(4)艺术就是慰藉。艺术的作用是“人类劳动的神圣安慰,是生存所需要的艰苦艺术,是每天的艰苦实践之行后带来的罗曼史”,因为艺术品“是永远活着的……它们内部即具有灵魂、人的思想,只要那培植灵魂或思想的躯体存在,它们身上的灵魂或思想总是可以看到的”①。归根结底,艺术就是生活和劳动,它属于人民,也是为人民而存在着。这就是他的“人民的艺术”理论的主要内涵。

【结语】在工业革命的冲击下,面对社会转型期所面临的种种问题和危机,维多利亚时期的美学家们不约而同地回答了一个共同问题:艺术对社会能够产生怎样的作用?他们确立了一个共同的原则,那就是:艺术将承担提升社会道德、支撑社会价值体系和保障人们快乐幸福的作用。在这一共同原则的基础上,罗斯金和阿诺德分别推进了浪漫主义的有机论和批评说,卡莱尔和莫里斯提出了英雄崇拜论和人民艺术说,他们的理论都具有创新价值。

二、唯美主义主要美学家及其观点

英国唯美主义(1870—1900)运动深受法国唯美主义运动的影响。它主张“为艺术而艺术”,探索“美的形式”的表现方式和产生缘由,反对将艺术看成伦理道德或社会生活的附庸,是对维多利亚中期的美学思想的反拨。主要代表人物包括:瓦尔特·佩特和奥斯卡·王尔德。

1. 佩特

瓦尔特·佩特(Walter Pater,1839—1894),英国唯美主义理论家,艺术批评家。他受罗斯金的《现代画家》的影响,对艺术产生兴趣。1866 年史文朋的《诗歌与歌谣》出版后,“为艺术而艺术”的观念开始在英国流行,佩特接受了这一观念。他于 1873 年出版《文艺复兴:艺术与诗的研究》,书中包括 9 篇关于波提切利、米开朗琪罗、达·芬奇、乔尔乔内等欧洲文艺复兴艺术家的画作和诗歌的评论文。佩特还在“序言”和“结论”中阐明自己的美学观点,使该专著成为英国唯美主义理论和批评的重要力作。与维多利亚时期的美学聚焦“艺术的社会功用”的特性相反,唯美主义者佩特相信,不需要费心考虑艺术与社会的关系或艺术与真理的关系,只要聚焦艺术本身就好,重要的是阐明艺术研究的目标、原则、对象和任务。

佩特的主要美学观点包括:

(1)美学研究的真正目标,不是去获取抽象的定义,而是去阐明美的表现方式。

---

① 莫里斯:《艺术与社会主义》,见伍蠡甫主编《西方文论选》(下卷),上海:上海译文出版社,1979 年,第 92—93 页。

"尽可能用最具体而不是最抽象的术语界定美,不是发现美的普遍公式,而是找到最充分地表现美的这种或那种特殊显现的公式,这是美学研究的真正目标。"①

(2)审美批评的原则是"照其本来的面目看待事物"。"在审美批评中,照本来面目看待事物的第一步,就是了解自己印象的本来面目,对之加以辨析,并明确把握它。"②也就是说,审美批评是主观的,重要的是阐明审美主体的主观感受。

(3)审美批评的对象是"一切艺术品以及自然和人类生活中较优美的形式"。我们应该将这些优美形式看成"产生快感的动力或力量",并清楚每一种形式都具有独一无二的特性。③

(4)审美批评的任务是,分析形式并指出美感产生的缘由。"一幅画、一处风景、生活或书籍中的一个讨人喜欢的人物,通过其优美而使人产生独特的美感或快感,审美批评家的作用就在于区分、分析这些优点,将这些优点同其附属物分离开来,指出美感与快感源自何处,在何种情况下被人感知。"④

(5)要完成审美批评,批评家需要拥有这样的气质,即"被一个美的客体的出现而深深感动的能力"。他要明白美的形式是多样的,他要知道鉴赏的趣味是共通的,任何时候他需要提出的问题永远是:"时代的动荡、天才和情感体现在审美人身上吗? 使之得以提炼、升华和鉴赏的场合何在?"⑤

佩特非常有创意的一点是,他精彩地描写了意识从"瞬息万变"到"闪烁消逝"直至最终留下"鲜明印象"的三个阶段,对现代主义文学的意识流描写无疑产生影响:

(1)初步印象:景物、激情与意念瞬息万变。

(2)反思后:最初印象消散,只剩下印象组成的世界,闪烁不定,纷繁错综,直至缩小成个人心灵的一孔之见。即:"由我们的经验凝缩而成的每个心灵的这些印象在不断飞逝,每一印象均受到时间的制约;由于时间可以无限分割,因而每一印象也都可以无限分割,因此这种印象的真实性仅仅在于刹那之间,我们想要捕捉它时,它却飞身而去了。"⑥

(3)最后:留下最深刻的生命印象。"我们生命中被认为是真实的东西,经过精炼,成为闪闪发光的磷火,沿着生命的长流自我变革,终于对那逝去的无数瞬间和转瞬即逝的遗迹产生鲜明的、有意义的独特印象。"⑦

---

① 佩特:《文艺复兴:艺术与诗的研究》,张岩冰译,桂林:广西师范大学出版社,2002年,序言。
② 佩特:《文艺复兴:艺术与诗的研究》,张岩冰译,桂林:广西师范大学出版社,2002年,序言。
③ 佩特:《文艺复兴:艺术与诗的研究》,张岩冰译,桂林:广西师范大学出版社,2002年,序言。
④ 佩特:《文艺复兴:艺术与诗的研究》,张岩冰译,桂林:广西师范大学出版社,2002年,序言。
⑤ 佩特:《文艺复兴:艺术与诗的研究》,张岩冰译,桂林:广西师范大学出版社,2002年,序言。
⑥ 佩特:《文艺复兴:艺术与诗的研究》,张岩冰译,桂林:广西师范大学出版社,2002年,结语。
⑦ 佩特:《文艺复兴:艺术与诗的研究》,张岩冰译,桂林:广西师范大学出版社,2002年,结语。

佩特的唯美主义美学思想无疑是对浪漫主义美学的延续，所不同的是，浪漫主义关注的是创作主体的情感想象和表现的本质内涵，而佩特关注的是艺术形式分析和美感缘由的揭示。

2. 王尔德

奥斯卡·王尔德(Oscar Wilde，1854—1900)，英国唯美主义戏剧家、小说家。深受佩特的美学思想的影响。代表作有《谎言的衰朽》(1889)、《道林·格雷的画像》(1891)、《莎乐美》(1893)等。他从艺术的本质、原理、目标，艺术与道德、艺术与生活的关系等各方面切入，阐明了“为艺术而艺术”的宗旨。

在《谎言的衰朽》中，他借主人公万维恩之口，阐明唯美主义的三大原理是：

(1)艺术的独立性：“艺术除了表现它自己之外，不表现任何别的对象。艺术有独立的生命，就像思想有独立的生命一样，而且完全按照艺术自己的种种路线向前发展。”①也就是说，艺术并非对现实的模仿，艺术也不是时代的产物，艺术更不是道德的附庸。

(2)艺术的想象性：“一切坏的艺术的根源，都在于要回到生活和自然，并提高它们成为理想……艺术放弃了她的想象力媒介时，也就放弃了一切。”②

(3)生活模仿艺术：“生活对艺术的模仿远远多过艺术对生活的模仿……生活的有意识的目的在于寻求表现，而艺术就为生活提供了一些美的形式，通过这些形式，生活就可以实践它的那种活动力。”③

王尔德的唯美主义思想基本上是建立在对“艺术与生活”的关系的颠覆性重构之上的。他相信，艺术独立于生活，艺术的本质是想象，艺术高于生活并被生活模仿；而生活仅仅为艺术提供了部分素材。“艺术把生活当作她的一部分素材，重新创造它，在新的形式中改造它。艺术绝对不关心事实：她发明，她想象，她做梦，她在自己和现实之间保持不可侵入的栅栏。那就是优美的风格，装饰性的或理想的手法。”④

王尔德也颠覆了“艺术与道德”的关系。他相信：“艺术家没有道德取向，如有，那是不可原谅的风格的矫饰……人的道德生活部分构成了艺术家的题材，而艺术的

① 王尔德：《谎言的衰朽》，见伍蠡甫主编《西方文论选》(下卷)，上海：上海译文出版社，1979年，第116页。

② 王尔德：《谎言的衰朽》，见伍蠡甫主编《西方文论选》(下卷)，上海：上海译文出版社，1979年，第116—117页。

③ 王尔德：《谎言的衰朽》，见伍蠡甫主编《西方文论选》(下卷)，上海：上海译文出版社，1979年，第117页。

④ 王尔德：《谎言的衰朽》，见伍蠡甫主编《西方文论选》(下卷)，上海：上海译文出版社，1979年，第113页。

道德在于完美地运用不完美的手段……善和恶对艺术家来说是艺术的材料。”①

王尔德认为，艺术的本质就是想象和形式。艺术用形式挡开了现实和道德的侵入。“艺术家就是各种美的对象的创造者。”②艺术的目标是，讲述“美而不真实的事物”③。

王尔德从文学创作实践出发，重点强调了艺术的想象性和形式性。他贬低维多利亚时期曾非常重视的现实性和道德性，倡导回归希腊精神。

【结语】至此，我们已经完成了对17—19世纪英国美学史上重要美学家的理论的提炼、概括和评论。英国传统美学的主导特性已经凸显。

首先，在美学方法论上，英国美学家们经历了从经验归纳法到有机整体性的发展历程。由培根、霍布斯和洛克共同创立的经验主义方法论和柯勒律治创建的有机整体性方法论，在舍夫茨别利、哈奇生、休谟、伯克、荷加斯、雷诺兹和华兹华斯、雪莱、济慈、卡莱尔、罗斯金、阿诺德、莫里斯、佩特和王尔德的不断继承和推动下，构成了英国传统的融经验、直觉与想象为一体的有机方法论。它正是20世纪英国形式主义美学家弗莱和贝尔所继承并拓展的主导方法论。

其次，在美学观点上，17—19世纪的英国美学家们分别从创作主体、社会功用和内在形式三个方面拓展对“美”的认识，均达到一定的高度。17—18世纪的经验主义美学尚处于起步阶段，对美的认识是多向度拓展性的：舍夫茨别利、哈奇生的“内在感官说”，休谟的“趣味说”和伯克的“崇高说”主要从“创作主体的内在感受”提炼出美学思想；休谟的“效用说”“同情说”主要从“美与外在事物的关系”角度提炼出美学思想；荷加斯的“美的分析”主要从“美的形式”这一角度提炼美学思想。这三个方面的美学研究在19世纪均获得推进。19世纪的浪漫主义美学家柯勒律治的“有机整体说”、华兹华斯的“情感说”、雪莱的“想象表现说”和济慈的“消极能力说”深入拓展了对审美主体的情感和想象的认识；维多利亚时期的美学家卡莱尔的“英雄崇拜论”、罗斯金的“伟大艺术说”、阿诺德的“文化观”、莫里斯的“人民艺术观”重点阐明了美的社会作用；佩特和王尔德的唯美主义美学旨在推进对“美的形式”的研究。

在19世纪所有美学家中，佩特和王尔德的美学观点较为单薄，他们的美学形式分析几乎未曾展开，只来得及拉开文学与生活、文学与道德之间的距离，为“美的形式”的进一步研究创造必要的条件。真正推进“美的形式”的分析和研究的正是英国

---

① 王尔德：《王尔德作品集》，北京：人民文学出版社，2000年，第3页。

② 王尔德：《王尔德作品集》，北京：人民文学出版社，2000年，第3页。

③ 王尔德：《谎言的衰朽》，见伍蠡甫主编《西方文论选》（下卷），上海：上海译文出版社，1979年，第117页。

形式主义美学家罗杰·弗莱和克莱夫·贝尔,而他们的思想根基则是整个英国近代美学和欧洲“形式”美学,以及欧、亚、非艺术品中所体现的美学理念。我们将在下面四章中详尽剖析弗莱与贝尔的形式主义美学思想和伍尔夫与斯特拉奇对形式主义美学的文学创作实践。

第二章　罗杰·弗莱的形式主义美学

罗杰·弗莱(Roger Fry,1866—1934),英国现代美学家、艺术批评家、画家,其最大贡献在于创建并阐发了英国形式主义美学,对现代美学的发展产生了深远的影响。他不仅被英国著名艺术批评家肯尼思·克拉克(Kenneth Clark)誉为改变欧洲美学趣味的第一人——“自罗斯金以来影响趣味的第一人……如果说趣味可以因一人而改变,那么这个人便是罗杰·弗莱”①,而且被认定为英国现代主义运动的创始者和精神领袖之一——“弗莱作为 1910 年前后英国现代主义的实际创始人,他在改变 20 世纪上半叶公众欣赏和理解艺术的方式中产生巨大的影响力,成为那个世纪的精神领袖之一”②。

罗杰·弗莱之所以能创立英国形式主义美学,是因为他实践了艺术与科学、创作与批评、批评与美学、美学与哲学的多向度融合。他以剑桥大学自然科学优等生的学科背景进入绘画领域;他以画家、博物馆油画厅主任、绘画鉴赏家等多重身份开展艺术批评;他在《雅典娜神庙》《柏林顿杂志》等艺术期刊发表大量文艺批评文章,将艺术批评提升到美学高度;他在英国组织了两次后印象主义画展,不仅是后印象主义画派的命名者,而且撰写大量文章为它辩护;他具有文艺评论的全球视野,不仅论析乔托、达·芬奇、伦勃朗、格列柯、克劳德、雷诺兹、塞尚、马蒂斯、梵高、毕加索等大批古典和现代的著名画家及其作品,而且评论英国、法国、埃及、美国、中国、印度、希腊等众多国家的绘画史,是一位具有全球视野、思想深刻的视觉艺术研究专家。

中西学界对弗莱的研究集中于他的主要代表作,比如《论美感》《回顾》《视觉与设计》《塞尚及其画风的发展》等,很少有人全面梳理和论析他的全部论著,系统揭示他的形式主义美学思想。主要原因在于:弗莱推崇归纳性实践美学,其论述均基于审美批评之上,并未建立以假说为核心的理论体系,且其观点不断自我修正。

---

① Fry, R. *Last Lectures*. Cambridge: University of Cambridge Press, 1939, p. ix.

② Murdoch, J. Forward. In Green, C. (ed.). *Art Made Modern*: *Roger Fry's Vision of Art Edited*. London: Merrell Holberton Publishers, 1999, p. 5.

弗莱聚焦的核心问题是:什么是美学研究?艺术的本质是什么?形式的本质是什么?围绕这些核心问题,本章从五个方面论析、提炼和揭示他的美学思想:(1)弗莱其人其思想;(2)实践美学;(3)情感说;(4)形式说;(5)艺术批评。

第一节　弗莱其人其思想

弗莱的美学创新历程,体现了一位博采众长和融会贯通的学者的思想发展历程。其中包含着科学与艺术的贯通,艺术实践与艺术批评的贯通,艺术批评与美学的贯通,美学与哲学、政治、经济等其他学科的贯通等。正是这一系列融会贯通,催生了弗莱的形式主义美学。

1866 年,罗杰·弗莱出生于伦敦一个贵格会教徒(Quaker)家庭,父亲爱德华·弗莱(Edward Fry)和母亲玛丽安贝拉·弗莱(Mariabella Fry)均是贵格会教徒。父亲是一位法官,家庭教育极为严格,缺乏慈爱和趣味。罗杰等兄妹 9 人是该家族第 7 代贵格会信徒,拥有鲜明的贵格会教徒的个性,比如“信仰虔诚、习性清心寡欲、生活作风严谨”①,推崇简朴而有尊严的生活,形貌冷峻,思维“机敏且擅长分析”②。父亲爱德华·弗莱自幼酷爱科学,他将自己对科学的爱好传给了儿子罗杰,养成了他专注的个性。罗杰所受的中学教育强调培养学生的“刚毅、自我牺牲、自恃、无畏”③等品德,但不太关心学生的自我个性发展。中学毕业时,罗杰·弗莱决定申请去剑桥大学学习自然科学。从此,他开启了融科学、艺术与美学为一体的丰富人生。

以下是他生命中四个重要的思想贯通。

1. 科学与艺术的贯通

他大学学习的专业是自然科学,然而当他以自然科学优等生的成绩完成大学学业时,他却毅然转向艺术,整个过程虽然坎坷,却铸就了他融科学分析与艺术想象为一体的思维特性。

1885 年,罗杰·弗莱进入剑桥大学国王学院,攻读自然科学。大学期间,他结识了人文社科专业和艺术专业的同学,对哲学和艺术产生了浓厚的兴趣。1886 年,他入选剑桥美术协会(Cambridge Fine Art Society),其间他阅读约翰·罗斯金的艺术评论著作,表现出巨大的兴趣和热情。他的哲学专业的同学引导他阅读了普罗提诺的论著,他接受了“表象之下存在本质”等观点。1886 年,弗莱聆听了新任剑桥大学

① Spalding, F. *Roger Fry: Art and Life*. Berkeley: University of California Press, 1980, p. 3.
② Spalding, F. *Roger Fry: Art and Life*. Berkeley: University of California Press, 1980, p. 4.
③ Spalding, F. *Roger Fry: Art and Life*. Berkeley: University of California Press, 1980, p. 13.

斯莱德教授(Slade Professor)米德尔登(J. H. Middleton)的艺术讲座,通过讲座了解了佛兰德斯(Flemish)艺术、意大利原始画、伦勃朗(Rembrandt)的画作等。1887 年,他入选剑桥大学"使徒社(Apostles)"[①]。"使徒社"社团活动的基本特性是"人和书相互促进,智力与情感携手,假说转为激情,讨论在爱的驱动下变得深刻"[②]。富有激情的定期阅读和讨论促进了弗莱的智力和情感的融合发展。所有这一切,促成了他转行成为艺术家的决定。1888 年,罗杰·弗莱获得自然科学专业一等荣誉毕业证书,他原本可以凭借他在自然科学专业取得的优异成绩,顺利获得研究员职位,具有成为著名科学家的灿烂前景。但是他却决定转学绘画。他听从斯莱德教授米德尔登的建议,在剑桥大学继续学习艺术,完成了论文《论现象学法则及其在希腊绘画中的运用》,并以此申请研究员职位,但是他失败了。

这篇论文是他贯通艺术与科学的一次尝试,虽然没能帮助他获得研究员职位,却让他发现了联通艺术与科学的桥梁,让他认识到表象背后隐藏着共同的模式和秩序。这一认识,实质上是他此后的艺术批评和美学研究的基点。他此后在艺术批评上之所以能超越艺术批评家约翰·罗斯金和瓦尔特·佩特的感性批评,是因为他将艺术批评的重心落在深刻揭示艺术形式的共通特征上,而穿透表象揭示本质的最有力的工具就是严谨的科学思维与透彻的理性分析。

1919 年,弗莱曾在《雅典娜神庙》期刊发表一篇论文《艺术与科学》,重点探讨艺术与科学的相似性与差异性,强调两者均以好奇心为驱动力,用理智活动追寻普遍法则,它们在整体性和情感性上具有相似性。[③]弗莱曾在一封给友人的信件中坦率地承认自己的思维的科学性,他认为自己"极其理性、谨慎,而且富有逻辑性"[④]。

他的朋友克莱夫·贝尔则强调了弗莱的科学思维对他的研究的重要性:"科学精神将他的思想极大地释放了出来,从而使之豁然开朗。他是我所见过的思想最为开放的人,的的确确是一个试图将科学基本原理付诸实践的人——认为任何事物的真伪,都必须在经受试验之后,方能进行评判。"[⑤]对艺术实践进行理性分析以揭示艺术法则的方法,正是培根、洛克、休谟等英国经验主义美学家的核心研究方法。从这

---

① 剑桥大学"使徒社"成立于 1820 年,是一个秘密社团,每年只选收 3 名新成员。该社团每周六举行一次聚会,一起探寻真理,消除自我主义、偏见等。社团成员撰写哲学类论文,在聚会时宣读讨论。详见 Spalding, F. *Roger Fry: Art and Life*. Berkeley: University of California Press, 1980, pp. 23-24.

② Forster, E. M. *Goldsworthy Loves Dickinson*. London: Edward Arnold, 1934, p. 35.

③ 弗莱:《视觉与设计》,易英译,南京:江苏教育出版社,2005 年,第 50—53 页。

④ 罗森鲍姆:《岁月与海浪:布鲁姆斯伯里文化圈人物群像》,徐冰译,南京:江苏教育出版社,2006 年,第 17 页。

⑤ 罗森鲍姆:《岁月与海浪:布鲁姆斯伯里文化圈人物群像》,徐冰译,南京:江苏教育出版社,2006 年,第 31 页。

一点看，弗莱无疑是英国经验主义方法论的继承者与实践者。

2. 艺术实践与艺术批评的贯通

大学毕业后，弗莱经历了绘画学习、艺术教学、艺术鉴定等艺术实践过程，同时他一直坚持撰写艺术批评文章，也就是说，他的艺术批评与艺术实践相辅相成。

首先，他进入多家艺术学校学习绘画(1889—1903)。1889 年，弗莱离开剑桥大学后，遵从父亲的建议，进入一所艺术学校，师从弗朗西斯·贝特(Francis Bate)，学习绘画。在这一时期，弗莱主要学习了印象派绘画，他的老师贝特将教学重心放在印象分析上，坚持印象派(Impressionism)的绘画立场，强调户外写生，强调视觉真实。1891 年，弗莱在父亲资助下游览意大利，实地观摩意大利经典画作。1892 年，他去巴黎最大的私立美术学院朱里安美术学院(the Academie Julian)学习绘画两个月，对该校的教学不满意，认为它只讲授流行画技，却不涉及最根本的构图技法。这几年的绘画学习让他对法国现代画有了初步了解，并开始熟悉各种艺术理论。1903 年，弗莱为自己创作的油画和素描举办了第一次画展，至此他正规的绘画学习大致完成。绘画成为他一生最钟情的爱好，他毕生坚持作画。

同时，他担任剑桥大学进修班的艺术讲授工作(1894—1900)。1894 年起，弗莱为剑桥高等教育扩张运动(Cambridge Extension Movement)所成立的进修班做了多次讲座，主要讲授意大利文艺复兴时期的经典作品。在这些讲座中，他已经涉及美学的根本问题，比如：艺术与宗教的关系、构图与表现问题、艺术与生活的关系等。他的个人私生活也与艺术密切相关。他于 1896 年与艺术家海伦·孔贝(Helen Coombe)结婚，不幸的是，结婚 2 年后妻子海伦就患上严重的精神疾病，于 1910 年被送进一家精神病院，在那里度过余生。

然后，他受聘出任美国纽约大都会艺术博物馆(The Metropolitan Museum of Art)油画厅主任，后转任该博物馆欧洲事务顾问(1906—1910)。这 4 年的博物馆工作，他主要的任务是去世界各地(主要是欧洲各国)为博物馆购买画作，绘画鉴定和审美判断是他的主要工作。他因此浏览、分析和鉴定了诸多来自不同国家和地区的绘画，与诸多当代画家见面交谈。在审美鉴定水平快速提升的同时，他的美学视野也变得异常开阔。

从 1889 年至 1910 年的 20 余年间，弗莱在学习、讲授和鉴定绘画的同时，始终坚持艺术批评，不仅出版评论意大利画家的著作《乔瓦尼·贝利尼》(*Giovanni Bellini*, 1899)，而且在《评论月刊》《柏林顿杂志》《雅典娜神庙》等美学期刊上发表了《乔托——阿西西圣方济各教堂》(1900)、《威廉·布莱克的三幅彩蛋画》(1904)、《奥布里·比亚兹莱的素描》(1904)等艺术评论文章。

有鉴于他在艺术批评上的功力和见识，他先后被聘为《雅典娜神庙》

(*Athenaeum*)的艺术批评家(1901)、《柏林顿杂志》(*Burlington Magazine*)的编辑(1909)等。他编辑出版了《约书亚·雷诺兹爵士论文集》(*The Diacourses of Sir Joshua Reynolds*,1905),并撰写"导论",此导论表明,他的艺术批评不仅视野开阔,而且分析精深。他的精深源于他将批评始终基于自己的感性直觉之上,用他自己的话说,那就是"整个下午我都泡在罗浮宫,试图忘却所有的观点和理论,就像平生第一回见到它们那样,欣赏每一件作品……只有这样才能有所发现……每一件作品都必须成为一次全新的、莫可名状的体验"①。正是因为弗莱将批评基于他作为批评家的"训练有素的敏感性和渊博知识之上"②,而非某种现成的理论或观点之上,他的批评才具有全新的洞见和力量。他的批评中,令人信服的观点源自他对绘画的创作体验、分析能力和审美判断力。

3. 艺术批评与美学融会贯通

弗莱一生撰写过诸多艺术批评论著,他美学上的真知灼见就遍布在这些批评文章中。他的美学思想大致可划分为三个阶段。

(1)为后印象派辩护(1900—1912)。这一阶段的主要论著包括《论美感》(*An Essay in Aesthetics*,1909)和他为后印象派辩护的系列文章,重点在于批判西方根深蒂固的模仿论,为后印象派辩护,创建他的"情感说"。在这一阶段,他的艺术研究对象是后印象派,所倚重的理论是托尔斯泰的《艺术论》。1900—1912 年,他举办了两次"后印象主义绘画展",给英国艺术界带来巨大的震撼,也将美学新思想带入英国。自 1911 年起,他开始在伦敦大学学院(University College London)斯拉德艺术学院讲授艺术史。

(2)"有意味和有表现力的形式"的观点的建构与阐发(1913—1920)。这一阶段的主要论著汇集成《视觉与设计》(1920),通过探讨艺术与生活、艺术与科学、艺术与社会、艺术与自然的关系等基本问题,阐发了他的形式主义美学核心理论。这一阶段,他广泛论述了黑人艺术、伊斯兰艺术、意大利艺术、英国艺术、法国艺术等多个国家和区域的艺术,在国别艺术的对比中阐明各国艺术的异同。1913 年起他成立了欧米茄工作室,探索艺术社会化的路径,1920 年工作室关闭。

(3)国别艺术史论和艺术家论(1921—1934)。这一阶段他论著丰硕,通过分析艺术家和艺术史,对艺术形式的内在构成做了深入的阐释。其论著包括:《变形:关于艺术的批判性和假设性论文》(1926)、《塞尚及其画风的发展》(1927)、《佛兰德斯

---

① 罗森鲍姆:《岁月与海浪:布鲁姆斯伯里文化圈人物群像》,徐冰译,南京:江苏教育出版社,2006 年,第 7 页。

② 罗森鲍姆:《岁月与海浪:布鲁姆斯伯里文化圈人物群像》,徐冰译,南京:江苏教育出版社,2006 年,第 28 页。

艺术评述》(1927)、《亨利·马蒂斯》(1930)、《法国艺术的特性》(1932)、《英国绘画回顾》(1934)及《后期演讲稿》(1939)。这一阶段的思想阐述展现国别比较形态,弗莱以深刻的洞见,阐明了塞尚、马蒂斯等伟大艺术家的形式特性。1931 年他举办了个人绘画回顾展,1932 年他在女王音乐厅做了数次艺术讲座。1933 年起他担任英国剑桥大学斯莱德艺术教授,直至 1934 年去世。

4. 美学与哲学、经济学等多学科贯通

1910 年,罗杰·弗莱结识克莱夫·贝尔和邓肯·格兰特,经常在"星期五俱乐部"做演讲,这便是名闻遐迩的"布鲁姆斯伯里文化圈"。这是一个持续了 30 余年的文化圈,其成员大都毕业于剑桥大学,他们推崇剑桥大学教授乔治·摩尔的伦理学思想,在美学、艺术、文学、政治、经济、哲学等领域均阐发独到的见解。核心成员包括:小说家弗吉尼亚·伍尔夫和爱德华·摩根·福斯特,文学评论家德斯蒙德·麦卡锡,艺术批评家罗杰·弗莱和克莱夫·贝尔,传记家利顿·斯特拉奇,画家邓肯·格兰特和瓦妮莎·贝尔,政论家和小说家伦纳德·伍尔夫,经济学家约翰·梅纳德·凯恩斯,政治哲学家 G. L. 狄更生,哲学家伯特兰·罗素,汉学家阿瑟·韦利,等等。[①]他们定期聚会,从艺术、文学、美学、哲学、政治、经济等不同视野切入,探讨"美""善""真"等本质性问题,批判维多利亚时期的传统思想,探讨欧美文艺经典,对比东西方文化。他们坚持独立批判精神,在对话交流中形成原创思想。

> 该文化圈领袖人物的与众不同之处是他们能身体力行自己的信仰。这里没有禁忌的话题,没有不假思索便被接受的传统,没有不敢下的结论。在保守的社会里,他们是另类;在绅士的社会里,他们是粗鲁的;在你死我活的社会里,他们与世无争。对于认定是正确的事物,他们充满热情;对于认定是平庸的事物,他们无情拒绝;对于妥协行为,他们坚决反对。[②]

在不同思想的交锋、争论、反思中,福斯特、弗莱、凯恩斯、贝尔、麦卡锡、斯特拉奇、伦纳德·伍尔夫、弗吉尼亚·伍尔夫等逐渐形成独立思想,出版有影响力的著作,成为英国现当代著名小说家、美学家、经济学家、艺术批评家、文学批评家、传记学家、国际政治专家和小说家。罗杰·弗莱是文化圈中的智多星,以其思想的深刻和清晰获得圈内成员的赞赏。

---

① 参见 Laurence, P. *Lily Briscoe's Chinese Eyes: Bloomsbury, Modernism and China*. Columbia: University of South Carolina Press, 2003, pp. 119-120; Roe, S. & Sellers, S. *The Cambridge Companion to Virginia Woolf*. Shanghai: Shanghai Foreign Language Education Press, 2001, p. 1.

② 罗森鲍姆:《回荡的沉默:布鲁姆斯伯里文化圈侧影》,杜争鸣、王杨译,南京:江苏教育出版社,2006 年,第 7 页。

正是在科学与艺术、实践与批评、批评与美学、美学与其他学科之间的融会贯通中，弗莱不仅吸收了来自科学、艺术、文学、美学、哲学等多个学科的思想，而且将理性与感性、直觉与分析、分析与想象、具象与抽象等多种思维能力综合运用于他的美学观照中。他突破西方传统的模仿论思想，继承并推进英国经验主义研究方法，推进英国浪漫主义美学关于艺术的本质是情感的表达的思想，推进维多利亚时期美学和唯美主义美学对艺术形式的关注与研究，在形式美学研究中取得了突破性进展。

第二节　实践美学

罗杰·弗莱称自己的美学是“一种纯粹的实践美学”[①]。他指出实践美学具有两大特性：(1)审美归纳法——“我不断在世界各地观看艺术作品，努力鉴赏作品，用不断提升的鉴赏能力来判断它们的相对价值”，在这一过程中，“我总结出我的美学理论”；(2)自我修正机制——他称自己的美学为“一种暂时性的科学假说，其正确性只维持到某种新现象出现需要修正已有的理论术语为止”[②]。这是罗杰·弗莱 1908 年应邀在牛津大学哲学学会上做题为“论造型艺术中的表现与再现”的演讲时的郑重声明，也是他在所发表的美学论著中不断重复的声明。它表明了弗莱坚持不懈地探索并建构具有归纳性、审美性和生命性等特性的实践美学的决心，它不同于欧美主导的以假说为核心，重演绎、重理性认知的形而上学美学体系。

一、审美归纳法

弗莱毕生坚持归纳法，其美学观点是从大量的绘画作品鉴赏和批评中提炼出来的。也就是说，他始终以绘画作品为审美对象，通过对作品的审美感悟和形式分析，从殊相中提炼和归纳出艺术的普遍性，建构实践美学理论，并不断自我修正。他曾直言不讳地宣称，他的美学观点都是“从我自身的审美经验中做出的暂时的归纳”[③]。

他这样总结他的研究方法：

> 我绝对不是一个单纯的印象主义者，仅仅充当某些感受的记录仪。我始终拥有美学观念。科学的好奇心和理解的欲望促使我在每一个阶段去概括，对自

---

① Fry, R. *Vision and Design*. New York: Dover Publications, Inc., 2011, p. 191.

② Fry, R. Expression and representation in the graphic arts. In Reed, C. (ed.). *A Roger Fry Reader*. Chicago: The University of Chicago Press, 1996, p. 61.

③ Fry, R. *Vision and Design*. New York: Dover Publications, Inc., 2011, p. 200.

己的印象做出逻辑性的综合分析。[①]

> 我当然想尽可能地做出客观的判断，但批评家只能以他所具有的唯一手段来工作，即他自身完全由个人因素构成的感觉。他能够自觉而努力去做的是，通过研究前人有关审美感受的传统定论，通过不断将自己的反应与本领域有特殊天赋的同代人的审美感受做比较，去完善自己的方法。当他在这方面已经做了他能做的一切时……他有义务尽可能诚实地接受他自己的感觉判断……艺术判断极其微妙，必然会受到诸多偶然因素的影响，无法避免短暂的催眠状态和幻觉。人们只能小心谨慎地排除这种情况，尽力在不自觉中获取自己的敏锐感受，在它被各种偏见和理论遮蔽之前捕获它。[②]

在这两段话中，弗莱阐明他的方法论包含从“个体感受”到“理性综合”再到“审美判断”的递进过程。其中“个体感觉”和“理性综合”这两个阶段分别代表审美主体的主观感受和客观评判两个部分，而“审美判断”则是对前两个部分的融会贯通。

其方法论的特性有三。

1. 审美主体的主观感觉是获得美学感受的“唯一手段”

从1894年弗莱撰写关于印象主义绘画的论文《印象主义的哲学》到1934年他去世，在40年的艺术评论和美学研究生涯中，弗莱发表和出版了诸多论著。每一篇（部）论著都包含弗莱对相关艺术作品的精辟分析，艺术作品分析是他提炼和归纳审美感受的主要方法。

比如在《艺术与生活》这样一篇相对笼统的论文中，弗莱从质疑“艺术与生活具有一致性”[③]这一欧洲文艺界根深蒂固的模仿论观点出发，考察和分析了欧洲历史上几个重要的思想转型期（包括异教演变为基督教、12世纪近代启蒙先兆、16世纪文艺复兴、17世纪、18世纪等）艺术与生活之间的关系，阐明各时期的生活（特指该时期的社会主导思想）与艺术（特指艺术作品的主导表现形态）之间很少保持一致性，由此他得出结论：“艺术作为特殊的精神活动无疑会受到生活的影响，但是艺术基本上是自足的，它的变化节奏主要受制于它的内在力量和内在因素的调整，而不是受制于外部力量。”[④]也就是说，弗莱并不预设某种理论或观点，而是通过分析艺术发展史来得出恰如其分的结论。

---

① Fry, R. *Vision and Design*. New York: Dover Publications, Inc., 2011, p. 191.
② Fry, R. *Vision and Design*. New York: Dover Publications, Inc., 2011, p. 200.
③ Fry, R. *Vision and Design*. New York: Dover Publications, Inc., 2011, p. 3.
④ Fry, R. *Vision and Design*. New York: Dover Publications, Inc., 2011, p. 6.

2.将自己的审美感受与传统的审美观点、同时代人的审美观点做综合对比考察,以消除自己审美感受中的偏见和偶然因素

为了获得客观可信的美学观点,弗莱不仅将自己的观点与传统的、同时代人的美学观点相比照,而且将视野拓展到全球,在欧、亚、非艺术作品的比照中领悟、概括和提炼美学观点。他的研究对象包括印象主义、后印象主义、欧洲文艺复兴、南非部落艺术、伊斯兰艺术、埃及艺术、美索不达米亚与爱琴海艺术、黑人艺术、美洲艺术、中国艺术、印度艺术、古希腊艺术等①,其视野遍及全球。正是在这样广博的视野中,他建立起他的美学思想的客观性。

再次以《艺术与生活》为例,弗莱是在诸多观点的交汇中完成他的论析过程的,所涉及的理论包括:柏拉图、亚里士多德的模仿论,现代艺术理论家惠斯勒的观点,印象主义的视觉再现观,后印象主义的表现论,理性主义思想和科学主义思想,等等。

3.在融会贯通中他将自己的审美观点从殊相提升为普遍性法则

弗莱的全部论著可分为两大类:一类是绘画作品批评,另一类是美学问题论述。正是在后一类中,弗莱将艺术批评提升到美学思想的高度,在他的实践美学中发挥提纲挈领的作用。这部分论著包括《印象主义的哲学》(1894)、《造型艺术中的表现与再现》(1908)、《论美感》(1909)、《后印象主义》(1911)、《法国后印象派画家》(1912)、《回顾》(1920)、《格拉夫顿画廊:一个辩护》(1912)、《艺术与生活》(1917)、《艺术家的视觉》(1919)、《艺术与科学》(1919)、《变形:关于艺术的批判性和假设性论文》(1926)、《绘画的双重性质》(1933)等。弗莱重点批判了西方根深蒂固的模仿论,就艺术与生活、艺术与自然、艺术与科学的关系,艺术的本质和形式的本质,再现与表现的关系等重要美学问题,提出原创性理论。

以《艺术与生活》为例,弗莱的探讨并未终止于"艺术与生活并不一致,艺术不是对生活的模仿"这一传统争议观点,而是进一步论析了"现代艺术运动与生活的关系"这一现代问题。首先,他阐明印象派绘画融合了两种不同的视觉经验,即脱离日常生活视觉含义的纯艺术家视觉和基于近代光科学的新视觉。印象派绘画基于视觉融合而形成的"艺术画面的色彩和谐"②,所体现的是"艺术形式越来越准确地再现表象"③的艺术发展趋势,因此印象主义绘画实质上是对视觉印象的模仿性再现。然后,他阐明以塞尚、梵高和高更为代表的后印象派突破了忠实于表象的模仿论理念,他们"重建纯美学的标准以取代与表象一致的标准,重新发现了构图设计与和谐的

① 参见 Fry, R. *Last Lectures*. Boston: Beacon Press, 1962.

② Fry, R. *Vision and Design*. New York: Dover Publications, Inc., 2011, p. 7.

③ Fry, R. *Vision and Design*. New York: Dover Publications, Inc., 2011, p. 8.

原则”①。也就是说，该论文的总体框架是：弗莱从历史考证出发，以欧洲转型期为研究对象，阐明艺术与生活并不一致，艺术并不模仿生活；继而剖析现代艺术印象主义虽然超越了日常生活的视觉含义，其艺术目标却局限于精确再现表象；唯有后印象主义才致力于构图设计和形式创新，才体现美的精髓。由此，弗莱完成了从殊相中提炼普遍法则，通过整体观照，阐明对“美的本质”的批判性重构的过程。

弗莱的归纳法是对英国17—18世纪经验主义方法论的继承和推进。自17世纪至19世纪末，英国经历了经验主义、浪漫主义、维多利亚时期和唯美主义等多个美学时期，虽然不同时期的美学研究对象和研究结论各不相同，然而他们所运用的方法论却相通，均采用了归纳法。经验主义美学的研究对象是“经验”，他们通过对经验的感知和剖析，归纳出经验主义归纳法（培根、霍布斯和洛克）和各类审美主体说（舍夫茨别利和哈奇生的“内在感官说”、休谟的“同情说”、伯克的“崇高说”、荷加斯的“美的分析说”、雷诺兹的理想美学观）。浪漫主义美学的研究对象是“情感”和“想象”，他们深切领悟自己作为诗人的创作感受，归纳出融理性和情感为一体的“有机说”（柯勒律治）、“情感说”（华兹华斯）、“想象表现说”（雪莱）和“消极能力说”（济慈）。维多利亚时期美学的研究对象是“文化”，他们以道德理想审视维多利亚时期的社会和文化，归纳出一系列以道德为目的的美学观，比如英雄崇拜观（卡莱尔）、“伟大意识说”（罗斯金）、文化观（马修·阿诺德）、“人民艺术说”（威廉·莫里斯）。唯美主义美学的研究对象是“文艺”，他们以艺术批评家和创作者的敏锐考察艺术和文学作品，归纳艺术研究的目标、原则、任务，推进“为艺术而艺术”的理念。弗莱的美学研究与这一传统既一脉相承又推陈出新。他的研究对象是“视觉艺术”，通过鉴赏和评论数以百计的、来自世界各地的艺术作品，归纳出他对传统的美学本质说的批判性重构和对形式本质的创新性建构。

从“经验”到“情感”“想象”，到“文化”“文艺”，再到弗莱的“形式”，弗莱将英国美学的审美对象从笼统拓展到专一，从感受深入艺术层面。

二、审美立场

基于归纳法，弗莱的实践美学体现出鲜明的审美性立场。虽然“审美”（aesthetic）这一术语最先由德国美学家鲍姆嘉通于1750年定义为研究“感性认识的科学”②，此后康德在《判断力批判》(1790)中阐明了“美”的“没有任何利害”“不凭借概念而普遍令人愉快的”“无目的的合目的性的形式”和“共通感”四大契机③，为审美

① Fry, R. *Vision and Design*. New York: Dover Publications, Inc., 2011, p. 8.

② 鲍姆嘉通：《美学》，简明、王旭晓译，北京：文化艺术出版社，1987年，导论。

③ 康德：《判断力批判》（上卷），宗白华译，北京：商务印书馆，1996年，第37—76页。

理论在西方的发展提供了理论基础,但是在英国美学史上,审美性立场可以追溯到经验主义美学,其审美方式在浪漫主义美学、维多利亚时期美学和唯美主义美学中不断得到推进。弗莱的审美方式是对英国审美传统的推进。

我们不妨先通过赫伯特·马尔库塞的论述,把握"审美"的内涵:

> 对审美之维的基本经验,是**感性的**而不是概念的。审美直觉根本上说是直观的,而不是理念的。感性的本质是"接受性",即一种由外界对象刺激后的认知。正是借助这种与感性的内在关联,审美功用获得其中心地位。审美知觉由**快感**所伴随。这种快感生于对对象的纯形式的知觉,而不计其"内容"和其(内在和外在)"目的"。以其纯形式表现出来的对象即是"美的"。这种表现是想象力的运作(或者说是游戏)。作为**想象力**,审美知觉既是感性的又不完全是感性的(它是"第三种"基本能力):它给予快感,因而它在根本上是**主观的**;但该快感是由对象本身的纯形式构成,它又伴随着必然的和普遍的审美知觉——对每一个感受主体都适用。审美想象力虽然是感性的并因而是被动的,但它却是**创造性的**;在其自身的自由综合中,它建构起"美"。在审美想象中,感性为客观的秩序创造出普遍适用的原则。[①]

马尔库塞这一段话是在全面剖析康德《判断力批判》的基础上做出的对审美的特性的论述,它指出了审美的感性、快感性、想象性和创造性四大特性。其中感性是审美的出发点,而快感则是主体对对象的回应,主客体之间的交互作用构成了审美的基础阶段,这一过程类似中国诗学中的物我契合阶段。审美的高级阶段是审美主体整体观照物我交融后留存于主体心中的审美感知,在想象力的作用下创造性地洞见普遍原则的过程,此过程类似中国诗学中的神与物游。在审美过程中,最重要的原则是对"无目的的合目的性的形式"的把握,即不带任何功利性,不考虑审美对象的"内容"和"目的",从审美对象的纯形式中获取快感和普遍原则。

英国经验主义以来的美学均体现了这一审美性。它们的审美程度各不相同,但都强调审美的感性和主观性特征。

(1)经验主义美学重在对感性经验做综合分析,从中提炼和概括出普遍原则。比如,荷加斯在广泛考察绘画、建筑、雕塑、动物、植物、人体的线条后,提出了美的形式的六项原则,"适应、多样、统一、单纯、复杂和尺寸"[②]。他的分析十分简单,比如他这样概括"多样性"原则:"多样性在美的创造中具有多么重要的意义,这可以从自然的纹样中看出来。各种植物、花卉、叶子的形状和色彩,蝴蝶翅膀、贝壳等的配色,就

---

① 马尔库塞:《审美之维》,桂林:广西师范大学出版社,2001 年,第 45—46 页。黑体字为笔者标注。

② 荷加斯:《美的分析》,杨成寅译,桂林:广西师范大学出版社,2005 年,第 10 页。

像是专为以其多样性悦人眼目而创造出来的。"[①]分析的对象是感性经验,观点建构主要依托理性概述来完成,想象性成分较少。

(2)浪漫主义美学是柯勒律治融合康德美学与英国经验主义美学之后建构的,其审美过程强调从感性出发,发挥情感和想象的作用,坚持"无目的的合目的性"和"多样性统一"的原则。柯勒律治自觉强调审美的主观性,指出真正的批评家要把他自己放在中心,从这个中心出发审视整体。[②]他相信审美批评需要对人类的心灵有深入洞悉,是一个整体观照过程。比如,他这样点评莎士比亚《哈姆雷特》人物的矛盾性:

> 在哈姆雷特身上,他(指莎士比亚,笔者注)似乎希望来印证一种道德上的平衡的必要性,即:我们对感官事物的注意力与我们的心灵冥想之间应该有一种平衡——一种真实世界与想象世界之间的平衡。在哈姆雷特身上,这种平衡被扰乱了:他的思想和幻想比他的知觉要活泼得多,即他对知觉的默想获得了一种超越天性的形式和色彩。因此,我们看到一种伟大的、巨大的智慧活动,和因此而引起并伴随的一系列真实行动的相应征兆。[③]

柯勒律治从考察人类的心灵构造出发,解析《哈姆雷特》主人公性格的矛盾性,指出哈姆雷特的矛盾性体现的是他在外部冲击与内在思想不平衡的状态中人性的犹豫、困惑和抉择。审美的聚焦点是艺术作品中的人物情感,想象力发挥关键的作用,在情感、人性、想象、道德之间建立起一种有机整体,评析富有说服力。

(3)维多利亚时期美学强调感性研究,英雄人物、社会文化、自然风景、文艺作品都是研究对象,但是他们的审美受制于道德目的。比如约翰·罗斯金即便分析天空,也会提出"天空为取悦、教化人类而做出独特调整"[④]这样的观点。他们的审美是感性的、主观的,但是受制于外在目的。

(4)唯美主义美学重点关注并揭示文艺作品中的情感因素。它的视野开阔,除了感知作品,同时考察创作者的个性及所处的时代。比如瓦特·佩特通过分析达·芬奇的生平经历,揭秘他绘画中的人物为何脸上总是浮现神秘的微笑,并且大胆想象绘画作品所昭示的人性和时代意蕴。他这样评论《蒙娜丽莎》这一画像:

> 她的眼皮有些倦怠,它的美来自肉体、奇异的思想、虚妄的梦幻和极度的热情,一个细胞一个细胞地在这里堆积起来,把她在那些白色的希腊女神或美丽

---

① 荷加斯:《美的分析》,杨成寅译,桂林:广西师范大学出版社,2005年,第13页。

② Coleridge, S. T. *Lectures and Notes on Shakespeare and Other English Poets*. London: George Bell and Sons, 1884, p. 227.

③ Coleridge, S. T. *Lectures and Notes on Shakespeare and Other English Poets*. London: George Bell and Sons, 1884, p. 342.

④ 罗斯金:《现代画家》(第一卷),唐亚勋译,桂林:广西师范大学出版社,2005年,第182页。

的古代妇女们旁边放一会儿，她们将会对这种心灵及其所有疾患均包蕴其中的美多么困惑啊！所有有关于这世界的思想与体验铭刻在那儿、扭结在一起……①

这段评论中，批评家的想象极为丰富，不仅点评人物形貌，而且揭示形貌所代表的时代的、人类的和世界的象征意味。艺术审美跃入文学批评领域，展现想象之丰富，却忽视了绘画的形式要素。

弗莱的特性在于将上述几个时期的观点融会贯通。他继承了经验主义的方法论，又将浪漫主义对情感的有机想象与唯美主义融作品、作家、时代为一体的象征性想象融合一体，重点揭示绘画艺术的形式特性。他坚持"无目的的合目的性"和"多样性的统一"等审美原则，从作品、作家、时代等多个视角整体考察并揭示艺术的形式。

我们以弗莱的短评《埃尔·格列柯》为例，剖析他的审美方式。他这一篇艺术评论大致包括四个层次：

首先，他阐明文艺复兴时期著名画家格列柯作品(见图1)的基本特性是：完整的现实性与明晰平衡的形式的融合，它就"像一首乐曲以势不可挡的魅力影响着观众，将画面上各个部分有机地组合成一个整体"②。

图1　《拉奥孔群像》(格列柯)

接着，他剖析格列柯的绘画富有"魅力"和"整体性"的原因：格列柯将形式思维作为"最终的和唯一的关注对象"，他"不关心令普通人激动而愉快的戏剧性情节和感伤性内容"，因此，他能够将"高度宗教性的情节性表现、强烈情感的造型统一性与夸张的节奏"③综合在画面上，表现出强大的感染力。

① 佩特：《文艺复兴：艺术与诗的研究》，张岩冰译，桂林：广西师范大学出版社，2002年，第161—162页。

② Fry, R. *Vision and Design*. New York: Dover Publications, Inc., 2011, p. 144.

③ Fry, R. *Vision and Design*. New York: Dover Publications, Inc., 2011, p. 144.

图 2 《阿波罗与达芙妮》(贝尼尼)

然后,弗莱追溯格列柯绘画风格的渊源:他的画风源自他本人“奇怪而狂放的个性”和文艺复兴时期盛行的“巴洛克观念”。格列柯的巴洛克风格极具个性,不同于米开朗琪罗绘画中的夸张动作和贝尼尼绘画(见图 2)中的歌剧式饱满热情。

最后,弗莱得出结论:“它向我们展示了一位处于创作巅峰期的艺术大师,最终完满地意识到他的个性理念,并大胆地赋予他的作品以最完整、最不妥协的表现力。”[①]

弗莱的审美方式是对先辈们的审美方式的融会贯通。他恪守审美的感性、快感性、想象性和创造性,将审美的重心落在揭示艺术形式的特点和内涵上,通过对比和渊源追溯,完成了从作品、作者、文化、绘画传统等多个方面整体观照作品的艺术批评过程。他的审美方式主要有三个特点:(1)不带先入之见,直观感悟作品,无预设理论;(2)不带功利性,视艺术本身为其最终目标,聚焦画面各部分之间的关系,重点阐明其形式特征、内在统一性和意蕴;(3)有机整体观照,综合考察个性、社会、文化、时代、艺术传统等多因素之间的关系,最终揭示作品所表现的生命性情。

三、生命性

基于归纳法和审美体验,弗莱所建构的实践美学从本质上说是生命性的。他对艺术本质的界定,对艺术形式的阐述,对艺术作品的批评,对艺术家的评判,对国别艺术史的概述,均以生命情感为目的、要素和标准。

他批判了艺术模仿说,提出情感才是艺术的最根本因素,并对“艺术”做出了“艺术是交流情感的方式,以情感本身为目的”[②]的定义。最初,弗莱是从自己对艺术作品的审美体验中获得这一观点的。在早期艺术批评中,他着重评析了经典绘画大师作品中的情感表现力,阐明艺术作品的伟大之处在于情感表现的强度。接着,他从

① Fry, R. *Vision and Design*. New York: Dover Publications, Inc., 2011, p. 148.

② Fry, R. Expression and representation in the graphic arts. In Reed, C. (ed.). *A Roger Fry Reader*. Chicago: The University of Chicago Press, 1996, p. 64.

托尔斯泰有关艺术是“人类交流的一种手段，一种为人类生活以及追求个人和人类美好所必需的交流手段，它用相同的情感将人类紧紧相连”①等论述中提取了“艺术表现情感”重要理念，他扬弃托尔斯泰以道德为目的的观点，提出艺术以“情感本身为目的”，以此建构他的“情感说”。这一观点贯穿了他全部的艺术理论、艺术批评和艺术史研究。

弗莱的艺术理论的核心问题是视觉艺术的“形式”，而他对形式的理解集中体现在“有意味和有表现性的形式”这一表述中。在这里，“意味”实质上代表作品所表现的情感和思想，“表现性”则代表色彩、色调、线条、构图统一性等绘画基本元素的运用技法和表现力。也就是说，“形式”的素材是情感，“形式”最终的成果是情感表现的力度，色彩、色调、线条、构图全都服务于情感的表现，并以情感表现力为衡量标准。这样的观点在弗莱的论述和判断中频繁出现。比如，在论述印象主义的局限时，弗莱指出它的问题在于不重视情感的表现：“它没有留出表现个人态度与情感信念的余地。它的表现元素——线条、块面、色彩——如此融合为一体，如此消失在流动的景象中，以至于不能传达任何可理解的信息。”②再比如，在论述构图统一性时，弗莱特别赞赏诗意统一性，因为只有拥有诗意统一性，画作中的各个部分才会“如此深刻地抓住观众的心，令人自觉意识到各部分与诗意整体之间的关系，于是对每一部分的欣赏都会得到无限的强化”③，它的效果是另一种形式统一性，即依靠各部分和谐而获得的统一性，所无法比拟的。

弗莱对画家、作品和艺术史的评判是以情感的表现力为准绳的。获得他高度评价的画家全都是因为具有生命表现的力度。比如他这样称赞伦勃朗：“伦勃朗与莎士比亚都拥有一种几乎神奇的能力，他们能充分而完整地创造可信而鲜活的生命，并将它表现在人们面前的。”④而他不太赞赏的画家或画派，全都是因为缺少生命表现力。比如对毕加索的作品，他称赞它们“精湛技艺、高度平衡”，却批评它们缺乏那些最伟大的作品所具有的“感召力”⑤。

---

① 托尔斯泰：《艺术论》(节选)，见 Wartenberg, T. E.《什么是艺术》，李奉栖、张云、胥全文等译，重庆：重庆出版社，2011 年，第 109 页。

② Fry, R. The last phase of impressionism. In Reed, C. (ed.). *A Roger Fry Reader*. Chicago: The University of Chicago Press, 1996, p. 73.

③ Fry, R. Introduction to the *Discourses* of Sir Joshua Reynolds. In Reed, C. (ed.). *A Roger Fry Reader*. Chicago: The University of Chicago Press, 1996, p. 46.

④ Fry, R. Rembrandt: An interpretation. In Reed, C. (ed.). *A Roger Fry Reader*. Chicago: The University of Chicago Press, 1996, p. 369.

⑤ Fry, R. The double nature of painting. In Reed, C. (ed.). *A Roger Fry Reader*. Chicago: The University of Chicago Press, 1996, p. 380.

【结语】罗杰·弗莱所建构的实践美学不同于西方主导的形而上学美学。它的基点是审美体验,强调审美主体用心灵去感悟文艺作品,从多视角的文艺批评中归纳出文艺本质和形式特性,具有归纳性、审美性和生命性特征。它与西方形而上学美学体系的不同在于,后者的基点是理性假说,强调从定义出发去分解、剖析、考证文艺的类属,用系统的论析推导和演绎其假说,具有假说性、演绎性和理性认知特性。实践美学展现了从感性到理性到综合的审美过程,以审美体验为研究对象,其结论是开放的,具有不断自我修正的特性;而形而上学美学推崇从假说到理性验证的过程,以理性认知为研究对象,其结论是确定的,具有系统性和封闭性。

第三节　情感说:艺术是情感的交流,以情感为目的

弗莱的最大贡献是,举办两次后印象派画展(1910—1912),发表一系列为后印象主义辩护的文章,在20世纪初期成功地改变了英国乃至欧洲的审美趣味,被赞誉为改变欧洲趣味的第一人。[①] 欧洲艺术趣味的剧变,与其说是弗莱凭自己的学识和声望实现的审美乾坤大挪移,不如说是弗莱用"艺术情感说"(此后简称"情感说")对欧洲根深蒂固的"模仿说"实施了一次成功的逆袭。也就是说,趣味改变的根本原因是:弗莱对印象主义绘画"再现性"本质的揭示和批判,以及对后印象主义绘画的"情感性"和"表现性"的充分解析,让艺术界和观众心悦诚服,艺术作品的情感性和表现性得到了前所未有的关注和肯定。

在西方文论史上,以"情感"界定艺术本质的理论较为少见。绝大多数西方艺术论都遵循柏拉图的"理式说",通过为"艺术"假设一个根本性的、统摄性的"理式"(eidos)来阐释它的本质。[②]继柏拉图提出艺术"模仿论"后,亚里士多德的"艺术即认识"、康德的"艺术即可传递的快感"、黑格尔的"艺术即理想"、叔本华的"艺术即展现"、尼采的"艺术即救赎"、海德格尔的"艺术即真理"、本雅明的"艺术即灵晕"、阿多诺的"艺术即自由"、罗兰·巴特的"艺术即文本"、布迪厄的"艺术即文化生产"等众多定义相继推出。[③]它们体现的都是西方学者在形而上学层面对艺术本质的假定,体现"以理式为本"的特性,首先预设艺术的性质和规律,然后将合乎预设标准的作品

---

① 英国著名艺术史家肯尼斯·克拉克(Kenneth Clark)赞誉弗莱:"迄今为止,若趣味能够被一个人改变,那人便是罗杰·弗莱。"参见 Fry, R. *Last Lectures*. Boston: Beacon Press, 1962, p. ix.

② 柏拉图:《理想国》,见朱光潜《朱光潜全集》(第十二卷),合肥:安徽教育出版社,1991年,第60页。

③ Wartenberg, T. E.:《什么是艺术》,李奉栖、张云、胥全文等译,重庆:重庆大学出版社,2011年,目录。

确认为艺术，演绎出一套艺术理论。

弗莱的"情感说"源自他对文艺作品的审美体验，汲取并修正托尔斯泰艺术论的核心思想，其美学思辨遵循从感性领悟上升到普遍法则的英国经验主义归纳法，在方法论上贴近中国式由感及悟的思维模式，因而其核心思想相通于中国诗学的"情志"范畴。弗莱的"情感说"是如何形成的？他指出了"情感说"的哪些美学内涵和创作原则？他的"情感说"如何发挥改变西方审美趣味的作用？探讨这些问题，可以阐明弗莱情感说的渊源、内涵和作用，还可以在理论层面上彰显中国"情志"范畴的价值。

一、"情感说"的渊源和内涵

1."情感说"思想的形成

弗莱"情感说"思想的形成过程大致包括三个阶段。

(1)第一阶段(1889—1894)。基于创作实践和研究，他对印象主义绘画的模仿性本质有了清醒的认识。他撰写《印象主义的哲学》(1894)一文，剖析印象主义画派的渊源、特性和局限。他指出印象主义绘画以"世界即过程""知识的主客交互性"[①]等近代科学理念为哲学基础，其创新之处在于采用了全新的大气透视法、色彩、色调、构图等技法，但它以再现视觉真实为目标，因而本质上"只追求视觉印象的真实性"，却"将艺术和美扔到一边"[②]。他认为这是致命的缺陷，因为"对艺术家而言，只有一个合法的目标，那就是美"[③]。

(2)第二阶段(1895—1907)。他转而从经典大师的画作中重新领悟艺术的本质。他深入研究乔托、克劳德、格列柯等艺术大师的作品，对经典画作中的情感表现力表现出强烈的关注。比如他赞美乔托的壁画作品"以自然形式全力表现生命与情感的每一件事物"[④]，他指出格列柯的伟大之处在于将"宗教性情节性表现、强烈情感的造型统一性与夸张节奏"[⑤]融合在画面上，体现极强的生命感染力。

(3)第三阶段(1908—1909)。他敏锐地感受到印象主义绘画最新阶段的情感表现力，充分汲取并修正托尔斯泰"情感说"的核心思想，阐明他自己的"情感说"。他

---

① Fry, R. The philosophy of impressionism. In Reed, C. (ed.). *A Roger Fry Reader*. Chicago: The University of Chicago Press, 1996, p. 13.

② Fry, R. The philosophy of impressionism. In Reed, C. (ed.). *A Roger Fry Reader*. Chicago: The University of Chicago Press, 1996, p. 20.

③ Fry, R. The philosophy of impressionism. In Reed, C. (ed.). *A Roger Fry Reader*. Chicago: The University of Chicago Press, 1996, p. 20.

④ Fry, R. *Vision and Design*. New York: Dover Publications, Inc., 2011, p. 118.

⑤ Fry, R. *Vision and Design*. New York: Dover Publications, Inc., 2011, p. 144.

首先发表《印象主义的最新阶段》(1908)一文，指出，印象主义走向写实的极端，导致物极必反的新绘画特性的出现；在印象主义的最新阶段，塞尚突破对事物表象的再现，精心设计色调和色彩的关系、物与物的关系、色彩与块面的关系，表现出“更精致、更细腻的艺术感”；高更则致力于“重新发现某些赋形的本质因素”[①]。印象主义新阶段的绘画属性是：继承了印象主义的绘画技法，但是“以一种新的情感运用，表现艺术家的想象性诉求”[②]。然后，他发表论文《造型艺术中的表现与再现》(1908)和《论美感》(1909)，两度阐述他的“情感说”。两篇文章的视角不同，但都在批判“模仿论”的基础上，以托尔斯泰的“情感说”为支撑，阐明他的“情感说”的内涵、价值与创作原则。

2. **托尔斯泰的贡献**

我们不妨简略概述托尔斯泰的“情感说”，以便看清弗莱在多大程度上推进了托尔斯泰的观点。

1898 年，列夫·托尔斯泰出版英译本《艺术论》，探讨“什么是艺术”这一核心问题。他针对的现状是：艺术被普遍视为一种享乐，导致艺人遭鄙视、艺术创作矫揉造作的社会现状，他认为需要追溯艺术的定义，以探明问题之症结，找到解决之方法。他的主要贡献有三：

(1)揭示传统的“美”和“艺术”的定义以“享乐”为特性。他逐一剖析鲍姆嘉通、康德、黑格尔、叔本华、伯克、达尔文、斯宾塞、狄德罗、伏尔泰、泰纳等 40 余位 18—19 世纪欧洲学者对“美”的定义，指出，鲍姆嘉通以来欧洲学者在定义“美”的时候，要么将美的概念与最高精神融为一体，要么认定美即无功利的享乐，前者只是“幻想的定义，是没有任何根据的”，后者“也不准确”，它们的共同特性是，将美视为“享乐”[③]。而基于“艺术的目的是美，美是通过我们从它那里得到的享乐而被认识的”[④]这样的共识得出的“艺术”的定义都是不合适的，因为从“享乐”出发去认识艺术，只能获得“道德发展的最低阶段”的认识，不可能把握艺术的真正本质。[⑤]

---

① Fry, R. The last phase of impressionism. In Reed, C. (ed.). *A Roger Fry Reader*. Chicago: The University of Chicago Press, 1996, p. 74.

② Fry, R. The last phase of impressionism. In Reed, C. (ed.). *A Roger Fry Reader*. Chicago: The University of Chicago Press, 1996, p. 75.

③ 托尔斯泰:《列夫·托尔斯泰文集》(第 14 卷)，陈燊、丰陈宝等译，北京：人民文学出版社，2000 年，第 164—165 页。

④ 托尔斯泰:《列夫·托尔斯泰文集》(第 14 卷)，陈燊、丰陈宝等译，北京：人民文学出版社，2000 年，第 170 页。

⑤ 托尔斯泰:《列夫·托尔斯泰文集》(第 14 卷)，陈燊、丰陈宝等译，北京：人民文学出版社，2000 年，第 169 页。

(2)提出"情感说"。他指出,要准确地给艺术下定义,应该把它看作人类生活的条件,认识到艺术是人与人情感交流的方式,不是享乐的工具。[①]他由此提出了艺术的"情感说"定义:"艺术是这样的一项人类活动:一个人用某些外在的符号有意识地把自己体验过的感情传达给别人,而别人为这些感情所感染,也体验到这些感情。"[②]

(3)提出"艺术以宗教意识为本"的观点。他进一步从艺术史、宗教、社会、艺术创作等多个层面分析了以享乐为本质的艺术定义的产生缘由、其矫揉造作的形式和贫乏虚假的内容的表现形态,明确提出"艺术以宗教意识为本"的观点:"凡是传达由当代宗教意识产生的情感的艺术都应该被选拔出来,被承认,并受到高度的重视和鼓励……当代的宗教意识……就是意识到我们的幸福……在于全人类的兄弟般的共同生活,在于我们相互之间的友爱的团结。"[③]

托尔斯泰无疑是西方"情感说"的拓荒者。虽然在朗吉驽斯的《论崇高》、约翰·丹尼斯的《批评的基础》、华兹华斯的《抒情歌谣集·序言》中都强调了文艺的"情感性",尤其是华兹华斯,提出"一切好的诗都是强烈情感的自然流露"[④]的定义,但是他们并没有将情感界定为文艺的唯一本质,比如华兹华斯阐明了诗歌的四种本质特性——情感性、创造性、天性、真理性[⑤],它依然保留着艺术就是美,是最高精神的表现这样的形而上学观念。托尔斯泰是第一位全面反思西方美学观念,将艺术从"美的享受"的定义中解放出来,阐明艺术的情感本质的思想家,他着重强调了艺术情感的感染力和宗教意识的重要性,但他对宗教意识的推崇引发争议,影响了学界对他的"情感说"的价值的深入认识。

3.弗莱的推陈出新

10年后,弗莱发表两篇论文,《造型艺术中的表现与再现》(1908)和《论美感》(1909),接纳并修正了托尔斯泰"情感说"的主要观点。弗莱的核心问题同样是"艺术是什么",他针对的现状是:"模仿论"观念在欧洲文艺界的普及和运用达到了极致,自然主义文学与印象主义绘画盛极一时,精确"模仿"社会生活和自然物象成为

---

① 托尔斯泰:《列夫·托尔斯泰文集》(第14卷),陈燊、丰陈宝等译,北京:人民文学出版社,2000年,第172页。

② 托尔斯泰:《列夫·托尔斯泰文集》(第14卷),陈燊、丰陈宝等译,北京:人民文学出版社,2000年,第174页。

③ 托尔斯泰:《列夫·托尔斯泰文集》(第14卷),陈燊、丰陈宝等译,北京:人民文学出版社,2000年,第273页。

④ 华兹华斯:《〈抒情诗歌谣〉序言及附录》,见中国社会科学院文学研究所编著《古典文艺理论译丛》(卷一),北京:知识产权出版社,2010年,第6页。

⑤ 华兹华斯:《〈抒情诗歌谣〉序言及附录》,见中国社会科学院文学研究所编著《古典文艺理论译丛》(卷一),北京:知识产权出版社,2010年,第6—13页。

文艺的终极目标,文艺发展进入停滞期。与托尔斯泰的“情感说”相比,弗莱的贡献在于推陈出新,其内涵主要体现在三个方面:

(1)修正“情感说”。弗莱简略批判模仿论后,直接陈述并接纳托尔斯泰“艺术是交流情感的方式”的定义,摒弃托尔斯泰的“艺术以宗教意识为目的”的观点,将艺术的定义修正为“艺术是交流情感的方式,以情感本身为目的”①。他对定义本身未做深入的论析,只是以他的修正,突破了托尔斯泰以“宗教意识”为标杆,激烈批判和否定波德莱尔、马拉美的象征主义诗作和瓦格纳的歌剧时所表现的局限性,为艺术表现情感的深刻性、丰富性和多样性留出空间。他的侧重点在于详述“情感说”的价值和表现原则。

(2)阐明“情感说”的价值。弗莱认为“情感说”在四个方面优于西方形而上学的“美”的定义:第一,“情感说”解决了艺术概念与艺术创作之间的不一致性问题,克服了西方文论长期存在的理论与实践割裂的局限。“传统批评家是从无数艺术作品实例中提取出美的类型的观念的,然而每一种艺术实例又以某种方式背离了美的准则……他们没有意识到伟大的艺术家,伟大的艺术时期和艺术流派根本不在意那些规范的、类型的美的概念,相反他们致力于滋长自己的个性,乃至到达古怪的边缘。”②第二,“情感说”解决了艺术美与感官美之间的割裂。美有两种,艺术美和感官美;但传统的美的定义往往只包含前者而排斥后者。唯有“当艺术品所传达的情感被当作目的本身时,感官美在整个审美感受中才能占据很大的比重”③,感官美的两种表现形式,形象美和材料美,才会得到充分的表现。第三,“情感说”克服了美与丑之间的割裂。“情感说”的优势在于,“它坦率承认丑也是审美的一部分”,这一点非常重要,因为“艺术家常常用丑来表现人的灵魂的最深层次”,“因为在我们的审美经验中,恶实际上已经转化为善。正是借助于恐惧和反感的力量,伟大的悲剧艺术家才能唤醒我们的想象力所能达到的最高境界、最深刻的满足感”④。第四,“情感说”突破了“艺术模仿自然”的局限。“情感说”确立了艺术表现情感的定位,创作者因此拥有了自由地选择“再现”或“表现”的权利,无须受制于自然现象的客观真实性。艺术家“究竟是尽可能接受最完整的现实,还是用抽象或完全不真实的形式来表达他

① Fry, R. Expression and representation in the graphic arts. In Reed, C. (ed.). *A Roger Fry Reader*. Chicago: The University of Chicago Press, 1996, p. 64.

② Fry, R. Expression and representation in the graphic arts. In Reed, C. (ed.). *A Roger Fry Reader*. Chicago: The University of Chicago Press, 1996, p. 65.

③ Fry, R. Expression and representation in the graphic arts. In Reed, C. (ed.). *A Roger Fry Reader*. Chicago: The University of Chicago Press, 1996, p. 65.

④ Fry, R. Expression and representation in the graphic arts. In Reed, C. (ed.). *A Roger Fry Reader*. Chicago: The University of Chicago Press, 1996, p. 67.

自己，这纯粹取决于他从哪里找到杠杆来表现我们的情感”[①]。

弗莱的论述是突破性的，他重点阐明“情感说”的优势在于它的整体观照性，在于克服形而上学的“美”的定义在实践与理论、艺术与现实、美与丑、艺术与自然等重要关系中的二元对立问题，为突破“模仿论”提供了新思维。

(3)阐明“情感说”的表现原则。弗莱在“情感说”中设立了“以情感为目的”的表现原则，他给出的表意途径是“技法与元素—构图—情感”。

首先，“技法”的使用必须以情感表达为目的。他以透视法为例，指出：若采用透视法，那么人物与背景的关系会呈现出三维空间中的逼真性，这种逼真效果可能会“干扰重要观念的表达”；但是透视法也可用于表现强烈情感，艺术家可以用它制造一种凌驾于观众之上的感觉，或者制造一种胁迫性效果，也可拉开距离以激发观众的敬畏之情。明暗法的使用也一样，既可用来逼真地再现现实，也可用强烈的光影交替，给观众带来强烈心灵震撼。[②]

同理，绘画“元素”的运用(如线条节奏、块面大小、空间比例、光影设定、色彩选用等)取决于画家想要表达的情感，其目的在于“激发情感”。[③] 弗莱逐一阐明了各种绘画元素表情达意的方式，比如“线条”以“姿势”表情，“块面”以“对抗运动之力”达意，“空间”以“比例”激发想象，“光与影”以相互“衬映”赋予感受，“色彩”直接促发情感。[④]

> 第一个元素是用于勾画形式的线条节奏。所画出的线条是一种姿势的记录，艺术家饱含在线条姿势中的情感与我们的情感直接交流。
>
> 第二个元素是块面。我们认识一件事物是因为我们感受到它的对抗运动之力，或它与其他物体交互作用的惯性，当一个物体被这样再现时，我们对这样的意象的想象性反应会受制于我们在现实生活中对块面的体验。
>
> 第三个元素是空间。用非常简单的方法在两张纸上画出的同样大小的正方形，既可以看成两三英寸高的立体，也可以看成几百英尺高的立体，我们对空间的反应是按比例变化的。
>
> 第四个元素是光与影。当我们所看到物体被强光照射，衬映出黑色的背景或幽暗的光影，我们对这一相同物体的感受是完全不同的。

---

① Fry, R. Expression and representation in the graphic arts. In Reed, C. (ed.). *A Roger Fry Reader*. Chicago: The University of Chicago Press, 1996, p. 68.

② Fry, R. Expression and representation in the graphic arts. In Reed, C. (ed.). *A Roger Fry Reader*. Chicago: The University of Chicago Press, 1996, p. 68.

③ Fry, R. *Vision and Design*. New York: Dover Publications, Inc., 2011, p. 23.

④ Fry, R. *Vision and Design*. New York: Dover Publications, Inc., 2011, pp. 23-24.

> 第五个元素是色彩。色彩具有直接的情感效应，这一点从高兴、无趣、忧郁等词语与色彩的关系中可以看出。①

其次，“构图”的目的是唤醒观众内心最深刻的情感。所谓构图(composition)，就是“为实现画面的统一性而对各体块所做的总体布局。”②弗莱认为，构图所需要的“目的意识”是“一种与创作者相关的独特的同情意识，用以准确地唤起我们的感受。当我们来到高大的作品前，画面上的情感布局能恰到好处地激起我们内心的深沉情感，我们与绘画者的特殊情感连接会变得非常强烈。”③这种“目的意识”的实质内涵是：构图要以创作者内心最真实、最深沉的情感表现为目标，通过对情感的艺术构图，打动并唤醒观者的情感。情感既是构图的源泉，也是表现方式，更是创作目标。一切都以情感为中心。构图统一性的设定完全取决于情感的特性，随着情感的变化而变化。

> 对于不同的情感，艺术家会采用不同的模式来建构统一性。因此为了表现僧侣般的庄严，可以用对称来表现统一性；为了表现戏剧性冲突的激烈性，可以用对立双方的崇高性平衡来表现统一性；为了表现抒情的热情洋溢状态，可以用错综复杂的画面来营造统一性……许多通常被归入纯粹装饰性绘画的作品，实质上都深刻地表现了情感。④

显然，“以情感为目的”是弗莱为艺术设立的第一表现原则。从基础层面的技法与元素(线条、块面、空间、光影、色彩)的运用，到整体层面的构图及统一性设定，“情感”是主宰一切的核心、动力和目的。

弗莱的“情感说”并非平地惊雷，其深层根基是英国经验主义方法论和浪漫主义美学观。弗莱多次强调，他的美学是“一种纯粹的实践美学”⑤，启用的是审美归纳法，他不断在世界各地观看艺术作品，努力鉴赏作品，用不断提升的鉴赏能力来判断它们的相对价值，在这一过程中，他“总结出美学理论”。⑥ 弗莱所继承的是洛克、休谟等建构的英国经验主义归纳法，不仅强调人的认识始于经验，“我们的一切知识都

---

① Fry, R. *Vision and Design*. New York: Dover Publications, Inc., 2011, pp. 23-24.

② Fry, R. Expression and representation in the graphic arts. In Reed, C. (ed.). *A Roger Fry Reader*. Chicago: The University of Chicago Press, 1996, p. 70.

③ Fry, R. *Vision and Design*. New York: Dover Publications, Inc., 2011, p. 21.

④ Fry, R. Expression and representation in the graphic arts. In Reed, C. (ed.). *A Roger Fry Reader*. Chicago: The University of Chicago Press, 1996, p. 70.

⑤ Fry, R. *Vision and Design*. New York: Dover Publications, Inc., 2011, p. 191.

⑥ Fry, R. Expression and representation in the graphic arts. In Reed, C. (ed.). *A Roger Fry Reader*. Chicago: The University of Chicago Press, 1996, p. 61.

是建立在经验上的，而且最后是导源于经验的"[①]，坚持审美的主观性"美并不是事物本身里的一种性质，它只存在于观赏者的心里"[②]，和审美感受与对象之间的同情性，美丑"这种情感必然依存于人心的特殊结构……造成心与它的对象之间的一种同情或协调"[③]。此外，英国浪漫主义美学对情感的重视，比如柯勒律治对文艺鉴赏的情感性的强调[④]，华兹华斯对诗歌的情感性的论述[⑤]，雪莱关于诗即"想象的表现"[⑥]的阐发，均给弗莱带来有益的启迪。

弗莱"情感说"与中国诗学的"情志"范畴意蕴相通。首先，两者均源自审美体验。艺术创作和艺术鉴赏是弗莱"情感说"的基础，而中国诗学的"情志"范畴的基础是对音乐、艺术和诗歌的审美经验。其次，两者均凸显文学"交流情感"和"以情感为本"的本质特性。弗莱的核心观点，"艺术是交流情感的方式，以情感本身为目的"，与中国自先秦至清代的"情志"范畴在文艺的本质和目的上都彰显了以情为本的特性。比如，先秦《尚书》中的"诗言志，歌咏言，声依永，律和声"（《尚书·虞书·舜典》，据《四部丛刊》本）；《礼记》中的"诗，言其志也；歌，咏其声也；舞，动其容也，三者本于心"（《礼记·乐记》，据《四部丛刊》本）；汉朝《毛诗序》中的"诗者，志之所之也。在心为志，发言为诗"（《毛诗正义》，据《十三经注疏》本）；晋朝陆机的"诗缘情而绮靡"（《文赋》，据《全晋文》本）；唐朝孔颖达的"蕴藏在心，谓之为'志'。发见于言，乃名为'诗'"（《诗大序正义》，据《十三经注疏》本）；元朝杨维桢的"诗本情性，有性此有情，有情此有诗也"（《东维子文集·剡韶诗序》，据《四部丛刊》本）；明朝汤显祖的"世总为情，情生诗歌，而行于神"（《耳伯麻姑游仙诗序》，见《汤显祖集》诗文集卷三十）；清朝袁枚的"若夫诗者，心之声也，性情所流露者也"（《答何水部》，见《小苍山房尺牍》卷七，据1930年国学书局刊本）。两者的不同在于：弗莱的"情感"指称人与外在世界交流时所产生的情感与心理体验，而中国的"情志"兼容人的情感体验（情）及人对政教、人伦的意向和怀抱（志）[⑦]，其内涵更为宽广。不过两者均指称心物交感过程

① 洛克：《人类理解论》（上册），北京：商务印书馆，1983年，第68页。

② 休谟：《论文集》，见北京大学哲学系美学教研室编《西方美学家论美和美感》，北京：商务印书馆，1980年，第108页。

③ 休谟：《论文集》，见北京大学哲学系美学教研室编《西方美学家论美和美感》，北京：商务印书馆，1980年，第108页。

④ Coleridge, S. T. *Lectures and Notes on Shakespeare and Other English Poets*. London: George Bell and Sons, 1884, p. 227.

⑤ 华兹华斯：《〈抒情诗歌谣〉序言及附录》，见中国社会科学院文学研究所编著《古典文艺理论译丛》（卷一），北京：知识产权出版社，2010年，第6页。

⑥ 雪莱：《为诗辩护》，见中国社会科学院文学研究所编著《古典文艺理论译丛》（卷一），北京：知识产权出版社，2010年，第81页。

⑦ 陈伯海：《中国诗学之现代观》，上海：上海古籍出版社，第71页。

中的情感性生命体验，并无本质差异。弗莱所列举的“情感说”四大作用，在理论层面上廓清中国“情志”范畴的优势，而中国历久弥新的“情志”范畴则彰显了弗莱“情感说”的持久价值。

弗莱的表现原则与中国诗学“立象尽意”表现原则相通。《易·系辞上》就“言不尽意”之问所给出的答案是：“圣人立象以尽意”(《易·系辞上》，据《十三经注疏》本)，确立了“言一象一意”的表意途径，其中“言”与“象”是手段，以“意”的表达为最终目的。王弼在《周易略例·明象》中对这一思想做了详尽的阐释：“夫象者，出意者也。言者，明象者也。尽意莫若象，尽象莫若言。言生于象，故可寻言以观象；象生于意，故可寻象以观意。意以象尽，象以言著。”(《周易略例·明象》，据中华书局《王弼集校释》本) 王弼解析了言、象、意之间的辩证关系，阐明以言明象、以象尽意的“言一象一意”表意途径，以及寻言观象和寻象观意的追溯意义的过程。“技法与元素一构图一情感”和“言一象一意”均以“情”与“意”的表达为终极目标，有异曲同工之妙。

二、“情感说”的作用：推动欧洲审美趣味的转向

1910 年和 1912 年，弗莱在伦敦两次举办“后印象主义”画展，向英国乃至欧洲观众传递全新的美学理念，以此逆袭占主导地位的“模仿论”，成功实现从“印象主义”到“后印象主义”的审美趣味转向。他的逆袭实质上为后印象主义绘画的情感性和表现性做了深入而有说服力的阐释。主要包括两个阶段：(1)阐明后印象主义的表现性和情感性；(2)为后印象主义辩护，阐明它的传统性、原创性、情感性和形式特性。

(一)阐明后印象主义的表现性与情感性

1910 年，弗莱开始筹备画展，他的目标是将他敏锐感受到的印象主义的最新阶段的那些“以一种新的情感运用，表现艺术家的想象性诉求”[①]的绘画作品展现在英国大众面前，他所选取的画作主要是塞尚、梵高、高更、马蒂斯等画家极具情感表现力的作品。他原本想用“表现主义画家”(Expressionists)一词命名画展，但参与讨论的年轻记者不喜欢此名称，于是弗莱说：“那就称他们后印象主义画家吧，不管怎样，他们是在印象主义画家之后。”[②]最终，1910 年的画展被命名为“马奈与后印象主义画家”(Manet and Post-impressionists)。

---

① Fry, R. The last phase of impressionism. In Reed, C. (ed.). *A Roger Fry Reader*. Chicago: The University of Chicago Press, 1996, p. 75.

② Spalding, F. *Roger Fry: Art and Life*. Norfolk: Black Dog Books, 1999, p. 126.

弗莱在“画展手册”中，对比印象主义与后印象主义绘画的异同，旨在阐明后印象主义绘画的“情感性”和“表现性”。

1. 弗莱定义印象主义作品的主要特性

弗莱指出“印象主义绘画”的主要特性是：开拓新技法，凸显光影跃动，但不关注情感和意味的表现。

> 他们感兴趣的是分析跃动的光与影，将它们分解为多种多样的色彩；他们提炼大自然中原本就迷幻的色彩。在这里展出的修拉(Seurat)、克劳斯(Cross)和西涅克(Signac)的画作中，他们再现色彩的科学兴趣依然占据着主导地位；这些画作的创新之处在于，用小点和方块描绘物体，从而再现光线的跳动……印象主义画家是这样的艺术家，他们有意无意地改变模仿事物表象的技法，其目标在于获得画面的完整与和谐，作为画家，他们被迫做出选择与调整。但是他们全盘接受物体表象的被动态度，常常妨碍他们表现自己真正想表达的意味。印象主义鼓励艺术家这样去画一棵树：将那棵树在特定时刻展现在他面前的独特场景再现出来。印象主义画家坚持精确再现他的瞬间印象的重要性，以至于他的作品根本不能表现这棵树本身，因为描绘在画布上的只是一片闪闪烁烁的光线与色彩。树的“树性”完全没有被表现出来，一棵树可能在诗歌中表达的一切情感和联想，统统被略去了。①

在这段细致的分析中，弗莱概括了印象主义作品(见图3)的主要特性。

图3　《印象·日出》(莫奈)

(1)再现性：印象主义的目标是逼真地再现瞬间视觉印象，光、影、物的融合体成为再现的对象，物的本相和画家的情感思想没有被关注；

(2)科学性：印象主义的原则是科学、精确地再现视觉经验，它的创作理念是19世纪下半叶兴盛的光科学原理和动态性世界观；

(3)瞬间性：印象主义的表现对象是大自然瞬息万变的景象，强调再现瞬间视觉

① Fry, R. The post-impressionists. In Reed, C. (ed.). *A Roger Fry Reader*. Chicago: The University of Chicago Press, 1996, p. 82.

印象中光影色的丰富性、变化性与动态性；

(4)印象主义技法：为了再现丰富的自然景象，光影分析、色彩分析等成为画家的基本功，大气透视法、点彩法等诸多技法被创造出来；

(5)印象主义的局限性：印象主义忽视绘画的情感性与表现性，它不重视对物的"物性"的表现，也不重视表现画家真正想表达的意味。

2. 弗莱定义"后印象主义"的主要特性

弗莱指出，"后印象主义"的主要特性是：关注情感思想的表达，不关注视觉印象的再现。他说："后印象主义画家并不关注记录色彩或光的印象。他们之所以对印象主义的新发现感兴趣，只是因为这些新发现有助于他们表现被对象本身所激发的情感；他们对待自然的态度是极为独立的，更不必说有时是反叛的。"①他用"后印象主义画家"的口吻这样批评"印象主义绘画"，以便深入阐明"后印象主义绘画"的特性：

> 你们已经探索了大自然的方方面面，荣耀归于你们；但是你们的方法和原则已经妨碍了艺术家探寻和表现隐藏在事物之中的情感意味了，而情感意味才是最重要的艺术主题。早期艺术家作品中拥有更多这样的意味，虽然他们再现表象的技法不及你们的十分之一。我们的目标就是表现情感意味。虽然我们对自然的简化，让我们同时代的人们感到震惊和不安，因为他们的眼睛已经习惯了你们的发现，正如你们当初的微妙和复杂的技法令你们的同时代人感到不安一样。②

在这里，弗莱阐明了"后印象主义"的两大主要特性，实质上也阐明了艺术的根本特性。

(1)情感性：后印象主义的目标是表现艺术家被事物所激发的情感，因而画家对待自然的态度是独立的，不需要像传统画家那样，为了实现模仿自然的目的而受制于自然规律和自然表象。画家究竟是逼真地再现自然表象，还是突破自然表象，完全取决于他想要表现的情感的性质。艺术的目标是表现情感。

(2)表现性：为了表现情感，艺术的形式需要具备表现性。艺术只有突破对自然的逼真模仿，才可能表达情感和思想。虽然"后印象主义"的表现技法，比如简化法，尚不被人们所接受，但是当人们接受了"情感说"的理念之后，人们就会接受它的表

---

① Fry, R. The post-impressionists. In Reed, C. (ed.). *A Roger Fry Reader*. Chicago: The University of Chicago Press, 1996, p. 82.

② Fry, R. The post-impressionists. In Reed, C. (ed.). *A Roger Fry Reader*. Chicago: The University of Chicago Press, 1996, p. 82.

现技法,就如印象主义已被广泛接受一样。

弗莱进而概述了塞尚、高更、梵高、马蒂斯等后印象主义画家创作中的表现性和情感性:塞尚作为后印象主义的开拓者,其贡献在于借鉴原始艺术所具有的"连贯的和建筑般的构图",开创了"从事物表象的复杂性中提炼出构图所需的几何简洁性"① 的绘画表现模式,突破了自然主义死胡同,对后来的画家产生巨大影响。梵高从塞尚的画作中领悟到"我们时代任何一个艺术家都不曾感知到的那种最狂野、最奇特的表现手法",用绘画表现了"最强烈的情感"。② 高更关注到现代绘画对"抽象形式的忽视",以及在"将抽象形式与色彩施加于观众的想象力"方面的失败,他选择成为一名装饰性画家,致力于"将他想要表现的永恒情感作用于想象力之上"。③ 马蒂斯从原始艺术中攫取灵感,尝试用"线条与节奏的抽象和谐"复原原始艺术的情感表现力。"他试着卸下包袱,简化他用来表现自然对象的素描和油画,以重新找回丢失了的表现力和生命性。他瞄准构图的综合性,也就是说,他准备尽可能生动地表现画面的局部,有意识地使局部臣服于整体构图的表现力。"④

总之,为了让人们理解画展中的作品,弗莱在"画展手册"中简明扼要地概括了后印象主义绘画及代表性画家塞尚、梵高、高更、马蒂斯的作品的主要特性,不遗余力地凸显了它们的"情感性"和"表现性"。

(二)为后印象主义辩护,阐明其传统性、原创性、情感性和形式性

画展在英国艺术界和观众中激起的愤慨、谴责、困惑、失望之情无比巨大。英国《泰晤士报》刊登了系列文章,言辞激烈地批评本次画展,人们普遍认为画展上的作品只有七八岁学龄前儿童涂鸦的水平,"这些画作根本就不是艺术作品……它们是无聊、无能且愚蠢的作品……"⑤。弗莱意识到英国艺术界和公众长期接受模仿论的观念,仅仅介绍后印象主义的特性是远远不够的。于是,他撰写了一系列文章,从后印象主义的传统性、原创性、情感性和形式性四个方面做深度的学理分析,为它辩护,重要文章包括:《格拉夫顿画廊(之一)》(1910)、《格拉夫顿画廊(之二)》(1910)、

---

① Fry, R. The post-impressionists. In Reed, C. (ed.). *A Roger Fry Reader*. Chicago: The University of Chicago Press, 1996, p. 83.

② Fry, R. The post-impressionists. In Reed, C. (ed.). *A Roger Fry Reader*. Chicago: The University of Chicago Press, 1996, p. 83.

③ Fry, R. The post-impressionists. In Reed, C. (ed.). *A Roger Fry Reader*. Chicago: The University of Chicago Press, 1996, p. 84.

④ Fry, R. The post-impressionists. In Reed, C. (ed.). *A Roger Fry Reader*. Chicago: The University of Chicago Press, 1996, pp. 84-85.

⑤ Spalding, F. *Roger Fry: Art and Life*. Norfolk: Black Dog Books, 1999, p. 128.

《后印象主义》(1911)、《格拉夫顿画廊:一个辩护》(1912)。

1. 阐明后印象主义绘画对古典绘画传统的继承性

弗莱指出,后印象主义继承的是“艺术表现情感”这一在拉斐尔之前的中世纪艺术和原始艺术中普遍盛行的表现原则,它是对传统的回归。

> 在格拉夫顿画廊展出作品的这群画家,事实上是当代艺术家团体中最为传统的群体……他们的确反对19世纪照相式的视觉绘画,甚至反对最近400年来陈旧的现实主义。事实上,我相信他们是近期最为成功地超越了文艺复兴运动以来在绘画中所建立的那种过分精确的绘画机制的艺术团体。总之,他们是真正的前拉斐尔派。①

也就是说,弗莱认为,后印象主义突破的是文艺复兴以来的模仿性绘画模式,它继承了前拉斐尔时期西方古典绘画的精神,继承了契马部埃②对事物的“神圣性”③的描绘和乔托④对“人性、爱情”⑤的描绘。

他阐明后印象主义的突破性在于,它代表了欧洲绘画走出自然主义死胡同的必然趋势。“如果艺术想从科学方法的积累中逐渐形成的、毫无希望的臃肿中解放出来,假如艺术想重新获得表达思想和情感的力量,而不是拜倒在对艺术家的技艺的好奇与惊叹之中”,那么艺术家就必须超越局限于“精确再现表象”却“无力表现任何人性意味”的印象主义绘画,要像塞尚一样,用“自然形式的变形和无规则的简化”,“大胆切断艺术中的单纯的再现因素,以便越来越坚定地用极简洁、极抽象的要素,确立形式表现的基本法则”。⑥ “后印象主义”放弃了印象主义的某些技法,其目的就是不让精确的再现妨碍情感和思想的表达。

---

① Fry, R. The Grafton Gallery—I. In Reed, C. (ed.). *A Roger Fry Reader*. Chicago: The University of Chicago Press, 1996, p. 86.

② 契马部埃(Cimabue,约1251—1302),意大利13世纪著名画家,重要的佛罗伦萨派画家。他继承拜占庭风格,又向更为写实的风格跨出一步。

③ Fry, R. The Grafton Gallery—I. In Reed, C. (ed.). *A Roger Fry Reader*. Chicago: The University of Chicago Press, 1996, p. 88.

④ 乔托(Giotto,约1267—1337),意大利14世纪著名画家。他突破拜占庭风格中的程式化平面构图,运用展现物体远近距离的短缩法和人物塑透明暗法,表现人物情感。

⑤ Fry, R. The Grafton Gallery—I. In Reed, C. (ed.). *A Roger Fry Reader*. Chicago: The University of Chicago Press, 1996, p. 88.

⑥ Fry, R. The Grafton Gallery—I. In Reed, C. (ed.). *A Roger Fry Reader*. Chicago: The University of Chicago Press, 1996, pp. 86-87.

2. 深入剖析塞尚、梵高、高更、马蒂斯和毕加索在情感表现力上的原创性

他称赞塞尚是“伟大天才”，是“最伟大的艺术原创者”，他的伟大之处在于：用想象力浇铸形式的整体性，以揭示事物的内在意蕴。

> 塞尚从印象主义画家那里继承了再现自然现象中纯粹视觉碎片的普遍理念，他如此强有力地将自己的想象力聚集在色调与色彩的对比中，因而能够建立起形式，而且仿佛是从内部重构了形式。他在创建形式的同时，将色彩、光线、大气等融为一个整体。正是这种令人惊叹的综合能力，让我痴迷于他的作品。[①]

也就是说，塞尚作品的最大魅力在于将一切都融贯于想象力的统一性和整体性之中。比如，在他的风景画中，他能用“想象性把握”清晰地重构自然景象的辉煌结构，能用“知性化的感性力量”赋予大气以“明确的价值”。在他的人物画中，他“能以雄浑而静态的轮廓线抓住个性特征”，使人物具有“自我包容的内在生命力”；在他的静物画中，他能用“虔诚而富有穿透力的想象对待日常生活中的平常物件”，使它们具有“超越它们的实际用途的关联性”的品质[②]（见图 4）。

图 4　《圣维克多山》（塞尚）

弗莱赞扬梵高是“一个描绘灵魂的肖像画家”，他的作品的力量在于：用独特的变形揭示灵魂。他表现了“可见事物面纱背后所存在的那些剧烈的、可怕的却又时常令人安慰的启示”。他表现了“破碎的、粗糙的、笨拙的老妇人的灵魂（其伟大之处闪耀在她那双交叠的双手上的那份温柔和随顺）”，“为赤贫所摧残却在无意中闪耀着蔑视命运的光芒的少女的灵魂”，以及“正午强烈的阳光下，在制造业郊区中，那些血盆大口的怪物上所映现的现代工业的灵魂”“秋天谷仓里的风

---

① Fry, R. The Grafton Gallery—II. In Reed, C. (ed.). *A Roger Fry Reader*. Chicago: The University of Chicago Press, 1996, p. 91.

② Fry, R. The Grafton Gallery—II. In Reed, C. (ed.). *A Roger Fry Reader*. Chicago: The University of Chicago Press, 1996, p. 91.

图 5 《牧羊人》(梵高)

之魂”和大量的“鲜花之魂”①。没有人的画作可以比梵高的更深刻、更打动人心,因为“他对可见事物的变形与夸张,仅仅是他深刻地表现本质的手段而已”,因此我们可以在他笔下的向日葵中看到“狂傲的精神”,在鸢尾花中读出“骄傲和纤弱的灵魂”②(见图 5)。

弗莱揭示,高更的出色之处在于:用独特的构图表现生命情感和诗意(见图 6)。高更“具有令人惊叹的构图的才华,他为创造新的构图模式提供了可能性,具有和谐地融合复杂色彩的无与伦比的能力”。他的画作最珍贵的是,具有“真正的高贵感、至简的姿态和时常显露的罕见的诗意”。不过,弗莱也指出高更的画作中时常流露出“自我意识的痕迹,一种给人留下深刻印象和强加于人的欲望”,当然这只是他伟大作品中的小瑕疵。③

弗莱认为,马蒂斯的伟大在于:用线条和色彩的韵律表现情感意味。他赞叹马蒂斯的《绿眼女人》“构图异常完美,具有原创性和彻底的创新性,在色彩和谐方面大胆而率真”。马蒂斯在“韵律设计上具有大师级的水准,笔迹上具有罕见的优美,他的笔迹的率真性与自发性让人更多联想到东方艺术,而不是欧洲的制图术”。最珍贵的是,“他的绘画中的造型情感并不通过光影传达,而是用线条和色彩唤起的”④(见图 7)。

① Fry, R. The Grafton Gallery—II. In Reed, C. (ed.). *A Roger Fry Reader*. Chicago: The University of Chicago Press, 1996, p. 92.

② Fry, R. The Grafton Gallery—II. In Reed, C. (ed.). *A Roger Fry Reader*. Chicago: The University of Chicago Press, 1996, p. 92.

③ Fry, R. The Grafton Gallery—II. In Reed, C. (ed.). *A Roger Fry Reader*. Chicago: The University of Chicago Press, 1996, p. 92.

④ Fry, R. The Grafton Gallery—II. In Reed, C. (ed.). *A Roger Fry Reader*. Chicago: The University of Chicago Press, 1996, p. 93.

图 6　《阿里斯岗》(高更)

图 7　《红色餐桌》(马蒂斯)

图 8　《亚威农少女》(毕加索)

弗莱对毕加索(见图 8)的创作不太有把握。他认为,毕加索表现了对画技的完美把握,但他的作品展现出"一种奇怪而令人不安的想象力"。他对"几何抽象有一种极为奇特的激情,正以一种几乎决绝的逻辑一贯性,去实现某种在塞尚的作品中早已可见的暗示"。① 不过,他觉得值得欣慰的是,毕加索还没有走入极端,没有妨碍对现实的生动印象的表现。

在剖析后印象主义 5 位主要画家时,弗莱的分析是综合性的,既有作品分析,又有简练概括。他从概述画家独特的形式特征出发,揭示他们画作中的情感意味,深刻而精准。他对塞尚、梵高、高更和马蒂斯表达了充分的赞赏,因为他们都展现了形式构图与情感表达的合一,比如:塞尚以构图的整体性表现内在生命力,梵高用变形夸张地展现灵魂,高更以和谐色

① Fry, R. The Grafton Gallery—II. In Reed, C. (ed.). *A Roger Fry Reader*. Chicago: The University of Chicago Press, 1996, p. 93.

彩表达高贵和诗意，马蒂斯用线条与色彩表达情感。他唯独对毕加索没有把握，不能确定毕加索的几何抽象是否能表达情感。显然，弗莱心中的原创性并非技巧的原创，而是情感表现力的原创。

3. 批判模仿论，阐明后印象主义绘画的"情感性"的突破性作用

他从"艺术家的工作不单单是对可见事物的复制与拷贝"[①]这样浅显的观点出发，就"艺术作品究竟在多大程度上允许对自然表象进行变形"的问题展开论述。他的立场是"一件艺术品如果被看作是再现另一事物的手段，那它永远不会获得公正的对待；只有将艺术本身视为目的，它才能被公正地看待"。[②] 他阐明，艺术的目的是表达情感和思想，因而艺术家究竟该如何表现事物"完全取决于艺术家想要传达的情感的本质和特性"；虽然表达日常琐碎的情感可能需要大量的现实性，但是"人性中最深沉、最普遍的那部分情感，是很难被精确再现实际事物的表象的东西所打动和得以释放的"。[③]

他认为，自文艺复兴以来，欧洲绘画中的再现技法得到了很好的发展，人们却"忘记了艺术应该唤醒更深沉和更强烈的情感"[④]的目的，因此他呼吁："假如艺术家能从完美再现的负担中解放出来——假如允许他直接诉诸想象力——那么我们就会获得真诚的艺术，少一点个人化的东西，我们甚至能够达到最伟大时期艺术创作的杰出特性。"[⑤]他指出，后印象主义画家正在努力让艺术通过感官直接诉诸想象力：他们的目标是用线条、色彩、韵律、构图等形式设计来唤醒观众的情感；他们充分发挥想象力所拥有但现实世界所缺乏的"融贯性和统一性"[⑥]；他们重释明暗法，使它发挥构建整个画作中各种关系的统一性的作用；他们发挥线条和色彩的赋形作用，使它们发挥直接诉诸人类心智的作用。

他的结论是：后印象主义在吸收了印象主义的大量技法后，实现了"从一种完全的再现性艺术向非再现性与表现性的艺术过渡"，它瓦解了印象主义的整个赋形体

---

① Fry, R. Post impressionism. In Reed, C. (ed.). *A Roger Fry Reader*. Chicago: The University of Chicago Press, 1996, p. 101.

② Fry, R. Post impressionism. In Reed, C. (ed.). *A Roger Fry Reader*. Chicago: The University of Chicago Press, 1996, p. 102.

③ Fry, R. Post impressionism. In Reed, C. (ed.). *A Roger Fry Reader*. Chicago: The University of Chicago Press, 1996, p. 104.

④ Fry, R. Post impressionism. In Reed, C. (ed.). *A Roger Fry Reader*. Chicago: The University of Chicago Press, 1996, p. 104.

⑤ Fry, R. Post impressionism. In Reed, C. (ed.). *A Roger Fry Reader*. Chicago: The University of Chicago Press, 1996, p. 105.

⑥ Fry, R. Post impressionism. In Reed, C. (ed.). *A Roger Fry Reader*. Chicago: The University of Chicago Press, 1996, p. 107.

系，创建了"有意味的和有表现力的形式"[①]。正是依托这一新的艺术形式，艺术家终于可以运用文艺复兴以来一直被拒绝的技法，推动艺术向前发展了。

4. 阐明后印象主义的标志性形式特性：有机整体性

他指出，后印象主义的突破性在于强调了赋形的重要性，它将模仿性再现置于第二位，因而代表着向真正的艺术的回归："就本质而言，它从属于更古老、更悠久、更普遍的传统，它与用形式表现情感而不是再现表象的所有国家、所有时期的艺术站在一边。"[②]

后印象主义回归真正艺术的标志性形式特征是：有机整体性。"它追求艺术作品的有机整体性，而不是追求偶然的、事实的统一性，徒劳无功地去满足当代观众的趣味。"[③]弗莱充分而深入地分析了有机整体性在马蒂斯和毕加索作品中的表现。

马蒂斯(见图 9)的有机整体性表现为：

图 9 《舞蹈》(马蒂斯)

(1)创作步骤的有机性：马蒂斯坚持一种从表象再现到形式建构的创作过程，情感和思想的表达是最终的目的，他的一幅女人的画像就是最好的例证。

> 第一步，他或多或少地以自然主义手法再现头部。在接下来的每一步骤中，他总是放大形式，走向更完整、必然的造型统一性，直到刚开始创作时模糊的关系变得彻底清晰。最终的结果从单纯再现的角度看，是奇特而不近人情的……但是从纯粹的形式角度看，它有力、紧凑而具备必然性，被赋予了与生命本身一样的真实性。[④]

(2)内在关系的有机性：马蒂斯采用放大的手段来获得内在关系的有机整体性，

① Fry, R. Post impressionism. In Reed, C. (ed.). *A Roger Fry Reader*. Chicago: The University of Chicago Press, 1996, p. 109.

② Fry, R. The Grafton Gallery: An apologia. In Reed, C. (ed.). *A Roger Fry Reader*. Chicago: The University of Chicago Press, 1996, p. 113.

③ Fry, R. The Grafton Gallery: An apologia. In Reed, C. (ed.). *A Roger Fry Reader*. Chicago: The University of Chicago Press, 1996, p. 113.

④ Fry, R. The Grafton Gallery: An apologia. In Reed, C. (ed.). *A Roger Fry Reader*. Chicago: The University of Chicago Press, 1996, p. 114.

“为了使每一种形式都在整体中拥有充足的意味，让每一种形式在所有形式的平衡中保持它自己，它必须被尽可能地放大和简化”①。马蒂斯的构图之所以有震撼人心的力量，就是因为它部分完全地融入有节奏的整体之中，这样的整体给人带来无限的意味。他的作品《舞蹈》便是极好的例证。

(3)物象与意味的有机结合：马蒂斯本质上是一位现实主义画家，他的构图源自可见事物，但他的创作绝不停留在对可见之“象”的再现中，而是要表达其抽象的意味。“他的构图不是出自虚构，而是源自某种确定的可见物。某种意义上说，他总是试图使作品像一件可见物，但并不是字面意义上的‘像’。他所做的，是要在他感受的可见物中抽象出其最终的意味。”②

(4)动与静的有机结合：马蒂斯的作品“超然物外”，这种超然的特性来自作品完美的动态平衡。他的艺术远离当下的事件与激情，里面没有戏剧性张力，表现的是“史诗般的概括性”，“安宁、庄严而平静”，表达的是一种“静穆而平和的心境”。③

毕加索(见图8)的艺术是抽象而非再现性的，他的有机整体性表现为抽象和感性的有机结合，弗莱从毕加索的“几何形式”中读出了他的“感性”特性，“人们只要关注他作品的品质，注意他神经质的敏感和细腻与他的笔触的罕见特性，就明白他的感受力仍是他的主要特征。他的感受性并没有受制于清晰而系统的理智……他依照本能将触觉伸向四面八方，寻找他的感受的各种可能的表现方法”，他拥有“从最简单的物象中构建出强有力的统一性和精确性的构图能力”。④ 不过，弗莱承认，他对毕加索大胆抛弃对自然现象的一切指涉的画作，只能基于自己先前对毕加索的信任才接受，他更愿意接受毕加索早期的、多少有一些自然指涉性的作品。

【结语】从1908年提出“情感说”，到1912年完成为后印象主义辩护，短短的4年期间，弗莱使欧洲艺术界和公众完成了从激烈拒斥到欣然接受后印象主义绘画的巨大审美转变。实现趣味转变的内在力量来自弗莱的“情感说”。正是基于“艺术是交流的手段，以情感本身为目的”的立场，弗莱才可能一针见血地指出印象主义单纯追求视觉真实的狭隘性，入木三分地阐明后印象主义“艺术表现情感”的理念源自古

---

① Fry, R. The Grafton Gallery: An apologia. In Reed, C. (ed.). *A Roger Fry Reader*. Chicago: The University of Chicago Press, 1996, p. 114.

② Fry, R. The Grafton Gallery: An apologia. In Reed, C. (ed.). *A Roger Fry Reader*. Chicago: The University of Chicago Press, 1996, p. 114.

③ Fry, R. The Grafton Gallery: An apologia. In Reed, C. (ed.). *A Roger Fry Reader*. Chicago: The University of Chicago Press, 1996, p. 115.

④ Fry, R. The Grafton Gallery: An apologia. In Reed, C. (ed.). *A Roger Fry Reader*. Chicago: The University of Chicago Press, 1996, p. 116.

典绘画传统，其原创性体现在情感的表现力上，它的“情感性”正是欧洲艺术走出自然主义死胡同的有效途径，其主导形式特征为“有机整体性”等重要观点。他对塞尚、梵高、高更、马蒂斯画作的分析深刻而极具说服力，赢得了艺术界和公众对他的充分信任和心悦诚服。不过欧洲艺术界主要接受的是弗莱深刻的艺术批评和形式分析，有意无意地忽视了他的“情感说”，因为要在“美的艺术”的形而上学的土壤上生长“情感说”这一基于审美体验的树苗，其难度可想而知。

第四节　形式说：从技巧批判到形神合一

罗杰·弗莱对艺术形式曾做深入思考。他继承西方自毕达哥拉斯、柏拉图、亚里士多德、贺拉斯和康德以来的本体论“形式说”，以视觉艺术为研究对象，反思文艺复兴以来再现性“形式”的局限，从纯粹技巧批判、内在统一性分析、意味与表现力合一、形与神合一等多个侧面全面论析他对艺术“形式”的反思和认识。

弗莱是英国“形式主义美学”的代言人，他的论著绝大部分是关于艺术批评的，重在评论艺术流派、艺术家和艺术作品，因而中西学界的研究大都聚焦在他的艺术批评中，尚无人专题论析他的“形式说”。本节将以西方“形式”概念的双重内涵为参照，综合论析并揭示弗莱的形式论对传统的继承与推进。

一、西方“形式”概念的双重内涵

“形式”是西方思想史上最重要的概念之一，既体现西方思想家对事物本原的认识，也体现西方艺术家对艺术表现方式的领悟，其概念具有双重内涵。诚如艾布拉姆斯所言，“‘形式’是文学批评中最常用的术语之一，也是内涵分歧最大的术语之一。它常常单纯地指称体裁或类型(抒情类、短篇小说类)或格律、线条和韵律的模式(散文、诗节)。然而它也指称源自拉丁词‘forma’和希腊词‘idea’的一个核心的批评概念”[①]，“形式”概念兼具哲学的、艺术的双重内涵。

“形式”的第一重内涵是哲学的，体现西方哲学家对自然、自我、存在、艺术、美学的本质的深刻洞见。

在这里，“形式”是本体，体现对“自然是什么”“自我是什么”“存在是什么”“艺术是什么”“美是什么”等本质问题的阐释；同时“形式”是一元的，既体现思想内涵又是表现方式。自古希腊至今，西方学界对“形式”的最深刻阐述主要包含下面几种学

① Abrams, M. H. *A Glossary of Literary Terms*. 7th ed. Beijing: Foreign Language Teaching and Research Press, 2004, p. 101.

说:古希腊哲学家毕达哥拉斯学派的“数理形式”、柏拉图的“理式”、亚里士多德的“四因说”、古罗马诗人贺拉斯的“合式说”、中世纪的“形式论”和德国古典主义哲学家康德的“四大契机说”。详见第一章第一节的论述,此处不再赘述。

“形式”的第二重内涵是文艺的,体现了西方艺术家对文艺作品的内在统一性、构成元素、类型、技法的认识。在这里,“形式”相对于“内容”而存在,是再现或表现“内容”的方式方法,内容与形式是二元的。自欧洲文艺复兴至近现代文艺,各时期的艺术家和理论家均对文艺“形式”有自觉的概括和论述。详见第一章第一节中对文艺复兴、17—18 世纪、19 世纪美学中“形式”的论述。

从古希腊到 19 世纪,西方学者对“形式”的阐释逐渐从哲学性的对事物的“本原”的洞见和揭示,转为文艺性的对事物“表象”的模仿和再现。从毕达哥拉斯、柏拉图、亚里士多德、贺拉斯、奥古斯丁与阿奎那、康德分别以“数理形式”“理式”“四因”“合式”“形式”“四大契机”揭示“自然”“自我”“存在”“艺术”“神学”“美”的本质,到文艺复兴以“形式”再现现实表象以揭示普遍人性,17—18 世纪以“适应、多样、统一、单纯、复杂和尺寸”等技法来再现和谐的物象,到 19 世纪维多利亚时期为“道德”而艺术和唯美主义“为艺术而艺术”,“形式”逐渐从富有意蕴的本原揭示,简化为模仿与再现物象的技法。虽然浪漫主义的“情感和想象”表现曾一度让文艺从表象再现回复到情感思想的表现,但总体而言,文学从古希腊戏剧的本质揭示,到文艺复兴的人性表现,到现实主义的现实再现,再到自然主义的表象描摹;以及绘画从中世纪壁画的神性揭示,到达·芬奇等文艺复兴油画的人性表现,到库尔贝等现实主义绘画的现实再现,再到莫奈等印象主义绘画的视觉再现;文艺“形式”总体上表现出从本体走向技法的发展倾向。

20 世纪文论中出现的两类让“形式”回归本体的思潮如下。

第一类,将“形式”直接假定为文艺的本质。比如“俄国形式主义”提出“艺术即技巧(technique)”的假说,认为“文学性”即文学技巧的运用和选择,强调文学意义产生于文学文本的自我指涉性。“新批评”认为文学的文本(text)即艺术的本体,指出文学意义既不源自现实也不源自作者意图,而是源自封闭而独立自足的文本内部各因素之间相互冲突的构成性因素,比如张力、隐喻、反讽等。另外,符号论美学、结构主义、解构主义都体现了将“形式”中的“符号”“结构”“解构”假定为文艺的本质的特性。

第二类,在“形式”中融入“情感思想”,让“形式”成为兼具“意味”和“表现力”的本体。罗杰·弗莱和克莱夫·贝尔的“形式主义美学”所做的正是这一种努力。如果说第一类“形式主义思潮”在语言学转向的驱动下,试图复原的是贺拉斯式的本体论,通过阐明“形式”的内在构成元素及其关系,揭示意义生成机制;第二类则试图复

原柏拉图、亚里士多德和康德式的本体论，通过将“情感和思想”融入“形式”而复原艺术的深刻性和感染力。

我们将细致剖析弗莱如何实现其“形式”的本体论复原。

二、罗杰·弗莱的形式观

罗杰·弗莱对“形式”的内涵从古希腊时期的“本体”层面走向近现代时期的“技法”层面有清楚的认识。他这样描述自欧洲文艺复兴至19世纪印象主义绘画的发展过程：

> 正如在科学上我们已经得出结论，对于物质我们并不能述说什么，科学不是对外部世界做出分类，而是就人类心智对外部世界的反应做出分类；在绘画中，自文艺复兴以来，也存在着一个相同的发展方向。也就是说，阻止人类的心智从感觉走向事物本身——这在日常生活中极为自然，几乎成为直觉反应。因此，绘画越来越依赖于表象的坚实基础，就目的而言，它已成为唯一的终极现实，拒绝陷入日常生活假定的抽象之中。实际上，它不再尝试一种不可能的壮举，去消除经验中的人类因素。正是在印象主义中，我们看到了自14世纪文艺复兴以来一直持续发展的过程的巅峰，当然其间曾经历许多曲折。[①]

这段话的重要性在于阐明了三个重要观点：

(1)自文艺复兴至今，欧洲绘画的发展趋势是：越来越重视物象再现；

(2)导致这一发展趋势的原因是科学认知的改变：近现代科学认为，人类不能认识“物自体”，所认识的是我们对“物自体”的感觉；

(3)这一科学认知对绘画发展的影响：画家逐渐远离对“物自体”本身的抽象假定，而将注意力越来越聚焦到他们对事物表象的视觉感觉中。显著的例子是，文艺复兴以来，线性透视技法在绘画中得到广泛运用，其目的就是要逼真再现人类自身的视觉经验。印象主义绘画可以说是人类视觉经验再现的巅峰。

正是基于对近现代绘画中“形式”技法化的清晰认识，弗莱开启了“形式”的本体性复原过程。这一过程贯穿在他一生中最重要的视觉艺术论著中，大致包含下面四个阶段。

(一)“形式”作为纯粹技巧的分析和批判

弗莱对“形式”作为技巧的认知始于“印象主义绘画”。他在《印象主义的哲学》

① Fry, R. The philosophy of impressionism. In Reed, C. (ed.). *A Roger Fry Reader*. Chicago: The University of Chicago Press, 1996, p. 14.

一文中，对当时盛行的印象主义绘画的哲学基础和技巧特征（透视、色彩、色调、构图统一性）做了深刻的分析和透彻的反思。

他解析了印象主义绘画的哲学基础，指出了印象主义绘画基于两个重要的现代思想理念：

(1)"世界即过程"(the world as a process)①。即动态地看待世界的理念，类似于古希腊哲学家赫拉克利特所说的，一个人不能两次踏进同一条河流。它不同于传统的静态观，所关注的是世界的动态变化形态。此观点于19世纪逐渐在政治学、伦理学、科学等领域被普遍接受，印象主义绘画就是文艺界接受此观点后的产物。

(2)"我们对外部世界的一切知识，并不真的是对那些事物的知识，而是对事物与我们之间的交互作用的知识。"②也就是说，我们永远无法认识"物自体"，我们在绘画中所分析的不是事物，而是我们的视觉经验本身。

弗莱认为，这两个全新的理念构成了印象主义绘画的哲学根基，决定了他们在透视、构图统一性、色彩、色调等技法上的创新。

在透视技法上，印象主义绘画完成了从线性透视到大气透视的转变。从文艺复兴时期的绘画开始，画家们意识到了近大远小的线性透视原理，他们将线性透视运用于绘画中，以人类的视觉经验代替了事物本身的特性。当时达·芬奇还注意到大气透视原理，也就是说，色调和色彩会因为距离而发生变化，只不过他只提出了这一规律，并未在绘画中做太多实践。而印象主义画家则充分考虑了大气、光影、距离、物体之间的复杂关系，逼真再现了特定的大气和时空中自然事物在视觉印象中的瞬间真实。"对于印象主义而言，我们通常所称的同一个人，在室内还是室外，在下午5点还是下午2点，他所呈现的形象是不同的。每一幅画的例子中所再现的是永恒之流中的瞬间感觉，存在于与周围环境的必然关系之中，并成为它们中不可分割的一部分。"③

在构图统一性上，印象主义绘画建构了从大自然本身获取的色彩和谐整体，不再像传统绘画那样依靠统一装点的背景色来营造整体感。"印象主义者想要再现从大自然本身所感知的统一性，一种他选择加以再现的，某特定时刻的大气的色彩和品质那种势不可挡的影响力所带来的统一性……现代画家对这种交互作用和交互

---

① Fry, R. The philosophy of impressionism. In Reed, C. (ed.). *A Roger Fry Reader*. Chicago: The University of Chicago Press, 1996, p. 13.

② Fry, R. The philosophy of impressionism. In Reed, C. (ed.). *A Roger Fry Reader*. Chicago: The University of Chicago Press, 1996, p. 13.

③ Fry, R. The philosophy of impressionism. In Reed, C. (ed.). *A Roger Fry Reader*. Chicago: The University of Chicago Press, 1996, p. 16.

反射的统一性的把握和运用，比以往任何时代都更有力、更清晰。”①

在色彩运用上，印象主义绘画突破固有色对传统绘画的束缚，接受并再现丰富而完整的视觉印象。印象主义画家注意到，人们视觉中的色彩是多样而丰富的，包括：第一，固有色；第二，光线的色彩；第三，光线打在对象上的角度；第四，对象与眼睛之间的大气所产生的色彩变化。因此，在印象主义画家的笔下，一位阳光下戴着白色软帽，身着粉色连衣裙的女子在画面上的色彩是异常丰富的：白色的软帽和粉色的连衣裙在田野中闪烁着反光，她的影子投了一地；此外，白色软帽的某处带着强烈的蓝紫色，投下的阴影中带着蓝绿色和紫色，粉色的连衣裙的阴影处却出现强烈的紫色……②弗莱认为，这是印象主义者对“视觉经验中的人为因素”的接受，因为它逼真地再现了人们的视觉对多重光源交叠的色彩印象。

在色调亮度（明暗强度）上（见图 10），印象主义绘画充分考虑大气变化对明暗对

图 10　《举阳伞的女人》（莫奈）

---

① Fry, R. The philosophy of impressionism. In Reed, C. (ed.). *A Roger Fry Reader*. Chicago: The University of Chicago Press, 1996, p. 16.

② Fry, R. The philosophy of impressionism. In Reed, C. (ed.). *A Roger Fry Reader*. Chicago: The University of Chicago Press, 1996, p. 17.

比的削平作用，它愿意放弃传统绘画中物体的坚实感和立体感，着力再现视觉印象的万千变化和稍纵即逝感，再现视觉印象中的通感。“为了实现我们借以观看外部世界的媒介的统一性，印象主义画家愿意放弃物象的某些坚实感，愿意放弃传统画家笔下引人注目的圆球状的立体效果……他对事物的视觉印象是多么千变万化、飘忽不定、异想天开，它们多么容易融为一体……他光凭视觉去看画，就能在画中发现被再现物体的各种品质，好像它们就在他面前，被看到、听到、嗅到、尝到和触摸到一样。”①

弗莱对印象主义绘画的主要技法做了精确的、生动的、细致入微的概述，其目标不仅仅在于阐明它的形式特征，而且在于一针见血地揭示印象主义只追求视觉印象真实的本质特性。“总之，我们可以说，对印象主义画家所追求的真实性而言，他只追求视觉印象的真实性，并不忠诚于外在事物的真实性。”②

最重要的是，弗莱批判了印象主义绘画的局限性：美的缺失。他认为，印象主义画家接受了全新的哲学和科学理念，运用了全新的技法，充分再现了大气透视中色彩色调的丰富性与和谐性，建构了新的绘画整体性，但是他们的最大问题是，只追求视觉印象的真实性，却将艺术和美扔到一边，全然忘却了艺术的目标并不是再现现实，而是要去表现美。

弗莱坚信：艺术家的合法目标就是“美”。③ 他相信，大自然只是提供艺术素材的仓库，印象主义艺术家既然已经拥有了独特的看世界的方式，能采用全新的技法，其目标绝不仅仅在于逼真地再现视觉印象，而是要去表现美，这才是艺术最根本的目的。“追求一幅画的真实性的唯一理由是，它是美的。”④弗莱对印象主义绘画的分析和批判是细致而深刻的。

不过，在 1894 年的文章中，弗莱只是对印象主义绘画缺失美的现状提出了质疑，他当时对艺术“美”究竟是什么并无明确的想法。为了探究艺术美的本质，弗莱开启了欧洲古典绘画研究和后印象主义绘画研究，在评析古典和现代绘画作品的“形式”的过程中，不断推进自己对“形式”的认识，最终揭示了“形式美”的三层内涵。

---

① Fry, R. The philosophy of impressionism. In Reed, C. (ed.). *A Roger Fry Reader*. Chicago: The University of Chicago Press, 1996, p. 19.

② Fry, R. The philosophy of impressionism. In Reed, C. (ed.). *A Roger Fry Reader*. Chicago: The University of Chicago Press, 1996, p. 20.

③ Fry, R. The philosophy of impressionism. In Reed, C. (ed.). *A Roger Fry Reader*. Chicago: The University of Chicago Press, 1996, p. 20.

④ Fry, R. The philosophy of impressionism. In Reed, C. (ed.). *A Roger Fry Reader*. Chicago: The University of Chicago Press, 1996, p. 20.

(二)“形式美”的第一层内涵:表现统一性与意蕴统一性

弗莱对“形式美”的认识,主要是通过研究欧洲经典绘画作品而悟到的,就像他通过分析印象主义绘画而获得对绘画技巧的彻悟一样。1900 年至 1905 年之间,他撰写了评析经典绘画作品的批评文章,包括《乔托》《威廉·布莱克的三幅蛋彩画》《克劳德》等,在欧洲古典作品中寻找“形式美”,通过对经典绘画作品的内在构成的剖析,完成了对艺术“形式美”的统一性的领悟。

他在这些古典大师的作品中找到了“形式美”。比如,他这样分析他从克劳德画作(见图 11)中领悟到的“形式美”:

> 克劳德作品的美,并不在于他最初的素描中,不是一种有表现力的局部美,而是一种整体美。这一点实际上与他那个时代的诗歌(弥尔顿或拉辛的诗歌)是一致的。克劳德作品的表现力蕴藏在各局部之间渐增的完美协调中,各局部本身不能引起我们关注或激发我们的想象力。感染我们的是整体而不是内容。当然,绘画是有内容的,但是内容仅仅是适合表现目的的素材,它本身并不需要关注。他所表现的物象本身并不重要,它们只是整体中的部分。它们并无自己的生命力和意图,因而以模糊而笼统的方式呈现它们是合理的……克劳德的过人之处在于,他以绝妙的创造力调和和重构抽象的象征,在我们心中激发起比自然本身更纯粹的田园牧歌式的愉悦。①

图 11　《金牛朝拜》(克劳德)

在这一段精彩的分析中,弗莱阐明了他所领悟的“形式美”:

(1)从总体看,它是整体美,不是局部美;(2)从关系看,各局部的完美协调构成整体美,局部不可以独立于整体之外;(3)从目的看,艺术目的的创造性表现最为重要,内容服务于目的的表现。内容作为整体的一部分,其逼真性或模糊性取决于绘画的整体目

① Fry, R. *Vision and Design*. New York: Dover Publications, Inc., 2011, pp.156-157.

的;(4)从效果看,整体美关键在于,它能在观众心中激发比物象本身更纯粹的愉悦之情。

弗莱相信,艺术大师们表现整体美的方法是不同的。克劳德的出色方法在于“整体设计的统一和完美”,通过“色调分布的周密计划”[①]而表现强烈的感染力。乔托的精湛技法在于“以自然的形式全力表现生命与情感的每一件事物”,用饱含深情的形式“赋予它们以深刻的意味”。[②] 威廉·布莱克的绘画的出彩之处在于,他拥有“最完整地表现观念的技法”,展现了“形式的丰富性和表现力”。[③]

1905年,弗莱在《约书亚·雷诺兹爵士〈谈话录〉导论》(1905)中更为深入细致地剖析和提炼了“形式美”的两种基本类型——表现统一性和意蕴统一性:

事实上,艺术中有两种彼此竞争的原则:一种有益于意蕴的丰富性,另一种有益于表现的整体性。对于伟大的艺术作品而言,这两种原则之间的某种平衡看来是很有必要的,一方面一种因形式不相关而导致的混乱,不管形式本身有多优美,我们会因为无法将它们聚合为一个整体而沮丧;另一方面,对空洞而无意义的形式的精湛构建,只会让人们对艺术家的灵巧性丧失兴趣。[④]

弗莱分别以鲁本斯(Rubens)的祭坛画《圣奥古斯丁》(*St. Augustine*)(见图12)和凡·艾克(Van Eyck)的《羔羊朝拜》(*The Worship of the Lamb*)(见图13)为例,剖析了两种类型的“形式”特性。

图12 《圣奥古斯丁》(鲁本斯)

① Fry, R. *Vision and Design*. New York: Dover Publications, Inc., 2011, p. 158.

② Fry, R. *Vision and Design*. New York: Dover Publications, Inc., 2011, p. 118.

③ Fry, R. *Vision and Design*. New York: Dover Publications, Inc., 2011, pp. 149-150.

④ Fry, R. Introduction to the *Discourses* of Sir Joshua Reynolds. In Reed, C. (ed.). *A Roger Fry Reader*. Chicago: The University of Chicago Press, 1996, p. 41.

图 13　《羔羊朝拜》(凡·艾克)

1. 第一类

"表现统一性",以鲁本斯作品为代表。

其"形式"的三大主导特性是:

(1)整体构图具有自我包容的统一性。也就是说,各部分之间环环相扣、和谐一体,整个画面生动而富有冲击力。"在这样的构图中,统一性是如此自我包容,线条如此彻底地回到图案中,我们无法想象它们可能越出画框之外继续延伸。各部分像一个分子中的原子那样密切相融,让我们觉得抽出任何一部分就会毁掉整个构造。"①

(2)人物形象呈现夸张的和动态的特性。为了营造并凸显形象的生动性和感染力,鲁本斯通常会让形象保持紧张、夸张、富有戏剧性的姿态,体现其动态性和流动性。"为了满足生动的构图,他不得不赋予人物更紧张更有戏剧性的姿态,超过了人物的个性或实际情形的需要,因为手臂和大腿上的夸张姿态会营造出比自然姿势更灵活更流动的轮廓。"②

(3)作品意蕴缺乏深刻性。由于形象的生动性和夸张性与创作的目的并不相符,作品的整个形式显得缺乏意味,作品也因此无法被列为永恒的伟大之作。"但是画面中的生命和个性与此场景中最佳的观念并不相符,人物因此无法被赋予更深刻的容貌。"③

---

① Fry, R. Introduction to the *Discourses* of Sir Joshua Reynolds. In Reed, C. (ed.). *A Roger Fry Reader*. Chicago: The University of Chicago Press, 1996, p. 43.

② Fry, R. Introduction to the *Discourses* of Sir Joshua Reynolds. In Reed, C. (ed.). *A Roger Fry Reader*. Chicago: The University of Chicago Press, 1996, p. 43.

③ Fry, R. Introduction to the *Discourses* of Sir Joshua Reynolds. In Reed, C. (ed.). *A Roger Fry Reader*. Chicago: The University of Chicago Press, 1996, p. 43.

2.第二类

“意蕴统一性”,以凡・艾克的作品为代表。

其“形式”的三大主导特性是:

(1)内涵丰富,每一个部分都保持其独立性。整个画面设定在开阔的乡野里,一队一队圣男圣女正在走向羔羊站立的祭坛。画面中的每一个人,甚至每一张树叶都获得了“细心而独立”的描绘。每一个细节都得到独立的刻画,但是并没有一个主导的图式将各个部分联结成一个有主次脉络的系统,协助观众把握整体关系。“每一个人都得到了精细的刻画,仿佛他们每一个都是目的本身似的。”①

(2)诗意统一性,各部分都指向共通的目的。也就是说,作品的统一性是诗意而想象的,其深厚的意蕴超越于画面之上。细细观察后,我们才能发现各部分之间的密切关联性:“上百个人物中,没有一张脸上不呈现一种个性明确的统一性姿态,没有一条饰带的皱褶不与其他饰带形成和谐关系,没有一片树叶不传达出有机生命的节奏感。”正是这种无形却无处不在的共通目的,让观众从画面的每一个细节的变化中“意识到画家的目标,意识到他每一个目标的独特性和合理性”,也就是说,这是一种具有高度“关联性和节奏感”的统一性,这种统一性是“用不同的原理将各个部分融合在一起的”。“这种统一性从本质上说是诗意的、想象的,而不是视觉的。这种统一性存在于这样的概念中:所有这些国王和英雄们、圣男和圣女们,从世界各地聚集于此,来朝拜神秘的羔羊。”②

(3)诗意统一性与表现统一性完美结合。与鲁本斯单纯关注各部分之间的协调和整体的统一性不同,凡・艾克将统一性放置在整体统一性与诗意统一性的完美结合上。在这样的统一性中,“各个部分都获得了完整又独立的刻画,诗意的观念因此被强有力地唤起。它如此深刻地抓住了观众的灵魂,使观众对每一个部分的欣赏,因为意识到它们与理想整体之间的关系而得到无限强化”③。

从上面的论述中,可以看出弗莱对“形式”的认识的递进过程。他从乔托、克劳德等经典大师的作品中,领悟到形式美作为一种“整体美”的笼统印象,即内在各部分之间的协调性、整体画面的创造性和绘画效果的愉悦性等。然后,通过对比鲁本斯的巴洛克风格与凡・艾克的原始绘画风格,阐明“形式美”的两种主要类型——表

---

① Fry, R. Introduction to the *Discourses* of Sir Joshua Reynolds. In Reed, C. (ed.). *A Roger Fry Reader*. Chicago: The University of Chicago Press, 1996, p. 44.

② Fry, R. Introduction to the *Discourses* of Sir Joshua Reynolds. In Reed, C. (ed.). *A Roger Fry Reader*. Chicago: The University of Chicago Press, 1996, pp. 44-45.

③ Fry, R. Introduction to the *Discourses* of Sir Joshua Reynolds. In Reed, C. (ed.). *A Roger Fry Reader*. Chicago: The University of Chicago Press, 1996, p. 45.

现统一性与意蕴统一性——之间的差异。前者以完整而封闭的构图、夸张而生动的形象凸显了画家在艺术表现上的创造性，但是这一类画为获得“表现统一性”，刻意强调了部分之间的相互依存性，以致削弱了各部分的独立内涵，它对线条、光影、色彩的夸张运用也阻碍了深层意蕴的传达，一切都变得显而易“见”。后者以各部分的独立性为意蕴的丰富和深刻奠定了基础，又以无目的的合目的诗意来实现各部分之间的关联性与统一性，整个画面隐而不“宣”，意味深长。

弗莱对“形式”的理解，显然已经从贺拉斯式的“技法统一性”进入柏拉图和亚里士多德式的“理式共相性”层面。他对“印象主义绘画”的分析和揭示是贺拉斯式的，详细剖析了印象主义绘画在色彩、色调、透视、构图等各种技巧层面如何建构统一性，并随即指出印象主义绘画缺乏“美”这一局限。然后，弗莱带着追寻“形式美”的目标，由感及悟，在参悟了诸多经典大师的绘画作品后，概括了柏拉图、亚里士多德式的以“理式”揭示为目标的两种统一性。第一种是表现统一性：以整体构图的统一性，表现某种确定的思想意蕴。或者说，它用特定“质料”（宗教题材、现实事物），表现动态的、有目的的、明确的“理式”精神。第二种是意蕴统一性：以既独立又关联的局部，丰富而深刻地营造出诗意统一性。或者说，它用特定“质料”（宗教题材、现实事物），表现动态的、合目的的、多元开放的、诗意的“理式”精神。

（三）“形式美”的第二层内涵：意味与表现力合一

1911年，弗莱提出了“有意味和有表现力的形式”这一“形式”概念，推进了他1905年提出的“表现统一性”和“意蕴统一性”的“形式”概念。弗莱是在为后印象主义绘画辩护的时候，提出这一概念的，用它代表丢失已久的真正的绘画在后印象主义画作中的重现。

他这样概括后印象主义绘画：

> 他们（指后印象主义画家）在吸收了印象主义的大量技法和诸多色彩法之后，如何实现从一种彻底的再现性艺术转向一种非再现的、有表现力的艺术的确是一个谜，这个谜就隐藏在一位天才人物的新奇而难以解说的原创性之中，那个天才就是塞尚。他所做的一切似乎是无意识的。他以空前绝后的热情和强度沿着印象主义绘画的线路向前探索，他似乎触动了一个隐秘的源泉，于是印象主义赋形的整个体系被瓦解了，一个**有意味的和有表现力的形式**的新世界开始呈现。正是塞尚这一发现，为现代艺术重新恢复了丢失已久的全部的形式与色彩的语言。艺术家们曾一再尝试重获想象的自由，但是他们的努力受到了拟古主义的败坏。现在，艺术家们终于可以带着绝对的真诚，运用文艺复兴以来一直被拒绝的表现技法……在我们这一代人中，我们似乎已经超越了人类思

想发展的一个顶峰，一个科学或机械宇宙观已经探尽一切可能性的顶峰……在我看来，无论如何强调这一艺术运动的重要性都不会过分，它注定将雕塑家和绘画家的努力再一次与人类灵感与欲望的整个领域相连接。①

弗莱在这段论述中，对“有意味的和有表现力的形式”的赞美无与伦比，至少阐明了它的三重含义：

(1)“有意味和有表现力的形式”是表现性艺术的共同“形式”特性。它自古有之，只是自文艺复兴绘画以来，受拟古主义的影响而逐渐丢失，但它一直是艺术之源泉。在现代艺术中，它是后印象主义绘画与印象主义绘画的分界线，是表现性艺术与再现性艺术的分界线。

(2)“有意味和有表现力的形式”的本质是人类想象的自由运用。它要求绘画具有原创性，它允许启用一切可能的表现方式和技法。

(3)“有意味和有表现力的形式”连接着人类生命精神(灵感、欲望、想象力)的整个领域，代表着人类思想发展的一个顶峰。

也就是说，弗莱用“有意味和有表现力的形式”融合了他先前提出的“表现统一性”和“意蕴统一性”，将“有意味”和“有表现力”双重内涵一起融入“形式”概念中，以代表一种至高的艺术“形式”。他突出了“形式”是“生命精神”的“表现”这一本质特性，而且通过强调“表现”方式和方法的开放性和多元性，凸显了“意味”(生命精神)的主导性和目的性。

弗莱的“有意味的和有表现力的形式”显现了“以生命为本”的特性。这一“形式”概念的提出，是对他的艺术“情感说”的实践。他在《造型艺术中的表现与再现》(1908)、《论美感》(1909)两篇文章中，围绕“艺术是什么”这一核心问题，提出了“情感说”，其核心观点是：“艺术是交流情感的方式，以情感本身为目的”②。在这里，“有意味”“有表现力”与“情感”“交流方式”互相呼应，而“以情感本身为目的”这一本质定位正是弗莱判断“形式”的优劣的标准。

在弗莱的心目中，“有意味和有表现力的形式”的典范艺术家，就是塞尚、梵高、高更、马蒂斯这四位后印象主义绘画代言人。弗莱在评价这四位画家时，始终聚焦他们绘画中的“情感意味”与“表现力”的融合。

他赞叹塞尚用天才想象力拓展了绘画的未知领域，塞尚的伟大之处在于用想象力融贯一切。首先，他具有极强的综合构图能力——他如此强有力地将自己的“想

---

① Fry, R. Post impressionism. In Reed, C. (ed.). *A Roger Fry Reader*. Chicago: The University of Chicago Press, 1996, pp. 109-110.

② Fry, R. Expression and representation in the graphic arts. In Reed, C. (ed.). *A Roger Fry Reader*. Chicago: The University of Chicago Press, 1996, p. 64.

象力”聚集在色调与色彩的对比中，因而能够建立起形式，将色彩、光线、大气等“融合为一个整体”[①]。其次，他具有用想象提炼事物本质的能力，比如，他用“想象性把握”重构自然景象的辉煌结构；他用“知性化的感性力量”赋予大气以明确的价值；他以雄浑而静态的轮廓线抓住个性特征，使人物具有“自我包容的内在生命力”[②]；等等。总之，他开创了从事物表象的复杂性提炼出构图所需的“几何简洁性”[③]的绘画模式(见图14)。

图14　《安奈西湖》(塞尚)

他称赞梵高是“描绘灵魂的肖像画家”[④]，他的伟大之处在于用狂野而奇特的表现手法，表达“最强烈的情感”[⑤]。他作品的力量来自独特的变形，通过对可见事物进行有目的的、夸张的变形，他极具感染力地揭示可见事物背后的灵魂，比如：“老妇人

① Fry, R. The Grafton Gallery—II. In Reed, C. (ed.). *A Roger Fry Reader*. Chicago: The University of Chicago Press, 1996, p. 91.

② Fry, R. The Grafton Gallery—II. In Reed, C. (ed.). *A Roger Fry Reader*. Chicago: The University of Chicago Press, 1996, p. 91.

③ Fry, R. The post-impressionists. In Reed, C. (ed.). *A Roger Fry Reader*. Chicago: The University of Chicago Press, 1996, p. 83.

④ Fry, R. The Grafton Gallery—II. In Reed, C. (ed.). *A Roger Fry Reader*. Chicago: The University of Chicago Press, 1996, p. 92.

⑤ Fry, R. The post-impressionists. In Reed, C. (ed.). *A Roger Fry Reader*. Chicago: The University of Chicago Press, 1996, p. 83.

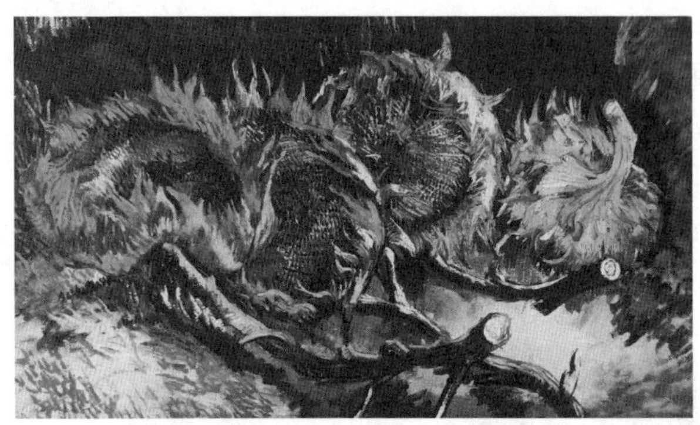

图 15 《四朵向日葵》(梵高)

图 16 《山脚下》(高更)

的灵魂”“少女的灵魂”“现代工业的灵魂”“风之魂”,以及向日葵的“狂傲的精神”与鸢尾花的“骄傲和纤弱的灵魂”[①]。弗莱阐明梵高的作品的力量在于用变形表现灵魂之意味(见图 15)。

弗莱赞扬高更具有将永恒的情感作用于想象力之上的构图能力。高更令人惊叹的构图才华,主要体现在他和谐地融合复杂色彩的能力。他的画作的最珍贵之处在于,它们具有高贵感、至简的姿态和“罕见的诗意”[②]。弗莱揭示高更的奥秘在于表现生命情感和诗意(见图 16)。

弗莱称赞马蒂斯具有用线条和色彩的韵律表现情感特性的才华。他从原始艺术中获得灵感,尝试用线条与节奏的抽象和谐来复原原始艺术的情感表现力,通过简化他的素描和油画,以重新找回丢失了的“表现力和生命性”[③]。他的作品构图具有原创性,在色彩和谐方面大胆而率真,具有大师级的水准。弗莱着力赞扬马蒂斯用线条和色彩表现情感意味的能力(见图 7、图 9)。

---

① Fry, R. The Grafton Gallery—II. In Reed, C. (ed.). *A Roger Fry Reader*. Chicago: The University of Chicago Press, 1996, p. 92.

② Fry, R. The Grafton Gallery—II. In Reed, C. (ed.). *A Roger Fry Reader*. Chicago: The University of Chicago Press, 1996, p. 92.

③ Fry, R. The post-impressionists. In Reed, C. (ed.). *A Roger Fry Reader*. Chicago: The University of Chicago Press, 1996, pp. 84-85.

(四)“形式美”的第三层内涵:形与神合一

至此,弗莱已经完成对“形式”内涵的两重提炼:(1)1894—1905年,弗莱概括的两种“形式”的类型:表现统一性和意蕴统一性,着重从艺术的“内在构成”上揭示“形式”的内在机制。(2)1906—1912年,弗莱在为后印象主义做辩护时提出了“有意味和有表现力的形式”的概念,侧重从内容和形式的整体关系上揭示“形式”的内涵与外延的融合。此后的十多年(1912—1928年),弗莱一直在这一“形式”概念层面评论各类绘画作品,重要论著包括《视觉与设计》(1920)、《变形:关于艺术的批判性和假设性论文》(1926)、《塞尚及其画风的发展》(1927)等。

1929—1934年,弗莱提出了“形式”的第三层内涵,那就是:“心理价值与造型价值的和谐统一”①,或者说“诗意狂喜与造型结构的完美统一”②。在这里,“造型结构”实质上就是艺术作品的“形”,它所对应的是客观世界的人与物;“心理价值”就是艺术作品所传达的“神”,它所对应的是创作者的精神和情感。显然,弗莱对“形式”的思考已经拓展到“创作者”与“艺术作品”之间的关系,或者说,拓展到“生命精神”与“艺术”之间的关系。他这样概述伟大艺术家的特性:

> 当然,这是每一位伟大的艺术家所做的事。他以自觉的深思凝神观照事物。他看待事物时已经抛开了一切个人利益。他从事物本身及其关系中寻找形式原则,寻找某种有形的基调,既投合他的性情,又对他有特殊的意味。他将它们画下来,以便使这一特殊的意味变得更清晰。③

这一段话表明,弗莱相信,艺术“形式”就是画家之“神”(思想和性情)、事物之“形”(物)与艺术之“形”(造型)之间的彻底融合。它至少有三个主要特性:(1)物我合一——画家通过凝神观照,将自己的心灵与眼前之物完全融合。(2)意在笔先——画家下笔之前,早已胸有成竹。艺术之“形”源自他对“物”的领悟,所表达的却是他自己的性情和领悟。(3)超然物外——画家及其创作超然于一切个人利益和实际物象之外,所表现的是生命精神所达到的境界。

弗莱在乔尔乔内、乔托和伦勃朗等三位经典大师的作品中找到了这种融艺术造型和思想意味为一体的形式,评析并阐明了他们的画作形神兼备的本质特性。

---

① Fry, R. The double nature of painting. In Reed, C. (ed.). *A Roger Fry Reader*. Chicago: The University of Chicago Press, 1996, p. 391.

② Fry, R. The double nature of painting. In Reed, C. (ed.). *A Roger Fry Reader*. Chicago: The University of Chicago Press, 1996, p. 392.

③ Fry, R. The meaning of pictures I—Telling a story. In Reed, C. (ed.). *A Roger Fry Reader*. Chicago: The University of Chicago Press, 1996, p. 399.

图 17 《三位哲学家》(乔尔乔内)

他指出,乔尔乔内[①]的《三位哲学家》(*The Three Philosophers*)(见图 17)向我们展示了“心理价值与造型价值的和谐结合”。

(1)他首先指出它具有“超然物外”的审美意境:

> 首先,我们惊叹于这些形式的充盈,惊叹于对人物如此出乎意料却又如此必然的奇特空间布局。这一布局提升了我们的精神境界,激起我们对某种神秘启示的期待。这一形式安排带来的效果是:它为我们超越日常生活,去期待某种未知且极其重要的生命存在做好了准备。乔尔乔内没有让我们失望。他创造了这样的人物:他们来自远方,来自另一个世界;他们以自己的外貌、气质和强有力的手势,来宣扬他们的主张,表明他们是拥有神圣智慧的博学者。[②]

(2)他然后指出乔尔乔内的创作“意在笔先”的特性:

> 乔尔乔内用伟大诗人所拥有的那种心理想象,才创造出这些奇特的人物。而这种心理价值是用来完成和丰富空间布局已经表现的那种情感的。[③]

(3)他最后阐明乔尔乔内在创作中同时采用了“再现”与“表现”双重技法,其技法的运用完全服务于思想意味的表达,因而他实现了诗意与艺术造型的完美统一:

> 这幅画包含着两种因素的相互结合和彼此强化。我们可以称它为一幅真正的戏剧性绘画作品(当然不是一般意义上的戏剧性作品,而是指具有再现和表现双重性质的作品)。因此,人们必须承认乔尔乔内既是一名伟大的造型和谐大师,又是一位伟大的浪漫派诗人。[④]

---

① 乔尔乔内(Giorgione,1477—1510),著名的意大利威尼斯画派画家。

② Fry, R. The double nature of painting. In Reed, C. (ed.). *A Roger Fry Reader*. Chicago: The University of Chicago Press, 1996, pp. 391-392.

③ Fry, R. The double nature of painting. In Reed, C. (ed.). *A Roger Fry Reader*. Chicago: The University of Chicago Press, 1996, pp. 391-392.

④ Fry, R. The double nature of painting. In Reed, C. (ed.). *A Roger Fry Reader*. Chicago: The University of Chicago Press, 1996, pp. 391-392.

弗莱认为，乔托（Giotto）的作品《基督在抹大拉面前显形》（*Christ Appearing to Magdalen*）（见图 18）展现同样的形神相融特性。

图 18 《基督在抹大拉面前显形》（乔托）

（1）创作的目标在于传情达意，创作者、创作对象与艺术造型之间呈现"物我合一"的形态。弗莱从人物的形态、姿势、动作中充分领悟了抹大拉和基督的心理，领悟了乔托当初绘画时想要表达的情感和思想。画作、人物、创作者和欣赏者的心灵是相通的：

> 人物的姿态深刻地表现了他们的性情，以及这一场景在他们身上所激发的情感……戏剧张力的核心聚焦在抹大拉和基督之间，在这里情感表现达到了奇特的强度。我们从抹大拉突然双膝跪地，即刻殷切地伸出的双手中，可以感受到她想要找到基督的身体时那种绝望和痛苦的心情，以及她发现基督戏剧性地、超自然地挪位后的那份极度震惊；她热切地期盼触摸基督，而基督只能以躲闪来回避她的触碰。[①]

（2）意在笔先，艺术造型旨在揭示本质。弗莱赞赏乔托以简单的构图精妙而有力地表现了戏剧性场景和人物心理，没有任何多余细节。其关键之处在于，乔托早已胸有成竹：

> 乔托的画讲了故事，却没有任何多余的细节，他将注意力完全集中在勾勒人物的本质特性和人物位置的关系上……我们只关注这个故事中最根本的心理事实，即场景中的巨大对立和对比；我们发现这样单一而简化的处理方法，却以不可思议的力量展现了此戏剧性场景的本质。我们丝毫不会被任何细节分心。我们不会认为艺术家在逼真方面有多聪明，但是我们会惊叹画面如此精妙

① Fry, R. The meaning of pictures I—Telling a story. In Reed, C. (ed.). *A Roger Fry Reader*. Chicago: The University of Chicago Press, 1996, p. 399.

地将此戏剧瞬间最重要和最崇高的思想生动地传递到我们的想象中。①

(3)超然物外，展现审美意境。弗莱洞察画作的力量源自它与生活保持恰当的距离，这种超越带给观众的是一种悠远而向往的意境：

> 我们看到它仿佛发生在一个远离现实的世界中，一个我们无法进入的世界……我相信这是所有富有想象力的作品最为重要的特性。不管它多真实，它必须与我们个体的现实世界保持一定的距离，从而避免卷入我们的欲望和虚荣的冲突之中。②

弗莱最推崇的画家是伦勃朗，他认为伦勃朗具有莎士比亚那样深刻洞见本质的才能(见图19)。他这样概括伦勃朗的伟大之所在：

图19 《拔士巴》(伦勃朗)

(1)意在笔先。伦勃朗具有高超的想象力，其形式旨在抓住并表现生命的本质，

① Fry, R. The meaning of pictures I—Telling a story. In Reed, C. (ed.). *A Roger Fry Reader*. Chicago: The University of Chicago Press, 1996, p. 399.

② Fry, R. The meaning of pictures I—Telling a story. In Reed, C. (ed.). *A Roger Fry Reader*. Chicago: The University of Chicago Press, 1996, p. 400.

这种能力能够将鲜活的生命力展现在我们面前：

> 作为一名插画画家，伦勃朗展现了高超的想象力，能够即刻以直接而简洁的方式抓住本质并揭示它们，不需要任何附加或装饰；这一点能立即带给我们愉快的惊奇感、完全的自然感和必然感。这是伦勃朗与莎士比亚及其他罕见天才共享的品质。伦勃朗与莎士比亚都拥有一种近乎神奇的力量，能创造并展现在我们面前丰满的、完整的、可信的活生生的生命。①

(2)物我合一。弗莱认为，伦勃朗和莎士比亚都运用了"从心灵内部进行创作，也就是说，通过一种本能移情而不是外部观察的方法"，具有"既发自内心又能自由进入他人心灵"②的移情能力：

> 他通过感情误置，将自己的情感投射到对象中，甚至可以将无机物变成有生机的个体。他能感受到它们身上流露的紧张和张力，其强烈程度由心而发，就像人类一样。他用形式诠释了生命历史，而他对形式的强调始终落脚在对整个内在生命的表现上。③

弗莱这一段话极其重要，他对物我合一的深刻性的理解，与刘勰的"神与物游"极为相似。

(3)超然物外的审美意境。弗莱认为，伦勃朗的创作构思极为高超，无论是他的物象领悟还是创作技法运用，都臣服于他思想的表现，形、神、物三者的融会贯通达到了很高的审美境界：

> 伦勃朗不仅是一个更为深远的观察者，其创意构思的品质也证明他具有最高境界的戏剧洞察力和想象力……但是，他的审美情感并不关心现实生活中的激情。他的审美情感将我们带入更为澄怀冥想的愉悦之中。④

虽然弗莱对三位画家的分析是从不同视角切入的，但是在创作者、创作对象、艺术造型三者的关系层面，弗莱不约而同地强调了"物我合一""意在笔先"和"审美意境"三个主要特点。其主要思想与刘勰在《文心雕龙》的"神思"一章中的"神与物游"

① Fry, R. Rembrandt: An interpretation. In Reed, C. (ed.). *A Roger Fry Reader*. Chicago: The University of Chicago Press, 1996, pp. 369.

② Fry, R. Rembrandt: An interpretation. In Reed, C. (ed.). *A Roger Fry Reader*. Chicago: The University of Chicago Press, 1996, pp. 369.

③ Fry, R. Rembrandt: An interpretation. In Reed, C. (ed.). *A Roger Fry Reader*. Chicago: The University of Chicago Press, 1996, pp. 369.

④ Fry, R. Rembrandt: An interpretation. In Reed, C. (ed.). *A Roger Fry Reader*. Chicago: The University of Chicago Press, 1996, pp. 372.

观极为相近。

刘勰这样描写文学创作的神思过程：

> 文之思也，其神远矣。故寂然凝虑，思接千载；悄焉动容，视通万里；吟咏之间，吐纳珠玉之声；眉睫之前，卷舒风云之色；其思理之致乎？故思理为妙，神与物游。神居胸臆，而志气统其关键；物沿耳目，而辞令管其枢机。枢机方通，则物无隐貌；关键将塞，则神有遁心。①

解释如下：文章的构思，其想象可以飞翔至遥远之地。当作家澄怀静思的时候，其思绪可以通达千年之久；当作家涤荡杂念之后，微微变换面部表情，视觉便已抵达万里之外；作家吟诵之时，好像发出圆润之音；凝视之际，眼前仿佛展现风云变幻之景；这一切不是构思的结果吗？因此，艺术构思的妙处，在于主体精神与外在物象的相互交游。精神蕴藏在心，情感、思想、气势和内质为其关键；外物经由耳目来感受，语言主管其表达。如果表达顺畅，则物象可以被充分描绘；如果精神活动的关键被阻塞，那么精神就会遁于无形。

在这一段描述中，“思理为妙，神与物游”是统括一切的关键句。“神”即审美主体的精神，主要指以超然物外的感知体验物象之美的思想；“物”即审美感知对象，是指荡涤表象之后的审美客体。“神思”即“想象”，或“创作构思活动”。“神与物游”即通过“物我合一”，以达到心与物、形与神、内与外的融合。在这一过程中，“神”居内，“物”居外；两者经“想象”交游后才可以使内外通畅，从而实现意在笔先的审美精神的表现。

这里，无论是弗莱的“形神合一”还是刘勰的“神与物游”，其实质都强调审美想象之游，其过程表现为创作者的“心神”与被观照的“物象”之间的交游，最终均以物我合一，获得对“象”的表现形式。

弗莱形神说与中国诗学神思说的共通点主要体现在“超越现实感受的功利性”（澄明/虚静）和“进行二度审美体验”（想象/神与物游）这两个层面。这正是构思中最重要的融入内在生命体验的过程，也是经典作品所以能表现真、善、美的关键点。

弗莱之所以提出“心理价值与造型价值的和谐统一”这一“形式”内涵，是为了修正20世纪30年代欧洲现代艺术中显著的“再现”与“表现”二元对立的现象，就像他提出“表现统一性”与“意蕴统一性”是为了增强欧洲现代艺术的诗意深度，提出“有意味和有表现力的形式”是为了纠正20世纪初期欧洲艺术界重“再现”轻“表

---

① 周振甫：《文心雕龙今译》，北京：中华书局，1986年，第248页。这一段落被广泛视为中国诗学经典之言，许多专著曾做出现代阐释，如：张乾元：《象外之意——周易意象学与中国书画美学》，北京：中国书店，2006年，第227－234页；成复旺：《神与物游——中国传统审美之路》，济南：山东人民出版社，2007年，第3－8页；赖力行、李清良：《中国文学批评史》，长沙：湖南教育出版社，2003年，第126－128页。

现”的现状一样。

1933年，弗莱在他晚年的重要演讲稿《论绘画的双重性质》(“The Double Nature of Painting”)中，阐明了他对欧美现代艺术中“再现”与“表现”二元对立现象的反思，提出艺术形式应具有“再现”与“表现”双重性质的观点。他发现，欧洲于20世纪30年代全力倡导的、以毕加索为代言人的“抽象艺术”(Abstract Art)，虽然“技法精湛，构图高度平衡”，但是“这些作品却缺乏最伟大的再现作品所具有的感召力”，因为它展现的是“一种逃离再现规则，几乎完全脱离任何自然再现的英雄般的尝试”。[①] 也就是说，在欧洲画家面前，摆着两条泾渭分明的道路：一条是“再现”物象，“他可以将他所再现的事物视为所构想的空间中的体积”；另一条是“表现”抽象观念，“他可以主要以事物带给他的联想观点来表现事物”。[②] 但是，弗莱认为，绘画艺术不应该只限于这样两种截然不同的范畴，它应该有第三种范畴，它能够融“再现”与“表现”为一体，同时拥有两种绘画形式的优势。因此，他总结了两种绘画的主要特性，并发出建构第三种绘画范畴的呼吁。

> 让我们至少提出一个问题：是否并不是只有两种绘画范畴？一种可以被称为纯绘画，它以建筑一般的造型和谐或音乐一般的韵律和谐来诉诸我们的情感。另一种范畴则是这样一种绘画，它通过物象的再现来激发观众的联想观念和情感，就像文学一样。[③]

弗莱指出，第三种范畴的绘画应该是这样的：它“既能以造型和谐打动我们，又能以物象再现所带来的联想观念感染我们”[④]。由此他提出了“心理价值与造型价值合一”“诗意狂喜与艺术造型合一”的观点。

弗莱的观点与中国诗学中的“形神合一”和“神与物游”相通。晚清的梅曾亮的一段话最能体现创作者、创作对象和艺术合一的内涵：“无我不足以见诗，无物亦不足以见诗，物与我相遭，而诗出于其间也……肖乎吾之性情而已矣，当乎物之情状而已矣。审其音，玩其辞，晓然为吾之诗，为吾与物之诗，而诗之真者得矣。”[⑤]在梅曾亮

---

① Fry, R. The double nature of painting. In Reed, C. (ed.). *A Roger Fry Reader*. Chicago: The University of Chicago Press, 1996, p. 380.

② Fry, R. The double nature of painting. In Reed, C. (ed.). *A Roger Fry Reader*. Chicago: The University of Chicago Press, 1996, p. 382.

③ Fry, R. The double nature of painting. In Reed, C. (ed.). *A Roger Fry Reader*. Chicago: The University of Chicago Press, 1996, p. 386.

④ Fry, R. The double nature of painting. In Reed, C. (ed.). *A Roger Fry Reader*. Chicago: The University of Chicago Press, 1996, p. 386.

⑤ 梅曾亮：《李芝龄先生诗集后跋》，见黄霖、蒋凡主编《中国历代文论选新编·晚清卷》，上海：上海教育出版社，2008年，第35页。

看来，诗之真即“我”与“物”的契合在“诗”中的表现，而弗莱在他晚年的艺术评论中，最想阐明的就是“我”“物”与“艺术”的融合性。

【结语】 自1894年至1934年，弗莱用一生的艺术研究，完成了对“形式”内涵的三重提炼：第一重内涵是“表现统一性和意蕴统一性”，他着重从艺术的“内在构成”上揭示“形式”的内在机制。第二重内涵是“有意味和有表现力的形式”，侧重从内容和形式的整体关系上揭示“意味”内涵与“有表现力的形式”外延的融合。第三重内涵是“诗意狂喜与造型结构的完美统一”，即艺术作品的“形”与创作者的“神”的统一。其理论与刘勰的“神与物游”相近，达到了艺术形式的最高意境。

第五节　艺术批评：知人论世与以意逆志

罗杰·弗莱具有全球视野，他不仅深入论析乔托、达·芬奇、伦勃朗、塞尚、梵高、毕加索等数十位自中世纪至现代的欧洲艺术家及其作品，而且论述了希腊、英国、法国、中国、印度、埃及、美国等欧、亚、非、美四大洲主要国家的绘画史，其视野之开阔，评论之深入，令人叹为观止。弗莱之所以能够在全球视野内开展艺术批评，是因为他将批评视为基于生命体验的心灵对话，倡导以批评家之心领悟作家作品之情志，在生命体验的共鸣中揭示艺术作品之意味。弗莱将批评基于批评家“训练有素的敏感性和渊博知识之上”[①]，而非某种现成的理论或观点之上，其观点、方法和批评实践与中国传统的“知人论世”和“以意逆志”有相通之处，曾有效推进欧洲艺术批评的发展。

欧洲学界对弗莱的艺术批评的重要价值早已给予肯定。除了英国著名艺术史家肯尼斯·克拉克在1939年赞誉弗莱是改变英国艺术趣味的第一人外[②]，评论家所罗门·菲什曼也做出赞誉性评价：“罗杰·弗莱是英国第一位享有国际声誉的艺术批评家，他的评论为消除英国早期批评家艺术论的狭隘性发挥很大的作用。他的批评展现了高度的知性才能和专业性、学术性风范，这种才能和风范不仅在他的前辈批评家如罗斯金、佩特、西蒙斯、乔治·摩尔的身上不曾显现，而且他同时代的年轻批评家克莱夫·贝尔也不曾拥有。”[③]

---

① 罗森鲍姆：《岁月与海浪：布鲁姆斯伯里文化圈人物群像》，徐冰译，南京：江苏教育出版社，2006年，第28页。

② Fry, R. *Last Lectures*. Boston: Beacon Press, 1962, p. ix.

③ Fishman, S. *The Interpretation of Art: Essays on the Art Criticism of John Ruskin, Walter Pater, Clive Bell, Roger Fry and Herbert Read*. Berkeley: University of California Press, 1963, pp. 105-106.

出于种种原因，学界对弗莱艺术批评的研究尚不充分。菲什曼着重论析弗莱的美学思想，很少分析他的艺术批评，且存有较大的误解，认为弗莱"在学术生涯的大部分时间里都与当时盛行的关注内容和文学联想的绘画态度做斗争，因而他走向了它的反面，倡导一种审美观，将艺术从人类的经验中孤立出来。"[①]雷纳·韦勒克在《近代文学批评史》(第五卷)中简略地点评弗莱的艺术批评，简单罗列了弗莱的部分观点后，便匆匆下结论道，"弗莱的成就大致在于引导大家认识本世纪的新艺术……著述过于脱离具体的文学批评，故而产生不了多大的作用"[②]。在国内，沈语冰对弗莱的研究最多，他在专著《20 世纪艺术批评》中单辟一章讨论弗莱的形式主义批评，重点论析弗莱形式主义批评的美学渊源和美学观点。[③]我们尚可推进对弗莱的艺术批评特性的梳理和评析。

为方便讨论，我们从他众多的艺术批评中选取了他最青睐的乔托、伦勃朗、塞尚批评，从他众多的国别文艺史研究中挑选他最喜爱的法国艺术史、中国艺术史，以揭示他的艺术批评的特性并阐明其价值。

一、艺术批评的基础：知人论世

弗莱在开启艺术作品批评之前，总是以概述和分析艺术家的性情、喜好、趣味和他所处时代特性为开端，为下一步艺术作品批评和艺术史研究奠定基础。其方式与中国传统批评的"知人论世"相通。

何为"知人论世"？诚如孟子所言，"颂其诗，读其书，不知其人，可乎？是以论其世也。是尚友也"(《孟子·万章下》)，也就是说，深刻理解和领悟艺术作品的前提是：一方面要全面了解作家生活时代的社会、政治、文化和环境，以便了解其文艺创作中的思想情感的背景(论世)；另一方面要了解作家本人的性格、情感、思想、修养、气质与爱好，以便领悟艺术作品的内在意蕴(知人)。孟子提出"知人论世"是基于深厚的中国传统文化思想的。首先，它的诗学基础是"诗言志"这一中国传统诗学核心理念。中国古代理论家和艺术家坚信文艺作品感于物，动于情，源于心，其宗旨在于表达情感和怀抱，无论是《尚书》中的"诗言志，歌咏言，声依永，律和声"(《尚书·虞书·舜典》)，还是《礼记》中的"乐者，音之所由生也，其本在于人心之感于物也"或"诗，言其志也；歌，咏其声也；舞，动其容也，三者本于心，然后乐器从之"(《礼记·乐

---

① Fishman, S. *The Interpretation of Art: Essays on the Art Criticism of John Ruskin, Walter Pater, Clive Bell, Roger Fry and Herbert Read*. Berkeley: University of California Press, 1963, pp. 141-142.

② 韦勒克：《近代文学批评史》(第五卷)，杨自伍译，上海：上海译文出版社，2009 年，第 97—100 页。

③ 沈语冰：《20 世纪艺术批评》，杭州：中国美术学院出版社，2003 年，第 55—82 页。

记》)等，均阐明了文艺乃“心”感于“物”之后的真性情表现这一观点。正因为孟子坚信“诗言志”理念，他才会将“人”(作者)与“物”(世界)视为文学批评的根本元素。其次，它的理论基础是孔子的观点。春秋战国时期，针对礼崩乐坏的局面，孔子等有识之士开始整理典籍以寻求恢复礼乐的良方，他所整理的《诗经》不仅是一部文学典籍，也是一部体现政治、道德、伦理思想的文集。孔子提出“兴于诗，立于礼，成于乐”(《论语·泰伯》)的路径，指出“诗可以兴，可以观，可以群，可以怨”(《论语·阳货》)的作用。其中“观”指称“考见得失”，即了解以往的历史和风俗，通晓政治得失，它隐含着审美接受和情感欣赏的意蕴。孟子提出“颂其诗”需“知人论世”，将“颂诗”与对“人”和“世”的观照密切关联，是对孔子的“观”的思想的总结和推进。①

“言志”与“观”也是弗莱所推崇和实践的。弗莱基于自己多年的绘画创作体验，从托尔斯泰的《艺术论》(1898)中汲取了“艺术是人类交流的一种手段……它用相同的情感将人类紧紧相连”②的理念，舍弃托尔斯泰以道德为目的的宗旨，就艺术的本质提出了“情感说”，其核心观点是：“艺术是交流情感的方式，以情感本身为目的”③。弗莱的“情感说”体现“以情为本”的宗旨，与中国诗学“诗言志”理念相通。弗莱相信，文艺批评是一种直觉感悟和理性概括的过程，其目的在于观照并揭示艺术作品所表现的有意味的情感和思想。首先，批评家的唯一手段是他的主观“感觉”：“批评家只能以他所具有的唯一手段来工作，即他自身完全由个人因素构成的感觉……他有义务尽可能诚实地接受他自己的感觉判断。”④其次，批评家需要有一种整体概括能力：有价值的批评方式是以“艺术家的方式去趋近主题而不是用哲学家的方式”，唯有如此，他才能客观公正地看待作品，“将它从整体上提升为艺术的一般原理”。⑤

弗莱对中国艺术兴趣浓厚，主要通过鉴赏和研究获得对中国艺术的了解。他于1906—1910年在美国纽约大都会艺术博物馆担任油画厅主任和欧洲事务顾问，其间他的主要任务是去世界各地鉴定与采购画作，曾涉猎中国艺术作品；他曾在文章中提到自己在博物馆中看到的大都是中国明清时期的画作，宋画很少⑥。1925年，他与大英博物馆的劳伦斯·宾雍、维多利亚和阿尔伯特博物馆的伯纳德·瑞克汉等熟

① 胡经之、李健：《中国古典文艺学》，北京：光明日报出版社，2006年，第342—345页。

② 托尔斯泰：《艺术论》(节选)，见 Wartenberg, T. E.《什么是艺术》，李奉栖、张云、胥全文等译，重庆：重庆出版社，2011年，第109页。

③ Fry, R. Expression and representation in the graphic arts. In Reed, C. (ed.). *A Roger Fry Reader*. Chicago: The University of Chicago Press, 1996, p. 64.

④ Fry, R. *Vision and Design*. New York: Dover Publications, Inc., 2011, p. 200.

⑤ Fry, R. Introduction to the *Discourses* of Sir Joshua Reynolds. In Reed, C. (ed.). *A Roger Fry Reader*. Chicago: The University of Chicago Press, 1996, p. 41.

⑥ Fry, R. et al. *Chinese Art: An Introductory Handbook to Painting, Sculpture, Ceramics, Textiles, Bronzes & Minor Arts*. London: B. T. Batsford Ltd., 1935, p. 2.

悉中国艺术的朋友们一起出版了专著《中国艺术——论中国绘画、雕塑、陶瓷、纺织、青铜等艺术》(1925)，以图文并茂的方式论述和点评中国艺术。弗莱为这部专著撰写了提纲挈领的第一章"论中国艺术的重要性"，阐明中国艺术的主要特性是"线条韵律""线条韵律的流动性和持续性"与"灵动感"①，指出要理解中国艺术，关键在于理解中国人的情感和中国人的处世态度。他认为，中国艺术中的情感就像"欧洲中世纪艺术中的情感"那样不易靠近，但可以感知；中国人从未丧失"人与自然相关联"的态度，因而中国艺术体现出人与自然共通的形态。"他们(指中国人，笔者注)用心灵和直觉感受理解动物这一生命体，而不是用外在的、好奇的观察去理解它们。正是这一点赋予他们的动物之形以独特的生命活力，那是艺术家将内在生命神圣化和表现化的那一部分。"②这篇文章昭示了弗莱以"知人论世"建构艺术批评基础的立场，即从感悟中国人的情感和态度出发去鉴赏中国艺术，概括其特性。这一立场在他论析中国艺术史的时候有详尽的表现。

在《后期演讲稿》中，弗莱着重论析了中国殷、周、秦汉、魏晋时期的绘画。在评论中国艺术之前，弗莱赋予了独特的"知人论世"式概述。首先，他整体观照和论析了中西艺术的共性。他分别简述西方的希腊一地中海文明与东方的中国文明自成一体的发展史，阐明两种文明在逻辑思维、直觉感知等知性体系上享有一定程度的共性：比如，虽然中国特有的亭台楼阁让欧洲人着迷，但是中国田野的村舍与欧洲乡野的农舍并无很大的差异；比如，欧洲人很容易就能读懂中国文学的译本和中国绘画作品。简而言之，弗莱用东西方文明的知性共通性为中国艺术的解读奠定基石。然后，他从绘画所面临的共通问题切入，揭示中西艺术形式的差异源自审美趣味的不同。他认为，艺术创作所面临的共通问题是："艺术作品究竟是充分表现艺术家的鉴赏力，还是让艺术家的鉴赏力从属于其他思考，比如与数学或几何体系保持一致。"③不同文明对艺术究竟是建构一个有力的秩序，还是自由地表现艺术家的鉴赏力的回应是不同的：比如，埃及艺术表现了艺术家的鉴赏力，却让鉴赏力从属于传统的形式与机制；美索不达米亚艺术除早期外一直受制于政治和权威；爱琴海艺术能自由地表现艺术家的鉴赏力，但缺乏深刻而独特的情感；希腊艺术将鉴赏力严格控制在传统的形式与机制之下。他认为，中国艺术具有鉴赏力与形式结构相平衡的独特性：

① Fry, R. et al. *Chinese Art: An Introductory Handbook to Painting, Sculpture, Ceramics, Textiles, Bronzes & Minor Arts*. London: B. T. Batsford Ltd., 1935, p. 2.

② Fry, R. et al. *Chinese Art: An Introductory Handbook to Painting, Sculpture, Ceramics, Textiles, Bronzes & Minor Arts*. London: B. T. Batsford Ltd., 1935, pp. 4-5.

③ Fry, R. *Last Lectures*. Cambridge: University of Cambridge Press, 1939, p. 99.

> 在早期中国艺术中,我们发现几何规则与鉴赏力之间达到了平衡,这一点非常独特。我觉得我们可以说,中国艺术的鉴赏力不曾在哪一个朝代被完全压制过。形式结构以及它的完整性理念从未隐含着对鉴赏力的压制,这一点在其他地区时常发生……不仅艺术家极为少见地被允许自由地表现他的鉴赏力,而且公众也异乎寻常地接纳和欣赏它们的内涵。这种亲密地和下意识地表现艺术家情感的愉悦性,在中国的艺术态度中清晰可见。风格本身或多或少带有早期形式的规则几何形,依据情感发展出一种法式,能满足中国艺术对清晰的形式关系的渴望和对自由韵律的情感表现的需求。[①]

在这段话中,弗莱延续了他在《中国艺术》中阐发的对中国人的情感和处世态度的理解,重点阐明中国艺术注重艺术家的情感表现与艺术形式的规则之间的平衡关系,由此导出中国艺术在审美趣味上推崇形(形式结构)神(鉴赏力)合一的艺术特性,揭示中国艺术"带有高度的意味"而欧洲艺术更推崇"机械式的规则"[②]的差异。可以看出,弗莱所做的"知人论世"式概述聚焦于对中西生命体验的共通性和审美趣味的差异性的整体观照,从深层次建构了异中有同的中西艺术研究平台,为下一步的作品批评提供基础。弗莱未曾到过中国,他的中国知识得益于他的广博阅历、他与一起撰写《中国艺术》的艺术界朋友的交流,以及他所在的布鲁姆斯伯里文化圈的学者们的中国研究。布鲁姆斯伯里文化圈学者的中国研究著作包括:曾到北京大学担任客座教授的哲学家罗素,回国后出版了专著《中国问题》(*The Problem of China*,1922),论述他对中国文明的领悟和建议;汉学家阿瑟·韦利翻译了《170 首中国诗歌》(*A Hundred and Seventy Chinese Poems*,1918)并撰写了《中国绘画研究导论》(*Introduction to the Study of Chinese Painting*,1923)等著作。[③]另外,他结交了一些中国朋友,徐志摩就是其中之一。

不过弗莱对中国艺术的认识是感知的,不是理论的,他并不知晓中国诗学的"知人论世说",他的"知人论世"式概述的深层根基是 17—18 世纪的英国经验主义美学、19 世纪的浪漫主义美学。他继承了洛克、休谟的经验主义归纳法的核心观点,比如:人的认识始于"经验"[④];审美是"主观的"[⑤];审美感受与对象之间具有"同

---

① Fry, R. *Last Lectures*. Cambridge: University of Cambridge Press, 1939, pp. 100-101.

② Fry, R. *Last Lectures*. Cambridge: University of Cambridge Press, 1939, p. 101.

③ 韦利的其他重要著作包括:《道与德:〈道德经〉及其在中国思潮中的地位》(*The Way and Its Power: A Study of the* Tao Te Ching *and Its Place in Chinese Thought*, 1934)、《孔子论语》(*The Analects of Confucius*, 1938)、《中国古代三种思维》(*Three Ways of Thought in Ancient China*, 1939)等。

④ 洛克:《人类理解论》(上册),北京:商务印书馆,1983 年,第 68 页。

⑤ 休谟:《论文集》,见北京大学哲学系美学教研室编《西方美学家论美和美感》,北京:商务印书馆,1980 年,第 108 页。

情性"[①]等。他赞同英国浪漫主义诗人柯勒律治的文艺鉴赏的情感性[②]，华兹华斯的诗歌情感性[③]和雪莱的诗即"想象的表现"[④]的观点。弗莱反复强调他的美学是"一种纯粹的实践美学"[⑤]，他贯通艺术家、作品和批评家的情感，透过艺术家的性情、社会背景或国别艺术史的民族情志、审美趣味去感悟并揭示艺术作品的意味，是对英国经验主义方法论、浪漫主义思想的综合和推进。

弗莱"知人论世"式概述同样运用于他的其他艺术作品和艺术史批评中。

比如，《乔托》一文是弗莱早期最具影响力的艺术批评论文，深入评论乔托在阿西西方济各教堂中的壁画的风格和意蕴。论文在深入评析乔托壁画作品之前，先给予了"知人论世"式的铺垫：首先，他概述了天主教方济各会创始人圣方济各（San Francesco di Assisi，1182—1226）的观念和喜好。他阐明方济各的基本理念是："上帝面前人人平等""个人灵魂直接连通上帝""每个人都是自己的牧师"[⑥]。方济各皈依基督教之前是一名诗人，因而他与他的追随者都特别看重《圣经》故事里的诗歌和戏剧成分，其精神美与感觉美融合为一体。然后，他概述了阿西西壁画作为意大利圣方济各艺术的代表性壁画的总体特性。他指出，这些14世纪以前的壁画展现出"自我表现"[⑦]的特性，与缺乏人情味的拜占庭艺术相比，壁画中饱含"艺术家的显著个性"，它们以生动的姿态与丰富的表情呈现"场景的戏剧性和真实性"[⑧]，颇有艺术创造性。不同壁画展现不同的技法，或凸显古典主义绘画的高贵和宁静，或凸显现实性和戏剧性。再者，弗莱依据史料证实契马部埃与乔托共同绘制了阿西西地面教堂中的壁画[⑨]，其中乔托绘制的是圣方济各传说，体现了"戏剧性和强烈情感"特性，不同于契马部埃的"感伤的现实主义者"特性。[⑩]这便是弗莱在全面展开乔托作品的艺术批评之前所做的铺垫。"知人论世"的侧重点，一方面落在对乔托壁画的绘制对象圣方济各的宗教思想和性情爱好的介绍上，另一方面落在对以乔托为代言人的该

---

① 休谟：《论文集》，见北京大学哲学系美学教研室编《西方美学家论美和美感》，北京：商务印书馆，1980年，第108页。

② Coleridge, S. T. *Lectures and Notes on Shakespeare and Other English Poets*. London: George Bell and Sons, 1884, p. 227.

③ 华兹华斯：《〈抒情诗歌谣〉序言及附录》，见中国社会科学院文学研究所编著《古典文艺理论译丛》（卷一），北京：知识产权出版社，2010年，第6页。

④ 雪莱：《为诗辩护》，见中国社会科学院文学研究所编著《古典文艺理论译丛》（卷一），北京：知识产权出版社，2010年，第81页。

⑤ Fry, R. *Vision and Design*. New York: Dover Publications, Inc., 2011, p. 191.

⑥ Fry, R. *Vision and Design*. New York: Dover Publications, Inc., 2011, p. 92.

⑦ Fry, R. *Vision and Design*. New York: Dover Publications, Inc., 2011, p. 94.

⑧ Fry, R. *Vision and Design*. New York: Dover Publications, Inc., 2011, p. 95.

⑨ 阿西西教堂分为地下教堂和地面教堂两个部分。

⑩ Fry, R. *Vision and Design*. New York: Dover Publications, Inc., 2011, p. 99.

时期意大利艺术总体特性的介绍上。出于历史原因，后世对乔托的生平所知甚少，弗莱也因此略过。有了这些背景基础，对乔托的作品批评便可呼之欲出。

塞尚是弗莱最推崇的画家，他不仅多次评论塞尚，而且撰写专著《塞尚及其画风的发展》(1927)。我们将分析集中在该专著上。专著共18章，前4章集中介绍塞尚的个性、家庭、成长环境、绘画学习经历等。弗莱"知人论世"式的介绍着重阐明：塞尚的个性既害羞敏感又大胆坚定；19世纪下半叶20世纪初期法国画坛的主要特性是库尔贝的写实主义、柯罗的田园牧歌和马奈的视觉性绘画实验并驾齐驱；塞尚学画期间深受马奈和德拉克洛瓦等画家的影响，形成了融想象、视觉印象与和谐色彩为一体的表现性特性。总之，弗莱揭示了塞尚"沿着富有诗意的创意画这条雄心勃勃的道路前行"，去实现"从内心出发寻找构图"[①]的创作方向及其促成因素。这些介绍为弗莱此后评论塞尚早期、成熟期、晚年期的肖像画、风景画、诗意画奠定了基础。

伦勃朗是弗莱最喜爱的画家，弗莱称赞他是"绘画界的莎士比亚"[②]，为他撰写多篇评析文章，其中题为"伦勃朗：一种阐释"(1933)的演讲稿最为全面深刻。他对伦勃朗"知人论世"式的介绍包括：17世纪欧洲艺术界现状，伦勃朗的宗教信仰、教育背景、学画经历、性情喜好等。他寥寥几笔就勾勒了伦勃朗作为一名信奉新教、喜爱古典主义绘画、扎根本土文化的画家的画像，概括了伦勃朗的基本绘画特性："(1)对生活各方面拥有感同身受般的热爱，具备以恰当形式表现生命本身的出色能力；(2)对闪亮的光线情有独钟；(3)对空间关系有直觉敏感性。"[③]这些比较深入的画家性情和时代特征介绍，为充分而深入地点评伦勃朗的作品奠定了基础。

弗莱最熟悉法国艺术史，他不仅评析印象主义的优势和局限，为后印象主义辩护，而且论析了法国绘画史。他对法国绘画史"知人论世"式的介绍主要包括：法国地理环境、法国人的性情喜好和不同时期的历史文化。他认为法国人"颇具智慧，拥有洞见和表现事物之间的关系的能力"，善于把握事物的整体性和奇特性，"对生活的本来面目具有极大的兴趣"。[④] 这些介绍和领悟，为弗莱系统评论法国的原始画、古典主义、新古典主义、浪漫主义、现实主义和印象主义等主要绘画思潮奠定了基础。

可以看出，弗莱"知人论世"式的概述十分重要。无论是概述艺术家的生平经历、生命性情、审美趣味、时代背景和艺术思潮，还是概述一个国家的民族特性、文化

---

① 弗莱：《塞尚及其画风的发展》，沈语冰译，桂林：广西师范大学出版社，2009年，第24、27页。

② Fry, R. Rembrandt: An interpretation. In Reed, C. (ed.). *A Roger Fry Reader*. Chicago: The University of Chicago Press, 1996, p. 366.

③ Fry, R. Rembrandt: An interpretation. In Reed, C. (ed.). *A Roger Fry Reader*. Chicago: The University of Chicago Press, 1996, p. 368.

④ Fry, R. *French, Flemish and British Art*. London: Chatto & Windus, 1951, p. 5.

理念、审美趣味,弗莱都以自己的深刻领悟搭建基础平台,以便在直面艺术作品之前,将我们引导到艺术意蕴的入口处。

二、艺术批评的方法:以意逆志

"知人论世"提供批评基础,"以意逆志"则提供批评方法,这是中国传统诗学的批评要旨,也是弗莱的批评要旨。

"以意逆志"是孟子与弟子咸丘蒙在讨论《诗》的时候提出的,针对弟子从字面义解读诗句内涵的错误做法,孟子指出:"故说诗者,不以文害辞,不以辞害志。以意逆志,是为得之。"(《孟子·万章下》)也就是说:文学批评,不能因字而妨碍对句意的理解,不能局限于语句的表面意思而影响对作者情感思想的理解,要以批评家之心意去求取诗人之心志,或者以古人之心意去求取古人之心志。孟子提出"以意逆志"是有深厚的哲学、伦理学和诗学基础的。哲学基础是孟子的性善论,孟子认为人心是相通的,人性皆善,他提出:"恻隐之心,人皆有之;羞恶之心,人皆有之;恭敬之心,人皆有之;是非之心,人皆有之。"(《孟子·告之上》)既然人心相通,人心向善,那么批评实质上是心灵之间的对话,是仁爱之心的交流。伦理学基础是孟子的"亲亲"和"仁爱说",他认为,亲人之间应保持"亲亲"关系,人与他人之间应保持"仁爱"关系,"君子之于物,爱之而弗仁;于民也,仁之而弗亲。亲亲而仁民,仁民而爱物"(《孟子·尽心上》),亲亲和仁爱都表明,人与人之间均可以达到心心相通、相互理解的境界,文艺批评正是实现心灵相通的途径和方法。诗学基础是"诗言志"理念,春秋战国时期人们普遍以赋诗来交流情感和思想,因而时常会出现像弟子咸丘蒙那样以字面意思曲解诗意或断章取义的现象,由此孟子提出"以意逆志"之说,以更正错误方法,回归"诗言志"本意。[①]

弗莱对艺术批评方法的理解,具有"以意逆志"的相近内涵。他相信,艺术批评的方法是:以自己的情感和想象去参悟艺术作品的形式,充分把握和揭示艺术作品的意蕴。他指出:

> 我相信艺术作品的形式是它最基本的品质,但我相信这种形式是艺术家理解现实生活中的某种感情后的直接结果,而且这种理解无疑是特殊而独特的,与生活保持着距离。我也相信对形式冥思苦想的旁观者必然沿着与艺术家相同的思路向前行进,只是方向是相反的,他要感受的是情感的本源。我相信形式与它所表现的情感是不可分割地融为一体的,是一个美学整体。[②]

---

① 胡经之、李健:《中国古典文艺学》,北京:光明日报出版社,2006年,第347—348页。

② Fry, R. *Vision and Design*. New York: Dover Publications, Inc., 2011, p.206.

弗莱这一段话表达了三层内涵:(1)艺术作品以形式为本质,形式即情感的表现。形式源于生活情感,但高于情感。(2)批评方法就是通过静观和冥思形式,回溯并洞见形式所表现的情感意蕴。(3)形式与它所表现的情感是不可分割的美学整体。

弗莱对批评方法的理解与孟子的"以意逆志"的相通处在于,两者均强调了以"心"观"心"的批评方法。弗莱进一步对批评过程做了具体描述,指出了批评家透过形式回溯情感的本源的路径。这一观点与刘勰的"知音说"异曲同工。刘勰在《文心雕龙》中提出,批评与创作同源同质,皆由心而发,因而要以心观之:"夫缀文者情动而辞发,观文者披文以入情,沿波讨源,虽幽必显。世远莫见其面,觇文辄见其心。"[①]也就是说,创作是观物—情动—辞发的过程,而批评则是观文—情动—妙悟的过程,两者逆向而行,但殊途同归,所表现和领悟的都是情感和思想。此外,弗莱着重强调了形式与情感合一的观点,所体现的是他的"情感说"的核心思想。

弗莱的思想基础是英国维多利亚时期美学和他本人的"情感说",与孟子的性善论、仁爱论和诗言志的哲学、伦理学、诗学基础不同,但有相通之处。弗莱出生于19世纪中期,在他思想成熟的过程中,他受到英国维多利亚时期著名文艺评论家和思想家约翰·罗斯金和马修·阿诺德的影响。罗斯金在《现代画家》中用英国经验分析法赏析了大量自然美景(天空、大地、水、植物、叶子等)和绘画作品(透纳、丢勒、普桑、鲁本斯等),不仅阐明他的"伟大艺术"(艺术的崇高性、统一性、真理性和创造性)[②],而且提出了艺术的典型美(无限性、统一性、静穆性、对称性、纯洁性、适度性)[③]和生命美(生命活力和道德正义)[④],既体现用心体悟自然、艺术和生命美的特性,也凸显了他对艺术的道德性的强调。阿诺德强调了文艺表现人生的观点,提出"诗歌伟大的主要本质在于它将高尚而深刻的思想运用于人生"[⑤],"我们必须求助于诗歌来为我们解释人生"[⑥]等观点。他们的观点不仅凸显了艺术的真善美本质,而且隐含着人心相通,人心向善,文艺表现生命情志的意蕴。弗莱本人的情感说即"艺术是交流情感的方式,以情感本身为目的"[⑦],同样阐发了文艺表现情感的思想。它们

---

① 周振甫:《文心雕龙今译》,北京:中华书局,1986年,第439页。

② 罗斯金:《现代画家》(第三卷),张鹏译,桂林:广西师范大学出版社,2005年,第27—37页。

③ 罗斯金:《现代画家》(第二卷),赵何娟译,桂林:广西师范大学出版社,2005年,第172—215页。

④ 罗斯金:《现代画家》(第二卷),赵何娟译,桂林:广西师范大学出版社,2005年,第215—227页。

⑤ Arnold, M. Wordsworth. In Abrams, M. H. (ed.). *The Norton Anthology of English Literature*(Vol. 2). 5th ed. London: W. W. Norton & Company, 1986, pp. 1434.

⑥ Arnold, M. The study of poetry. In Abrams, M. H. (ed.). *The Norton Anthology of English Literature*(Vol. 2). 5th ed. London: W. W. Norton & Company, 1986, pp. 1442.

⑦ Fry, R. Expression and representation in the graphic arts. In Reed, C. (ed.). *A Roger Fry Reader*. Chicago: The University of Chicago Press, 1996, p. 64.

合力为弗莱的“以意逆志”式批评方法奠定了基础。

“以意逆志”作为批评方法，贯穿在弗莱毕生的艺术批评中。我们将细察他对中国艺术的批评，解析他的方法和目的。

弗莱在“知人论世”概述中已经阐明中国艺术的审美趣味是：鉴赏力与形式结构保持平衡。他用自己的情感参悟两件中国周朝时期的动物青铜器（见图 20、图 21），分析并揭示它们的情感和意味。他这样点评道：

> 这件猫头鹰青铜罐（见图 20）是典型的周朝器皿，展现了将所有形式缩减为高度习俗风格的力量，瞧那翅膀的螺旋形模式，但是它依然保留着动物最基本的生命特性。他如何开心地展现猫头鹰垂头丧气的眼眶。他如何给予鸟儿生机勃勃、精力充沛的姿态，且增添了不无淘气的幽默。①
>
> 周朝艺术家独特的诠释最清晰地展现在这件蚱蜢器皿（见图 21）上。我知道没有人能够将形式提升到如此普遍而抽象的高度却依然保留动物的鲜活生命特性……但是这些昆虫却栩栩如生。秘密无疑在于对什么特性必须保留什么特性可以省略的直觉感受上。秘密也在于即便是欧几里得几何学式的抽象也要拒绝机械式的精确性。看看这些触须，看起来几乎在摇摆，虽然它们被设计为矩形抽象线，但是实际的线条和整个表面无处不是极其感性的。在统一构图的有控制力的知性和源自无意识姿势的自由生命韵律之间有着一种独特的张力，正是这种张力赋予周朝艺术神秘的感染力。②

图 20　猫头鹰青铜器（中国·周朝）

图 21　蚱蜢青铜器（中国·周朝）

---

① Fry, R. *Last Lectures*. Cambridge: University of Cambridge Press, 1939, p. 115.

② Fry, R. *Last Lectures*. Cambridge: University of Cambridge Press, 1939, p. 116.

弗莱对青铜器的点评体现“以意逆志”的特性，实践了他自己提出的“通过静观和冥思形式，回溯并洞见形式所表现的情感意蕴”的批评过程，其中包含三层内涵：

(1)以批评家的情感去感受艺术作品中具体物象的情感：弗莱敏锐捕捉到猫头鹰“垂头丧气的眼眶”和“生机勃勃、精力充沛的姿态”，感受到蚱蜢“看起来几乎在摇摆”的“触须”中的生命特性。

(2)以批评家的学识去领悟作品的构图奥秘：弗莱感悟到猫头鹰青铜器中，“高度习俗风格的”形式(“翅膀的螺旋形模式”)与“动物最基本的生命特性”(垂头丧气、生机勃勃、精力充沛)之间的平衡；他感悟到蚱蜢青铜器中“普遍而抽象”(矩形抽象线)的形式与“动物的鲜活生命特性”(“看起来几乎在摇摆”的“触须”)之间的平衡。

(3)以批评家的思想去整体观照并妙悟作品的深层意味。弗莱从猫头鹰面部神情与身体姿态的张力中，从习俗化形式与鲜活生命特征的张力中，感悟到了周朝艺术家“他”的“开心”和“不无淘气的幽默”的情感和心境；他从蚱蜢高度抽象的形式(“有控制力的知性”的构图)和鲜活的生命特征(“源自无意识姿势”)的张力中，领悟到周朝艺术家所表现的“自由生命韵律”的意味。由此，他得出结论：周朝艺术的感染力源自形(习俗化、抽象化的构图)与神(生命特征)的有机统一。

弗莱对中国艺术品的分析是生动而有创意的，他从“知人论世”中已经领悟到中国艺术鉴赏力与形式结构合一的审美趣味，因而准确地领悟两件青铜器中美的形式与鲜活的生命神情的融合。如果一位批评家不是用自己的情感、学识、思想(意)去了解、感受和领悟艺术家的性情趣味、艺术物象的情感、艺术构图的奥秘、作品的深层意味(志)，他很难做出如此入木三分的点评。正如弗莱所言，他在批评中启用的唯一利器是他的“感觉”，而批评的过程则是通过回溯创作者之意来完成的，即“观作品—情动—妙悟”的过程。

图 22 《圣殇》(乔托)

弗莱对欧美作品和艺术史的批评同样体现“以意逆志”的特性。

在《乔托》一文中，弗莱在完成对方济各的宗教思想、性情爱好和该时期意大利艺术特性的“知人论世”式概述后，便开展了对乔托壁画的“以意逆志”式评论。弗莱点评了多幅乔托壁画作品，通过对线条、色彩、构图等形式分析来阐明乔托作品的情感表现之深刻和有力，其中最出彩的是他对乔托的《圣殇》(见图 22)

这幅壁画的评论：

> 在《圣殇》(*The Pieta*)中，一种更为划时代的观念被表现出来，传达出一种普遍的、宇宙的灾难性印象：画面上充溢着天使们悲痛欲绝的哀号声，她们的躯体因哀伤和狂怒而扭曲变形。如帕都亚壁画所显示，这种效果部分归因于对构图的简洁性和逻辑的直接性的控制力的增强。这些大圆石一般的大块面，以及寥寥数笔便勾勒出的衣服的皱褶，足以准确地表现人物的总体形态。与他更注重多变细节与个性特征的早期绘画相比，这一切都显示出乔托绘画的新趋势。他通过有意识地追求和娴熟地运用简洁的笔触，在这里保持了抚慰人心的优雅风格，情感的表达酣畅淋漓。如果将它与佛兰德斯艺术家的作品做对比，后者以同样的穿透性和同情心表现人类情感的深度，我们就会认识到所有重要的意大利艺术家从希腊—罗马文明中所继承的伟大的优雅风格的重要性。乔托在这里所表现的情感是无与伦比的，古典艺术很少触及。[①]

在这段点评中，弗莱就像一位有经验的导游，引导我们从总体印象进入画面深处，将乔托在画面中表现的情感和使用的技法和盘托出。首先，他通过对天使形象的生动描绘，阐明画面何以给人留下哀伤印象。然后，他揭示营造出哀痛情感的主要形式元素：构图的简洁性和直接性、大块面的运用、线条的简洁、风格的雅致等。最后，他对比乔托与佛兰德斯艺术，阐明它们的共性在于深切地表现人类的情感，继承了希腊—罗马艺术的真谛。点评之所以深入，除了弗莱对绘画技法的熟练把握之外，最重要的是弗莱对乔托表现人类最深层情感的创作心理有深刻领悟，唯有如此，他才能将形式与意蕴融会贯通。弗莱的艺术批评就像他所点评的绘画作品一样具有感染力，因为它是对艺术创作的“以意逆志”。

弗莱对塞尚的性情和成长历程的概述使他锁定了塞尚“从内心出发寻找构图”[②]的绘画特性，它是弗莱点评塞尚画作的基石。我们不妨看看他是如何点评塞尚晚年的作品《玩纸牌者》(*The Cardplayers*)(见图23)的：

> 自从伟大的意大利原始画家以来，很难让人想起任何构图——也许可以提到一两件伦勃朗的晚期作品——像塞尚的这件作品那样给我们一种如此强烈的纪念碑式的庄重感和抗拒力，也很少有一件作品像它那样令我们想起某种已找到中心而再无移动可能的东西。然而，它却并没有想要刻意强调这样一个理念，它只是相当自然地、不可避免地从一个非常普通的情境的绝对真诚的诠释中呈现。

① Fry, R. *Vision and Design*. New York: Dover Publications, Inc., 2011, p.116.

② 弗莱：《塞尚及其画风的发展》，沈语冰译，桂林：广西师范大学出版社，2009年，第24、27页。

图 23 《玩纸牌者》(塞尚)

……

在这里,他似乎最大限度地抛弃了一切不必要的东西,只留下其精粹。构图的简洁达到了这样的程度,甚至连乔托都可能犹豫是否会这么做。因为,不仅每一件可见之物都严格平行于画面,人物看上去几乎像埃及浮雕般严格的侧面像,而且还对称分布在中轴线上。这一点再一次似乎故意地得到桌子上的瓶子的强调。是的,一旦接受了这一点,塞尚就采取一切手段来使它显得不那么具有毁灭性。中轴线被稍稍移置,其平衡则得到略微倾斜的椅背的矫正,两个男人的姿势也有轻微却富有意味的变化。但首先是主要体积内诸平面运动的不断变化,轮廓线的不断调整,色彩的复杂性——在其中塞尚独有的那种带点蓝、紫和绿色的灰色调衬托出橙色与古铜红——最后是其畅快自由的笔迹,避免了一切僵硬和单调的暗示。生动的感觉要比亘古的静寂更为强大有力。例如,玩纸牌者的双手就带有某种物质的重量感,因为它们在彻底的安详中显得很放松,却有着不容置疑的生命潜力。

事实上,这些人物拥有某些古代纪念碑式的分量、矜持与庄严。对我们来说,这间小小的咖啡屋经过塞尚生花妙笔的转换,成了一个划时代的场所,人物的姿势和事件在那里达到了荷马式的静穆和崇高。①

弗莱对一幅构图简单的人物画做出如此生动而深刻的点评,是因为他已经读懂

① 弗莱:《塞尚及其画风的发展》,沈语冰译,桂林:广西师范大学出版社,2009 年,第 164—166 页。

了画面所表现的内在意蕴：具有“纪念碑式的庄重感和抗拒力”的人物，置身于普通的场景之中；偶然中的庄重，普通中的亘古，看似矛盾的构思却为深刻意义的传达提供了可能。弗莱用一大段精湛的形式分析来阐明：简洁的构图、浮雕般凝重的人物、稍稍移置的中轴线、变化的轮廓线、复杂的色彩、自由的笔迹是如何融会贯通，表现出深刻的生存意蕴的。弗莱显然是在读懂了塞尚一生的情感思想的奥秘的基础上，解读这一幅画的。

伦勃朗留给弗莱最深刻的印象是他的移情能力以及他对光线和空间关系的敏感，它们是弗莱的伦勃朗批评的聚焦点。比如，弗莱这样点评伦勃朗作于 1637 年的插图《大象》(*An Elephant*)(见图 24)：

图 24　《大象》(伦勃朗)

作为一名插图画家，伦勃朗展现了高超的想象力，能够即刻以直接而简洁的方式抓住本质并揭示它们……伦勃朗与莎士比亚都拥有一种近乎神奇的力量，能创造并展现在我们面前丰满的、完整的、可信的活生生的生命，而且能用无比简练的语句或笔法完成其创作，正如这幅《大象》所展现的那样。莎士比亚三言两语就能为我们刻画出栩栩如生的人物形象，而伦勃朗用寥寥几笔就能暗示脑袋的转向或手臂的伸展。他们两人都是用心灵进行创作的，也就是说，他们用本能移情的方式而不是用外部观察的方式进行创作。[①]

① Fry, R. Rembrandt: An interpretation. In Reed, C. (ed.). *A Roger Fry Reader*. Chicago: The University of Chicago Press, 1996, pp. 369.

图 25　音乐家(法国 13 世纪雕塑)

弗莱对伦勃朗的《大象》的点评非常简略,却一针见血地阐明大象的肖像如此有生命活力,是因为伦勃朗具备将自己的情感和思想投射到大象身上,感受并表现大象的情感张力的移情能力。他“将自己的情感投射到对象中……他能感受到它们身上流露的紧张和张力,其强烈程度由心而发,酷肖人类之性情”[①]。弗莱对伦勃朗及其作品的理解显然是深入骨髓的。

弗莱对法国艺术史的研究同样体现出“以意逆志”的特性。他在前面概述部分重点阐述法国人关注生活的本来面目的“智慧”和“整体观”后,这样点评这幅法国 13 世纪雕塑《音乐家》(见图 25)。

> 现在让我们看看这种敏捷的思维和对实际生活的自觉感受是如何隐含在视觉艺术中的。我们可以假设,它喻示一种独特的力量,去捕获人类生活的本原特性,去表现它们的形貌和运行意义,它们就隐藏在转头和举手这样的动作中。
>
> 我们在早期的作品中就发现这样的特性。13 世纪一个儿童音乐家的雕塑,一个来自法国东北部城市兰斯的门庭雕塑,就是例证,我们从它那里可以立即感受到法国艺术的独特品质。大多数 13 世纪的雕塑是用于装饰教堂的,具有明确的宗教目的。但是我们可以假定,兰斯地区的一些富人喜爱教堂中的雕塑,于是请一位雕塑家定制音乐家雕塑来装饰他们自家的门厅,这个雕塑便是其中的一个。显然那位雕塑家颇具智慧,他觉得可以用日常生活素材去制作一个独特而美丽的雕塑品,就像制作圣母玛利亚和耶稣基督雕塑一样,虽然同样的动机已经见诸教堂本身的普通装饰中。但是奇特的是,在这个雕塑中,艺术家已经明确地抓住了人物的主要个性。头部的转动和脸部的表情不仅让我们生动地意识到这名儿童的个性而且感觉到他的心境。他一心一意地沉浸在音

① Fry, R. Rembrandt: An interpretation. In Reed, C. (ed.). *A Roger Fry Reader*. Chicago: The University of Chicago Press, 1996, pp. 369.

乐演奏中，完全超然世外——他的脸上带着一种视而不见的神情，这一点从他远离外部世界，专注内心思想中可以看出。

雕塑保持着平衡的姿态，极少肌肉的张力，只是手部用力，与他的情态相符。整个设计呈现一种特别自如的韵律之势和整体性因为它是由一位伟大的雕塑家制作而成的。不过这会儿我想请你关注这一事实，那就是：韵律是基于对当时流行成语的想象性领悟的。这位音乐家的雕塑者特别幸运，13世纪这一瞬间的造型是灵动的，符合实际生活的多样性，而构图序列又异常宽广而简单。①

弗莱对法国艺术作品的分析是以他对法国国民性的把握为出发点的。他从13世纪雕塑中揭示的是法国艺术家旨在表现生活的本来面目的艺术理念和技法。他对雕塑的来源的猜测性论述极为巧妙地揭示了13世纪法国艺术从宗教作品转向民间作品的发展趋势。他重点揭示雕塑家表现生活本来面目的特性：儿童音乐家超然物外的心境神态与流畅的韵律和13世纪的生活形态浑然一体。

三、艺术批评的价值：实践审美批评，揭示艺术共性

评论家所罗门·菲什曼曾高度赞扬弗莱是“英国第一位享有国际声誉的艺术批评家”，具有良好的“专业性、学术性风范”②。的确，弗莱的最大价值在于推进欧洲艺术批评的审美性和国际性。我们将他的艺术批评的价值归结为以下两点。

1.将欧洲艺术批评从文学性、道德性和印象式批评推进到审美性批评

艺术批评的诞生是以“美的艺术”的诞生为基本前提的。诚如海德格尔所言，“直到18世纪中叶，现代意义上的‘美的艺术’才真正诞生；艺术不再是天、地、人、神际会游戏的场所，不再是人们膜拜的对象，也不复神性与人性的平衡，而是单纯的人类审美活动”③，也就是说，直到1750年德国美学家鲍姆嘉通第一次将“审美”定义为研究“感性认识的科学”④；康德在《判断力批判》(1790)中阐明美的艺术“不带任何利害”“普遍性愉悦”“无目的的合目的性”和“共通感”的四大契机⑤，审美批评在西方才真正起步，而艺术的审美批评要比文学的审美批评晚得多。

---

① Fry, R. *French, Flemish and British Art*. London: Chatto & Windus Ltd., 1951, pp. 6-7.

② Fishman, S. *The Interpretation of Art: Essays on the Art Criticism of John Ruskin, Walter Pater, Clive Bell, Roger Fry and Herbert Read*. Berkeley: University of California Press, 1963, pp. 105-106.

③ 海德格尔：《海德格尔选集》，孙周兴编译，上海：上海三联书店，1996年，第885—886页。

④ 鲍姆嘉通：《美学》，简明、王旭晓译，北京：文化艺术出版社，1987年，导论。

⑤ 康德：《判断力批判》，邓晓芒译，北京：人民出版社，2002年，第37—76页。

西方艺术批评的开端是文学性批评。虽然西方画论始于古希腊赫拉克利特和德谟克利特等关于"艺术模仿自然"[①]的片言只语,自柏拉图和亚里士多德至18世纪的卡拉瓦乔、普桑、雷诺兹,美学家和画家不断重申艺术模仿论[②],英国的荷加斯曾出版专著《美的分析》,论析美的六项原则和基本绘画构图[③],但是真正的艺术批评要从法国狄德罗算起。他用"沙龙随笔"记录对参展作品的评论,开创了艺术批评之先河。他采用的是文学性艺术评论,重点描述画面的人物场景。比如他这样评论名为《定亲的姑娘》的画作:"主题动人,看着它心里不禁涌起激动的暖流。我觉得这幅作品很美,表现真实,仿佛确有其事。十二个人物各有位置,各有所司。彼此衔接,非常协调,像起伏的波浪,又如自下面垒起的金字塔。"[④]他以这样的直观描述开篇,在余下的篇幅里,逐一描写十二个人物的动作、姿态、手中物件,以及心理活动、人物对话、故事情节,类似看图作文,其文学性虚构描写天马行空,但不曾提及绘画的构图、线条、色彩、色调、明暗等技法,也不揭示作品意味。这类文学性艺术评论在18世纪比较流行。[⑤]

19世纪中期的英国艺术批评是道德性的,罗斯金是代表人物。我们不妨看看他在《现代画家》(第五卷)中是如何评论克劳德的作品《金牛朝拜》的。在评论该风景画之前,罗斯金先将风景画定义为表现"完美教育以及文明熏陶的人类的生活,同时与完美的自然景物与修饰的精神力量相联系"[⑥]的绘画。然后他这样点评《金牛朝拜》(见图11):

> 为了更好地表达荒凉的西奈山,画面上的河流更长,树木和植物更为柔和。两个对朝拜典礼不感兴趣的人正饶有兴致地在河面上泛舟。画中的牛大约十六英尺长,亚伦将此牛放在美丽的柱子上,在其下方有五人正在跳舞,还有二十八个人以及一些孩子正在朝拜。在左侧树下的四个大瓶子中有提供给跳舞者的点心,一个有威望的人用皮带牵着一条狗,他主持着分发点心的事宜……[⑦]

除了详述画面细节,罗斯金没有对画面做文学性虚构,这是他的评论与狄德罗的文学性评论的不同之处。他没有分析画作的技法和意蕴,重点给出了一段道德性评价:"考虑到太阳光线效果以及它们优美的细节问题,他的作品确实值得人们赞

---

① 张弘昕、杨身源:《西方画论辑要》,南京:江苏美术出版社,2008年,第18—20页。

② 张弘昕、杨身源:《西方画论辑要》,南京:江苏美术出版社,2008年。

③ 荷加斯:《美的分析》,杨成寅译,桂林:广西师范大学出版社,2005年。

④ 狄德罗:《狄德罗美学论文选》,张冠尧、桂裕芳译,北京:人民文学出版社,2008年,第397页。

⑤ Fry, R. The double nature of painting. In Reed, C. (ed.). *A Roger Fry Reader*. Chicago: The University of Chicago Press, 1996, p. 383.

⑥ 罗斯金:《现代画家》(第五卷),陆平译,桂林:广西师范大学出版社,2005年,第286页。

⑦ 罗斯金:《现代画家》(第五卷),陆平译,桂林:广西师范大学出版社,2005年,第289—290页。

赏;而考虑到他的作品对深层自然力量非常不敬,其主题概念非常模糊,那么他的作品就显得非常低级。"[①]也就是说,画作缺乏自然的完美性和明确的道德主题,因而是低级的。对罗斯金来说,艺术的目标就是表现完美的道德。

19 世纪末期的英国艺术批评是印象式的,唯美主义者瓦特·佩特是代言人。他在《文艺复兴:艺术与诗的研究》中倡导这样的艺术批评:批评的原则是"了解自己印象的本来面目,对之加以辨析,并明确把握它";批评的目标是"通过其优美而使人产生美感或快感……区分、分析这些优点,将这些优点同其附属物分离开来,指出美感和快感源自何处"[②]。为实践他的理论,他将艺术作品置于社会历史大背景中,充分阐发他对作品的优美和快感的印象和溯源。他对达·芬奇《蒙娜丽莎》(见图 26)的点评就是例证:

图 26　《蒙娜丽莎》(达·芬奇)

> 这朵玫瑰很奇怪地被画在了水边,她表达了千百年来人们希望表达的东西……她的眼皮有些倦怠。它的美来自肉体、奇异的思想、虚妄的梦幻和极度的热情,一个细胞一个细胞地在这里堆积起来,把她在那些白色的希腊女神或美丽的古代妇女们旁边放一会儿,她们将会对这种心灵及其所有疾患均包蕴其中的美多么困惑啊!所有有关于这世界的思想与体验铭刻在那儿、扭结在一起:它们有力量对外在的形式、希腊的兽欲、罗马的纵欲、中世纪的精神至上和空洞的爱、对异教世界的复归和波尔查的罪恶进行提炼并赋予其意义。她比她置身其中的岩石更苍老,就像吸血鬼一样,已经死过多次,熟知坟墓的秘密,她像吸血鬼一样嵌入深海,总是为吸血鬼堕落的日子所笼罩;她向东方商人购买了奇异的织物;她像特洛伊的海伦的母亲勒达,像玛利亚的母亲圣安娜;所有这一切对她来说只是像

① 罗斯金:《现代画家》(第五卷),陆平译,桂林:广西师范大学出版社,2005 年,第 290 页。

② 佩特:《文艺复兴:艺术与诗的研究》,张岩冰译,桂林:广西师范大学出版社,2002 年,序言。

七弦琴和长笛的声音、只能在一种柔和的光线中，才能与富有变化的表情和色调较淡的眼睑和双手相匹配……[①]

在这段评论中，批评家的想象无比丰富，漫无边际且极为夸张地阐发他对作品的印象：蒙娜丽莎的美和女性的肉体，与希腊、罗马、中世纪关于欲望、爱和罪恶的奇思异想，与人类对吸血鬼、死亡、东方的虚妄想象，与人类的极度热情等多重印象错综关联；这些印象就是蒙娜丽莎的"微笑"的美感和快感的来源。佩特迷醉于厚重的文化和历史之中，竭尽想象之能事，但是距离艺术作品本身的形式和技法(构图、色彩、线条、明暗、透视)很远，距离人物的生命情感也很远。对佩特而言，艺术批评只需关注"时代的动荡、天才和情感体现在什么人身上？使之得以提炼、升华和鉴赏的场合何在？"[②]，画作本身的情感意味和形式特性并不重要。

简要总结一下上述三种艺术批评的特性：狄德罗的文学性艺术批评，通过描写画面之"象"，让批评成为画作中"真实生活"的详尽阐释，所恪守的是"艺术模仿生活"的模仿论理念；罗斯金的道德性艺术批评，通过描写画面之"象"，让批评发挥评判画作的道德高低的功能，所遵循的是"文学表现道德"的维多利亚时期文艺观；佩特的唯美主义印象式艺术批评，任由想象自由驰骋，尽情阐发批评家对作品的印象，所实践的是"为艺术而艺术"的宗旨。

弗莱的艺术批评与上述三种都不同。他实践的是审美批评，即以批评家的心灵去领悟艺术作品的情感思想的批评，所遵从的是他自己提出的"艺术是交流情感的方式，以情感本身为目的"[③]的"情感说"。审美批评在文学评论中见于蒙田的《随笔集》、柯勒律治的《莎士比亚演讲录》等，柯勒律治曾阐明其内涵：一个真正的批评家需要"把他自己放在中心，从这个中心出发俯视全体"，并在鉴赏过程中考察人类不朽的灵魂与时代、地点和生活习俗等外在因素的关系，才能真正把握批评的实质。[④]也就是说，批评的实质就是批评家和作家之间的心灵对话，以揭示隐藏在文艺作品中的人类的本性/灵魂/精神。弗莱所实践的正是透彻领悟并揭示绘画作品中人类情感思想的批评，为此他启用"批评家—作家—作品—意味"这样的批评途径，所体现的正是我们在前两部分所论述的两大特性：(1)知人论世：批评家需要全面了解创作者的经历、性情、趣味、思想及时代、社会、文化，或国别艺术的地理、社会、文化、国

---

① 佩特：《文艺复兴：艺术与诗的研究》，张岩冰译，桂林：广西师范大学出版社，2002 年，第 161—162 页。

② 佩特：《文艺复兴：艺术与诗的研究》，张岩冰译，桂林：广西师范大学出版社，2002 年，序言。

③ Fry, R. Expression and representation in the graphic arts. In Reed, C. (ed.). *A Roger Fry Reader*. Chicago: The University of Chicago Press, 1996, p. 64.

④ Coleridge, S. T. *Lectures and Notes on Shakespeare and Other English Poets*. London: George Bell and Sons, 1884, p. 227.

民性、趣味，为深入理解绘画作品奠定基础。比如他对乔托、塞尚、伦勃朗，以及对法国和中国的概述。(2)以意逆志：批评家从自己对“人”和“世”的综合感悟出发，用自己的心灵去感悟作品的形式，揭示作品的内在意蕴。比如乔托《圣殇》中的极度哀伤，塞尚《玩纸牌者》中的生存意蕴，伦勃朗《大象》中的情感投射，法国《音乐家》中的心境，中国周朝青铜器的形神合一。弗莱的审美批评体现了批评家、艺术家、艺术作品三者合一的特性。

2. 以全球视野努力推进古今艺术与世界艺术的互鉴

弗莱的艺术批评从总体上可以划分为两大阶段，即古今互鉴与全球互鉴。古今互鉴是他推进欧洲艺术的驱动力。他的批评始于印象派艺术研究，他在以严谨的分析揭示印象主义绘画的哲学原理和形式特征的同时，也批判了它为追求视觉印象的逼真性却“将艺术和美丢到一边”[①]的缺陷。他因此重返古典，在讲授欧洲艺术和在美国大都会艺术博物馆任职的 15 年间，大量鉴赏意大利、法国、英国等国的欧洲古典绘画，评论南非部落艺术、伊斯兰艺术、黑人雕刻、美洲古代艺术等世界其他地区作品，阐明经典绘画的精妙之处在于其传情达意的感染力，并提出他的“情感说”。弗莱举办后印象主义画展并发表“后印象主义”辩护文，实质上是他在古今互鉴中对欧洲根深蒂固的“模仿论”的反拨和颠覆，旨在阐明后印象主义绘画的价值在于继承并推进“艺术表现情感”这一拉斐尔之前的中世纪艺术和原始艺术的精髓。在这一阶段，他全程启用“知人论世”和“以意逆志”的批评方法，从画家的性情、思想、趣味出发，深刻而精辟地解析了乔托、克劳德、伦勃朗、塞尚、梵高、高更、马蒂斯等数十位古典和现代画家的作品，既深入浅出，又极具说服力，超越了政治、文化、地理的隔阂，并创造性地提出了“有意味的和有表现力的形式”[②]这一全新的艺术本质界定。

全球互鉴是他的艺术批评所达到的巅峰。在他中晚期的批评中，他研究了欧洲、亚洲、非洲、美洲的世界艺术，有力的武器就是知人论世和以意逆志。他一方面探讨艺术与生活、艺术与科学、艺术与自然的关系等基本问题，反复评论重要欧洲画家画作，不断纠正自己前期理论中重“表现”轻“再现”的倾向，强调绘画应保持表现和再现的双重性；另一方面广泛研究法国、英国、中国、印度、埃及等世界重要国家的艺术类型，揭示世界艺术的共性与差异性。他总是在深刻领悟一个画家/国家的性情/国民性和审美趣味之后，再对每一幅画做深入的情感和形式双重点评，既生动又深刻。

---

① Fry, R. The philosophy of impressionism. In Reed, C. (ed.). *A Roger Fry Reader*. Chicago: The University of Chicago Press, 1996, p. 20.

② Fry, R. Post impressionism. In Reed, C. (ed.). *A Roger Fry Reader*. Chicago: The University of Chicago Press, 1996, p. 109.

【结语】 弗莱是艺术批评不同于狄德罗的文学性描绘、罗斯金的道德性评判和瓦特·佩特的印象式联想,他的艺术批评具有生命取向,保持知人论世和以意逆志两大特性,倡导用批评家之心领悟作品(作家)的心意,其目标在于获得生命体验的共鸣和洞见,以揭示蕴藏于艺术形式之中的生命真谛。这一质朴的以心观心的批评方法,赋予他推进欧洲艺术观,对话全球艺术的巨大力量,值得我们深思。

第三章　克莱夫·贝尔的形式主义美学

克莱夫·贝尔(Clive Bell,1881—1964),英国现代视觉艺术理论家和艺术批评家。他的最大贡献在于提出了以“有意味的形式”为核心思想的形式主义美学理论,就视觉艺术的本质和形式提出了富有原创性的理论,同时在艺术批评上有所创新,为推进英国乃至欧洲的视觉艺术理论发挥了重要作用。

贝尔的英国形式主义视觉艺术理论的主要来源是他对后印象主义画家的创作感悟的提炼和对艺术、文学、哲学、宗教与伦理的贯通。他毕业于剑桥大学,博览群书,对政治、历史、文学、宗教、伦理,尤其是艺术均有广泛兴趣。他深入鉴赏和研究塞尚等后期印象派艺术,结识了毕加索等诸多现代画家,娶画家瓦妮莎·斯蒂芬为妻,观察并领悟艺术创作的过程。他结识了艺术批评家罗杰·弗莱,在艺术理论上受到弗莱的影响,并作为主要成员参与了弗莱主办的两次后印象派画展。

他的专著《艺术》是在后印象主义画展结束后完成并出版的。他在全面总结后印象主义绘画的基础上,建构了视觉艺术理论,并依照自己的理论对欧洲绘画艺术史做了全新的解析。他撰文评论了雷诺阿、卢梭、毕加索、马蒂斯等诸多印象主义和后印象主义艺术家的作品。虽然他的艺术批评视野仅限于现代法国绘画,不能与弗莱的世界视野相提并论,但是他从哲学、文学、宗教、历史等跨学科视野出发,所建构的视觉艺术理论在立意、境界和综合思辨能力上体现了很高的水平,对促成欧洲绘画从“写实”到“写意”的转向发挥了重要作用。

由于贝尔的“有意味的形式”(significant form)概念简练、醒目、锐利,直击西方艺术的“模仿论”传统,且专著《艺术》审美假说明确,论析相对系统,贝尔时常被置于罗杰·弗莱之前予以介绍,虽然学界清楚弗莱出道在先,以艺术批评精深著称。比如英国美学家李斯托威尔的《近代美学史评述》便是一例[①];在中国美学史上贝尔基

① 李斯托维尔:《近代美学史评述》,蒋孔阳译,合肥:安徽教育出版社,2007 年,第 128—129 页。

本居于弗莱之前①,乃至独居其位②。这一现象并不奇怪,因为年少气盛的贝尔1913年就在《艺术》中提出了视觉艺术理论,而弗莱用毕生40年的艺术批评(1894—1933)予以证实,两人相辅相成,不可或缺。

贝尔的主要论著包括《艺术》(*Art*,1913)、《即兴随感》(*Pot-Boilers*,1918)、《塞尚之后》(*Since Cezanne*,1922)、《论英国的自由》(*On British Freedom*,1923)、《19世纪法国绘画的里程碑》(*Landmarks in Nineteenth-Century French Painting*,1927)、《普鲁斯特》(*Proust*,1929)、《法国绘画介绍》(*An Account of French Painting*,1931)、《欣赏绘画》(*Enjoying Pictures*,1934)和回忆录《老朋友:个人回忆》(*Old Friends: Personal Recollections*,1956)等。

他聚焦的核心问题是:什么是视觉艺术的本质?形式创造有哪些基本法则?什么是艺术批评?围绕上述问题,我们从四个方面论析他的形式主义美学理论:(1)贝尔其人其思想;(2)视觉艺术本质;(3)艺术形式法则;(4)艺术批评。

第一节　贝尔其人其思想

克莱夫·贝尔的生平经历后人所知不多。他在《老朋友:个人回忆》中主要回忆了他对弗莱、弗吉尼亚·伍尔夫、利顿·斯特拉奇、凯恩斯等老朋友的印象,仅简短回忆他本人年轻时的生活片段。他的儿子、女儿、女婿曾写过简略的回忆文章,描写他的个性和品德。比如他儿子昆丁·贝尔在为伍尔夫撰写的传记中,提到他父亲穿着考究,骑马姿势优雅,是一个非凡的射鸟高手;他智商极高,博闻强记,对绘画艺术有丰富知识。他的女婿戴维·加尼特和女儿安杰莉卡·加尼特则重点强调了贝尔天性快乐,热情好客,热爱生活,学识渊博,感知敏锐。③他的思想主要体现在他的专著和论文中。

他生命中几个重要的节点包括:

家庭背景　1881年,克莱夫·贝尔出生于富裕家庭。父亲崇尚金钱,喜爱打猎、骑马、射鸟等上流社会热衷的娱乐活动。贝尔深受影响,喜爱并保持悠闲的生活态度和方式。

大学生涯　1899年克莱夫·贝尔、索比·斯蒂芬、利顿·斯特拉奇、伦纳德·伍

① 汝信主编,金惠敏等著:《西方美学史》(第四卷),北京:中国社会科学出版社,2008年。

② 牛宏宝:《现代西方美学史》,北京:北京大学出版社,2014年。

③ 参见罗森鲍姆:《岁月与海浪——布鲁姆斯伯里文化圈人物群像》,徐冰译,南京:江苏教育出版社,2006年,第102—118页。

尔夫同年入学剑桥大学三一学院。他们在三一学院创建了“子夜社”(Midnight Society),一个本科生读书俱乐部。这一社团后来发展成为伦敦著名的“布鲁姆斯伯里文化圈”,这几位就是核心成员。在读期间,他们深受剑桥大学教师乔治·摩尔的伦理学思想的影响。1902 年,贝尔获得学士学位,从剑桥大学毕业。1902—1903 年,他用一年的时间撰写有关英国政治的论文,1903 年夏天,他与父亲一起外出打猎。

痴迷艺术 1904 年,贝尔在巴黎从事历史学研究,爱上了绘画艺术,尤其痴迷当时盛行的印象主义绘画。他结交了英国画家杰拉德·科里(Gerald Kelly)、加拿大画家莫里斯(J. W. Morrice),法国画家罗德瑞克·欧康纳(Roderick O'Conor)等,了解绘画技法,观赏塞尚、高更、马蒂斯、德兰、毕加索等画家的作品。1905 年,贝尔参加索比·斯蒂芬举办的星期四聚会(即布鲁姆斯伯里文化圈),参与画家瓦妮莎·斯蒂芬(即索比·斯蒂芬的妹妹、弗吉尼亚·伍尔夫的姐姐)组建的“星期五俱乐部”,探讨美学和绘画。1906 年,贝尔攻读法律。1907 年,贝尔与画家瓦妮莎·斯蒂芬结婚。1910 年,贝尔结识罗杰·弗莱,协助弗莱在伦敦格拉夫顿美术馆举办了第一次后印象主义画展(1910)和第二次后印象主义画展(1912)。1911 年,他结识毕加索,毕生保持友好关系。

著书立说 1913 年,贝尔出版专著《艺术》,阐发有关“有意味的形式”的形式主义视觉艺术理论。他原计划将它扩充成一部更为详尽的著作《新的文艺复兴》,但是由于第一次世界大战爆发,写作计划搁浅。1915 年,他出版反战小册子《立即和平》(*Peace at Once*),伦敦市长下令立即销毁此书。1918 年,他出版《即兴随感》,一本杂文集,评论蒙田、易卜生、鲍斯威尔、威廉·莫里斯以及当代艺术等。1921 年,贝尔出版《诗集》(*Poems*)。1922 年,贝尔关于艺术的论文集《塞尚之后》出版,重点评论法国当代画家。此后,贝尔陆续出版了一些著作:《论英国的自由》(1923)、《19 世纪法国绘画的里程碑》(1927)、《论文明》(*Civilization*,1928)、《普鲁斯特》(1929)、《法国绘画介绍》(1931)、《欣赏绘画》(1934)和回忆录《老朋友:个人回忆》(1956)。

1964 年,克莱夫·贝尔去世。[1]

---

① 有关贝尔生平的重要资料,参见 Bell, C. *Old Friends: Personal Recollections*. New York: Harcourt, Brace and Company, 1956; Fishman, S. *The Interpretation of Art: Essays on the Art Criticism of John Ruskins, Walter Pater, Clive Bell, Roger Fry and Herbert Read*. Berkeley: University of California Press, 1963, pp. 73-75;罗森鲍姆:《岁月与海浪:布鲁姆斯伯里文化圈人物群像》,徐冰译,南京:江苏教育出版社,2006 年,第 259—293 页。

第二节 视觉艺术的本质:有意味的形式

克莱夫·贝尔的突出贡献在于提出了"有意味的形式"这一视觉艺术本质说。它简洁锐利,直指当代西方艺术之局限,如雷纳·韦勒克所言,具有"比较广泛的冲力"[①]。它与罗杰·弗莱的系列论文合力完成了对后印象主义绘画的学理阐述和特征概括,促成了20世纪初期欧洲艺术的表现转向,为西方美学史创建了"形式主义美学"这一分支。

但是欧洲学界对它的研究不多,主要集中在质疑和辩护中。20世纪二三十年代,贝尔的理论遭到了观点狭隘[②]、循环论证[③]、审美情感谬误[④]等诸多质疑;六七十年代才陆续出现一些辩护,但依然质疑不断。比如:菲什曼认为,它的最大弱点是审美情感这一说法,但总体上可"将贝尔的形式主义看作对流行的文学式绘画分析的一种必要的对抗"[⑤];《英国美学期刊》1965年第5期刊登数篇论文,从伦理、艺术批评、审美情感等多方面重审贝尔理论的价值[⑥]。白怀特在专著《克莱夫·贝尔的眼睛》(*Clive Bell's Eye*,1975)中论析了贝尔的人本主义审美的必要性[⑦];麦克劳克林逐一反拨学界质疑后,阐明贝尔的思想具有传统继承性[⑧]。

中国学界的研究也不多,但对贝尔的理论基本持肯定观点。1928年,画家丰子恺在《一般》杂志上连载西方画派点评文章,他概述了贝尔理论的要点,称其为"塞尚艺术的哲学解释"[⑨],认为它充分说明了19世纪与20世纪画派间的鸿沟。1936年,

---

① 韦勒克:《近代文学批评史》(第五卷),杨自伍译,上海:上海译文出版社,2009年,第98页。

② Aitken, C. On art and aesthetics. *Burlington Magazine*, 1914—1915, 26, pp. 194-195.

③ Ducasse, C. J. *The Philosophy of Art*. New York: The Dial Press, 1929, p. 308.

④ Richards, I. A. *Principles of Literary Criticism*. London: Routledge, 1924, pp. 15-16.

⑤ Fishman, S. *The Interpretation of Art: Essays on the Art Criticism of John Ruskins, Walter Pater, Clive Bell, Roger Fry and Herbert Read*. Berkeley: University of California Press, 1963, p. 98.

⑥ 这一组论文包括:Dickie, G. T. Clive Bell and the method of "principia ethica". *British Journal of Aesthetics*, 1965, 5 (April), pp. 139-143; Elliott, R. K. Clive Bell's aesthetic theory and his critical practice. *British Journal of Aesthetics*, 1965, 5 (April), pp. 111-122; Meager, R. Clive Bell and aesthetic emotion. *British Journal of Aesthetics*, 1965, 5 (April), pp. 123-131; Read, H. Clive Bell. *British Journal of Aesthetics*, 1965, 5 (April), pp. 107-110.

⑦ Bywater, W. G. *Clive Bell's Eye*. Detroit: Wayne State University Press, 1975.

⑧ McLaughlin, T. M. Clive Bell's aesthetics: Tradition and significant form. *The Journal of Aesthetics and Art Criticism*. 1977, 36 (4), pp. 433-443.

⑨ 这些文章后由开明书店于1930年结集出版,即《西洋画派十二讲》。其中有关印象派、后印象派的部分2015年由新星出版社结集出版。见丰子恺:《如何看懂印象派》,北京:新星出版社,2015年,第161页。

朱光潜在《文艺心理学》中指出，贝尔从学理上总结了后印象主义艺术，“值得注意”①。1981 年，李泽厚在《美的历程》中认为，贝尔“这一不失为有卓见的形式理论”虽有“循环论证”的局限，却为“后期印象派绘画提供了理论依据”②。1985 年，钱谷融发表论文，肯定贝尔用“有意味的形式”表达了内容与形式相统一的内涵。③同年，王又如参考西方 20 世纪 60 年代发表的论文，阐明了贝尔美学思想的四个特点——现代经验主义美学、受摩尔伦理学影响、以“表现”为特征的新形式主义和为后印象主义绘画提供理论基础，以及三点启示——摈弃形式/内容二元对立，推动形式/情感关系研究，重视艺术的自主性。④

中西学者的观点出现较大差异，是由贝尔理论的特性造成的。贝尔的“有意味的形式说”实质上是对后印象主义画论的概括和提升，带有较强的直觉感悟和审美想象成分，兼具例证分析和逻辑论证。贝尔所论析的“有意味的形式”其内涵接近柏拉图、亚里士多德和康德的观念，也与中国诗学的“虚静说”相近。我们将从中西理论双重视角来阐明其内涵和价值。所关注的核心问题是：“有意味的形式”的艺术内涵是什么？它的形而上学内涵是什么？从宗教、历史和伦理等学科出发进行审视，它体现怎样的内涵？

一、“有意味的形式”的艺术内涵：创造形式与表现审美情感

1913 年，克莱夫·贝尔在专著《艺术》中，提出了他的审美假说。他指出：圣索菲亚大教堂、沙特尔窗户、墨西哥雕塑、波斯碗、中国地毯、乔托在帕多瓦的壁画、普桑(Poussin)的名作、皮耶罗·德拉·弗朗切斯卡(Piero delia Francesca)和塞尚的画作等，所有这些艺术作品共同的、本质的属性是，它们都是“有意味的形式”：

> 在每一件作品中，以独特的方式组合起来的线条和色彩、特定的形式和形式关系，激发了我们的审美情感。我把线条和颜色的这些关系和组合，这些审美上动人心扉的形式称为“有意味的形式”；“有意味的形式”就是所有视觉艺术作品的共同属性。⑤

贝尔的“有意味的形式说”是在特定的历史背景下提出的。1910 年和 1912 年，

---

① 朱光潜：《朱光潜全集》(第一卷)，合肥：安徽教育出版社，1987 年，第 231 页。

② 李泽厚：《美的历程》，天津：天津社会科学出版社，2001 年，第 37 页。

③ 钱谷融：《关于艺术性问题——兼评“有意味的形式”》，载《文艺理论研究》1985 年第 11 期，第 2—5 页。

④ 王又如：《略论贝尔与弗莱的形式主义美学思想》，载《上海社会科学院学术季刊》1985 年第 5 期，第 181—194 页。

⑤ Bell, C. *Art*. North Charleston: Create Space Independent Publishing, 2012, p. 3.

贝尔协助罗杰·弗莱在伦敦举办了两次后印象主义画展，画展激起了英国公众强烈的愤慨。其中的缘由不难理解：在西方绘画史上，自文艺复兴时期的达·芬奇、米开朗琪罗、拉斐尔，到17世纪的普桑、伦勃朗、鲁本斯，18世纪的夏尔丹、雷诺兹，19世纪浪漫主义画家席里柯、德拉克洛瓦与现实主义画家库尔贝、米勒，直至19世纪印象派画家莫奈、雷诺阿等，虽然绘画主题经历了从宗教题材到日常生活和自然风景的变迁，绘画技法也各有侧重，但是模仿物象、追求逼真的本质和目标却始终未变，即便印象派也始终忠实于瞬间印象的真实再现；但是后印象派却彻底丢弃了模仿表象的"再现"特性，而专注于"表现"画家的主观感受，所展出的作品看似儿童的涂鸦。这巨大的反差就如丰子恺所言，不啻引发了"西洋绘画上的大革命"①。

面对公众的愤怒，弗莱和贝尔以各自的方式向公众阐释这一新艺术画派的本质。弗莱在1911—1912年发表一系列辩护文章，阐明后印象派对西方传统绘画的继承性②，后印象派主要画家塞尚、梵高、高更和马蒂斯的原创性③，后印象派艺术本质的情感性④，后印象派艺术"形式"的有机整体性⑤。贝尔1913年出版专著《艺术》，以后印象主义为主要例证，阐明视觉艺术的本质和特性。两人的观点时有交集，但由于他们的目标不同，观点和立场也有所不同：弗莱旨在阐明后印象主义的传统性与独创性，以便将它纳入西方绘画史；贝尔力图从后印象主义创作的学理分析中提炼出新的视觉艺术本质说，用全新的审美假说重审和重建西方绘画史。也就是说，弗莱以广泛而深刻的艺术批评揭示了西方绘画的多样性，贝尔以全新的审美假说颠覆了西方传统的艺术模仿论。

贝尔的"有意味的形式说"是基于英国经验主义归纳法而提出的。贝尔强调美学理论需基于审美经验，通过理性概括而完成："一个人若想详尽阐明一种可信的美学理论，就必须具备两种素质：艺术鉴赏力和明晰的思辨力。没有鉴赏力，一个人就无法获得审美经验，而不能基于广博而深入的审美经验的理论是没有价值的。人们只有将艺术看作取之不尽的激情的源泉，才能从中演绎出有益的理论；而从精确的素材中推论出有益的理论是需要大量脑力劳动的。"⑥贝尔的方法论与弗莱的方法论

---

① 丰子恺：《如何看懂印象派》，北京：新星出版社，2015年，第144页。

② Fry, R. The Grafton Gallery—I. In Reed, C. (ed.). *A Roger Fry Reader*. Chicago: The University of Chicago Press, 1996, pp. 86-89.

③ Fry, R. The Grafton Gallery—II. In Reed, C. (ed.). *A Roger Fry Reader*. Chicago: The University of Chicago Press, 1996, pp. 90-94.

④ Fry, R. Post impressionism. In Reed, C. (ed.). *A Roger Fry Reader*. Chicago: The University of Chicago Press, 1996, pp. 99-110.

⑤ Fry, R. The Grafton Gallery: An apologia. In Reed, C. (ed.). *A Roger Fry Reader*. Chicago: The University of Chicago Press, 1996, pp. 112-116.

⑥ Bell, C. *Art*. North Charleston: Create Space Independent Publishing, 2012, p. 2.

相近,后者同样以感受与分析为主要途径:"科学的好奇心和理解的欲望促使我在每一个阶段去概括,对自己的印象做出逻辑性的综合分析。"①他们两人所遵循的都是英国经验主义归纳法,与休谟的方法一脉相承:"只有卓越的智力加上敏锐的感受,由于训练而得到改进,通过比较而进一步完善,最后清除了一切偏见,只有这样的批评家对上述称号才能当之无愧。这类批评家,不管在哪里找到,如果彼此意见符合,那就是趣味和美的真实标准。"②

确切地说,贝尔在《艺术》中开门见山,直截了当地阐述的"有意味的形式"这一审美假说,是他从自己对大量艺术作品的感悟中提炼出来的。贝尔提出审美假说后,并没有采用柏拉图式的"定义—分析"演绎法:首先"统观全体,把和题目有关的纷纭散乱的事项统摄在一个普遍概念下面,得到一个精确的定义",然后"把全体剖析成各个部分"③,以建立明晰的理论体系,他采用的是"定义—实例归纳"法:首先提出审美假说,然后提出例证予以归纳。从整体看,他的分析性和逻辑性都比较弱,循环论证时有出现。不过主要观点还是阐明了。

贝尔在"有意味的形式"的定义中,提出了两个关键词:"形式"和"意味"。"形式"就是"根据某种未知的、神秘的法则安排和组织起来,以独特方式打动我们"的线条和色彩的组合。④而"意味"就是我们被视觉艺术形式唤起的独特情感,我们称它为"审美情感"⑤,而我们被自然美景唤起的情感不能称为审美情感。总之,唤起我们审美情感的视觉艺术的共同特性是"有意味的形式",不能唤起"审美情感"的作品不能称为艺术作品。贝尔如此循环论述了一番,就是为了说明,"形式"唤起"意味","意味"源自"形式","有意味的形式"是所有视觉艺术的共同特性。

通过作品分析,贝尔归纳出"有意味的形式"在艺术层面的两重内涵。

(1)视觉艺术的"形式"是创造性的,不是再现性的。贝尔认为原始作品是真正的艺术,因为它们并不描摹物象,而是创造形式,以形式表现情感,并以情感表现为最终目的。

> 原始艺术一般来说是出色的……因为它没有描摹事物的特性。在原始艺术中,你找不到精确的再现,你只发现有意味的形式。没有其他艺术能像原始艺术那样打动我们。不论是苏美尔雕塑,埃及前朝艺术,古希腊和中国魏唐名

---

① Fry, R. *Vision and Design*. New York: Dover Publications, Inc., 2011, p. 191.

② 休谟:《论趣味的标准》,见北京大学哲学系美学教研室编《西方美学家论美和美感》,北京:商务印书馆,1980年,第112页。

③ 柏拉图:《斐德若篇》,见朱光潜《朱光潜全集》(第十二卷),合肥:安徽教育出版社,1991年,第132页。

④ Bell, C. *Art*. North Charleston: Create Space Independent Publishing, 2012, p. 4.

⑤ Bell, C. *Art*. North Charleston: Create Space Independent Publishing, 2012, p. 3.

> 作,日本早期作品……还是更近一点6世纪的原始拜占庭艺术……或者更远一点白人进入之前中美和南美盛行的那种神秘而壮美的艺术;在所有这些艺术中,我们可以观察到三个普遍特性:没有再现,没有炫耀的技巧,唯有卓越的有意味的形式。联系这三个特点,不难发现:过于关注精确再现和炫耀技法,有意味的形式就会丧失。……原始人既没有创作再现的幻象,也没有展现夸张的技法,而是致力于做一件必做的事:创造形式。因而他们为我们创作了最出色的作品。①

在这里,贝尔以欧、亚、美、非等几大洲的原始艺术为例,归纳出原始艺术以"创造形式"为原则,不注重物象再现和技法炫耀,重在表现"有意味的形式"。他并不否定"再现"在绘画中的作用,但是他认为"再现"只是一种技法,要服从于"形式"的创作,"如果一种再现的形式具有艺术价值,它的价值在于形式而不在于再现"②。

(2)视觉艺术的"意味"是一种由视觉艺术作品唤起的独特情感,我们称它为"审美情感",它是艺术作品的本质属性。"审美情感"超越于现实世界之上,它表现普遍的、永恒的精神,因而能够打动人心。

贝尔认为,近现代欧洲盛行的"描绘性绘画"不是艺术,因为它的形式不是用来表现情感,而是当作手段来暗示情感或传达信息,因而它没有意味,不能唤起我们的审美情感。比如,英国现实主义画家威廉·鲍威尔·弗里斯(William Powell Frith)的《帕丁顿火车站》(*Paddington Station*)(见图27)和卢克·菲尔德斯(Luke Fildes)的《医生》(*The Doctor*)(见图28)就不是艺术作品,因为它们只是描摹现实,不能唤起审美情感。

图27 《帕丁顿火车站》(弗里斯)

① Bell, C. *Art*. North Charleston: Create Space Independent Publishing, 2012, pp. 8-9.

② Bell, C. *Art*. North Charleston: Create Space Independent Publishing, 2012, pp. 9.

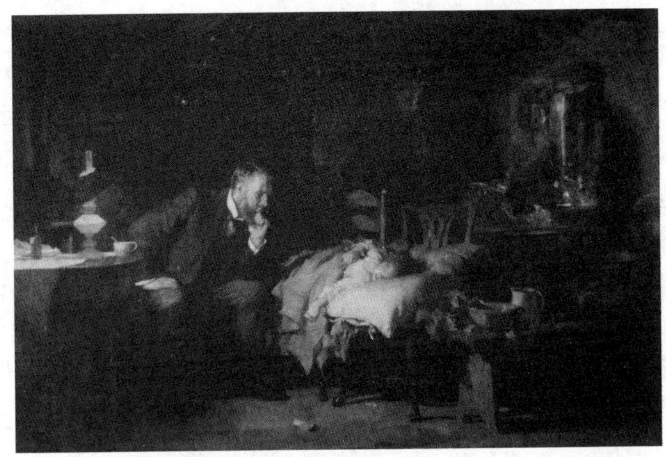

图 28　《医生》(菲尔德斯)

《帕丁顿火车站》不是一件艺术作品,它只是一个有趣而好玩的文献。在这幅画中,线条和色彩被用于叙述逸事,暗示观念和表现一个时代的行为举止和风俗习惯,而不是被用来唤起审美情感。对于弗里斯来说,形式和形式关系不是感情的表现物,而是暗示感情和传达观念的手段。[①]

《医生》当然不是一件艺术作品,在画中,形式不是用来表现情感的,而是暗示情感的手段。单单这一点就足以让他一文不值。更糟糕的是,它暗示的情感是虚假的。所暗示的不是同情和钦佩,而是同情和慷慨之外的那种得意感。[②]

贝尔通过作品分析,阐明:照相式的逼真"再现"不能唤起我们的审美情感,因为它不是以情感表现为目的,而是让作品成为暗示情感和传达观念的手段。如果所传达的观念是虚假的,那就更糟糕了。这样的作品都不是艺术。

艺术作品的宗旨是超越生活世界,以表现审美情感为目的:

我们欣赏艺术作品,不需要从生活中带入任何东西,不需要带入相关的生活观念和事件知识,也不需要熟知相关情感。艺术将我们从人类活动世界带入审美愉悦世界。在这一片刻,我们与个人利益隔离,我们的期盼和记忆全都被捕获了,我们被提升到生活的河流之上……全神贯注的哲学家和专注欣赏艺术作品的观众,他们置身于其中的那个世界本身就具有强烈而独特的意义,它的意义与生活的意义毫不相干。这个世界有它自己的情感,生活情感在这里找不到位置。[③]

① Bell, C. *Art*. North Charleston: Create Space Independent Publishing, 2012, pp. 6-7.

② Bell, C. *Art*. North Charleston: Create Space Independent Publishing, 2012, pp. 7.

③ Bell, C. *Art*. North Charleston: Create Space Independent Publishing, 2012, p. 9.

贝尔认为，审美情感与个人利益无关，它是形式和形式关系所建构的艺术世界所特有的。一个画家如果无力创作有审美情感的形式，他就会用“再现”来弥补，去暗示现实生活。同理，一个观众如果审美情感不足，他就会到形式背后去寻找生活情感。在这两种情形中，画家和观众所创作和感悟的都不是艺术。真正的艺术创作是用线条和色彩来唤起审美情感，而真正的艺术批评则是通过分析形式和形式关系来揭示审美情感。

艺术的目标就是唤起人们的审美情感，因而它是普遍的、永恒的。换句话说，艺术就是“栖身于高高的山巅上的精神”[①]，它“超然于时间、地点等偶然因素之外，与考古的、历史的、圣徒传等内容无关”[②]。

> 伟大艺术的标记在于他的魅力是普遍的、永恒的。对于能够感受到审美情感的人来说，“有意味的形式”总能唤起他们的审美情感……伟大的艺术之所以光辉永驻，是因为它所唤起的情感超越了时空，因为它的王国不是此时此地的世界。对于那些具有形式意味感的人来说，打动他们的形式无论是前天在巴黎创作的，或是五千年前在巴比伦创作的，这又有什么关系呢？艺术的形式是永不枯竭的，但是它们都是沿着审美情感这条道路通向同一种审美快感的世界。[③]

而后印象主义正是以“形式创造”和“表现审美情感”为主导特性的画派，因而它是真正的艺术。它是对文艺复兴以来逐渐增强的“形似”传统的颠覆，是对拜占庭原始艺术的回归。后印象主义画家塞尚的作品“最鲜明的特点就是追求‘有意味的形式’这一最高目标”[④]。而在过去的400年中，只有普桑、克劳德、格列柯、夏尔丹、安格尔、雷诺阿等少数天才画家才能够创作“有意味的形式”，才能够像乔托和塞尚那样打动我们。

> 像所有合理的艺术革命一样，后印象主义不过是回归最原初的艺术原则罢了。闯入一个艺术家被期盼成为摄影师或杂技演员的世界里，后印象主义者宣称他将超越一切，成为一个艺术家。他说，不要去关注再现和技艺了，去关注有意味的形式吧！去关注艺术吧！创作一件艺术作品是如此艰巨，没有闲暇的时间去追求形似或者卖弄技巧。……后印象主义并不是人们通常所认为的那种野蛮艺术革命，它事实上是一种回归，不是回归到某种特定的绘画传统，而是回归到视觉艺术的伟大传统。后印象主义者把原始艺术所期盼的理想展现在每一位

---

① Bell, C. *Art*. North Charleston: Create Space Independent Publishing, 2012, p. 13.
② Bell, C. *Art*. North Charleston: Create Space Independent Publishing, 2012, p. 14.
③ Bell, C. *Art*. North Charleston: Create Space Independent Publishing, 2012, p. 14.
④ Bell, C. *Art*. North Charleston: Create Space Independent Publishing, 2012, p. 15.

艺术家面前。自12世纪以来，只有那些艺术天才才珍视这种理想。后印象主义重申了艺术的首要戒律：你应该去创造形式！通过重申这一戒律，后印象主义跨越时空，与拜占庭原始艺术以及艺术史上每一次有活力的艺术运动握手对话。①

由此，贝尔结束了对"有意味的形式"艺术层面的两重内涵"创造形式"与"表现审美情感"的论证，并将"后印象主义"与拜占庭原始艺术以及艺术史上所有有活力的艺术运动放置于同等重要的位置上，赋予它厚实的基础。

不过从整体看，贝尔在论述方式上更侧重阐述自己的审美感悟，阐明自己对后印象主义艺术与原始艺术的学理归纳，并未花大力气展开论证。他的阐述一直在"审美情感""形式""有意味的形式"等几个关键词之间绕圈子，缺乏说服力，因而引发了西方研究者的质疑和争论。理查兹认为，人的心理中根本就不存在贝尔所说的"审美情感"②，弗莱也认为贝尔的"审美情感"仅仅是"一种虔诚的信念，而不是理由充分的论断"③。

随后，贝尔进一步在形而上学层面上展开了论析，思想更为深入。

二、"有意味的形式"的形而上学内涵：表现终极现实

贝尔论析了"有意味的形式"的形而上学内涵。他以艺术家的创作过程为依据，围绕"有意味的形式"为何能打动人心这一问题展开。

他认为，艺术家的创作过程包括下列关键要点：

(1)创作者表达的是"情感"，因而"有意味的形式"能打动人心。

(2)创作者的"情感"是从对物质美和自然物的沉思中获得的。

(3)创作者在观照"物体"时，将它们从各种现实关系中脱离出来，将它们理解成彼此相关的"纯粹形式"，并从纯粹形式中领悟到"情感"；然后他用"形式"将"情感"表现出来。在这个过程中，最重要的是，创作者从物体中看到的是纯粹的形式，而不是将它们看作传达信息或观念的手段。比如创作一把椅子，不要从椅子的用处、与家庭的关系、往昔的回忆等去感悟它，而是要脱离现实关系，将它看作纯粹的形式，表现它本身。

有时，当一位艺术家(真正的艺术家)观照物体的时候，他会将这些物体(比如房间中的物件)理解成彼此相关的纯粹形式，并领悟纯粹形式中蕴含的情感。这就是艺术家获得灵感的时刻，他随即会产生表现自己的感受的欲望。艺术家

---

① Bell, C. *Art*. North Charleston: Create Space Independent Publishing, 2012, pp. 16-17.

② Richards, I. A. *Principles of Literary Criticism*. London: Routledge, 1924, pp. 15-16.

③ Fry, R. A new theory of art. In Reed, C. (ed.). *A Roger Fry Reader*. Chicago: The University of Chicago Press, 1996, pp. 158-162.

> 获得灵感时所感受到的情感，不是那种将物体看作手段时所感受到的情感，而是那种将物体看作纯粹形式时所感受到的情感，也就是说，将物体本身看作目的……在审美观照时，艺术家不是把物体看作裹在各种联系中的手段，而是把它看作纯粹的形式。他是在纯粹的形式中感受到被激发的情感的，或者说，他通过纯粹的形式来感受情感。①

(4)创作者把“物体”看作“纯粹的形式”，也就是将它从所有临时的、偶然的利害关系中解放了出来，将它从作为手段的所有意义中解放出来，这样也就是把它本身看作目的。而将它本身看作目的，也就是进入了“物自体”层面，或者说，进入“终极现实”层面。贝尔用一系列反问来表达了他的观点：

> 将物体本身作为目的具有什么意味呢？我们将物体与外界的各种联系，以及将物体作为手段的全部意义都剥离后，剩下的是什么呢？剩下的那个能唤起我们的情感的东西是什么呢？哲学家曾称它为“物自体”，现在又称它为“终极现实”的东西是什么呢？最深刻的哲学家认为事物本身的意义便是其终极现实意义，如果我也这样认为，这难道是荒谬的想法吗？对于我的问题“特定的线条和色彩组合为什么会如此深刻地打动我们”，我们的回答是：“因为艺术家可以用线条和色彩的组合来表现他们所感受到的终极现实感，而那种感受正是物自体以线条和色彩自我显现的。”这样的回答可以吗？②

(5)视觉艺术中的“有意味的形式”正是我们可以从中领悟“终极现实感”的那种“形式”。“艺术家获得灵感时所感受的情感，其他人偶尔以艺术的方式观照物体时所感受的情感，以及我们许多人思考艺术品时所感受的情感，都是同一种情感。它们都是通过纯粹形式显现出来的终极现实感。”③

至此，贝尔完成了对“有意味的形式”就是“物自体”或“终极现实”的形而上学论证。他实际上揭示的是一种审美观照法，一种剥离依附在“物体”身上的各种现实关系，将“物体”本身看作目的，以实现由表及里，领悟物体本质的审美观照过程。这一过程在中国诗学中称为“虚静”。

中国诗学中的“虚静说”，明晰而深刻地揭示了这一文艺审美观照方式。“虚静说”最早可追溯到老子的“致虚极，守静笃”④，强调保持虚静心态，以超越表象把握本真。刘勰阐明了“虚静”在创作构思中的价值，提出“是以陶钧文思，贵在虚静，疏瀹

---

① Bell, C. *Art*. North Charleston: Create Space Independent Publishing, 2012, p. 20.

② Bell, C. *Art*. North Charleston: Create Space Independent Publishing, 2012, p. 20.

③ Bell, C. *Art*. North Charleston: Create Space Independent Publishing, 2012, p. 20.

④ 老子：《道德经·第十六章》，见任继愈著《老子绎读》，北京：北京图书馆出版社，2006年，第35页。

五藏，澡雪精神”[①]的思想。此后，皎然(唐)、苏轼(宋)、李贽(明)、金圣叹(清)等诸多学者阐发了“虚静说”。中国学者强调通过“去物象”“去自我”，来营造一个适宜文艺创作的虚明心境。所谓“去物象”就是从实用功利中移出物象而做审美把握；从特定时空中移出物象以观其永恒；从具体形态中移出物象以观其精神；从异己状态中移出物象而使物我契合，去除原本那个与我对立的物象，重塑一个与我合一的生命体。[②]所谓“去自我”就是虚以待物，获得心灵的恬淡和自由，回归真我。通过这一过程，“我”实现了心灵的超越。“‘真我’之心清静微妙，如玉壶冰心，它可以臻万物于一体，达到与万物同致的境界。”[③]就如老子“致虚极说”所言，只有保持虚静心境，才能观照万物。[④]

贝尔的论析在这里主要阐明了“去物象”的过程，尚未触及“去自我”层面，但是通过去除现实利害关系，他实际上已经将“形式”提升到柏拉图、亚里士多德的形式一元论境界以及康德的审美判断力境界。柏拉图用“理式”指称统摄世界之根本的原则。该词的希腊文为“eidos”，其原意是“种、属”，类似哲学上的“普遍、一般”。柏拉图赋予它超验的属性，将它看作为万物的“共相”，一种根本性的、先在性的客观精神范型。亚里士多德的“形式”也是“eidos”，在内涵上对柏拉图的理式有推进，不仅指称事物的共相、范型，还包含事物的“动力因”“目的因”，因而它是本质的、动态的、主体的；同时“形式”不能脱离物体来理解，形式与质料相辅相成。贝尔指出“有意味的形式”即“终极实在”时，其内涵与柏拉图的“理式”相同；同时他实践了亚里士多德的“形式不能脱离物质来理解”的原则，将“意味”与“形式”紧密连接成“有意味的形式”。贝尔所提到的“物自体”概念来自康德。康德指出，存在于人类之外的“物自体”是不依赖于人的意识而存在的，人类所认识的只是“物自体”作用于我们感官而在我们心中留下的感悟。以这一思想为基础，康德这样定义美的形式：从鉴赏判断的质来看，美是“完全无利害的”[⑤]；从鉴赏判断的量来看，美是“不凭借概念而普遍令人愉快的”[⑥]；从目的关系看，美是“合目的性的形式”[⑦]；从对象所感到的愉快情状上看，美是具有“共通感”[⑧]的。贝尔在论述中不断指出，线条和色彩的形式是物体自身

---

① 周振甫：《文心雕龙今译》，北京：中华书局，1986年，第249页。

② 参见朱良志：《中国艺术的生命精神》，合肥：安徽教育出版社，2006年，第238—239页。

③ 朱良志：《中国艺术的生命精神》，合肥：安徽教育出版社，2006年，第242页。

④ 老子：《道德经·第十六章》，见任继愈著《老子绎读》，北京：北京图书馆出版社，2006年，第35页。原文为：“致虚极，守静笃。万物并做，吾以观其复。”

⑤ 康德：《判断力批判》(上卷)，宗白华译，北京：商务印书馆，1996年，第47页。

⑥ 康德：《判断力批判》(上卷)，宗白华译，北京：商务印书馆，1996年，第57页。

⑦ 康德：《判断力批判》(上卷)，宗白华译，北京：商务印书馆，1996年，第74页。

⑧ 康德：《判断力批判》(上卷)，宗白华译，北京：商务印书馆，1996年，第76—79页。

的显现，而艺术家只有在没有利害关系（即剥离现实关系）的状态下才能感悟到“物自体”的显现。其观点与康德的观点一脉相承。

三、艺术本质的精神性、历史性和思想性

贝尔进一步论析艺术与宗教、艺术与历史、艺术与伦理的关系，从精神、历史、思想三个层面对艺术的本质“有意味的形式”做整体观照。

1. 艺术本质的精神性

贝尔从渊源和表现方式两个方面阐明，艺术与宗教一样，均表现了人类的精神。

（1）艺术源自人性的精神深处，是生活中的人们获得快感的一种方式。“一件艺术品中所表达的情感源自人的精神本性的深处……艺术作品深刻地影响着人的精神生活。”[①]而宗教和艺术一样，它只关注情感世界，只有当物质的东西具有情感意味的时候，它才会去关注。

（2）视觉艺术创作与我们所生活的物理世界有关，因为创作通常是因为受到周围事物的触动而进入状态。但是创作者的目标是表现情感，并不关心事物的实际效用。“艺术作为获得情感的一种手段……它可能与物理世界有关……但是如果这些事物是作为获得情感之外的任何手段，艺术就不会理会它们所具有的价值，也就是说，艺术无视它的实际效用。”[②]而宗教同样是个体情感意味的表达，宗教与艺术所表达的情感与生活中的情感不同，它们都超越于生活情感之上，能使人获得超凡脱俗的愉悦，是获得超然心境的方式。

因而，“艺术和宗教处于同一个世界中，它们都是实体世界，人们试图在其中捕捉极微妙、极飘忽的观念，并保持这些观念鲜活。两个王国都不是此岸世界，因此我们说艺术和宗教是精神的两个孪生兄弟般的表现形式”[③]。

2. 艺术本质的历史性

贝尔认为，既然艺术是人类精神状态的一种表现形式，那么艺术的历史实质上就是人类精神历史的一种表现。或者说，艺术史就是人类精神史的索引。

（1）艺术史与宗教史之间有着一种根本性的联系，因为两者都是精神的表现形式。“宗教的伟大时代一般都是艺术的伟大时代。”[④]

（2）在艺术史中，我们可以领悟人类的精神史。我们可以通过艺术鉴赏把握创作者和他所处时代的精神状况。

---

① Bell, C. *Art.* North Charleston: Create Space Independent Publishing, 2012, p. 28.
② Bell, C. *Art.* North Charleston: Create Space Independent Publishing, 2012, p. 28.
③ Bell, C. *Art.* North Charleston: Create Space Independent Publishing, 2012, p. 30.
④ Bell, C. *Art.* North Charleston: Create Space Independent Publishing, 2012, p. 35.

如果历史不只是事实的编年目录，如果它涉及思想和精神的运动，那么我同意，要正确地理解历史我们不仅必须清楚每一个时代产出的艺术作品，而且还必须知道艺术作品的价值。如果说艺术作品的审美意味或无意味的确见证了某种精神状态，那么，审美意味的鉴赏人自然能够对那个时代的创作者和观众的精神状态形成自己的看法。①

(3)纯粹的艺术审美判断不需要借助历史事实，但是若想知晓艺术创作的发展情况，则需要了解历史。也就是说，"有意味的形式"这一艺术审美假说的第一层内涵，即艺术作品的本质属性是"有意味的形式"，是建立在审美体验基础上的，它强调艺术审美的主观性，与历史事实无关。但是审美假说的第二层内涵，即"有意味的形式"是对现实中感受到的一种独特情感的表达，它会促使我们关注特定历史时代的精神状态。在某些历史时代，"有意味的形式"受到了忽视，人们的现实感是模糊而黯淡的，这样的时代也是精神贫乏的时代。

(4)艺术发展史与社会精神演变史完全保持一致。这一点可以从基督教艺术的兴起、衰落和消亡中得到确证，"有意味的形式"的衰退意味着艺术的退化和宗教感的衰退。

我会发现，无论什么时候，只要艺术家受其他不相关的利益所驱使，从而脱离了他们的分内事——创作形式，社会的精神就开始衰落了。在某些时代，对事物表象的关注完全淹没了形式的意味感，这样的时代就是精神饥荒的时代。因此，当我顺着艺术生命的轨迹跨越1400年的漫长历史的时候，我将尽力留意人类的终极现实感——艺术可能就是它的一种表现形式。②

3. 艺术本质的伦理性

贝尔认为，艺术是善的，因为它是一种以其本身为目的善。

贝尔接受了乔治·摩尔在《伦理学原理》中所说的："善"就像"红"一样，是无法定义的，但人人都知道善是什么；"善"并不像哲学家所提出的那样，指称"愉悦"；"心境"就是本身作为目的的善。也就是说，在完全脱离现实的状态中，本身作为目的而善的东西能够保持其作为目的的全部价值，而作为手段而善的东西在脱离现实的状态中则会失去其全部价值。因而我们要确认某东西是否善，只要看它在完全脱离现实后，是否依然有价值就好了。而艺术正是那个作为目的而善的东西，它带给社会和观众的"善"是无与伦比的。

---

① Bell, C. *Art*. North Charleston: Create Space Independent Publishing, 2012, p. 35.

② Bell, C. *Art*. North Charleston: Create Space Independent Publishing, 2012, p. 37.

> 要从伦理的角度证明人类活动的合理性，我们必须要问："这种活动是获得善的心境的方式吗？"就艺术而言，我们可以做出迅速而果断的回答。艺术不仅是获得善的心境的方式，而且可能是我们所拥有的最直接最有效的方式。没有什么比艺术更直接的方式了，因为没有东西会比艺术更直接地影响人的心灵，会比艺术更有效，因为没有什么心境会比审美沉思更精彩更强烈。[①]

贝尔坚信，艺术作品是人们达到善的最直接、最有效的方式。艺术的本质属性就是善。

【结语】贝尔在专著《艺术》中完成了对视觉艺术理论的立体建构。他不仅做出了艺术的本质是"有意味的形式"这一定义，而且阐明了"有意味的形式"的艺术内涵和形而上学内涵，进而从宗教、历史和伦理三个不同学科对艺术本质做全方位论析，说明它的精神性、历史性和伦理性。作为一种创新理论，它的论析过程也许不够严谨，但是它的观点却是深刻而原创的。

第三节　贝尔的形式理论与中国文人画理论

欧洲后印象主义绘画实质上标志着"西洋绘画史上的大革命"[②]，所开启的是西方绘画从"再现"走向"表现"的重大转向。这一重大转向的学理归纳，正如丰子恺[③]、朱光潜[④]所言，很大程度上是由克莱夫·贝尔在专著《艺术》中阐发的。而在中国绘画史上曾发生过从"写实"走向"写意"的重大转向，那就是北宋时期的文人画，它的学理归纳是由北宋文人欧阳修、苏轼、黄庭坚、米芾等共同完成的。贝尔在归纳后印象主义创作的基础上，提出了颇具原创性的形式理论。他的形式理论与中国北宋时期的文人画理论有诸多共通之处。

---

① Bell, C. *Art*. North Charleston: Create Space Independent Publishing, 2012, p. 41.

② 丰子恺：《如何看懂印象派》，北京：新星出版社，2015年，第141页。

③ 1928年，画家丰子恺在《一般》杂志上连载介绍西方各名画派的文章，在题为"主观主义化的艺术——后期印象派"的讲座中，他概述了贝尔理论的要点，称其为"塞尚艺术的哲学解释"，认为贝尔的理论充分说明了19世纪与20世纪画派之间的巨大差异。这些文章后由开明书店于1930年结集出版，即《西洋画派十二讲》。其中有关印象派、后印象派的部分2015年由新星出版社结集出版。见丰子恺：《如何看懂印象派》，北京：新星出版社，2015年。

④ 1936年，美学家朱光潜在欧洲留学期间便完成的初稿《文艺心理学》由开明书店出版，在论析"心理距离"的章节中朱光潜提到了贝尔的理论，认为贝尔的《艺术》从学理上总结了后印象主义艺术，"值得注意"。见朱光潜：《朱光潜全集》(第一卷)，合肥：安徽教育出版社，1987年，第231页。

比照中西艺术史上的两个转向,不仅可以揭示英国形式主义批评家克莱夫·贝尔的形式理论的内涵与价值,而且可以阐明中国文人画理论的重要意义。

一、欧洲后印象主义绘画与中国北宋文人画:中西绘画史上的艺术大革命

"后印象主义"这一概念是英国著名艺术批评家罗杰·弗莱提出的,意为"印象主义之后"。1910 年 11 月 8 日至 1911 年 1 月 15 日,罗杰·弗莱、克莱夫·贝尔、德斯蒙德·麦卡锡等在伦敦格拉夫顿画廊举办了一场画展①,展出了塞尚、高更、梵高、马奈、毕加索、修拉、西涅克、德兰等法国当代画家 1885—1905 年的作品,画展的名称是"马奈与后印象主义者"(Manet and the Post-Impressionists)。画展的先锋派构图和技法激起了艺术界和观众的极大愤怒,麦卡锡称它为"1910 年的艺术地震"②。为了向观众阐明"后印象主义绘画"的特性和价值,罗杰·弗莱于 1910—1912 年发表了著名的"为后印象主义辩护"系列论文③,克莱夫·贝尔则出版学术专著《艺术》(1913),提出"有意味的形式说"和形式理论,为后印象主义做辩护。

中国画家丰之恺 1928 年点评"后印象主义"时,精练而深刻地阐明了它的革命性作用:

> 所以西洋画派的变迁,每一派是一次革命。然而以前所述的古典派、写实派、印象派、点描派,都不过是小革命而已;最根本的大革命,是本文所要说的"后期印象派"。何以言之?古典、浪漫、写实三派,虽然题材的选择各不相同,然画面上大体同是以客观物象的细写为主的;印象派注重瞬间印象的描表,不复拘之于物象的细写,然其描写仍以客观的忠实表现为主——非但如此,又进而用科学的态度,极端注重客观的表现,绝不参加主观的分子。所以这几派,在画面上可以说是共通地以客观描写为主。说得浅显一点,所画的物象都是同实物差不多的,与照相相近的。到了前世纪末的后期印象派,西洋画坛上发生了

---

① 这是第一场"后印象主义"画展,第二场于 1912 年举办。

② Hussey, M. *Virginia Woolf A-Z: A Comprehensive Reference for Students, Teachers and Common Readers to Her Life, Works and Critical Reception*. Oxford: Oxford University Press, 1996, p. 218.

③ 包括 Fry, R. The Grafton Gallery—I. In Reed, C. (ed.). *A Roger Fry Reader*. Chicago: The University of Chicago Press, 1996, pp. 86-89; Fry, R. The Grafton Gallery—II. In Reed, C. (ed.). *A Roger Fry Reader*. Chicago: The University of Chicago Press, 1996, pp. 90-94; Fry, R. Post impressionism. In Reed, C. (ed.). *A Roger Fry Reader*. Chicago: The University of Chicago Press, 1996, pp. 99-110; Fry, R. The Grafton Gallery: An apologia. In Reed, C. (ed.). *A Roger Fry Reader*. Chicago: The University of Chicago Press, 1996, pp. 112-116;等等。

根本的动摇，即废止从来的客观的忠实描写，而开始注意画家的主观内心的表现了。说得浅显一点，即所画的事物不复与照相或真的实物一样，而带些奇形怪状的样子了……所以“后印象主义”是西洋画界中的最大的革命。①

丰子恺从全景视野审视西方整个绘画史，阐明：

第一，古典主义、浪漫主义、现实主义、印象主义本质上都属于客观再现物象的模仿范畴，画家本人的情感和思想不掺入其中，是“再现”的。它们之间的区别在于题材，比如从宗教故事（古典主义）转为自然风景（浪漫主义）再转入日常景物（现实主义）；它们的区别也在于技法，比如从物象再现（古典主义、浪漫主义、现实主义）的线性透视、块面、明暗等技法，转为视觉印象再现（印象主义、新印象主义）的大气透视、色彩和谐、色调亮度、点彩等技法。因而它们之间只发生了小革命。

第二，后印象主义与所有先前的画派都不同，它重在表现画家的情感和思想，是“表现”的。因而它是西方绘画史上的大革命。

丰子恺的概述可谓切中要害。“后印象主义”经罗杰·弗莱和克莱夫·贝尔的辩护和学理阐述后，获得了广泛认同，促成了西方绘画的全方位“表现”转向。其影响力至少体现在下面三个方面：

(1)“表现”创作被普遍接受：“公众和政府对所谓‘先锋派’艺术的态度有了根本的改变。1914 年以前，公众完全抵制那些艺术。”②

(2)各类以“变形”为特性的“表现”画派在欧洲各国遍地开花：纳比派、野兽派、立体派、新造型派、未来派、超现实派、现代原始派等，它们的共同特性是“表现性”。

(3)完全脱离物象的抽象主义艺术在欧美快速更迭，“表现”逐渐被推向极致，画家个性得到淋漓尽致的表现。比如：抽象表现主义、色域绘画、原生艺术、斑点派、另类艺术、抽象与身体动作、暗码与符号、波普艺术、极简艺术、观念艺术等。③

在西方绘画史从“再现”走向“表现”的过程中，罗杰·弗莱和克莱夫·贝尔的辩护和理论建构发挥了至关重要的作用。罗杰·弗莱被赞誉为改变欧洲审美趣味的那个人④，贝尔的理论阐述被认为“产生了比较广泛的冲力”⑤。而催生弗莱和贝尔的“后印象主义”理论的重要因素，除了世界各地的原始艺术、欧洲拜占庭艺术之外，还有中国唐、宋、明代的绘画。弗莱和贝尔不断在自己的艺术批评和理论论著中提到中国艺术作品，比如贝尔声称“以魏、梁、唐代佛教名画为顶峰的艺术坡段，要高于

---

① 丰子恺：《如何看懂印象派》，北京：新星出版社，2015 年，第 142—144 页。

② 斯佩泽尔、福斯卡：《欧洲绘画史》，路曦等译，桂林：广西师范大学出版社，2002 年，第 296 页。

③ 参见莱瑟尔、沃尔夫：《二十世纪西方艺术史》（下），杨劲译，北京：商务印书馆，2016 年。

④ Fry, R. *Last Lectures*. Cambridge: University of Cambridge Press, 1939, p. ix.

⑤ 韦勒克：《近代文学批评史》（第五卷），杨自伍译，上海：上海译文出版社，2009 年，第 98 页。

以7世纪希腊原始艺术为顶峰的坡段，也高于以苏美尔雕塑为顶峰的艺术坡段”①。弗莱在自己的著作中附上了王维的雪景图和明代王彪的《桃源仙境图卷》。或许中国北宋时期兴起的文人画，这一标志着中国绘画“写意”转向的画派，冥冥之中与千年之后在西方兴起的“后印象主义”有着悠远的呼应。

中国北宋“文人画”，指称北宋期间基于苏轼、欧阳修、黄庭坚、米芾等“写意”理论之上兴起的画派。中国绘画历来重视“形神兼备”，不过不同时期，重形似和重神似各有侧重。

> 大体上说，从春秋到两汉，重形似；如韩非论画，说画狗马难，画鬼魅易，就是重形似的理论……从东晋顾恺之提出传神论之后，神似被重视起来了。南北朝至隋唐，是形神并重时期。到了宋代，在继承五代西蜀黄筌画风的宫廷画院，重形似超过了重神似。文人画理论兴起后，文人画家则重神似超过重形似，神似成为评画的主要标准。这是古代绘画理论发展中的一个大变化。②

这一段话概述了中国绘画史上“写实”和“写意”的发展历程，阐明了北宋文人画在中国绘画发展史上的重要作用。顾恺之的确是第一个明确提出“传神论”的画家，不过他强调的是“以形写神”，也就是在形似的基础上重点突出人物的精神气质，推崇“迁想妙得”，从各方面反复观察对象以捕获人物的神态，重在以目传神，“传神写照，正在阿堵中”③。但是北宋文人画理论则强调“写意不写形”，为凸显神似而脱略形貌，笔简而意足，与北宋宫廷画院形貌逼肖的工笔画形成鲜明的对比。最显著的例证就是宋徽宗赵佶的《芙蓉锦鸡图》(见图29)与苏轼的《枯木怪石图》(见图30)之间的反差，前者工笔精细，形貌逼真，但锦鸡之外，别

图29　《芙蓉锦鸡图》(北宋：宋徽宗赵佶)

① Bell, C. *Art*. North Charleston: Create Space Independent Publishing, 2012, p. 45.

② 葛路：《中国画论史》，北京：北京大学出版社，2009年，第88页。

③ 刘义庆：《世说新语》，杭州：浙江古籍出版社，1998年，第305页。

无他意；后者寥寥数笔即勾勒神韵，构图独具匠心，笔触富有意趣，木石之外蕴含道学思想。

图 30 《枯木怪石图》(北宋：苏轼)

笔简意远的北宋文人画理论包括欧阳修的"萧条淡泊"论、苏轼的"萧散简远"论、黄庭坚的"参禅识画"论和米芾的"平淡天真"论，他们合力在中国绘画史上开创了"写意"之先河，为提升中国画构图上的意趣神韵和意境上的高远古意发挥了极其重要的作用。其"写意"画风和美学思想对元、明、清及现代的绘画艺术和画论产生了深远影响，后世拓展性的重要画论包括：元代赵孟頫的"古意"论，倪瓒的"逸气"说；明代担当的"唯画通禅"论，董其昌的"以禅论画"论；清代石涛的"法自我立"论，恽南田的"静净"论，"扬州八怪"的"无今无古"论；现代齐白石、黄宾虹的"妙在似与不似之间"论；等等。它们均继承北宋文人画"写意"之神韵，推进形简意远、格高无比的境界。①

二、贝尔形式理论与中国文人画理论的异同

我们从方法论、创作宗旨、构思模式、形式要旨、艺术境界、创作笔法、创作构图等多个方面，剖析贝尔表现理论和北宋文人画写意理论的异同。

1. 方法论上的共通性

北宋文人画理论与贝尔的形式理论在方法论上具有共通性，两种理论都是从绘画创作的生命体悟中提炼出来的。

① 参见陈传席：《中国绘画美学史》(上、下)，北京：人民美术出版社，2002 年。

贝尔遵循英国17世纪经验主义美学中培根[①]、洛克[②]等倡导的经验归纳法，强调美学理论需基于审美经验，通过理性概括而完成：要阐明一种可信的美学理论，必须具备两种素质，即"艺术鉴赏力和明晰的思辨力"。没有鉴赏力，一个人就无法获得审美经验，而不能基于广博而深入的审美经验的理论显然是没有价值的。[③]他的主要研究对象是后印象主义绘画和世界各地的原始绘画，同时他广泛研读文学、宗教、历史、伦理、哲学等多学科著作，因而其审美体验和理论概括超越于单纯的经验论，具有生命感悟的整体性和高境界。

北宋文人欧阳修、苏轼、黄庭坚、米芾的绘画美学源自他们自身的审美感悟和生命体验，彰显"诗言志"这一中国诗学的核心精神。他们精通文学、书法和绘画，都是北宋时期著名文人，既担任过社会要职，又经历过政治磨难，因而兼具宽广的社会政教伦常怀抱(志)，和深刻的诗书画与儒道佛相贯通的生命体验(情)。他们的文人画理论是从"情志为本"的生命体验中领悟的诗性智慧，阐发在诗歌和文艺评论之中，其简洁的论述体现物我合一、群己互渗的生命本体观，以及感悟与超越相贯通的意境，体现中国诗学的气质和神韵。"中国人以生命概括天地本性，天地大自然中的一切都有生命，都具有生命形态，而且具有活力。生命是一种贯彻天地人伦的精神，一种创造本质。中国艺术的生命精神，就是一种以生命为本体、为最高真实的精神。"[④]

2. 创作宗旨：表现"有意味的形式"/画意不画形

贝尔的形式理论主要是从后印象主义画家塞尚的创作中提炼出来的。他相信塞尚是新艺术运动的领航人："只要我们可以说一个人能启发一个时代，那么塞尚就是启发当代艺术运动的那个人。"[⑤]"如果没有塞尚，今天用作品的意味和原创性来愉悦我们的那些富有天才和禀赋的艺术家，可能会被永远困在港口之内，找不到目标，缺乏航行图、方向舵和指南针。塞尚是发现了形式的新大陆的克里斯托弗·哥伦布。"[⑥]

---

① 培根：《新工具》，北京：商务印书馆，1984年。培根指出人的感觉经验是认识的来源，"全部解释自然的工作是从感官开端，是从感官的认知经由一条径直的、有规律的和防护好的途径以达于理解力的认知，也即达到真确的概念和原理"(第216—217页)。

② 洛克：《人类理解论》(上册)，北京：商务印书馆，1983。洛克在《人类理解论》中提出著名的"白板说"，认为人降临世界时，心灵犹如白纸，人的所有观念和知识都是外界事物在心灵白板上印刻的痕迹，都是从"经验"来的，"我们的一切知识都是建立在经验上的，而且最后是导源于经验的"(第68页)。

③ Bell, C. *Art*. North Charleston: Create Space Independent Publishing, 2012, p. 2.

④ 朱良志：《中国艺术的生命精神》，合肥：安徽教育出版社，2006年，第一编，序。

⑤ Bell, C. *Art*. North Charleston: Create Space Independent Publishing, 2012, p. 73.

⑥ Bell, C. *Art*. North Charleston: Create Space Independent Publishing, 2012, p. 76.

贝尔清晰地认识到塞尚在创作宗旨上的创新，那就是：表现"有意味的形式"。贝尔认为，塞尚将西方绘画从画家对物象或视觉印象的客观模仿，转向画家对景物所激起的情感的主观表现，因此塞尚在19世纪与20世纪之间划开了一道鸿沟。也就是说，贝尔相信：(1)塞尚观照眼前的景物时，既不像文艺复兴以来的画家那样，将它看作现实之物，忠实地模仿物象；也不像19世纪印象派那样，将它看作自然光对景物千变万化的照射，忠实地模仿光的嬉戏带来的瞬间视觉印象；塞尚"把景物本身当作目的，当作一个带有强烈情感的对象来理解"，"当作纯粹的形式"，他关注的是"创造形式，去表现他从眼前景物中感受到的情感"；(2)塞尚认为所有东西中都可以找到"纯粹的形式"，而"纯粹的形式"的背后则隐藏着能给人带来狂喜的"神秘意味"；(3)塞尚用一生的时间努力去捕捉和表现"有意味的形式"。①

贝尔是从塞尚的画论中提炼出这一原则的。塞尚本人这样说：

> 按照自然来画画，并不意味着摹写客体，而是实现色彩的印象——一种事物的纯绘画性的真实。天真纯朴地接触自然，那是多么困难啊！人们须能像初生小儿那样看世界……但是我对自己满意了，当我发现人们必须通过某一别的东西来代表它，即通过色彩自身。人们不须再现自然，而是代表着自然。通过什么呢？通过造型的色彩的"等值"。只有一条路，来重现出一切，翻译出一切，色彩！色彩是生物学的，我想说，只有它，使万物生气勃勃。②

在这段话中，塞尚清楚地阐明：绘画不是再现自然，而是感悟自然，进而重现、翻译和创造自然；创造自然的媒介是色彩，色彩造型可表现生机勃勃的万物。在这一过程中，人们须像新生儿那样去发现自然的本来面目，体会并表现自然在人们心中唤起的情感和意味。

贝尔将塞尚的直觉感悟提升到理论层面，从中提炼出"把景物本身当作目的，当作一个带有强烈情感的对象来理解"，用"纯粹的形式"表现隐藏在景物背后的"神秘意味"③的绘画原则。这既体现塞尚的原意，又上升到普遍性层面，勾勒出由"物"到"情"，最终实现"有意味的形式"的创作宗旨及实现过程。

北宋文人的创作宗旨是从他们自己的绘画体验和同时代画家们的作品中提取出来的，以苏轼的理论为主导。

北宋文人在诗歌和画论中明确发出"画意不画形"的宣言，以改变当时社会上宫廷画院工笔画盛行的现状。欧阳修在诗歌《盘车图》(《欧阳文忠公文集》卷六)中这

① Bell, C. *Art*. North Charleston: Create Space Independent Publishing, 2012, p. 76.

② 赫斯：《欧洲现代画派画论》，宗白华译，桂林：广西师范大学出版社，2002年，第17页。

③ Bell, C. *Art*. North Charleston: Create Space Independent Publishing, 2012, p. 76.

样写道："古画画意不画形，梅诗咏梅无隐情。忘形得意知者寡，不如见诗如见画。"①这里的"古画"并非实指古代绘画，而是以古托今，指称他心目中的理想绘画，以重墨凸显"画意不画形"的重要性。"梅诗"指北宋著名诗人"梅尧臣的诗歌"，"无隐情"指梅尧臣"咏梅"时将隐在之"意"表现了出来。梅尧臣在《六一诗话》中曾记载他与欧阳修论诗的一段话，指出好的诗歌是"状难写之景，含不尽之意"，比如温庭筠的诗句"鸡声茅店月，人迹板桥霜"，其中的物和景都只是"形"，以表达出外行人生活艰辛之"意"，"意"在象外。这一段对话生动阐明了欧阳修"画意不画形"的意蕴。②

苏轼在点评同时代画家宋汉杰的画作时，同样表达了"画意不画形"的理念。"观士人画如阅天下马，取其意气所到。乃若画工，往往只取鞭策、皮毛、槽枥、刍秣，无一点俊发，看数尺便倦。汉杰，真士人画也。"③在这一段话中，他解析了"文人画(士人画)"的概念，言明"文人画"的主要特性是表现内在"意气"，不像工笔画，只再现"鞭策""皮毛"等外在"形貌"。苏轼又在诗歌中直言"形似"之浅薄："论画以形似，见于儿童邻。"④欧阳修和苏轼曾身居要职，其诗书之功出类拔萃，在社会上具有极大影响力。他们直白明了的"写意"宗旨，在北宋掀起强大的"文人画"画风。

贝尔的"有意味的形式"和北宋文人的"画意不画形"理念都创立了表现/写意的宗旨。它们出发点不同，路径也相异，但殊途同归，其理论意蕴相近。

贝尔面对的是欧洲根深蒂固的"模仿论"和强烈的现实关怀，他需要先破除"艺术模仿现实"这一惯常理念，因而需确立融"意味"与"形式"为一体的"表现"论。他的创新路径是：(1)净"物"——提出"把景物本身当作目的，当作一个带有强烈情感的对象来理解"，剥离"物"与"现实"之间的模仿关系和利害关系。(2)立"形"——从"物"中提炼"纯粹的形式"，以表现隐藏其后的"意味"。(3)确立"有意味的形式"概念——实现"形式"与"意味"的融合。

北宋文人画家所面对的情形是：一方面自春秋至北宋初期，"形似"几乎达到炉火纯青的高度，黄筌(见图31)、赵佶的画作栩栩如生，但意蕴的表达却受制于物象；另一方面，北宋初期国泰民安，教育繁荣，科举兴盛，儒道佛交汇，文人阶层思想丰厚，擅长以诗书画表情达意。⑤欧阳修、苏轼等直接提出"画意不画形"，其路径极为简单：(1)突破"形似"屏障；(2)倡导"写意"，将思想融入绘画。其目标并非抛弃"形似"，而是在"似与不似"的形神兼备中表现意蕴。

---

① 胡经之：《中国古典文艺学丛编》(二)，北京：北京大学出版社，2001年，第81页。

② 陈传席：《中国绘画美学史》(上)，北京：人民美术出版社，2002年，第286—287页。

③ 苏轼：《跋宋汉杰画山》，见潘运告编注《中国历代画论选》，长沙：湖南美术出版社，2007年，第279页。

④ 苏轼：《〈苏东坡集〉前集卷十六〈书鄢陵王主簿所画折枝二首〉之一》，见胡经之：《中国古典文艺学丛编》(二)，北京：北京大学出版社，2001年，第82页。

⑤ 寿勤泽：《中国文人画思想史探源》，北京：荣宝斋出版社，2009年，第13—24页。

图 31 《写生珍禽图》局部(五代:黄筌)

3. 构思模式:物与心交/身与竹化

贝尔认为,塞尚的艺术创作方法不同于欧洲传统艺术家。欧洲艺术家有三种常见的创作模式,“有些艺术家再现事物表象,有些回忆事物表象,有些全靠纯粹的想象力”①;第一种是再现性绘画,第二种是视觉印象性绘画,第三种是抽象性绘画。塞尚的创作与上面三种都不同:

> 他沿着欧洲绘画的传统道路向终极现实挺进。正是在他所见的景物中,他发现了崇高的结构,它包含着普遍性,为每一个特殊的个体赋形。塞尚不断向前推进,以彻底揭示有意味的形式,但是他需要某种具体的景物作为出发点。因为塞尚只能通过他所见的景物来表现终极现实,他从来没有创作纯粹抽象的形式……每一幅画都让他向自己的目标靠近一点,他的目标就是——彻底表现。因为他所关心的不是画画,而是表现自己的有意味的形式,因而他一旦尽情表现了他的意味后,就会对这幅作品失去兴趣。他的作品对他而言不过是梯

① Bell, C. *Art*. North Charleston: Create Space Independent Publishing, 2012, p. 22.

子上的横档，梯子的顶部才是彻底的表达。他整个后半生都在向这一理想攀登。①

贝尔准确地领悟并阐明了塞尚的构思过程：观照景物—领悟情感与结构—创造形式—表现普遍意义。这一方式不同于西方传统绘画"始于景物止于景物"的物象再现和"始于景物止于景物视觉印象"的视觉印象再现，也不同于"始于想象止于抽象概念"的抽象绘画。塞尚的绘画是"物"与"心"交的产物，具有强大的内在生命力。

贝尔的概括与塞尚本人所陈述的突破印象派绘画的决心和"物我合一"的构思状态息息相通：

> 我也曾经是印象派。毕沙罗对我有过极大的影响，印象主义是色彩的光学混合，我们必须越过它。我想从印象派里造出一些东西来，这些东西是那样坚固和持久，像博物馆里的艺术品。我们必须通过自然，这就是说通过感觉的印象，重新成为古典的。没有勉强，并且面向着自然寻找出那些方法，像四个或五个伟大的佛罗伦萨画家所运用的。你设想普桑完全在自然的基础上新生，你就获得我所了解的"古典的"了。②
>
> 我所画的每一笔触，就好像从我的血流出的，和我的模特的血混合着，在太阳里、在光线里、在色彩里，我们须在同一节拍里生活，我的模特，我的色彩，和我……各物相互渗透着。③

塞尚的超越是一种全新的融会贯通：他要给印象派嵌入"坚固和持久"的内核，要给古典派添加"自然"的色彩，让它们获得新生。塞尚相信，绘画意味着创造，一种"心"与"物"的融合，一种将模特、景物、色彩、画笔，与创作者的心灵完全融合的过程。塞尚显然描绘了伟大艺术家所达到的最高创作心境。比如刘勰在《文心雕龙》中曾做精妙概括："故思理为妙，神与物游。神居胸臆，而志气统其关键；物沿耳目，而辞令管其枢机。枢机方通，则物无隐貌；关键将塞，则神有遁心。"④其中，"思理为妙，神与物游"是统括一切的关键句。"神"即审美主体的精神，即以澄明之心感知物象的那颗"心"；"物"即审美感知的对象。"神与物游"即精神与物象的交融，心与物合一。

不过，贝尔对塞尚"心物合一"的状态并没有完全提炼出来。虽然英国哲学家休谟在18世纪曾提出"同情说"，指出美丑感在于"人心与它的对象之间的一种同情或

① Bell, C. *Art*. North Charleston: Create Space Independent Publishing, 2012, pp. 76-77.

② 赫斯：《欧洲现代画派画论》，宗白华译，桂林：广西师范大学出版社，2002年，第18页。

③ 赫斯：《欧洲现代画派画论》，宗白华译，桂林：广西师范大学出版社，2002年，第26页。

④ 周振甫：《文心雕龙今译》，北京：中华书局，1986年，第248页。

协调"[①];19 世纪上半叶英国浪漫主义诗人柯勒律治提出,艺术是物质形象、内在情感和生命理念的有机统一体;[②]19 世纪后半叶德国伏尔盖特、费舍尔、立普斯等学者提出心理学上的"移情作用",阐明人心对外在事物的投射移情作用[③],但是并无西方学者从审美视角论析伟大艺术家构思过程中必然达到的"神与物游"心境,贝尔的论述也含糊其辞,只点出塞尚必定从景物出发进行创作这一特性。

图 32 《墨竹图》(北宋:文与可)

北宋文人对构思时的"神与物游"心境有自觉意识。苏轼在点评文与可(文同)的画作(见图 32)时,阐明了他"身与竹化"的心境。"与可画竹时,见竹不见人。岂独不见人,嗒然遗其身。其身与竹化,无穷出清新。庄周世无有,谁知此疑神。"[④]在这里,苏轼将文与可的"无我"心境与庄周的"吾丧我"心境相比拟,阐明创作构思时主客体浑然一体的境界,唯有"遗其身",才可超越个体,触及极丰富极深奥的生命本真,物化生命意蕴,"无穷出清新"。这是极高的境界。正是为了达到这样的境界,通晓儒道佛思想的北宋文人们才推崇"写意",以削弱"形似",为情感和思想的表现留出空间。

作为理论家的贝尔并未自觉领悟并阐明"心物相交"是"表现"的关键之所在,他的"有意味的形式"这一兼容"物象"和"意味"的概念也很快被"抽象主义"取而代之,"物象"被弃,"意味"漫游。而从刘勰的"神与物游"到苏轼的"身与竹化",中国画家和画论一直自觉遵循"物我合一"的要诀。这是中西绘画不同的主要原因之一。

---

① 休谟:《论文集》,见北京大学哲学系美学教研室编《西方美学家论美和美感》,北京:商务印书馆,1980 年,第 108 页。

② 其引文参见吉尔伯特、库恩:《美学史》,夏乾丰译,上海:上海译文出版社,1999 年,第 530—531 页。

③ 参见牛宏宝:《现代西方美学史》,北京:北京大学出版社,2014 年,第 145—152 页。

④ 苏轼:《〈苏东坡集〉前集卷十六〈书晁补之所藏与可画竹〉》,见胡经之《中国古典文艺学丛编》(一),北京:北京大学出版社,2001 年,第 198 页。

4. 形式要旨：创造形式/随物赋形

贝尔认为，塞尚是一位完美的艺术家，他的突出特点就是"创造形式"——"因为只有创造，他才能实现自己存在的目标——表现有意味的形式"[①]。贝尔相信，塞尚已经将绘画完全融入他自己的生命之中，"创造形式"是他实现情志表达的唯一方式，也是他存在的意义。贝尔这样评论塞尚：

他的生命就是不断努力去创造形式，这样就可表达他获得灵感时的感受。在他看来，艺术不需要灵感和为艺术寻找公式这样的观念是荒谬的。他生命中真正的要务不是去画画，而是去实现自我拯救……塞尚的任何两幅画都有着深刻的区别。他从来不想重复自己。他无法停滞。这就是为什么整整一代完全不同的艺术家都能从他的作品中汲取灵感。[②]

贝尔之所以凸显塞尚"创作形式"的特性，一来是针对西方画界四百年来一直局限在"再现"物象和"再现"视觉印象的现状而发出的呼吁；二来是要阐明塞尚的伟大之所在，其作品之深刻、有力和丰富。塞尚就像莎士比亚、柯勒律治、雪莱等伟大文学家一样，其作品的意蕴全都源自生命本身，唯有通过形式创造，才能突破物象之束缚，将灵魂注入作品之中。

贝尔的概括是从塞尚本人的话语中提炼的，只是塞尚对"创造形式"的论述专业性更强一些：

对于画家来说，光作为光是不存在的。在色彩里的各个面，就是说，色彩的结合好似把各个面的灵魂融为一体，是各个面在日光里相遇相合。人们必须看见各个面，准确地，但把它们安排、整理和融会，须同时使它们围绕和组织自己。为了在它的本质里作画，人必须具有这样的画家眼睛，只用色彩来占有客体，把它与别的客体联合起来，让画的东西从色彩里诞生出来，萌长出来。[③]

塞尚将"物"简化为"色彩"的融合，提出"创作形式"的要诀是：(1)全面观察物体，把握其结构(各侧面的关系)；(2)用色彩(绘画媒介)"安排、整理和融会"，以"形式"表现"本质"。这是一个"由表及里"和"本质物化"的过程，其核心是"心与物交"。比如在塞尚的《石榴和梨静物画》(见图 33)中，每一只水果都是完整的、鲜活的，画面虽然有限，我们却可以感觉到它们的整体、重量和内质。这不是古典式和浪漫式的物象模仿，也不是印象式的光影实录，这是心物交融之后的物化，它将心灵对物象的

① Bell, C. *Art*. North Charleston: Create Space Independent Publishing, 2012, pp. 76-77.

② Bell, C. *Art*. North Charleston: Create Space Independent Publishing, 2012, p. 77.

③ 赫斯：《欧洲现代画派画论》，宗白华译，桂林：广西师范大学出版社，2002 年，第 20 页。

生命感悟色彩化了,“让画的东西从色彩里诞生出来,萌长出来”①。

图 33 《石榴和梨静物画》(塞尚)

北宋文人深刻认识到“创造形式”的重要性,苏轼将最高的形式创造的方式称为“随物赋形”。他这样称赞这一文艺创作之佳境:

> 古今画水多作平远细皱,其善者不过能为波头起伏,使人至以手扪之,谓有洼隆以为至妙矣;然其品格,特与印版水纸争工拙于毫厘间耳。唐广明中,处士孙位,始出新意,画奔湍巨浪与山石曲折,随物赋形,尽水之变,号称神逸……性与画会。始作活水……②

苏轼先列举两种画水的方法,“平远细皱”和“波头起伏”,阐明它们不过是“形似”,并无品格可言。唯有孙位的“奔湍巨浪与山石曲折”才展现创意,其创意在于“随物赋形,尽水之变”。此处之“物”实质指称“物性”,即画家对物之物性的体悟;而“形”则是“物我合一”之际的形式创造,既体现“物”性又体现“心”性。“性与画会”就是苏轼对“随物赋形”的最好释意。“随物赋形”是北宋文人们最为推崇的“神逸”等级。我们不妨看看著名书法家米芾和诗人黄庭坚是如何点评苏轼的《枯木怪石图》的。米芾在《画史》中说:“子瞻作枯木,枝干虬屈无端,石皴硬。亦怪怪奇奇无端,如其胸中盘郁也。”③黄庭坚在《题东坡竹石》中说:“风枝雨叶瘦士竹,龙蹲虎踞苍藓石,

① 赫斯:《欧洲现代画派画论》,宗白华译,桂林:广西师范大学出版社,2002 年,第 20 页。

② 苏轼:《书蒲永升画后》,见潘运告编注《中国历代画论选》,长沙:湖南美术出版社,2007 年,第 277 页。

③ 米芾:《画史》,见潘运告编注《中国历代画论选》,长沙:湖南美术出版社,2007 年,第 292 页。

东坡老人翰林公，醉时吐出胸中墨。”[①]两人全都点出苏轼“性与画会”的特性，其画作实质是苏轼本人的“胸中盘郁”和“胸中墨”的物化。

5. 艺术境界：表现“物自体”/写“常理”

贝尔认为，塞尚的绘画克服并超越了现实主义和浪漫主义的缺陷，因为现实主义只再现景物的特性，浪漫主义只再现景物所激发的种种联想，它们都略去了真正重要的东西，那就是哲学上称为“物自体”(the thing in itself)或者“本质现实”(the essential reality)的东西，而这正是塞尚所表现的。那么，“物自体”是什么呢？如何发现“物自体”？贝尔以形象的语言阐明了深奥的哲学问题：

> 对于塞尚来说，两种阐释(指浪漫主义和现实主义，笔者注)都是离题的，因为两者都略去了最重要的东西——哲学家过去称为“物自体”，现在称它为“本质现实”的那种东西。那么，一朵玫瑰究竟是什么？一棵树、一条狗、一堵墙、一只船是什么？物体的特定意义是什么？一只船的本质当然不是它唤起了紫帆商船队的联想，也不是它能运煤到纽卡斯尔。把一只船完全隔离起来，将它从人、人的急迫活动和虚构历史中剥离出来，它还剩下什么？我们依然对它做出情感反应的东西是什么？那就是纯粹形式和形式背后的意味。塞尚毕生所表现的，就是他从物体中感受到的情感。新运动(指后印象主义，笔者注)的第二个特性，是从塞尚那儿继承的，强烈关注以物体本身为目的的物自体……新运动的画家们有意识地要成为艺术家。他们的独特性就是这一意识——凭借这种意识，他们消除了所有横亘在他们自己和物体的纯粹形式之间的东西。[②]

贝尔直截了当地阐明：(1)艺术的终极目标和最高境界是表现“物自体”或“本质现实”，而不是像现实主义和浪漫主义那样表现外在特性或外在联想；(2)获得“物自体”的方法是，剥离所有依附于物体的利害关系，以物体本身为目的，以此消除画家与物体之间的遮蔽物，洞悉“物”之“物性”，即“物自体”。

贝尔的“物自体”概念来自康德。康德指出，存在于人类之外的“物自体”是不依赖于人的意识而存在的，人类所认识的只是“物自体”作用于我们感官而在我们心中留下的感悟。以此为基础，康德指出美或美的形式的四大本质特质，其中第一大特质就是：从鉴赏判断的质来看，美是“完全无利害的”[③]。贝尔在论述中不断指出，艺术家需要在没有利害关系(即剥离与现实的关系)的基础上才能洞悉并表现“物自

---

① 黄庭坚：《山谷题跋》，见卢辅圣主编《中国书画全书》(第一册)，上海：上海书画出版社，1999年，第245页。

② Bell, C. *Art*. North Charleston: Create Space Independent Publishing, 2012, pp. 77-78.

③ 康德：《判断力批判》(上卷)，宗白华译，北京：商务印书馆，1996年，第47页。

体”,其观点与康德的观点一脉相承。也正是因为贝尔借鉴了康德的观点,所以他不仅阐明了艺术的终极目标和最高境界,而且将他的形式理论提升到美学高度。

贝尔的观点是以塞尚的画论为基础的。塞尚这样阐明他的终极目标:“‘自然’固然永远是这一个,但是从它的现象里是没有什么可以停留下来的。我们的艺术必须赋予它们以持久性的崇高。我们必须使它们的永恒性开始显现出来。在自然现象的背后是什么? 或者没有任何东西,或者是一切。”①塞尚的目标就是表现永恒的本质,或者说“物自体”,不过他的认识并不清晰。

贝尔的贡献在于:将塞尚的直觉感悟与康德的哲学观点相融合,提炼出视觉艺术的最高境界。

北宋文人画理论家心目中的至境是象外之“常理”。苏轼的论述最有代表性:

> 余尝论画,以为人禽、宫室、器用皆有常形,至于山石竹木、水波烟云虽无常形,而有常理……虽然常形之失止于所失,而不能病其全;若常理之不当,则举废之矣。以其形之无常,是以其理不可不谨也。世之工人,或能曲尽其形,而至于常理,非高人逸才不能辨。与可之于竹石枯木,真可谓得其理者矣……合于天造,厌于人意,盖达士之所寓也欤?②

此处,“常理”相当于老庄哲学中“天地一指,万物一马”的齐物之“道”,“常形”则指物体的“固定外形”。苏轼阐明三个要点:

(1)绘画需突破“常形”,才能表现“常理”。人禽、宫室、器用等有固定形态,不易于注入画家的思想;而山石竹木、水波烟云等变幻无常,可以表达画家的心中之道。因而,艺术创作只有不囿于物象之“常形”,才能表现世界之“常理”。

(2)“常理”高于“常形”。画作中“常理”须谨慎对待,如果“常形”不当,影响微弱;但如果“常理”不当,整幅画就全废了。一般画家只能描摹“常形”,唯有高人才子才能表现“常理”。

(3)创作的至境是:既合于天造,又合于人意。无常形的山水烟云被注入创作主体的思想精神,其品质体现天道人意的契合,是最高境界的创作。文与可的竹木枯石就是表现“常理”的典范。

而“常理”须表现在象外。苏轼最欣赏王维(王摩诘)的画,称赞“摩诘得之于象外”③。

北宋其他文人表达了同样的至境标准。比如:欧阳修推崇“萧条淡泊”和“闲和

---

① 赫斯:《欧洲现代画派画论》,宗白华译,桂林:广西师范大学出版社,2002年,第21页。

② 苏轼:《净因院画记》,见潘运告编注《中国历代画论选》,长沙:湖南美术出版社,2007年,第266—267页。

③ 转引自陈传席:《中国绘画美学史》(上),北京:人民美术出版社,2002年,第294页。

严静趣远之心”[①]；黄庭坚倡导“参禅而识画，把禅的境界和画的境界等同起来”[②]；大书法家米芾力推“平淡天真”和“意趣高远”[③]的境界。米芾的儿子米友仁的《潇湘奇观图》(见图34)是典型的文人画，体现其笔法和画境。画家以无常形的山石水波烟云为表现对象，寥寥数笔便淋漓尽致地勾勒出刚柔相济的山水、变幻莫测的烟云、朦胧迷茫的天色。云天一色，山水相融，浑然天成的气势跃然纸上，表现出创作者自由奔放、静寂空明的心境。

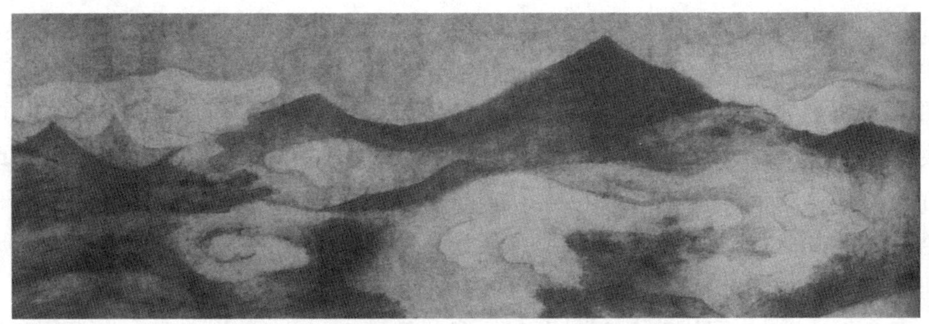

图34　《潇湘奇观图》局部(南宋：米友仁)

贝尔的“物自体”和苏轼的“常理”，分别代表着西方和东方哲学家对世界理解的最高境界，两者的内涵不同，但是道通为一，它们均代表着艺术作品能达到的最深意蕴和最高境界。

6. 创作笔法：简洁/萧散简远

贝尔相信，不同时代的画家所表达的“意味”有共通处，但是不同时代的形式和技法是不同的。塞尚等后印象主义者的主要笔法特征是“简洁”(simplification)，因为“艺术就是要创造‘有意味的形式’，而只有简洁才能把‘有意味的形式’从无意味的形式中解放出来”[④]。欧洲绘画自12世纪开始出现了现实主义倾向，细节受到越来越多的关注，艺术变得臃肿不堪。后印象主义立志要简化细节，以表现意味。“简洁”的要旨有二：(1)去除不必要的细节，即尽量删去与现实有利害关系的信息，让绘画脱离现实；(2)简化的宗旨，表现“意味”。

北宋文人反复强调简笔的重要性。比如欧阳修强调绘画须“萧条淡泊”[⑤]；苏轼

① 陈传席：《中国绘画美学史》(上)，北京：人民美术出版社，2002年，第285页。

② 陈传席：《中国绘画美学史》(上)，北京：人民美术出版社，2002年，第304页。

③ 陈传席：《中国绘画美学史》(上)，北京：人民美术出版社，2002年，第309—310页。

④ Bell, C. *Art*. North Charleston: Create Space Independent Publishing, 2012, p. 80.

⑤ 陈传席：《中国绘画美学史》(上)，北京：人民美术出版社，2002年，第285页。

提出绘画要“萧散简远，妙在画笔之外”[①]；晁补之提出“遗物以观物”“画写物外形”[②]。苏轼的《枯木怪石图》和米友仁的《潇湘奇观图》是很好的例证。欧阳修、苏轼和晁补之的观点相通，主要是两点：(1)遗忘物象，化繁为简，勾勒实质；(2)表现象外之意。

在笔法上，贝尔与北宋文人画家观点一致。

7. 创作构图：构建有意味的整体/成竹于胸

贝尔认为，“构图就是把形式组成一个有意味的整体的过程”[③]，这是对印象派过于简单的视觉印象模仿的一种反拨。贝尔从塞尚的绘画中大致整理出如下七条构图原则：(1)具有整体性；(2)以表现意味为核心；(3)具有内聚力，各部分关系建构取决于所表达的意味；(4)受灵感驱动，仿佛绘画本身引导着画家创作；(5)在审美上要打动人，能唤起审美情感；(6)内在结构具备有机性，充满张力和力度；(7)善于运用色彩。[④]贝尔的总结看起来有点杂乱，看得出主要是围绕“有意味的形式”这一概念展开的，重点强调了构图的整体性、情感性、有机性、灵感性、审美性、色彩性等。

北宋文人对构图的理解简洁明了，他们强调：立意在先，神领意造。苏轼在评点文与可的墨竹图时重点赞美他构图时“胸有成竹”的立意在先方式：“故画竹必先得成竹于胸中，执笔熟视，乃见其所欲画者，急起从之，振笔直遂，以追其所见，如兔起鹘落，少纵则逝矣。”[⑤]沈括则在《梦溪笔谈》中强调构思的神领意会特性，他说：“书画之妙，当以神会，难可以形器求也……神领意造，恍然见其有人禽草木飞动往来之象；了然在目，则随意命笔，默以神色会，自然境皆天就，不类人为，是谓‘活笔’。”[⑥]

看得出，北宋文人画家更强调构图的浑然天成，而贝尔的构图理论更多一点理性思考。

【结语】无论是贝尔的形式理论，还是北宋文人画理论，均有开创表现/写意理论之先河的贡献，又有破旧立新、承前启后的作用。其主要价值在于：(1)揭示了“后印象主义绘画”和“文人画”的学理，建构起具有普遍性的理论；(2)将艺术提升到表现“物自体”和“常理”之高度，提升艺术的意蕴；(3)唤起艺术界对“创造形式”的高度重视，增强艺术的品质；(4)提出多种极具原创性的概念和方法，如“有意味的形式”

---

① 陈传席：《中国绘画美学史》(上)，北京：人民美术出版社，2002 年，第 295 页。

② 陈传席：《中国绘画美学史》(上)，北京：人民美术出版社，2002 年，第 298 页。

③ Bell, C. *Art*. North Charleston: Create Space Independent Publishing, 2012, p. 83.

④ Bell, C. *Art*. North Charleston: Create Space Independent Publishing, 2012, pp. 83-86.

⑤ 潘运告编注：《中国历代画论选》，长沙：湖南美术出版社，2007 年，第 269—270 页。

⑥ 潘运告编注：《中国历代画论选》，长沙：湖南美术出版社，2007 年，第 263—265 页。

“简洁”“构图”和“画意不画形”“身与竹化”“随物赋形”“萧散简远”“成竹于胸”等。

当然，两者有很大的不同。贝尔力推“有意味的形式”，以“意味”撼动并突破西方根深蒂固的“模仿论”和文艺复兴以来已经有400年的再现历史，所面临的阻力之大不言而喻。所幸的是他的理论与罗杰·弗莱的批评终于联手获得成功；这在很大程度上要归功于塞尚、梵高、高更、马蒂斯等人的作品所蕴含的动人心魄的情感力量。贝尔和弗莱只是“后印象主义”的阐释者，但是他们的阐释让整个西方近现代绘画改变了方向，走上了表现之路。北宋文人画以团队的力量，用“写意不写形”打破“形似”的壁垒，为艺术注入更丰厚的生命情感和思想。他们的力量源自其理论意境之高远，激发了同时代文人更深入地体悟和表现生命体验的旨趣。他们的成就不是改变中国绘画的方向，而是提升了中华艺术形神合一的意蕴和境界，促进中国古典文论内在质量的升华。

第四节　艺术批评：理论先导与意味阐释

贝尔的艺术批评中贯穿着“有意味的形式”理念，是对他的视觉艺术理论的实践。他的艺术批评文章主要汇集在《塞尚之后：20世纪初的艺术运动理论与实践》(1922)中，在数量和深度上远不及罗杰·弗莱的艺术批评。不过，贝尔对艺术批评有独特理解，他以颠覆性的方式重评了西方艺术史，也对卢梭、雷诺阿、马蒂斯、毕加索等后印象主义主要画家进行点评。西方批评家曾对他的艺术批评做出肯定性评价，如所罗门·菲什曼在专著《艺术阐释：罗斯金、佩特、贝尔、弗莱、里德艺术批评研究》(1963)中指出，“我们可以将贝尔的形式主义看作是对流行的文学式绘画分析的一种必要的对抗”①。白怀特在专著《克莱夫·贝尔的眼睛》(1975)中基本肯定了贝尔的艺术批评的理念和方法。②

本节将审视贝尔的艺术批评的理念与方法，他对西方艺术史的批评和他对后印象主义画家的评论。

一、艺术批评的理念与方法

贝尔倡导一种理论先导式的艺术批评。他认为，批评家应发挥“向导”作用，依据自己的准则对创作做出阐释，以说服公众接受自己的观点，提升他们的欣赏能力。

① Fishman, S. *The Interpretation of Art: Essays on the Art Criticism of John Ruskins, Walter Pater, Clive Bell, Roger Fry and Herbert Read*. Berkeley: University of California Press, 1963, p. 98.

② Bywater, W. G. *Clive Bell's Eye*. Detroit: Wayne State University Press, 1975.

因而贝尔批评的理念和方法与罗杰·弗莱的不同,后者采用的是“知人论世”与“以意逆志”相结合的方式,即先剖析创作者的性情与思想,然后用心感悟作品,透彻阐释作品中构图、技法所体现的情感和思想。

贝尔在《艺术批评》一文中论述了艺术批评的目标和方法。

首先,他提出批评的目标是提高公众的艺术欣赏水平:

> 批评家不再为艺术家而存在……批评家的职责是帮助公众。他不直接关注艺术家,他只关心艺术家已经完成的作品……他希望提高公众的欣赏水平……让公众得到一种审美情趣,这才是批评家存在的原因。而且为了这个目的,所有的方法都是好的。[①]

贝尔将“提高公众的欣赏水平”确立为批评的目标,体现的是他的“有意味的形式”理论的核心原则。首先,艺术作为有意味的形式,必定会唤起我们内心的审美情感,会打动我们。但并不是所有人都有这种能力。“只有那些拥有天生的独特敏感性的人,而且懂得珍惜他的敏感性的人,才能自然而简单地欣赏艺术”[②],那些人就是批评家。因此批评家有责任去帮助公众,提升他们的鉴赏力。其次,艺术的精髓,作为一种深藏于人心的有意味的形式,是人心所共通的。贝尔以历代批评家对法国古典主义画家普桑的画作的分析为例,说明 250 年来,博学的批评家们的感受大致相同。比如,普桑(见图 35)的同时代人认为他是“历史真理的教导者”,18 世纪的人认为他是“大众道义的倡导者”,19 世纪的人认为他是“我们祖先的忠实信徒”[③]。因此,贝尔的结论是:“让他牢记这条规则,他并不要求别人崇拜他所说的绝对美好的东西,而是要阐明他喜欢什么,并解释他为什么喜欢。我认为这就是批评家的首要职责。”[④]

图 35 《阿尔卡迪亚的牧人》(普桑)

---

① Bell, C. *Since Cezanne*. New York: Harcourt, Brace and Company, 1923, p. 154.

② Bell, C. *Since Cezanne*. New York: Harcourt, Brace and Company, 1923, p. 154.

③ Bell, C. *Since Cezanne*. New York: Harcourt, Brace and Company, 1923, pp. 159-161.

④ Bell, C. *Since Cezanne*. New York: Harcourt, Brace and Company, 1923, p. 168.

担负着这样的职责，批评家在批评中的身份是“向导和绘制者”，他需要“首先将读者带到他认为是艺术的作品前，然后说服或迫使读者接受他对艺术的感受”[①]。批评家必须具备下述能力：“非常敏感，有说服力，有能力从众多的作品中辨别出艺术品”[②]，以及“真诚和信心”[③]。因为，“艺术家的目标是创造有意味的形式，而批评家的目标是将观众带到艺术作品面前，赋予观众灵活的、感同身受的心境”[④]。

然后，贝尔提出这样的艺术批评方法：

> 批评家有清晰的批评宗旨，有明晰的艺术经典标准，尽可能多地具备有关善与恶的知识；他能从他面前的作品中悟出情感意味，然后向公众阐释。他不会用文学类的语言做阐述，他只告诉我们他对一本书、一幅画、一首乐曲的感受。这种方式是极其激动人心的，而且它增加了我们的审美体验。[⑤]

这段话表明，贝尔的批评方法中包含两个重要原则：

(1)理论先导。批评家必须拥有批评宗旨、艺术标准和善恶知识等，这些理论是批评必须遵循的标准和评判原则。也就是说，批评不是“以意逆志”式的批评家与作品的双向交流，批评是依照预设理论，对作品做出阐释。

(2)意味阐释。批评家有能力悟出作品中的情感意味，并将他的感悟向观众做阐释。其目的是阐释意味，提升审美体验，而不是去论证预设理论是否正确。这是一种审美阐释性批评，不太关注分析论证的严密性。

贝尔的批评方法，从某种程度上说，是柏拉图式的“定义—分析”演绎法的变种。依照柏拉图的说法，首先需确定概念和定义，然后进行分析以证明该定义的正确性。[⑥]但贝尔所采用的是“理论—阐释”法，依照理论向观众阐释自己的感悟，并不论证自己定义的正确性。批评家白怀特指出大致相同观点。他依照阿诺德·艾森伯格(Arnold Isenberg)对批评方法的分类，阐明贝尔的批评看似标准性批评(normative criticism)，因为他设定了“有意味的形式”的标准，其实不然，他的批评是非标准性批评(non-normative criticism)，因为他的批评过程是读者引导性的，目标是向读者阐释其审美意味，而不是去论证他们的预设标准。[⑦]也就是说，贝尔的批评有预设标准，但他的批评过程是阐释性的。

---

① Bell, C. *Since Cezanne*. New York: Harcourt, Brace and Company, 1923, p. 170.

② Bell, C. *Since Cezanne*. New York: Harcourt, Brace and Company, 1923, p. 162.

③ Bell, C. *Since Cezanne*. New York: Harcourt, Brace and Company, 1923, p. 172.

④ Bell, C. *Since Cezanne*. New York: Harcourt, Brace and Company, 1923, pp. 156-157.

⑤ Bell, C. *Since Cezanne*. New York: Harcourt, Brace and Company, 1923, pp. 174-175.

⑥ 柏拉图：《斐德若篇》，见朱光潜《朱光潜全集》(第十二卷)，合肥：安徽教育出版社，1991年，第132页。

⑦ Bywater, W. G. *Clive Bell's Eye*. Detroit: Wayne State University Press, 1975, pp. 16-36.

贝尔对西方艺术史和后印象主义画家的批评所遵循的就是“理论—阐释”批评模式。

二、重评西方艺术史

贝尔依照自己预设的标准，颠覆性地重新评论了西方艺术史。其预设标准是：“视觉艺术本质上是有意味的形式”。贝尔提出，西方绘画史上有四个坡段(slope)[①]是以“有意味的形式”为主导特性的，它们是“6 世纪拜占庭坡段、9—13 世纪拜占庭坡段、14—15 世纪的佛罗伦萨坡段、当代艺术运动”[②]。他的西方艺术史评论主要围绕这四个坡段展开，同时简析了其他坡段艺术的局限性。

1. 6 世纪拜占庭艺术

贝尔在评论 6 世纪拜占庭艺术之前，先简短概述了古希腊艺术。他认为，古希腊富有生命力的艺术在公元前 432 年建成雅典卫城中的帕提侬神庙(the Parthenon)之后就开始走下坡路了，制作神庙内雅典娜神像的雕塑家菲迪亚斯(Phidias)代表着希腊艺术的最后一个顶峰。下降的过程就是“有意味的形式”消失的过程：“从非常有感染力的风格，到颇有品位的、娴熟的风格，一直沉沦到几乎没有感染力的风格。然后在罗马现实主义的漫长沙土和平地上，希腊艺术的灵感永远消失了。”[③]

贝尔认为，6 世纪拜占庭时期的“基督教艺术的兴起”是西方绘画艺术史上第一个重要的艺术坡段。6 世纪的拜占庭艺术是东西方文化交汇的产物。从墓穴考古中发现，最早的基督教绘画完全是欧洲古典主义的，大约到公元 2 世纪末，埃及科普特人(Coptic)开始在纺织品中给死气沉沉的罗马图案注入生机勃勃的元素，让罗马的现实主义创作开始变成了“有意味的形式”。到公元 4 世纪初，罗马皇帝戴克里先的小宫殿出现了欧洲古典风格与东方风格的结合。公元 4—5 世纪，东方艺术逐渐盖过西方艺术。到公元 5 世纪，在拉文纳的陵墓里发现的镶嵌图案中，物象模仿和有意味的形式依然在相互搏斗，模仿还是占上风。但是公元 6 世纪建造的君士坦丁堡的圣索菲亚教堂，以及其他一些 6 世纪教堂，昭示了“有意味的形式”的胜利。“拜占庭艺术最宏伟的纪念碑大都属于 6 世纪，这是早期基督教艺术坡段的巅峰”。[④]

贝尔对 6 世纪的拜占庭艺术赞不绝口，认为它无与伦比，代表欧洲艺术的巅峰，因为它具有强烈的“有意味的形式”。他认为：“自从拜占庭的原始艺术家把自己的镶嵌画带到拉文纳以来，除了塞尚，欧洲艺术家们再也没有创造出比这更加‘有意味

---

① 贝尔用坡段(slope)一词指称包含一个上坡和一个下坡的艺术运动时期。

② Bell, C. *Art*. North Charleston: Create Space Independent Publishing, 2012, pp. 85-86.

③ Bell, C. *Art*. North Charleston: Create Space Independent Publishing, 2012, p. 46.

④ Bell, C. *Art*. North Charleston: Create Space Independent Publishing, 2012, p. 47.

的形式'了。"[①]而 6 世纪的拜占庭艺术之所以能表现出强烈的"有意味的形式",其源泉和力量来自基督教运动。

> 那种生机勃勃的艺术从基督教运动中汲取灵感,并把自己所借鉴的一切都转化成新的东西。[②]
>
> 当我说艺术是宗教精神的一种表现形式时,我并不是说艺术表达了特定的宗教情感,更不是说艺术表达了任何神学思想。如果艺术表达了什么,它表达的必然是从纯粹形式中所感受到的情感,以及纯粹形式所具有的非凡意味。因此当我说基督教艺术的时候,我是说这种艺术乃是热情的心境的产物,而基督教是它的另一种产物……欧洲正是通过基督教教义才认识世界的情感意味的……只有当人们被基督教激发的时候,他们才会感受到通过形式显现出来的情感。[③]

在这里,贝尔一方面阐明基督教艺术的灵感来自基督教运动,另一方面又廓清基督教艺术与基督教运动的异同。他真正想要说的是:基督教运动和基督教艺术的源泉都是一种精神至上的热情,而不是其他时代的那种物质至上或科学至上的热情。这种精神至上的热情衍生出两种产物:(1)基督教运动,一种精神信仰;(2)基督教艺术,一种有意味的形式,具有纯粹的形式和内在的情感意味。

2. 9—13 世纪拜占庭艺术

贝尔相信 6 世纪拜占庭的基督教艺术的原始意味延续了五百多年的历史,因为人口流动和民族迁徙带来的新灵感和新感受,圣像崇拜和反对圣像崇拜的冲突和对抗的持续发生,不断刺激并保持艺术的活力。然后便迎来了拜占庭艺术的第二个黄金时期,即 9—13 世纪的拜占庭艺术。

9—13 世纪的艺术虽然比不过 6 世纪的艺术,但是要高于欧洲其他时期的艺术。它的艺术品质不如 6 世纪高,但是一流艺术作品的数量多于 6 世纪,或者说保存下来的艺术作品更多一些。"有意味的形式"是这一坡段的主要特性。"我们依然处于基督教的高度。艺术家依然是原初的,人们依然充分地感受着有意味的形式,进行着丰富的创造。"[④]

贝尔认为,这一时期的伟大艺术家包括契马部埃、杜乔[⑤]和乔托。前两位开启了

---

① Bell, C. *Art*. North Charleston: Create Space Independent Publishing, 2012, pp. 47-48.

② Bell, C. *Art*. North Charleston: Create Space Independent Publishing, 2012, p. 49.

③ Bell, C. *Art*. North Charleston: Create Space Independent Publishing, 2012, p. 48.

④ Bell, C. *Art*. North Charleston: Create Space Independent Publishing, 2012, p. 53.

⑤ 杜乔(Duccio,约 1255—1318),意大利 13—14 世纪著名画家,锡耶纳画派创始人。他将生命力注入拜占庭艺术风格中,人物形象秀丽多姿。

伟大的传统,“一种将本质当作一切,毫不在乎偶然事物的传统”①。乔托比前两位更伟大,“他从不会忘记表现本质的东西”②。但是贝尔对乔托的某一个特性不满意,即乔托“为了表现戏剧性和逸事却牺牲了形式”③。贝尔这样对比和评判乔托和契马部埃,其评判的标准是“有意味的形式”。

> 乔托缺乏忘却的本领,在有些壁画中,他没能抓住形式的意味,而允许形式来陈述某一事实或暗示某种情境。乔托的造诣高于契马部埃,但是目标却低于契马部埃……契马部埃已经从拜占庭艺术家那里学到,形式应该是有意味的,无须逼真。无疑在两人的心目中,在形式之外还有另外的一种东西,乔托任由这种东西支配他的构图,而契马部埃努力用构图来支配这种东西。乔托的画带着新教的色彩,他执着地认为,母与子的人性是最重要的,并在画作中坚持这一点,以至于损害了他的艺术,契马部埃不会这样做……我们会承认,如果欧洲绘画史中最伟大的艺术家不是塞尚,那就是乔托。④

贝尔给出了一段看似矛盾的论述。一方面他指出乔托虽然绘画造诣高于契马部埃,但是乔托为表现戏剧性场景和人性而牺牲了形式,因而乔托的目标低于契马部埃;另一方面他却又声称,除了塞尚,乔托无疑是最伟大的。这一点昭示了贝尔的困惑。为坚守自己的“有意味的形式”理论,他必须指出乔托的缺陷,而乔托的画作(见图 18、图 20)在他的心目中的确举世无双,因此他必须承认乔托的伟大。看得出,贝尔对“有意味的形式”的内涵设定有点狭隘,以至于不能接受任何“再现”,哪怕乔托的再现是“人性”,其实“人性”不就是最为深切的意味吗?

贝尔认为,乔托之后,艺术开始走下坡路;因为乔托引领了一场走向物象模仿的运动。拜占庭绘画传统结束了。

3. 14—15 世纪的佛罗伦萨艺术到 19 世纪印象派艺术

贝尔对 14—15 世纪的意大利佛罗伦萨艺术的论述较为简略。他认为,这场介于拜占庭的乔托和文艺复兴的达·芬奇之间的艺术运动是“对乔托的传统的反拨,是极具生命力的运动”⑤。重要的画家包括马萨乔(Masaccio)、玛索里诺(Masolino)、卡斯塔哥诺(Castagno)、多那太罗(Donatello)、乌切洛(Uccello)等。这些画家对透视法的运用,使他们能“充满激情地理解形式”⑥(见图 36)。

---

① Bell, C. *Art*. North Charleston: Create Space Independent Publishing, 2012, p. 53.
② Bell, C. *Art*. North Charleston: Create Space Independent Publishing, 2012, p. 53.
③ Bell, C. *Art*. North Charleston: Create Space Independent Publishing, 2012, p. 53.
④ Bell, C. *Art*. North Charleston: Create Space Independent Publishing, 2012, p. 54.
⑤ Bell, C. *Art*. North Charleston: Create Space Independent Publishing, 2012, p. 55.
⑥ Bell, C. *Art*. North Charleston: Create Space Independent Publishing, 2012, p. 55.

图 36 《圣罗马诺之战》(乌切洛,画家运用了减缩透视法)

贝尔对欧洲文艺复兴艺术评价不高。他认为,欧洲文艺复兴运动复活了人们对情感的关注。蓬勃发展的文学帮助人们重新发现思想、欲望、修辞等各种生命要素的重要性,使宗教精神的削弱乃至死亡变得可以接受。人们对物质的兴趣日益提升,对精神观念的关注日益减弱。文艺复兴时期的绘画表现出复兴希腊古典主义的特性,重要画家包括列奥纳多·达·芬奇(Leonardo da Vinci)、拉斐尔(Raffael)、米开朗琪罗(Michelangelo)、提香(Titian)、丁托列托(Tintoretto)等,他们的绘画大都聚焦人体美的再现,深受大众的喜爱。

> 如果我们想了解提香和维罗纳斯笔下的女人为何如此受欢迎,我们就必须注意到与这些女人接吻有多美妙,而且她们也愿意被吻。这种美可以用“撩人的”一词来替换,而这种无意义的美,装饰品的美,大受欢迎。模仿也大受欢迎……绘画的首要作用是激发生活情感,审美情感是次要的。文艺复兴的绘画只画雇主愿意看的东西,艺术就在这样的方式中终结了。①

贝尔带着批判性的口吻,重点指出了文艺复兴绘画的情感性和物质性,阐明精神性被忽视了,由此提出“艺术终结说”。因为他觉得文艺复兴艺术,其“形式的审美意味微弱而不纯粹,创造形式的能力几乎完全丧失,高品质的描述性作品也很少出现”②。显然,对贝尔而言,文艺复兴艺术并不符合“有意味的形式”这一标准(见图 37)。

---

① Bell, C. *Art*. North Charleston: Create Space Independent Publishing, 2012, p. 60.

② Bell, C. *Art*. North Charleston: Create Space Independent Publishing, 2012, p. 61.

图 37 《乌尔比诺的维纳斯》(提香)

贝尔对 17 世纪的欧洲艺术评价较低。他认为“17 世纪有多个天才,但他们是个体的。整体艺术水平很低”[①]。17 世纪的天才画家有埃尔·格列柯(El Greco)、伦勃朗(Rembrandt)、鲁本斯(Rubens)、普桑(Poussin)、克劳德(Claude)等。贝尔认为,17 世纪绘画的长处在于不再信奉古典主义绘画了,但是他们缺乏对自己情感的把握,因而他们回到文学中去找题材,画面带着较强的文学色彩。比如,伦勃朗是 17 世纪最伟大的天才画家,可惜“他的形式感和构图感完全迷失在修辞、罗曼史和明暗手法中”[②];在普桑的作品中,人物的形体仿佛剪纸一般被钉入构图之中,其错误在于它“保留了古典修辞学中的典型姿态”[③];克劳德的问题大致相同;透纳(Turner)被自己对风景的观察和激情所感动,他“将它们全都纳入画面,甚至都不曾协调物体之间的关系”[④]。总之,17 世纪的问题是缺乏自主构图和创造性形式(见图 1、图 11、图 12、图 19、图 22、图 34)。

贝尔对 18 世纪艺术的评价更低。一方面,艺术天才匮乏,唯有夏尔丹(Chardin)值得一提;另一方面,艺术界忙于模仿拉斐尔、米开朗琪罗、提香等古典大师的作品,严格遵从古人的绘画准则。18 世纪绘画的主要特性就是“主题”和“处理”[⑤],画家们

① Bell, C. *Art*. North Charleston: Create Space Independent Publishing, 2012, p. 63.
② Bell, C. *Art*. North Charleston: Create Space Independent Publishing, 2012, p. 63.
③ Bell, C. *Art*. North Charleston: Create Space Independent Publishing, 2012, p. 64.
④ Bell, C. *Art*. North Charleston: Create Space Independent Publishing, 2012, p. 64.
⑤ Bell, C. *Art*. North Charleston: Create Space Independent Publishing, 2012, p. 64.

学习古典绘画，思考怎样处理能在画面上留下古典大师的标记，完全缺乏形式创造，也缺乏审美意味。

他认为，“到 19 世纪中期，艺术几乎已经寿终正寝”[①]，虽然还有少数伟大的画家在世，比如安格尔(Ingres)、克罗姆(Crome)、柯罗(Corot)、杜米埃(Daumier)。艺术一词几乎被等同于模仿，因此艺术完全沉沦，其中包括拉斐尔前派运动和印象派运动。

19 世纪的拉斐尔前派运动(Pre-Raffaelite Movement)是一场回归原始主义的运动。拉斐尔前派画家质疑古典主义文艺复兴的传统，他们认为欧洲文艺复兴之前的艺术(14—15 世纪的原始主义艺术)更珍贵；他们更欣赏乔托而不是拉斐尔。但是，他们只发现 14—15 世纪的原始主义艺术对自然的忠实，他们努力去模仿这些原始主义绘画，却没有领悟到原始主义的本质是“对深刻的形式意味的敏感性和创造力”，因而贝尔认为他们并不是艺术家，而是一群“考古学家”[②]，与推崇“艺术的本质是精确模仿事物”[③]的其他维多利亚时期艺术家并无本质上的区别，只是模仿的对象不同而已。

19 世纪中叶兴起的印象主义运动是一场“将科学的精确性看作绘画的真正目的”[④]的艺术运动。印象派画家接受科学的发现，即宇宙的可视现实就是光的振动的观点，他们倡导“让我们科学地再现事物的原样吧，让我们再现光线吧，让我们画我们看见的东西，而不是画我们从感觉中获取的知性上层建筑”[⑤]。贝尔认为，这相当于声明，艺术就是再现，因此一般的印象主义者只能画出“乏味、柔软、没有形式的东西”，不过马奈、莫奈、雷诺阿、德加等印象主义大师们还是能画出“色彩上光彩夺目的作品”。他们的优势在于“很少或没有诉诸日常生活中的利害关系……唤起一切伟大的艺术都会唤起的情感”[⑥]。贝尔认为，印象主义运动的贡献是“它教会人们从作品本身寻找艺术的意味，而不是从外部世界的情感和利害关系中去寻找意味”[⑦]。不过从总体上看，印象主义依然是“有意味的形式”的终结点，因为“印象主义理论是一个死胡同，它唯一的逻辑发展结果是成为艺术机器——正确地确立艺术的价值，科学地决定眼睛看到了什么，并将艺术制作变得像机械制作那样具有确定性”[⑧]。

---

① Bell, C. *Art*. North Charleston: Create Space Independent Publishing, 2012, p. 65.
② Bell, C. *Art*. North Charleston: Create Space Independent Publishing, 2012, p. 68.
③ Bell, C. *Art*. North Charleston: Create Space Independent Publishing, 2012, p. 70.
④ Bell, C. *Art*. North Charleston: Create Space Independent Publishing, 2012, p. 68.
⑤ Bell, C. *Art*. North Charleston: Create Space Independent Publishing, 2012, p. 69.
⑥ Bell, C. *Art*. North Charleston: Create Space Independent Publishing, 2012, p. 69.
⑦ Bell, C. *Art*. North Charleston: Create Space Independent Publishing, 2012, p. 71.
⑧ Bell, C. *Art*. North Charleston: Create Space Independent Publishing, 2012, p. 71.

4.后印象主义运动

贝尔认为,后印象主义运动的本质特性就是表现"有意味的形式",塞尚是统领这一艺术运动的人。这一运动产生了一系列优秀艺术家,梵高、高更、毕加索、马蒂斯、卢梭、德兰、邓肯·格兰特、康定斯基等,他们都从塞尚那里获得启发,所遵从的主要原则有四条:(1)表现"有意味的形式";(2)心与物交;(3)创造形式;(4)表现"物自体"。他们所采用的创作技法有两条:(1)简洁;(2)构图。[①]

至此,贝尔完成了对西方艺术史的重新评价。他的评价彻底颠覆了传统的艺术史评价,将长期以来欧洲最为骄傲的古希腊艺术、15—16 世纪文艺复兴艺术、17 世纪巴洛克艺术、18 世纪艺术、19 世纪浪漫主义、现实主义、印象主义艺术等,统统从伟大艺术的宝座上拉了下来,而将不太引人注目的拜占庭艺术(6 世纪、9—13 世纪、14—15 世纪)和尚未被接受的后印象主义放到宝座之上。他唯一的利器和法宝是"有意味的形式"理论。用罗杰·弗莱的话说,那就是:贝尔在对待西方艺术史时,态度过于轻率,将"野蛮艺术变成了全盛期,而全盛期艺术则成了彻底的堕落"[②]。

三、后印象主义画家评论

贝尔对后印象主义画家的评论体现两个特征。(1)预设标准:他将预设标准"视觉艺术是有意味的形式"贯穿在整个批评中。(2)意味阐释:贝尔较少分析具体的画作,重点阐述他对画家整体创作的感受和评判。读者需要对他的批评对象有足够的了解才可能读懂他的批评。

贝尔评论的后印象主义画家不多,部分是名不见经传的小画家。我们主要论析他对卢梭、雷诺阿、马蒂斯、毕加索的评论,从中考察他的批评功力。

贝尔重点阐明海关官员、画家卢梭(见图 38)的创作特征、视角、问题意识、局限和贡献。他认为,卢梭的创作特性是用一种科学的方式来表现他所看到的世界,但是"没有想过要去探索事物表象之下的本质"[③],也不去感受事物和表达自己的感受。他采用了"一种像原始人和孩子一样直接的视角"[④]来实现自我表达,运用符号式的图像来表现世界。他具有自己的问题意识,"用一种真诚并且简单的媒介来表达它们"。因而贝尔认为,卢梭"只是一个小小的艺术家,离真正的艺术家还有距离"[⑤]。

---

① 详见本章第三节"贝尔的形式理论与中国文人画理论",此处只作概述。

② Fry, R. A new theory of art. In Reed, C. (ed.). *A Roger Fry Reader*. Chicago: The University of Chicago Press, 1996, pp. 158-162.

③ Bell, C. *Since Cezanne*. New York: Harcourt, Brace and Company, 1923, p. 50.

④ Bell, C. *Since Cezanne*. New York: Harcourt, Brace and Company, 1923, p. 50.

⑤ Bell, C. *Since Cezanne*. New York: Harcourt, Brace and Company, 1923, p. 52.

卢梭的问题是，他缺少伟大艺术家的品味，他的作品透露出一种强制的因素，因而显得不自然。作为艺术家，他真正需要解决的是“能否创造一个完全符合艺术家的概念的表现形式……只有他的题材被带到一个高境界的艺术区域，一个完全的美学氛围中，封闭在一个纯粹的美学概念中，它才能被纯粹的形式具化”[①]。比如伟大的画家格列柯，他的“题材的每一部分都经过思想的熔炉的锻造，融化成艺术的形式了”[②]，但是卢梭的题材与形式并没有融合，另外他的作品缺少艺术的完整性，因而他只是“家庭和艺术性晚会”上的仰慕者，还算不上一名艺术家。

图 38 《沉睡的吉普赛人》(卢梭)

雷诺阿(见图 39)则被贝尔称为“目前在世的最伟大的艺术家”[③]。贝尔重点揭示了雷诺阿之所以伟大的几大特征。首先，雷诺阿意识到“艺术是一种创造而不是一种形式模仿”。雷诺阿学习过库尔贝，也学习过德拉克洛瓦，他学习他们将感觉转化为有意义的形式的方法。然后终于形成自己的形式的主基调，那就是对“可爱和无忧无虑”的表现——“他表达出一种关于艺术家美好的当代生活的纯粹感觉，并且给我们一种偶然的浪漫的感觉”[④]。然后，他通过广泛学习，将自己先前的画法与安格尔的绘画相融合，绘制出一幅《美女沐浴图》，这幅画“让他的大师技巧获得了专

---

① Bell, C. *Since Cezanne*. New York: Harcourt, Brace and Company, 1923, pp. 52-53.

② Bell, C. *Since Cezanne*. New York: Harcourt, Brace and Company, 1923, p. 53.

③ Bell, C. *Since Cezanne*. New York: Harcourt, Brace and Company, 1923, p. 66.

④ Bell, C. *Since Cezanne*. New York: Harcourt, Brace and Company, 1923, pp. 68-69.

利，并且将他显著地提升到安格尔和杜米埃之间的位置上"[①]。他的伟大在于，"他画中的形式已经融入颜色和灿烂的可爱之中，他用大师般的魔幻一下就完成了这种融合，那就是用怡人的薄霜将它冻结起来。冰是冷的，但观察者首先感觉到的是热和不和谐；然后渐渐地就能感觉到微妙的、令人吃惊的、出乎意料的和谐；最后，从和谐中显现出一种充分完成的、精妙关联的形式"[②]。

图 39 《两姐妹》(雷诺阿)

贝尔在文章中将马蒂斯(见图 7、图 9)和毕加索(见图 8)放在一起评论，重点揭示了两位画家的优势。他认为两人具有共性，那就是他们都"继承了塞尚的风格，并将它发扬光大"[③]。马蒂斯的优势是"具有不同寻常的鉴赏力，对他所见的事物能做出独特的情感反应"[④]。而毕加索的优势在于，他富有创新精神。"毕加索是欧洲最

---

① Bell, C. *Since Cezanne*. New York: Harcourt, Brace and Company, 1923, p. 70.

② Bell, C. *Since Cezanne*. New York: Harcourt, Brace and Company, 1923, p. 71.

③ Bell, C. *Since Cezanne*. New York: Harcourt, Brace and Company, 1923, p. 83.

④ Bell, C. *Since Cezanne*. New York: Harcourt, Brace and Company, 1923, p. 83.

具创新精神的人……他的绘画生涯就是一系列发现，每一个发现都得到了发展。一个高度原创和极为幸福的概念进入他的头脑，也许就是被他所见的奇特事物激发的。他会立即着手分析，解开带给他独特幸福感的原理。"[①]毕加索又是一位"知性艺术家"，他先感觉，后思考；"显然，毕加索对有意味的情感有充满激情的感受"[②]。贝尔认为两位画家都是纯粹的艺术家。

贝尔的艺术家评论简洁而切中要害，能迅捷把握并一语道破他们的主要特性或问题。他自始至终以他的"有意味的形式"理论为评判标准，指出伟大艺术家的主要特性是表现"有意味的形式"，比如雷诺阿将形式与意味融合为一，毕加索在形式上富有创新精神，马蒂斯拥有独特的审美鉴赏力；而不成功的艺术家的主要问题是缺乏"有意味的形式"，比如卢梭，不能触及本质，其形式与意味不相容。不过他以笼统阐述为主，很少细致分析作品。

四、贝尔艺术批评的价值与局限

贝尔艺术批评的主要特性是以"有意味的形式"为标准，揭示艺术史和艺术家创作的主要特性和问题。

1. 贝尔艺术批评的三大价值

(1)阐明艺术的要旨是表现生命精神，而非再现物质表象；艺术的主要特性是创造形式，而非模仿物象。

(2)唤起人们对长期遭忽视的、融东西方艺术为一体的拜占庭基督教艺术的重视。

(3)批判西方文艺复兴以来重视艺术的"再现性"、忽视艺术的"表现性"的发展倾向，通过论析拜占庭原始艺术的价值，让大家看清世界艺术本质上的共通性；通过阐明拜占庭艺术与后印象主义艺术的共通性，让大家看清古今艺术本质上的共通性；以此揭示伟大的世界艺术和古今艺术的共同特性在于表现"有意味的形式"。

2. 贝尔艺术批评的三大局限

(1)在阐释"有意味的形式"时，贝尔过于强调"表现性"，贬低"再现性"，对希腊古典主义、文艺复兴艺术、17 世纪巴洛克艺术、19 世纪浪漫主义、现实主义、印象主义艺术的评价过低。真正的伟大艺术应该是"表现性"和"再现性"的有机融合，在这一点上，罗杰·弗莱更高明。

(2)理论先导的批评模式使贝尔的整个批评受制于理论，无论是艺术史批评还

---

① Bell, C. *Since Cezanne*. New York: Harcourt, Brace and Company, 1923, pp. 84-85.

② Bell, C. *Since Cezanne*. New York: Harcourt, Brace and Company, 1923, p. 86.

是艺术家批评,思想观念束缚于"有意味的形式"的理念中,视野单一,缺乏整体性,导致循环论证、缺乏说服力、自相矛盾等局限。

(3)缺少对具体作品的深入细致的分析,论析笼统而简单,缺乏说服力。

【结语】贝尔将"有意味的形式"理论运用于西方艺术史和后印象主义画家批评中,以颠覆性的艺术批评唤起学界和公众对艺术本质的重新思考。他的方法或许过于粗糙,但是他的思想颇具先锋性特征,将揭示世界艺术的共通性向前推进了一点。

第四章　弗吉尼亚·伍尔夫的文学创新与形式主义美学

弗吉尼亚·伍尔夫(Virginia Woolf,1882—1941),英国著名现代主义小说家,在世界文坛获得极高声誉,被誉为现代主义文学代言人[①]、女性主义思想之母[②]等。她显著的成就在于突破英国20世纪初盛行的现实主义文学和自然主义文学,开创了全新的现代主义文学,极大地提升英国文学在世界文学中的影响力。她的重要作品包括《雅各的房间》(1922)、《达洛维夫人》(1925)、《到灯塔去》(1927)、《奥兰多》(1928)、《海浪》(1931)、《幕间》(1941)等多部原创小说,以及《现代小说》(1925)、《班内特先生与勃朗夫人》(1924)等数百篇随笔、短篇小说等,阐述其小说理论和批评理论。

伍尔夫的文学理论和创作深受罗杰·弗莱和克莱夫·贝尔的形式主义美学的影响。她与罗杰·弗莱、克莱夫·贝尔、利顿·斯特拉奇都是"布鲁姆斯伯里文化圈"的主要成员,他们定期举办聚会活动,坚持了长达30余年的思想交流活动。正是在自由而充分的思想交流中,年轻的弗吉尼亚·伍尔夫从弗莱和贝尔的言谈和著作中充分汲取他们的形式主义美学思想;她将这些思想与她广泛阅读的英、法、俄、希腊、美、日、中等国的文学经典相融合,不仅提出了以形式创新为核心的小说理论和批评理论,而且创作出版了多部原创性小说。

她的小说理论建构路径与弗莱和贝尔的形式主义美学的建构途径相同,都是在批判文艺"模仿论"的基础上创建的。弗莱从反思和批判印象主义绘画的模仿论本质出发,建构起"情感说"和"形式论"。贝尔从批判文艺复兴至19世纪印象派的西方绘画史中的物质主义出发,建构了"有意味的形式"论和形式理论。伍尔夫从批判

---

① Bradbury, M. & McFarlane, J. *Modernism: 1890—1930*. London: Penguin, 1976.

② 20世纪80年代,简·马库斯(Jane Marcus)曾出版多部著作,奠定伍尔夫作为女性主义思想之母的地位,这些著作包括 *Art and Anger: Reading like a Women* (1988); *Virginia Woolf and the Languages of Patriarchy* (1988); *New Feminist Essays on Virginia Woolf* (1981); *Virginia Woolf: A Feminist Slant* (1983); *Virginia Woolf and Bloomsburgy: A Centenary Celebration* (1987)等。

物质主义和精神主义小说出发,提出"生命创作论"和"情感形式论",并在此基础上创作了具有"笔简意远""有意味的形式""情景融合"特性的多部原创小说和随笔。我们将分五节详细论析伍尔夫的形式主义小说观和文学创作实践。

第一节　伍尔夫其人其思想

艾德琳·弗吉尼亚·斯蒂芬1882年出生于英国知识分子家庭。父亲莱斯利·斯蒂芬毕业于剑桥大学,曾在剑桥大学三一学院担任研究员,后离开剑桥去伦敦供职,最大贡献在于编写了学术工具书《英国传记辞典》(*Dictionary of National Biography*),他青睐哲学思考和文学批评。母亲朱莉亚·斯蒂芬是维多利亚时期的中产阶层女性,优雅聪慧、热情善良,热爱文学阅读。

弗吉尼亚从未上过学,其基础教育由父母承担。母亲讲授拉丁文、历史和法语,父亲讲授数学。弗吉尼亚对数学一窍不通,却痴迷于诗歌和小说阅读,也学绘画、跳舞、音乐等。她9岁开始编写一份家庭报纸《海德公园门新闻》,在上面发表不少习作。她终身喜爱阅读,从家庭图书馆中涉猎各类书籍,阅读视野开阔,阅读内容庞杂。她曾在日记中记载自己半年的阅读书目,里面包括传记、文学、历史、政治、文明等多领域书籍,比如:卡莱尔的《回忆录》、狄更斯的《双城记》、坎贝尔的《柯勒律治生平》、麦考利的《英国史》、卡莱尔的《法国大革命》、托马斯·阿诺德的《罗马史》等。①

(一)伍尔夫思想的来源

1. 大量阅读书籍是伍尔夫的终身喜好

伍尔夫所读的书籍包括英国文学作品,也包括俄、法、希腊、美、日、中经典名著。她坚持将所获感悟以随笔、日记方式记录,博学善思是伍尔夫的重要个性,也是她取得巨大成就的保障。她不仅充分汲取英国文学传统中的优秀思想,继承并推进乔叟、莎士比亚、约翰·多恩、笛福、雪莱、柯勒律治、简·奥斯丁、艾米丽·勃朗特、托马斯·哈代、约瑟夫·康拉德等众多英国作家所构建的文学形式,而且充分领悟欧洲、亚洲、美洲文学传统,博览柏拉图、索福克勒斯、欧里庇德斯、埃斯库罗斯、陀思妥耶夫斯基、托尔斯泰、屠格涅夫、契诃夫、蒙田、司汤达、普鲁斯特、爱默生、梭罗、梅尔维尔、惠特曼等古希腊、俄罗斯、法国、美国经典作家的优秀作品,同时吸收中国、日

---

① Bishop, E. *A Virginia Woolf Chronology*. London: The Macmillan Press Ltd., 1989, pp. 1-2.

本等东方文学的审美视野，由此开创了全新的西方现代主义文学的形式创新。可以说，她的思想发展历程中包容着她对欧亚美文学传统、技巧、风格的阅读和领悟。她所撰写的数百篇随笔和文学评论忠实记载了她的文艺思想的发展历程。

2.布鲁姆斯伯里文化圈30余年的交流对话

1904年，父亲去世后，四个孩子搬家至伦敦布鲁姆斯伯里的戈登广场46号。哥哥索比邀请他的剑桥大学好友每周四晚上在家中聚会，探讨合作出版诗集《欧佛洛斯涅》(*Euphrosyne*,1905)事宜，由此开启了一个延续30余年的布鲁姆斯伯里文化圈活动。文化圈的核心成员包括小说家弗吉尼亚·伍尔夫和爱德华·摩根·福斯特、文学评论家德斯蒙德·麦卡锡、艺术批评家罗杰·弗莱和克莱夫·贝尔、传记家利顿·斯特拉奇、画家邓肯·格兰特和瓦妮莎·贝尔、政论家和小说家伦纳德·伍尔夫、经济学家约翰·梅纳德·凯恩斯、哲学家伯特兰·罗素、汉学家阿瑟·韦利、政治哲学家狄更生等。[①]他们大都毕业于剑桥大学，年轻善思，锋芒毕露，富有创新精神，在美学、艺术、文学、经济、政治等领域感悟敏锐，见解独到。他们定期聚会，多视角跨学科地讨论"美""善""形式"等问题，反思和批判维多利亚时期的文艺和美学，广泛学习欧美文艺经典和东方文化。他们将学术交流变成原创思想的培育场所，在文学、艺术、美学、政治、经济多个领域著书立说，成为英国社会的思想精英。除了弗吉尼亚·伍尔夫成为著名小说家之外，罗杰·弗莱和克莱夫·贝尔成为著名艺术批评家和美学家，利顿·斯特拉奇成为著名传记家，约翰·凯恩斯成为著名经济学家，伦纳德·伍尔夫成为著名出版家和政治评论家。

3.伍尔夫博览世界文化的广阔视野

伍尔夫夫妇俩共同创建和经营的霍加斯出版社，赋予伍尔夫博览世界文化的广阔视野。[②]自1917年伍尔夫夫妻创建霍加斯出版社，至1946年它被合并，他们大约出版了525种涉猎文学、艺术、政治、音乐、教育、法律、心理、哲学、文化人类学、绘画、摄影、书信、游记、翻译作品等多学科领域的书籍。[③]伍尔夫夫妇着力打造了7套霍加斯系列丛书：(1)霍加斯文学批评系列(35种)；(2)霍加斯文学演讲系列(16种)；(3)莫登斯战争与和平演讲系列(8种)；(4)霍加斯当代诗人系列(29种)；(5)霍

---

① 参见 Laurence, P. *Lily Briscoe's Chinese Eyes*: *Bloomsbury*, *Modernism and China*. Columbia: University of South Carolina Press, 2003, pp. 119-120; Roe, S. & Sellers, S. *The Cambridge Companion to Virginia Woolf*. Shanghai: Shanghai Foreign Language Education Press, 2001, p. 1.

② 详见高奋:《霍加斯出版社与英国现代主义的形成和发展》，载《中国出版》2012第13期，第56—60页。

③ Hogarth Press Publications, 1917—1946: Duke University Library Holdings. http://library.duke.edu/rubenstein/scriptorium/literary/hogarth.htm.

加斯书信系列(12 种);(6)当今问题小册子系列(40 种);(7)建构世界与动摇世界系列,即苏格拉底、达尔文等西方著名人士的传记系列。[①]伍尔夫曾参与翻译俄国作家陀思妥耶夫斯基、托尔斯泰等人的作品,另外,霍加斯也出版来自德、法、中、印以及非洲国家的作品的英译本。这些翻译作品和系列丛书的策划与出版为她的思想发展提供了丰富的源泉和动力。

(二)伍尔夫对多国文学的深度了解

大量的阅读为伍尔夫的思想发展提供了贯通英、美、法、俄、古希腊文学的条件,她所发表的数百篇文学随笔和评论表明,她对这些国家的文学有深度了解。

1. 伍尔夫纵论英国文学

她的评点范围涵盖了从乔叟对“生活”的幽默直观描写,锡德尼和斯宾塞对“身体活动”的无边幻想,到多恩对“自我心理”的探索,笛福和斯特恩对“现实和人性”的把握,简·奥斯丁、艾略特对“情感思想”的刻画,直至哈代对“生命”的表现。[②]她指出,英国小说的基本特色是:“从斯特恩到梅瑞狄斯的英国小说都证明,我们对幽默和喜剧、尘世之美、知性活动和身体之美妙有着天然的喜爱。”[③]

2. 伍尔夫观照古希腊文学

她撰写随笔《论不懂希腊》(“On Not Knowing Greek”,1925),通过评点和对比索福克勒斯、欧里庇德斯、埃斯库罗斯的作品,揭示“古希腊文学的四大特征:情感性、诗意性、整体性、直观性。它们全都指向‘非个性化’这一总体特性”[④]。她毫不掩饰自己对古希腊文学的钟爱:“我们渴望了解希腊,努力把握希腊,永远被希腊吸引,不断阐释希腊”[⑤];她还将古希腊的高贵灵魂融入她的小说《雅各的房间》中。

3. 伍尔夫借鉴俄罗斯文学

她深入评析陀思妥耶夫斯基、屠格涅夫、契诃夫、托尔斯泰等作家作品的形式特征,通过对比英俄文学,让俄罗斯文学发挥“铜镜”作用,来映照英国文学的优势与局限。她对照俄罗斯小说的博大灵魂,宣称:英国现代文学的重心已经与过去不同,人

---

① Yela, M. Seventy Years at the Hogarth Press: The Press of Virginia and Leonard Woolf. http://www.lib.udel.edu/ud/spec/exhibits/hogarth/.

② 高奋:《走向生命诗学——弗吉尼亚·伍尔夫小说理论研究》,北京:人民出版社,2016 年,第 62 页。

③ Woolf, V. Modern fiction. In McNeillie, A. (ed.). *The Essays of Virginia Woolf* (Vol. 4). London: The Hogarth Press, 1994, p. 163.

④ 高奋:《走向生命诗学——弗吉尼亚·伍尔夫小说理论研究》,北京:人民出版社,2016 年,第 67 页。

⑤ Woolf, V. On not knowing Greek. In McNeillie, A. (ed.). *The Essays of Virginia Woolf* (Vol. 4). London: The Hogarth Press, 1994, p. 38.

们更关注“琐碎的、奇妙的、瞬息即逝的或刻骨铭心”[①]的心理感受，因而英国文学家的任务是去“表达这种变化的、未知的、无限的精神，不论它可能以怎样不合常规或者错综复杂的形式呈现……”[②]。她借鉴陀氏等小说家联结外在世界与内在心灵的精湛技法，突破英国现代小说物质主义与精神主义对立的局限，将“陀思妥耶夫斯基的‘直觉’，契诃夫的‘记忆景象’，托尔斯泰的‘生命视野’和屠格涅夫的‘人性’”[③]融入创作之中，展现全新的现代主义创作。

4.伍尔夫博览法国文学

她广泛阅读了蒙田、福楼拜、巴尔扎克、司汤达、普鲁斯特等人的作品，深刻领悟法国作家的高超技法，阐明“不论是蒙田的‘灵魂’，普鲁斯特的‘生命发光体’，还是莫洛亚的‘智慧’或司汤达的‘人物’，他们的共同特性是对整体的追寻，对内在构成的匀称性和和谐度的表现”[④]。这一特性是法国文学特有的。她将这种整体性融入英国文学传统中，创造出全新的主题和形式。

5.伍尔夫反思美国文学

她评论了欧文、爱默生、梭罗、惠特曼、麦尔维尔、德莱塞、詹姆斯等多位美国作家的作品，指出其优劣，阐释实现文学创新的关键之所在。“她对美国文学的反思是以她对古希腊文学的原创性、俄罗斯技法的丰富性、法国作家蒙田的创作整体性和英国现代小说的困境的深入思考和领悟为参照的，其关注的核心是美国文学创新问题。”[⑤]

6.伍尔夫领悟中国文学

伍尔夫作品中不仅有直观的中国元素，比如中国宝塔、千层盒、茶具、瓷器、旗袍等，还表现了对中国文化的深层领悟，其显著标志是她作品中的三双“中国眼睛”。他们是：随笔《轻率》中的英国玄学派诗人约翰·多恩、小说《达洛维夫人》中的伊丽莎白·达洛维、小说《到灯塔去》中的丽莉·布里斯科的“中国眼睛”。这三位欧洲人的脸上突兀地长出“中国眼睛”，独具匠心，分别体现了伍尔夫对中国式创作心境、人

① Woolf, V. Modern fiction. In McNeillie, A. (ed.). *The Essays of Virginia Woolf* (Vol. 4). London: The Hogarth Press, 1994, p. 160.

② Woolf, V. Modern fiction. In McNeillie, A. (ed.). *The Essays of Virginia Woolf* (Vol. 4). London: The Hogarth Press, 1994, pp. 160-161.

③ 高奋:《走向生命诗学——弗吉尼亚·伍尔夫小说理论研究》,北京:人民出版社,2016年,第75—93页。

④ 高奋:《走向生命诗学——弗吉尼亚·伍尔夫小说理论研究》,北京:人民出版社,2016年,第102页。

⑤ 高奋:《走向生命诗学——弗吉尼亚·伍尔夫小说理论研究》,北京:人民出版社,2016年,第105页。

物性情和审美视野的感悟。①

帮助伍尔夫将各国经典融会贯通,构建自己的文学理论和撰写原创作品的主导思想就是弗莱和贝尔的形式主义美学。正是基于弗莱和贝尔对模仿论的批判和他们的情感说、形式论、艺术批评,伍尔夫在文学领域提出了“生命创作说”和“情感形式说”,并在此基础上创作出版了一系列原创性小说。我们将在下面四节展开详尽论析。

第二节　生命创作说与情感形式说

20 世纪初,欧美文艺创作形式发生了巨大的变化,伍尔夫的《雅各的房间》、乔伊斯的《尤利西斯》、艾略特的《荒原》三部作品于 1922 年同时问世,昭示着新的艺术形式的成熟。原本习以为常的艺术形式,比如典型人物、连贯情节、明晰主题、道德关怀、翔实背景等被刻意淡化,取而代之的是瞬息情感的深度描写或碎片化表现,现代主义的意识流创作横空出世。

导致这一断崖式的形式巨变的外在原因是 20 世纪初期的社会、政治、文化的剧变,内在原因是现代哲学、心理学、科学的影响,创作者的“艺术观”发生了重大转向。伍尔夫所经历的是从“模仿论”到“情感说”的转向,她在罗杰·弗莱和克拉夫·贝尔的形式主义美学思想的影响和启发下,建构了“生命创作说”和“情感形式说”,其思想建构途径和内涵与弗莱和贝尔相通。我们将全面梳理伍尔夫的思想形成过程,探明她的“生命创作说”和“情感形式说”的内涵和价值。

一、弗吉尼亚·伍尔夫与弗莱和贝尔的形式主义美学

弗吉尼亚·伍尔夫与罗杰·弗莱和克莱夫·贝尔是一生的挚友和亲戚。1905 年,弗吉尼亚的哥哥索比·斯蒂芬邀请克莱夫·贝尔、利顿·斯特拉奇等剑桥大学的同学每星期四来家中聚会,妹妹瓦奈萨和弗吉尼亚均参加了聚会。1906 年,索比不幸得伤寒症去世,但家庭聚会保持了下来,它便是延续了 30 余年的“布鲁姆斯伯里文化圈”。1907 年,克莱夫·贝尔与瓦奈萨结婚,贝尔成为弗吉尼亚的姐夫,他不断对弗吉尼亚正在撰写的第一部小说《远航》提出指导性建议。1910 年,贝尔与罗杰·弗莱相识,弗莱成为家庭聚会中的常客,不断在聚会上发表有关艺术的演说。当时弗莱已经是艺术界的知名人士,他刚辞去纽约大都会艺术博物馆油画厅主任职

① 高奋:《走向生命诗学——弗吉尼亚·伍尔夫小说理论研究》,北京:人民出版社,2016 年,第 118—134 页。

务(1906—1910)回到英国,出任《伯灵顿杂志》编辑。1910 年至 1912 年,弗莱在伦敦格拉夫顿美术馆举办了两次后印象主义画展,贝尔是主要助手。画展引起公众的不解和愤怒,弗莱和贝尔发表系列论文和著作进行辩护,阐述他们的形式主义美学思想。

弗莱和贝尔在创建形式主义美学时,采用了大致相同的路径,它们对弗吉尼亚·伍尔夫的小说理论的建构路径产生了重要影响。

(一)弗莱的形式主义思想发展路径

弗莱的形式主义思想发展路径是:批判模仿论—领悟艺术本质—提出"情感说"—阐明"形式论"。

1. 批判模仿论

1894 年,弗莱撰写论文《印象主义的哲学》,剖析印象主义绘画的哲学原理、形式特征和局限性,批判印象主义只追求视觉印象真实,不关注艺术美的局限,开启了对艺术的本质和形式的内涵的探索。

2. 领悟艺术本质

1906—1910 年,弗莱大量鉴赏欧、亚、非、美洲的古代和现代绘画,领悟"艺术是情感和思想的表现"[①]的艺术本质。

3. 提出"情感说"

基于他对欧洲、非洲、亚洲、美洲艺术作品的广泛而深入的研究,以及对托尔斯泰的《艺术论》的阅读和反思,弗莱发表两篇重要美学论文《造型艺术的表现和再现》(1908)和《论美感》(1909),就视觉艺术的本质提出"情感说",其主要观点是"艺术是交流情感的方式,以情感本身为目的"[②]。

4. 阐明"形式论"

弗莱撰写艺术批评论文,阐明了艺术形式的三层内涵:(1)1894—1905 年,弗莱概括出"形式"的两种类型:表现统一性和意蕴统一性,揭示"形式"的内在机制。(2)1906—1912 年,弗莱为后印象主义做辩护,提出"有意味和有表现力的形式"的概念,揭示"形式"的内涵与外延的融合。(3)1929—1934 年,弗莱提出"形式"的第三层

---

① Fry, R. *Vision and Design*. New York: Dover Publications, Inc., 2011, pp. 92-123.

② Fry, R. Expression and representation in the graphic arts. In Reed, C. (ed.). *A Roger Fry Reader*. Chicago: The University of Chicago Press, 1996, p. 64.

内涵:"心理价值与造型价值的和谐统一"[①],或者说"诗意狂喜与造型结构的完美统一"[②],即形神合一。

(二)贝尔的形式主义思想发展路径

贝尔的形式主义思想集中阐发在其专著《艺术》(1913)中,其建构路径是:批判"模仿论"—领悟拜占庭艺术的本质—提出"有意味的形式"的审美假说—建构"形式理论"。

1. 批判"模仿论"

贝尔认为,欧洲现代"描绘性绘画"不是艺术,因为它不表现情感,只暗示情感或传达信息,不能唤起审美情感。弗里斯的《帕丁顿火车站》和菲尔德斯的《医生》就是非艺术的典型例证。他对欧洲绘画史上文艺复兴艺术、巴洛克艺术、浪漫主义艺术、现实主义艺术和印象主义艺术的评价不高,认为它们模仿性太强,形式创造和审美意味较弱。

2. 领悟拜占庭艺术的本质

贝尔推崇 6 世纪的拜占庭艺术,9—13 世纪的拜占庭艺术,14—15 世纪的佛罗伦萨艺术,指出它们表现了有意味的形式。他对中国魏晋至唐代的艺术、希腊原始艺术和苏美尔原始艺术的评价很高。

3. 提出"有意味的形式"的审美假说

贝尔将"线条和颜色的这些关系和组合,这些审美上动人心扉的形式"称为"有意味的形式" [③],指出它是所有视觉艺术作品共同的本质属性,其双重内涵是"创造形式"[④]和"表现审美情感"[⑤],其形而上学内涵是"物自体"[⑥]。

4. 建构"形式理论"

在剖析塞尚创作的基础上,贝尔提炼出艺术形式四大原则——表现有意味的形式、物与心交、创造形式和表现物自体,以及两大技法——简洁和构图。

---

① Fry, R. The double nature of painting. In Reed, C. (ed.). *A Roger Fry Reader*. Chicago: The University of Chicago Press, 1996, p. 391.

② Fry, R. The double nature of painting. In Reed, C. (ed.). *A Roger Fry Reader*. Chicago: The University of Chicago Press, 1996, p. 392.

③ Bell, C. *Art*. North Charleston: Create Space Independent Publishing, 2012, p. 3.

④ Bell, C. *Art*. North Charleston: Create Space Independent Publishing, 2012, p. 9.

⑤ Bell, C. *Art*. North Charleston: Create Space Independent Publishing, 2012, p. 14.

⑥ Bell, C. *Art*. North Charleston: Create Space Independent Publishing, 2012, p. 20.

二、伍尔夫小说理论主要思想的构建路径

伍尔夫的小说理论发表在诸多批评随笔之中，其主要思想的构建路径与弗莱、贝尔的路径大致相同。其建构路径是：批判物质主义文学和精神主义文学（模仿论在文学中的表现形式）—领悟文学经典的"意味"—提出"生命创作说"—提出"情感形式说"。我们将逐一做出分析。

（一）批判物质主义文学和精神主义文学

1925 年，伍尔夫在随笔《现代小说》和《班内特先生和布朗夫人》中细致对比剖析了 20 世纪初期盛行于英国的两种小说，分别称它们为"物质主义小说"和"精神主义小说"。她剖析它们的优劣，以唤起人们对现代小说的局限性的关注。

她这样界定"物质主义小说"："如果我们给所有这些小说系上了'物质主义'这样的一个标签，我们是指他们描写了不重要的东西；他们用大量技巧和巨大精力来使微不足道的、转瞬即逝的东西看起来好像是真实而永恒的。"①她进一步详尽剖析"物质主义小说"的产生渊源、表现技巧以及形式与本质。

在渊源上，"物质主义小说"是现实主义的一种狭隘表现形式。"虽然我们可以高调谈论现实主义的发展，可以大胆断言小说为生活提供了镜子，事实上，生活的素材太难把握，在转化成文字之前，只能将它压缩和提炼，只有少部分素材可以被少数小说家使用。这些小说家们费时费力地将他们之前一两代作家的创意不断重塑。到这个时候，这些模子已经牢固地定型了，要打碎它需要付出很大的精力，因此公众很少会自找烦恼，试图在这一方面爆破它。"②也就是说，现实主义小说原本是有创意的小说形式，但是当人们只能用已经创建的几个模板去填充生活素材，大量复制同类模型时，它就变成僵化的"物质主义小说"了。完全没有艺术形式创新，只是日常生活的填充而已。

在技巧上，"物质主义小说"是墨守成规的。小说家们遵循传统技法，将创作重心放置在繁复的细节逼真上，却丢失了作品的灵魂。创作者成为各类创作技法的傀儡和木偶："为了表明故事的可靠性和逼真性，所投入的大量精力不仅被浪费了，而且放错了地方，反倒遮蔽了构思的光芒。作者仿佛被束缚了，无法行使自主意志，而是受制于某个强大而无所顾忌的暴君，被迫提供情节、喜剧、悲剧、爱情旨趣，以及故

① Woolf, V. Modern fiction. In McNeillie, A. (ed.). *The Essays of Virginia Woolf* (Vol. 4). London: The Hogarth Press, 1994, p. 159.

② Woolf, V. Philosophy in fiction. In McNeillie, A. (ed.). *The Essays of Virginia Woolf* (Vol. 2). London: The Hogarth Press, 1987, p. 208.

事中所弥漫的可信度,如此完美,以至于人物如果活过来,会发现自己衣着的每一粒纽扣都符合当前的时尚。"[①]

在形式上,"物质主义"是一个填充生活和观点的模具,缺乏内在活力和艺术表现力。当代英国作家纷纷向模具中填充观念或事实,比如班内特重在填充"事实"[②],高尔斯华绥填充的是"道德密码"[③],杰克斯显摆了他的"宗教和哲学沉思"[④],斯威纳顿展示了"细节和片断"[⑤],诺里斯的作品充斥着"空话、评论"[⑥],等等。这些过量的填充物淹没了情感和思想,让人物成为观念的面具。对这类作家而言,文学只是一种手段,是用来发挥"某种用处"的。[⑦]

在本质上,它缺乏洞察力,不关注精神,只是物质世界的被动再现。它"缺少而不是获得了我们追寻的东西。无论我们称它为生命或精神,真实或现实,本质的东西已经走开或者前行,拒绝再被束缚在我们所提供的这身不合适的法衣里"[⑧]。它抓住的是事实、细节等外在的东西,却"从不对人物本身或作品本身感兴趣"[⑨]。

伍尔夫重点指出,物质主义小说是狭隘的。他们的作品就像华尔波尔小说中的那面绿色镜子,"镜子深处映现的是他们自己,除了他们自己和他们在镜中的视像,他们大约有三百年没见过其他物体了"[⑩]。

伍尔夫这样定义"精神主义小说":它是"精神性的","不惜一切代价,揭示生命

---

① Woolf, V. Modern fiction. In McNeillie, A. (ed.). *The Essays of Virginia Woolf* (Vol. 4). London: The Hogarth Press, 1994, p. 160.

② Woolf, V. Books and persons. In McNeillie, A. (ed.). *The Essays of Virginia Woolf* (Vol. 2). London: The Hogarth Press, 1987, p. 130.

③ Woolf, V. Mr Galsworthy's novel. In McNeillie, A. (ed.). *The Essays of Virginia Woolf* (Vol. 2). London: The Hogarth Press, 1987, p. 153.

④ Woolf, V. Philosophy in fiction. In McNeillie, A. (ed.). *The Essays of Virginia Woolf* (Vol. 2). London: The Hogarth Press, 1987, p. 209.

⑤ Woolf, V. Honest fiction. In McNeillie, A. (ed.). *The Essays of Virginia Woolf* (Vol. 2). London: The Hogarth Press, 1987, p. 312.

⑥ Woolf, V. The obstinate lady. In McNeillie, A. (ed.). *The Essays of Virginia Woolf* (Vol. 3). London: The Hogarth Press, 1988, p. 43.

⑦ Edel, L. & Ray, G. N. (ed.). *Henry James and H. G. Wells*. London: Rupert-Davis, 1958, p. 264.

⑧ Woolf, V. Modern fiction. In McNeillie, A. (ed.). *The Essays of Virginia Woolf* (Vol. 4). London: The Hogarth Press, 1994, p. 160.

⑨ Woolf, V. Mr. Bennett and Mrs. Brown. In Woolf, L. (ed.). *The Captain's Death Bed and Other Essays*. London: Harcourt Brace Jovanovich, Inc., 1978, p. 105.

⑩ Woolf, V. The green mirror. In McNeillie, A. (ed.). *The Essays of Virginia Woolf* (Vol. 2). London: The Hogarth Press, 1987, pp. 214-215.

最深处的火焰的闪烁，通过大脑传递着信息"[①]。她进一步揭示了它的渊源、形式、技巧和本质。

在渊源上，它是创新的，割裂并突破了传统。它们的目标是描绘心灵感知万物的过程，"心灵接纳无数印象——零碎的、奇异的、稍纵即逝的或者刻骨铭心的。它们来自四面八方，像无数原子源源不断地落下"[②]，为此，它丢弃了一切传统技法，作品表现出"没有情节，没有喜剧，没有悲剧，没有广为接受的爱情趣味或灾难性结局"[③]的特性。

在形式上，它粗糙而简陋。精神主义小说丢弃传统技法后，只剩下无形无踪、无边无际的人物的意识流，它"像一小堆敏感的物体，半透明半模糊，无穷无尽地表现着、扭曲着斑驳陆离的故事进程，人物的意识既是表又是里，既是外壳又是牡蛎"[④]。它给人一种不着边际的迷茫感，仿佛置身于一望无际的大海深处，除了混沌的意识流，看不见整体，也看不清核心。

在技巧上，它是原创的，但是缺乏艺术性。它零乱而不连贯地记录意识中的景物或事件，不采用一切传统技法，也丢失了可信度、连贯性和指示牌。[⑤]结果它看起来不是"亵渎"就是"晦涩"。[⑥]

在本质上，它是精神的、自我的，显得贫乏而肤浅。它的思想是贫乏的，因为它总是被困在一个从不拥抱或创造外部事物的自我之中。[⑦]它只表现意识的表象，人物的"触觉、视觉和听觉非常敏锐，但是……彼此之间并无关联，也不曾深究，不曾像我们所期待的那样将光芒照入事物隐秘的深处"[⑧]。它们只是看起来活泼而鲜亮，但是缺乏深刻的意味。

---

① Woolf, V. Modern fiction. In McNeillie, A. (ed.). *The Essays of Virginia Woolf* (Vol. 4). London: The Hogarth Press, 1994, p. 161.

② Woolf, V. Modern fiction. In McNeillie, A. (ed.). *The Essays of Virginia Woolf* (Vol. 4). London: The Hogarth Press, 1994, p. 160.

③ Woolf, V. Modern fiction. In McNeillie, A. (ed.). *The Essays of Virginia Woolf* (Vol. 4). London: The Hogarth Press, 1994, p. 160.

④ Woolf, V. The tunnel. In McNeillie, A. (ed.). *The Essays of Virginia Woolf* (Vol. 3). London: The Hogarth Press, 1988, pp. 10-11.

⑤ Woolf, V. Modern fiction. In McNeillie, A. (ed.). *The Essays of Virginia Woolf* (Vol. 4). London: The Hogarth Press, 1994, p. 161.

⑥ Woolf, V. Mr. Bennett and Mrs. Brown. In Woolf, L. (ed.). *The Captain's Death Bed and Other Essays*. London: Harcourt Brace Jovanovich, Inc., 1978, p. 116.

⑦ Woolf, V. Modern fiction. In McNeillie, A. (ed.). *The Essays of Virginia Woolf* (Vol. 4). London: The Hogarth Press, 1994, pp. 161-162.

⑧ Woolf, V. The tunnel. In McNeillie, A. (ed.). *The Essays of Virginia Woolf* (Vol. 3). London: The Hogarth Press, 1988, pp. 11-12.

伍尔夫重点指出，精神主义的封闭和狭隘要“归因于创作方法上的局限，而不是思想上的局限”①。伍尔夫认为，我们应该“给这种崭新的表达方法以某种形式，使它具有传统的、已经被接受的创作方法的形状”②。

伍尔夫对“物质主义”和“精神主义”的批判是深入的。她指出“物质主义小说”的局限在于：只重视对物质表象的描写，却忽视对本质的表现和揭示，艺术形式和表现内涵上有欠缺。她指出“精神主义小说”的局限在于：只记录意识流表象，缺乏整体性、深刻性、艺术性。在这些局限中，最致命的是，物质主义和精神主义都只描写现实或意识的表象，但缺乏对深刻本质的表现和揭示。她认为“当代很多佳作仿佛都是在压力下用苍白的速记符号记录而成，它出彩地刻录了人物走过屏幕时的行为和表情。可光芒瞬息消退，给我们留下的是难以忘怀的不满之情”③。伍尔夫相信小说应该“生机盎然地走在大路上，与真实的男人和女人擦肩而过”④。正是这种“小说表现真实的人”的理念使伍尔夫意识到“物质主义小说”和“精神主义小说”的局限。她转而阅读大量的文学经典，以领悟文学的真正意味。

伍尔夫对物质小说和精神小说的批判，在本质上与弗莱对印象主义绘画的批判和贝尔对描绘性绘画的批判是相通的，他们全都批判了欧美近代文艺创作只注重表象再现，不关注情感思想表现的弊病。从论文发表的时间先后看，弗莱与贝尔显然是引路人，伍尔夫是被影响者，不过在批判思想的深度上，伍尔夫的批判绝对不逊色于弗莱与贝尔。

(二)领悟文学经典的“意味”

伍尔夫充分阅读了英、俄、法、古希腊的大量经典作品，从中领悟文学的本质意味。

伍尔夫从英国文学经典中领悟了英国作家对生命的幽默而欢愉的描写。她赞赏乔叟在中世纪的严酷自然环境中，塑造了欢快的世界和鲜活的人物⑤；她从约翰·

① Woolf, V. Modern fiction. In McNeillie, A. (ed.). *The Essays of Virginia Woolf* (Vol. 4). London: The Hogarth Press, 1994, p. 160.

② Woolf, V. The tunnel. In McNeillie, A. (ed.). *The Essays of Virginia Woolf* (Vol. 3). London: The Hogarth Press, 1988, p. 12.

③ Woolf, V. How it strikes a contemporary. In McNeillie, A. (ed.). *The Essays of Virginia Woolf* (Vol. 4). London: The Hogarth Press, 1994, pp. 238-239.

④ Woolf, V. Romance and the heart. In McNeillie, A. (ed.). *The Essays of Virginia Woolf* (Vol. 3). London: The Hogarth Press, 1988, p. 368.

⑤ Woolf, V. The Pastons and Chaucer. In McNeillie, A. (ed.). *The Essays of Virginia Woolf* (Vol. 4). London: The Hogarth Press, 1994, p. 28.

多恩和托马斯·布朗的作品中体会了他们对自我的探索[①]；她认为笛福是英国最伟大的小说家，因为“他的作品建立在对人性中……最恒久的东西的领悟上”[②]；她赞叹简·奥斯丁能赋予琐碎的生活场景以“最持久的生命形式”[③]；她肯定夏洛蒂·勃朗特揭示了人性中正在沉睡的“巨大激情”[④]；她赞扬艾米莉·勃朗特寥寥数笔就画出“灵魂的面孔”[⑤]；她推崇乔治·艾略特给人物和场景注入大量的回忆和幽默后带来的“灵魂的舒适、温暖和自由”[⑥]；她赞颂康拉德以敏锐的洞察力讲述了“某种非常持久而真实的东西”[⑦]。可以看出，她赞美英国文学经典，因为它们表现了生命中最持久的东西。

伍尔夫从古希腊文学经典中领悟到古希腊作家对生命的非个性化本质的直观再现。她认为古希腊文学语言清新、坚定而强烈，既不模糊轮廓也不遮蔽深度；它的主题简练有力，人物个性鲜明。我们从作品中可感受到“在阳光下的橄榄树中嬉戏的毛茸茸的黄褐色的人”，他们是“稳定、持久、原初的人”，体现出“生存的每一丝震颤和闪光”[⑧]。

伍尔夫从俄国文学经典中领悟到俄国作家对复杂灵魂的深刻把握。她认为“灵魂是俄国小说的主要人物”[⑨]。她为陀思妥耶夫斯基灵魂描写的深邃博大而震撼，“它向我们倾泻，火烫、炙热、杂乱、奇妙、恐怖、压抑——人的灵魂”[⑩]；她为契诃夫对

① Woolf, V. Donne after three centuries. In Clarke, S. N. (ed.). *The Essays of Virginia Woolf* (Vol. 5). London: The Hogarth Press, 2009, p. 351; Woolf, V. "The Elizabethan Lumber Room." In McNeillie, A. (ed.). *The Essays of Virginia Woolf* (Vol. 4). London: The Hogarth Press, 1994, p. 58.

② Woolf, V. Defoe. In McNeillie, A. (ed.). *The Essays of Virginia Woolf* (Vol. 4). London: The Hogarth Press, 1994, p. 104.

③ Woolf, V. Jane Austen. In McNeillie, A. (ed.). *The Essays of Virginia Woolf* (Vol. 4). London: The Hogarth Press, 1994, p. 149.

④ Woolf, V. *Jane Eyre* and *Wuthering Heights*. In McNeillie, A. (ed.). *The Essays of Virginia Woolf* (Vol. 4). London: The Hogarth Press, 1994, p. 168.

⑤ Woolf, V. *Jane Eyre* and *Wuthering Heights*. In McNeillie, A. (ed.). *The Essays of Virginia Woolf* (Vol. 4). London: The Hogarth Press, 1994, p. 170.

⑥ Woolf, V. George Eliot. In McNeillie, A. (ed.). *The Essays of Virginia Woolf* (Vol. 4). London: The Hogarth Press, 1994, p. 174.

⑦ Woolf, V. Joseph Conrad. In McNeillie, A. (ed.). *The Essays of Virginia Woolf* (Vol. 4). London: The Hogarth Press, 1994, p. 232.

⑧ Woolf, V. On not knowing Greek. In McNeillie, A. (ed.). *The Essays of Virginia Woolf* (Vol. 4). London: The Hogarth Press, 1994, pp. 40-51.

⑨ Woolf, V. The Russian point of view. In McNeillie, A. (ed.). *The Essays of Virginia Woolf* (Vol. 4). London: The Hogarth Press, 1994, p. 185.

⑩ Woolf, V. The Russian point of view. In McNeillie, A. (ed.). *The Essays of Virginia Woolf* (Vol. 4). London: The Hogarth Press, 1994, p. 186.

灵魂的精妙刻画而惊喜,"当我们阅读这些似乎什么也没说的小故事的时候,视域变得开放,心灵获得奇妙的自由"[①];她为托尔斯泰对生命的执着而着迷,"在所有光鲜的花瓣中都趴着这只蝎子——'为什么活着?'"[②]

伍尔夫从法国作家蒙田的作品中领悟了他对复杂心灵的绝妙书写。伍尔夫认为,蒙田勾勒出"整个灵魂的图案、分量、颜色和疆域"[③]。他用独特的书写方式不仅让我们听到了"灵魂的脉搏和节奏",而且奇迹般地调和了"灵魂中那些反复无常的成分"[④]。

伍尔夫从美国文学中感受到新文学所面临的困境。她指出,美国作家长期挣扎在"模仿英国文学"还是"忠实于事物本质"的两难境地中。亨利·詹姆斯、辛克莱·刘易斯等继承了英国文学娴熟的技法,却牺牲了美国特色。华尔特·惠特曼、赫尔曼·梅尔维尔、舍伍德·安德森等选择了忠实表现美国精神,却因为缺乏合适的艺术形式而显露出创作的缺陷。[⑤]

伍尔夫从诸多文学经典中感受到文学创作的开放性和本质性。"它们让我们充分感受到了小说艺术的无限可能性,提醒我们小说的视域是无际的,任何方法,任何试验,哪怕是想入非非的尝试都无须禁止,当然虚伪和做作除外。"[⑥]她相信只要作品能表现生命的本质属性,表现的形式是可以丰富多彩,自由开放的。

(三)提出"生命创作说"

伍尔夫从经典阅读中深切地感受到文学创作的生命性。她在《诗歌、小说和未来》[⑦](1927)、《小说概观》(1929)、《一间自己的房间》(1929)、《普通读者Ⅱ》(1932)等随笔和论著中阐明了文学"生命创作说"。

1. 生命创作说

伍尔夫从创作心态、小说体裁、小说构成、创作意境和艺术特征等五个方面概括

---

① Woolf, V. The Russian point of view. In McNeillie, A. (ed.). *The Essays of Virginia Woolf* (Vol. 4). London: The Hogarth Press, 1994, p. 187.

② Woolf, V. The Russian point of view. In McNeillie, A. (ed.). *The Essays of Virginia Woolf* (Vol. 4). London: The Hogarth Press, 1994, p. 188.

③ Woolf, V. Montaigne. In McNeillie, A. (ed.). *The Essays of Virginia Woolf* (Vol. 4). London: The Hogarth Press, 1994, p. 71.

④ Woolf, V. Montaigne. In McNeillie, A. (ed.). *The Essays of Virginia Woolf* (Vol. 4). London: The Hogarth Press, 1994, p. 78.

⑤ Woolf, V. *The Moment and Other Essays*. London: Harcocourt Brave Jovanovich, Inc., 1948, pp. 113-127.

⑥ Woolf, V. Modern fiction. In McNeillie, A. (ed.). *The Essays of Virginia Woolf* (Vol. 4). London: The Hogarth Press, 1994, pp. 163-164.

⑦ 此文后经微小修改,更名为《狭窄的艺术桥梁》,被收录在《花岗岩与彩虹》(1958)中。

出她的“生命创作说”,对小说的本质做出新的界定。

(1)创作的心态应该是和谐的。小说家须去除过强的自我意识,才能像济慈等经典作家那样,拥有“接受事物的本来面目的力量”,将不同的情感和谐而完整地表达出来。[①]

(2)小说的体裁应该是综合而开放的,可同时拥有散文、诗歌、戏剧和小说的特点。“它将是用散文创作的,却带有诗歌的众多特征。它将拥有诗歌的喜悦,却带着散文的平淡。它将具有戏剧性,却不是戏剧。它是用于阅读的,不是用于表演的。”[②]

(3)小说的构成成分是情感和思想,而不是小说家所认定的事实。小说将与生活保持更远的距离,却给予生命本质前所未有的关注。

> 它将不同于我们现在所熟悉的小说,主要区别在于它将与生活保持更远的距离。它将像诗歌一样,描写轮廓而不是细节。它将几乎不再使用那奇妙的记录事实的力量,那曾是小说的属性之一。它将很少叙述人物的房子、收入和职业;它将几乎不再与社会小说和环境小说保持亲缘关系。有了这些限制,它将从不同的视角贴切而生动地表现人物的情感和思想。它将像诗歌那样表现头脑与思想的关系以及头脑在孤寂时候的独白,而不是像小说迄今所做的那样,其表现局限于或者主要放置于人们之间的关系和他们的活动中。[③]

此外,小说的构成中还会增添被传统小说忽视的那部分生命情感和困境,比如人类与玫瑰、夜莺、晨曦等自然景象的情感关系,人类与死亡、命运等自然法则的情感关系。总之,小说的内在构成应该是整体的、复杂的,而不是单一的、肤浅的;小说将表现人与自然、人与命运的关系。[④]

(4)小说的意境将是超然的,它能够超越纷繁杂乱的细节和事实,升华到诗意的境界,但同时又能表现生命的常态。

> 在与生活保持一定距离的状况下,这一未命名的小说将被创作出来,因为只有这样,才能从更开阔的视野书写生命的某些重要特征。它将用散文创作,因为只有摆脱众多小说家强加在小说身上的负荷——承载大量细节和事

---

① Woolf, V. Poetry, fiction and the future. In McNeillie, A. (ed.). *The Essays of Virginia Woolf* (Vol. 4). London: The Hogarth Press, 1994, p. 433.

② Woolf, V. Poetry, fiction and the future. In McNeillie, A. (ed.). *The Essays of Virginia Woolf* (Vol. 4). London: The Hogarth Press, 1994, p. 435.

③ Woolf, V. Poetry, fiction and the future. In McNeillie, A. (ed.). *The Essays of Virginia Woolf* (Vol. 4). London: The Hogarth Press, 1994, p. 435.

④ Woolf, V. Poetry, fiction and the future. In McNeillie, A. (ed.). *The Essays of Virginia Woolf* (Vol. 4). London: The Hogarth Press, 1994, p. 436.

> 实……它才能够从地面上升高，不是猛然升起，而是翻滚回旋着升起，与此同时，散文还能与日常生活中的人物的趣味和爱好保持关联。①

(5)小说艺术将具有整体性和形象性。它仿佛是一个与生命有着镜像般相似的创造物，呈现出精神目光所能想象的形体结构，依据情感关系的特征，时而呈方块状，时而呈宝塔形，时而伸展出侧翼和拱廊。②

最后，伍尔夫对"小说"做了新的界定，为她的"生命创作说"确立了核心思想：

> 回首往昔，整个世界始终是变动不居的，然而不论小说家如何改变场景和各种关系，所有小说中有一个元素是恒定的，那便是人的元素。小说是写人的，它从我们心中激发的情感与我们在现实生活中激发的情感是一样的。小说努力使我们相信，它是完整而忠实地记录真实的人的生命的唯一艺术形式。全面地记录生命，不是巅峰和危机，而是情感的成长和发展，这是小说家的目标……③

可以看出，伍尔夫认为小说是一种生命艺术。它以生命的情感和思想为躯体，以生命的艺术形式为外表，以生命的意境为灵魂，所呈现的是一个鲜活的生命。伍尔夫所扬弃的是一种以事实和细节为躯体，以观念为灵魂，以写作技巧为外表的日常生活的模仿品。

伍尔夫的"生命创作说"的坚实根基就是她对英、法、俄、美等国的经典小说的广泛阅读和透彻感悟。她曾在《小说概观》中全面评论从笛福到普鲁斯特数十部英、法、俄、美经典小说家的作品，从中提炼出 6 种小说类型，与她"生命创作说"中的特性遥相呼应。第一，逼真写实：笛福、诺里斯、特罗洛普、莫泊桑等作家对人物的精确观察和朴实塑造；第二，浪漫虚构：司各特、斯蒂文森等作家对人物的虚幻构造；第三，人物刻画：狄更斯、简·奥斯丁和乔治·艾略特等作家对人物的个性刻画；第四，灵魂书写：亨利·詹姆斯、普鲁斯特、陀思妥耶夫斯基等作家对人物灵魂的深刻感悟和塑造；第五，奇思妙想：斯特恩、皮科克等作家对人物的飘忽怪诞的勾勒；第六，诗意描写：斯特恩、普鲁斯特、托尔斯泰、艾米莉·勃朗特等作家对人物的诗情画意般的描写。《小说概观》是伍尔夫对欧美小说史的点评，就像弗莱和贝尔都曾对西方艺术史做出评论一样。伍尔夫的态度是包容而开放的，她从各种小说类型中提取最好

---

① Woolf, V. Poetry, fiction and the future. In McNeillie, A. (ed.). *The Essays of Virginia Woolf* (Vol. 4). London: The Hogarth Press, 1994, p. 438.

② Woolf, V. *A Room of One's Own*. San Diego: Harcourt Brace Jovanovich, Inc., 1957, p. 74.

③ Woolf, V. *Granite and Rainbow: Essays*. London: Harcourt Brace Jovanovich, Inc., 1958, p. 141.

的形式，加以提炼和概括，这一点很像弗莱，从西方艺术史中提炼出三种形式类型。贝尔则与他们不同，为了确立“有意味的形式”，他只推崇拜占庭艺术，而将16—19世纪的西方艺术全都拉下了艺术的宝座。

2.伍尔夫的“生命创作说”与弗莱、贝尔的艺术论的共通性

伍尔夫为我们阐明了小说的本质——“它是完整而忠实地记录真实的人的生命的唯一艺术形式”，以及小说家的目标——“全面地记录生命，不是巅峰和危机，而是情感的成长和发展”[①]。如果将她的定义与弗莱关于艺术的定义“艺术是交流情感的方式，以情感本身为目的”[②]和贝尔关于艺术的定义“我把线条和颜色的这些关系和组合，这些审美上动人心扉的形式被称为‘有意味的形式’；‘有意味的形式’就是所有视觉艺术作品的共同属性”[③]相比较，我们发现他们三人的定义在下面三点上是共通的：

(1)强调艺术的生命性。伍尔夫和弗莱直接指出文学和艺术本质上是生命情感的交流，贝尔则用“动人心扉”喻示艺术的生命性。这一点在20世纪初的西方文艺史上颇具创新性，因为当时的整个文艺界都沉浸在模仿论的理念中，沉浸在自然主义文学和印象主义绘画的运动中，正在逐渐丧失文艺的活力和创意。

(2)强调艺术的形式性。伍尔夫将文学视为“表现生命的艺术形式”，弗莱将艺术视为“表现情感的形式”，贝尔将艺术视为“有意味的形式”，艺术的艺术性在他们的定义中都得到了充分的强调。这正是他们能在文艺界和理论界脱颖而出的力量之所在。

(3)强调艺术的超越性。伍尔夫和弗莱的定义中均包含“以生命本身为目的”的意蕴，贝尔强调以“意味”的表现为目的。三人都强调康德《判断力批判》中所阐明的美是“完全无利害的”[④]的观点，将文艺从现实中剥离出来，给文艺以参悟生命本质的力量。

3.伍尔夫的“生命创作说”的三大价值

(1)它超越了西方传统的模仿论，其观点更具包容性和生命力。面对文学的衰落，理论家提出的解决方式通常是模式替换。比如，意大利小说家莫拉维亚声称“19世纪的长篇小说死亡”时，他认为适用于再现“稳定”现实的19世纪小说模式已不适

① Woolf, V. *Granite and Rainbow: Essays*. London: Harcourt Brace Jovanovich, Inc., 1958, p.141.

② Fry, R. Expression and representation in the graphic arts. In Reed, C. (ed.). *A Roger Fry Reader*. Chicago: The University of Chicago Press, 1996, p.64.

③ Bell, C. *Art*. North Charleston: Create Space Independent Publishing, 2012, p.3.

④ 康德：《判断力批判》(上卷)，宗白华译，北京：商务印书馆，1996年，第47页。

于再现20世纪的“相对”现实，他建议用“隐喻小说”模式取代19世纪的“社会档案小说”模式，用隐喻的暗示性来表现现实和思想的不确定性。[①]又如，英国小说家艾丽丝·默多克发出“小说已经远离真实”的哀叹的时候，她认为当代小说的主导模式已经分化为“社会小说”和“个人小说”两种，因此不适合书写广阔的生活图景，她倡导采用人物与意象相结合的创作模式。[②]这两种理论以解决当前问题为目标，并没有触及文学的本质问题。其结果是，小说将随着现实的变化而不断陷入困境。伍尔夫的“生命创作说”以生命真实为创作目标，力图超越对现实的模仿，揭示生命本质，其目标是深刻而本质的。她的思想与希利斯·米勒的思想相应合。米勒力图突破文学模仿论，指出“每一部文学作品都告知我们不同的、独特的另一个现实，一个超现实”[③]。

(2)它超越了强化文学道德功用的传统做法，强调文学表现生命精神，其领悟更贴近文学的本质。自从柏拉图、亚里士多德阐明文学的道德功用以来，每个时代都以不同方式重申文学道德说，英国维多利亚时期的文学理论尤其强调给文学贴上道德标签，这样做反而弱化了文学的内在生命感染力。伍尔夫的“生命创作说”凸显文学表现生命的情感和精神的内在力量，以超越简单化的道德教化。她的“生命创作说”不是以“文学净化读者心灵”这样的单向度思维为基础的，而是以“文学是从人的生命根源处流出”这样的整体感悟为基础的。她的观点与哈罗德·布鲁姆在《西方正典》(1994)中的观点相通，即“莎士比亚或塞万提斯，荷马或但丁，乔叟或拉伯雷，阅读他们作品的真正作用是增进内在自我的成长。深入研读经典不会使人变好或变坏，也不会使公民变得更有用或更有害。心灵的自我对话本质上不是一种社会现实”[④]。

(3)它与中国传统的“诗言志”思想相通，体现世界性特色。“诗言志”一直是中国诗学的核心思想。比如，先秦《礼记》中的“诗，言其志也；歌，咏其声也；舞，动其容也，三者本于心”(《礼记·乐记》，据《四部丛刊》本)；唐朝孔颖达的“蕴藏在心，谓之为‘志’。发见于言，乃名为‘诗’”(《诗大序正义》，据《十三经注疏》本)；五代徐铉的“其或情之深，思之远，郁积乎中，不可以言尽者，则发为诗”(《骑省集·肖庶子诗序》，据《四库全书》本)；清朝黄宗羲的“诗人萃天地之清气，以月露风云花鸟为性情，其景与意不可分也”(《南雷文定·景洲诗集序》，据《四部丛刊》本)。从这些引文中，

① 莫拉维亚：《关于长篇小说的笔记》，见吕同六主编《20世纪世界小说理论经典》(下卷)，北京：华夏出版社，1995年，第32—39页。

② 参见殷企平、高奋、童燕萍：《英国小说批评史》，上海：上海外语教育出版社，2000年，第246—255页。

③ 米勒：《文学死了吗》，桂林：广西师范大学出版社，2007年，第118页。

④ 布卢姆：《西方正典》，江宁康译，南京：译林出版社，2005年，第21页。

我们可以感受到中国历代诗人学者对“文艺表现生命情感和精神”这一文艺本质的坚持和执着,它是中国诗学最重要的原则。伍尔夫的“生命创作说”所体现的正是“诗言志”的主旨。

(四)提出“情感形式说”

像弗莱和贝尔一样,伍尔夫完成了文学本质论后,进一步思考“形式”的本质和内涵,提出了“情感形式说”。她在《论小说的重读》中,从作品、作者、读者三个层面对“形式”做出全面界定:

> 在谈论形式的时候,我们首先旨在表明某些情感之间的关系已经得到合理的处置;其次,表明小说家有能力梳理这些情感,并且能够用所继承的技法把它们表现出来,传达自己的旨意,更新模式,乃至做出一点创新;再者,表明读者能够看清这些技法,并且通过把握技法加深对作品的领悟;而在其他方面,随着小说家不断探索和完善其技法,我们期待小说将摆脱混杂现状,日益呈现其形之美。[①]

伍尔夫在这里阐明了形式的双重内涵:其一,“形式”是由多种情感关系构成的;其二,“形式”是情感关系的表现艺术。这里,文学作品的实质或材料是“情感”,“形式”则是情感关系的表现,两者是一体的。伍尔夫曾用更简洁的语言这样表达形式的双重内涵:形式“既有视像(vision),又有表现(expression),两者是完美结合的”[②]。也就是说,所感受的情感与所采用的形式是无法分离的。我们因此称她的理论为“情感形式说”。

伍尔夫提出这一界定时,对“情感”的复杂性有充分的了解。她在《论小说的重读》中清晰地提出了这样的问题:

> 情感是我们的材料,但是我们如何断定情感的价值呢?有多少种情感无法被一则短篇小说所容纳?情感有多少特质?它由多少种不同元素构成?……难道就没有某种超越情感的东西,某种由情感引发,却又能安置情感、排列情感、整合情感的东西——那种卢伯克先生称为形式,而我们简要称之为艺术的东西吗?[③]

---

① Woolf, V. *The Moment and Other Essays*. London: Harcocourt Brave Jovanovich, Inc., 1948, pp. 165-166.

② Woolf, V. *The Moment and Other Essays*. London: Harcocourt Brave Jovanovich, Inc., 1948, pp. 160-161.

③ Woolf, V. *The Moment and Other Essays*. London: Harcocourt Brave Jovanovich, Inc., 1948, p. 161.

伍尔夫这一段话表达了她对“情感”构成的复杂性、客观性和整体性的认知。她不仅充分肯定传统小说关注人与人、人与现实的关系的情感特性，而且进一步呼吁关注人与人的心灵交感、人与自我、人与自然、人与命运的情感关系。她认为，传统英美小说较少涉足的心灵交感、心物交感、生存困惑等人类的深层次情感状态正是未来小说应该重点表现的对象。

伍尔夫“情感形式说”的“形式类型”就是由这些基本情感关系构成的，即人与人、人与自我、人与自然、人与命运。我们将以伍尔夫的短篇小说为研究对象，分析伍尔夫对四种基本情感关系的表现。

1. 形式：情感的关系

伍尔夫的创作重点突出了四种情感关系，即人与人、人与自我、人与自然、人与命运的关系。

(1)人与人的情感关系。

伍尔夫刻画人与人之间的情感关系，通常以心灵交感的微妙复杂来体现。这在《达洛维夫人》《到灯塔去》等经典小说中有精彩描写。限于篇幅，我们以短篇小说《合与分》(“Together and Apart”,1925)为例，简析伍尔夫对人与人之间的心灵交感的细微描写。“塞尔先生与埃宁小姐在达洛维太太的晚宴上相识，埃宁在交谈中对塞尔的淡淡关注触动了后者的真性情，但后者略带轻蔑的答复却让埃宁小姐产生遗憾之感。当埃宁小姐再一次表述对塞尔先生心爱的居住地的喜爱之情的时候，两人同时真切地感知到对方的真情，瞬间获得强烈的情感交融。但是现代人的冷静和躲避伤害的本能很快堵塞了情感的奔涌，一切都在刹那间归于平淡。在这个一波三折的情感分分合合的过程中，瞬息万变的情绪感知是心灵与心灵之间相互感应的先导，只有在相同的感知相互应合的瞬间，心灵交感的奇迹才蓦然激发，然后又随着感知的消逝而归于平淡。”①

伍尔夫优美而生动地描写了人与人之间心灵交感的两个层面，即感知与交感。她这样描写：

> 她那些感觉的纤维浮动着，肆意伸展，像海葵的触须，一会儿紧张震颤，一会儿冷淡怠倦，而她的大脑则远远地、冷静地飘浮在上空，吸纳并适时地归总信息……突然，就像雾中的闪光(这一意象像闪电一般自然而然形成并呈现)，奇特的事情发生了；昔日曾感受过的狂喜忽然袭来，其攻势势不可挡；那情绪

① 高奋：《走向生命诗学——弗吉尼亚·伍尔夫小说理论研究》，北京：人民出版社，2016年，第210页。

既忐忑不安又心旷神怡，青春活力四射，血管和神经里充满了冰与火；令人震撼。[①]

(2)人与自我的情感关系。

伍尔夫在表现人与自我的情感关系时，突出了对生命感悟的洞悉。这一点在《达洛维夫人》《到灯塔去》和《海浪》中均有深入的刻画，比如达洛维夫人去购买鲜花的途中对婚姻、自我和死亡的顿悟(《达洛维夫人》)，拉姆齐夫人对生命最高境界的领悟(《到灯塔去》)，伯纳德对生命本质的洞见(《海浪》)，所有这一切都指向小说的最深切的意味。限于篇幅，让我们简析伍尔夫的随笔《街头漫步：伦敦历险》(“Street Haunting: A London Adventure”,1942)所表现的心形分离的情感历程：“我”为了购买一支铅笔，在夜色中漫步穿越了半个伦敦。这期间“我”曾幻化为巨大的眼睛领略伦敦的美丽，又幻化为侏儒，感受心灵的欲望与卑微。“我”在恍惚中瞥见六个月前站在阳台上的“我”，接着在书店里伴随一百年前的陌生人出游，然后在一家文具店感受一对夫妻爱怨交集的心理，最终我结束冬夜的逃遁，在踏入家门的瞬间汇聚入自己的躯体。[②]伍尔夫这样概括生命情感的丰富性和原始性：

> 逐一走入这些生命，人们可以稍微深入一点，获得这样的幻觉：一个人并不束缚于单一的心灵，而是可以在短暂的数分钟内以其他人的心灵和躯体出现。他可以变成洗衣妇、酒店老板、街头歌唱者。离开个性的直线，拐上小路，穿越刺藤和粗大的树干，走进森林的心脏，那里居住着野兽，我们的伙伴，还有什么比这更有乐趣、更奇妙呢？[③]

(3)人与自然的情感关系。

伍尔夫在表达人与自然的情感关系时，常常表达生命与天地同源同质的意味。在小说《海浪》中这种意味非常明显，6个人物一生的经历与太阳升起到落下的一整天的自然运行并置，以自然之变昭示生命的奥秘。散文《飞蛾之死》(“The Death of the Moth”,1942)同样表现生命与自然道通为一的意味。她这样描写生命：“看着它(指飞蛾，笔者注)，人们会觉得世界巨大能量中细小而纯粹的一缕被置入它脆弱而

---

① Woolf, V. Together and apart. In Dick, S. (ed.). *The Complete Shorter Fiction of Virginia Woolf*. New ed. London: The Hogarth Press, 1989, pp. 185-187.

② Woolf, V. *The Death of the Moth*. New York: Harcocourt, Brave and Company, Inc., 1942, pp. 20-36.

③ Woolf, V. *The Death of the Moth*. New York: Harcocourt, Brave and Company, Inc., 1942, p. 35.

细小的躯体中。每次它飞过玻璃窗格，我都幻想看见了一丝生命之光。它就是生命。"[①]伍尔夫参悟到个体生命是自然能量的一种表现形式，是与外在世界同源同质的。也就是说，不同形态的生命同属于相同的驱动力和主宰力，它们共同拥有出生、生活、离世的生命整体，虽生死由天，但绝对不辱使命：

> 生命的能量从敞开的窗户滚滚涌入，在我和其他人类头脑中那些狭窄而错综的通道里左冲右突，这只飞蛾便是这种能量极为简单的一种形式，如此奇妙，如此令人爱怜，仿佛有人握着一颗微小而纯净的生命之珠，极其轻柔地给它缀上羽绒和羽毛，让它起舞、辗转，向我们揭示生命的本质。……看它驼着背、被驱使、被装饰、不堪重负，极其谨慎但带着尊严移动着，几乎使人忘却生活中的一切。想着它生为其他形式所可能具有的生命模样，不禁对它简单的动作萌发怜悯之情。[②]

在短短几小时的生命历程中，小小飞蛾翩翩起舞，在有限时空中尽力展现生命的美丽。然后在命定的时刻，在没有遭受外力击打的情况下，它忽然从充满活力的舞蹈者变为笨拙僵硬的摇摆者，直至完全丧失生命迹象。导致它死亡的是那股"冷漠无情，不关注任何个体"[③]的强大自然能量。它创造了生命，又结束了生命，让生与死共同完成了对生命整体的构建。伍尔夫用飞蛾短暂的生命历程昭示生命与天地同构的关系。其思想与庄子"死生为一条"(《德充符》，据《四部丛刊》本)的观念相通，"死生，命也，其有夜旦之常，天也"(《大宗师》，据《四部丛刊》本)，它表明了伍尔夫质朴的天人观。

(4)人与命运的情感关系。

伍尔夫表达了人与命运的情感关系时，主要表现"乐天知命"的态度。"乐天知命"的态度体现在达洛维夫人战后走在伦敦街道上时那份满满的幸福感中，也体现在拉姆齐夫人一边编织袜子一边注视灯塔之光时"物我合一"的喜悦感。她在随笔《飞蛾之死》中同样阐释了"乐天知命"的精神赋予生命的坚韧和快乐。微不足道的飞蛾在有限的时空中，尽情享受着生命的乐趣："那个上午仿佛蕴藏着巨大而丰富的乐趣，而它却只拥有一只蛾子的生命，而且是一只白天的蛾子，看起来真苦命；然而它是那么热切地享受这有限的机遇，不禁令人动容。它奋力飞向窗户的一角，驻留

---

① Woolf, V. *The Death of the Moth*. New York: Harcocourt, Brave and Company, Inc., 1942, p. 4.

② Woolf, V. *The Death of the Moth*. New York: Harcocourt, Brave and Company, Inc., 1942, pp. 4-5.

③ Woolf, V. *The Death of the Moth*. New York: Harcocourt, Brave and Company, Inc., 1942, p. 5.

片刻,又飞到另外一角。”①

渺小的飞蛾面对强大的死亡,毫无畏惧。它临死前竭尽全力翻转仰面跌倒的身子,端庄而毫无怨言地接受死亡,呈现了“乐天知命”精神赋予生命的美丽和尊严:“在既无人关心又无人知晓的情形下,这只微不足道的小蛾子为了保存无人珍惜且无人意欲留存的生命,奋力与如此强大的力量展开搏斗,给人留下无以名状的感动。不知怎么的,我又一次看见了生命,一颗纯净的珠子。”②

当然,在伍尔夫的作品中,她所表现的情感关系是多种多样,丰富多彩的。我们只列出了伍尔夫小说中情感关系的主要类型。这些类型显著体现在她的小说中,比如:《夜与日》《达洛维夫人》《到灯塔去》和《岁月》体现了人与人的心灵交感,《奥兰多》体现了人与自我的关系,《远航》《雅各的房间》《海浪》和《幕间》体现了人与自然、人与命运的关系等。

2. *形式:情感的表现*

我们已经探讨了伍尔夫对“形式”的质料因即“情感关系”的理解,那么她是如何理解“形式”的形式因,或者说“形式”的“艺术特质”的呢?我们不妨先回顾一下弗莱和贝尔的形式理论。

弗莱在批判“形式”作为纯粹的技巧的印象主义形式观的基础上,提出了“形式”的三层内涵。第一,表现统一性与意蕴统一性:前者重内在结构的统一,后者重诗意内涵的统一;第二,意味与表现力合一:将诗意内涵与结构表现融会贯通;第三,形神合一:将创作者的意蕴与艺术表现贯通,以达到物我合一、意在笔先、超然物外的审美意境。总之,弗莱以30年的艺术批评功利,逐渐揭示了“形式”的内在机制、内涵外延和心形相融之境。

贝尔就“形式理论”提出了四大原则:第一,表现“有意味的形式”:把景物本身当作目的,当作一个带有强烈情感的对象来理解;超越对物象的被动模仿,表现创作者对物体的情感意味。第二,物与心交:从物体出发,表现被唤起的情感。第三,创造形式:突破物形,创造形式,表现审美情感。第四,表现“物自体”:将物体从现实中剥离出来,表现物之物性。同时他提出两大技法。其一,简洁:删去烦琐细节,凸显本质意味。其二,构图:具有整体性、情感性、有机性、灵感性、审美性和色彩性。贝尔的四项原则重点突出了“超越物象,物我合一,创造形式,表现本质”的旨趣,而两大技法则是实现该旨趣的基本方法。

---

① Woolf, V. *The Death of the Moth*. New York: Harcocourt, Brave and Company, Inc., 1942, p. 4.

② Woolf, V. *The Death of the Moth*. New York: Harcocourt, Brave and Company, Inc., 1942, p. 6.

伍尔夫对"形式"的艺术特性的理解,与弗莱和贝尔的形式观在本质上是相通的,都强调结构与意蕴的统一、意味与表现的统一、物与心的统一、神与形的统一。当然伍尔夫的理解是从文学角度切入的,因而她的表述方式与弗莱和贝尔的略有不同。伍尔夫重点强调了文学形式的五大表现性。

(1)形神合一。

伍尔夫认为文学形式是生命精神的物化,因而其外在表现之"形"与内在情感之"神"是融会贯通,不可分割的。她在《一间自己的房间》中全面阐述了这一观点:

> 如果闭上眼睛,把小说作为一个整体来思考,那么小说似乎就是一个与生命有着某种镜像般相似的创造物,尽管带有无数的简化和变形。不管怎么说,它是留存在精神目光中的一个形体结构,时而呈方块状,时而呈宝塔形,时而伸展出侧翼和拱廊,时而就像君士坦丁堡的圣索菲亚大教堂一样坚固结实且带有穹顶。……这一形体源于某种与之相应的情感。但是此情感随即与其他情感相融,因为形体不是由石头与石头而是由人与人之间的关系构成的。如此,小说就在我们心中激起各种矛盾、对立的情感。……显然,回顾任何小说名著,其整体结构都是无限复杂的,因为它是由众多不同的判断和情感构成的。[①]

在这里,伍尔夫揭示了小说形式是"精神目光中的一个形体结构"这一核心观点。也就是说,小说的形体结构究竟是方块形、宝塔形还是教堂形,完全取决于小说内在的情感关系;而特定的情感关系必定以特定的结构表现。"形"与"神"是合而为一,相辅相成的。同时,"形体结构"会按照需求被"简化"和"变形",以便恰如其分地表现情感关系;而情感关系是一个错综复杂的整体,其中包含创作者心中的情感、创作对象的情感以及各种相关情感。

(2)物我合一。

伍尔夫认为文学形式是情感与世界之间的一种恰当关系的表现。文学构思最重要的任务是将不同的事物融合起来,从零乱的万物中孕育出一个有机整体:"那也许就是你的任务——从那些看起来格格不入,实际上却神秘共通的事物之间找出关联,毫无畏惧地接纳迎面而来的所有体验,使整个身心投入其中,将你的诗歌锤炼成一个整体而非碎片。"[②]也就是说,伍尔夫心目中的"形式"是一种天人合一的整体,生命情感作为世界的一部分,始终与世界保持着和谐融合的关系。文学形式所构建的那个小世界,所映照的正是生命情感所存在的那个大世界。

---

① Woolf, V. *A Room of One's Own*. San Diego: Harcourt Brace Jovanovich, Inc., 1957, pp. 74-75.

② Woolf, V. *The Death of the Moth*. New York: Harcocourt, Brave and Company, Inc., 1942, p. 221.

(3)情景交融。

伍尔夫认为文学形式是用“情景交融”手法来表现的,因而能表现象外之意。她认为,华兹华斯、丁尼生、梅瑞狄斯等人的作品缺乏情景交融,作家没能将自然融入作品的情感之中,仅仅将它视为外在的可爱之物,因而无法传情达意。[①]而托尔斯泰、艾米丽·勃朗特等作家则用心物交游的场景,让自然昭示语言所不能表达的情感和思想,让读者感受到深远的诗意。场景一定要表达心与物的和谐交感,真实而有意味,这是伍尔夫对情景交融的理解。她相信,只有当眼前之景用于表现一种“与人类的生命共存的美”[②]的时候,它才是意味深长的。文学的目标在于,“运用语言中的每一个文字……寄托言外之意……”[③]

(4)非个性化。

文学的形式所表现的是非个性化情感,而不是个体的自我情感。伍尔夫认为,假如作家无法描写普遍的东西,只能描写他自己所看到的东西,那么他的处境将是困难的。莎士比亚之所以被称为经典作家,其伟大之处在于他能够将自己的所有特性都“注入作品,又努力将它们普遍化,于是我们随处都能感觉到莎士比亚,却不能在任何确定的时间和地点找到他”[④]。伍尔夫相信,作家应该超越于个人情绪、性别意识、种族观念等各种局限之上。只有这样他才能契合众多不同的判断和情感为一体,完整地将内心的东西释放了出来;只有这样他才能使文学成为超越于尘世和个人之上的永恒殿堂,写出所有人都感悟和向往的东西。[⑤]

(5)生命本真。

文学的形式应该以“真诚”(Integrity)为准绳,自由地表现源于生命本真的情感和思想。伍尔夫指出,经典之所以伟大,是因为它让人们看见了隐藏在天性中的那一道光,即人们心中的本真。共鸣是从人心中流出的,源于本真。“大自然仿佛无比奇妙地在我们的心中亮起一道内在的光,我们可以由此判断小说家是否真诚。……当它被栩栩如生地呈现的时候,人们就会欣喜地欢呼:这不正是我常常感知、理解和

---

① Woolf, V. Patmore's criticism. In Lyon, M. (ed.). *Books and Portraits*. London: The Hogarth Press, 1977, pp. 50-54; Woolf, V. *Granite and Rainbow: Essays*. London: Harcourt Brace Jovanovich, Inc., 1958, pp. 135-137.

② Woolf, V. Patmore's criticism. In Lyon, M. (ed.). *Books and Portraits*. London: The Hogarth Press, 1977, p. 51.

③ Woolf, V. *The Death of the Moth*. New York: Harcocourt, Brave and Company, Inc., 1942, p. 223.

④ Woolf, V. *The Moment and Other Essays*. London: Harcocourt Brave Jovanovich, Inc., 1948, p. 170.

⑤ Woolf, V. *A Room of One's Own*. San Diego: Harcourt Brace Jovanovich, Inc., 1957, pp. 96-97.

向往的吗！"[①]文学就是表现生命本真。

伍尔夫的"情感形式说"与弗莱的"形式说"和贝尔的形式理论，从本质上看，它们是相通的；从内涵上看，伍尔夫的思想更为丰富。伍尔夫对"情感关系"的探寻是文学创作必须拓展而绘画艺术无法也无须触及的；伍尔夫对"情感表现"所提出的形神合一、物我合一、非个性化、情景交融和生命本真五大特性，与弗莱的形式三层内涵和贝尔的形式四大原则本质上相通，但伍尔夫的观点更为深刻，这是符合文学的特性的。

3. 伍尔夫"情感形式说"的价值

(1)与"模仿说"相比，"情感形式说"更注重表现现实之本质，同时重视文学的表现性。

"模仿说"强调文艺模仿现实，文学的目标是实现艺术与现实的一致性。而"现实"包含"表象"与"本质"两个层面，因而"模仿说"导出两类作品。一类是经典，数量较少，创作者对现实有透彻感悟，完全进入了物我合一状态，比如笛福、简·奥斯丁、狄更斯，他们将生命经历中最深刻的感悟表达出来了，能透彻表现生命之本质。另一类是二流、三流和不入流小说，创作者对现实并无深刻感悟，只能依照已有的模板和技法去模仿现实表象，肤浅而缺乏内涵，大量现实主义和自然主义小说可归入此类。而伍尔夫的"情感形式说"将"现实"阐释为创作者对各种"情感关系"的理解，要求用合适的形式将情感关系"表现"出来。"物我合一"是创作前提，"情景交融"是创作手法，"形神合一"是创作目标，"非个性化"和"生命本真"是创作境界。依据这一原则，作品必然会触及本质，并体现艺术性。"情感形式说"实质上已经克服了"模仿论"中"艺术形式""现实内容""作家创作"三者相互分离的局限，用"情感关系"与"情感表现"将三者融合为一，所体现的就是"艺术表现情感"这样的整体观。

朱光潜曾对模仿论的局限做分析。他指出，语言的生命全在情感和思想；语言、思想和情感是一致的、平行的、不能分割的。但是，由于思想情感是与情景同生同灭的，而语言却在失去其思想和情感之后依然通过文字而独立存在，于是便有了"情感思想是实质，语言是形式"的二分法，在这里语言被等同于文字，与思想情感分离。[②]弗莱和贝尔努力用"情感说"和"有意味的形式"将形式与内容融合为整体，伍尔夫则走得更远一些，直接用"情感关系"与"情感表现"将内容、形式、创作者全都融为一体，为文学创作的整体性、本质性与艺术性提供了坚实的基础。

---

① Woolf, V. *A Room of One's Own*. San Diego: Harcourt Brace Jovanovich, Inc., 1957, p. 75.

② 朱光潜：《朱光潜全集》(第三卷)，合肥：安徽教育出版社，1987 年，第 286—292 页。

(2)与“表现说”相比，伍尔夫“情感形式说”不仅重视“情感”，而且重视文学的表现性。

为突破“模仿论”不能触及本质的局限，20世纪诸多文论强调了文学的“情感性”(或者称它为“直觉”“经验”)，但是却忽视了文学的表现性。比如，克罗齐批判传统美学将艺术视为物理事实、功利活动、道德活动、概念知识，提出“艺术即直觉”[①]的观点，但他强调直觉即表现，否认文艺的表现性。柯林伍德提出艺术“表现自己的情感”[②]，但他不重视艺术的表现性。柏格森批判了艺术的功利性和物质性，认为艺术的目的在于揭示“一切事物的纯粹的本相”[③]，但是他认为艺术是一种“感官或意识结构中天生的东西”，是以“纯真的方式，通过视觉、听觉或思想表现出来的东西”[④]，同样忽视文艺的表现性。杜威的“艺术即经验”[⑤]和马尔库塞的“作为现实形式的艺术”[⑥]等学说同样体现将文艺视为经验、现实的直接再现的倾向。

卡西尔和苏珊·朗格比较重视艺术的表现性，不过他们对“形式”的阐释主要是理论性的，不像伍尔夫的观点那样理论与实践相结合。卡西尔以康德理论为立足点，指出艺术“并不追究事物的性质或原因，而是给我们以对事物形式的直观。它绝不是对我们原先已有的某种东西的简单复制。它是名副其实的发现。艺术家是自然的各种形式的发现者，正像科学家是各种事实或自然法则的发现者一样”[⑦]。卡西尔由此实现了内容与形式的统一，也就是说，艺术家不仅要感受事物的内在实质，还必须赋予实质以形式，而给实质以形式才是艺术的本质。卡西尔进一步指出了艺术形式的普遍性、观照性、直观性、统一性和连续性，并由此将艺术界定为“现象的最强烈瞬间的定型化”[⑧]和表现“各种形式的动态生命力”[⑨]的符号体系。苏珊·朗格在

---

① 克罗齐：《美学纲要》，见蒋孔阳主编《二十世纪西方美学名著选》(上)，上海：复旦大学出版社，1987年，第62页。

② 柯林伍德：《艺术原理》，见蒋孔阳主编《二十世纪西方美学名著选》(上)，上海：复旦大学出版社，1987年，第121页。

③ 柏格森：《笑》，见蒋孔阳主编《二十世纪西方美学名著选》(上)，上海：复旦大学出版社，1987年，第147页。

④ 柏格森：《笑》，见蒋孔阳主编《二十世纪西方美学名著选》(上)，上海：复旦大学出版社，1987年，第147页。

⑤ 杜威：《内容和形式》，见蒋孔阳主编《二十世纪西方美学名著选》(上)，上海：复旦大学出版社，1987年，第344—355页。

⑥ 马尔库塞：《作为现实形式的艺术》，见蒋孔阳主编《二十世纪西方美学名著选》(下)，上海：复旦大学出版社，1987年，第425—438页。

⑦ 卡西尔：《人论》，甘阳译，上海：上海译文出版社，1985年，第183页。

⑧ 卡西尔：《人论》，甘阳译，上海：上海译文出版社，1985年，第186页。

⑨ 卡西尔：《人论》，甘阳译，上海：上海译文出版社，1985年，第192页。

卡西尔理论的基础上进一步提出“艺术是人类情感的符号形式的创造”[①]的观点，并对形式的表现方式、艺术标准、艺术作用等做出阐释。朗格认为，艺术符号与所表现的情感之间具有共同的逻辑形式，也就是说，艺术符号内在构成因素之间的张力与生命体多种情感之间的张力有一致的逻辑形式。以音乐为例，音调结构的强与弱、流动与休止、加速与平缓等形式特征与人类情感的波动有着惊人的逻辑一致性。朗格还提出：衡量优秀艺术的准则是坦率和自由；艺术的作用在于表现非个性化的情感或内在生命；“有意味的形式”是所有艺术的本质。可以看出，伍尔夫的主要观点与他们的观点共鸣。

(3)伍尔夫的“情感形式说”与中国传统诗学中的“文质说”相近。

中国传统诗学重视文学内涵与表现形式的契合，“文质说”是主要范畴之一。“文”是指作品的表现形式，“质”是指作品的情感思想。先秦时期，孔子在《论语》中提出“质胜文则野，文胜质则史。文质彬彬，然后君子”(《论语·雍也》，据《四部丛刊》本)，强调文质契合的重要性。汉代扬雄继承孔子学说，指出“文，阴敛其质，阳散其文，文质班班，万物粲然”(《太玄文》，据《四部丛刊》本)。晋朝陆机认为“理扶质以立干，文垂条而结繁”(《文赋》，见《文选》卷十七，据《四部丛刊》本)。梁朝刘勰深入阐述了文质对立统一的关系，提出文质经纬说：“故情者文之经，辞者理之纬；经正而后纬成，理定而后辞畅：此立文之本源也。”[②]也就是说，情感思想是作品的经线，文辞是情感思想的纬线；经线摆正后纬线才能织成，情感思想确定后文辞才能晓畅：这是创作之本。唐宋之后，虽然有重文轻质或重质轻文的不同侧重，但是文质兼备一直是主导思想。

中国现代美学思想中，朱光潜与宗白华十分注重文质合一。朱光潜关于形式和内容的论述几乎可以用来概括伍尔夫“情感形式说”的本质：“语言的形式就是情感和思想的形式，语言的实质也就是情感和思想的实质。情感、思想和语言是平行的，一致的：它们的关系是全体与部分而不是先与后或内与外。”[③]宗白华对形式特点的总结同样呼应伍尔夫的“情感形式说”的内涵：“1. 一切艺术品，皆是感觉；2. 一个感觉，不能成为艺术品，而为几个感觉的组合；3. 不是几个感觉加起来的，乃系有组合的产出一特殊情调。”[④]这种油然而生的东西方思想的应和，昭示了伍尔夫“情感形式说”的深刻和质朴。

---

① 朗格：《情感与形式》，刘大基等译，北京：中国社会科学出版社，1986年，第51页。

② 刘勰：《文心雕龙》，徐正英、罗家湘注译，郑州：中州古籍出版社，2008年，第308页。

③ 朱光潜：《朱光潜全集》(第三卷)，合肥：安徽教育出版社，1987年，第292页。

④ 宗白华：《宗白华全集》(第一卷)，合肥：安徽教育出版社，1994年，第513页。

【结语】伍尔夫的“生命创作说”和“情感说”并不是系统的学说，而是散落在随笔和文评中的思想和观点的汇集。她在批判“物质主义小说”与“精神主义小说”和领悟英、俄、法、古希腊经典作品的基础上所建构的“小说是记录人的生命的艺术”的文学本质说，以及“形式是情感关系的构成和情感关系的表现”的形式说，开启的是全新的“现代主义”创作。她对弗莱和贝尔的形式主义美学的实践是充分而有创意的。

第三节　笔简意远:《雅各的房间》的生命精神

《雅各的房间》是弗吉尼亚·伍尔夫第一部“运用自己的声音”[①]的小说。她在这部小说中大胆实践了自己对新的小说形式的设想，她要“抛开那些貌似合理实则违背常情的程式”，让小说“成为一件艺术品”[②]。小说完全超越了现实主义文学和自然主义文学的烦琐细节和因果关联，以断裂破碎的场景勾勒出一个年轻生命的足迹，无情节、无人物、无显在主题、无背景，却笔简意远，意在象外。它之所以能突破英国小说的传统程式，成为英国现代主义文学的典范，其创意在很大程度上受到英国美学家和艺术批评家罗杰·弗莱和克莱夫·贝尔的形式主义美学思想的启发，尤其是后者提出的“简洁”和“构图”技法。它的价值不仅在于与乔伊斯的《尤利西斯》(1922)和艾略特的《荒原》(1922)在同一年合力开创了英国现代主义风格，而且在于创建了一种独具匠心的笔简意远的形式，值得我们去探索其内在创意。

英美学界已经对《雅各的房间》的新形式给予较多的关注，主要指出了它与传统小说形式的区别。比如伍尔夫同时代批评家重在批判小说人物缺乏“鲜活性”[③]，小说结构缺乏整体性和统一性[④]。20世纪50年代以后，批评家逐渐肯定并揭示《雅各的房间》在叙述、象征、结构等方面的创新性，学者们认为：该小说的叙述是对传统全知视角的挑战[⑤]，所采用的是一种“不在场”叙述[⑥]，“随笔叙述人”

---

① Woolf, V. *The Diary of Virginia Woolf* (Vol. 2). London: The Hogarth Press, 1978, p. 186.

② Woolf, V. *The Moment and Other Essays*. London: Harcocourt Brave Jovanovich, Inc., 1948, p. 112.

③ Bennett, A. Is the novel decaying?. *Cassell's Weekly*, 1923 (March), p. 74.

④ Bennett, J. *Virginia Woolf: Her Art as a Novelist*. Cambridge: Cambridge University Press, 1945; Johnstone, J. K. *The Bloomsbury Group*. New York: Secker & Warburg, 1954.

⑤ Ruotolo, L. P. *The Interrupted Moment: A View of Virginia Woolf's Novels*. Stanford: Stanford University Press, 1986, pp. 69-70.

⑥ Fleishman, A. *Virginia Woolf: A Critical Reading*. Baltimore: The Johns Hopkins University Press, 1975, p. 64.

叙述[①],人物与叙述人分离的叙述[②];它表现了多种象征寓意,比如雅各象征着“普世之爱”[③],小说象征着永恒的神话[④],雅各的“房间”象征着个性[⑤];小说的结构也得到研究,被视为“图画艺术”[⑥]“写生簿”[⑦]“音乐节奏”[⑧];它的有机性体现在“主体与客体,个体与世界,人物与感觉,松散地、共存地联结的小说世界中”[⑨]。另有批评家探讨小说情节与社会真实事件之间的关联性[⑩],指出小说对战争和父权文化的批判[⑪];也有批评家认为它是一部“不连贯的狂想曲”,表现了西方正统教育用希腊神话式理想将雅各诱入战争直至丧命的成长过程[⑫]。新近出版的研究专著探讨了伍尔夫对小说艺术的滑稽模仿。[⑬]

已有研究各有侧重,重点探讨叙述、结构、象征、情节等单一技巧,很少有人从总体上考察其创新形式及其意味。从整体上看,这是一部将弗莱和贝尔的形式主义美学运用于文学创作的实验之作,表现出鲜明的“写意”形式和生命意味,是一部言简

---

① Froula, C. *Virginia Woolf and the Bloomsbury Avant-Garde: War, Civilization, Modernity*. New York: Columbia University Press, 2005, pp. 73-80.

② Caughie, P. L. *Virginia Woolf and Postmodernism: Literature in Quest and Question of Itself*. Chicago: University of Illinois Press, 1991, p. 69.

③ Kelley, A. V. B. *The Novels of Virginia Woolf: Fact and Vision*. Chicago: University of Chicago Press, 1973, p. 81.

④ Love, J. O. *Worlds in Consciousness: Mythopoetic Thought in the Novels of Virginia Woolf*. Berkeley, Los Angeles: University of California Press, 1970, pp. 133-135.

⑤ Richter, H. *Virginia Woolf: The Inward Voyage*. Princeton: Princeton University Press, 1970, p. 213.

⑥ Majumdar, R. & McLaurin, A. (eds.). *Virginia Woolf: The Critical Heritage*. London: Routledge & Kegan Paul, 1975, p. 101.

⑦ Zwerdling, A. *Virginia Woolf and the Real World*. Berkeley: University of California Press, 1986, p. 63.

⑧ Harper, H. *Between Language and Silence: The Novels of Virginia Woolf*. Baton Rouge: Louisiana State University Press, 1982, p. 88.

⑨ Love, J. O. *Worlds in Consciousness: Mythopoetic Thought in the Novels of Virginia Woolf*. Berkeley, Los Angeles: University of California Press, 1970, p. 125.

⑩ Fleishman, A. *Virginia Woolf: A Critical Reading*. Baltimore: The Johns Hopkins University Press, 1975; Zwerdling, A. *Virginia Woolf and the Real World*. Berkeley: University of California Press, 1986.

⑪ Handley, W. R. War and the politics of narration in *Jacob's Room*. In Hussey, M. (ed.). *Virginia Woolf and War: Fiction, Reality and Myth*. Syracuse: Syracuse University Press, 1991, pp. 110-133; Peach, L. *Virginia Woolf*. New York: St. Martin's, 2000.

⑫ Froula, C. *Virginia Woolf and the Bloomsbury Avant-Garde: War, Civilization, Modernity*. New York: Columbia University Press, 2005, pp. 80-84.

⑬ Rooyen, L. van. *Mapping the Modern Mind: Virginia Woolf's Parodic Approach to the Art of Fiction in "Jacob's Room"*. Herstellung: Diplomica Verlag, 2012.

意远的形式创新小说。我们将做全面考察。

一、立意与简化

伍尔夫于1920年1月开始构思《雅各的房间》时，在日记中这样记录自己的创作意图：

> 无疑，我现在要比……昨天下午我意识到自己可以用新的形式创作新的小说之前幸福多了。假设一件事情可以从另外一件事情上生发，就像《未写的小说》(若它不只是10页，而是200页)，它不是把我需要的松散和轻灵给我了吗？它不是靠得更近一些，包罗万象，包容一切，但依然保持形式和速度吗？我的疑问是，它究竟能在多大程度上包容人类的心灵，我能够用对话网住这一切吗？
>
> 我想这一次的写作模式将彻底不同：没有脚手架，几乎看不见一块砖；一切都在微光之中，心灵、激情、幽默，一切都像雾中之火那样发光。我需要创造一个空间，可放入如此之多的东西：一种欢快的气氛——一种不一致性——一束激起的光，它就在我美好的意向上驻足。我是否有足够的能力描绘事物，这还有一些疑问；那就设想让《墙上的斑点》《楸园》和《未写的小说》牵起手，和谐地起舞。怎样构建这种和谐，我还需要去寻找；作品主旨我还不清楚；但是两周以前我已经偶尔瞥见了无边的可能性。我所面临的危险是那可恶的自我中心主义，我认为它毁了乔伊斯和桃乐茜·理查德森……①

这一段话不仅表明伍尔夫开创"新的形式"的决心，而且阐述了具体的创新计划。

(1)立意：表现"人类心灵"，既"包罗万象、包容一切"又保持形式和速度；"创造一个空间"，让"心灵、激情、幽默，一切都像雾中之火那样发光"。作品想要表现的"意味"比较明确，那就是：表现普遍的"生命精神"，突破英国文学擅长的特立独行的典型人物模式。

(2)形式：打破传统创作模式，"没有脚手架，几乎看不见一块砖；一切都在微光之中"。此处的"脚手架"和"砖"指称自亚里士多德提出悲剧六要素以来，人们继承和发扬的文学基本结构和基本要素，比如情节、人物、主题、措辞、背景等。"新的形式"采用"写意"模式，用遗貌取神的方式，让"一切都在微光之中"，勾勒人类的"心灵、激情和幽默"。

(3)基础：这一段话表明，伍尔夫此前已经进行了类似的短篇小说实验性探索；她计划以这些实验性短篇小说为基础，完成对长篇小说的"新的形式"的构建。伍尔

---

① Woolf, V. *The Diary of Virginia Woolf* (Vol. 2). London: The Hogarth Press, 1978, pp. 13-14.

夫此前创作的三个短篇，建构了三种全新形式。《墙上的斑点》(1917)[①]表现了以“斑点”为核心的发散性意识流，作品透过易变的现实观念、虚构的历史规则和变迁的自然万物，重点表现“意识”对“现实”的想象性领悟；《楸园》(1919)[②]表现了以“蜗牛”为焦点的多场景并置，作品将男女老少几组人物的言行举止并行在同一个时空之下，表现“人”与“物”表象之外的意味；《未写的小说》(1920)[③]用火车里一张女人的“脸”做楔子，在随意联想中展露生活的纷乱，以表现“心灵”对飘忽的“物象”的感悟。伍尔夫计划在这部新小说中，让《未写的小说》中的“心灵”之旅、《墙上的斑点》中的“意识”流动和《楸园》中的“物象”领悟，和谐地起舞，以实现心灵、意识和物象的融合。她构思中形式创新的目标已经非常明确。

如果将伍尔夫的创作意图放在她的布鲁姆斯伯里文化圈的挚友罗杰·弗莱和克莱夫·贝尔的形式主义美学的背景中进行思考，我们会发现她的立意决非异想天开，也非空穴来风，而是有理论基础的。

在伍尔夫 1920 年构想“新的形式”之前，罗杰·弗莱和克莱夫·贝尔已经建构了比较完整的形式主义美学，对艺术形式创新做出了论述。

弗莱 1909 年以托尔斯泰的艺术论为基础建构了“情感说”，提出“艺术是交流情感的方式，以情感本身为目的”[④]的核心思想，旨在突破“模仿论”带给西方艺术的重再现轻表现的取向，走出印象主义绘画精确再现视觉印象的死胡同。他举办后印象主义画展，发表“为后印象主义辩护”系列文章，大力推崇塞尚、梵高、高更、马蒂斯等简笔勾勒的绘画形式所包含的深刻情感意味，提出创建“有意味的和有表现力的形式”的呼吁，完成了“从一种完全的再现性艺术向非再现性与表现性的艺术过渡”的开拓过程。[⑤]

贝尔参与了弗莱主办的后印象主义画展，并于 1913 年出版专著《艺术》，阐述他的“有意味的形式说”。他提出“把线条和颜色的这些关系和组合，这些审美上动人心扉的形式称为‘有意味的形式’；‘有意味的形式’就是所有视觉艺术作品的共同属

---

① Woolf, V. The mark on the wall. In Dick, S. (ed.). *The Complete Shorter Fiction of Virginia Woolf*. New ed. London: The Hogarth Press, 1989, pp. 77-82.

② Woolf, V. Kew gardens. In Dick, S. (ed.). *The Complete Shorter Fiction of Virginia Woolf*. New ed. London: The Hogarth Press, 1989, pp. 83-89.

③ Woolf, V. An unwritten novel. In Dick, S. (ed.). *The Complete Shorter Fiction of Virginia Woolf*. New ed. London: The Hogarth Press, 1989, pp. 106-115.

④ Fry, R. Expression and representation in the graphic arts. In Reed, C. (ed.). *A Roger Fry Reader*. Chicago: The University of Chicago Press, 1996, p. 64.

⑤ Fry, R. Post impressionism. In Reed, C. (ed.). *A Roger Fry Reader*. Chicago: The University of Chicago Press, 1996, p. 109.

性”的定义[①]，并从艺术和形而上学两个层面阐明：艺术表现“审美情感”，艺术的关键在于“创造形式”，艺术的至境是表现“物自体”等核心思想。[②]他进而阐述他的形式理论，提出“有意味的形式”“心与物交”“创造形式”“表现物自体”四项形式原则和“简洁”与“构图”两项创作技巧。[③]

弗莱和贝尔均强调了艺术的情感性、表现性和无利害关系性，这对伍尔夫产生了深刻影响。这一点从她上述的日记引文中就可以看出。她的《雅各的房间》的创作意图的要点就是“表现人类心灵”“创造新的形式”“超越个体情感和心灵”。虽然她的“生命创作说”和“情感形式说”要到 1925 年以后才阐述出来，但是基本思想已经体现在《雅各的房间》的构思和创作中了。

在这一部作品中，她采用的第一项写作技法，是贝尔的“简洁”技法。贝尔从后印象主义画家塞尚的绘画中提炼出“简洁”技法，他相信“艺术就是要创造‘有意味的形式’，而只有简洁才能把‘有意味的形式’从无意味的形式中解放出来”[④]，因为欧洲近代以来的绘画一直沉浸在现实再现之中，细节受到高度重视，形式变得臃肿不堪，而后印象主义简化细节，终于让“审美意味”的表现成为可能。伍尔夫认识到小说正面临着同样的困境：自 18 世纪小说诞生以来，现实主义一直是小说的主旋律，模仿现实、再现细节的倾向愈演愈烈；到 20 世纪初期，小说走进了自然主义的死胡同，在细节的缠绕中奄奄一息。唯一有效的解救小说的办法是简化。

伍尔夫在运用“简洁”技法时，所采用的是贝尔提供的两大要旨：第一，去除不必要的细节，即尽量删去与现实有利害关系的信息，让绘画脱离现实；第二，简化的宗旨，是去表现“意味”。[⑤] 伍尔夫的立意是表现“心灵、激情、幽默”，或者说表现“生命精神”，她围绕这一主旨，决定将传统小说的“脚手架”和“砖”全部丢弃。

她的“简洁”包括：

第一，无情节。《雅各的房间》共 14 章。14 章串联起主人公雅各的童年、少年、大学、访友、娱乐、恋爱、晚会、性爱、迷茫、探寻、交友、游览希腊、成熟和死亡等一生的 14 个横截面，上下横截面之间间隔着大段空白。每一个横截面由主人公雅各某生命阶段的几个瞬间组合而成，它们之间除共时性之外，其关联是随意而偶然的。14 个横截面通透地自上而下串联在一起，宛若 14 个同心圆串联而成的圆柱体。串联起圆柱体的中轴是“雅各”这一似有若无的姓名。无论是每一个横截面内部，还是

---

① Bell, C. *Art*. North Charleston: Create Space Independent Publishing, 2012, p. 3.

② Bell, C. *Art*. North Charleston: Create Space Independent Publishing, 2012, pp. 2-26.

③ Bell, C. *Art*. North Charleston: Create Space Independent Publishing, 2012, pp. 73—78.

④ Bell, C. *Art*. North Charleston: Create Space Independent Publishing, 2012, p. 80.

⑤ Bell, C. *Art*. North Charleston: Create Space Independent Publishing, 2012, pp. 79-86.

上下横截面之间，都没有因果关系和逻辑关系，因而小说是无情节的。

第二，无人物。小说中的“人物”大约有120多位，他们不论是否有姓名，其形貌、举止、言行大都一鳞半爪，只闻其声，不显其身。主人公“雅各”徒有虚名，神龙见名不见身。“雅各”主要出现在母亲的信件、朋友的记忆、路人的目光、房间的椅子等亲朋好友和大千世界的目光中，也出现在他与朋友的对话和他自己的意识流之中。他的形貌、个性、居住地、职业、身份，这些现实生活中的个人的关键信息，我们一无所知。伍尔夫刻画这样一个来无影去无踪的人物，是有意图的。她为了表现普遍的“生命精神”，有意将“身体”和与身体相关的“社会现实”全都简化了，我们暂且称之为“无人物”。

第三，无背景。小说为童年、少年、大学、访友、娱乐、恋爱、晚会、性爱、迷茫、探寻、交友、游览希腊、成熟和死亡等14个横截面提供了海滩、果园、山顶、室内、学校、小岛、游轮、大街、教堂、歌剧院、大英博物馆、伦敦、巴黎、凡尔赛、意大利、雅典、帕提侬神庙、海德公园、房间等不计其数的笼统而变动不居的地点，以记录雅各的生命轨迹。无论身处何地，我们感受到的始终是雅各在众人眼中的音容笑貌和言行举止，背景本身无足轻重，似有若无。

第四，无鲜明主题。小说不像现实主义作品那样，在故事高潮或结尾，用精彩的语言提点出作品的主题。它只提供无数碎片状的瞬间场景，每个场景都细小而微不足道，却又意犹未尽，就像世界中的一粒沙子；我们可以从一粒沙子中看见世界，但沙子本身绝不是世界。大音希声，大象无形，真正的意味是象外之意。这部小说的意味就在无数场景之“象”所共同指向的那个空明之处，象外之意。

伍尔夫的简化是彻底的。她颠覆了西方传统小说的情节、人物、背景、主题，放弃了传统小说情节结构上的因果律、逻辑性，人物塑造上的典型性、连贯性，背景细节中的翔实性、具体性和主题思想上的明晰性、概括性。

去除了传统小说的脚手架和砖以后，她该如何搭建自己的“形式”？

二、构图与意境

伍尔夫的目标是表现生命精神成长的足迹。她相信小说本质上是“完整而忠实地记录真实的人的生命的唯一艺术形式”，小说家应该“全面地记录生命，不是巅峰和危机，而是情感的成长和发展”①。只有简化西方传统小说的“再现”工具，她才能让情感思想与形式完全融合，才能实现“传神”。她自创了“以声音串联生命轨迹”“以内外聚焦充盈生命整体”“以物象并置表现诗意”“以意象传达象外之意”的四项

① Woolf, V. *Granite and Rainbow*: *Essays*. London: Harcourt Brace Jovanovich, Inc., 1958, p. 141.

造形表意的方法,前两项发挥"构图"作用,建构起生命精神之"形",后两项发挥"表意"作用,表现生命精神之"神"。形神兼备,它们是融合一体、不可分割的。

伍尔夫的"新的形式"的建构,一定程度上受到贝尔观点的启发。贝尔在《艺术》(1913)中提出,"构图就是把形式组成一个有意味的整体的过程"①。贝尔从塞尚的绘画中提炼出如下七条构图原则:(1)具有整体性;(2)以意味为核心;(3)具有内聚力,各部分关系的建构取决于所表达的意味;(4)受灵感驱动;(5)在审美上要打动人,能唤起审美情感;(6)内在结构具备有机性,充满张力和力度;(7)善于运用色彩。②贝尔提出的构图原则主要围绕着"有意味的形式"这一概念展开,重点强调了视觉构图的整体性、情感性、有机性、灵感性、审美性、色彩性等。伍尔夫对小说的建构具备"形"的整体性、有机性和"神"的情感性、诗意性。两者在本质上是相通的。

1. 用"声音"串联生命轨迹

在小说中,有一种声音自始至终贯穿小说,发挥着通透地串联小说 14 个横截面(章)的中轴的作用。那个声音就是亲人和朋友对小说主人公"雅各"的呼唤声。伍尔夫之所以在《雅各的房间》中让"声音"发挥了构建作品的结构的作用,是因为她认识到声音是表达人物情感和思想的最真切最有效的利器。这一认识与伍尔夫对古希腊戏剧的深刻领悟密切相关。

伍尔夫创作小说的时候,喜欢一边创作一边阅读经典作品,尤其喜爱反复阅读古希腊戏剧。从她的日记记载中可以看出,在构思创作《雅各的房间》期间(1920—1922),她反复阅读了埃斯库罗斯、索福克勒斯、欧里庇德斯、柏拉图、荷马的作品,并尝试翻译练习。③古希腊戏剧中的"声音"给她留下深刻印象,她曾撰写随笔《完美的语言》("The Perfect Language",1917)和《论不懂希腊》("On Not Knowing Greek",1925),在其中揭示古希腊文学的特征和精髓。她指出,古希腊戏剧的独特性之一在于,它用"声音"构建作品的形神。她以索福克勒斯的戏剧为例,论述"声音"的两大作用。首先,人物在危急关头的叫喊是"绝望、兴奋和愤怒"等情感的强烈表达,它们在作品中发挥着"赋予剧本角度与轮廓""维系着全书的重量"④的作用,是剧本的重心之所在。其次,人物的叫喊具有"痛彻肺腑的、振奋人心的力量",其声音的细微变

① Bell, C. *Art*. North Charleston: Create Space Independent Publishing, 2012, p. 83.

② Bell, C. *Art*. North Charleston: Create Space Independent Publishing, 2012, pp. 83-86.

③ 伍尔夫在日记中多次记录所阅读的古希腊作家和作品。具体可查阅其 5 卷本日记全集 Woolf, V. *The Diary of Virginia Woolf* (5 vols). London: The Hogarth Press, 1977—1984. 主要日期包括:1901/1/22, 1907/1, 1909/1/4, 1917/2/3, 1918/8/15, 1919/1/30, 1920/1/24, 1920/11/4, 1922/9/21, 1922/11/11, 1922/12/3, 1923/1/7, 1924/2/16, 1924/8/3, 1934/10/29, 1939/9/6, 1939/11/5 等。

④ Woolf, V. On not knowing Greek. In McNeillie, A. (ed.). *The Essays of Virginia Woolf* (Vol. 4). London: The Hogarth Press, 1994, p. 41.

化足以令人感受到人物的“性格、外貌、内心的煎熬、极度的愤怒和刺激”，及其“对处境的恐惧”；同时各种“声音”均无形地指向人物的内在信念(精神)，比如“英雄主义、忠诚”，赋予“栩栩如生、复杂微妙”的人物以灵魂。[①]

基于这一领悟，伍尔夫在《雅各的房间》中让“声音”发挥两种主导作用。

“声音”的第一个主导作用是：发挥串联14章的中轴作用，以替代传统的情节结构。那个自始至终贯穿整部小说的声音，是亲人和朋友对小说主人公“雅各”的呼喊声。为了让“声音”承担如此重任，伍尔夫对“声音”进行了重构。她将传统戏剧单一的口头对话的“声音”转化为现代生活多元的书信、对话、叫喊、自言自语、意识流、记忆等多种形式的“声音”。

“雅各”的呼喊声响彻小说的第一章，透过兄长阿彻对弟弟雅各的呼喊，“雅——各！雅——各”，昭示了它的寓意：“这声音饱含伤感。既无实体，也无激情，孤寂地飘入这个世界，无人应答，冲击着岩石——回响着。”[②]

随后，作为呼应，这一无人应答的呼喊声或轻或重地飘荡在小说的所有章节中。它依次出现在：道兹山山顶上、剑桥大学走廊里、康沃尔农舍里、克拉拉的日记里、弗洛琳达的呼叫中、克拉拉的晚会上、母亲贝蒂的来信中、朋友的交谈中、范妮的记忆中、雅典卫城的夜色中、暗恋雅各的女性朋友们的记忆中。最后，雅各去世之后，“雅——各”的呼喊声穿出雅各房间的窗口，在窗外的树叶间无力地垂落下来。

“雅——各”这一声声呼喊，不仅是串联小说各章节的中轴，而且喻示了对生命的无奈的领悟。雅各的生命轨迹是由“雅——各”这一名字和人们对它的呼喊支撑起来的，周围的人和物由此感觉到他的存在，分享他的情感、思想和活力。然而当雅各逝去之后，这个世界除了记住他的名字和形貌之外，其余的一切都随风飘逝，不留一丝踪迹。作品以看似漫不经心的一席话道出了对这一生命真谛的领悟：

> 人人都有自己的事情要想。个个都将往昔锁在心里，就好像一本背得滚瓜烂熟的书中的片片书页；他的朋友只能念出书名：詹姆斯·施帕尔丁或者查尔斯·巴吉恩，而对面过来的乘客却什么也念不出来——除了“一个红胡子男人”“一个穿灰西装、叼烟斗的青年”之外。(78)
>
> 不管怎样，生命不过是一长串影子，天知道我们为什么会如此热切地拥抱着它们，看见它们离去时极其痛苦，只因为我们自己便是影子。如果这一切都是真实的话，为什么当我们站在窗边，忽然觉得坐在椅子上的年轻人是世界万

---

① Woolf, V. On not knowing Greek. In McNeillie, A. (ed.). *The Essays of Virginia Woolf* (Vol. 4). London: The Hogarth Press, 1994, p.41.

② Woolf, V. *Jacob's Room*. New York: Bantam Books, 1998, p.3.(为节约篇幅，本节后面引用《雅各的房间》的内容时，仅在引文后括注页码。)

物中最真切、最实在又是最熟悉的人的时候，我们依然无比惊讶？因为此刻过后，我们竟对他一无所知。(87—88)

这两段引文昭示了《雅各的房间》这一书名的意蕴，也喻示着小说的形式特征。作品让雅各周围的人们用各自不同的情感和思想，去审视一个无法穿透的生命实体——雅各，最终留下的只是一个姓名和一些音容笑貌。也就是说，每一个生命实体的情感和思想通常都封闭在自己的房间之内，他显露在天地之间的，印入朋友和世人的眼帘和记忆之中的，除了姓名和声音这些无实体的、无激情的、孤寂的、无人应答的东西之外，别无他物。这一感悟源于伍尔夫的切身体验。1906 年，年仅 26 岁的哥哥索比去世之后，伍尔夫发现自己对索比所知甚少，她写信给索比最亲近的朋友，请他们写写索比。朋友们苦思冥想一阵后，都觉得这个任务太难，无法完成。①

伍尔夫让“声音”担负的第二个主导作用是：表现人物的复杂性情。在《雅各的房间》中，“声音”是人物的存在之居，它让人物活跃在书信、对话、叫喊、自言自语、意识流、记忆等空灵的形式之中，除了保留姓名和简单的人际关系之外，略去了人物所有必要的社会文化信息，使他们像精灵一般来去无踪。人物的社会现实链被割断，他们的复杂情感、独特个性和生命信念透过纯粹的“声音”被浓郁地宣泄出来。比如，母亲贝蒂的声音在雅各童年的时候总是泪水涟涟的，年轻寡妇的委屈、无助、伤心、迷茫、渴望和勇气通过一封封信传递出来；雅各长大后，贝蒂的声音变得洒脱、爽快；雅各去世后，贝蒂在他的房间内惊叫、抱怨、无奈、悲伤，情感的复杂无以言说。再比如，沉默寡言的雅各，他与伙伴在一起时会发出“天哪”“扑哧”这样的大声疾呼或肆意大笑，毫无顾忌地流露出无畏、自信、叛逆、傲慢的年轻性情；他与年长的人在一起则显得沉默、生硬、礼貌；与年轻女孩在一起，却字字千钧，显得漫不经心、超然物外、卓尔不群。这些表面上看似无关联甚至相互冲突的情绪，通过种种“声音”汇聚在一起，不仅表现了人物在不同时期、不同环境中的复杂情感、心理和思想，而且传递了人物的内在信念，比如贝蒂的随遇而安、雅各的执着。

伍尔夫简化情节、人物、结构等传统小说要素，将作品的结构维系在“声音”之上，所发挥的是以形写意的作用。“声音”既无形又有形，它用呼喊、书信、对话、意识流所构建的世界和人物是变幻的、半透明的，完全不同于情节和人物这些固态的脚手架和砖。它以灵动的方式构建作品之“形”的同时，也以飘忽的方式隐现作品之“神”。用伍尔夫的话说，那就是，“一切都在微光之中，心灵、激情、幽默，一切都像雾中之火那样发光”。显而易见，“声音”正是“心灵”的绝妙化身，它依托共通的人性，穿越包罗万象的表象，将情感迅速而直接地传递给读者，激起读者的心灵共鸣。

---

① 贝尔：《伍尔夫传》，萧易译，南京：江苏教育出版社，2005 年，第 121 页。

2. 以“内外聚焦”充盈生命整体

然而“声音”毕竟是灵动的，它就像我们呼吸的“空气”一样，可以贯通我们全身，却无法展现“生命”的形象、气质和精神。我们需要有“慧眼”去观照生命的形神。

为了展现主人公“雅各”的生命整体性，伍尔夫让120多个人物的眼睛用各种方式聚焦“雅各”，向我们展现主人公的方方面面。更确切地说，伍尔夫用“外在观照”和“内在审视”相交融的方式完成了对雅各这一生命体的全方位观照和内在统一性建构。“外在观照”是由周围人们对雅各的印象、评价、态度构成的，所涉人数众多，包括雅各亲近的母亲、兄弟、同学、女友，比较亲近的朋友、邻居和完全陌生的路人。“内在审视”以雅各为核心，由他对自我、亲人、朋友、社会、自然、文明等人类、社会和自然的言谈、行动、思想构成。外在观照和内在审视均以展现雅各的性情为目标，全面表现雅各的外在形貌和内在精神。

“外在观照”以众人的印象勾勒出雅各超凡脱俗的容貌和气质。雅各周围的人们从各自不同的视角出发，以书信、对话、意识流、记忆等方式表达对雅各的印象。人们的感觉纷乱、飘忽且随意，却大致指向某一共通特性，勾勒出雅各的个性轮廓：相貌不凡、超凡脱俗、英俊洒脱、酷似大英博物馆中的希腊雕像、酷似赫尔墨斯或尤利西斯的头像、最了不起的人、卓尔不群、漫不经心、具有浪漫气质等。这些来自众人的印象和评价从不同层面昭示了雅各思想上的超然、浪漫和纯真，容貌上的轮廓分明和俊美，言行举止上的温文尔雅、漫不经心和沉默寡言。这些美好的印象，使雅各捕获了众人的好感，尤其是女性朋友的钟爱。

“内在审视”以雅各的行、言、思揭示他对自己与生俱来的“率性而为”的本性的感知和把握。小说中，雅各的言行、举止和意识散落在断断续续、零零落落的片断之中，却可删繁就简地串联起他从天性的自然流露，到本性的自觉意识，再到信念的执着追寻的精神历程。

雅各“率性而为”的本性最初通过其浑然无知的“行”而显现。幼童时期，雅各勇敢而独立，独自爬上嵌满贝壳的远古岩石上，“一个小孩必须叉开双腿，内心充满豪情，才能爬到岩石顶上”(3)；中学时期，雅各个性叛逆，对母亲的教诲置若罔闻，喜爱拜伦自由奔放的诗作，热衷于去野外捕捉蝴蝶。

雅各“率性而为”的自觉意识萌生于大学时期。他桀骜不驯地坚持，“我就是原本的我，我要保持我的本性”(40)。他大量阅读莎士比亚、斯宾诺莎、狄更斯等作家的著作和古希腊戏剧等自己钟爱的作品。踏入社会后，他的自觉意识逐渐增强。虽然对未来一片茫然，但他认定“一个人必须投入地做点什么”(88)；他愈发喜爱古希腊经典，“因为雅典的全部情操都投合他的心意，自由、大胆、高尚……”(94—95)；他结交具有“率真天性”的朋友；他坚持阅读心爱的书籍(莎士比亚、马洛、多恩、菲尔

丁、雪莱、拜伦等）。他做这一切，是为了化解迷茫，抵御打击，认清自我。

雅各在游览希腊的途中终于悟出自己的生命信念。雅典卫城俯瞰整个马拉松平原的位置给了他信心和精神，他顿悟："希腊已成为过去；帕提侬神庙已成为废墟；然而他还在那里"（191）。他开始思考国家的治理、历史的意义、民主等问题。他遇上了他的真爱，一位"带有希腊情调"的优雅妇女。

雅各为实践其生命信念而捐躯。从希腊回国，雅各心中充满"文雅、文明、崇高、美德"等理念。他在伦敦海德公园了解了战争的局势，义无反顾地加入队伍，带着自己的信念，参军，战死。

这便是隐藏在无数零碎片段之下的基本构图：一个天性不羁的男孩，一副超凡脱俗的容貌，一颗率性而为的心灵。无论是外在观照还是内在审视，意识的焦点均聚集在雅各的"本性"和"信念"及其相融之中。"本性"是与生俱来的；"信念"是觉悟和实践的。联结两者的媒介是那些与雅各情投意合的艺术作品，促使两者合一的圣地是雅典卫城，因为雅典卫城上矗立的神庙正是本性的力量破土而出化成信念的艺术表现：

> 它们极其确定地矗立在那里……体现出经久不衰的信念，其精神的力量破土而出，在别处仅仅表现为雅致而琐碎的观点。但是这种经久不衰的信念独立长存，对我们的赞叹浑然不觉。尽管它的美颇具人情味，能使我们变柔弱，激起我们心底的记忆、释放、悔恨和感伤，帕提侬神庙却对这一切全然不知。如果考虑到它一直如此醒目地矗立，经历了那么多个世纪，人们就会将它的光辉……与"唯有美才是永恒的"这样的信念联系起来。（188—189）

正是在雅典卫城的高地上，雅各的信念破土而出，完成了从懵懂、迷茫到清晰、坚定的精神之旅。古希腊文学中常见的那个"稳定的、持久的、原初的人"①在雅各身上复活，小说的内在统一性和整体性牢固建立。

伍尔夫用内外聚焦的叙事方式实现了生命形神的建构。她用雅各内在的生命情性和生命信念，磁铁一般吸附住四周人们对雅各的印象碎片，让雅各的生命体以完整的、充满意蕴的立体形式呈现，而不是以人为串联的、有限的情节之线来勾勒。外在的众人印象与内在的雅各意识之间的聚合点正是古希腊精神。众人眼中具有"古希腊雕像"般容貌和气质的雅各，不仅具备与生俱来的"率性而为"的本性，而且始终追寻并保持这一古希腊初民的本色，并将它具化为信念，用生命来实践它。古希腊精神既是雅各的脊梁，也是整部作品的脊梁。

---

① Woolf, V. On not knowing Greek. In McNeillie, A. (ed.). *The Essays of Virginia Woolf* (Vol. 4). London: The Hogarth Press, 1994, pp. 41-42.

3. 以物象并置表现诗意

弗莱和贝尔的形式主义美学的最重要观点是，艺术作品必须超越个体，达到普遍的“美”①的境界，或者说达到康德所说的“物自体”②的高度，这也是伍尔夫所要达到的境界。伍尔夫在她最钟爱的古希腊文学中领悟了这种诗意高度，她发现古希腊戏剧实现诗意升华的通用方式是发挥合唱队的作用。比如，索福克勒斯会让合唱队“歌颂某种美德”；欧里庇德斯会让合唱队超越剧情本身，发出“疑问、暗示、质询”③。伍尔夫相信，合唱队的评论、总结或质询在剧情之外树立了一个思想的境界，为观众领悟作品的普遍诗意提供了有效的途径。

伍尔夫在《雅各的房间》中同样实践了诗意升华，她是以人与自然、人与文明“并置”的图景来实现作品的诗意化的。

在作品的每一章中，伍尔夫都将个体人物与大自然、人类文明等并置于同一或不同的场景之中，用“物象并置”消融前景与背景之分，凸显两者之间的共通性。依托这些天人合一的物象并置，个体人物的喜、怒、哀、乐被自然地融入普遍的、诗意的、不朽的共感之中。

限于篇幅，我们列出部分章节，展示其物象并置关系：

第 1 章：海滩上泪水涟涟的**寡妇贝蒂与她两个懵懂的儿子雅各和阿彻**与**亘古的岩石、海浪、海滩、海滩上的头骨、暴风骤雨**相依相伴

第 3 章：**雅各**就读于剑桥大学，纠结在保持本性和接受现代教育的矛盾之中；楼顶上，亮着**古希腊思想、科学与哲学**三盏明灯

第 4 章：**雅各在船上、在康沃尔的农舍中与朋友们轻松对话**；四周是锡利群岛的**千年古岩、海水的轰鸣声、亿万里之外的星星**

第 9 章：**雅各**访友、骑马、争吵、跳舞、在大英博物馆阅览，充满青春的野性；大英博物馆里，**柏拉图与亚里士多德，索福克勒斯与莎士比亚，罗马、希腊、中国、印度、波斯的书籍**并排站立

第 12 章：**雅各游览希腊**，寻找真爱；**雅典卫城**高耸入云霄，俯瞰全城，**帕提侬神庙**活力四射，经久不衰

第 14 章：**雅各**在战场上**死去**；修建于 18 世纪的**雅各的房间丝毫未变**

---

① Fry, R. The philosophy of impressionism. In Reed, C. (ed.). *A Roger Fry Reader*. Chicago: The University of Chicago Press, 1996, p. 20.

② Bell, C. *Art*. North Charleston: Create Space Independent Publishing, 2012, p. 20.

③ Woolf, V. On not knowing Greek. In McNeillie, A. (ed.). *The Essays of Virginia Woolf* (Vol. 4). London: The Hogarth Press, 1994, pp. 43-44.

伍尔夫在实践"物象并置"的诗意升华过程中,遵循两个基本理念:

(1)动态的形与静态的神的并置。小说每一章都是一个横截面,里面由多个场景拼贴而成,从多角度描绘雅各及周围人们的生活、情感、精神和自然时空。其中,作品对个体生活的描写始终是动态的,琐碎、飘忽、零乱的情感和生活,像万花筒一般,瞬息万变,杂乱无章;然而作品对与日常生活并置的自然和文明的描写却是静态的,岩石、海浪、罗马营垒、雅典卫城等自然人文景观与柏拉图、索福克勒斯、希腊、中国、印度等文化名人和古国国名,静静伫立。前者是动态的、鲜活的、不确定的形,后者是亘古的、永恒的、博大精深的神。伍尔夫将动态的生活之形与静态的自然、文明之神并置,构筑了从具体走向普遍诗意的通途。

(2)道通为一。伍尔夫通过人物之口,阐明了"多变成一"的真谛。小说中的人物吉妮·卡斯拉克珍藏着一个小小的珠宝盒,里面装着一些从路上捡来的普通卵石。她说:"要是你长久地凝视它们,多就变成了一,这是生命的奥秘。"(166)"多变成一","多"源于万物之"形"的相异,"一"指称万物之"神"的相通。基于这一源自印度哲人的思想,基于对万事万物道通为一的领悟,伍尔夫构建了以物象之"多"参悟精神之"一"的途径,实践了"多变成一"的升华。

伍尔夫的"物象并置"以同一场景或相邻场景的物象并置,构建天地、人、文明景观共存的世界。由此引发的联想、感慨或震撼油然而生。与古希腊人为的"合唱队"相比,伍尔夫自然而然的"物象并置"更多了一份诗意和韵味。

4.用意象揭示对命运的彻悟

"物象并置"能带来诗意,却不能表现对生命的深刻感悟;立象尽意是表达象外之意的最佳方式。伍尔夫从古希腊戏剧中感受到这一点,她在《论不懂希腊》中,感慨希腊文以语词的简练和意象的运用将"生命景观"[①]直接展现在我们面前,"如此清晰,如此确定,如此强烈,要想简洁而准确地表现,既不模糊轮廓又不遮蔽深度,希腊文是唯一理想的表现方式"[②]。

在《雅各的房间》中,伍尔夫创造性地运用了意象。她用个体生命与自然意象相比照,以昭示对命运的透彻感悟。

比如:以人与文明、人与自然的比照喻示生死命定的自然法则。

> 儿子的声音与教堂的钟声同时响起,将生与死融为一体,难分难解,令人振奋。(14)

---

① Woolf, V. The perfect language. In McNeillie, A. (ed.). *The Essays of Virginia Woolf* (Vol. 2). London: The Hogarth Press, 1987, pp. 116-117.

② Woolf, V. On not knowing Greek. In McNeillie, A. (ed.). *The Essays of Virginia Woolf* (Vol. 4). London: The Hogarth Press, 1994, p. 49.

你可以看见悬崖上的裂缝，白色的农舍炊烟袅袅，一片安宁、明媚、祥和……然而，不知不觉中，农舍的炊烟低垂，显露出一种哀伤的氛围，一面旗帜在坟墓的上空飘动，安抚着亡灵。(57—58)

再比如，她用意象表现了两种生命形态。

一种是有目标的徒劳：

乳白色的螃蟹慢慢地绕着桶底，徒劳地用它的细腿攀爬陡直的桶帮。爬上，跌下；爬上，跌下；屡试屡败，屡败屡试。(11)

"我拿它们怎么办，博纳米先生？"

她拎出雅各的一双旧鞋。(227)

另一种是无目的的徒劳：

如果你在一棵树下放一盏灯，树林里的昆虫都会爬过来……摇摇晃晃，用头在玻璃灯罩上瞎撞一气，似乎漫无目的……它们绕着灯罩蠕动，呆头瞎脑地敲打，仿佛要求进去……突然枪声大作……一棵树倒下，一种森林之死。(35)

"我从不认为死人可怜……他们安息了，"贾维斯夫人说，"而我们浑浑噩噩地度日，做傻事，竟不知其所以然。"(166)

这两种生命形态中，"有目标的徒劳"意象贯穿着小说的头尾，而"无目的的徒劳"意象则点缀在作品的中部。"螃蟹"意象出现在小说第一章，"旧鞋"意象出现在小说最后一章，两个意象之间有明显的呼应：螃蟹虽然不能逃脱命运的水桶，不过它一遍一遍地尝试了；就像雅各的那双旧鞋，它护佑着雅各从家乡走到剑桥，从剑桥走到希腊，带着自己的自然天性和自觉意识，在天地之间悟得自己的生命信念，毅然决然地实践自己的使命，直至死亡。这双"旧鞋"虽然不可能带着雅各走出命运的"水桶"，却留下了清晰的足迹。而在漫长的人生历程中，雅各不断地陷入各种迷茫，如同那些呆头瞎脑的"昆虫"和自我反思的"贾维斯夫人"。显然，对于生命的形态，伍尔夫的感悟是开放而多元的。

雅各的一生，因为有"螃蟹""旧鞋""昆虫"等意象的衬托，似乎表现出一份悲壮和无奈；其实不然，这些意象更多昭示了生命的质朴、执着和坦然，就如伍尔夫从古希腊戏剧中感悟到的那样：

数千年前，在那些小小的岛屿上，他们便领悟了必须知晓的一切。耳边萦绕着大海的涛声，身旁平展着藤条、草地和小溪，他们比我们更清楚命运的无情。生命的背后有一丝哀伤，他们却不曾试图去减弱。他们清楚自己站在阴影

中，却敏锐地感受着生存的每一丝震颤和闪光。他们在那里长存。[①]

伍尔夫用这一段话揭示了古希腊人对命运的彻悟和坦然，它是对雅各的执着与坦然的直观写照。

【结语】伍尔夫在领悟弗莱与贝尔的形式主义美学思想的基础上，以简化和构图的方式成功实现了小说形式的创新。她用"声音"建构小说的中轴，用"内外聚焦"建构生命精神的整体性和内在统一性，又以"物象并置"将个体生活提升到诗意高度，用"意象"拓展揭示出深远的命运之"意"。所有这一切创造性的尝试，让"新的形式"熠熠发光。

第四节　有意味的形式：《达洛维夫人》的伦理选择与中国之"道"

当罗杰·弗莱与克莱夫·贝尔分别在1912年和1913年先后提出文艺的形式乃"有意味的和有表现力的形式"[②]与"有意味的形式"[③]时，他们倡导的是文艺作品"形"与"神"的交融。伍尔夫不仅接受了他们的观点，而且提出文艺是"精神目光中的一个形体结构"[④]的观点，提出"生命创作说"和"情感形式说"。她用全新的创作将理论付诸实践。

如果说《雅各的房间》是简洁与构图的典型作品，那么《达洛维夫人》(*Mrs. Dalloway*, 1925)则是"有意味的形式"的典型作品。在《达洛维夫人》中，伍尔夫想要表达的"意味"与她所原创的"形式"是完全契合的。她的"意味"是要为欧洲选择最佳的伦理之道，所选择的"形式"则是中西之"道"的比照，这种比照体现在隐在的伦理批判和伦理选择中。

弗吉尼亚·伍尔夫在构思小说《达洛维夫人》时曾这样阐明其创作意图："我要描写生命和死亡，健全和疯狂；我要批判社会体制，以最强烈的形态揭露它的运

① Woolf, V. On not knowing Greek. In McNeillie, A. (ed.). *The Essays of Virginia Woolf* (Vol. 4). London: The Hogarth Press, 1994, pp. 50-51.

② Fry, R. Post impressionism. In Reed, C. (ed.). *A Roger Fry Reader*. Chicago: The University of Chicago Press, 1996, p. 109.

③ Bell, C. *Art*. North Charleston: Create Space Independent Publishing, 2012, p. 3.

④ Woolf, V. *A Room of One's Own*. San Diego: Harcourt Brace Jovanovich, Inc., 1957, pp. 74-75.

行。”①她在创作意图中所表明的“双重性”与她在小说中将主要和次要人物的处世之道和生死之道并置的“双重性”，表明她的作品隐含着伦理选择。

长期以来，中西批评界很少关注《达洛维夫人》中的伦理取向。批评家在论析这部作品的“双重性”时大致持两种观点：对立论与和谐论。前者认为，《达洛维夫人》表现两种对立观点之间的斗争，比如“两种对立的适应世界方式之间的本质的、辩证的斗争”②与“两种生命观之间的对立”③。后者认为，《达洛维夫人》中的对立观点是和谐统一的，比如希利斯·米勒的观点就颇具代表性，他认为小说中的人物共享一个无所不知的叙事人，他代表“一种普遍意识或者社会思绪”，发挥着将多个人物的意识流整合为一个整体的作用④；另有批评家认为，作品“揭示了和谐是如何被领悟和被建构的”⑤。对立论与和谐论均以作品的意识流叙事形式为研究对象，其优势在于用共时研究揭示了对立观念的内涵，阐明了它们的差异性或共通性，以及冲突或融合的方式；其局限在于忽视了作品的特定历史背景，忽视了观念冲突中隐含的善恶选择和批判性反思。实际上，文学旨在表现并揭示人的本质，它以辨明善恶的伦理选择昭示对“人的本质的选择”⑥，它是作品最震撼人心的关键之所在，隐在地主导着作品的走向，决定着不同观念的真正价值。与对立观、和谐观的静态共时研究相比，伦理选择研究融历时研究与共时研究为一体，能充分揭示思想的动态变化和本质意蕴。

伍尔夫相信，文学是伦理道德的表现，发挥着心灵教诲的作用。她将作家分为两类：一类像牧师，手拉着手将读者领进道德殿堂，华兹华斯、雪莱属于这一类；另一类“是普通人，他们把教诲包藏在血肉之中，描绘出整个世界，不剔除坏的方面或强调好的方面”，乔叟属于后一类，他将道德融入人们的生活中，作者没说一个字，却能让读者深深地感悟到人物的道德观。伍尔夫认为，再没有比乔叟这样的描写“更有力的教诲”⑦了。她的《达洛维夫人》便是典型的将伦理道德融入生活的作品。《达洛

① Woolf, V. *The Diary of Virginia Woolf* (Vol. 2). London: The Hogarth Press, 1978, p. 248.

② Harper, H. *Between Language and Silence: The Novels of Virginia Woolf*. Baton Rouge: Louisiana State University Press, 1982, p. 127.

③ Fleishman, A. *Virginia Woolf: A Critical Reading*. Baltimore: The Johns Hopkins University Press, 1975, p. 94.

④ Miller, J. H. Mrs. Dalloway: Repetition as the raising of the dead. In Beja, M. (ed.). *Critical Essays on Virginia Woolf*. Boston: G. K. Hall, 1985, p. 388.

⑤ Caughie, P. L. *Virginia Woolf and Postmodernism: Literature in Quest and Question of Itself*. Chicago: University of Illinois Press, 1991, p. 75.

⑥ 聂珍钊：《文学伦理学批评导论》，北京：北京大学出版社，2014 年，第 35 页。

⑦ Woolf, V. The Pastons and Chaucer. In McNeillie, A. (ed.). *The Essays of Virginia Woolf* (Vol. 4). London: The Hogarth Press, 1994, p. 31.

维夫人》创作于1922—1924年，当时第一次世界大战刚结束不久，欧洲许多思想家、文学家都沉浸在对西方文明的反思和批判中。他们中很多人将目光转向东方，翻译中国典籍，论析中西文明的异同，罗素的《中国问题》就是代表作之一。《达洛维夫人》正是在这样的氛围中写成的，体现出用中国之"道"反观西方文明的特性。

近年来，中西学者已开始关注伍尔夫与中国文化的关系问题。帕特丽莎·劳伦斯(Patricia Laurance)在《伍尔夫与东方》(*Virginia Woolf and the East*, 1995)和《丽莉·布里斯科的中国眼睛》(*Lily Briscoe's Chinese Eyes*, 2003)中论述了以伍尔夫为核心成员的英国布鲁姆斯伯里文化圈与中国"新月派"诗社的文化交往关系。[①]高奋在《弗吉尼亚·伍尔夫的"中国眼睛"》(2016)中考证了伍尔夫与中国文化的关系，指出伍尔夫作品中的三双"中国眼睛"分别体现了她对"中国式创作心境、人物性格和审美视野的感悟"[②]。若能进一步深入探讨中国之"道"在伍尔夫作品中的深层意蕴，则有益于更深层次地阐明中西思想的交融。

此处拟探讨的主要问题是：伍尔夫如何接受中国之"道"？她在《达洛维夫人》中如何建构中西对比之"形"，来展现她对西方当代社会的伦理批判？她的伦理选择的"意味"是什么？

一、伍尔夫如何接受中国之"道"

中国之"道"作为一种抽象理念，主要是通过中国典籍的外译而进入欧洲思想界和文艺界的，其中影响最大、传播最广的典籍是老子的《道德经》。大约在18世纪中叶，西方传教士和汉学家卫方济、傅圣泽、雷慕萨等相继将《道德经》翻译成拉丁文、法文；19世纪，《道德经》的德文本和俄文本陆续出现。最早的英译本出现在19世纪70年代，1884年伦敦出版巴尔弗的《道书》，1891年理雅各的《道书》译本在牛津出版；20世纪初出现多种《老子》英译本，已有译本也大量重印。在20世纪的诸多英译本中，阿瑟·韦利1934年的译本影响最大。[③]

20世纪初期，尤其是第一次世界大战后，欧洲各国学界对中国之"道"表现出异乎寻常的热切关注。比如，1919年德国汉学家、诗人克拉邦德(Klabund)提倡西方将道家思想运用于生活，"把他之所以能克服悲伤，归于自己成了道的孩子，懂得了生死同一的道家学说"[④]。1925年英国小说家威廉·毛姆(William S. Maugham)发

① 详见 Laurence, P. *Lily Briscoe's Chinese Eyes: Bloomsbury, Modernism and China*. Columbia: University of South Carolina Press, 2003; Laurence, P. *Virginia Woolf and the East*. London: Cecil Woolf Publishers, 1995.

② 高奋：《弗吉尼亚·伍尔夫的中国眼睛》，载《广东社会科学》2016年第1期，第164页。

③ 老子：《老子》，韦利英译，陈鼓应今译，傅惠生校注，长沙：湖南人民出版社，1999年，前言第31—32页。

④ 卫茂平：《中国对德国文学影响史述》，上海：上海外语教育出版社，1996年，第388页。

表小说《面纱》,借小说人物诠释他作为一名西方作家对“道”的理解:“道就是道路及行人”([Tao] is the Way and the Way goer)①。德国哲学家马丁·海德格尔(Martin Heidegger)在《海德格尔全集》第75卷中引用《道德经》第十一章“三十辐共一毂”来讨论存在,并将其称为“箴言”(Spruch)②。1930年瑞士心理学家荣格在文章《纪念理查·威廉》中指出“道”对西方的重要意义,“在我看来,对道的追求,对生活意义的追求,在我们中间似乎已成了一种集体现象,其范围远远超过了人们通常所意识到的”③。

欧洲学界对“道”的译法各不相同,大致体现了从归化走向异化的翻译取向,显现出西方对“道”的接受方式的渐变。早期翻译大都采用归化方式,将“道”转化为西方文化价值观;现代翻译大都采用异化方式,保留“道”的中国文化特色。比如在18世纪末的拉丁文译本中,“道”被译作“理”;19世纪初,法国汉学家雷慕萨(Jean-Pierre Abel-Rémusat)在编译《道德经》时,将“道”对应于“逻各斯”;然后,儒莲(Stanislas Julien)忠实于中文注释,将“道”译为“路”④。19世纪末英国汉学家理雅各(James Legge)在《道书》(1891)中将“道”大部分音译为“Tao”,但也有部分意译为“way”,如第五十九章中的“长生久视之道也”译为“this is the way to secure that its enduring life shall long be seen”⑤。20世纪汉学家阿瑟·韦利(Arthur Waley)将“道”大部分译成“way”,比如《道德经》第一章第一句译为“The Way that can be told of is not an Unvarying Way”(道可道,非常道)⑥。

伍尔夫对中国之“道”(way)的认识经历了从了解到领悟两个阶段。布鲁姆斯伯里文化圈成员、汉学家阿瑟·韦利是伍尔夫了解中国之“道”的重要来源,伍尔夫曾在《奥兰多》(1926)序言中特别感谢韦利,“无法想象阿瑟·韦利的中国知识竟如此之丰富,我从中获益良多”⑦。伍尔夫的藏书中有韦利出版于1918年的《170首中国古诗》,韦利在该书的自序中写道:“道(即自然之道),相当于佛教的涅槃,基督教神秘教义中的上帝”[Tao (Nature's Way) corresponds to the Nirvana of Buddhism, and the God of Christian mysticism]⑧。

---

① Maugham, W. S. *The Painted Veil*. London: William Heinemann Ltd., 1934, p. 228.

② Heidegger, M. *Gesamtausgabe Band 75: Zu Hölderlin Griechenlandreise*. Frankfurt am Main: Vittorio Klostermann, 2000, p. 43.

③ 荣格:《心理学与文学》,冯川、苏克译,北京:生活·读书·新知三联书社,1987年,第255页。

④ 卜松山:《与中国作跨文化对话》,刘慧儒、张国刚等译,北京:中华书局,2000年,第76页。

⑤ Lao Tse. *Tao Te Ching or the Tao and Its Characteristics*. Legge, J. (trans.). Auckland: The Floating Press, 2008, p. 109.

⑥ 老子:《老子》,韦利英译,陈鼓应今译,傅惠生校注,长沙:湖南人民出版社,1999年,第3页。

⑦ Woolf, V. *Orlando*. Oxford: Oxford University Press, 1992, p. 5.

⑧ Waley, A. *A Hundred and Seventy Chinese Poems*. London: Constable and Company Ltd., 1918, p. 14.

布鲁姆斯伯里文化圈的另一重要成员，英国著名哲学家伯特兰·罗素是伍尔夫了解中国文化和思想的另一重要来源。1922 年罗素在论著《中国问题》(*The Problem of China*, 1922)中剖析了现代中国的现状与前景以及中西文明的异同。他在解析老子的"道"的内涵时，将"道"与西方《圣经》做比照，指出老子《道德经》的主要内涵是，"每个人、每只动物和其他世界万物都有其自身特定的、自然的处世方式或方法(way or manner)，我们不仅应该自己遵从它，也要鼓励别人遵从它。'道'(Tao)指称'道路'(way)，但含义更为玄妙，犹如《新约》中'我是道路、真理和生命'(I am the Way and the Truth and the Life)这句话"[①]。罗素是伍尔夫的长辈，她阅读他的著作，曾多次在随笔、日记中提到他。她在随笔《劳动妇女联合会的记忆》("Memories of a Working Women's Guild")中为妇女罗列的阅读书目就包括罗素的《中国问题》。[②]

除了韦利和罗素的著作外，伍尔夫的藏书中还有翟理斯的《佛国记》(*The Record of Buddhist Kingdoms*, 1923)、《动荡的中国》(*Chaos in China*, 1924)、《中国见闻》(*Things Seen in China*, 1922)等，同时他们夫妇共同经营的霍加斯出版社也曾出版 2 部中国著作，《今日中国》(*The China of Today*, 1927)和《中国壁橱及其他诗歌》(*The China Cupboard and Other Poems*, 1929)。此外，她曾阅读蒲松龄的《聊斋志异》译本，大量阅读英美作家撰写的东方故事，撰写了《中国故事》《东方的呼唤》《心灵之光》《一种永恒》等多篇随笔，细致论述她对中国文化的直觉感知和对审美思维的领悟，以及对中国人宁静、恬淡、宽容的性情的喜爱[③]。

伍尔夫小说中对中国的描写体现了由表及里的过程。在小说《远航》(1915)中，中国作为一个远东国家被提到；在《夜与日》(1919)和《雅各的房间》(1922)中，出现有关中国瓷器、饰物的描写；在《达洛维夫人》(1925)和《到灯塔去》(1927)中，两位重要人物伊丽莎白·达洛维和莉莉·布利斯科都长着一双"中国眼睛"。从笼统的地理概念到具体的文化物品，再到传达情感和思想的眼睛，伍尔夫对中国的领悟逐渐进入灵魂层面。《达洛维夫人》是她以中国之"道"为镜，反观西方文化，表现其伦理取舍的典型作品。

二、中西对比之"形"与隐在的伦理批判

《达洛维夫人》的显性和隐性结构均体现"道"(way)的寓意。小说的显性结构包

---

① Russell, B. *The Problem of China*. London: George Allen and Unwin Ltd., 1922, p. 188.

② Woolf, V. *Virginia Woolf Selected Essays*. Oxford: Oxford University Press, 2008, p. 69.

③ 高奋:《走向生命诗学——弗吉尼亚·伍尔夫小说理论研究》,北京:人民出版社,2016 年,第 121—126 页。

含两条平行发展的“伦敦街道行走”的主线：一条表现克拉丽莎·达洛维与亲朋好友，从一早上街买花到盛大晚宴结束的一天活动；另一条表现赛普蒂莫斯·沃伦·史密斯与妻子行走在伦敦街道，找医生看病，直至赛普蒂莫斯傍晚跳楼自杀的一天活动。两群人互不相识，但他们同一时间在相近的伦敦街道上行走，几次擦肩而过。他们在街道、人群、车辆、钟声、天空、阳光所构建的声光色中触景生情，脑海中流转着恋爱、家庭、社交、处世、疾病、困惑等五味杂陈的意识流，凸显他们不同的处世之道和喜怒哀乐。小说的隐性结构是由“道”(way)这一关键词所编织的网状结构构成的。小说中“way”这一单词共出现73次，比较匀称地用于主、次要人物的性格和言行描写，也用于描写社会和大自然的运行之道。这73个“way”就像漂在水面上的浮标，标示出人物的处世方式和生命态度，浮标的下面连接着人物的意识流大网。这是伍尔夫最欣赏的俄国作家陀思妥耶夫斯基的灵魂描写模式，她曾这样概括陀氏作品的隐性结构：它用“海面上的一圈浮标”联结着“拖在海底的一张大网”，大网中包含着深不可测的灵魂这一巨大的“海怪”[①]。不过《达洛维夫人》中的“way”浮标，所连接的是多人物的意识并置，与陀氏的深度灵魂探测略有不同。

小说的基点是主人公彼得的梦中感悟，他在梦境中将生命视为一种超然物外的心境：“在我们自身以外不存在其他东西，只存在一种心境(a state of mind)……那是一种愿望，寻求慰藉，寻求解脱，寻求在可怜的芸芸众生之外，在脆弱、丑陋、懦弱的男人和女人之外的某种东西。”[②]整部小说就是由多个人物的心境纵横交叉所构成的巨网，充分展现“生命和死亡，健全和疯狂”[③]的对抗与连接，但人物的心境各不相同：“人人都有自己的处世方式”(Every man has his ways)(31)。伍尔夫像罗素、韦利、毛姆等学者作家一样，“把目光转向东方，希望在东方文化，尤其是中国哲学文化中找寻拯救欧洲文化危机的出路”[④]，伊丽莎白的“中国眼睛”就是显著的标志。

伍尔夫将人物的伦理道德融入他们的处世方式之中，用并置方式展现，然后从克拉丽莎的视角做出伦理批判。小说无章节，大致可分成12个部分，每个部分聚焦某特定人物的意识流，大体呈现“克拉丽莎·达洛维—赛普蒂莫斯—克拉丽莎—彼得(克拉丽莎的前男友)—彼得—赛普蒂莫斯—赛普蒂莫斯—理查德·达洛维(丈夫)—伊丽莎白·达洛维(女儿)、基尔曼(家庭教师)—彼得—彼得—晚会”这样的人物交叉并置形态。

---

① Woolf, V. More Dostoevsky. In McNeillie, A. (ed.). *The Essays of Virginia Woolf* (Vol. 2). London: The Hogarth Press, 1987, p. 84.

② Woolf, V. *Mrs. Dalloway*. London: Penguin Group, 1996, pp. 63-64.《达洛维夫人》小说的引文均出自此书，均为自译。此后只在文内标注页码，不再一一注明。

③ Woolf, V. *The Diary of Virginia Woolf* (Vol. 2), London: The Hogarth Press, 1978, p. 248.

④ 葛桂录：《雾外的远音——英国作家与中国文化》，银川：宁夏人民出版社，2002年，第379页。

人物并置的模式有两种。

不同处世方式的并置：以克拉丽莎的态度为分界线，她所赞赏的伊丽莎白、理查德·达洛维和萨利·西顿三人，与她所批判的彼得·沃尔什、多丽丝·基尔曼二人，其处世之道并置，前者体现中国的“无为之道”，后者体现西方的“独断之道”。

不同生命之道的并置：克拉丽莎（生命之道）与赛普蒂莫斯（死亡之道）并置，前者体现中国的“贵生之道”，后者体现西方的“无情之道”。

1. 以“无为之道”反观“独断之道”

老子《道德经》中的“无为之道”，既是社会治理之道，也是个人处世之道，其主要内涵有二：

（1）顺其自然。老子认为，“是以圣人处无为之事，行不言之教；万物作而弗始，生而弗有，为而弗恃，功成而弗居”[①]。也就是说，有道之人以“无为”的态度来处理世事，让万物兴起而不加倡导；生养万物而不据为己有，培育万物而不自恃己能，功业成就而不自我夸耀。无为，就是让万物自由生长而不加干涉，一切随顺。

（2）无欲无争。老子说“‘道’常无为而无不为……不欲以静，天下将自正”[②]。也就是说，“道”永远是顺其自然的，然而没有一件事情不是它所作为的……不起贪欲而归于安静，天下自然走上正常的轨道。无为，就是无欲。

伊丽莎白·达洛维、理查德·达洛维和萨利·西顿三个人物均表现出顺应天性、无争无欲的处世之道，体现“无为”之道的特性。

伊丽莎白，克拉丽莎和理查德的女儿，她的处世方式是“趋向消极”（inclined to be passive）（149）。她不像达洛维家族其他成员一样金发碧眼，而是一位“黑头发，白净的脸上长着一双中国眼睛，带着东方人的神秘色彩，个性温和、宁静、体贴”（135）的女孩。她的眼睛“淡然而明亮，带着雕像般凝神注目和不可思议的天真”（150）；她喜欢“自由自在”（149）；喜欢“住在乡村，做她自己喜欢做的事”（148），不喜欢伦敦的各类社交活动；她想从事“某种职业”（150），成为医生或农场主；她推崇“友善，姐妹之情、母爱之情和兄弟之情”（geniality, sisterhood, motherhood, brotherhood）（152）。伊丽莎白的“消极”处世方式在小说中并无负面含义，而是一种人人喜爱的品性。她母亲克拉丽莎觉得伊丽莎白“看上去总是那么有魅力……她几乎是美丽的，非常庄重，非常安详”（149）；她的家庭教师基尔曼虽然对世界充满仇恨，却“毫无嫉妒地爱她，把她看作露天中的小鹿，林间空地里的月亮”（149）；亲朋好友们将她比作“白杨树、黎明、风信子、幼鹿、流水、百合花”（148）。伊丽莎白自由自在、无欲无争

① 老子《道德经》原文和英文均引自：老子：《老子》，韦利英译，陈鼓应今译，傅惠生校注，长沙：湖南人民出版社，1999年，第4页。

② 老子：《老子》，韦利英译，陈鼓应今译，傅惠生校注，长沙：湖南人民出版社，1999年，第74页。

的性情,体现的正是老子的“无为”之道。老子相信,“无为”之所以有力量,是因为“无有入无间”(88),无形的力量能够穿透没有缝隙的东西。这也正是伊丽莎白获众人喜爱的原因:她像大自然那样自在地显露天性,无争无欲,尽显善意。众人被她的美丽和单纯折服,视其为自然之化身,“友善,姐妹之情、母爱之情和兄弟之情”之象征。

理查德·达洛维的处世方式是“客观明智”(matter-of-fact sensible way)(83),与伊丽莎白一样展现“无为”的处世方式。“他是一个十足的好人,权力有限,个性敦厚,然而是一个十足的好人。无论他承诺了什么事,他都会以同样的客观明智的方法去完成,不掺杂任何想象,也不使用任何心机,只是用他那一类型的人所特有的难以描述的善意去处理它。”(83)“他性情单纯,品德高尚……他行事执着顽强,依照自己的天性在下议院中维护受压迫民众的权益。”(127)他赋予亲朋好友支持、关心和尊严。达洛维先生“客观明智”的处世方式的最大亮点在于,他始终用自己的天性去看待事物,保持事物的本真面目,顺其自然处理事物,不掺杂个人的偏见和欲念,具备轻松化解矛盾和解决问题的能力。他保持自己天性的纯真自在,不违心,不委曲求全。他所达到的境界就是老子所说的,“为无为,事无事,味无味”①,以无为的态度去作为,以不搅扰的方式去做事,视恬淡无味为味。达洛维处世方式的根基是他单纯、善良、宽容、敦厚的“无为”品性,这正是克拉丽莎拒绝前男友彼得而嫁给达洛维的原因——她从他那里获得了真正的幸福。

萨利·西顿的处世方式是“我行我素,绝不屈服”(gallantly taking her way unvanquished)(41)。她作为克拉丽莎的闺蜜,在一次散步中忽然吻了她一下,被彼得看见了,“而萨利(克拉丽莎从未像现在那样爱慕她)依然我行我素,绝不屈服。她哈哈大笑”(41)。她喜爱花道,颇具超凡脱俗的东方神韵:“萨利有神奇的魅力,有她自己的天赋和秉性。比方说,她懂花道(way with flowers)。在伯顿,人们总是在桌上静置一排小花瓶。萨利出门去摘些蜀葵、天竺牡丹——各种以前从不会被放在一起的花——她剪下花朵,让它们漂浮在盛水的碗里。效果极好。”(38)萨利一直以“我行我素”的方式生活着:和父母吵架后,她一文不名地离开家庭,独立生活;她不喜欢的势利男人吻了她一下,她抬手就是一记耳光;她嫁给自己喜爱的商人,生了五个孩子,全然不顾世俗的偏见。她热情、有活力、有思想,生性快活,依循天性自在地生活,大体上属于老子所说的“上德无为而无以为”②的人,也就是,顺其自然而无心作为的有德之人。

伊丽莎白、达洛维先生、萨利三人共同的处世原则是依照天性、顺其自然、自由

① 老子:《老子》,韦利英译,陈鼓应今译,傅惠生校注,长沙:湖南人民出版社,1999 年,第 128 页。

② 老子:《老子》,韦利英译,陈鼓应今译,傅惠生校注,长沙:湖南人民出版社,1999 年,第 76 页。

自在和无争无欲；从另一角度看，他们最大的特性是：从不用自己的观念去强迫和压制他人；给自己自在空间，绝不侵犯他人自由。他们是伍尔夫笔下"健全"(sane)的人。与他们相对的是"疯狂"(insane)的人，他们试图以各种名义去压制和改变他人，不尊重他人，给他人带来困扰和痛苦。彼得·沃尔什和多丽丝·基尔曼便是这类人物。前者以爱情的名义，用各种方式伤害恋人克拉丽莎，导致恋情破裂；后者以宗教的名义，仇视世界，伤害他人，自己也陷入痛苦深渊。

罗素在《中国问题》中对比中西文化时，曾这样说："老子这样描述'道'的运作，'生而弗有(production without possession)，为而弗恃(action without self-assertion)，功成而弗居(development without domination)'，人们可以从中获得关于人生归宿的观念，正如善思的中国人获得的那样。必须承认，中国人的归宿与大多数白人所设定的归宿截然不同。'占有'(possession)、'独断'(self-assertion)和'主宰'(domination)是欧美国家和个人趋之若鹜的信念。尼采将它们归结为一种哲学，而他的信徒并不局限于德国。"①

如果说伊丽莎白、达洛维、萨利的性情具备"生而弗有，为而弗恃，功成而弗居"的中国之"道"的特性，那么彼得和基尔曼所持有的正是西方文明所推崇的"占有""独断"和"主宰"的信念。

彼得·沃尔什的处世方式是"对抗"(be up against)(52)。他用自己的观点去对抗社会规则、习俗和所有人，包括恋人，"我知道我对抗的是什么，他一边用手指抚摸着刀刃一边想，是克拉丽莎和达洛维以及所有他们这样的人"(52)。他被牛津大学开除，不断遭遇各种挫折，一生都很失败。他与克拉丽莎相爱，情感相通，却始终只能从自己的观点出发去理解她，觉得她"懦弱、无情、傲慢、拘谨"(66)，不断批评指责她，讽刺她是"完美女主人"(69)，"用一切办法去伤害她"(69)。克拉丽莎认为他很愚蠢，"他从不遵从社会习俗的愚蠢表现，他的脆弱；他丝毫不理解别人的感受，这一切使她很恼火，她一直对此很恼火；他到现在这年龄了还是那样，真愚蠢"(52)。他自己也觉得自己很荒谬，"他向克拉丽莎提出的许多要求是荒谬的……他的要求是难以达到的。他带来许多痛苦。她原本会接纳他，如果他不是如此荒谬的话"(70)。彼得体现了西方文化所推崇的"独断专行"(self-assertion)信念的某种后果。

基尔曼的处世方式是"自我中心主义"(egotism)(146)。"她知道是自我中心主义导致她一事无成"(145—146)，但是她觉得"这个世界鄙视她，讥讽她，抛弃她，给了她这种耻辱——它将这具不讨人喜欢、惨不忍睹的身体强加给她"(142)。她认为"上帝已经给她指了道，所以现在每当她对达洛维夫人的仇恨，对这世界的仇恨，在

---

① Russell, B. *The Problem of China*. London: George Allen and Unwin Ltd., 1922, p.194.

心中翻滚时，她就会想到上帝"(137)，"她心中激起一种征服的欲望，要战胜她，撕碎她的假面具"(138)。"控制"和"主宰"(domination)的欲望是她个性中最主要的特征。

伍尔夫通过克拉丽莎的意识流，对彼得和基尔曼以爱情和宗教的名义，独断专行地去占有和征服他人的行为做出激烈的伦理批判。"爱情和宗教是世界上最残忍的东西，她想，看着它们笨拙、激动、专制、虚伪、窃听、嫉妒、极度残酷、肆无忌惮，穿着防水布上衣，站在楼梯平台上。"(139)他们的可怕之处在于，当他们带着理性的、宗教的观念去控制和征服他人的时候，他们从不尊重生命，从不理会生命的差异，从不知道他们正在毁灭最美好的东西——人的生命本身。

"自我中心"是彼得和基尔曼一叶障目、迷失天性的主要原因。彼得有魅力有才智，"总能看透事物"，但他"生性嫉妒，无法控制自己的嫉妒情绪"(175)，经历了那么多年的挫折和失败后，他与克拉丽莎见面时依然只关心"他自己"，克拉丽莎称之为"可怕的激情，使人堕落的激情"(140)。唯有在睡梦中，他才获得"平和的心境"(a general peace)，仿佛看见大自然用它神奇的双手向他泼洒"同情、理解和宽恕"(compassion, comprehension, absolution)(64)这些他生命中缺少的、至关重要的东西。他最终明白，"生命本身，它的每一瞬间、每一点滴、此处、此刻、现在、在阳光下、在摄政公园，这就足够了"(88)。而基尔曼虽然得到了上帝的指引，她内心却一直在黑暗中苦苦挣扎，期盼自己能够超越仇恨与痛苦。"她用手指遮住眼睛，努力在这双重黑暗中(因为教堂里只有虚幻的灵光)祈求超越虚荣、欲望和商品，消除心里的恨与爱"(147)。

正是通过两组人物的并置，伊丽莎白、达洛维、萨利所代表的"生而弗有，为而弗恃，功成而弗居"，与彼得和基尔曼所代表的"占有""独断"和"主宰"，两种处世之道的利弊不言自明。无为之道的根基是善，它的立场是利人利己，因而人人和谐相处，人人各得其所。独断之道的根基是一种偏狭的善，它的立场是利己损人，只能导致对立和冲突，结果是害人害己。仇恨、冲突、战争是独断之道的产物。

2. 以"贵生之道"反观"无情之道"

老子倡导珍爱生命，他从生命本质、处世原则、生命法则和生死关系等多个方面凸显了呵护生命的"贵生之道"：

(1)生命的本质是"柔弱胜刚强"。老子从鲜活的身体是柔弱的，生机勃勃的草木是柔脆的这些生命现象出发，阐明生命的属性即柔弱，死亡的属性即刚硬，进而提出"柔弱胜刚强"的生命本质："人之生也柔弱，其死也坚强。草木之生也柔脆，其死也枯槁。故坚强者死之徒，柔弱者生之徒。是以兵强则灭，木强则折。强大处下，柔

弱处上"[①];"柔弱胜刚强"[②];"天下之至柔,驰骋天下之至坚"[③];"守柔曰强"[④];"弱之胜强,柔之胜刚"[⑤]。

(2)处世的原则是"无为"。老子阐明"道"生万物,生命所遵循的规则就是"道"的"无为"规则。"故'道'生之,'德'畜之;长之育之;亭之毒之;养之覆之。生而不有,为而不恃,长而不宰。是为'玄德'。"[⑥]也就是说,道生成万物,德蓄养万物,使万物成长发育,使万物成熟结果,对万物抚养调理。生成万物却不据为己有,兴作万物却不自恃己能,滋长万物却不加以主宰。这就是最深的德。

(3)生命的法宝是"以慈卫之"。老子指出保全生命的三大法宝是慈爱、俭朴、不敢为天下先。慈爱赋予勇气,俭朴带来宽广,不敢为天下先才能成为万物之首。若舍弃慈爱、俭朴和退让,将走向死亡。"我有三宝,持之保之。一曰慈,二曰俭,三曰不敢为天下先。慈故能勇;俭故能广;不敢为天下先,故能成器长。今舍慈且勇;舍俭且广;舍后且先;死矣!夫慈,以战则胜,以守则固。天将救之,以慈卫之。"[⑦]

(4)生死的关系是"死而不亡者寿"。老子认为,人出世即为生,入地即为死,死生是一体的。"出生入死。"[⑧]不迷失本性的人能活得长久,身体死亡后不被人忘记是真正的长寿。"不失其所者久。死而不亡者寿。"[⑨]

老子所阐释的生命以柔弱、无为、慈爱、死而不亡为特性,在《达洛维夫人》中得到了生动的描写,主要体现在克拉丽莎的生命之路上。

克拉丽莎的处世之道是"慈爱":"她的态度中有一种自在(ease)、一种母爱(something maternal),一种温柔(something gentle)。"(69)

首先,她的慈爱表现为对自我生命的珍爱。她从未受过教育,凭直觉感悟到了生命的脆弱,觉得自己全靠本能来了解别人和世界,常常有"危机四伏"(11)的感觉,因而不愿意对他人和自己品头评足。基于这种危机意识,她年轻时果断拒绝了不断伤害她的恋人彼得,嫁给了个性宽厚的达洛维,她明白彼得的极度嫉妒和过分要求会"毁了他们两人"(10)。

其次,她的慈爱表现为对他人的"无为"善意。面对彼得的伤害,她除了偷偷哭

---

① 老子:《老子》,韦利英译,陈鼓应今译,傅惠生校注,长沙:湖南人民出版社,1999年,第154页。
② 老子:《老子》,韦利英译,陈鼓应今译,傅惠生校注,长沙:湖南人民出版社,1999年,第72页。
③ 老子:《老子》,韦利英译,陈鼓应今译,傅惠生校注,长沙:湖南人民出版社,1999年,第88页。
④ 老子:《老子》,韦利英译,陈鼓应今译,傅惠生校注,长沙:湖南人民出版社,1999年,第106页。
⑤ 老子:《老子》,韦利英译,陈鼓应今译,傅惠生校注,长沙:湖南人民出版社,1999年,第158页
⑥ 老子:《老子》,韦利英译,陈鼓应今译,傅惠生校注,长沙:湖南人民出版社,1999年,第104页。
⑦ 老子:《老子》,韦利英译,陈鼓应今译,傅惠生校注,长沙:湖南人民出版社,1999年,第136页。
⑧ 老子:《老子》,韦利英译,陈鼓应今译,傅惠生校注,长沙:湖南人民出版社,1999年,第102页。
⑨ 老子:《老子》,韦利英译,陈鼓应今译,傅惠生校注,长沙:湖南人民出版社,1999年,第66页。

泣和主动割断恋爱关系之外,从未用自己的观点去批驳或反击彼得,让他受窘受罪,而是用自己的勇气和忍耐力保持对他的善意和友情,从不对他一事无成的人生妄加评论。面对基尔曼出于宗教信仰的仇恨目光,她虽然大为震惊,心中油然升起愤恨,但她尽量让自己明白,她恨基尔曼的思想而不是她本人,因此将仇恨化为"哈哈一笑"(139)。但是,她内心始终严厉批判用爱情和宗教指责和压制他人的行为,认为它们最大的危害是毁灭生命本身:"生命中有某种神圣的东西,不管它是什么,爱情和宗教都要毁掉它,毁掉灵魂的隐私。"(140)她不仅努力实践"无为"的处世原则,而且让自己成为"最彻底的宗教怀疑论者"(86),因为她相信"众神总是不失时机地伤害、攻击和毁灭人类的生命"(87);她认为众神根本就不存在,还是让人类自己来装饰自己的家园,让人类尽可能活得体面而有尊严;她为此发展出一套无神论准则:"为善而行善。"(87)

再者,她的慈爱表现为对生命和世界的热爱。她之所以善待彼得和基尔曼,即使他们伤害她,是因为她爱他们,她明白每个个体都有自己的苦衷,有自己的生存方式,她不能侵犯他们。她热爱生命,愿意善待他们。她热衷于举办家庭晚会,虽然引起误解,彼得认定她是"势利眼"(134),想通过晚会引人注目,丈夫达洛维认为她"太孩子气"(134);她想告诉他们,她举办晚会是因为她热爱生命:"他们都想错了。她喜欢的不过是生命本身。这就是我办晚会的原因。"(134)

最后,她对生死关系有一种本能的理解,既不是基督教的,也不是理性主义的,而是对生死一体的直觉领悟,类似老子的"死而不亡者寿"。她问自己:"她的生命某一天会终结,这要紧吗?"她的答案是:"在伦敦的大街上,在世事的沉浮中,这里,那里,她会幸存下去,彼得也会幸存下去,他们活在彼此的心中;她确信她是自己家乡树丛的一部分,是家乡那座简陋、凌乱、颓败的房屋的一部分,是她从未谋面的家族亲人的一部分;她像薄雾一样飘散在她最熟悉的亲人中间……"(11)她相信,死亡是生命的延续,生命将以记忆的方式留存在亲朋好友的心中,印刻在它曾生活过的万事万物之中,死而不亡。

而赛普蒂莫斯·史密斯的死亡之道所体现的恰恰是克拉丽莎"贵生之道"的反面,它以理想、无情和绝情为主要特性。

首先,赛普蒂莫斯的处世之道是无情(He could not feel)(96)。他的无情表现为理想主义膨胀,但缺少自我认识。他从小受过良好的教育,年轻时心中充满"虚荣心、雄心、理想、激情、孤独、勇气、懒惰",且急于"完善自己"(94),贪婪地读书,他的思想与社会文化和国家意志一致,却缺乏对自我天性的自觉认识。

其次,他的无情表现为对生命的漠然和对生活的绝望。世界大战初期,他听从国家召唤义无反顾地走上战场;他英勇善战,获得晋升;他漠然地看着亲密战友阵

亡,“无动于衷”(96),还庆幸自己不为感情所动。战争结束后某一天,他突然经历了“雷鸣般巨大的恐惧”,从此他彻底“失去了感受力”(96)。他对生活感到绝望。他觉得,“他的头脑完好无损,却失去了感受力,那一定是世界的过错”(98);他认为“世界没有意义”(98);他相信莎士比亚的作品里充满了“厌恶、仇恨和绝望”(98);他认定“人类没有仁慈,没有信念,没有怜悯,只图一时享乐”(99)。

再者,他的无情表现为对生命的绝情。医生诊断他没病,于是他觉得他精神出问题是因为他对战友的死亡没感觉,他犯罪了,“人性已经判处他死刑”(101),世界已经抛弃了他。于是他大声宣布,“他要自杀”(18)。当医学权威布拉德肖判定他的病因是“失去均衡感”(107),要将他从妻子身边强制带走,送医院隔离治疗时,他无法忍受与妻子分离,便跳楼自杀了。

对于赛普蒂莫斯的死,伍尔夫做出了严厉的伦理批判。她批判了被医学界置入神坛的“均衡”理论,以及它所代表的“只重理性精神,漠视情感需求”的荒唐理论被神化后所产生的巨大危害。作为一种被理性主义神化的权威理论,它坚信“健康就是均衡”(110),失去健康的病人必须被隔离治疗,不准与亲朋好友在一起,不准看书,不准发表自己的观点,直到获得均衡感才可以回家。它像宗教“劝皈”一样,隐藏在博爱、爱情、责任、自我牺牲等冠冕堂皇的幌子下,它的目标是“吞噬弱者的意志,将自己强加于人,将自己印刻在公众脸上,并为此而洋洋得意”(111),它的强烈欲望是“践踏它的对手,将自己的形象不可磨灭地刻入他人的殿堂”(113)。在它的强大压力下,“一些意志薄弱的人崩溃了,哭泣了,屈服了;而另一些人则用一种老天才知道的极度疯狂当面质骂威廉爵士是该死的骗子”(112)。赛普蒂莫斯就属于后一种人,他不愿违反本性臣服于“均衡”理论,因而跳楼自杀了。

克拉丽莎称他的“死亡是反抗”(202),是对那些被供奉在神坛上的“无情”理论的反抗。只是他的反抗来得太迟,付出了生命的代价。他年轻时候的思想是被老师波尔小姐点燃的,里面全都是放入神坛的理想主义思想。由于它们从未与他的自我本性相融,因而这些无根的思想,“没有活力,闪烁着虚幻的、脆弱的金红色光泽”(94)。当这些虚幻的理想被世界大战的惨烈击碎后,他便精神崩溃了,同时丧失的是他那原本就发育不良的感受力。失去了虚幻理想和直觉感受力,他的躯体空空如囊,他的世界和生命变得毫无意义,连莎士比亚都无法唤醒他心中的爱。当“均衡”理论要将他从他唯一依恋的妻子身边拉走时,他终于做出了本能的反抗——自杀。

伍尔夫用赛普蒂莫斯的死表达了对西方社会制度和思维方式的批判,表达了直观感悟世界的渴望。她通过克拉丽莎的意识流,赞赏赛普蒂莫斯的自杀行为,表示“为他的自杀感到高兴”(204),认为他的死亡是“一种反抗,是一种交流的努力”(202),有了这样的反抗和交流,人们才能推开挡在人们眼前的、被宗教和理性主义置于至高无上的神坛的权威理论;只有这样,人们才能用自己的生命去直观感受世界,去领悟思想。

伍尔夫这种超越神学和理性主义的思想,一方面来自20世纪的英国伦理学家摩尔的《伦理学原理》的启示。摩尔剖析了自然主义伦理学、快乐主义伦理学、形而上学伦理学分别视自然、快乐、超感觉的实在为善的观点的谬误,提出"'善'是不能下定义的"[①]的观点。摩尔的论述使伍尔夫和布鲁姆斯伯里文化圈的其他学者们豁然开朗,他向他们展示了对真理、自明以及普通常识的追求,也传达了他所认可的一些价值,其中包括"纯净"(purification)。不像劝导者(proselytizers)、传教士(missionaries)、十字军(crusaders)、传道者(propagandists)那样以宗教或哲学的名义建立一种劝皈体系,摩尔的"纯净"以友谊为基础,为布鲁姆斯伯里文化圈带来的影响力无比巨大。[②]伍尔夫的写作风格中就流露着这种由自明、光亮和真实带来的纯净。另一方面,来自中国的"道"也带给她启示。就如荣格所说,中国思想"不是仅仅诉诸头脑而是同时诉诸心灵,它给沉思的精神带来明朗,给压抑不安的情绪带来宁静"[③]。"同时诉诸头脑和心灵"正是伍尔夫所渴望的,伍尔夫的伦理选择体现的是对善的全新诠释。

三、伍尔夫的伦理选择的"意味"

通过两组人物的处世之道和生死之路的并置和伦理批判,伍尔夫已经隐在地表明了她对无为之道和贵生之道的赞赏与对独断之道和无情之道的批判。但是伍尔夫作为对西方社会和思想有透彻领悟的作家,自然不会简单地将中国之"道"作为她的最终选择,而是在汲取道家思想长处的基础上,对西方理念进行修正,提出了适合西方社会的伦理观。

她接受摩尔的伦理学原理,将伦理思考聚焦于"作为目的是善的"这一本质层面,而不是置于"作为手段是善的"这一方法论层面,前者在一切情况下都是善的,后者只有在一些情况下是善的,而在另一些情况下是恶的。[④]就比如,"生而弗有,为而弗恃,功成而弗居"的信念在一切情况下都是善的,它是"作为目的的善";而"占有""独断"和"主宰"等信念只有对自己是善的,对他人却是恶的,因而只能归入"作为手段是善的"之范畴。伍尔夫所做的,就是借助中国之"道",将西方的伦理观提升到

① 摩尔:《伦理学原理》,长河译,上海:上海人民出版社,2005年,第13页。

② Woolf, L. *Beginning Again: An Autobiography of the Years 1911 to 1918*. London: The Hogarth Press, 1964, pp. 24-25.

③ 荣格:《心理学与文学》,冯川、苏克译,北京:生活·读书·新知三联书店,1987年,第255页。

④ 摩尔:《伦理学原理》,长河译,上海:上海人民出版社,2005年,第25—31页。

"作为目的是善的"这一本质层面。

伍尔夫的伦理选择是"珍爱生命"。

首先,"珍爱生命"表现为她对"以生命为本"的伦理立场的推崇。她通过克拉丽莎的意识流阐明:生活的奥秘就是珍爱生命,要呵护每一个个体的天性,不要试图用宗教信条和理性观念去征服、压制和毁灭它。

> 为什么还需要信条、祷告词和防水布衣服呢?克拉丽莎想,既然那就是奇迹,那就是奥秘,她指的是那个老妇人……基尔曼会说她已经解开了这个至高无上的奥秘,彼得或许会说他已经解开了,但是克拉丽莎相信他们两人一点都不知道怎样解开它;其实那奥秘很简单,它就是:这是一个房间,那是一个房间。宗教解开它了吗?爱情解开它了吗?(140—141)

生活至高无上的奥秘就是那个"老妇人"和那些居住在房间里的"生命个体",他/她是如此生动,如此可爱。尊重他们,让他们有尊严地活着,那是最根本的。"以生命为本"的原则体现了伍尔夫用"贵生为本"的老子思想对以真理为本的西方主导观念的适度修正。

其次,"珍爱生命"表现为她对"尊重生命"这一伦理原则的呼吁。"人都有尊严,有独处的愿望,即便夫妻之间也存在着鸿沟;必须尊重这一点……如果你放弃了它,或者违背丈夫的意愿将它拿了过来,那么你就失去了自己的独立和尊严。"(132)这一席话表达了伍尔夫对维护自我尊严和自我隐私的强烈关注。只有消去"占有""独断""主宰"信念中的"好斗"的成分,学会尊重生命,自我意识才会对个人、他人和社会都大有裨益。"尊重生命"原则体现了伍尔夫对以无我为立场的"无为"之道与以自我为立场的"独断"之道的适度融合。

最后,"珍爱生命"表现为她对"联结生命"的伦理实践的倡导。伍尔夫相信,生命的价值就在于感受生命本身,并为人与人的聚集和融合做出奉献:

> 她称之为生命的东西对她意味着什么呢?哦,很奇怪。某人住在南肯辛顿,另一个在贝斯沃特,另一个在梅费尔,比方说。她不断感觉到他们的存在,她觉得那是多大的浪费啊,多大的遗憾啊;若能将他们聚集在一起有多好;所以她就那样做了。这是一种奉献;去联合,去创造;但为谁奉献呢?也许是为奉献而奉献吧。不管怎么说,这是她的天赋。除此之外,她再没有其他才能了……日子在一天天流逝……她依然早上醒来,仰望天空,去公园散步……这就够了。在这之后,死亡多让人难以相信啊!然而它必定会到来;这世上没有人能知道她多么热爱这一切,热爱这每一分钟每一秒钟……(135)

而生命的幸福归根结底来自人与自然的交融。她这样揭示克拉丽莎的幸福:

“有一次,她在伯顿的平台上散步……真奇怪,简直难以置信,她还从未感到那么幸福过……突然间她惊喜地获得了幸福,在太阳升起的时候,在白日逝去的时候,没有任何快乐能与这种幸福相比……”(203—204)西方一向关注人与人的联结,而中国一向关注天与人的联结。伍尔夫将两者均视为伦理实践最重要的因素,以此获得真正的生命回归。

伍尔夫为西方当代社会所选择的“伦理意味”,就是这样通过隐在的“中西对比”的形式表现出来了。

第五节　情景交融:伦敦随笔

英国形式主义美学家罗杰·弗莱认为,每一位伟大艺术家所做的事是“他以自觉的深思凝神观照事物。他看待事物时已经抛开了一切个人利益。他从事物本身及其关系中寻找形式原则,寻找某种有形的基调,既投合他的性情,又对他有特殊的意味。他将它们画下来,以便使这一特殊的意味变得更清晰。”[①]弗莱在这里揭示了伟大艺术家的两大特性:

(1)物我合一,创作者与他所表现的对象融合为一,能透彻把握事物的关系和形式原则。就如后印象主义者塞尚所言:“我所画的每一笔触,就好像从我的血流出的,和我的模特的血混合着,在太阳里、在光线里、在色彩里,我们须在同一节拍里生活,我的模特,我的色彩,和我……各物相互渗透着。”[②]

(2)形神合一,创作者所创造的形式既符合“事物”本身的形式关系和原则,又投合创作者本人的性情。也就是说,在物我合一的基础上,将自己的精神与物性相融,用艺术形式表现出来。

这两条原则,综合地体现在文学创作中,就是“情景交融”。

弗吉尼亚·伍尔夫对“情景交融”的理解与弗莱相通。我们将以伍尔夫 1931 年撰写的 6 篇伦敦随笔为研究对象,看看她如何实现“情景交融”的三层内涵的融会贯通:物我合一、形神合一、言外之意。

1931—1932 年,伍尔夫接受伦敦《好管家》杂志的约稿,创作了 6 篇关于伦敦的随笔:《伦敦码头》《牛津街之潮》《伟人故居》《西敏寺和圣保罗大教堂》《这是国会下议院》《一个伦敦人的肖像》。这些随笔于 1975 年和 1982 年先后汇集成随笔集《伦

---

① Fry, R. The meaning of pictures I—Telling a story. In Reed, C. (ed.). *A Roger Fry Reader*. Chicago: The University of Chicago Press, 1996, p. 399.

② 赫斯:《欧洲现代画派画论》,宗白华译,桂林:广西师范大学出版社,2002 年,第 26 页。

敦风景》(*The London Scene*)出版,它们既是生动翔实的导游手册,娓娓道出伦敦的市井风情、街景文化、文学宗教;又是温润如玉的经典散文,为伦敦抹上情感和想象的温度,透过对伦敦码头、牛津街、伟人故居、下议院、私人住宅、大教堂的描写,指向伦敦的形貌、脉络、精神、首脑、情性和生死,揭示了伦敦作为一个大都市的生命情志。

这组发表于1931—1932年的随笔代表着伍尔夫创作的新高度,即情景交融的诗意高度。在此之前,伍尔夫已经完成了从《远航》(1915)、《夜与日》(1919)的写实模式(现实主义小说)向《雅各的房间》(1922)、《达洛维夫人》(1925)、《到灯塔去》(1927)和《奥兰多》(1929)的写意模式(现代主义小说)的原创性转向,而1931年出版的《海浪》表明伍尔夫正在走向另一种全新模式,即诗意模式。诗意模式的主要特性是情景交融,而情景交融正是伍尔夫同一时期发表的随笔《伦敦风景》的主导特性。我们可以透过《伦敦风景》,窥见伍尔夫对诗意模式的原创性建构。

国内外学者对《伦敦风景》的研究极少。现有的讨论或者聚焦女性主义视角,指出《伦敦风景》揭示了伍尔夫"作为妇女在父权制社会中的经历"①,或者从后现代主义视角切入,指出其中的两篇随笔《伦敦码头》和《牛津街之潮》分别体现了伍尔夫毕生创作的两种主导风格:"源于深情和目的性的写作"和"源于文字组合的感官愉悦性的写作"②。这两位学者的分析细致入微,揭示了伍尔夫这一系列随笔的主题和风格,但并未阐明这组随笔的主导共性。伍尔夫对伦敦的描写是全方位的,物质的、视觉的、记忆的、想象的、历史的、人文的,一应俱全,重点表现她对伦敦的"物景"描绘,"情感"回应和言外之"意"的融会贯通,体现了娴熟的创作功力。

我们将以中国诗学的"情景交融"范畴为参照,阐明伍尔夫的技法与意蕴。

一、伍尔夫与"情景交融说"

"情景交融"指称文艺作品中主观情感与客观景象融会贯通的特性。"情"指称作者的情感,"景"指称作者表现在作品中的物景和场景,两者既独立又融合,其交融体现主体情感与客观物景"神与物游"的审美体悟过程,最终达到"意与境会"的诗意境界。

"情景交融"是中国诗学的重要范畴,在历代诗学的发展中,其"物我合一""形神合一""言外之意"的深层内涵得到揭示。先秦时期,庄子的"天地与我并生,万物与

---

① Squier, S. M. *Virginia Woolf and London: The Sexual Politics of the City*. Chapel Hill: University of Northern Carolina Press, 1985, p. 3.

② Caughie, P. L. *Virginia Woolf and Postmodernism: Literature in Quest and Question of Itself*. Chicago: University of Illinois Press, 1991, p. 120.

我为一”的齐物论思想为它提供了哲学基础[①]，而孔子的“智者乐水，仁者乐山”(《论语·雍也》，据《十三经注疏》本)则是情景交融的典型命题。魏晋南北朝时期，“情景”范畴获得发展，陆机的“悲落叶于劲秋，喜柔条于芳春”(《文赋》，据《四部丛书》本)，刘勰的“岁有其物，物有其容，情以物迁，辞以情发。一叶且或迎意，虫声有足引心”(《文心雕龙·物色》，据人民文学出版社范文澜注本)，均强调了“情景交融”中“物我合一”的内在本质，即：创作者的情感和心境与他所表现的物象相融为一。宋朝和明朝时期，诗话发达，情景交融作为艺术创作的上乘技法得到大力推行，比如范晞文赞叹“感时花溅泪，恨别鸟惊心”诗句是“情景相触而莫分”的范例，进而提出“景无情不发，情无景不生”(《对床夜话》卷二，据《历代诗话续编》本)的创作原则；谢榛指出“夫情景相触而成诗，此作家之常也。或有时不拘形胜，面西而言东，但假山川以发豪兴尔”(《四溟诗话》卷四，据《历代诗话续编》本)；李维桢认为“触景以生情，而不迫情以就景”(《大泌山房集·青莲阁集序》，据明刊本)，他们重点阐明了“情景交融”中的“形神合一”的特性，即：艺术形式既要符合“事物”本身的特性，又要投合创作者本人的性情。到清代，艺术家们进一步强调了“情景交融”旨在表达“言外之意”的思想。比如李渔指出，情景交融的终极目标是“妙理自出”(《李笠翁一家言全集·闲情偶记·戒浮泛》，据芥子园刊本)，王夫之提出“含情而能达，会景而生心，体物而得神，则自有灵通之句，参化工之妙”(《姜斋诗话》下卷，据上海古籍出版社《清诗话》本)的创作标准，阐明达情绘景以传神的文艺创作宗旨。总之，“情景交融”作为一种广泛运用的创作技法，其物我合一、形神合一、言外之意等内在意蕴在两千年的中国诗学思想发展史上逐步获得了深入的提炼。

伍尔夫对“情景交融”的领悟是在广泛阅读数百部英国、古希腊、法国、俄罗斯、美国文学作品的基础上获得的。她曾撰写长篇随笔《小说概观》，将欧美小说划分为写实的、浪漫的、人物刻画的、心理的、讽刺奇幻的、诗意的六种类型，她最推崇诗意小说，并将诗意小说的主要特性概括为“情景交融”。她指出，伟大的作品都是以独特方式传达生命诗意的，比如托尔斯泰的《战争与和平》的诗意源于其深沉而热情的“情景”，艾米丽·勃朗特的《呼啸山庄》的诗意源于其极具想象力和象征意蕴的“场景”。[②]她在随笔中陆续描述了自己对“情景交融”的领悟。

(1)物我合一：“石楠并不重要，岩石也不重要，可是当诗人的眼睛看出石楠和岩石所能表达的彼此间活生生的关系之后，它们是非常重要的——它们表现了一种与

① 顾祖钊：《艺术至境论》，天津：百花文艺出版社，1993年，第163页。

② Woolf, V. *Granite and Rainbow: Essays*. London: Harcourt Brace Jovanovich, Inc., 1958, pp. 137-139.

人类的生命共存的美，因而其意义是无穷的……”[①]也就是说，只有当“石楠之景”(物景)与“诗人之情”(情感)融合时，艺术的美和生命诗意才能表现出来。

(2)形神合一：“如果闭上眼睛，把小说作为一个整体来考虑，那么小说似乎就是一个与生命有着某种镜像般相似的创造物……它是留存在精神目光中的一个形体结构，时而呈方块状，时而呈宝塔形，时而伸展出侧翼和拱廊……这一形体源于某种与之相应的情感。”[②]也就是说，伍尔夫相信，作品的形式与作者的情感精神是合一的。

(3)言外之意：伍尔夫相信，文学是这样一种艺术，它“运用语言中的每一个文字，分清它们的轻重，辨认它们的色彩，聆听它们的声音，把握它们的关系，以便使它们相融……寄托言外之意……”[③]也就是说，文学语言的形、色、声的最终目标是传达“言外之意”。

二、《伦敦风景》中的景·情·意

《伦敦风景》中“情景交融”的主要特性是：每一篇随笔都包含景、情、意三层内涵，表现以景传情、以情达意的主客交融过程。

她在《伦敦码头》中描绘了伦敦形貌，揭示伦敦市貌显现了人类的需求。

她首先引领读者乘船沿着泰晤士河向伦敦码头进发，着重描写了“伦敦塔桥”的巍然景观：

> 当我们接近塔桥时，这座威严的城市展露出迷人风采。建筑物密密麻麻、层层叠叠。天空布满阴沉的紫色云朵。穹顶隆起，教堂日久年深的白色尖顶与工厂尖细的、铅笔状的烟囱林立……我们站立在厚重的、令人生畏的、古旧的石头围墙跟前——那儿曾鼓声震天，人头落地——踏上了伦敦塔。荒芜之地绵延数英里，如同蚂蚁似的人们在这里活动……(7—8)[④]

这是一种全景观照，既是物质的、历史的也是人文的。我们不仅看到伦敦密密麻麻的建筑、教堂、工厂在云朵映衬下的壮观气势；也透过古石墙斑驳陆离的印痕，联想它悠长的历史；还可以遥望绵延的荒地，感慨千百年来伦敦人生命历程的恢宏、

---

① Woolf, V. Patmore's criticism. In Lyon, M. (ed.). *Books and Portraits*. London: The Hogarth Press, 1977, p. 51.

② Woolf, V. *A Room of One's Own*. San Diego: Harcourt Brace Jovanovich, Inc., 1957, pp. 74-75.

③ Woolf, V. *The Death of the Moth*. New York: Harcocourt, Brave and Company, Inc., 1942, p. 223.

④ 伍尔夫：《伦敦风景》，宋德利译，南京：译林出版社，2010 年。此书是中英双语版，文中《伦敦风景》的引文均由本人译自此书中的英文原文，此后只在引文后标出页码，不再一一标注。

悲壮和渺小。

然后她引导我们观看伦敦码头装卸货物的繁忙景象和四周高楼林立的景观，将一丝感悟导入我们心中。无数船只从全世界的平原、森林、牧场中采集到的货物，都从货舱中被搬上岸，放到应放的地方。“每种货物存在的意义都十分明确，货物运输的全过程都表现出预见性和意向性，似乎想通过秘密途径提供美的要素……于是美悄然而至。吊车抓举、旋转，在惯常操作中蕴含着一种节奏……人们通过它们看到了伦敦所有的屋顶、桅杆和尖塔……”(10—11)在这里，码头景观变成了激发思想的导线。卸货与安置的过程，让我们意识到货物的作用早已有预设：正是码头上的无数货物，构建起伦敦的壮丽美景。这段描写超越了码头与货物的物质形貌，将其升华到伦敦壮美的构成元素。伦敦码头(景)和伦敦遐想(情)融为一体。

最后，言外之意飘然而至。码头的繁忙和伦敦的壮丽的原动力是人类的生存需求：“正是我们自己——我们的口味、时尚和需要——才使吊车不停地抓举和旋转，才使所有船只远洋而来。我们的身体就是，它们的主人。”(13)我们身体的需求是伦敦形貌和繁荣的内驱力。身体与货物构成不可或缺的循环链：身体将物品从世界各地召唤到码头，经历复杂的分配、制作和消费过程，最终伦敦遵循身体的需求展现其独特的美。伦敦巍然矗立，而身体藏于其中。

伍尔夫在《牛津街之潮》中描绘伦敦的脉络，阐明它是人类欲求的物化。

伦敦川流不息的内在脉络是由街道构成的。就像人的血管一样，街道是流动的、鲜活的、代谢的。伍尔夫从视觉的、触觉的、听觉的、记忆的等多视角展现牛津街的“景象”，描写它的勃勃生机和喜怒哀乐。

> 牛津街上有太多的讨价还价，太多的销售，太多的货物……你会看到美轮美奂的彩灯、堆积如山的丝绸、光彩夺目的公共汽车……在另一处街角，不少乌龟静卧在杂物遍布的草地上……一个女人停下脚步，把一只小乌龟放进她的包中。这或许是人类眼睛能看到的最珍贵情景了……可怕的悲剧在人行道上萌生：女演员离婚，百万富翁自杀……(18—19)

琳琅满目的物品、讨价还价的喧闹、车水马龙的繁忙、豪华富贵的建筑、离婚自杀的悲剧，以及街角那只可爱的小乌龟和充满爱心的女士，在这幅看似杂乱的拼图中，声、色、景俱现，在流动态势中呈现伦敦的活力、忧伤和温馨。

在活力四射的物品、买卖、建筑之后，我们可以感受到人的欲望和冲动。每一周的某一天，人们会看到牛津街某幢建筑在工人镐头的敲击下消失，“我们建造房屋只为了满足我们的需要……我们根据自己的期望把建筑物推倒重建。创造和富裕均源自冲动”(22)。从高楼的毁灭和重建中，我们感受到时代的轻浮、炫耀和仓促，也感觉到人类的欲望和冲动。

言外之意就隐藏在牛津街的浮华和更替之后。“成千个声音在牛津街大呼小叫,全都那么紧张,那么真实……之所以如此,是因为他们都迫于养家糊口的压力……生活是一场战斗……”(24—25)生存压力是牛津街活力的真正激发剂。无数人的生存欲望和炫耀冲动构成了牛津街的繁荣和更新。

在《伟人故居》中,伍尔夫描绘了伦敦精神,阐明它是伟人气质的印痕。

伦敦的精神和想象力刻录在伟人故居之中。屋如其人,伟人故居的房屋、桌椅、窗帘、地毯折射着时代的形态和风貌,与伟人所描写的时代精神遥相呼应。卡莱尔和济慈的故居,代表着两种不同的伟人气质。

伍尔夫从传记、感受、想象、视觉、审美等视角切入,描写伟人的故居。卡莱尔在简陋嘈杂的房间里,源源不断地写出“英雄崇拜论”。“卡莱尔在高高阁楼的天窗下呻吟,他坐在马鬃椅上与历史角力时,一道黄光从万家灯火的伦敦射到他的书稿上。手摇风琴喋喋不休地嘎嘎作声,小贩声嘶力竭地叫卖……卡莱尔太太日复一日地躺在挂有酱紫色帷幕的四柱大床上,不停地咳嗽。”(31)济慈在一贫如洗的房间里写下了优美的《夜莺颂》《古瓮颂》:“我们走进济慈居住过的那座房子时,一片悲凉的阴影似乎笼罩了花园。一棵大树已经倒伏,在地上苦苦硬撑着。枝条摇摆不定,把影子忽上忽下投射到白墙上。在这里,受到四周祥和宁静氛围的吸引,夜莺前来吟唱。”(34—35)

在这两幅截然不同的场景对照中,卡莱尔和济慈不同的生命价值观显而易见。卡莱尔的房间像“一片战场”(32),充斥着劳苦、拼搏和争斗;济慈虽然生命短暂,“却有一种处变不惊、安之若素的英雄气概”(36)。

伟人的辛劳与奉献,让我们感受到了言外之意。伟人是那些将我们引领到山顶,让我们看见整个伦敦,乃至整个世界的人:“无论何时,此处都有魅力无穷的亮丽风景线。”(37)伟人故居刻录下的印痕,铸就了伦敦精神。

伍尔夫在《国会下议院》中描绘了伦敦的首脑,阐明它是公众意志的体现。

国会下议院大厅的“景象”是从历史、理性、政治的视角描写的,除了权杖和议长的假发与衣袍,它既不华美壮观,也不庄严肃穆;议员们与普通人相比并无特别之处。所有的决策都代表公众的意志,国会下议院大厅兼具独特性和普通性:“这里没有任何东西具有悠久历史……唯一像样的东西是权杖和议长头上的假发、身上的长袍……下议院的议员们在议会厅落座,处理国家公事……权杖是我们的权杖,议长是我们的议长……”(54)

人们感悟到:伟大政治家的雕像之所以竖立在下议院大厅门口,不是因为个人魅力,而是因为他们为国家做了贡献。“这些相貌平平酷似生意人的人是负责制定法律的,直至他们的红面颊、高礼帽和格纹裤变成尘土和灰烬时,这些法律继续实

施。伟大时刻发生的那些影响人们幸福和国家命运的事情现在正在这里发生,有人正在为这些普通人塑像。"(59—60)

议员们代表国家和民众的利益,因而他们的雕像只是一种象征,与具体的个人无关。从中可以领悟到这样的深意:"一个人说了算的独裁时代已经过去……让我们把这个世界重建成宏伟的大厅,让我们不再塑像,不再为他增添无法具备的美德。"(61—62)

伍尔夫在《一个伦敦人的肖像》中描绘了伦敦的特性,阐明伦敦生活的常态。

她以全景聚焦模式,将伦敦普通人的生活"景象"浓缩为克罗夫人和她的会客厅。伦敦的特性体现在伦敦人的活动和交往中,它是由无数个克罗夫人用充沛的精力在伦敦私人住宅中编织出来的,它们构成巨大的网络,将互不相干的人们联结成一个整体。"伦敦的私宅就像一个模子里刻出来的……客厅里熊熊壁炉的两边各有一张沙发,另加 6 把扶手椅,3 扇长窗面向大街……克罗夫人总是坐在壁炉旁的扶手椅上……她坐了整整 60 年——不是单独一个人,总有访客坐在她对面的椅子上。"(67—68)

为了这漫无边际的闲聊,克罗夫人在过去 50 年中竭力收集各类信息,在每个下午茶时刻,与人闲聊,汇聚、发散、传播各类信息。"她坐在椅子上与客人闲聊时,总是一次又一次像小鸟般将目光投向背后的窗户,似乎半只眼睛望着大街,半只耳朵听着窗外汽车驶过的声音和报童的叫卖声。为什么?因为每时每刻都会有新鲜事儿发生。"(74)

透过克罗夫人和她的客厅,我们顿悟:伦敦就在无数克罗夫人的出生、结婚、谈话、聚会、工作、死亡中生生不息,走向未来。"在了解伦敦时……应当将它看作人们聚会、聊天、欢笑、结婚、死亡、绘画、写作、表演、裁决、立法的地方,最根本的是要去了解克罗夫人。只有在她的客厅里,宏伟的大都会的无数碎片才会被拼接在一起,成为鲜活、可理解、迷人、令人愉快的整体。"(74)

伍尔夫在《西敏寺和圣保罗大教堂》中描写了伦敦的生死,揭示教堂乃伦敦生生不息的象征。

她从宗教、历史、文化、心灵等视角呈现西敏寺和圣保罗大教堂的"景象",描述肃穆的景象中隐藏着生与死的奥秘。"圣保罗大教堂的宏伟壮丽中包含着神秘的东西,它就隐藏在巨大的空间和无声的肃穆之后……伟大的政治家和活动家虽然早已离开这个世界,但似乎依然衣着华丽地接受同胞的谢意和掌声。"(43—44)"西敏寺既不是死亡安息之地,也不是德高望重者接受美德回馈的长眠室……西敏寺充斥着国王皇后、公子王孙和公爵贵胄的身影……早已逝去的诗人仍在这里冥思苦想,质问存在的意义。"(46)

教堂既是死者的安息地,又是生者的婚庆场所。我们可以从每一寸墙体上感受已逝的国王皇后、诗人政客神采飞扬的鸿篇大论。“在这场绝妙的集会中,每个人都有自己的思想和意志……国王皇后、诗人政客仍表演着各自的角色……他们依然神气十足地进行辩论。”(47)与此同时,风华正茂的新郎新娘在光彩照人地宣誓结婚。

伦敦的教堂就在逝者的辩论和生者的婚誓中安宁长存。人们既不害怕死的黑暗,也不害怕生的艰辛,因为生死循环,生生不息。“死者已心甘情愿地放弃传播自己的尊姓大名或美德的权利。他们没有悲伤的理由。当园丁种下球茎或播下草籽后,这些植物又会重新开花,以绿草或草皮装点大地。”(49)

三、物境、情境和意境的交融

在上述6篇散文中,伍尔夫无一例外地采用了景、情、意层层递进、相互交融的特性,包含浓厚的物我合一、形神合一、言外之意的内蕴。我们不妨用唐代诗人王昌龄的“物境、情境和意境”说来阐明伍尔夫“情景交融”的诗意。

王昌龄指出:

> 诗有三境:一曰物境。欲为山水诗,则张泉石云峰之境,极丽绝秀者,神之于心,处身于境,视境于心,莹然掌中,然后用思,了然境象,故得形似。二曰情境。娱乐愁怨,皆张于意而处于身,然后驰思,深得其情。三曰意境。亦张之于意而思之于心,则得其真矣。(《诗格》,据《诗学指南》本)

也就是说,物境:创作者置身于泉石云峰之中,将秀丽景物融入心中,用心揣摩,获得对物景之“形”的酷肖把握。它以观物取象为特征,以“心”感“物”,获得“景”,体现“物我合一”意蕴。情境:创作者以“心”悟“景”,驰骋情思与想象,真切把握自身的“情感”。它以景与情的想象性交游为特征,体现“形神合一”特性。意境:创作者用心感悟物景之“象”和心灵之“情”,获得对超越于尘世万物与自我情感之上的“意”的把握。它以神与物游为特征,因心、意、象合一而获得带有普遍性意义的“象外之意”,是艺术的最高境界。

物境、情境与意境代表“情景交融”的三个不同层次,而伍尔夫六篇随笔的每一篇都包含这三个层次:

1. 第一层次——“物境”

叙述人整体观照伦敦码头、教堂、大街等具体景物后,凝想出多视角、全方位、整体的“景象”。比如:(1)从物质、历史、人文等视角展现“伦敦塔桥”的雄伟、厚重和悲凉;(2)从视觉、触觉、听觉、记忆等多视角展现“牛津街”的繁忙、奢华、温馨和悲伤;(3)从传记、感觉、想象、视觉、审美等视角描写大作家卡莱尔和大诗人济慈的人生的艰辛、执着与优雅;(4)从历史、理性、政治等视角描写国会下议院的权高位重与平凡普通;(5)以全景聚焦模式,用克罗夫人及其会客厅的忙碌和琐碎塑造伦敦人的日常形态;(6)从宗教、历史、文化、精神等视角展现西敏寺和圣保罗大教堂的肃穆和热烈。"景象"以客观"物境"的表现为主导,叙述人的情感隐藏在视角选择和塑形方式上。感性的观察、理性的概括和审美的判断均发挥重要作用。

2. 第二层次——"情境"

叙述人用心感悟已塑形的"物境",依照自己的性情,阐明其深层的"情境"。比如:(1)伦敦无以计数的货物是建构伦敦美的元素;(2)牛津街奢华的毁灭与重建的根源是人的欲望与冲动;(3)卡莱尔的成就源自拼搏,济慈的优雅源自安之若素的英雄气概;(4)伟大政治家的雕像是因为为国奉献而竖立,并非因为个人魅力;(5)热衷于收集和传播伦敦日常信息的克罗夫人是伦敦人的形象代言人;(6)逝去的政客名流依然在教堂中扮演角色,发表宏论,逝者如生。这一层面的"情境"是对第一层次的"物境"的进一步洞悉,它以叙事人的生命感悟为源泉;依然保持"象"的生动性,但主要体现"悟"的深刻性,具有原创性,展现"景"与"情"的融合。

3. 第三层次——"意境"

叙述人超越于"物境"和"情境"之上,彻底剥离了与现实和自我的关联,以超然心境获得对人类共通"意味"的把握,实现物、情、意的合一。比如:(1)货物丰裕与伦敦壮观的根基是身体的欲求;(2)牛津街的繁华源自生存的压力;(3)伟人为伦敦建构了魅力无穷的亮丽风景线;(4)天下为公,伦敦无须再塑雕塑以颂扬并不具备的美德;(5)真正的伦敦存活在普通人的聚会、谈话、娱乐、结婚、立法、死亡等信息的聚散中;(6)死者与生者和谐相处,生死循环。"意境"是言外之意和象外之象,是超越世界万物与人类个体的存在之思和生命之道的,它源自灵魂深处,是原初而永恒的。

伦敦是一个整体,伍尔夫的6篇随笔既独立又关联,不仅展现伦敦独特的形貌、脉络、精神、权利、情志和生死,而且赋予它一颗灵魂。她在其中一篇随笔中对伦敦做了整体观照:

> 伦敦展现着自身独特的风貌:层叠有致的地貌,巍然挺拔的建筑,烟雾缭绕在高高的塔尖上。国会山也可以看到前方的乡村。更远处,丘陵起伏,树林葱郁,鸟儿鸣叫,鼬鼠或野兔驻足倾听……济慈,也许还有柯勒律治和莎士比亚,都曾在山顶俯视伦敦。此刻,一位普通的年轻人正坐在铁凳上,一位同样普通的年轻女子则紧紧挽着他的手臂。(37)

作为一座城市,伦敦具有独特的地貌、建筑、气候,但更为最重要的是:它四周环绕的自然万物和封存在历史中的思想精神,以及眼前这对普通的年轻男女,他们是最普通也是最重要的活生生的生命。正是无数活着的和逝去的生命个体,用自己的

需求、欲望、情志、权利、意志和生死，铸就了城市的特性和本质。这就是伍尔夫对伦敦的深刻洞见。

伍尔夫《伦敦风景》的主要特性，就是景、情、意的递进和融合，这正是她诗意创作的主要特性。伍尔夫之所以将“情景交融”视为文学创作的最高境界，是因为她始终坚持文学“是完整而忠实地记录真实的人的生命的唯一艺术形式”[①]的生命情感说，因而她既深入其内，又飘然其外；不仅达到由表及里的深度，而且达到超然物外的高度。

【结语】正如中国清代著名思想家王夫之所言，真正杰出的作品须达到这样的境界——“光不在内，亦不在外，既无轮廓，亦如丝理，可以生无穷之情，而情了无寄”(《古诗评选》卷三，据船山学社本)。万物生生不息的灵动跃然纸上，内含无穷妙处，却看似不加雕琢、不加渲染。要达到这样的境界，情景交融是极为重要的手法，伍尔夫的“伦敦随笔”为我们提供了范例。

---

① Woolf, V. *Granite and Rainbow: Essays*. London: Harcourt Brace Jovanovich, Inc., 1958, p. 141.

第五章　利顿·斯特拉奇的传记创新与形式主义美学

利顿·斯特拉奇，英国著名传记家和批评家。他最大的贡献在于创建了“新传记”，拓展了传记的艺术性和生命性。他的三部重要传记包括：《维多利亚名人传》(1918)、《维多利亚女王传》(1921)、《伊丽莎白女王与埃塞克斯伯爵》(1928)；前两部传记的锐意创新带给他极高声誉，第三部传记对伊丽莎白女王的不敬使他背负骂名。斯特拉奇的其他批评集包括《法国文学里程碑》(1912)、《书与人：法国人、英国人》(1922)、《微型画像及其他》(1931)、《人物与评论》(1933)等。

他因为三部传记而成为富有影响力的传记家，这与他的家学渊源、学识个性、理想目标密切相关，也与他所处的布鲁姆斯伯里文化圈的氛围密切相关。布鲁姆斯伯里文化圈的著名学者们均富有创新精神：罗杰·弗莱在批判和质疑印象派绘画的再现性的基础上，为当时不被世人接受的后印象主义辩护，提出了“情感说”“形式论”等英国形式主义美学思想。克莱夫·贝尔在批判西方文艺复兴至19世纪印象主义绘画的“物质主义”的基础上，总结和提炼后印象主义画家塞尚的创作感悟，提出了“有意味的形式说”和形式理论。弗吉尼亚·伍尔夫在批判英国的物质主义小说和精神主义小说的基础上，整体观照欧美经典作品，提出“生命创作说”和“情感形式说”。另外，不属于本专著研究范围的布鲁姆斯伯里创新学者还包括：著名经济学家约翰·梅纳德·凯恩斯、著名出版家和评论家伦纳德·伍尔夫、著名文学批评家德斯蒙德·麦卡锡等。

斯特拉奇与弗莱、贝尔、弗吉尼亚·伍尔夫一样富有创新精神，他在批判西方陈腐的、歌功颂德的、冗长繁复的传统传记的基础上，大胆提出全新的传记理论，并出版了三部被弗吉尼亚·伍尔夫称为“新传记”的作品。他的传记理论受到罗杰·弗莱和克莱夫·贝尔的形式主义美学思想的影响，倡导传记创作的“生命”立场，充分实践传记形式的“简洁”和“构图”，成功地将形式主义美学思想运用于传记创作中。

本章重点探讨斯特拉奇的传记理论，他对形式主义美学思想的传记创作实践，以及他的“新传记”与当代传记的比较。

第一节　斯特拉奇其人其思想

1880 年，利顿·斯特拉奇出生于英国知识分子贵族家庭。斯特拉奇家族从 16 世纪到 20 世纪一直在英国富有影响力。斯特拉奇家族的祖上自 16 世纪伊丽莎白女王时期便开始担任州长、司法官等职务，广泛结交历代社会名流，如文学家本·琼森、约翰·多恩、柯勒律治、卡莱尔，哲学家约翰·洛克等。利顿·斯特拉奇的祖父、父亲、兄弟均才华横溢，享有很高的社会地位。正如一位英国学者所言，“在好几个世纪中，斯特拉奇家族产出了相当数量的天才人物，承担着传承英国文化传统的责任，这对利顿·斯特拉奇的思想和作品产生了重要作用”①。可以说，利顿·斯特拉奇生活在英国主流文化之中，他的家族赋予他身临其境地体验和审视英国官方体制、社会精神和文化形态的得天独厚的环境和条件。斯特拉奇深厚的家族渊源为他成为出色的传记家提供了良好的基础。

1. 生活经历

利顿自小聪颖敏感，但体弱多病。他在母亲的影响下阅读了大量英国、法国文学作品，7 岁便创作诗歌，在文学创作和阅读理解方面体现出极好的天赋。1899 年他与克莱夫·贝尔、索比·斯蒂芬、伦纳德·伍尔夫同年入学剑桥大学三一学院，同年他参加了贝尔、伍尔夫等创建的“子夜社”(Midnight Society)，一个读书俱乐部。1902 年，他与伦纳德·伍尔夫一起入选剑桥大学“使徒社”，在校期间曾撰写大量诗歌。1904 年，他从剑桥大学获得双学位，其中一个是历史学学位，并为获得剑桥大学三一学院的研究员职位撰写了一篇论文，不过他未能获得此职位，于 1905 年离开剑桥大学。从 1905 年起，他参加索比·斯蒂芬(弗吉尼亚·斯蒂芬的哥哥)举办的星期四定期聚会(即布鲁姆斯伯里文化圈)，探讨真理、美学等议题。1907—1909 年，他为《旁观者》(*Spectator*)撰写每周评论。1912 年，他出版《法国文学的里程碑》。1918 年，他的第一部传记《维多利亚名人传》出版，一举获得成功，产生广泛影响力。3 年后，他的第二部传记《维多利亚女王传》(1921)让他更为耀眼，模仿者众多。同时他的《书籍与人物：法国与英国》(1922)出版。但是，他的第三部传记《伊丽莎白女王与埃塞克斯伯爵》(1928)由于过多的虚构和对伊丽莎白女王的不敬而引发社会各界的不满和责骂。1931 年，他出版《微型肖像》。1932 年，他因病去世。1933 年，他的论

① Sanders, C. R. *Lytton Strachey: His Mind and Art*. New Haven: Yale University Press, 1957, p. 7.

文集《人物与评论》出版。1971年，他的自传《利顿·斯特拉奇自画像》(*Lytton Strachey by Himself: A Self-portrait*)出版。他毕生喜爱文学和思考，尤其喜爱英国伊丽莎白时期的戏剧、英国18、19世纪文学和法国文学。他曾创作不少诗歌，最出色的作品是传记，他力图将戏剧与传记相融合，这是他传记出色的原因之一。

2. 学识性格

斯特拉奇的传记风格很大程度上取决于他的学识与个性。他博闻强记，学识渊博，阅读大量书籍并撰写评论。他最喜爱阅读和评论历史学书籍，对英国历史事件了如指掌，且理解深刻，因而能在《维多利亚名人传》和《维多利亚女王传》中入木三分地描述历史事件，用他自己的话说，"进行描述，而不是给出解释，这一直是我的目标"[①]。他的个性具有矛盾性和多重性特征，对人性理解深刻，因而能在传记中全面而深刻地剖析传主的复杂心理，正是这一点促成了他传记的创新性和争议性。关于这一点，伦纳德·伍尔夫曾做深入论析。伦纳德认为，他的传记之所以给英国大众带来冲击力，其根源在于他的独特个性。他的个性有两面性，"首先他具有极端的个性，一种以十分奇异的方式将全部互相矛盾的品质糅合在一起的性格；其次他智力具有完整性，在其青年时代，这种特质尤其热烈张扬"[②]。更具体地说，他是一个融"冷酷无情与文质彬彬，默默无语与机智敏锐，吹毛求疵与热情洋溢"[③]为一体的思想者。基于这样的个性，斯特拉奇的传记将透彻分析、深刻思想与无情讥讽揉为一体，其作品的洞见越深刻，对读者的伤害越严重，因为他的传主都是人们无比崇敬的英国女王和宗教界、医疗界、教育界、军界名人。在道德至上的维多利亚时期之后，在第一次世界大战的硝烟落下不久，斯特拉奇深刻犀利且略带讥讽的传记，与时代有点不合拍。唯有从总体上对他的作品进行观照，我们才能发现他传记的价值。

3. 时代精神

斯特拉奇的传记在很大程度上是由时代精神激发而形成的。以下是影响斯特拉奇的主要思想。

(1)剑桥大学教授摩尔的专著《伦理学原理》(*Principia Ethica*，1903)对整个布鲁姆斯伯里文化圈都产生重要影响，将他们从维多利亚时期道德观的束缚中解放了出来，因为摩尔指出，善是不能界定的。摩尔的观点使斯特拉奇、弗莱等人从人的生

---

① 斯特拉奇：《维多利亚名人传》，周玉军译，上海：上海三联书店，2007年，前言。

② 罗森鲍姆：《岁月与海浪：布鲁姆斯伯里文化圈人物群像》，徐冰译，南京：江苏教育出版社，2006年，第173页。

③ 罗森鲍姆：《岁月与海浪：布鲁姆斯伯里文化圈人物群像》，徐冰译，南京：江苏教育出版社，2006年，第174页。

命情感、想象、天性中去感悟社会和人类，为他们全面揭示生命心理和复杂个性提供了立场。

(2)陀思妥耶夫斯基的小说为斯特拉奇全面了解和书写灵魂提供了范例。斯特拉奇不仅阅读了康斯坦斯·加内特于1912—1922年翻译的大部分陀氏作品英译本，而且对陀氏作品的形式与机制有深刻理解。他曾发表题为《一位俄罗斯幽默作家》的文章，对陀思妥耶夫斯基的作品做综合论析，重点指出：陀氏创作的卓越之处除了众所周知的人物的复杂个性之外，更为重要的是他运用了幽默基调，幽默是陀氏"主宰和激发其他创作特性的利器"①。

(3)罗杰·弗莱和克莱夫·贝尔的形式主义美学。弗莱和贝尔的形式主义美学的最大创新在于强调艺术本质的情感性和形式性，这显然为斯特拉奇的传记创作提供了崭新的立场和视角。传主的复杂情感和心理以及与此相符的形式的创建既是斯特拉奇的传记创作的目标，也是他最大的亮点。

4.理想目标

斯特拉奇的目标是：赋予传记家自由选择史料的权力，赋予传记家自由创作的精神。斯特拉奇将他的理想撰写在《维多利亚名人传》的前言中，创建了新的传记模式，其思想与弗莱、贝尔以"有意味的形式"为核心的形式主义美学一致。在斯特拉奇这里，"意味"指向人的复杂天性，而"形式"是简约而自由的。虽然后世很多批评家忽视了斯特拉奇的理想目标，因而对他的作品多有误解，不过我们会从整体视野出发，像斯特拉奇的朋友德斯蒙德·麦卡锡一样，证明斯特拉奇是"一位优秀的艺术家"②。

斯特拉奇去世后，他的朋友伦纳德·伍尔夫、德斯蒙德·麦卡锡均撰写回忆文章，回顾斯特拉奇卓越的一生。英国传记家霍尔洛伊德历时25年撰写多部传记，以翔实的资料叙述斯特拉奇的家庭背景、求学历程、社会活动、传记创作等。他的传记包括：两卷本《利顿·斯特拉奇：评传》(*Lytton Strachey: A Critical Biography*, 1967—1968)，《利顿·斯特拉奇传记》(*Lytton Strachey: A Biography*, 1971)和《利顿·斯特拉奇：新传记》(*Lytton Strachey: The New Biography*, 1994)。一个生动鲜活的英国"新传记"创立者利顿·斯特拉奇因此栩栩如生地矗立在人们的面前，虽然学界对他的研究依然非常单薄。

---

① Strachey, L. *Literary Essays*. London: Harcourt Brace Jovanovich, Inc., 1985, p. 216.

② 罗森鲍姆：《岁月与海浪：布鲁姆斯伯里文化圈人物群像》，徐冰译，南京：江苏教育出版社，2006年，第191页。

第二节　传记生命说与简约形式说

1918年,利顿·斯特拉奇的第一部传记《维多利亚名人传》一经出版便获得巨大成功,引发广泛影响力,标志着欧洲"新传记"的诞生。它颠覆了以歌功颂德为主旨,以翔实冗长为特征的欧洲传统传记模式,将传记创作重心放在"艺术设计、小说形式、心理解释和戏剧性联结"[①]上,开启了英国传记史上的"斯特拉奇时代"[②]。

促成传记形式巨变的一个重要原因是创作者艺术观念的转变。在罗杰·弗莱和克拉夫·贝尔的形式主义美学思想的影响和启发下,斯特拉奇就传记创作的本质和艺术形式提出了自己的理论,其理论建构的途径和内涵与弗莱和贝尔的形式主义美学思想息息相关。我们将予以全面梳理。

一、利顿·斯特拉奇与罗杰·弗莱、克莱夫·贝尔的形式主义美学

利顿·斯特拉奇与罗杰·弗莱、克莱夫·贝尔、伦纳德·伍尔夫、弗吉尼亚·伍尔夫是终身好友。1899年,利顿·斯特拉奇入学剑桥大学三一学院。同年,斯特拉奇参加了由贝尔、斯蒂芬、伍尔夫创建的剑桥大学三一学院的"子夜社",此后与他们保持了终生友谊。1902年,斯特拉奇与伦纳德·伍尔夫一起入选剑桥大学"使徒社"[③]。1903年,剑桥大学教授摩尔的《伦理学原理》出版,此书给斯特拉奇、伍尔夫、贝尔带来极大影响。1905年,索比·斯蒂芬邀请克莱夫·贝尔、利顿·斯特拉奇等剑桥大学同学每周来家中聚会,合作出版一本诗集《欧佛洛绪涅》(*Euphrosyne*),妹妹瓦奈萨和弗吉尼亚也参加了聚会。1906年,索比·斯蒂芬不幸得伤寒症去世,每周聚会保持了下来,它便是延续了30余年的"布鲁姆斯伯里文化圈"。1907年,克莱夫·贝尔与瓦奈萨·斯蒂芬结婚,贝尔成为弗吉尼亚的姐夫。1909年利顿·斯特拉奇向弗吉尼亚·斯蒂芬求婚,弗吉尼亚接受了他的求婚;但是两人马上意识到他们不适合结婚,很快就解除了婚约。斯特拉奇随即写信给远在锡兰(今斯里兰卡)文职机构工作的伦纳德·伍尔夫,建议伍尔夫向弗吉尼亚求婚,三年后弗吉尼亚与伦纳德·伍尔夫结婚。

---

① Winslow, D. J. *Life Writing: A Glossary of Terms in Biography, Autobiography, and Related Forms*. Honolulu: University of Hawaii Press, 1995, p. 43.

② Fletcher, J. G. Lytton Strachey and French influences on English literature. *Books Abroad*, 1934 (April), p. 132.

③ 该学社的早期成员包括弗莱、麦卡锡、福斯特等;1903年,凯恩斯入选该社。

斯特拉奇的传记理论和传记创作，是在弗莱与贝尔的形式主义美学论著发表之后，陆续出版的。1910 年，罗杰·弗莱结识贝尔后，成为布鲁姆斯伯里文化圈的常客，不断在聚会上发表有关艺术的演说。当时弗莱已经是艺术界的知名人士，已经发表了他重要的形式主义美学论文《论美感》①，阐明他的形式主义美学的"情感说"。1910 年年底至 1912 年，弗莱在伦敦格拉夫顿美术馆举办了两次后印象主义画展，并发表"为后印象主义辩护"系列论文(1910—1912)，贝尔也出版专著《艺术》(1913)。他俩在论著中阐述了形式主义美学的主体思想。在这期间，斯特拉奇出版了文学评论集《法国文学的里程碑》(1912)，并于 1912 年开始构思《维多利亚名人传》。斯特拉奇的三部传记分别出版于 1918 年、1921 年和 1928 年，他在构思、创作和发表这三部传记的过程中与他的布鲁姆斯伯里文化圈的朋友们保持密切的联系，因而无论是传记理论的形成路径，还是传记理论的内涵和传记创作实践，与弗莱、贝尔和弗吉尼亚·伍尔夫的思想均有共通性。

二、共通的路径

斯特拉奇与弗莱、贝尔、伍尔夫一样，在创建理论和创作实践时，采用了相通的路径。

有鉴于我们在第四章第二节已经总结了弗莱与贝尔的形式主义理论和伍尔夫的小说理论的建构路径，此处我们将极简略地概述其路径。弗莱的路径是：批判模仿论—领悟艺术本质—提出"情感说"—阐明"形式论"—建构艺术批评模式；贝尔的路径是：批判"模仿论"—领悟拜占庭艺术的本质—提出"有意味的形式"的审美假说—建构"形式理论"—建立艺术批评模式。伍尔夫的思想建构途径是：批判物质主义文学和精神主义文学—领悟文学经典的"意味"—提出"生命创作说"—提出"情感形式说"—创立现代主义小说形式。三人都从批判模仿论出发，通过领悟经典作品或原始艺术，建构自己的艺术本质说——"情感说""有意味的形式说""生命创作说"，阐明自己的形式论，实践自己的艺术批评模式或文学创作模式。

利顿·斯特拉奇传记理论的建构途径与弗莱、贝尔和伍尔夫相通，同样包含四个阶段：批判模仿论—领悟文艺经典的本质—提出"传记生命说"—提出"简约形式说"—创立英国"新传记"。我们在下面几个小节中进行论析。

三、批判模仿论

斯特拉奇在《维多利亚名人传》的前言中概括并批判了英国传统传记的局限。

① 这一年，弗莱刚辞去美国纽约大都会艺术博物馆油画厅主任职务(1906—1910)，回到英国，出任《伯灵顿杂志》编辑。

他这样概括道：

> 我们习惯于用厚厚的两卷本传记来纪念死者（连死者本人都认不出写的是谁），它们堆满了令人消化不良的材料，文风粗制滥造，充斥着冗长的歌功颂德之词，可悲的是，它们既没有取舍，也没有审美距离，更没有谋篇布局。它们就像送葬队伍一样，散发出拖沓、阴郁、粗野的气息。[①]

在这里，斯特拉奇嘲讽了英国传统传记的三大弊病。

(1)以生平模仿为本质：为了忠实再现传主的生平事迹，传记几乎变成了个人材料的堆积物；

(2)以歌功颂德为宗旨：传记的目标在于正面颂扬帝王贵族和社会名流的美德，很少提到传主的缺点，缺乏完整性；

(3)缺乏艺术形式和审美意味：传记往往按照年代顺序记录传主的生平事迹，冗长繁复，很少体现出艺术构思、布局和意味。

斯特拉奇的批判可谓切中要害。从早期的"圣徒传"到17—19世纪的日记、回忆录、自传、传记等多种传记体裁，英国传记总体上以宣扬基督教圣徒或歌颂帝王名人的事迹和美德为主旨，一般按传主的人生轨迹编辑传主材料，虽然也曾少量采用文学技法，但是忠实于"事实之真"的原则很难让传记家真正关注传记的艺术性和审美性。虽然18世纪的詹姆斯·鲍斯威尔在《约翰生博士传》中通过细节描写和材料取舍，为凸显传主的鲜活个性和人格提供了典范，但是19世纪维多利亚时期的传记遵循道德至上的时代精神，依然让传记回归到歌颂美德、再现生平事迹的传记传统中。斯特拉奇将众所周知的传统传记特性加以提炼、概括和嘲讽，其目的在于打破"生平事迹模仿"的传统模式，开创新传记模式。

四、领悟文艺经典的本质

斯特拉奇的新传记模式是在领悟文艺经典本质的基础上形成的。在出版《维多利亚名人传》之前，他已经在期刊上发表了大量有关诗歌、戏剧的评论。他最青睐的是法国文学、英国伊丽莎白时期的戏剧、18世纪文学和19世纪维多利亚时期的文学。他的批评基本聚焦在两个方面。

(1)揭示作品形式的艺术性。他相信，"只有当作品真的极为出色，而且其出彩是因为采用了多种迥然不同的形式时，批评家才去赞美作品"[②]；他还相信，"所有艺术的本质，就是表现不可能表现的形式。这不可能做到，但我们说，它做到了。那

---

① Strachey, L. *Eminent Victorians*. London: Penguin Books, 1986, p. 9.

② Strachey, L. A poet on poets. *Spectator*, 1908, 101 (Oct.), pp. 502-503.

么,会发生什么呢？那就是,魔术师挥动了他的魔杖”[①]。基于这样的理念,他在批评中重点揭示文学形式的独特性。比如他揭示了英国诗人蒲柏诗歌形式的重复性、简约性、韵律性、综合性等。[②]他指出,幽默是陀思妥耶夫斯基作品的核心形式元素。[③]

(2)揭示艺术形式如何表现“意味”。他点评陀思妥耶夫斯基作品的一段话颇能说明他的这一特性:“陀思妥耶夫斯基的幽默是他最终的、最有特色的形式,这种幽默形式主导和激发了他的其他品质:他对人类灵魂的魔鬼般的洞悉,他对不同寻常和出乎意料的事物的愉悦感,他对人类的高贵性充满激情的热爱,以及他的巨大创造力。幽默形式赋予他的所有这些品质一种全新而绝妙的意味。”[④]显而易见,斯特拉奇剖析陀氏作品的幽默形式的最终目标,在于揭示其作品的“意味”,就像他指出莎士比亚后期戏剧中“亦真亦幻”的形式实质上表现了莎翁晚年喜忧参半的心境一样:莎士比亚“一半迷醉于美和爱的视像,一半无聊之极;一边激奋于飞翔的幻景,高唱着精灵之歌,一边被令人厌恶的现实驱使而常常爆出痛苦而残暴的话语。如果我们想从他的后期戏剧中了解他的心境,那就是这一点了”[⑤]。

一句话,斯特拉奇认为,文艺经典的本质就是用独特的形式表现创作者的“意味”,或者说,艺术的本质就是“有意味的形式”。

五、提出“传记生命说”

1.传记的生命本质

斯特拉奇在《维多利亚名人传》的前言中,阐明了传记的本质,同时举出了符合这一本质的传记的例证:

> 人,多么重要,怎能仅仅被当作历史的表征。人的价值不依存于任何短暂的历史进程,它是永恒的,必须以体验其本身为目的。在英国,传记艺术似乎陷入糟糕的境地。是的,我们曾有过几部杰作,但是我们从未有过像法国那样的伟大传记传统,我们没有丰特奈尔(Fontenelles)和孔多塞(Condorcets),他们无与伦比的悼亡颂词,将多彩人生浓缩在几页闪光的书写中。而我们却将传记,这一所有写作艺术中最精致和最人性的分支,贬低到文字匠人的手中;我们并不知道,写出一部好的传记,就像度过一个好的人生那么艰难。[⑥]

---

① Strachey, L. *Literary Essays*. London: Harcourt Brace Jovanovich, Inc. ,1985, p. 90.
② Strachey, L. *Literary Essays*. London: Harcourt Brace Jovanovich, Inc. , 1985, pp. 79-93.
③ Strachey, L. *Literary Essays*. London: Harcourt Brace Jovanovich, Inc. , 1985, pp. 215-219.
④ Strachey, L. *Literary Essays*. London: Harcourt Brace Jovanovich, Inc. , 1985, p. 216.
⑤ Strachey, L. *Literary Essays*. London: Harcourt Brace Jovanovich, Inc. , 1985, p. 12.
⑥ Strachey, L. *Eminent Victorians*. London: Penguin Books, 1986, p. 10.

在这里，斯特拉奇阐明了传记的生命本质：

(1)传记的目标是书写生命本身，书写生命的永恒价值，书写人性最深刻之处。一部好的传记，就是一个好的人生。

(2)传记是超越于具体的历史和现实之上的。

(3)传记是一种艺术，具有精致的布局和精美的文字。

依照他的标准，唯有法国的丰特奈尔和孔多塞的传记作品符合这一本质，因为他们以精彩的形式表现了多样化的人生，而大部分英国传记就像他在前一段引文中所批判的那样，仅仅是歌功颂德和生平材料堆砌，既无形式，也无意味。

2."传记生命说"与弗莱、贝尔和伍尔夫的艺术论的共通性

斯特拉奇的"传记生命说"与弗莱、贝尔和伍尔夫的艺术论具有本质上的共通性。斯特拉奇的核心观点——传记表现人的"永恒"，以"体验其本身为目的"[①]，与弗莱的核心观点——"艺术是交流情感的方式，以情感本身为目的"[②]，贝尔的核心观点——"我把线条和颜色的这些关系和组合，这些审美上动人心扉的形式被称为'有意味的形式'；'有意味的形式'就是所有视觉艺术作品的共同属性"[③]，以及伍尔夫的核心观点——小说"是完整而忠实地记录真实的人的生命的唯一艺术形式""全面地记录生命，不是巅峰和危机，而是情感的成长和发展"[④]的共同性表现在下面三点上：

(1)全都强调艺术的生命性。弗莱、斯特拉奇和伍尔夫均直接指出艺术、传记、文学以生命表现为目的，贝尔用"动人心扉"[⑤]的意味指称艺术的生命性。他们分别从艺术、传记和文学出发，批判并突破西方根深蒂固的模仿论，推进了浪漫主义时期柯勒律治、雪莱、华兹华斯所提出的文艺情感说。

(2)全都强调艺术的形式性。弗莱将艺术视为"有意味和有表现力的形式"[⑥]，贝尔将艺术视为"有意味的形式"[⑦]，斯特拉奇提出传记是"所有写作艺术中最精致和最人性的分支"[⑧]，伍尔夫将文学视为"表现生命的艺术形式"。他们都重视绘画、传记和文学的艺术性，这正是他们的创新力之所在。

---

① Strachey, L. *Eminent Victorians*. London: Penguin Books, 1986, p. 10.

② Fry, R. Expression and representation in the graphic arts. In Reed, C. (ed.). *A Roger Fry Reader*. Chicago: The University of Chicago Press, 1996, p. 64.

③ Bell, C. *Art*. North Charleston: Create Space Independent Publishing, 2012, p. 3.

④ Woolf, V. *Granite and Rainbow: Essays*. London: Harcourt Brace Jovanovich, Inc., 1958, p. 141.

⑤ Bell, C. *Art*. North Charleston: Create Space Independent Publishing, 2012, p. 3.

⑥ Fry, R. Post impressionism. In Reed, C. (ed.). *A Roger Fry Reader*. Chicago: The University of Chicago Press, 1996, pp. 109-110.

⑦ Bell, C. *Art*. North Charleston: Create Space Independent Publishing, 2012, p. 3.

⑧ Strachey, L. *Eminent Victorians*. London: Penguin Books, 1986, p. 10.

(3)强调艺术的超越性。弗莱、斯特拉奇、伍尔夫的定义中均包含“以生命本身为目的”的意蕴,贝尔强调以“意味”的表达为目的,他们都将文艺从现实中剥离出来,给文艺以参悟生命精神的力量。

六、提出“简约形式说”

像弗莱和贝尔一样,斯特拉奇在阐明传记的生命本质的同时,论析了“形式”的本质和内涵,提出了“简约形式说”。他在《维多利亚名人传》的前言中,从两个方面对“形式”做出界定:

> 取舍是历史写作的首要条件——有取舍,就会进行简化和分类,就会去芜存菁,获得最高超的技艺都无法达到的祥和宁静的完美……历史探索者要描写一个时代,采用一丝不苟的正面详述并非良策。如果他是一个明智的人,就会采用巧妙的策略。他会从意想不到的地方突袭他的目标,击其侧翼,或攻其后背;他会将探索之光出其不意地照射在未经勘察的幽暗之处。他会泛舟在辽阔的材料的海洋上,时而放下一只小桶,从深海中取出有代表性的样本,放到日光下好奇地细细考察。以上这些考虑,就是撰写本书的指导方针。我试图通过传记的方式,将几幅维多利亚的图景放到现代人的眼前……我的目的是:只做展示,不做解释。①
>
> 传记家的首要职责是要保持简约,适度的简约,多余的材料一律剔除,重要的材料一个不少。其次,传记家须保持精神自由,这也是同样重要的职责。他的本职工作不是去恭维,而是依照自己的理解来呈现事实。这也是本书的写作原则,依照自己的理解呈现事实,不带感情、客观公正、不带私心。②

在这里,斯特拉奇阐释了他为传记“形式”创新提出的三大特性。

(1)简约性:简约性是斯特拉奇为传记的“形式”所确立的第一原则。简约的“目标”是去芜存菁,不仅实现形式的和谐完美,而且表现传记作品的本质“意味”;简约的途径和方法是材料的“取舍”。

(2)精神自由:精神自由既体现在视角和选材的出其不意和深入揭示“未经勘察的幽暗”的心理上,也体现在以自己的理解公正而客观地呈现事实上,不会漂浮在恭维和赞美的表面上。

(3)历史与生命的交融性:传记既要突破单纯记载事件的局限性,深入呈现人物心理和时代精神;又要突破单纯记录生平事迹的局限性,深入表现人物与历史之间

---

① Strachey, L. *Eminent Victorians*. London: Penguin Books, 1986, p. 9.

② Strachey, L. *Eminent Victorians*. London: Penguin Books, 1986, p. 10.

的交互影响关系。

斯特拉奇的"简约性""精神自由"和"历史与生命交融性"突破了传统传记的形式局限性,体现出与弗莱、贝尔、伍尔夫的形式主义美学思想的共通性。它与弗莱的"形式"三层内涵,即"表现统一性与意蕴统一性""意味与表现力合一""形神合一"的共通性在于:均体现物我合一、意在笔先、超然物外的艺术境界。它与贝尔的"形式"四大原则——"有意味的形式"、物与心交、创造形式、表现"物自体",以及"形式"两大技法"简洁"和"构图"的相通性在于:均突出了"超越物象,物我合一,创造形式,表现本质"的旨趣,其中"简约性"和"精神自由"与"简洁"和"构图"两大技法之间构成直接对应关系。它与伍尔夫的文学形式五大特性,即"形神合一、物我合一、情景交融、非个性化、生命本真"的相通性在于:都强调结构与意蕴的统一、意味与表现的统一、物与心的统一、神与形的统一。

【结语】基于相同的思想背景和同一个学术文化圈,斯特拉奇与弗莱、贝尔、伍尔夫以相同的思想路径,创建了相通的艺术论和形式论,在传记、绘画和文学三个领域共同创建了艺术本质的情感说和表现论,为英国传记的创新和发展立下汗马功劳。

第三节　有意味的形式:《维多利亚名人传》的伦理选择与人性品德

利顿·斯特拉奇的传记《维多利亚名人传》构思和创作于1912—1918年,是一部诞生于第一次世界大战的炮火之中的传记作品。斯特拉奇融历史、传记、伦理和文学于一体,用"伦理选择"的利剑削去欧洲传统传记臃肿冗长的生平事迹,其剑锋直指英国维多利亚名人的人性善恶,旨在揭示导致欧洲文明陷入战火的人性因素。他这一部传记的主导特性可以概括为:基于"伦理选择"之上的"人性品德"的艺术塑形。

学界对斯特拉奇的《维多利亚名人传》的评论莫衷一是。一方面新锐批评家们盛赞它的形式创新,比如英国著名小说家弗吉尼亚·伍尔夫赞赏他缩减篇幅,改变视角,"保持传记家本人的创作自由和独立判断力……他选择,他综合。一句话,他不再是记事者,他已经成为艺术家"①。英国传记家哈罗德·尼科尔森认为,斯特拉

① Woolf, V. *Granite and Rainbow: Essays*. London: Harcourt Brace Jovanovich, Inc., 1958, p. 152.

奇的价值在于用传记塑造了人的精神。[①]法国著名传记家安德烈·莫洛亚认为,斯特拉奇的传记的最大特性是,兼具艺术性和历史性。[②]批评家 F. L. 卢卡斯指出,斯特拉奇在传记形式上展现了篇幅合适、选材明智、风格优雅、人物鲜活等特性。[③]传记理论家艾拉·布鲁斯·奈德尔则赞誉斯特拉奇在隐喻运用上的精妙性。[④]另一方面,老派批评家质疑它欠缺对历史事实的尊重[⑤],认为斯特拉奇的失败在于,“太重视艺术,太轻视历史”[⑥]。

无论是赞赏还是批判,批评家的争论均聚焦于斯特拉奇传记的历史性、艺术性和真实性上。赞赏者认为,斯特拉奇通过自由选择传主的生平材料,使传记兼具历史性、艺术性和真实性;批判者认为,他的自由选材使传记丢失了历史性和真实性。但双方并未详尽分析和阐明斯特拉奇自由选材的方式和目的,因而结论缺乏说服力。而这正是充分理解斯特拉奇的创新性的关键之所在。

本节的目标是深入探讨三个主要问题:(1)斯特拉奇通过选材建构了怎样的传记新形式?(2)他建构新形式的缘由是什么?(3)他的新形式表现了怎样的人性品德?

一、以“重要历史事件中的伦理选择”为形式结构

斯特拉奇在《维多利亚名人传》中为英国维多利亚时期宗教界、医疗界、教育界和军界的四位名人作传,他们分别是:枢机主教曼宁(Cardinal Manning)、女护士弗罗伦丝·南丁格尔(Florence Nightingale)、教育权威托马斯·阿诺德(Thomas Arnold)和戈登将军(General Gordon)。斯特拉奇在四则小传中通过自由选材,突破传统传记冗长的生平事迹详写,创立一种全新模式:以“重要历史事件”为节点,多节点串联,凸显传主的“伦理选择”,以此构建传主的“人生轨迹”。也就是说,传主的人生轨迹具有双重性,其外在框架是“重要历史事件”的串联,其内在核心是传主在历史事件中的“伦理选择”,体现“历史和人融合为一,以人为主导”的形式结构。

这里有两个关键词:“重要历史事件”和“伦理选择”。毋庸置疑,“重要历史事件”指称英国维多利亚时期具有重大影响力的历史事件。“伦理选择”是伦理学的重

---

① Nicolson, H. *The Development of English Biography*. London: Hogarth Press, 1927, p. 150.

② Maurois, A. *Aspects of Biography*. Cambridge: Cambridge University Press, 1929, pp. 7-8.

③ 转引自 Sanders, C. R. *Lytton Strachey: His Mind and Art*. New Haven: Yale University Press, 1957, p. 349.

④ Nadel, I. B. *Biography: Fiction, Fact and Form*. London: The Macmillan Press Ltd., 1984, pp. 160-164.

⑤ Gosse, E. *Some Diversions of a Man of Letters*. New York: Scribner's, 1919, pp. 313-336.

⑥ Gersh, G. Lytton Strachey: Pathfinder in biography. *Modern Age*, 1967 (4), p. 399.

要术语。依据文学伦理学批评理论，伦理从本质上说，就是“人对善恶的分辨”①。“伦理选择”包含两层内涵：“一方面，伦理选择指的是人的道德选择，即通过选择达到道德成熟和完善；另一方面，伦理选择指对两个或两个以上的道德选项的选择，选择不同则结果不同，因此不同选择有不同的伦理价值。”②也就是说，伦理选择是在分辨善恶的基础上所做的抉择，其选项能昭示人的道德品格。斯特拉奇在传记中充分披露传主在“重要历史事件”中的“伦理选择”，其目的在于昭示传主的品德。

在曼宁传记中，斯特拉奇建构了“传主在重要宗教事件中的伦理选择”的结构。他在传记的开篇声称，他旨在揭示曼宁的“神职生涯所昭示的时代精神，以及他的内心史所反映的心理问题”③。也就是说，曼宁传记中交织着“历史”和“心灵”两条线：一条是曼宁在维多利亚时期宗教事件中的所作所为所构建的人生轨迹，另一条是曼宁的伦理抉择所昭示的人性品德。前者建构起作品的形式，后者揭示传主的人格。传记分 10 小节，除了第 1 和第 10 小节简述曼宁初入宗教界阶段和暮年生涯之外，中间 8 小节均聚焦维多利亚时期的重要宗教事件：

牛津运动(上)——牛津运动(下)——哥拉姆事件——任命威斯敏斯特大主教——任命牛津大学奥拉托修会主持——“教皇永无谬误”辩论——曼宁被任命为枢机主教——纽曼被任命为枢机主教的风波。

这 8 小节，一方面全景勾勒曼宁步步高升，最终成为呼风唤雨的神职强人的人生轨迹，另一方面深入展现他内心的挣扎与彷徨。在这些宗教事件中，曼宁经历了利益与信仰、利益与圣洁、利益与知性、利益与人性之间的“伦理选择”，最终凸显了他“以利为本”的人格特性。

在女护士南丁格尔传记中，斯特拉奇建构了“传主在重要医疗改革事件中的伦理选择”的结构。他在传记的开篇声称，南丁格尔的公众形象通常是“一位圣人般自我牺牲的女人，一位舍弃舒适生活致力于救助苦难的大家闺秀，一位在斯库塔里医院的惊恐现场用自己的善良光芒照亮临终士兵病榻的‘执灯女士’”，但是真实的南丁格尔“比传说中的那个更有趣，尽管可能不那么和蔼可亲”④。传记共 5 小节，主要表现了她在“克里米亚战争——军队医疗改革”两大历史事件中的伦理选择。南丁格尔在这些历史事件中经历了人性与利益、人性与真理之间的伦理选择，显现了“以善为本”的人格特性。

在教育权威托马斯·阿诺德传记中，斯特拉奇建构了“传主在教育改革事件中

① 聂珍钊：《文学伦理学批评导论》，北京：北京大学出版社，2014 年，第 254 页。

② 聂珍钊：《文学伦理学批评导论》，北京：北京大学出版社，2014 年，第 267 页。

③ Strachey, L. *Eminent Victorians*. London: Penguin Books, 1986, p. 13.

④ Strachey, L. *Eminent Victorians*. London: Penguin Books, 1986, p. 111.

的伦理选择”的结构。传记重点展现了阿诺德在“拉格比公学教育改革”事件中的伦理选择。传记很短，没有分节，聚焦阿诺德在德性和智性之间的伦理选择，凸显了他“以德为本”的人格特性。

在查尔斯·乔治·戈登将军传记中，斯特拉奇建构了“传主在殖民地战争中的伦理选择”的结构。他在传记开篇声称，廓清戈登将军的悲剧极其重要，因为“它不仅是政治和历史的事件，而且体现了人性和戏剧性”[①]。传记重点叙述了戈登作为“苏丹总督”在“喀土穆围城之战”中坚守城池直至被起义军杀死的过程，聚焦戈登在人性和利益之间的伦理选择，凸显了他“以善为本”的人格特性。

二、以“重要历史事件中的伦理选择”为形式的缘由

斯特拉奇之所以采用“重要历史事件中的伦理选择”的形式结构，是因为他具有独特的创作意图和原创的传记观，另外他受到乔治·摩尔的伦理学思想的影响和罗杰·弗莱、克莱夫·贝尔的形式主义思想的影响。这四大缘由说明如下。

1. 斯特拉奇的创作意图是反战

他于1912年秋天开始构思此书，原书名为《维多利亚时代剪影》，他计划撰写一部高度浓缩的传记，包括12位维多利亚名人，部分给予赞美(比如达尔文、米勒)，部分给予讽刺性披露(比如曼宁)。1914年第一次世界大战爆发，他作为第一次世界大战著名的反战人士，决心用这部传记“细察和讥讽维多利亚名人的傲慢虚伪，他相信正是这种人品导致文明走向大屠杀”[②]，而“伦理选择”正是昭示人的善恶的最佳方式。

2. 全新的传记创作观

斯特拉奇建立了全新的传记创作观，并在此传记“前言”中给予明晰的阐述。这部传记实质上就是他的新传记理论的实践性产物。

他批判了传统传记的三大弊病：(1)以生平模仿为本质，传主的生平事迹繁复冗长，缺乏取舍；(2)以歌功颂德为宗旨，缺乏对传主完整人格的表现；(3)文风粗制滥造，缺乏艺术形式和审美意味。为了突破传统传记的痼疾，他提出了新的传记立场，给予传记全新的定义：“人，多么重要，怎能仅仅被当作历史的表征。人的价值不依存于任何短暂的历史进程，它是永恒的，必须以体验其本身为目的……写出一部好的传记，就像度过一个好的人生那么艰难。”[③]在这里，斯特拉奇阐明了传记本质的生

---

① Strachey, L. *Eminent Victorians*. London: Penguin Books, 1986, p. 190.

② Holroyd, M. Introduction. In Strachey, L. *Eminent Victorians*. London: Penguin Books, 1986, p. viii.

③ Strachey, L. *Eminent Victorians*. London: Penguin Books, 1986, p. 10.

命性和艺术性:(1)传记应超越于历史和现实之上,以人性书写为终极目标;(2)传记是一种艺术,具有精致的布局和精美的文字。

为实现传记的生命性和艺术性,斯特拉奇对传记的"形式"做了全新的规定:"传记家的首要职责是要保持简约,适度的简约,多余的材料一律剔除,重要的材料一个不少。其次,传记家须保持精神自由……他的本职工作不是去恭维,而是依照自己的理解来呈现事实……不带感情、客观公正、不带私心。"[①]也就是说,斯特拉奇提出了"新传记"的两大形式特性:(1)简约性——通过取舍材料,凸显传主的生命精神和传记作品的美的形式。(2)精神自由——以传记家的精神自由取舍材料,谋篇布局;以传记家的生命理解,阐明传主的生命精神。

基于上述的传统批判、本质界定和形式建构,斯特拉奇在自己的第一部传记《维多利亚名人传》中,将传记本质的生命性和艺术性,传记形式的简约性和精神自由性,全都聚焦到"伦理选择"上,为表现"人性品德"找到了绝妙的契合点。

3. 摩尔伦理学思想的影响

斯特拉奇深受剑桥大学教授乔治·摩尔的《伦理学原理》(1903)的影响,并在传记创作中将摩尔的伦理学思想具化为传主的"伦理选择"及其品德表现。

斯特拉奇是在剑桥大学读书期间阅读摩尔的《伦理学原理》的,他深深地折服于摩尔的伦理观,"他将摩尔看成另一个柏拉图,将他的《伦理学原理》看作新的、更好的《会饮篇》"[②]。斯特拉奇写信给摩尔本人,赞扬摩尔"破除并粉碎了从亚里士多德和基督耶稣到赫伯特·斯宾塞和伯莱德里的伦理学,不仅为伦理学建构了真正的基础……而且建立了一种方法,它在字里行间像利剑一样闪烁。这部著作第一次有意识地将科学方法运用于论证……我将 1903 年 10 月[③]视为理性时代的到来"[④]。

斯特拉奇赞同摩尔对形而上学伦理学和自由主义伦理学的批判,高度认同摩尔对伦理学所做的全新定义。摩尔认为,伦理学着重探讨"什么是善和什么是恶"[⑤]这一核心问题,而"'善'是不能下定义的"[⑥],确立"善"的过程实质是一种选择的过程,"实践伦理学最多只能希望发现:在某些条件下的少数可能的选择之中,哪个选择整体说来会产生最好的结果"[⑦]。这些观点给予斯特拉奇极大的启发,诚如传记家迈克·霍尔洛伊德指出的,"正是《伦理学原理》激发了斯特拉奇的《维多利亚名人传》

---

① Strachey, L. *Eminent Victorians*. London: Penguin Books, 1986, p. 10.

② Holroyd, M. *Lytton Strachey*. London: Chatto & Windus Ltd., 1995, p. 89.

③ 摩尔《伦理学原理》的出版日期。

④ Holroyd, M. *Lytton Strachey*. London: Chatto & Windus Ltd., 1995, pp. 89-90.

⑤ 摩尔:《伦理学原理》,长河译,上海:上海人民出版社,2005 年,第 8 页。

⑥ 摩尔:《伦理学原理》,长河译,上海:上海人民出版社,2005 年,第 13 页。

⑦ 摩尔:《伦理学原理》,长河译,上海:上海人民出版社,2005 年,第 142 页。

创作”[①],以“伦理选择”作为作品的主线,是斯特拉奇的必然选择,《维多利亚名人传》自始至终闪烁着摩尔的伦理学思想的光芒。

4. 弗莱和贝尔的形式主义美学思想的影响

斯特拉奇深受他置身于其中的布鲁姆斯伯里文化圈中的罗杰·弗莱和克莱夫·贝尔的形式主义美学思想的影响。

斯特拉奇1918年提出的“传记观”与弗莱1908年提出的艺术“情感说”和贝尔1913年提出的“有意味的形式”理论,具有思想上的共通性。斯特拉奇的核心观点是:传记表现人的“永恒”,以“体验其本身为目的”[②]。弗莱的核心观点是:“艺术是交流情感的方式,以情感本身为目的”[③]。贝尔的核心观点是:“我把线条和颜色的这些关系和组合,这些审美上动人心扉的形式被称为‘有意味的形式’;‘有意味的形式’就是所有视觉艺术作品的共同属性”[④]。三者的共通性表现在三个方面:(1)强调艺术的生命性;(2)强调艺术的形式性:(3)强调艺术的超越性。详见本章第二节。

斯特拉奇1918年提出的“简约形式说”与弗莱1909年提出的艺术“形式论”和贝尔1913年提出的“形式技法”,在形式建构上具有共通性。斯特拉奇强调传记形式的“简约性”“精神自由”,它与弗莱强调“形式”需保持“表现统一性与意蕴统一性”的共通之处在于,两者均重视物我合一和意在笔先;它与贝尔提出的形式的“简洁”法和“构图”法的相通性在于:两者均突出了创造形式,表现本质的旨趣。

“伦理选择”正是斯特拉奇实现传记的艺术性、生命性和超越性的方式。

“伦理选择”是实现传记的艺术性的表现方式。斯特拉奇特别推崇法国传记家丰特奈尔(Fontenelles)和孔多塞(Condorcets)的传记作品,称赞他们以无与伦比的文风,“将多彩人生浓缩在几页闪光的书写中”[⑤]。他声称,他的传记创作目的是“只做展示,不做解释”[⑥]。他以“伦理选择”为主线的结构形式,打破了传统传记按生平时间实录传主的人生历程的模式,不仅能够将传主的漫长人生浓缩在几个重要时刻之中,凸显传主的人性品德,而且可以用传主的抉择客观展示其人格,无须做出解释。

“伦理选择”是实现传记的生命性的方式,它能最充分地运用传记家的“精神自

---

① Holroyd, M. Introduction. In Strachey, L. *Eminent Victorians*. London: Penguin Books, 1986, p. vii.

② Strachey, L. *Eminent Victorians*. London: Penguin Books, 1986, p. 10.

③ Fry, R. Expression and representation in the graphic arts. In Reed, C. (ed.). *A Roger Fry Reader*. Chicago: The University of Chicago Press, 1996, p. 64.

④ Bell, C. *Art*. North Charleston: Create Space Independent Publishing, 2012, p. 3.

⑤ Strachey, L. *Eminent Victorians*. London: Penguin Books, 1986, p. 10.

⑥ Strachey, L. *Eminent Victorians*. London: Penguin Books, 1986, p. 9.

由"。斯特拉奇坚信,传记的目标是表现"人"本身,而"人的价值不依存于任何短暂的历史进程,它是永恒的",因而"写出一部好的传记,就像度过一个好的人生那么艰难"[①]。也就是说,好的传记是传记家的生命理解与传主的生命理解的交融和契合,这种契合只能通过"精神自由"来实现,以"伦理选择"来客观展现,单纯的材料编辑和组合是永远无法达到这样的精神契合的。

"伦理选择"是实现超越性的方式。斯特拉奇在批判传统传记令人消化不良、粗制滥造、歌功颂德的痼疾之后,指出它的局限在于"既没有取舍,也没有审美距离,更没有谋篇布局"[②]。"伦理选择"是生命理念的取舍,它超越于现实和历史之上,既凸显生命历程中最重要的人格,又略去了不相干的、烦琐的细节,是实现创作简约性、保持创作审美距离的最佳手段。

三、以表现"人性品德"为创作目的

斯特拉奇依据自己的创作意图和创作观,结合摩尔的伦理学思想和弗莱与贝尔的形式主义美学思想,以"重要历史事件中的伦理选择"为结构,深入叙述四位传主的"伦理选择",表现了三种人格特性:曼宁的"以利为本"、南丁格尔与戈登的"以善为本"、阿诺德的"以德为本"。

1. 曼宁"以利为本"的人性品德

曼宁传记所聚焦的英国维多利亚时期 7 项重要宗教事件,分别体现了英国宗教界的教派、教义和教主之争。曼宁的"伦理选择"体现了他"以利为本"的人格品质,在一定程度上与摩尔在《伦理学原则》中所设定的"恶"的三种类型遥相呼应,即:(1)"对本身恶的或丑的事物之享受或赞赏"[③];(2)"对善的事物或美的事物的憎恨"[④];(3)"对恶的痛苦意识"[⑤]。

在教派之争中,曼宁的"以利为本"特性,主要表现在"牛津运动"和"哥拉姆事件"中。19 世纪三四十年代的"牛津运动"是一场由约翰・亨利・纽曼(John Henry Newman)领导的宗教革新运动,旨在为英国国教正本清源。针对"英国国教是不是基督教公教会的一部分"这一刨根问底的问题,牛津大学教授纽曼与教士们查阅了大量史料后,发现不能确证"基督教信仰被完美地包含在英国国教的教条中",同时发现"英国国教处处透露着人类的缺陷,它是革命与妥协的结果,集政治家的权变、

① Strachey, L. *Eminent Victorians*. London: Penguin Books, 1986, p. 10.
② Strachey, L. *Eminent Victorians*. London: Penguin Books, 1986, p. 9.
③ 摩尔:《伦理学原理》,长河译,上海:上海人民出版社,2005 年,第 190 页。
④ 摩尔:《伦理学原理》,长河译,上海:上海人民出版社,2005 年,第 192 页。
⑤ 摩尔:《伦理学原理》,长河译,上海:上海人民出版社,2005 年,第 193 页。

王公贵胄的反复无常、神学家的偏见和国家需求为一体”，是“一件打满补丁的百衲衣”。[①]这样的百衲衣怎能承载基督教信仰的崇高和玄奥？纽曼等基督教徒们决心净化教会，将谬误昭告天下，以抛弃世俗权力，恢复信仰的崇高性。他们讲道，要出版期刊，批判并修正英国国教的教条和惯例。

曼宁时任苏塞克斯教区长，他深受纽曼观点的影响。曼宁抛开英国新教福音派信仰，与纽曼频繁通信，成为牛津运动的积极分子。然而，当牛津运动逐渐滑向罗马天主教，显现出从英国国教中分裂出去的倾向时，曼宁明白它会妨碍自己在英国国教中的职位晋升。他虽然在宗教信念上疑虑重重，却坚决果断地与牛津派断绝往来。为了表明心迹，他特地去牛津大学布道，在牛津运动的大本营高喊“不要天主教”，给纽曼当头一棒。在职位晋升和宗教信念的两难取舍中，曼宁选择了前者，放弃了后者。作为神职人员，曼宁表现出“以利为本”的人性品德。与他的取舍相反，纽曼听从宗教信念的召唤，放弃了他在牛津大学的神职职位，改信罗马天主教，一切从零开始，体现出“以信念为本”的人性品德。

19 世纪 40 年代，在“哥拉姆事件”冲击下，曼宁最终放弃英国国教，改信罗马天主教。“哥拉姆事件”是英国高教派和低教福音派之间的冲突，双方就“婴儿洗礼是否获得重生”发生激烈争辩，最终上诉法院，最后由王室任命的律师团裁定：两种观点均可接受，只要不违背基督教信纲、仪式书和红字礼规就好。这一裁决对曼宁打击很大，它意味着罗马天主教的教义是裁定英国国教信仰的终极权威。牛津运动以来，曼宁的内心一直在痛苦中挣扎。他一方面渴望在英国国教中获得职位晋升，“荣耀、尊崇、地位、与大人物的交往，确实让我感到欣喜，这实在是可耻可鄙的”[②]；另一方面他渴望能忠于自己的信念，“与世俗或教会的王座相比，我宁愿一心侍奉上帝。任何其他东西都不会得到永恒”[③]。他的痛苦实质上是他对自己的“恶”的一种清醒意识，遥相呼应于摩尔所说的“恶”的第三种类型，即“对恶的痛苦意识”[④]。“哥拉姆事件”裁决后不久，他辞去自己在英国国教中的教职，加入了罗马天主教。在职位和信念的艰难选择中，曼宁最终选择了信念，放弃了职位，不过在此期间他曾秘密觐见罗马天主教教皇。这次选择看似“以信念为本”，不过综合考虑他的痛苦意识和他的权谋运作，他对个人“利益”的关注依然十分强烈。

在教主之争中，曼宁“以利为本”的特性十分显眼。教主之争主要体现在“遴选威斯敏斯特大主教”“遴选牛津大学奥拉托修会主持”“纽曼被任命为枢机主教风波”

---

① Strachey, L. *Eminent Victorians*. London: Penguin Books, 1986, p. 24.

② Strachey, L. *Eminent Victorians*. London: Penguin Books, 1986, p. 44.

③ Strachey, L. *Eminent Victorians*. London: Penguin Books, 1986, p. 45.

④ 摩尔：《伦理学原理》，长河译，上海：上海人民出版社，2005 年，第 193 页。

等事件中。斯特拉奇描述了曼宁在加入罗马天主教不到 14 年的时间里，如何通过权谋运作，从一个新人奇迹般晋升为“威斯敏斯特大主教”。其中最关键的环节是曼宁与罗马教皇的私人秘书达成同盟，后者给予他极为重要的助攻。斯特拉奇精彩地描写了私人秘书兼具“狡狯与圣洁”，擅长搬弄是非，奉承拍马；曼宁则使出浑身解数，与私人秘书达成具有深远影响的“同盟”。[①]最终的结果是：原本不在候选人名单上的曼宁最终被任命为威斯敏斯特大主教。在权谋和圣洁之间，曼宁选择了权谋，竭力追逐个人利益；他的品性与摩尔提出的“恶”的第一种类型，即“对本身恶的或丑的事物之享受或赞赏”[②]遥相呼应。

曼宁“以利为本”的品质显著地体现在他担任大主教期间对纽曼的压制行为。曼宁上任大主教后，发现纽曼的巨大影响力和崇高威望对自己是一大威胁，他通过一系列巧妙的权谋运作，阻止并撤销了任命纽曼为“牛津大学奥拉托修会主持”的决定。此后，在“纽曼被任命为枢机主教”的过程中，曼宁故伎重演，想方设法予以阻止。关于曼宁对纽曼的压制，斯特拉奇给予了生动的描写：

> 这是老鹰与鸽子的相会。接下来发生的一切，比曼宁一生中其他任何事情更能清晰地显示他的本性。权力终于到手，他以天生独裁者的贪婪，紧紧抓住不放；独揽大权的欲望，因多年迫不得已的克制和伪装的谦卑，而变得更急不可耐。他是罗马天主教在英国的掌权者，他要使用这权力……20 年来纽曼那卓越而独特的名声一直可恶地萦绕于耳，无法逃避……必须不惜一切代价将他的声音压制下去。[③]

在这里，斯特拉奇将“以利为本”、独揽大权的曼宁比喻为“老鹰”，将“以信念为本”、谦和笃信的纽曼比喻为“鸽子”。“老鹰”对“鸽子”的打击和压制正应和了摩尔所提出的第二种“恶”的类型，即“对善的事物或美的事物的憎恨”[④]。

在教义之争中，曼宁同样体现“以利为本”的特性，主要体现在“教皇永无谬误”辩论、“曼宁被任命为枢机主教”两个事件中。“教皇永无谬误”论是 1870 年在梵蒂冈召开的基督教大会的主要议题，它与现代社会的民主、科学、言论自由等观念背道而驰。但是曼宁这位昔日的牛津大学高才生，却赞同且竭力维护这一教义，因为教皇的权威可以带给他晋升的通途和权力的保障。

> 对于那些暗藏的玄机，没人能像他那样深知其中奥妙，也没人能像他那样

---

① Strachey, L. *Eminent Victorians*. London: Penguin Books, 1986, p. 63.

② 摩尔：《伦理学原理》，长河译，上海：上海人民出版社，2005 年，第 190 页。

③ Strachey, L. *Eminent Victorians*. London: Penguin Books, 1986, p. 76.

④ 摩尔：《伦理学原理》，长河译，上海：上海人民出版社，2005 年，第 192 页。

> 用灵巧手段对此加以有效而谨慎的利用.在每一个关键的场合,他都能说出正确的话,或保持正确的沉默。他的影响如蜘蛛网,伸向四面八方,从教皇的会客厅到英国内阁。①

在"教皇永无谬误"的辩论中,曼宁选择的是利益而不是良知,就如他 1875 年被任命为"枢机主教"之后,他在布道和著述中的很多观点并不真正符合他的心声,更多的只是特定场景中的"正确"观点。

斯特拉奇在曼宁传记中生动地描写了曼宁在教派、教主、教义之争时的伦理选择,揭示了他在利益与信念、权谋与圣洁、利益与良知之间的伦理取向,披露了曼宁"以利为本"的人格特性,也折射出他在重要历史事件中,享受或赞赏某种本身是恶的或丑的事物,憎恨善的或美的事物,以及对恶的痛苦意识。斯特拉奇传记的深刻性就在于:将摩尔的伦理学观点深深地植入传记中。

2.南丁格尔与戈登"以善为本"的人性品德

南丁格尔传记和戈登传记重点聚焦英国维多利亚时期的医疗事件和英属殖民地军事事件,凸显人的生命与国家体制/国家利益孰轻孰重的选择。南丁格尔和戈登均体现以生命为重、竭力与落后的体制/利益相抗衡的取向,表现了"以善为本"的人格特性。在很大程度上,他俩均体现了摩尔对"善"的界定,即"对人的热爱和美的享受包含着我们所能想象的一切最大的、显然最大的善"②。

南丁格尔传记重点聚焦两项历史事件——克里米亚战争和陆军医疗体系改革,它们分别代表英国战地医疗体制和军队医疗体制的改革历程。南丁格尔在整个过程中始终以士兵的生命为重,竭力改革落后体制。

在克里米亚战争中,南丁格尔无私无畏地面对斯库台里战地医院缺医少药、管理混乱的现状,以强硬的姿态建构起有条不紊的医疗秩序,充分体现一位医疗工作者以"救死扶伤"为第一要务的优秀品质,展现摩尔所说的"对人的热爱" ③的大善。战争爆发后,南丁格尔主动请缨,招募护士来到战地医院。面对物资短缺、伙食极差、衣服匮乏、病床不足等无数问题,她一方面向英国当局提建议、打报告,乃至讽刺挖苦,无比坚决地请求政府的支持,"她用最黑暗的笔触描绘笼罩在四周的恐怖景象,毫不留情地扯下遮掩丑陋现实的最后一块面纱,然后提出长达数页的推荐、建议、对机构设置的细微批评、对意外因素的精心估算和对一长串令人喘不过气的数据的详尽分析和统计报告"④;另一方面她夜以继日着手解决各项问题:改造厨房、洗

---

① Strachey, L. *Eminent Victorians*. London: Penguin Books, 1986, p. 87.

② 摩尔:《伦理学原理》,长河译,上海:上海人民出版社,2005 年,第 174 页。

③ 摩尔:《伦理学原理》,长河译,上海:上海人民出版社,2005 年,第 174 页。

④ Strachey, L. *Eminent Victorians*. London: Penguin Books, 1986, p. 127.

衣房，提升餐饮口味，提供衣物被褥，改造病房环境，为伤病员提供阅览室、娱乐室，开设讲座学习班。所有这一切，她都顶着得罪上司与同行的风险，完全不顾及个人利益。

> 让斯库台里医院从混乱中恢复秩序，通过个人渠道解决英军的衣服问题，将自己的权威凌驾于职权重叠、心怀不满的大小官员之上，南丁格尔所依靠的可不是女性的柔情和驯良，而是严谨的手段和严明的纪律，是对细节的苛求，以及她本人无休止的工作和不屈不挠的意志决心。①

正是救死扶伤的善意和绝无私心的奉献，南丁格尔获得了众人的支持和拥护，有序的战地医疗体制终于建立起来了。

> 她待人处事极为老练，刚中有柔，最终以自己的人格力量，将身边那些茫然犹疑的、操劳过度的、沮丧无助的官员们争取了过来。她是狂暴大海中的定海之岩，只有在她的身边才有安全、舒适和生命。于是，希望之光照亮了斯库台里医院，混沌和古老的黑夜放松了它的统治，秩序出现了。常识、远见和决断之光从兵营医院巨大走廊一侧的小房间中照射出来，主管女士正在夜以继日地工作着。②

在"陆军医疗体制"改革中，支撑南丁格尔的依然是强大的"以善为本"的无私精神。从克里米亚战地医院回国后，南丁格尔因过度操劳而毁坏了身体，需要长期休养。她凭借超强意志，在病床上阅读大量资料，以一己之力启动了英国陆军医疗体制改革。她觐见维多利亚女王和艾伯特亲王并获得他们的支持；她声誉极高，拥有大批朋友和仰慕者；她意志坚定、见解独到、经验丰富、无私无畏、持之以恒；最重要的是，她获得了内阁大臣赫伯特的鼎力支持。她与英国陆军部官员们展开了拉锯战、攻坚战和推进战，终于促使陆军部启动军队医疗状况调查工作，而她的奉献是撰写长达 800 页的医疗管理《意见书》《报告书》等，为英国政府改革军队医疗体系提供良策。她态度强硬，完全不顾及体制改革过程中巨大的人事压力和工作量，最终改革虽然取得了进展，而内阁大臣赫伯特却因为过重的压力和过度的劳累而去世，她的工作人员也相继逃离。

> 当一股强大的精神激流裹挟着一股稍弱的精神冲向毁灭时，最好不要对此做常规的道德评判。如果南丁格尔不是那么冷酷，锡德尼·赫伯特就不会死，然而那样的话她也就不是南丁格尔了。创造的力量同时也是毁灭的力量。一

① Strachey, L. *Eminent Victorians*. London: Penguin Books, 1986, p. 126.

② Strachey, L. *Eminent Victorians*. London: Penguin Books, 1986, p. 122.

切都要怪她生命中的魔鬼。[①]

南丁格尔唯一的目的是改革医疗体制，为生病的士兵争取良好的医疗环境，绝无半点私心。她的伦理选择始终是明确的，那就是，以拯救生命为目标，去奉献自己，去改造缺陷，去创建新体制，为此她愿意牺牲自己和自己的团队。晚年，她著书立说，撰写了三大卷《为英国匠人追求真理所提的建议》(1860)，所涉主题包括对上帝的信仰、创世计划、恶的源头、未来生命、必然和自由意志、法律、道德的本质等。其观点均由心而发，真心诚意，被认为对头脑紊乱之人具有强大的疗效。

总之，斯特拉奇勾勒出一个有个性、愿奉献、无私心、极专一的南丁格尔的形象："她的美德一直与强硬并行不悖，在全心全意为人们服务的同时，她的嘴唇上始终挂着一抹冷笑。"[②]她所体现的就是摩尔所推崇的"对人的热爱和美的享受"[③]的大善。如果用老子对"善"的论述来衡量南丁格尔，"上善若水，水善利万物而不争，处众人之所恶，故几于'道'"[④]，她同样无愧于"以善为本"的美誉，因为她从未为自己争取个人利益，她所有的抗争都是为了大众的利益，她甘愿始终处于鞠躬尽瘁的工作境地。

戈登传记重点聚焦戈登作为苏丹总督，在"喀土穆围城之战"中，为保护全城军民，恪守职责，最终因得不到援救而被叛军杀害的历史事件，表现了戈登在人性和利益之间的伦理选择，凸显其"以善为本"的人格特性。传记大致可以分为两个部分：(1)戈登在多个国家和地区参与战事或从事管理工作的概况；(2)喀土穆围城之战。

戈登传记的概况部分重在展现他的个性能力、宗教信仰和工作态度。他天性善良，心高气傲，强悍善战，无私无畏，吃苦耐劳，敬业尽责，笃信基督教。这些品性表现在他军校学习、参与克里米亚战争、出任苏丹总督等诸多经历中。他心地善良，不断访问贫民区，给饥饿的人们送食物，照顾流浪儿。他笃信基督教，反复研读《圣经》，形成了自发的信念，即"只有远离尘世的欲望和诱惑，将自己全身心地托付给内在圣灵的人，才能正确地服务上帝的意志，成为义人；灵魂亘古长存，与天地同在，肉体只是短暂寄居的皮囊；尘世只是虚空，身体是尘与灰"[⑤]。他强悍善战，在战事和管理工作中，"他不是一个单纯的淡泊无为的寂静者，他是一名英国绅士，一个军人，一个精力充沛、敢于行动、热爱冒险、有勇有谋的男子汉，他是一名有激情、有主见、果断而充满霸气的领导者"[⑥]。戈登"生命中最根本的动力是他的抱负——不为钱财不

---

① Strachey, L. *Eminent Victorians*. London: Penguin Books, 1986, p. 149.
② Strachey, L. *Eminent Victorians*. London: Penguin Books, 1986, p. 160.
③ 摩尔：《伦理学原理》，长河译，上海：上海人民出版社，2005 年，第 174 页。
④ 老子：《老子》，韦利英译，陈鼓应今译，傅惠生校注，长沙：湖南人民出版社，1999 年，第 16 页。
⑤ Strachey, L. *Eminent Victorians*. London: Penguin Books, 1986, pp. 198-199.
⑥ Strachey, L. *Eminent Victorians*. London: Penguin Books, 1986, p. 199.

为地位,而是为声誉和影响力,为了影响大众,为了提升生命的质量”[①]。

“喀土穆围城之战”详尽展现了戈登“以善为本”的品德。1882年,苏丹爆发波及全国的宗教起义,首都喀土穆市局势危急,英国政府任命戈登将军为苏丹总督,负责撤离驻守英军。戈登进入喀土穆后,却决心结集城内官兵,拯救全城军民。他坚信“他是总督,他是苏丹的王。他来到了人民当中——他自己的人民!他只对人民负责——对他们,还有上帝。他会任由自己的民众不经一战就落入残暴的欺世盗名者的魔爪吗?绝不!他来这儿就是为了防止这一切的发生”[②]。他在城内实施了一系列改革,构筑坚固的防御工事。喀土穆城很快便陷入绝境,联系的通道被切断了,城内的存粮只够用五六个月。当时的英国首相格莱斯顿拒不出兵援救,虽然他知道“戈登将军与后方的联络被切断,他被包围了,他危在旦夕,他需要援救!必须派遣一支英军,为戈登将军解围……尽管舆论哗然,民情鼎沸,举国上下,包括女王本人都声明戈登将军的安危事关民族的荣誉,格莱斯顿却始终不为所动”[③],因为他看到的是战争所带来的杀戮和死亡,他觉得戈登将军的退路依然通畅,可以自己回国,不需要派遣远征军去救他。巴林爵士努力协调政府与戈登之间的分歧,但一筹莫展:格莱斯顿坚决不派遣援军,而戈登声称,丢下他的人民是极其卑鄙的行径,他绝不这样做。最后在公正而务实的哈尔丁顿勋爵的不懈努力下,政府终于在喀土穆围城6个月后派遣了远征军,而远征军历尽艰辛4个月后终于到达喀土穆时,该城已经被起义军攻陷,戈登也被杀了。在近11个月的守城期间,戈登一开始努力向政府求助,当局势变得危险时,他将唯一的逃离机会给了他的部下将领和英法领事,他在最后的日记中依然郑重声明:

> 我不会离开苏丹,除非每一个想走的人都有机会离开,除非建立一个政府,接过我的责任;因此,政府如果派遣人或信函命令我北上,恕难从命。我将留在此地,与城池共存亡,一切风险都不在话下。[④]

戈登心中始终惦记的是城中民众的安危,他要尽到一个总督应尽的职责,即便为此付出生命也在所不辞。他奉献的是大善。斯特拉奇在传记中,特地将戈登的人格与格莱斯顿、巴林和哈尔丁顿的人格相比照,以彰显他“以善为本”的品性。

无论是概述还是详述,戈登的品性都充分体现了“对人的热爱”这一摩尔伦理学中的“大善”。

---

① Strachey, L. *Eminent Victorians*. London: Penguin Books, 1986, p. 200.
② Strachey, L. *Eminent Victorians*. London: Penguin Books, 1986, p. 230.
③ Strachey, L. *Eminent Victorians*. London: Penguin Books, 1986, p. 236.
④ Strachey, L. *Eminent Victorians*. London: Penguin Books, 1986, p. 253.

3. 阿诺德“以德为本”的人性品德

阿诺德传记聚焦“拉格比公学教育改革”这一历史事件，表现阿诺德后半生在公学改革中，在德性和智性之间的伦理选择，凸显了“以德为本”的人格特性，与摩尔《伦理学原理》中具有内在价值的“德性”相呼应。

阿诺德“以德为本”的理念充分体现在他对公学的改革上，在道德与知识的取舍中，他忠于道德。他之所以被任命为拉格比公学校长，是因为校董们相信他将“使全英国公学教育的面貌焕然一新”[①]。也就是说，教育改革是阿诺德的使命。面对人们期待公学改革中课程改革与道德提升齐头并进的想法，阿诺德坚信，“培养学生的人品道德”是拉格比公学改革的最重要的目标，他认为改革要追寻的，“首先是宗教与道德原则，其次是绅士的品行，再次是知性能力”[②]。基于这一目标，他从《旧约》中寻找方式，在学校建立起神权政体，让高年级学生管理低年级学生，而将他自己置于崇高威严、遥不可及的高处，用祈祷、祷告、布道和劝诫来施与学生宗教和道德的神力。因而，他的教育体系的核心是学校中的教堂，在那里，他的道德传颂达到极致：

> 在那里，阿诺德博士带着他全部的庄严和热情出场了。当初升的太阳照在300个学生刚洗干净的脸上，或在黄昏摇曳的烛光中，他庄重的形象，他忘我的祈祷或激昂的劝诫，是全场的焦点。礼拜仪式的每一个步骤，都在他的声音、姿态、神情中得到至高的表达。[③]

在这一刻，他与宗教和道德合一，成为它们的化身。他深深地沉浸其中，不仅给学生布道劝诫，而且出版刊物，撰写鸿篇巨制，深刻阐明他的宗教和道德思想。他改革的主要成就是，“在教育体制中引入道德和宗教因素，彻底改变了公学生活的氛围”[④]。但对于公学的课程改革，他“不但没有改革，反而有意坚守古老传统。他毫不犹豫地延续了根植于中世纪，在文艺复兴时期被接受被强化的修道院式文学教学理念……专注于讲授希腊和拉丁文法”[⑤]。

他“以德为本”的特性同样体现在他的人性品德中，在道德和利益的取舍中，他始终忠于道德，毫无私利。他毕业于牛津大学，能力出众；笃信基督教；结婚生子，家庭幸福；个性热情、待人真诚。在拉格比公学管理中，他工作目标明确，坚定自信；在祈祷时，他庄重激昂，立意崇高；著述时勤勉不息，著作等身；作为父亲他慈爱有加，

---

① Strachey, L. *Eminent Victorians*. London: Penguin Books, 1986, p. 163.

② Strachey, L. *Eminent Victorians*. London: Penguin Books, 1986, p. 167.

③ Strachey, L. *Eminent Victorians*. London: Penguin Books, 1986, p. 172.

④ Strachey, L. *Eminent Victorians*. London: Penguin Books, 1986, p. 187.

⑤ Strachey, L. *Eminent Victorians*. London: Penguin Books, 1986, pp. 186-187.

亲切随和;他对待学生,严肃而宽容。总而言之,他的信仰与言行始终合一,赢得公众、同行和学生对他的崇敬和敬佩,是典型的有德之人。

他的品格与摩尔所论述的有内在价值的"德性"呼应,即:"德性是这样一种气质,它对一切行为真正好的结果具有爱好的情感,而对真正坏的结果具有憎恶的情感,并被这种情感所触动,那么德性是具有某种内在价值的。"[①]阿诺德始终关注学生的宗教信仰和道德思想的提升,并以身作则,以忘我的祈祷和崇高的言行感染和陶冶学生,憎恶坏的结果,即便它是现代知识,所体现的是"作为手段的善"[②],也就是说,在一种社会状态之下是德性的东西,在另一种社会的状态之下不一定是德性。

【结语】斯特拉奇以"重要历史事件中的伦理选择"为传记结构,表现了四位传主的三种人性品德,即以利为本、以善为本和以德为本,不仅成功实现了揭示人性的创作意图,而且首创传记的"有意味的形式"。他以简约的方式,将历史、传记、伦理、文学融合为一体,充分运用传记家的"自由精神",酣畅淋漓地表现了传主的精神内蕴,无愧于"新传记"创始人的称号。

第四节　形神合一:《维多利亚女王传》的女王风范与人格品性合一

《维多利亚女王传》(1921)是利顿·斯特拉奇的第二部传记,它构思和创作于1917—1921年,是一部史料扎实、形式精湛的传记。斯特拉奇在史料研读上投入的时间2倍于写作的时间,他主要的创作地点是"伦敦图书馆和大英博物馆的阅览室"[③],传记附录中列出了近80种参考书目,其中多部参考著作含2卷至8卷不等,其研究之认真和阅读之广泛令人赞叹。斯特拉奇融历史、政治、传记、伦理和文学于一体,用"帝王风范与人格品性"合一的利剑削去传统传记的臃肿冗长,如弗吉尼亚·伍尔夫所言,他写出了"英国人心目中的真正的维多利亚女王"[④]。

英国学界对斯特拉奇的《维多利亚女王传》的评论总体是肯定的,其形式与神韵都获得了赞美。著作一出版,《泰晤士报·文学副刊》(*The Times Literary*

① 摩尔:《伦理学原理》,长河译,上海:上海人民出版社,2005年,第12页。

② 摩尔:《伦理学原理》,长河译,上海:上海人民出版社,2005年,第160页。

③ Holroyd, M. *Lytton Strachey*. London: Chatto & Windus Ltd., 1995, p.441.

④ Woolf, V. *The Death of the Moth*. New York: Harcourt Brace Jovanovich, Inc., 1970, pp.190.

Supplement, April 7)立即发表书评,赞扬斯特拉奇写出了“有血有肉”的维多利亚女王,塑造了“富有原创性”[①]的艾伯特亲王形象。英国传记家哈罗德·尼科尔森在专著《英国传记发展史》(1927)中对斯特拉奇的史料取舍、形式建构、客观态度、精致平衡、温和反讽、自如风格、知性想象力、人格刻画等予以全面赞赏。[②]弗吉尼亚·伍尔夫认为,斯特拉奇这部传记可以与英国历史上最伟大的传记家鲍斯威尔的作品相媲美。[③] 法国传记家安德烈·莫洛亚认为,这部传记的最大优点在于它明智地描绘了“个人形象而不是巨大的历史画卷”[④]。罗杰·弗莱写信给斯特拉奇,称赞他“发现了一种新的形式,在描写芸芸众生和官方生活的基本而普遍的荒诞性的同时,没有丢失它的感染力……这是真正的视角”[⑤]。大卫·塞西尔盛赞它是一部“传记典范”,兼具戏剧性、画面性与阐释性[⑥]。当然,质疑声也存在,有批评家认为,传记聚焦于维多利亚女王和艾伯特亲王的性格上,是无聊而琐碎的,因为“斯特拉奇将历史问题看成了个人行为和个人怪癖”[⑦]。

不过,这些评论大都是笼统的,批评家并没有对传记的形式和意蕴做深入分析。而斯特拉奇遵照自己设定的“表现人性”的传记定位,“人,多么重要,怎能仅仅被当作历史的表征。人的价值不依存于任何短暂的历史进程,它是永恒的,必须以体验其本身为目的”[⑧],充分实践了“简约性”和“精神自由性”[⑨]两大创作原则,通过史料取舍,谋篇布局,以独特艺术形式表现了女王形象。

斯特拉奇究竟创建了怎样的形式,表现了怎样的意味,这正是本节要分析的两个问题。

一、形式:以“执政时期”为经,“众星拱月”为纬,映照女王风范

斯特拉奇为《维多利亚女王传》设计了经纬相辅的精致形式。“经”记录了女王的人生轨迹,主要由她本人作为女王的“执政时期”和英国维多利亚时期重要首相的

---

① Sanders, C. R. *Lytton Strachey: His Mind and Art*. New Haven: Yale University Press, 1957, p. 226.

② Nicolson, H. *The Development of English Biography*. London: Hogarth Press, 1927, pp. 148-150.

③ Woolf, V. *The Death of the Moth*. New York: Harcourt Brace Jovanovich, Inc., 1970, pp. 190.

④ Maurois, A. *Aspects of Biography*. Cambridge: Cambridge University Press, 1929, pp. 97.

⑤ Holroyd, M. *Lytton Strachey*. London: Chatto & Windus Ltd., 1995, p. 490.

⑥ Kallich, M. Lytton Strachey: An annotated bibliography of writings about him. *English Literature in Transition, 1880—1920*, 1962, 5 (3), p. 14.

⑦ Holroyd, M. *Lytton Strachey*. London: Chatto & Windus Ltd., 1995, p. 496.

⑧ Strachey, L. *Eminent Victorians*. London: Penguin Books, 1986, p. 10.

⑨ Strachey, L. *Eminent Victorians*. London: Penguin Books, 1986, p. 10.

“执政时期”交叠而成。“纬”展现女王在每一个“执政时期”的风范与品德，展现以女王为核心的执政圈、生活圈，将女王的形象以“众星拱月”的形式凸显出来。

这一以“人际关系”为主线的形式，不同于斯特拉奇第一部传记《维多利亚名人传》以“历史事件”为主线的结构，也不同于传统传记以“生平事迹”为主线的形式。斯特拉奇创建这一形式是为了实践他本人提出的“简约性”和“精神自由性”法则，充分而深入地展现女王的人格。在阅读女王的史料的过程中，斯特拉奇遇到的最大问题是：女王的经历太丰富了。他在创作期间曾写信给弗吉尼亚·伍尔夫的姐姐瓦妮莎·贝尔说：维多利亚女王“是一个很好的选题，但是她的经历之丰富，令人惊叹”①。维多利亚女王 1837—1901 年在位，在 64 年的女王生涯中，经历了繁杂的政治、文化、外交、社会、军事、宗教事件。若想从中拉出一条“历史事件”主线，史料取舍相当困难，难免顾此失彼，而且作为女王，她并不会深入卷入这些事件，很难深入她的内心世界；若以她个人的“生平事迹”为主线，浩瀚无边的史料必然使传记烦琐冗长，重新回到传统传记的老路。最关键的是，这两种形式都不能鲜明、生动且深刻地展现女王的执政理念和人格魅力。

斯特拉奇在大英博物馆借阅维多利亚时期皇室工作人员查尔斯·格瑞维尔的 91 小卷日记原稿时，发现里面记录了他“对维多利亚女王的言行和个性的思考”②，或许这些日记给了斯特拉奇启迪。他随后写信给朋友说，他最近重点关注女王在位初期对托里党的态度等。最终，他将传记的重心落在“女王对首相、党派、历史事件的态度”和“首相、皇室亲属、工作人员对女王的印象”上。因此《维多利亚女王传》中的人物主要有三类：(1)女王及皇家亲属；(2)首相等官员；(3)皇室工作人员。这三类人物(尤其是女王本人)的日记、信件、备忘录是传记中不断引用的核心史料。

在“经度”上，斯特拉奇对女王的人生轨迹的谋篇布局，体现了“个人生活与国家政治”相融合的特性。传记共 10 章，各章标题分别是：

> 前事——童年——墨尔本勋爵——婚姻——帕默斯顿勋爵——亲王的后半生——守寡——格莱斯顿先生和比肯斯菲尔德伯爵——晚年——去世

它们大致对应以下内容：

> 缘何获得王位继承权——王位继承人的受教育过程——女王登基与墨尔本首相——女王与艾伯特王子的婚姻——女王与帕默斯顿外交大臣——女王与艾伯特的家庭生活及王夫去世——守寡与纪念亡夫——女王与格莱斯顿首相和比肯斯菲尔德首相——晚年生涯——去世

① Holroyd, M. *Lytton Strachey*. London: Chatto & Windus Ltd., 1995, p. 460.

② Holroyd, M. *Lytton Strachey*. London: Chatto & Windus Ltd., 1995, p. 463.

也就是说，传记将女王人生的重要阶段“童年——登基——婚姻——守寡——晚年——去世”与女王和不同执政党的首相、外交大臣的工作关系“墨尔本勋爵——帕默斯顿勋爵——格莱斯顿先生和比肯斯菲尔德伯爵”交织在一起，从“受教育、执政、婚姻、家庭生活”等多个侧面展现女王的人格。

在“纬度”上，斯特拉奇立体呈现女王的人生各阶段。除“前事”和“去世”2章外，其余8章内均都包含3节至7节不等，让不同时期的重要人物簇拥在女王的周围，以他们的人格映照女王的人格，形成“众星拱月”的形态。

我们不妨简要罗列各章节的内涵。

童年：(1)父亲；(2)母亲、舅舅、家庭教师；(3)维多利亚的教育；(4)维多利亚的旅游；(5)维多利亚继承王位

墨尔本勋爵：(1)女王独立于母亲；(2)家庭教师莱森、家庭医生斯托克马尔、舅舅利奥波德国王；(3)墨尔本首相；(4)女王与墨尔本首相；(5)女王与舅舅利奥波德国王；(6)墨尔本再次担任首相；(7)女王与艾伯特王子订婚

婚姻：(1)艾伯特王子；(2)艾伯特与女王结婚；(3)艾伯特与女王的摩擦与和谐；(4)女王夫妻的幸福生活；(5)艾伯特参与国务管理工作；(6)女王夫妻的模范生活；(7)艾伯特组织举办世界博览会

帕默斯顿勋爵：(1)帕默斯顿外交大臣；(2)女王夫妻与帕默斯顿外交大臣的分歧和冲突；(3)艾伯特与帕默斯顿的较量

艾伯特亲王的后半生：(1)艾伯特与孩子们；(2)女王一家在苏格兰度假；(3)女王夫妻与克里米亚战争；(4)艾伯特积劳成疾，去世

守寡：(1)女王执政转折点；(2)女王的哀伤和责任；(3)为艾伯特作传；(4)为艾伯特立纪念碑

格莱斯顿先生和比肯斯菲尔德伯爵：(1)女王与格莱斯顿首相；2，女王的财产问题；(3)女王与比肯斯菲尔德首相

晚年：(1)女王家庭生活；(2)女王遇刺经历；(3)女王的快乐；(4)女王的思想

这些章节体现两个主要特征：

第一，维多利亚“作为女人”的品格和“作为女王”的执政能力，两条线索相互交织，相辅相成。“女人”之线包括在“童年——婚姻——艾伯特亲王的后半生——守寡——晚年”五章中，重点凸显维多利亚女王“作为女人”的人格品性和“作为女王”的执政理念的形成和嬗变过程，主要以母亲、舅舅、家庭教师、家庭医生、艾伯特亲王以及女王的孩子们为镜，映现他们对维多利亚的影响和维多利亚对他们的态度，既由外而内，又由内而外，立体表现维多利亚的生活和心理轨迹。“女王”之线包括在

“墨尔本勋爵——帕默斯顿勋爵——格莱斯顿先生和比肯斯菲尔德伯爵”三章中，重点凸显维多利亚“作为女王”的执政立场、能力和风格的嬗变过程，主要以墨尔本首相、帕默斯顿外交大臣、格莱斯顿首相和比肯斯菲尔德首相为镜，映现他们与维多利亚女王之间的关系变化，即从“影响关系”到“冲突关系”再到“崇敬关系”的走向，同样既由外而内，又由内而外地立体表现女王的执政风范。“女人”和“女王”两条主线相互交织，体现了女王的人格品性与政治目标的合一。

第二，亲属、政府官员和工作人员与维多利亚构成“众星拱月”的形态。传记没有采用定点透视法，以维多利亚为核心，内外审视；而是采用散点透视法，在同一章中以极简短的篇幅完整而独立地表现多个人物的简略生平，让母亲、舅舅、家庭教师、丈夫、首相、大臣的人格与女王的人格相映成趣，凸显女王的形象。

二、意蕴：“以善为本”的人格品性与“为民谋福利”的政治目标合一

在《维多利亚女王传》中，“女人”主线突出了维多利亚“以善为本”的人格品性，“女王”主线体现了维多利亚“为民谋福利”的执政理念和行事风格。两者浑然一体。

“以善为本”的人格品性贯穿了维多利亚的一生。斯特拉奇从两个方面凸显了她的“善”：一方面，她的“善”体现在母亲、舅舅和家庭教师的“教育”中，与丈夫艾伯特王子的“婚姻”中，以及她的大家庭的“幸福”中；另一方面，她的“善”体现在她单纯的天性、情感和思想中。

母亲肯特公爵夫人着力培养了维多利亚虔诚的基督教信仰和美德。母亲是萨克森—科堡小公国弗朗西斯公爵的女儿，经历过战乱等磨难，在她生下维多利亚 8 个月后她的第二任丈夫病逝了。她独立勇敢，乐观开朗，具有“善良、朴素、节俭”①的美德，宣称“要将自己的信仰建立在‘民众的自由’之上”②。她推崇托马斯·阿诺德将学生培养成“最高尚的、真正意义上的基督教绅士”的教育理念，坚信她的最大责任是“确保将女儿培养成基督教女王”③。她带维多利亚去做礼拜，亲自监督她每一门课程，安排主教考察女儿的宗教知识和心智，确保女儿思想健全，知识丰富，仪态优雅，而且适时让女儿知晓她是未来英国女王这一事实，使女儿在思想、行为和心理上均做好充分准备。显然，母亲施行的是伊拉斯谟在《论基督君主的教育》(1516)中倡导的君主教育取向，该书曾被献给英国国王亨利八世，“对英国塑造其皇室子女的

① Strachey, L. *Queen Victorian*. New York: Harcourt Brace Jovanovich, Inc., 1921, p. 25.

② Strachey, L. *Queen Victorian*. New York: Harcourt Brace Jovanovich, Inc., 1921, p. 23.

③ Strachey, L. *Queen Victorian*. New York: Harcourt Brace Jovanovich, Inc., 1921, p. 29.

态度影响深远”[①]，它强调培养君主的基督徒美德。英国政治家托马斯·埃利奥特(Thomas Elyot)的《行政官之书》(1531)同样强调“必须把美德灌输给大臣和子民，尤其是君王”[②]。与这一君主美德教育思想相对立的是马基雅维利的《君主论》(1513)，它强调培养君主的霸权思想，认为君主应该既是“狐狸”又是“狮子”[③]，以震慑来实施统治。生活在19世纪的维多利亚是幸运的，母亲为她的人格教育确立了“善”的根基。

舅舅利奥波德王子赋予维多利亚治国理政的基本理念。利奥波德时任比利时国王，是一位抱负远大、能力出众的统治者。维多利亚视其为自己的第二父亲，而他则将自己的执政理念毫无保留地赋予维多利亚。他写信告诉维多利亚“为民谋福利”的执政理念，“在我看来，国家最高领导人的责任，就是以公正公平的方式，为全体人民谋福利”；同时告诫她统治者必须拥有优秀人格，“作为一名统治者，应该非常坚定，要有胆量，要诚实，就像你一直在做的那样”[④]。这些话以及频繁的通信，实质上为维多利亚登基后的治国理政提供了最重要的理念。

家庭教师莱森赋予维多利亚知识、理解力和思想。莱森在维多利亚5岁起担任家教工作，她是牧师的女儿，具有将“新的精神灌输给她照看的孩子”[⑤]的能力。她讲授基础知识，为维多利亚提供合适的阅读书目。

在母亲、舅舅和家庭教师的合力教育下，维多利亚“善”的天性被激发和养成。维多利亚“天性单纯，有条理，虔诚，有礼貌”[⑥]，她13岁开始写日记，记录生活琐事和情感，她对生活和对她自己的描绘是“真诚、朴素、敏锐、虔诚”，透露出她的家庭教师的思想；她时时赞美所阅读的书籍“优美”“天真、明智、优雅”“充满真理和善意”[⑦]，她喜欢这些书籍。她在接受了坚信礼之后，更加坚定了她成为基督徒的信念：“我觉得坚信礼是我一生中最隆重、最重要的事之一……我相信万能的主能强化我的心智，丢弃错误的思想，追随所有善良和正确的思想。我抱着坚定的信念，相信自己能够成为一个真正的基督徒……”[⑧]

丈夫艾伯特王子带给她幸福和“善”的处事原则。艾伯特王子是维多利亚的表

---

① Armitage, D., Condren, C. & Fitzmaurice, A. (eds.). *Shakespeare and Early Modern Political Thought*. Cambridge: Cambridge University Press, 2009: 123.

② Armitage, D., Condren, C. & Fitzmaurice, A. (eds.). *Shakespeare and Early Modern Political Thought*. Cambridge: Cambridge University Press, 2009: 4.

③ 马基雅维里：《君主论》，潘汉典译，北京：商务印书馆，1986年，第84页。

④ Strachey, L. *Queen Victorian*. New York: Harcourt Brace Jovanovich, Inc., 1921, pp. 48-49.

⑤ Strachey, L. *Queen Victorian*. New York: Harcourt Brace Jovanovich, Inc., 1921, p. 25.

⑥ Strachey, L. *Queen Victorian*. New York: Harcourt Brace Jovanovich, Inc., 1921, p. 25.

⑦ Strachey, L. *Queen Victorian*. New York: Harcourt Brace Jovanovich, Inc., 1921, p. 34.

⑧ Strachey, L. *Queen Victorian*. New York: Harcourt Brace Jovanovich, Inc., 1921, p. 35.

兄,她母亲最年长的哥哥的儿子。艾伯特王子从小生活在一个小公国,朴素、聪明、勤勉,立志做一个“善良且有用的人”[1]。他坚信基督教,愿意“永远坚定地忠诚于公认的基督教真理”[2]。他学习文学、哲学、玄学、法律、经济学、音乐、剑术等,表现出出色的思辨能力和实践能力。他的老师斯托克马尔对他的评价是:“聪明、善良、亲切,具有最好的意图和最高尚的决心,对事物的判断力超过了同龄人。”[3]维多利亚喜欢他的英俊、善良和智慧。婚后,艾伯特王子在斯托克马尔的鼓励下,不仅与妻子维多利亚女王建立和谐幸福的夫妻关系,而且以自己的智慧支持妻子,使维多利亚女王更加尽心尽责地处理政务。他协调并缓和女王与首相之间的冲突;他对王室内宫的管理进行改革;他协助女王与鲁莽的外交大臣交涉,努力采用最明智的外交措施;他牵头举办世界博览会。艾伯特“以善为本”的处事方式让女王的治理能力获得了极大的提升,她学会了自如地处理与不同执政党的首相和大臣的关系。她日益感受到她丈夫的内在美,不断在日记中赞美她获得的幸福:“我明白了什么是真正的幸福……拥有这样一位完美的丈夫我是多么骄傲啊。”[4]

家庭的幸福确保维多利亚女王始终将“善”置于生活的主导地位。婚后,孩子不断出生,女王和王夫在繁忙的公务之外尽心尽力地教育孩子,培养他们成为基督徒王子和公主,送他们去一流高等学府学习。一家人每年去苏格兰度假,在不受打扰的、大自然的宁静中享受天伦之乐。不幸的是,艾伯特王子积劳成疾,英年早逝,维多利亚女王陷入守寡的哀伤中,久久不愿出现在公众面前。但是她始终牢记艾伯特的工作态度,强迫自己“必须为国家工作,就像他那样工作”[5]。随着时间的推移,女王逐渐恢复正常生活。皇室大家族的快乐重新回归,她为威尔士王子的教育操心,为子女们的婚姻操心,她去苏格兰高地度假,重温与丈夫的幸福生活;国务依然在她的心中占有重要位置,虽然她已经放手让首相、内阁大臣担当重任,但是必要时刻她依然发表自己的观点,比如戈登将军被围困在喀土穆时,她最早主张出兵营救;戈登将军惨死,她像公众一样谴责政府。“以善为本”是她的人格主基调。

“为民谋福利”是维多利亚女王一贯的执政理念和行事风格,主要体现在她与首相和大臣的工作关系中。女王登基前,在日记中写道:“既然上天把我放到这个位置上,我将尽最大努力为我的国家尽义务……没有人能像我那样真心诚意、全心全意地去做我应该做的事。”[6]她以一生的行动恪守诺言。斯特拉奇在传记中通过描写女

---

① Strachey, L. *Queen Victorian*. New York: Harcourt Brace Jovanovich, Inc., 1921, p. 100.
② Strachey, L. *Queen Victorian*. New York: Harcourt Brace Jovanovich, Inc., 1921, p. 102.
③ Strachey, L. *Queen Victorian*. New York: Harcourt Brace Jovanovich, Inc., 1921, p. 106.
④ Strachey, L. *Queen Victorian*. New York: Harcourt Brace Jovanovich, Inc., 1921, p. 127.
⑤ Strachey, L. *Queen Victorian*. New York: Harcourt Brace Jovanovich, Inc., 1921, p. 229.
⑥ Strachey, L. *Queen Victorian*. New York: Harcourt Brace Jovanovich, Inc., 1921, p. 50.

王与两对个性迥异的首相和大臣的关系，来展现她“为民谋福利”的立场。

第一对是“墨尔本首相—帕默斯顿外交大臣”：前者温和博学，“集完美品德于一身”[①]；后者鲁莽冲动，喜欢冒险。女王信任前者，与后者展开斗争。女王登基时，墨尔本担任首相，他无疑是培养女王执政能力的引路人。女王喜欢他的和蔼、幽默、随遇而安的个性，以及保守温和的执政态度。墨尔本坚持“保持事物的原本状态是最好的”[②]，年轻的女王真诚地崇拜这样的人性化执政定位，不断与墨尔本交流学习。帕默斯顿担任外交大臣时期，女王已经与艾伯特王子结婚，她接纳了艾伯特王子谨慎、周全、稳健的外交定位，但是帕默斯顿却是一个野心勃勃的冒险家，他“靠直觉，靠灵敏的目光和强劲的手腕，靠他对危机的敏锐把握，靠他对关键因素的朦胧感觉来掌握形势。他大胆妄为，喜欢把船只驶入狂风肆虐的怒海中，张开船帆进行搏击，从中获得最大的快感”[③]。女王和王夫与冒险家展开了多方博弈，以便让英国外交始终保持稳健状态，不至于陷入危机。

第二对是“格莱斯顿首相—比肯斯菲尔德首相”：前者理性固执，后者热情愉悦。女王信任后者，憎恨前者。女王守寡时期，格莱斯顿和比肯斯菲尔德轮流担任首相。格莱斯顿理智且强权，主持了爱尔兰教会改革、土地制度改革、教育改革、议会选举制度改革等一系列改革，引发社会动荡。女王据理力争，他们之间的关系极不友好。迪斯雷利·比肯斯菲尔德在格莱斯顿下台后担任首相，他行事亲切幽默，将女王尊为“仙后”，尊重她的意见，使女王从丧夫的哀痛中振作起来，不仅坚持国务审阅工作，而且积极出席各类重要的公众活动，树立很高的威望。女王与首相之间的关系极为和谐。

女王个人生活中的“善”与女王国务工作中的“善”交相辉映，相辅相成，所体现的是摩尔在《伦理学原理》所推崇的“对人的热爱和美的享受”[④]的大善。

【结语】斯特拉奇在传记《维多利亚女王传》中通过建构以“执政时期”为经，以“众星拱月”为纬的外在形式结构，来映照女王风范；同时展现了“以善为本”的人格品性与“为民谋福利”的政治目标的合一的内在意蕴，所实现的是形式主义美学所倡导的“有意味的形式”的美学特征。“形式与意蕴”的融合正是斯特拉奇的“新传记”的最大特性。

---

① Strachey, L. *Queen Victorian*. New York: Harcourt Brace Jovanovich, Inc., 1921, p. 61.

② Strachey, L. *Queen Victorian*. New York: Harcourt Brace Jovanovich, Inc., 1921, p. 64.

③ Strachey, L. *Queen Victorian*. New York: Harcourt Brace Jovanovich, Inc., 1921, p. 155.

④ 摩尔：《伦理学原理》，长河译，上海：上海人民出版社，2005 年，第 174 页。

第五节　斯特拉奇的"新传记"与当代"传记小说"

"新小说"和"传记小说"是英语传记中生命写作的两种模式，它们继承18世纪英国著名传记家鲍斯威尔所开创的"生命"传记的写作模式，以创作理念的生命性和创作形式的艺术化突破传统的"生平"传记模式，为传记的艺术化开创了多种可能性，值得做梳理、分析和揭示。本节将以鲍斯威尔的传记为参照，比照20世纪初期以斯特拉奇为代表的"新传记"和21世纪盛行的"传记小说"，阐明斯特拉奇"新传记"理论和创作的贡献及局限。

一、传记理论的滞后

英语传记历史悠久。在20世纪和21世纪，传记作为引人瞩目的写作形式之一极为流行，吸引大量的创作力量，常常被英美评论家称为传记时代。但是，传记研究和传记理论却非常滞后。20世纪60年代，美国学者克利福德在梳理和汇集了历代传记研究资料后，不禁感慨："与诗歌、小说和戏剧不同，传记从来不曾是认真批评和研究的对象。"①学者们发现，传记常常被混同于经验事迹乃至迷信偏见，很少有人意识到"它自身的艺术性"②。迄今，被列为传记研究经典论著的大致有：18世纪约翰逊的两篇随笔、20世纪弗吉尼亚·伍尔夫分析"新传记"的两篇文章、法国传记家安德烈·莫洛亚的六篇传记研究讲稿、20世纪70年代利昂·艾德尔的传记研究论文和80年代艾拉·布鲁斯·奈德尔的专著《传记：虚构、事实与形式》等。它们被视为经典，是因为它们将研究聚焦在对鲍斯威尔式的"生命"传记的本质特征和语言形式的思考、批评和建构上，并不局限于对英语传记发展史的历史性梳理和概括上。③诚如利昂·艾德尔所言，传记家"最美最难的任务"是"用语言重构生命"④，传记研究者最美的任务则是分析揭示语言建构的"生命"的创作理念和形式特征，推进"传记诗

---

① Clifford, J. L. *Biography as an Art: Selected Criticism 1860—1960*. New York: Oxford University Press, 1962, Introduction p. ix.

② Edel, L. *Writing Lives: Principia Biographica*. New York: W. W. Norton & Company, 1959, p. 113.

③ 英国传记发展史类研究著作包括：Harold Nicolson 的 *The Development of English Biography* (1927)；Edgar Johnson 的 *One Mightly Torrent*, *The Dream of Biography* (1937)；Richard Altick 的 *Lives and Letters* (1965)；A. O. J. Cockshut 的 *Truth to Life*, *The Art of Biography in the Nineteenth Century* (1974) 等。

④ Edel, L. The poetics of biography. In Schiff, H. (ed.). *Contemporary Approaches to English Studies*. London: Heinenmann, 1977, p. 53.

学”建设。斯特拉奇的传记理论虽然简略,却以鲜明的观点和实践推进了英语传记理论和创作实践的发展。

二、鲍斯威尔:开创“生命写作”

鲍斯威尔的《约翰逊博士传》是英语传记史上第一部无论在理念上还是在形式上都以“生命”为目标的传记。鲍斯威尔这样阐述他的写作目标:“我认为描写一个人一生的最好方法是:不仅依次叙述他生平的重要事件,而且其间穿插他私下所写、所说、所想的东西,使读者窥见其鲜活的真貌,与传主一起‘体验生活实况’。”[①]对于这部生命至上的作品,英国小说家兼批评家弗吉尼亚·伍尔夫给予高度评价:

> 鲍斯威尔不满足于所看到的“外部世界的变化景象”;他所追寻的乃是“在书信与谈话中浮现的心灵景象”,为了这一目标他勇往直前,努力追求。他有一种罕见而美好的天赋,能够“在周围观察到上帝不时开恩赏赐给人类的某些优秀品质,并在凝视这些杰出灵魂中获得无比的喜悦”。也许这就是大多数人觉得他可爱的原因:一切源自他对生命的浪漫和激动的精彩感悟。[②]

鲍斯威尔和伍尔夫实际上为传记的“生命写作”概括出了两大特性:(1)形神兼备,将传主的外在形貌言行和内在情感思想融为一体,让传主栩栩如生;(2)以情动人,传记家用自己对生命的“喜悦”和“感悟”来书写传主,“情动于中而形于言”(《毛诗序》),以自己的动情打动读者的性情,实现传主、传记家、读者的心灵互通。

在英语传记发展史上,鲍斯威尔式的“生命写作”并非主流。鲍斯威尔以前的传记,大都由“一系列英勇事迹”构成,传记家忙于讲述战斗和胜利的故事,以赞美的文笔记录传主的完美品性,就像“为平卧的死人端端正正地盖上礼服”[③];鲍斯威尔之后的传记,既描写人的行动也叙述思想情感,但维多利亚时期的传记受制于道德观念,重在颂扬传主的“高贵、正直、纯洁、严肃”品性,而且传记家往往沉浸在无穷无尽的史料中不能自拔,最终只能写出篇幅冗长、内容繁杂的“不成形的东西”[④]。20世纪传记的主体是文学传记,重点揭示艺术家如何将“阅历和创作结合起来”[⑤],即传主与作品的关系研究,学术比重大,篇幅冗长,厚厚二卷是常态,五卷不稀罕。作为学术

---

① 鲍斯威尔:《约翰逊博士传》,王增澄、史美骅译,上海:上海三联书店,2006年,第2页。

② Woolf, V. *The Essays of Virginia Woolf* (Vol. 1). Ed. Andrew McNeillie. London: The Hogarth Press, 1986. p. 151.

③ Woolf, V. *Granite and Rainbow: Essays*. London: Harcourt Brace Jovanovich, Inc., 1958, p. 150.

④ Woolf, V. *Granite and Rainbow: Essays*. London: Harcourt Brace Jovanovich, Inc., 1958, p. 151.

⑤ 艾尔曼:《乔伊斯传》(上),金娣、李汉林、王振平译,北京:北京出版社,2006年,第1页。

研究资料，它史料翔实、考证严谨、叙述客观、分析冷静，堪称杰作。但是由于资料过于厚重，生平与作品纵横交错，普通读者往往雾里看花，很难感受到传主的心跳和脉搏。

纵观近现代英语传记，除了鲍斯威尔的传记，最贴近"生命写作"的就是20世纪上半叶的"新传记"（New Biography）和21世纪的"传记小说"（Biographical Novel/Biographical Fiction/Biofiction）。有鉴于鲍斯威尔的传记是传记家与传主亲密相处21年后的结晶，且带有浓郁的18世纪直白风格，让我们将它作为范本来参照吧。我们研究的重心是"新传记"和"传记小说"。这两种传记，在理念上遵循生命至上原则，未掺杂外在目的；在形式上创造了"生命写作"新技法；在篇幅上关注可读性和趣味性；同时两者又各具特色。我们将在理念和形式上做探讨。

三、新传记：拓展生命分析

"新传记"是1927年弗吉尼亚·伍尔夫评论传记作品的一篇文章的篇名，此后该术语成为两次世界大战期间欧美分析性传记的标签。"新传记"的标志性人物是英国的利顿·斯特拉奇和法国的安德烈·莫洛亚，经典作品包括斯特拉奇的《维多利亚名人传》(1918)、《维多利亚女王传》(1921)和莫洛亚的《精灵：雪莱传》(1927)等。批评界认为，"新传记"是一种实验性传记写作，它的主要特征是"艺术设计、小说形式、心理解释和戏剧连续性"①；有别于旧传记，它重视"心理世界"和"趣味性"②；它"吸纳各种艺术手段与技巧对传主的性格进行刻画，对传记叙事策略进行艺术设计……重视挖掘传主的行为动机"③。它的主要特征是：

(1)篇幅大为缩短，"斯特拉奇将四位维多利亚名人浓缩在一册薄薄的书中，莫洛亚将以往需要两卷篇幅的雪莱传熬成一本书篇幅的小说"④。

(2)传记家和传主之间的关系与从前不同，传记家不再是传主"一丝不苟、满怀同情的伙伴，不辞劳苦甚至亦步亦趋地追寻传主的踪迹"，他与传主平等，"拥有自由和独立判断的权力"，而且"他的独立精神使得他居高临下，纵览传主的一生，取舍并综合。总之，他不再是记录者，而是艺术家"⑤。

---

① Winslow, D. J. *Life Writing: A Glossary of Terms in Biography, Autobiography, and Related Forms*. Honolulu: University of Hawaii Press, 1995, p. 43.

② 杨正润：《传记文学史纲》，南京：江苏教育出版社，1994年，第428页。

③ 唐岫敏：《英国传记发展史》，上海：上海外语教育出版社，2012年，第247页。

④ Woolf, V. *Granite and Rainbow: Essays*. London: Harcourt Brace Jovanovich, Inc., 1958, pp. 151-152.

⑤ Woolf, V. *Granite and Rainbow: Essays*. London: Harcourt Brace Jovanovich, Inc., 1958, pp. 151-152.

“新传记”出版于两次世界大战之间，是新的认知时代的产物。那是这样一个时代：一个“无论在形而上学意义上，还是在政治学、伦理学和科学意义上，我们都用动态的立场取代了静止的立场”的时代[①]；一个“所有的人际关系都发生变化……随着人际关系的变化，宗教信仰、行为方式、政治，乃至文学都发生变化”的时代[②]；一个随着陀思妥耶夫斯基小说英译本的发行，整个英语文艺界迷醉于陀氏深刻心灵描写的时代；一个尼采的酒神精神——人的生命意志本体的原初状态——普遍被人接受的时代；一个王尔德的同情说，“想象的同情在艺术的领域中是创作的唯一秘诀”[③]，影响学界的时代；一个弗洛伊德的精神分析说全面影响欧洲的时代。艺术家、哲学家、心理学家的思想所体现的对生命精神的复杂性、原初性、平等性、自由性的认知和阐发影响了新一代传记家看世界的方法和态度。

新传记的代表人物斯特拉奇，作为英国布鲁姆斯伯里文化圈的一员，与罗杰·弗莱、弗吉尼亚·伍尔夫的思想共鸣，深受陀思妥耶夫斯基、王尔德、弗洛伊德等人的思想的影响。[④]对他而言，自由而全面地书写生命精神，剖析它包容理想与野心、善良与强悍、高尚与守旧、霸道与单纯等既相互对立又错综复杂的心理状态，表现完整的人性，是传记家的使命。但是他不曾考虑他对枢机主教曼宁、护士南丁格尔、阿诺德博士和戈登将军等英国维多利亚时期的偶像人物鞭辟入里的分析，可能给国民带来多大的情感伤痛，而情感伤痛是无法用精湛的技艺来弥补的。真实情形正是这样，学界对“新传记”的评价重点聚焦在传主形象的塑造上，贬抑的评价要多于褒义的评价。作品被认为是对维多利亚名人的“不恭敬，甚至不尊重”[⑤]，它给维多利亚社会价值观带来毁灭性的打击[⑥]，给世人带来不可饶恕的恶劣影响[⑦]，而斯特拉奇则被长期贴上“推倒偶像者”(iconoclast)的标签。

如果从“新传记”的基本理念出发去探讨其特性和社会反响，或许可以看得更清楚深入一些，毕竟创作理念决定作品的目标、技法和效果，是我们探索其优劣的最佳

---

① Fry, R. The philosophy of impressionism. In Reed, C. (ed.). *A Roger Fry Reader*. Chicago: The University of Chicago Press, 1996, p. 13.

② Woolf, V. Mr. Bennett and Mrs. Brown. In Woolf, L. (ed.). *The Captain's Death Bed and Other Essays*. London: Harcourt Brace Jovanovich, Inc., 1978, p. 96.

③ 牛宏宝著：《现代西方美学史》，北京：北京大学出版社，2014 年，第 146 页。

④ Sanders, C. R. *Lytton Strachey: His Mind and Art*. New Haven: Yale University Press, 1957, p. 29.

⑤ Bell, M. Lytton Strachey's *Eminent Victorians*. In Meyers, J. (ed.). *The Biographer's Art*. London: The Macmillan Press Ltd., 1989, p. 53.

⑥ Johnson, P. *Modern Times: The World from the Twenties to the Nineties*. New York: Harper Collins, 1991, p. 169.

⑦ Brackman, H. "Biography yanked down out of Olympus": Beard, woodward, and debunking biography. *Pacific Historical Review*, 1983, 52 (4), p. 405.

出发点。我们以斯特拉奇为例，看看他传记的创作理念是什么，为实现这些理念制定了哪些创作原则，其形式特征怎样，又有何利弊。

利顿·斯特拉奇的创作理念大致可概括为"表现永恒的生命价值"。他在传记《维多利亚名人传》前言中这样阐述道："人，如此重要，怎能被视为历史的表征。人具有永恒的价值，独立于任何短暂的进程——这种价值必须被体验，只为它本身，这就足够了。"[①]这段充满理想的话语，不禁让我们想起莎士比亚《哈姆雷特》中的名言："人类是多么了不得的杰作！多么高贵的理性！多么伟大的力量！多么优美的仪表！多么文雅的举动！在行为上多么像一个天使！在智慧上多么像一个天神！宇宙的精华！万物的灵长！"[②]斯特拉奇喜欢莎士比亚，他称赞《哈姆雷特》展现了古希腊以来欧洲绝无仅有的"一种审美形式"，并赞誉"《哈姆雷特》有时看起来几乎就是一部心理分析专论"[③]。斯特拉奇相信《哈姆雷特》剧作是对主人公哈姆雷特的心理的全面分析，而心理分析正是他作为传记家的目标：分析传主心理，揭示人的永恒价值，像法国传记家丰特奈尔和孔多赛一样，"将丰富多彩的人生浓缩进少许闪光的书页中"[④]。这一目标与他的天性相符，"斯特拉奇喜欢这样的生命方式，它简单自然，个性自由，在智力上高度通情达理，在天性和艺术中对美具有敏感性，对人有浓厚的兴趣，恰到好处地尊重人性的高度潜能，赞美友情和爱情所体现的生命经验的品质"[⑤]。

基于这样的理念和目标，他制定了下列写作规则：

首先，要忠于历史的真实性，对材料进行"精简、分类、取舍"，以便使作品获得"平和的完美性"。其次，一丝不苟的正面叙述并非良策，他将采用"巧妙策略，攻其侧翼或袭其后方，用探寻之光出其不意地照亮未曾勘察的幽暗之地"。再者，他将保持"简约"，"剔除所有无关紧要的素材，但重要的一个也不少"。最后，他要保持"精神自由"，他将"按照自己的理解来披露事实，不带感情，客观公正，没有任何隐秘的动机"[⑥]。

这些规则的一部分是针对维多利亚时期传记的局限而提出的。比如用精简、分类、取舍，来突破维多利亚传记"充斥着令人消化不良的一大堆材料、粗制滥造的风格、冗长媚俗的基调、不取舍、不客观、无谋篇布局"[⑦]的缺陷。但最重要的几点是斯

---

① Strachey, L. *Eminent Victorians*. London: Penguin Books, 1986, p. 9.

② 莎士比亚：《莎士比亚全集》（第九卷），朱生豪译，北京：人民文学出版社，1978年，第49页。

③ Strachey, L. *Literary Essays*. London: Harcourt Brace Jovanovich, Inc., 1985, p. 24.

④ Strachey, L. *Eminent Victorians*. London: Penguin Books, 1986, p. 10.

⑤ Sanders, C. R. *Lytton Strachey: His Mind and Art*. New Haven: Yale University Press, 1957, p. 49.

⑥ Strachey, L. *Eminent Victorians*. London: Penguin Books, 1986, pp. 9-10.

⑦ Strachey, L. *Eminent Victorians*. London: Penguin Books, 1986, p. 9.

特拉奇为表现真实的"人"而提出的原创观点。(1)从多个角度描写传主,深入刻画传主的心理、意识、动机;(2)保持自由独立的精神,不赞美;(3)按照自己的理解来取舍素材、谋篇布局;(4)除了表现生命本身,不带任何外在动机。

正是依托这些原创性规定,斯特拉奇实现了用艺术手法表现真实而复杂的人的目的。对此,部分西方批评家有深刻理解,比如斯特拉奇研究专家桑德斯评论道:"斯特拉奇坚定地相信,所有出色的传记的基点是对人本主义的尊重——尊重那个有别于低等生物的人,那个远离经济、政治、伦理和宗教理论的人,尊重各不相同的人,尊重独特、多样、鲜活和自由的人。"[①]阿瑟·沃指出:斯特拉奇"创作中持有这样的信念,人类个体不论表面看起来多么单纯,都是诸多对立因素的神秘莫测、错综复杂、严密紧凑的集合体"[②]。

那么,斯特拉奇在创作中采用了哪些形式技巧来塑造"人"呢?在具体探讨这个问题之前,让我们先考察一下可运用的传记理论吧。

美国传记研究者艾拉·奈德尔在《传记:虚构、事实与形式》一书中指出,传记写作中的三大要素是"修辞功能、叙事形式和神话本质"[③]。其一,"隐喻为传主的人生提供了内在统一性"[④];其二,传记的叙事模式可分为三种,即戏剧性/表现性、客观性/学术性、解释性/分析性[⑤];其三,传记的任务就是发现传主的"生命神话",即传主的生命本质[⑥]。他举例说,斯特拉奇的《维多利亚名人传》以军事隐喻构建内在统一性;其叙述模式是解释性/分析性的,即传记者作为评论员出现,发挥引导读者、阐释意义的作用[⑦];它的"生命神话"是通过按照生命事件的不同价值,有所侧重地进行选材和评价来实现的[⑧]。

奈德尔用修辞功能、叙事形式、生命神话建构传记诗学,实质上指向对传主生命

① Sanders, C. R. *Lytton Strachey: His Mind and Art*. New Haven: Yale University Press, 1957, p. 186.

② Waugh, A. Mr. Lytton Strachey. *Spectator*, 1932, 148 (Jan.), p. 146.

③ Nadel, I. B. *Biography: Fiction, Fact and Form*. London: The Macmillan Press Ltd., 1984, p. 151.

④ Nadel, I. B. *Biography: Fiction, Fact and Form*. London: The Macmillan Press Ltd., 1984, p. 158.

⑤ Nadel, I. B. *Biography: Fiction, Fact and Form*. London: The Macmillan Press Ltd., 1984, p. 170.

⑥ Nadel, I. B. *Biography: Fiction, Fact and Form*. London: The Macmillan Press Ltd., 1984, p. 176.

⑦ Nadel, I. B. *Biography: Fiction, Fact and Form*. London: The Macmillan Press Ltd., 1984, p. 160.

⑧ Nadel, I. B. *Biography: Fiction, Fact and Form*. London: The Macmillan Press Ltd., 1984, pp. 180-182.

的形与神两大特性的剖析。他认为，隐喻为人生书写提供内在统一性，这一点值得商榷，人性的复杂性很难用单一的隐喻来概括，无论是军事隐喻还是动物隐喻，都只会将生命简单化、象征化。另外，他提出的三个元素之间的关系不清晰，未能构建有机整体。

我们不妨用中国诗学的"形神"范畴来考察传记形式的内在构成，或许更为简洁有力。生命是由形与神契合而成，神即生命的内在精神，形即内在精神的外在表现。无形则神不能通，无神则形无生机，中国传统诗学自汉代起便关注两者之间的关系在艺术创作中的重要性。如：汉代刘安说"画西施之面，美而不可说；规孟贲之目，大而不可畏；君形者亡焉"（《淮南子·说山训》，据《诸子集成》本）。此处"君形者"即"神"，也就是说，神亡则形不能立，强调的是"神制形从"的观念。唐代画家王维认为"凡画山水，意在笔先"（《山水论》，据《中国画论类编》本），所强调的是"先神后形"原则。历代艺术作品大致可分为重神、重形、形神兼备三种形式。

"新传记"的特征是"重神"，我们随后要讨论的"传记小说"体现"重形"特征，而鲍斯威尔的传记体现"形神兼备"特征。

重神，遵循"神制形从"原则。传记家用他对传主的精神气质的理解构建起传主的"神"。"形"作为神的外在表现，是通过材料取舍、谋篇布局和独特艺术手法来建构的，其目标是表现"神"的丰富意蕴。

斯特拉奇在每部作品中都凸显乃至直接陈述他对传主的"神"的把握，特别强调"以自己的理解来披露事实"。比如《维多利亚名人传》中第三篇《弗罗伦丝·南丁格尔》，斯特拉奇从生平资料中提炼出南丁格尔的生命精神："与她漫长的一生中服务于献身公众的精神相提并论的，是她那股刻薄劲。她的美德一直与强硬并行不悖，在全心全意为民众服务的同时，她的嘴唇上一直挂着冷笑。"[①]全篇旨在打破世人心目中南丁格尔作为"一个圣人般自我牺牲的女性"[②]的浅表性偶像形象，表现她的真实人性。

为了表现南丁格尔"外在圣洁美德与内在强悍精神相融合"的气质，斯特拉奇在素材取舍、谋篇布局和创作技巧上做了精心安排。

选材上，全篇聚焦"南丁格尔树立并全力实现职业梦想"这样一条精神发展轨迹，舍去所有不相关的生活内容，比如亲情、友情、爱情、社交、娱乐等。

结构上，全篇按时间顺序叙述她五个阶段的生命历程，每一部分都凸显南丁格尔善良、圣洁、美德的外在形象与执着、强硬、坚定的内心精神的奇妙结合。她人格的多面性通过叙述她生命中的重要事件来层层推进、立体展现。冲突和张力是生命事件的重心。五个生命阶段包括：为梦想抗争的单纯女孩、战地医院中的圣人与强

---

① Strachey, L. *Eminent Victorians*. London: Penguin Books, 1986, p. 160.

② Strachey, L. *Eminent Victorians*. London: Penguin Books, 1986, p. 111.

者、病床上的军队医疗改革强力推行者、执着的思想探索者、功德圆满的晚年。

创作技法上，分析性叙述是主要特征，重点展现传主生命精神的真实性、鲜明性和深刻性。传记包括三个部分：传记家以全知口吻叙述生平，中间插入传主或相关人员的日记、书信等，再插入传记家的分析和评论。

真实性通过传记家的叙述与真实史料的引用之间的相互印证得到保障，史料往往发挥画龙点睛作用，点明整个叙述的主旨。比如，叙述完南丁格尔树立梦想的艰苦经历，随即引入她的日记："我现在的想法和感觉（她写道），从六岁起就有了。我向来觉得，对我来说，拥有一份职业、一种技能，充分发挥我全部的能力，是至关重要的，这也是我一贯的渴望。"①寥寥数语，既保证叙述的真实性，又凸显传主的鲜明个性。

人格的鲜明性和深刻性主要通过分析性叙述来实现，这是斯特拉奇传记中最精彩的部分。分析性叙述体现在两个方面：背景分析和传主/事件评论。背景分析发挥引导读者和铺垫冲突的作用，传主/事件评论旨在加深读者的理解。比如先分析传主的殷实家境和上流社会女子的常规人生，再叙述传主不平凡的职业梦及其对家庭压力、婚姻诱惑的抵抗，冲突凸显；最后传记家点评道："不过可怜的南丁格尔夫人说错了，他们孵化出来的不是天鹅，而是一只鹰"②，南丁格尔的强硬个性初显。再比如，先详析战地医院的糟糕现状和军队医疗体系的致命缺陷，后叙述传主大力改善医疗条件、物资供给、行政管理、伙食服装的过程，刻画她在士兵、医生、官员、公众面前和独处时的多彩形象，不时插入讽刺官僚机构的话语，比如"看到自己的士兵在她那里得到良好待遇，好像他们竟然也是人，军官们大吃一惊"③。总之，每一部分的叙述、分析、评论都围绕冲突展开，情节跌宕起伏，叙事极具感染力，语调暗含讥讽，与小说一样精彩。

分析性传记的优势在于，传记家具备"自由和独立判断的权力"和"居高临下"④的地位，可最大限度地雕刻出传主的生命精神，剔除所有废料，传神而生动。但是它的局限也很明显：传记家的权力过大，他们的创作若用力过度，很容易让传主变形，比如传记家尼克尔森的嘲讽手法，既"让人物个性鲜活"，也"阻碍了人物的发展"⑤。技法过度，再加上史料编造，就会导致整部传记的失败，比如斯特拉奇"过分强调处

① Strachey, L. *Eminent Victorians*. London: Penguin Books, 1986, p. 115.

② Strachey, L. *Eminent Victorians*. London: Penguin Books, 1986, p. 115.

③ Strachey, L. *Eminent Victorians*. London: Penguin Books, 1986, p. 129.

④ Strachey, L. *Eminent Victorians*. London: Penguin Books, 1986, p. 9.

⑤ Woolf, V. *Granite and Rainbow: Essays*. London: Harcourt Brace Jovanovich, Inc., 1958, pp. 154.

理和前缩透视法(即近大远小的透视法)"①,再加上事实虚构,导致传记《伊丽莎白女王与埃塞克斯伯爵》中的伊丽莎白女王变形。

四、传记小说:激活生命想象

21世纪的英语文学界不仅出版了数十部"传记小说",而且阐发了相关理论。传记家们用小说技法表现了诸多欧美经典艺术家和思想家(比如亨利·詹姆斯、赫尔曼·麦尔维尔、海明威、艾米丽·狄金森、简·奥斯丁、维特根斯坦、本雅明等)的人生历程。比较知名的作品包括:英国小说家戴维·洛奇(David Lodge)的《作家,作家》(*Author, Author*,2004)、《风流才子》(*A Man of Parts: A Novel*,2011),爱尔兰小说家科尔姆·托宾(Colm Toibin)的《大师》(*The Master*,2004),美国小说家和传记家杰伊·帕里尼(Jay Parini)的《H. M. 的道路:一部关于赫尔曼·麦尔维尔的小说》(*The Passages of H. M.: A Novel of Herman Melville*,2011),美国小说家埃德蒙·怀特(Edmund White)的《梦想酒店:一部纽约小说》(*Hotel de Dream: A New York Novel*,2008)等。这些作品杂糅小说虚构与传记素材,重视形式创新,体现"重形"特性。

"传记小说"虽然在21世纪大量涌现,但在20世纪已有多部出版。比如:"新传记"代表人物安德烈·莫洛亚的《精灵:雪莱传》(1923)既是新传记的代表作也是典型的传记小说;美国作家欧文·斯通曾出版《梵高传:对生命的渴望》(1934)、《痛苦与狂喜:米开朗琪罗传》等多部传记小说;20世纪60年代起陆续出版了莎士比亚、济慈、王尔德、弥尔顿等诸多文学家的传记小说;20世纪90年代之后,一下子出版数十部作品。

为何出现传记小说热?戴维·洛奇曾给出三条原因:"这可以被视为对纯虚构叙事力量丧失信任或信心的征兆,因为我们正处在事实性叙事以新闻形式从四面八方轰炸我们的文化氛围中。这可以被看成后现代主义运行的一个特征,用重释和文体拼贴的方式将过去的艺术合并在一起。这可以被看成当代写作衰落和枯竭的标志,或者被看成克服'影响的焦虑'的积极与独创的方法。"②还有两个可补充的理由是:其一,20世纪常常被英美评论家称为传记时代,蓬勃发展的文学传记为传记小说创作提供了丰富的史料基础。其二,人们越来越意识到传记作为一种艺术形式,如何讲述生平至关重要。当前传记研究和创作的主题不是"一个生命如何表现自己"

① Woolf, V. *Granite and Rainbow: Essays*. London: Harcourt Brace Jovanovich, Inc., 1958, pp. 154.

② Lodge, D. *The Year of Henry James*. London: Penguin Group, 2006, pp. 9-10.

而是“传记家如何表现生命”[①]。而传记小说作为生命写作的艺术形式，受到学界和读者的广泛青睐。洛奇作为著名小说家、批评家和传记小说撰写人，概括出这三条原因，在一定程度上昭示西方艺术创作的新趋势，虚构和事实的融合逐渐成为可预见的创新方向。

传记小说的创作理念是什么？代表性的理念有三种，由此形成三种代表性创作模式。代言人分别是：法国传记家安德烈·莫洛亚、美国传记家杰伊·帕里尼和英国传记家戴维·洛奇。

法国作家莫洛亚，在20世纪上半叶曾出版8部小说、10部传记和3部历史著作。《精灵：雪莱传》(1923)是他第一部也是唯一一部传记小说，其他传记都是用传统传记形式撰写的，表明他对传记小说持谨慎态度。他在《精灵：雪莱传》扉页郑重声明：

> 与其把这本书写成一部历史著作或评论性作品，倒不如把它写成一部小说。书中所列举的事实都是确凿的；凡在雪莱的朋友所写的回忆录以及他本人的书信和诗集里，未予阐明过的一句话或一种想法，我决不妄加引用。不过，我竭力把这些真实的素材按事情发展的逻辑整理得井井有条，给人一种自然、清晰的印象，就像小说给人的印象一样。[②]

美国作家杰伊·帕里尼于20世纪末21世纪初出版了3部传记小说和3部传记，因此对传记小说和传记的区别有清晰的认识。他的理念是：“事实是重要的，但是我喜欢虚构的主体，因为它能激发想象，允许读者进入只有虚构才能到达的意识幽深处。传记小说本质上是对历史的想象。”[③]他在一部书写托尔斯泰的传记小说《最后一站》的后记中声明：“在本书中，托尔斯泰的讲话大都引用他的原话，偶尔也有我根据间接记录的对话内容创作出的语句。而对于其他人，我都是尽情地发挥，想象他们可能或者应该说些什么。”[④]

英国作家戴维·洛奇，已出版10多部小说和发表诸多文学评论，21世纪出版2部传记小说。他这样定义：传记小说是“以真人和他们的真实经历为题材，进行想象性探索的小说，它用小说技巧再现主体，它不是客观的、基于事实话语的传记”[⑤]。他

---

① 梁庆标编：《传记家的报复：新近西方传记研究译文集》，桂林：广西师范大学出版社，2015年，第28页。

② 莫洛亚：《雪莱传》，谭立德、郑其行译，杭州：浙江大学出版社，2013年，扉页。

③ Parini, J. Writing biographical fiction: Some personal reflections. *A/b: Auto/Biography Studies*, 2016, 31 (1), p. 23.

④ 帕里尼：《最后一站》，西安：陕西人民出版社，2010年，后记。

⑤ Lodge, D. *The Year of Henry James*. London: Penguin Group, 2006, p. 8.

在传记小说《作者，作者》扉页中声称：

> 几乎所有在作品中发生的故事都建立在事实基础上……一切有名有姓的人物都是真实的。从他们的专著、戏剧、文章、信件、日记等引用的，都是他们自己的话。但在再现他们所思、所想、所说时，我行使了小说家的特权；我想象了一些被历史记录忽略的事件和个人细节。因此，本书是一部小说，而且以小说的结构展开。①

从三位作者的声明和定义中，可以看出三个共通点。

其一，真实性。他们一致宣称，作品中所列举的事实都确凿无疑。也就是说，他们坚信传记小说的基础是事实。事实之真即传主的书信日记作品，传主朋友的回忆录，已经出版的相关传记。

其二，想象性。他们一致强调，传记小说的本质是想象。唯有通过想象，传记家和读者才能进入传主心灵中幽深的意识和思想中。

其三，重"形"特性。他们相信，传记小说运用小说技法，是为了凸显传主及其所处世界之"形"。所谓"形"，即内在生命精神的外在形相，即传主的所言、所想、所行及其与周围世界的关系。行使小说家的特权，也就意味着将"生命"注入传主和他的世界中，让他们成为"活生生"的人。但传记的基本特征是平面性：传记家收集并研究素材后，以全知口吻按年代顺序叙述和展现传主的一生，尽可能客观、翔实、全面，因而传主作为被叙述的对象往往缺乏鲜活个性。帕里尼曾描写传记的局限：他受委托为约翰·斯坦贝克写传记，采访了传主的众多亲朋好友和多个住所后，他"发现自己无法深入传主的心灵或重塑他的情感或他周围人们的情感。这一文类有它自己的局限性"②。传记小说的目标就是用小说技巧激活传主和他的世界。激活的媒介是想象。基本技法是：(1)采用叙事模式。叙事人是传主本人或他的朋友，人物的所想、所说、所行直接呈现，大量运用人物对话和生活场景细节描写。(2)创新结构模式。主要结构由人物关系建构，全景展现传主复杂的情感关系和生活空间转换。聚焦点往往是传主生命中的重要或危急时刻，具备戏剧性、冲突性和有机整体性。

传纪小说以不同方式处理事实与虚构的关系，至少出现三种不同写作模式。

其一，小说虚构与传记素材融合。

该模式主要特征是：以虚构方式呈现传主及周围人们的所言、所想、所行，将传记素材日记、书信、作品巧妙插入，同时表现传主的形与神。莫洛亚的《精灵：雪莱

---

① 洛奇：《作者，作者》，张冲、张琼译，上海：上海译文出版社，2007年，扉页。

② Parini, J. Writing biographical fiction: Some personal reflections. *A/b: Auto/Biography Studies*, 2016, 31 (1), p. 25.

传》是这一模式的经典。莫洛亚作为“新传记”标志性人物之一，其理念与斯特拉奇相同，重视塑造完整的“人”。其形式则是典型的“传记小说”，将传主的史料用小说的方式表现。他坚持传记家的主导地位，按照自己的理解确立主旨、取舍素材和设计小说般的结构，凸显雪莱精灵般超凡脱俗、桀骜不驯的生命精神。诚如莫洛亚所言，“我竭力把这些真实的素材按事情发展的逻辑整理得井井有条，给人一种自然、清晰的印象，就像小说给人的印象一样”①。叙事人是传记家，以全知视角展开，背景叙述简明且带有分析性，传主及其周边人们的观点和情感用人物对话、场景和细节呈现，凸显传主个性。全书主体框架建立在雪莱与两任妻子——哈丽雅特和玛丽的关系上；以雪莱“令人赞叹的单纯个性”②为主旨，建构内在统一性；所有章节围绕雪莱情感思想的纯真美好和坎坷生活经历展开；语言优美、叙述精练、事例紧凑，巧妙插入日记书信以展现传主的内在灵魂。这是一部形神兼备的经典之作。

不过莫洛亚对传记小说的弱点有清醒认识，“塑造一个具有内在一致性的、清晰的人生，但它是虚假的；或者展现明白易懂的人生，放弃虚构：这是传记家的两难处境”③。他随后创作的《拜伦传》《屠格涅夫传》等均采用了传统传记模式。

其二，小说虚构与传记素材拼贴。

该模式主要特征是：亲友对传主的回忆、传主的日记书信、传记家感想，各自独立成章，以多元视角、立体结构、虚实相间方式表现传主的形与神。杰伊·帕里尼的《最后一站》是这一模式的代表作。

《最后一站》全景追溯托尔斯泰从1910年1月到11月20日出于情感原因离家出走，最后在车站站长家中去世的悲剧经历。全书在结构上由亲友回忆、传主日记书信和传记家的诗歌杂糅而成。其中妻子、秘书、医生、小女儿、出版人的真实日记采用小说虚构技法，以第一人称回忆展现托尔斯泰的复杂性情和困惑人生，场景、对话、细节栩栩如生；托氏的书信日记聚焦上帝、灵魂、死亡、爱情等本质问题，呈现传主博大精深的思想；传记家的诗歌以若即若离的点评发挥画龙点睛的升华作用。众人眼中的传主、真实传主、传记家的感悟并置，情感困顿的传主、洞察人生的传主、悲剧的传主并置，小说、传记与诗歌并置，虚实相间，激发读者对生命的感动、震撼和深思。

帕里尼相信，“虚构本身是不真实的，即便诗意真实也不是真实。虚构是一种方法，是历史学家们用于发掘真实的技法。历史事实与历史虚构之间存在着巨大的鸿沟，传记小说家要对此进行干预，要有意混合两个范畴，要相信用小说技巧书写历史

① 莫洛亚：《雪莱传》，谭立德、郑其行译，杭州：浙江大学出版社，2013年，扉页。

② Maurois, A. *Aspects of Biography*. Cambridge: Cambridge University Press, 1929, p. 45.

③ Maurois, A. *Aspects of Biography*. Cambridge: Cambridge University Press, 1929, p. 44.

故事可以获得一种更强烈的真实,而不是事实之真。”[①]帕里尼的原创模式和理论观点值得特别关注,传记的深度真实来自虚实相间,只有这样才可以超越经验之真,进入生命之真。但是目前这类传记较少。

其三,纯粹的小说虚构。

该模式主要特征是:将传记素材全部转化为小说,基本不引用传主的日记书信,传主思想碎片化,作品表现出“形胜而神不达”的特性。戴维·洛奇在定义传记小说时特别指出,“它不是客观的、基于事实话语的传记”[②],这一点在大部分21世纪传记小说中得到体现,具体特征是:(1)将传记素材转化为小说。叙述人是传主或他的朋友,用对话、场景、细节来呈现人物的所想、所言和所行;主体结构由传主与朋友的关系构成;聚焦点是传主某重要事件。(2)不引用传主原始素材,真实性由传记家在前言后记中的声明来保证。(3)基于已有的传记,进行二次创作,后记中列出的参考书目大部分是前人的相关传记,日记、书信、作品等一手资料很少。(4)插入当代流行话题,比如同性恋、女性主义等。

戴维·洛奇的《作者,作者》(2004)是典型例证。它聚焦美国小说家亨利·詹姆斯19世纪80年代试图转型戏剧创作的失败经历;主体结构由詹姆斯与杂志插画家乔治·杜默里哀的友谊,以及詹姆斯与女作家康丝坦斯·费尼莫尔·伍尔逊的友情构成。通过三位艺术家不同人生轨迹的交集和比照,展示他们对家庭、友情、爱情、艺术创作的不同态度和取舍。[③] 全书虽然聚焦传主的创作失败,但只叙述过程,用对话浮光掠影地表现传主的情绪,并无书信、日记或作品来通达传主的思想,震撼人心的地方较少。

爱尔兰当代作家科尔姆·托宾的《大师》(2004)情况相似:按时间顺序叙述亨利·詹姆斯1895年1月到1899年10月的生活经历,由詹姆斯本人叙述他的内心感受和对生活圈的看法,内容琐碎平淡,停留在传主对人和事的即时情绪和回忆中,最突出的是对他同性恋取向的暗示和描写,没有进入传主灵魂深处。[④]西方学界的评论是,洛奇和托宾笔下的传主不像詹姆斯。

保拉·麦克莱恩的传记小说《我是海明威的巴黎妻子》(2011)从海明威的妻子哈德莉的视角叙述20世纪20年代她与海明威的短暂婚姻生活。全书聚焦日常生活情感,中间插入少量海明威小说片段,草草勾勒出海明威的形象。[⑤]

---

① Parini, J. Writing biographical fiction: Some personal reflections. *A/b: Auto/Biography Studies*, 2016, 31 (1), p. 22.

② Lodge, D. *The Year of Henry James*. London: Penguin Group, 2006, p. 8.

③ 洛奇:《作者,作者》,张冲、张琼译,上海:上海译文出版社,2007年。

④ 托宾:《大师》,柏栎译,上海:上海文艺出版社,2015年。

⑤ 麦克莱恩:《我是海明威的巴黎妻子》,郭宝莲译,北京:北京联合出版公司,2013年。

诚如戴维·洛奇所言,在传记小说创作过程中,最重要的是要尽力在传主生平的各类事实中找到“一个小说形态的故事”[①],故事的确写成了,但是还需要给传主注入原汁原味的生命精神,只有这样生命才会有神采。

三类传记小说:一类是小说化的传记,为塑造生命的神采而采用小说的内在统一性和外在技法。莫洛亚不担心虚构技法有损真实,却担心内在统一性可能削弱传主生命的复杂性和完整性,因而对此持谨慎态度。还有一类是虚构与素材相拼贴的传记,将虚构的“形相”、真实的精神、旁观者的感应并置。这种碎片状的创新是否能打动读者,取决于读者的想象力。最后一类是传记素材彻底小说化,故事的形态能够凸显传主的复杂情感,但未能深入传主的灵魂。

【结语】 弗吉尼亚·伍尔夫曾提出,理想的传记就是花岗岩般坚硬的真实性与彩虹般难以捉摸的人的品性的融合。[②] 其实,事实之真只是必要条件,重要的是将“人”的外在形相和内在精神融合在一起,达到形神兼备的佳境。鲍斯威尔已经为我们展现了生命传记的范本:他用约翰逊生命中的重要瞬间描绘出他的形相,每一个重要瞬间都用众人的目光凝聚而成,完好地保存了传主的生命的复杂性和完整性;生命形相的中心,是传主约翰逊的精神,由他本人的言谈、日记、书信、作品的重要片段聚合而成,聚焦点是对生命本质问题的思考。传记家鲍斯威尔带着对生命的欣喜之意和包容态度,赞美约翰逊的每一次挫折与成功。

与鲍斯威尔的传记相比较,假如斯特拉奇敏锐的生命分析中能带上对生命的欣喜和宽容,假如莫洛亚井然有序的生命轨迹中能容纳一些插曲,假如帕里尼的虚与实能够巧妙融合,假如戴维·洛奇的小说形态中能够注入生命精神,生命写作的前景将是无限灿烂的。重要的是,“我们能够看清存在的复杂性,不假装生命是已经解开的谜”[③]。

---

① 洛奇:《作者,作者》,张冲、张琼译,上海:上海译文出版社,2007年,扉页。

② Woolf, V. *Granite and Rainbow*: *Essays*. London: Harcourt Brace Jovanovich, Inc., 1958, p. 149.

③ Edel, L. *Writing Lives*: *Principia Biographica*. New York: W. W. Norton & Company, 1959, p. 42.

结　语　英国形式主义美学及其文学创作实践的共通性和创新性

在逐一完成对英国形式主义美学家罗杰·弗莱、克莱夫·贝尔和文学家弗吉尼亚·伍尔夫、传记家利顿·斯特拉奇的整体研究后，我们深切地感受到他们在思想基础和方法论等方面的共通性，也领悟到他们在美学理论与创作实践领域的创新性。我们将从共通性与创新性两个层面切入，综述英国形式主义美学的思想基础、方法论、思想路径、研究视野、美学理论、批评模式与形式创新等渊源、内涵、特性和价值。

一、共通性

英国形式主义美学及其文学创作实践在思想基础、方法论、思想路径、研究视野和核心美学理念方面具有共通性。形成共通性的主要原因有两个：一方面，弗莱、贝尔、弗吉尼亚·伍尔夫与斯特拉奇都是布鲁姆斯伯里文化圈的核心成员，他们长期坚持思想交流和对话，具有相互影响、相互激发和求同存异的特性；另一方面，他们的思想和实践都产生于20世纪上半叶第一次世界大战前后，对欧洲文明的反思和批判使他们将目光转向亚洲、非洲、美洲文艺，努力在全球视野中推陈出新，体现出既深入其内，又飘然其外的整体观照特性，其方法、视野和思想都超越于欧洲中心主义之上。

英国形式主义美学及其文学实践的思想基础是英国经验主义美学、浪漫主义美学、维多利亚时期美学与唯美主义美学。弗莱、贝尔、伍尔夫与斯特拉奇接纳并实践17—18世纪的英国经验主义美学从感性经验出发，经由理性分析，提炼普遍观念的经验主义归纳法，将培根、霍布斯、洛克的基本观点和舍夫茨别利的“内在感官说”、休谟的“同情说”、伯克的“崇高说”和“美感说”、荷加斯的“美的分析说”、雷诺兹的理想美学观等融入自己的方法论中，反复强调融感性与理性为一体的整体观照的重要性。他们推崇19世纪英国浪漫主义美学，倡导并推行柯勒律治综合康德美学和英国经验主义美学后提出的“有机整体性”方法论，华兹华斯的“诗是强烈情感的自然流露”的美学理念,雪莱的“诗即想象的表现”的美学境界和济慈的“消极能力说”所表达的无我、无限多样性统一的观点,克服经验主义归纳法的局限,进入感性与理性交融的“情感”与“想象”的高地。他们中和维多利亚时期美学家针对社会转型危机而提出的让艺术承担提升社会道德、支撑社会价值体系、保障人们快乐幸福的文艺原则,与唯美主义美学家反对将艺术看成道德的附庸而提出的“为艺术而艺术”的观点,在批判性地汲取卡莱尔的“英雄崇拜论”、罗斯金的“伟大艺术说”、阿诺德的“审美文化观”、莫里斯的“人民艺术观”的同时,批判性地推进瓦尔特·佩特和奥斯卡·王尔德开启的“美的形式”研究。他们的思想具有融经验主义美学、浪漫主义美学、维多利亚时期美学和唯美主义美学为一体的特性,将“经验”“情感”“想象”“道德”与“形式”适度融合,创造性地建立了从“经验”的感悟和提炼出发,聚焦“形式”的分析和创新,揭示艺术的“情感”本质的英国形式主义美学思想。

英国形式主义美学在方法论上体现出对英国经验主义美学、浪漫主义美学、维多利亚时期美学与唯美主义美学方法论的融会贯通和推陈出新的特性,罗杰·弗莱的“实践美学”代表了英国形式主义美学方法论的共通模板。罗杰·弗莱的“实践美学”的基点是审美体验,他强调审美主体用心灵去感悟文艺作品,从多视角、整体观照的文艺批评中归纳出文艺的本质和形式的内涵,具有归纳性、审美性和生命性特征。弗莱总结和提炼了用经验归纳法剖析“形式”的内涵和本质的方法论,揭示了从感性到理性再到整体的审美观照过程;他回顾英国文艺批评从感性出发考察经验、情感、文化的审美传统,将艺术批评对象推进到“形式”层面,以揭示作品的艺术感染力为目标;他反复审视自己的审美体验方法,不断修正自己的理论;他批判艺术模仿说,提出“艺术是交流情感的方式,以情感本身为目的”的艺术“情感说”,揭示艺术形式具有“意味”和“表现”双重内涵合一的本质特性。弗莱的方法论与欧美主导的重理性假说和逻辑演绎的形而上学方法论不同,其归纳性、审美性和生命性三大特征是克莱夫·贝尔、弗吉尼亚·伍尔夫和利顿·斯特拉奇在他们的理论、批评和创作中反复申明并始终坚持的。

英国形式主义美学家及其文学创作实践者在思想建构与形式创新的路径上具有共通性,共同秉持“批判模仿论——领悟经典——提出情感说——提出形式论——建构批评模式/实现形式创新”的创新路径,虽然他们的研究对象、理论内涵和批评/创作实践各不相同。(1)弗莱的建构路径是:首先批判印象主义绘画只追求视觉真实的模仿论局限,提出“艺术家的唯一合法目标是美”的观点;然后大量鉴赏欧、亚、非、美经典绘画作品,领悟艺术的“情感”本质;进而提出“情感说”,阐明艺术的“情感”本质;然后阐明“形式论”,指出艺术“形式”的三层内涵:表现统一性和意蕴统一性,“有意味和有表现力的形式”,“心理价值与造型价值的和谐统一”;最后,建

构并实践“知人论世”和“以意逆志”式的批评模式。(2)贝尔的建构路径是:首先批判欧洲“描绘性绘画”中的模仿论局限,指出绘画的目标是唤起审美情感而不是传达信息;接着领悟拜占庭艺术作品,指出它们具有“有意味的形式”的特性;进而提出“有意味的形式说”,阐明“有意味的形式”是所有视觉艺术作品的本质属性;然后创建“形式理论”,从后印象主义画家塞尚画作中提炼出艺术形式四大原则,即有意味的形式、物与心交、创造形式和表现“物自体”,以及两大技法,即简洁和构图;最后实践理论先导与意味阐释的艺术批评模式。(3)伍尔夫的建构途径是:首先从渊源、技巧、形式和本质等方面批判物质主义和精神主义小说只模仿物质/精神表象而不表现生命本质的局限;然后大量阅读和评论英、俄、法、古希腊经典作品,领悟文学的本质是表现生命;进而提出“生命创作说”,从创作心态、小说体裁、小说构成、创作意境和艺术特征五方面概括小说的生命性,阐明小说“是完整而忠实地记录真实的人的生命的唯一艺术形式”;接着提出“情感形式说”,指出形式的双重内涵:“形式”由多种情感关系构成,“形式”是情感关系的表现;最终创立英国现代主义小说,出版《雅各的房间》《达洛维夫人》《到灯塔去》《海浪》等原创小说。(4)斯特拉奇的建构路径是:首先批判传统传记的模仿论本质,指出其弊端是,模仿生平事迹、歌功颂德、缺乏艺术形式和审美意味;然后大量阅读和评论英、法、俄文学经典,领悟文学的艺术性和意味性;进而提出“生命传记说”,阐明传记的生命性、超越性和艺术性;接着提出“简约形式说”,阐明传记形式的简约性、精神自由性、历史与生命的交融性;最终创立英国“新传记”,出版《维多利亚名人传》和《维多利亚女王传》等原创传记作品。

英国形式主义美学家及其文学创作实践者具有共通的审美视野,即全球性与跨学科视野。弗莱的特性在于整体审视和对比欧、亚、非、美四大洲艺术,开展科学、艺术、美学、哲学、经济等多学科交叉研究。贝尔的特性在于英、法、古希腊罗马艺术的互鉴,以及艺术、文学、哲学、宗教、伦理的多学科综合研究。伍尔夫的特性在于英、法、俄、古希腊、美、日、中等多国文学的互鉴,以及文学、绘画、音乐、心理、哲学、历史等跨学科整体观照。斯特拉奇的特性在于英、法、俄、古希腊文艺的互鉴,以及文学、传记、戏剧的交融。虽然他们的全球视野的大小有区别,跨学科的范围不相同,但是他们都超越了欧洲中心主义的狭隘,因而他们能够提出具有东西方互鉴特性的创新性理论,并创新文艺形式和批评模式。

英国形式主义美学家及其文学创作实践者在全球性和跨学科性视野中提出了各自的“情感说”“形式说”和“创作说”/“批评说”,他们的理论与实践虽然因研究对象不同而各具独创性内涵,但它们享有本质上的共通性。弗莱、贝尔、弗吉尼亚·伍尔夫与斯特拉奇的“情感说”均将情感界定为文艺的本质,突破了模仿论的禁锢;他们的“形式说”都在不同程度上阐明了“情感”与“形式”合一的本质,突破了形式与内容二元对立的局限;弗莱与贝尔的艺术批评实践和弗吉尼亚·伍尔夫与斯特拉奇的小说/传记创作均体现了以生命性和艺术性为核心的特性,充分体现了现代主义文艺的本质。

二、创新性

英国形式主义美学及其文学创作实践的创新性主要体现在三个方面:(1)批判模仿论,提出艺术本质"情感说";(2)突破形式内容二元对立,提出融情感与形式为一体的"形式说";(3)倡导并实践物我合一式的艺术批评和生命精神至上的文学和传记创作。这三个方面的创新以不同的形态体现在弗莱、贝尔、弗吉尼亚·伍尔夫与斯特拉奇的理论与实践中。

1. 批判模仿论,提出艺术本质"情感说"

"情感说"是英国形式主义美学的第一大创新理论。"情感说"的创新性在于,它颠覆了西方两千年来以真善美界定文艺本质的形而上学定位,将文艺的本质与生命情感相连通,赋予文艺以生命活力。罗杰·弗莱是英国形式主义美学家中第一个提出这一观点的人,不过他并没有开展与西方形而上学文艺观的全面辩论,而是在汲取并修正托尔斯泰的文艺情感说的基础上,提出自己的"情感说"。贝尔在吸收弗莱的"情感说"的核心观点的基础上,从情感与形式的关系视角定位艺术的本质,提出艺术本质是"有意味的形式"的观点。而弗吉尼亚·伍尔夫与利顿·斯特拉奇则在吸收弗莱和贝尔的"情感说"和"有意味的形式说"的基础上,提出了"生命创作说"和"传记生命说",将生命精神的表现确定为文艺表现的核心。他们四人的学说具有内在关联性和视情感为艺术本质的共通性,但是其理论内涵各有侧重,体现各自的创新性。

罗杰·弗莱"情感说"的贡献在于:从提出"情感说"到完成"为后印象主义辩护",他在短短4年间完成了让欧洲艺术从印象主义走向后印象主义的大转向,推动并实现欧洲审美趣味从"再现"到"表现"的大转向。弗莱在批评模仿论的基础上,汲取并修正俄国作家托尔斯泰在《艺术是什么》中阐发的艺术是情感交流的手段,以道德为目的的观点,提出了"艺术是情感交流的手段,以情感本身为目的"的定义,凸显"以生命为本"的定位。他阐明"情感说"在四个方面优于西方"以理式为本"的艺术定义,解决了艺术概念与艺术创作、艺术美与感官美、美与丑、再现与表现的割裂的问题。他提出了"以情感为目的"的表现原则和"技法与元素—构图—情感"表意途径。他剖析了印象主义的再现性局限,深入阐明后印象主义的情感性和表现性,并以他对塞尚、梵高、高更、马蒂斯、毕加索等人的画作的深刻分析赢得了整个艺术界和观众对他的艺术批评的心悦诚服。弗莱的"情感说"源自托尔斯泰,基于英国经验

主义和浪漫主义美学，与中国诗学的“情志说”和立象尽意表现原则相通，其价值在于：彰显了艺术的情感性与表现性本质，阐明其传统性、原创性和形式性，实现从印象主义的再现性到后印象主义的情感性和表现性的审美趣味大转向。

克莱夫·贝尔的“有意味的形式说”是在接受弗莱的“情感说”的基础上提出的，他的贡献在于为英国形式主义美学精练地概括出其核心理念。贝尔在提出艺术本质是“有意味的形式”这一假说之后，着重阐明“有意味的形式”的双重内涵：艺术的“形式”是创造性而不是再现性的，艺术的“意味”指称艺术所唤起的独特情感，即“审美情感”。他进而揭示“有意味的形式”的形而上学内涵是“表现终极现实”，并从宗教、历史和伦理三个学科出发，解析艺术本质的精神性、历史性和伦理性。

弗吉尼亚·伍尔夫的“生命创作说”是她在文学创作中对弗莱的“情感说”和贝尔的“有意味的形式说”的实践和推进。她提出“小说是记录人的生命的艺术”的“生命创作说”，阐明她对艺术的生命性、形式性和超越性的强调，以此开启全新的“现代主义”原创写作。

利顿·斯特拉奇的“传记生命说”是他在传记创作中对弗莱的“情感说”和贝尔的“有意味的形式说”的实践和推进。他阐明“传记的目标是书写生命本身”，具有真实性、生命性、艺术性等特性，开启了英国“新传记”的原创性写作。

总体而言，弗莱、贝尔、伍尔夫与斯特拉奇的“情感说”的方法论、内涵和价值各有千秋。弗莱的“情感说”体现从感性到理性到整体观照的方法论特性，其思想源自托尔斯泰，但真正的厚实基础是他对后印象主义画家塞尚、梵高、高更、马蒂斯、毕加索等人的画作的深度分析，因而其理论不系统，但具有震撼力和说服力，不仅撼动西方根深蒂固的模仿论，而且成功地推动了从再现到表现的欧洲审美趣味大转向。贝尔的“有意味的形式说”采用理性假说的演绎性论证方式，在考察情感与形式的关系的基础上，不仅阐明“形式”与“意味”的内涵，而且揭示文艺的至境和内涵，具有拓展情感说的理论深度的作用，但是由于贝尔论证不充分，存在循环论证的局限，而且重点强调了“审美情感”，因此其理论引发争鸣，遭冷遇，影响力不大。伍尔夫和斯特拉奇的“生命创作说”和“传记生命说”是在文学阅读和创作实践的基础上提炼出来的，主要体现为对文学/传记创作的情感性和精神性的深度领悟，其论析理论性不强，其创新性主要体现在作品中。

2. 突破形式内容二元对立，提出融情感与形式为一体的“形式说”

“形式说”是英国形式主义美学的第二大创新理论。“形式说”的创新性在于，突破西方近现代文论中形式内容二元对立的现状，揭示形式的深层内涵，提出并实践情感形式合一的理论和创作。“形式”是西方思想史上的重要概念，既体现西方思想家对事物本原的认识，也体现西方艺术家对艺术表现方式的理解。从古希腊时期到

19世纪，西方学者对“形式”的阐释逐渐从哲学性的对事物“本原”的洞见和揭示，转为文艺性的对事物“表象”的模仿和再现。从毕达哥拉斯、柏拉图、亚里士多德、贺拉斯、奥古斯丁与阿奎那、康德分别以“数理形式”“理式”“四因说”“合式”“形式”“四大契机”揭示“自然”“自我”“存在”“艺术”“神学”“美”的本质，到文艺复兴以“形式”再现现实表象来揭示普遍人性，17—18世纪以“适应、多样、统一、单纯、复杂和尺寸”等技法来再现物象，19世纪维多利亚时期为“道德”而艺术和唯美主义“为艺术而艺术”，“形式”逐渐从富有意蕴的本原揭示，被简化为模仿与再现物象的技法。虽然浪漫主义对“情感”和“想象”的推崇曾一度让文艺从表象再现回复到情感思想的表现，但总体而言，文学和绘画从古希腊戏剧的本质揭示和中世纪壁画的神性揭示，到文艺复兴的人性表现，到现实主义的现实再现，再到自然主义的表象描摹和印象主义绘画的视觉真实再现；西方学界对文艺“形式”的阐释总体上体现出从本体走向技法的发展轨迹。于是，20世纪文论中出现了两股让“形式”回归本体的思潮：(1)将“形式”直接假定为文艺本质。比如“俄国形式主义”提出“艺术即技巧”，“新批评”认为文学文本即艺术本体，符号论美学、结构主义、解构主义均体现将“形式”中的“符号”“结构”“解构”假定为文艺本质的特性。(2)在“形式”中融入“情感”，让“形式”成为兼具“意味”和“表现力”的本体。弗莱和贝尔的“英国形式主义美学”所倡导的正是这一观点。弗莱是英国形式主义美学家中第一个通过经典绘画分析，深度解析形式内涵的人；贝尔的研究对象是原始绘画和后印象主义画作，因而他对形式内涵的理解与弗莱有所不同。弗吉尼亚·伍尔夫与利顿·斯特拉奇在吸收弗莱和贝尔的“形式说”的基础上，提出了“情感形式说”和“简约形式说”，他们的思想主要体现在小说和传记的创作实践中。

罗杰·弗莱的“形式说”的创新点在于，他将“形式”视为兼具“意味”和“表现力”的本体，将形式的哲学性内涵与艺术性内涵融合为一体，用毕生的研究，完成了对“形式”内涵的三重提炼。他揭示，形式的第一重内涵是“表现统一性和意蕴统一性”，着重从艺术的“内在构成”上揭示“形式”的内在机制；形式的第二重内涵是“有意味和有表现力的形式”，侧重从内容和形式的整体关系上揭示“意味”内涵与“有表现力的形式”外延的融合；形式的第三重内涵是“诗意狂喜与造型结构的完美统一”，即艺术作品的“形”与创作者的“神”的统一。其理论与刘勰的“神与物游说”相近，达到了艺术形式的最高境界。弗莱的“形式说”克服了西方自文艺复兴以来，将形式与内容二元对立的局限，通过将“情感”与“形式”相融，重归毕达哥拉斯学派的“数理形式”、柏拉图的“理式”、亚里士多德的“四因说”与贺拉斯的“合式说”所持的形式一元论，具有很高的思想价值。

克莱夫·贝尔的“形式理论”的创新点在于，他通过概括和提炼后印象主义画家

塞尚的创作思想,对欧洲艺术从"再现"转向"表现"做出了理论归纳,揭示了艺术形式的基本原理,其观点与中国北宋时期的"文人画理论"具有相通性。贝尔通过对塞尚的绘画分析,提出了表现"有意味的形式"的创作宗旨,"物与心交"的构思模式,"创造形式"的创作要旨,表现"物自体"的创作境界和"简洁"与"构图"两大创作技法;其观点与中国北宋时期欧阳修、苏轼、黄庭坚、米芾为概括"写意"转向而提出的"画意不画形""身与竹化""随物赋形""常理""萧散简远""立意在先"等"文人画理论"在方法论、创作宗旨、构思模式、形式要旨、艺术境界、创作笔法和创作构图等方面具有相通性。贝尔和中国北宋艺术家分别促成了欧洲绘画从物象"再现"到意味"表现"和中国绘画从物象"写实"到情志"写意"的重大转向,丰富和提升了中西绘画的意蕴和境界。

弗吉尼亚·伍尔夫的"情感形式说"是在广泛领悟欧亚美经典作品的基础上形成的,其核心理念是"形式是情感关系的构成和情感关系的表现"。伍尔夫重点揭示她对人与人、人与自我、人与自然、人与命运等多重情感关系的关注和她对"形神合一""物我合一""情景交融""非个性化""生命本真"等多重文学形式的原创性实践,主要体现在她的小说创作中。

利顿·斯特拉奇的"简约形式说"是在反思欧美文学、戏剧和传记作品的基础上形成的,他批判传统传记的缺陷,提出传记形式应具有"简约性""精神自由""历史与生命交融性"等特性,并在创作中营造物我合一、意在笔先、超然物外的艺术境界和创新形式。

总之,英国形式主义美学的"形式说"的主要贡献是将形式与情感相融合,从纵向和横向两方面阐明形式的内涵。其中,弗莱对形式的揭示是纵深性的,从形式的内在构成、文质关系、形神关系三个层面阐明形式的本质。贝尔对形式的探讨是横向性的,从创作宗旨、构思模式、创作要旨、艺术境界和创作技法多个角度阐明形式的特性。弗吉尼亚·伍尔夫与斯特拉奇的形式论分别从形式中的情感关系和形式的艺术形态两方面阐明小说与传记的形式特性。

3. 倡导并实践物我合一式的艺术批评模式和生命精神至上的文学和传记创作模式

罗杰·弗莱和克莱夫·贝尔都采用了物我合一式的艺术批评模式,均强调从批评家的主体意识出发,感悟并阐释艺术作品。但是他们的批评模式又有很大的差异,弗莱倡导心灵交流式批评模式,而贝尔采用心灵阐释式批评模式,另外他们的批评对象也有很大的差异,前者聚焦世界经典画作,后者青睐欧洲原始画。

弗莱具有全球性艺术批评视野,不仅论析自中世纪至当代的欧洲艺术家及其作品,而且评析英国、法国、希腊、中国、印度、埃及、美国等欧、亚、非、美洲国家和地区的绘画史，其视野之开阔，评论之精深，令人叹为观止。弗莱将批评视为基于生命体验的心灵对话，强调在深入了解艺术创作者的性情与时代背景的基础上，以批评家之情志领悟作家作品之情志，以揭示作品之意味。他的批评的根基是他的全球性批评视野，其艺术批评特性与中国传统批评的“知人论世”和“以意逆志”相通。他的艺术批评的价值在于，不仅将狄德罗的文学性艺术批评、罗斯金的道德性艺术评判和瓦特·佩特的印象式批评推进到审美批评层面，而且努力推进古今艺术与世界艺术的互鉴。

贝尔对艺术批评有独特的理解，倡导一种“理论先导”和“意味阐释”式艺术批评，认为批评家应发挥“向导”的作用，以说服公众接受自己的观点，提升他们的欣赏能力。他将“有意味的形式”理论运用于西方艺术史和后印象主义画家批评中，盛赞6世纪拜占庭艺术，9世纪到13世纪拜占庭艺术，14与15世纪的佛罗伦萨艺术和现当代后印象主义艺术，其颠覆性的艺术批评有益于唤起学界和公众对艺术本质的重新思考。他的思想颇具先锋性特征，朝着揭示世界艺术的共通性迈开了重要的一步。

弗吉尼亚·伍尔夫与利顿·斯特拉奇的小说和传记创作都具有生命至上的特性，他们以原创的艺术形式深刻而精湛地表现生命精神，体现形神合一、笔简意远、情景交融等特性。

弗吉尼亚·伍尔夫在小说《达洛维夫人》《雅各的房间》和随笔集《伦敦风景》中以丰富多彩的形式表现生命精神。她在小说《达洛维夫人》中，以生与死、健全与疯狂并置的方式表现她为第一次世界大战后的西方社会所做的伦理选择，体现出用中国之“道”反观西方文明的特性，表现了“有意味”的艺术形式。她汲取同时期英国哲学家伯特兰·罗素对中国之“道”的论述，在小说中并置不同类型人物的处世之道，用伊丽莎白·达洛维、理查德·达洛维、萨利等人物所体现的顺其自然、无欲无争的“无为”之道，反照彼得、基尔曼等人物所体现的强制、主宰的“独断”之道给人带来的痛苦；用克拉丽莎·达洛维所体现的“柔弱胜刚强”“无为”和“慈爱”等“贵生”之道，反照赛普蒂莫斯所体现的“理想”和“绝情”的“无情”之道给生命带来的毁灭性打击。伍尔夫最终阐明“以生命为本”“尊重生命”和“联结生命”的伦理观，表现了中西融合的伦理取舍。她在小说《雅各的房间》中以简化和构图的方式成功实现了小说形式的创新。她用“声音”建构小说的中轴，用“内外聚焦”建构生命精神的整体性和内在统一性，又以“物象并置”将个体生活提升到诗意高度，用“意象”揭示深远的命运之“意”。所有这一切创造性的尝试，让“新的形式”熠熠发光。她在随笔集《伦敦风景》中，从地理形貌、经济态势、文化思想、生活习性、政治制度、宗教信仰等视角全方位描写伦敦。她的描写是感性的，又是想象的，将伦敦的景观、意蕴和本质都表现出来

了，实现“情景交融”的三层内涵(物我合一、形神合一、言外之意)的融会贯通，充分展现了她的创作功力。她的伦敦随笔所体现的景、情、意层层递进的特性，相通于中国诗人王昌龄所提出的“物境、情境和意境说”。她的“情景交融”的根基是弗莱的“情感说”和她本人的“生命情感说”，其表现不仅达到由表及里的深度，而且达到超然物外的高度。

利顿·斯特拉奇在《维多利亚名人传》和《维多利亚女王传》中以精神至上的方式栩栩如生地刻画了英国维多利亚时期4位名人和英国维多利亚女王。斯特拉奇的《维多利亚名人传》是英国20世纪“新传记”的奠基之作，它的原创性体现在全新的“有意味的形式”的建构上。其创作独特性有二:(1)以传主“在重要历史事件中的伦理选择”为基本结构，简约客观，去芜存菁，凸显英国维多利亚时期宗教界、医疗界、教育界、军界名人的伦理困境，颠覆了传统传记以生平事迹为结构的烦琐冗长；(2)以“人格”的披露为目标，公正、完整而深刻地展现4位传主以利为本、以善为本、以德为本的多元人格，突破传统传记以歌功颂德为目标的单面性和浅表性。斯特拉奇融历史、传记、伦理为一体的独特形式建构，不仅有力地实践了乔治·摩尔的伦理思想，而且开创了融情感性、艺术性和审美性为一体的“新传记”模式。斯特拉奇的《维多利亚女王传》是英国20世纪“新传记”的代表之作，它的形式创新性主要体现为“形神合一”的特性上。其创作有两个特性:在形式上，以“执政阶段”为经，以“众星拱月”为纬，凸显女王风范；在意蕴上，体现“为民谋福利”的政治目标和“以善为本”的人格品性的融合，展现传主的完整“人格”。斯特拉奇奠定了融政治、历史、伦理、传记和文学为一体的“新传记”模式。将利顿·斯特拉奇的“新传记”与当代“传记小说”相对比，我们发现斯特拉奇的“新传记”和当代“传记小说”均继承并拓展了鲍斯威尔所开创的传记的生命写作模式。“新传记”，基于学界对生命精神的新认识，以揭示生命价值为理念，创作中体现“重神”特性，即:以生命分析凸显传主精神，用人格塑造建构生命框架，旨在表现生命灵魂的复杂性。而当代“传记小说”运用后现代拼贴法，以激发生命想象为理念，创作中体现“重形”特征，即:以小说技法激活生命的内外形神，用人物关系建构生命框架，旨在以生动的形式表现生命性情。新传记和传记小说以不同方式增强生命写作的精神性和情感性，开创了传记艺术的多种可能性。

最后，我们简要回顾一下本研究的方法论。本专著在整体框架上，采用“西学为史，中学为镜”的原则，将“英国形式主义美学及其文学创作实践”放置于西方“形式”概念史和英国近代美学史的历史大背景中，观照其对西方传统的继承性和创新性；同时以中国诗学为镜，用基于审美感悟的中国诗学范畴的言志说、形神说、情景说、意境说、知人论世说、以意逆志说、文人画理论等，观照同样基于审美感悟的英国形式主义美学及其文学创作实践，以阐明其渊源、方法、路径、内涵和价值。在局部研究上，采用“中西审美批评双重观照法”，坚持中西互鉴，将“知人论世、以意逆志”法与“分析论证”法相结合。一方面，重视研究的整体性、关联性、互补性、动态性，以“物我合一”方式感悟事物，以洞见事物之本质；另一方面，在具体论析中，努力做到资料翔实，逻辑严密，分析深入，条理清晰。同时，遵从研究对象的广博视野，本研究尽量采用全球性和跨学科视野，体现绘画艺术、文学、传记、哲学、美学等多学科交叉特性，重点考察视觉艺术、文学和传记三个领域之间的交互影响，并通过艺术理论、文学理论、传记理论之间的比照，以及文艺理论与创作实践的关联性，论析其相通性。

参考文献

阿诺德:《当代批评的功能》,见伍蠡甫主编《西方文论选》(下卷),上海:上海译文出版社,1979 年,第 76—82 页。

阿诺德:《文化与无政府状态:政治与社会批评》,韩敏中译,北京:生活·读书·新知三联书店,2002 年。

艾尔曼:《乔伊斯传》(上),金娣、李汉林、王振平译,北京:北京出版社,2006 年。

包华石:《东方体为西方用:罗杰·弗莱与现代主义文化政治》,载《文艺研究》2007 年第 4 期,第 141—144 页。

鲍姆嘉通:《美学》,简明、王旭晓译,北京:文化艺术出版社,1987 年。

鲍桑葵:《美学史》,张今译,桂林:广西师范大学出版社,2001 年。

鲍斯威尔:《约翰逊博士传》,王增澄、史美骅译,上海:上海三联书店,2006 年。

北京大学哲学系美学教研室编:《西方美学家论美和美感》,北京:商务印书馆,1980 年,第 116—117 页。

北京大学哲学系外国哲学史教研室编:《十六—十八世纪西欧各国哲学》,北京:商务印书馆,1975 年。

贝尔:《艺术》,周金环、马钟元译,北京:中国文联出版社,1984 年。

贝尔:《伍尔夫传》,萧易译,南京:江苏教育出版社,2005 年。

贝尔:《隐秘的火焰:布鲁姆斯伯里文化圈》,季进译,南京:江苏教育出版社,2006 年。

贝西埃、库什纳等主编:《诗学史》,史忠义译,天津:百花文艺出版社,2001 年。

伯克:《崇高与美——伯克美学论文选》,李善庆译,上海:上海三联书店,1990 年。

伯克:《关于我们崇高与美观念之根源的哲学探讨》,郭飞译,郑州:大象出版社,2010 年。

柏拉图:《会饮篇》,见朱光潜《朱光潜全集》(第十二卷),合肥:安徽教育出版社,1991 年,第 182—250 页。

柏拉图:《理想国》,见朱光潜《朱光潜全集》(第十二卷),合肥:安徽教育出版社,1991 年,第 20—79 页。

柏拉图:《斐德若篇》,见朱光潜《朱光潜全集》(第十二卷),合肥:安徽教育出版社,

1991 年,第 80—153 页。

柏拉图:《柏拉图全集》(第一卷),北京:人民出版社,2002 年。

柏拉图:《斐多篇》,见《柏拉图全集》(第一卷),北京:人民出版社,2002 年,第 51—133 页。

卜松山:《与中国作跨文化对话》,刘慧儒、张国刚等译,北京:中华书局,2000 年。

布卢姆:《西方正典》,江宁康译,南京:译林出版社,2005 年。

陈传席:《中国绘画美学史》(上、下),北京:人民美术出版社,2002 年。

狄德罗:《狄德罗美学论文选》,张冠尧、桂裕芳译,北京:人民文学出版社,2008 年。

蒂博代:《六说文学批评》,赵坚译,北京:生活·读书·新知三联书店,2002 年。

杜娟:《死与变:〈达洛维太太〉〈到灯塔去〉〈海浪〉的深层内涵》,载《外国文学研究》2005 年第 5 期,第 65—71 页。

丰子恺:《如何看懂印象派》,北京:新星出版社,2015 年。

弗莱:《回顾》,见蒋孔阳主编《二十世纪西方美学名著选》(上),上海:复旦大学出版社,1987 年,第 192—201 页。

弗莱:《论美学》,见蒋孔阳主编《二十世纪西方美学名著选》(上),上海:复旦大学出版社,1987 年,第 175—191 页。

弗莱:《视觉与设计》,易英译,南京:江苏教育出版社,2005 年。

弗莱:《塞尚及其画风的发展》,沈语冰译,桂林:广西师范大学出版社,2009 年。

弗莱:《罗杰艺术批评文选》,沈语冰译,南京:凤凰出版传媒集团,2010 年。

弗莱:《弗莱艺术批评文选》,沈语冰译,南京:江苏美术出版社,2013 年。

高奋:《小说:记录生命的艺术形式——论弗吉尼亚·伍尔夫的小说理论》,载《外国文学评论》2008 年第 2 期,第 53—63 页。

高奋:《记忆:生命的根基——论伍尔夫〈海浪〉中的生命写作》,载《外国文学》2008 年第 5 期,第 56—64 页。

高奋:《批评,从观到悟的审美体验——论弗吉尼亚·伍尔夫的批评理论》,载《外国文学评论》2009 年第 3 期,第 32—40 页。

高奋:《中西诗学观照下的伍尔夫现实观》,载《外国文学》2009 年第 5 期,第 37—44 页。

高奋:《弗吉尼亚·伍尔夫生命诗学研究》,载《英美文学研究论丛》2010 年第 12 期,第 334—342 页。

高奋:《霍加斯出版社与英国现代主义的形成和发展》,载《中国出版》2012 第 13 期,第 56—60 页。

高奋:《吸收借鉴国外优秀文化成果之立场、方法和视野》,载《中国出版》2013 年第 1

期,第 24—25 页。
高奋:《弗吉尼亚·伍尔夫的中国眼睛》,载《广东社会科学》2016 年第 1 期,第 163—172 页。
高奋:《走向生命诗学——弗吉尼亚·伍尔夫小说理论研究》,北京:人民出版社,2016 年。
葛桂录:《雾外的远音——英国作家与中国文化》,银川:宁夏人民出版社,2002 年。
葛路:《中国画论史》,北京:北京大学出版社,2009 年。
龚鹏程:《中国文学批评史论》,北京:北京大学出版社,2008 年。
顾祖钊:《艺术至境论》,天津:百花文艺出版社,1993 年。
哈奇生:《论美和德行两种观念的根源》,见章安祺编订《缪灵珠美学译文集》(第二卷),北京:中国人民大学出版社,1987 年,第 55—85 页。
哈维、马修:《19 世纪英国:危机与变革》,韩敏中译,北京:外语教学与研究出版社,2007 年。
海德格尔:《海德格尔选集》,孙周兴编译,上海:上海三联书店,1996 年。
韩世轶:《弗·伍尔夫小说叙事角度与对话模式初探》,载《外国文学研究》1994 年第 1 期,第 94—97 页。
郝琳:《伍尔夫之"唯美主义"研究》,载《外国文学》2006 年第 6 期,第 37—43 页。
荷加斯:《美的分析》,杨成寅译,桂林:广西师范大学出版社,2005 年。
贺拉斯:《诗艺》,杨周翰译,北京:人民文学出版社,1962 年。
赫斯:《欧洲现代画派画论》,宗白华译,桂林:广西师范大学出版社,2002 年。
胡经之:《中国古典文艺学丛编》(1—3),北京:北京大学出版社,2001 年。
胡经之、李健:《中国古典文艺学》,北京:光明日报出版社,2006 年。
华兹华斯:《〈抒情诗歌谣〉序言及附录》,见中国社会科学院文学研究所编著《古典文艺理论译丛》(卷一),北京:知识产权出版社,2010 年,第 3—45 页。
黄庭坚:《山谷题跋》,见卢辅圣主编《中国书画全书》(第一册),上海:上海书画出版社,1999 年,第 245 页。
霍布斯:《利维坦》,见中国社会科学院外国文学研究所编《外国理论家 作家论形象思维》,北京:中国社会科学出版社,1979 年,第 14—38 页。
吉尔伯特、库恩:《美学史》,夏乾丰译,上海:上海译文出版社,1999 年。
济慈:《书信》,见伍蠡甫主编《西方文论选》(下卷),上海:上海译文出版社,1979 年,第 60—66 页。
蒋承勇:《世界主义、文化互渗与比较文学》,载《外语与外语教学》2018 年第 1 期,第 135—140 页。

蒋孔阳主编:《二十世纪西方美学名著选》(上),上海:复旦大学出版社,1987年。
蒋孔阳主编:《二十世纪西方美学名著选》(下),上海:复旦大学出版社,1987年。
金东雷:《英国文学史纲》,上海:商务印书馆,1937年。
卡莱尔:《拼凑的裁缝》,马秋武等译,桂林:广西师范大学出版社,2004年。
卡西尔:《人论》,甘阳译,上海:上海译文出版社,1985年。
康德:《判断力批判》(上卷),宗白华译,北京:商务印书馆,1996年。
康德:《判断力批判》,邓晓芒译,北京:人民出版社,2002年。
康德:《判断力批判》,李秋零译,北京:中国人民大学出版社,2011年。
柯勒律治:《文学生涯》,见《十九世纪英国诗人论诗》,刘若端译,北京:人民文学出版社,1984年,第59—94页。
莱瑟尔、沃尔夫:《二十世纪西方艺术史》(下),杨劲译,北京:商务印书馆,2016年。
朗格:《情感与形式》,刘大基、傅志强、周发祥译,北京:中国社会科学出版社,1986年。
老子:《老子》,韦利英译,陈鼓应今译,傅惠生校注,长沙:湖南人民出版社,1999年。
老子:《道德经·第十六章》,见任继愈著《老子绎读》,北京:北京图书馆出版社,2006年,第35页。
李斯托威尔:《近代美学史评述》,蒋孔阳译,合肥:安徽教育出版社,2007年。
李森:《评弗·伍尔夫〈到灯塔去〉的意识流技巧》,载《外国文学评论》2000年第1期,第62—68页。
李泽厚:《美的历程》,天津:天津社会科学出版社,2001年。
梁庆标编:《传记家的报复:新近西方传记研究译文集》,桂林:广西师范大学出版社,2015年。
梁遇春:《梁遇春散文》,杭州:浙江文艺出版社,2001年。
刘倩:《跨越时空的文学因缘:罗杰·弗莱的中国古典艺术研究与英国现代主义文学》,载《中外文化与文论》2015年第2期,第71—82页。
刘勰:《文心雕龙》,徐正英、罗家湘注译,郑州:中州古籍出版社,2008年。
刘义庆:《世说新语》,杭州:浙江古籍出版社,1998年。
柳无忌:《西洋文学的研究》,上海:大东书局,1946年。
罗森鲍姆:《回荡的沉默:布鲁姆斯伯里文化圈侧影》,杜争鸣、王杨译,南京:江苏教育出版社,2006年。
罗森鲍姆:《岁月与海浪:布鲁姆斯伯里文化圈人物群像》,徐冰译,南京:江苏教育出版社,2006年。
罗斯金:《现代画家》(第一卷),唐亚勋译,桂林:广西师范大学出版社,2005年。

罗斯金:《现代画家》(第二卷),赵何娟译,桂林:广西师范大学出版社,2005 年。
罗斯金:《现代画家》(第三卷),张鹏译,桂林:广西师范大学出版社,2005 年。
罗斯金:《现代画家》(第四卷),丁才云译,桂林:广西师范大学出版社,2005 年。
罗斯金:《现代画家》(第五卷),陆平译,桂林:广西师范大学出版社,2005 年。
罗素:《西方的智慧》,亚北译,北京:中国妇女出版社,2004 年。
洛克:《人类理解论》(上册),北京:商务印书馆,1983 年。
洛奇:《作者,作者》,张冲、张琼译,上海:上海译文出版社,2007 年。
麻天祥:《中国禅宗思想史略》,北京:中国人民大学出版社,2007 年。
马尔库塞:《审美之维》,桂林:广西师范大学出版社,2001 年。
马基雅维里:《君主论》,潘汉典译,北京:商务印书馆,1986 年。
麦卡锡:《利顿·斯特雷奇》,见罗森鲍姆《岁月与海浪:布鲁姆斯伯里文化圈人物群像》,徐冰译,南京:江苏教育出版社,2006 年,第 178—191 页。
麦克莱恩:《我是海明威的巴黎妻子》,郭宝莲译,北京:北京联合出版公司,2013 年。
梅曾亮:《李芝龄先生诗集后跋》,见黄霖、蒋凡主编《中国历代文论选新编·晚清卷》,上海:上海教育出版社,2008 年,第 35 页。
米芾:《画史》,见潘运告编注《中国历代画论选》,长沙:湖南美术出版社,2007 年,第 282—304 页。
米勒:《文学死了吗》,桂林:广西师范大学出版社,2007 年。
摩尔:《伦理学原理》,长河译,上海:上海人民出版社,2005 年。
莫拉维亚:《关于长篇小说的笔记》,见吕同六主编《20 世纪世界小说理论经典》(下卷),北京:华夏出版社,1995 年,第 32—39 页。
莫里斯:《艺术与社会主义》,见伍蠡甫主编《西方文论选》(下卷),上海:上海译文出版社,1979 年,第 90—99 页。
莫洛亚:《雪莱传》,谭立德、郑其行译,杭州:浙江大学出版社,2013 年。
聂珍钊:《文学伦理学批评导论》,北京:北京大学出版社,2014 年。
牛宏宝:《现代西方美学史》,北京:北京大学出版社,2014 年。
帕里尼:《最后一站》,西安:陕西人民出版社,2010 年。
潘运告编注:《中国历代画论选》,长沙:湖南美术出版社,2007 年。
培根:《学术的进展》,见伍蠡甫主编《西方文论选》(上卷),上海:上海译文出版社,1979 年,第 247—248 页。
培根:《新工具》,北京:商务印书馆,1984 年。
培根:《论美》,见朱光潜:《朱光潜全集》(第六卷),合肥:安徽教育出版社,1999 年,第 502—503 页。

佩特:《文艺复兴:艺术与诗的研究》,张岩冰译,桂林:广西师范大学出版社,2002 年。

钱谷融:《关于艺术性问题——兼评“有意味的形式”》,载《文艺理论研究》1985 年第 11 期,第 2—5 页。

瞿世镜:《伍尔夫·意识流·综合艺术》,载《当代文艺思潮》1987 年第 5 期,第 132 页。

瞿世镜:《伍尔夫研究》,上海:上海文艺出版社,1988 年。

瞿世镜:《意识流小说家伍尔夫》,上海:上海文艺出版社,1989 年。

荣格:《心理学与文学》,冯川、苏克译,北京:生活·读书·新知三联书店,1987 年。

汝信主编,凌继尧等著:《西方美学史》(第一卷),北京:中国社会科学出版社,2005 年。

汝信主编,彭立勋等著:《西方美学史》(第二卷),北京:中国社会科学出版社,2005 年。

汝信主编,李鹏程等著:《西方美学史》(第三卷),北京:中国社会科学出版社,2008 年。

汝信主编,金惠敏等著:《西方美学史》(第四卷),北京:中国社会科学出版社,2008 年。

莎士比亚:《莎士比亚全集》(第九卷),朱生豪译,北京:人民文学出版社,1978 年。

舍夫茨别利:《论特征》,见北京大学哲学系美学教研室编《西方美学家论美和美感》,北京:商务印书馆,1980 年,第 93—95 页。

申富英:《评〈到灯塔去〉中人物的精神奋斗历程》,载《外国文学评论》1999 年第 4 期,第 66—71 页。

申富英:《〈达洛卫夫人〉的叙事联接方式和时间序列》,载《外国文学评论》2005 年第 3 期,第 59—66 页。

沈语冰:《20 世纪艺术批评》,杭州:中国美术学院出版社,2003 年。

沈语冰:《罗杰·弗莱与形式主义批评》,见《20 世纪艺术批评》,杭州:中国美术学院出版社,2003 年,第 54—80 页。

沈语冰:《弗莱之后的塞尚研究管窥》,载《世界美术·史与论》2008 年第 3 期,第 74—83 页。

沈语冰:《罗杰·弗莱的批评理论》,见弗莱《塞尚及其画风的发展》,桂林:广西师范大学出版社,2009 年,第 213—228 页。

沈语冰:《塞尚的工作方式》,见弗莱《塞尚及其画风的发展》,桂林:广西师范大学出版社,2009 年,第 1—24 页。

沈语冰:《罗杰·弗莱:阐释与再阐释》,见弗莱《弗莱艺术批评文选》,南京:江苏美术出版社，2013 年，第 3—47 页。

施耐庵：《水浒传·金圣叹批评本》，长沙：岳麓书社，2015 年。

寿勤泽：《中国文人画思想史探源》，北京：荣宝斋出版社，2009 年。

斯佩泽尔、福斯卡：《欧洲绘画史》，路曦等译，桂林：广西师范大学出版社，2002 年。

斯特拉奇：《维多利亚名人传》，周玉军译，上海：上海三联书店，2007 年。

斯特拉奇：《维多利亚女王传》，王英译，北京：经济科学出版社，2012 年。

斯特拉奇：《伊丽莎白女王与埃塞克斯伯爵》，戴子钦译，上海：上海译文出版社，2013 年。

苏轼：《〈苏东坡集〉前集卷十六〈书晁补之所藏与可画竹画〉》，见胡经之《中国古典文艺学丛编》(一)，北京：北京大学出版社，2001 年，第 198 页。

苏轼：《〈苏东坡集〉前集卷十六〈书鄢陵王主簿所画折枝二首〉之一》，见胡经之：《中国古典文艺学丛编》(二)，北京：北京大学出版社，2001 年，第 82 页。

苏轼：《跋宋汉杰画山》，见潘运告编注《中国历代画论选》，长沙：湖南美术出版社，2007 年，第 279 页。

苏轼：《净因院画记》，见潘运告编注《中国历代画论选》，长沙：湖南美术出版社，2007 年，第 266—267 页。

苏轼：《书蒲永升画后》，见潘运告编注《中国历代画论选》，长沙：湖南美术出版社，2007 年，第 267—268 页。

塔塔科维兹：《中世纪美学》，褚朔维等译，北京：中国社会科学出版社，1991 年。

泰森：《"寻找，你就会得到"……然后又失去：〈了不起的盖茨比〉的结构主义解读》，见张中载、赵国新编《文本·文论——英美文学名著重读》，北京：外语教学与研究出版社，2004 年，第 11—12 页。

唐岫敏：《罗杰·弗莱的艺术美学思想与斯特拉奇"新传记"》，载《淮阴师范学院学报(哲学社会科学版)》2010 年第 3 期，第 362—370 页。

唐岫敏：《斯特拉奇与"新传记"——历史与文化的透视》，太原：山西人民出版社，2010 年。

唐岫敏：《英国传记发展史》，上海：上海外语教育出版社，2012 年。

托宾：《大师》，柏栎译，上海：上海文艺出版社，2015 年。

托尔斯泰：《列夫·托尔斯泰文集》(第 14 卷)，陈燊、丰陈宝等译，北京：人民文学出版社，2000 年。

托尔斯泰：《艺术论》，张昕畅、刘岩、赵雪予译，北京：中国人民大学出版社，2005 年。

托尔斯泰：《艺术论》(节选)，见 Wartenberg，T. E.《什么是艺术》，李奉栖、张云、胥全文等译，重庆：重庆出版社，2011 年，第 103—110 页。

王尔德:《谎言的衰朽》,见伍蠡甫主编《西方文论选》(下卷),上海:上海译文出版社,1979年,第113—120页。

王尔德:《王尔德作品集》,北京:人民文学出版社,2000年。

王家湘:《维吉尼亚·吴尔夫独特的现实观与小说技巧之创新》,载《外国文学》1986年第7期,第56—61页。

王南湜:《中西思维方式的差异及其意蕴析论》,载《新华文摘》2012年第3期,第33—38页。

王又如:《略论贝尔与弗莱的形式主义美学思想》,载《上海社会科学院学术季刊》1985年第5期,第181—194页。

韦勒克:《近代文学批评史》(第二卷),杨自伍译,上海:上海译文出版社,1997年。

韦勒克:《近代文学批评史》(第三卷),杨自伍译,上海:上海译文出版社,1997年。

韦勒克:《近代文学批评史》(第五卷),杨自伍译,上海:上海译文出版社,2009年。

卫茂平:《中国对德国文学影响史述》,上海:上海外语教育出版社,1996年。

伍尔夫:《伦敦风景》,宋德利译,南京:译林出版社,2010年。

伍蠡甫主编:《西方文论选》(下卷),上海:上海译文出版社,1979年。

锡德尼:《为诗辩护》,见孟庆枢、杨守森主编《西方文论选》,北京:高等教育出版社,2007年,第62—68页。

休谟:《论趣味的标准》,见北京大学哲学系美学教研室编《西方美学家论美和美感》,北京:商务印书馆,1980年,第107—112页。

休谟:《论人的知解力》,见北京大学哲学系美学教研室编《西方美学家论美和美感》,北京:商务印书馆,1980年,第111—112页。

休谟:《论文集》,见北京大学哲学系美学教研室编《西方美学家论美和美感》,北京:商务印书馆,1980年,第108—110页。

休谟:《人性论》,贺江译,北京:台海出版社,2016年。

雪莱:《为诗辩护》,见中国社会科学院文学研究所编著《古典文艺理论译丛》(卷一),北京:知识产权出版社,2010年,第80—109页。

亚里士多德:《诗学》,罗念生译,北京:人民文学出版社,1962年。

亚里士多德:《亚里士多德全集》(第七卷),苗力田主编,苗力田译,北京:中国人民大学出版社,1993年。

杨莉馨:《20世纪文坛上的英伦百合:弗吉尼亚·伍尔夫在中国》,北京:人民出版社,2009年。

杨莉馨:《"用文字来表现一种造型感"——论罗杰·弗莱的设计美学对伍尔夫小说实验的影响》,载《南京师大学报(社会科学版)》2015年第1期,第139—146页。

杨正润:《传记文学史纲》,南京:江苏教育出版社,1994 年。
杨正润:《"解释"与现代传记理念》,见杨国政、赵白生编《欧美文学论丛第四辑:传记文学研究》,北京:人民文学出版社,2005 年,第 1—35 页。
叶公超:《〈墙上一点痕迹〉译者识》(原载《新月》1932 年第 1 期),见陈子善编《叶公超批评文集》,珠海:珠海出版社,1998 年,第 128 页。
叶维廉:《中国诗学》,北京:人民文学出版社,2006 年。
叶维廉:《史蒂文斯诗中的"物自性"》,载《华文文学》2011 年第 3 期,第 7—16 页。
殷企平:《"文化辩护书":19 世纪英国文化批评》,上海:上海外语教育出版社,2013 年。
殷企平、高奋、童燕萍:《英国小说批评史》,上海:上海外语教育出版社,2000 年。
张烽:《吴尔夫〈黛洛维夫人〉的艺术整体感与意识流小说结构》,载《外国文学评论》1988 年第 1 期,第 54—59 页。
张弘昕、杨身源:《西方画论辑要》,南京:江苏美术出版社,2008 年。
张中载:《小说的空间美——"看"〈到灯塔去〉》,载《外国文学》2007 年第 4 期,第 115—118 页。
赵白生,《新传记的三板斧》,载《世界文学》2002 年第 2 期,第 288—303 页。
赵景深:《二十年来的英国小说》,载《小说月报》1929 年第 20 卷第 8 号,第 1231—1246 页。
赵景深:《一九二九年的世界文学》,上海:神州国光社,1930 年。
赵景深:《英美小说之现在及其未来》,载《现代文学评论》1931 年第 1 卷第 3 期,第 1—31 页。
赵宪章:《西方形式美学》,上海:上海人民出版社,1996 年。
中国社会科学院文学研究所编著:《古典文艺理论译丛》(卷一),北京:知识产权出版社,2010 年。
钟嵘:《诗品》,见《中国诗学专著选读》,桂林:广西师范大学出版社,2006 年,第 1—6 页。
周振甫:《文心雕龙今译》,北京:中华书局,1986 年。
朱光潜:《朱光潜全集》(第一卷),合肥:安徽教育出版社,1987 年。
朱光潜:《朱光潜全集》(第三卷),合肥:安徽教育出版社,1987 年。
朱光潜:《朱光潜全集》(第六卷),合肥:安徽教育出版社,1990 年。
朱光潜:《朱光潜全集》(第十二卷),合肥:安徽教育出版社,1991 年。
朱良志:《中国艺术的生命精神》,合肥:安徽教育出版社,2006 年。
宗白华:《宗白华全集》(第一卷),合肥:安徽教育出版社,1994 年。

Abrams, M. H. *A Glossary of Literary Terms*. 7th ed. Beijing: Foreign Language Teaching and Research Press, 2004.

Aitken, C. On art and aesthetics. *Burlington Magazine*, *1914—1915*, 26, pp. 194-195.

Armitage, D., Condren, C. & Fitzmaurice, A. (eds.). *Shakespeare and Early Modern Political Thought*. Cambridge: Cambridge University Press, 2009.

Arnold, M. The study of poetry. In Abrams, M. H. (ed.). *The Norton Anthology of English Literature* (Vol. 2). 5th ed. London: W. W. Norton & Company, 1986, pp. 1441-1452.

Arnold, M. Wordsworth. In Abrams, M. H. (ed.). *The Norton Anthology of English Literature* (Vol. 2). 5th ed. London: W. W. Norton & Company, 1986, pp. 1432-1440.

Auerbach, E. The Brown Stocking. In McNees, E. (ed.). *Virginia Woolf Critical Assessments* (Vol. 3). Mountfield: Helm Information Ltd., 1994, pp. 508-531.

Avery, T. "This intricate commerce of souls": The origins and some early expressions of Lytton Strachey's ethics. *Biography*, 2004, 13 (2), p. 199.

Banfield, A. *The Phantom Table, Woolf, Fry, Russell and the Epistemology of Modernism*. London: Cambridge University Press, 2000.

Banfield, A. Time passes: Virginia Woolf, post-impressionism, and Cambridge time. *Poetics Today*, 2003, 24 (3), pp. 471-516.

Bate, W. J. *Coleridge*. London: Routledge, 2000.

Beja, M. (ed.). *Critical Essays on Virginia Woolf*. Boston: G. K. Hall, 1985.

Bell, C. *Since Cezanne*. New York: Harcourt, Brace and Company, 1923.

Bell, C. *Old Friends: Personal Recollections*. New York: Harcourt, Brace and Company, 1956.

Bell, C. *Art*. North Charleston: Create Space Independent Publishing, 2012.

Bell, M. Lytton Strachey's *Eminent Victorians*. In Meyers, J. (ed.). *The Biographer's Art*. London: The Macmillan Press Ltd., 1989, pp. 53-65.

Bennett, A. Is the novel decaying?. *Cassell's Weekly*, 1923 (March), p. 74.

Bennett, J. *Virginia Woolf: Her Art as a Novelist*. Cambridge: Cambridge University Press, 1945.

Bishop, E. *A Virginia Woolf Chronology*. London: The Macmillan Press Ltd., 1989.

Blackstone, B. *Virginia Woolf: A Commentary*. New York: Harcourt Brace, 1949.

Boas, G. Lytton Strachey—Reviewer. *The Spectator*, 1950 (April), p. 456.

Brackman, H. "Biography yanked down out of Olympus": Beard, woodward, and debunking biography. *Pacific Historical Review*, 1983, 52 (4), pp. 403-427.

Bradbury, M. & McFarlane, J. *Modernism: 1890—1930*. London: Penguin, 1976.

Bradbury, M. *The Modern World: Ten Great Writers*. London: Penguin, 1989.

Bywater, W. G. *Clive Bell's Eye*. Detroit: Wayne State University Press, 1975.

Carlyle, T. *On Heroes and Hero Worship and the Heroic in History*. 东京:外语研究社,昭和八年。

Caughie, P. L. *Virginia Woolf and Postmodernism: Literature in Quest and Question of Itself*. Chicago: University of Illinois Press, 1991.

Clark, K. Introduction to Fry's *Last Lectures*. In Fry, R. *Last Lectures*. Cambridge: University of Cambridge Press, 1939, p. ix.

Clifford, J. L. *Biography as an Art: Selected Criticism 1860—1960*. New York: Oxford University Press, 1962.

Coleridge, S. T. *Lectures and Notes on Shakespeare and Other English Poets*. London: George Bell and Sons, 1884.

Coleridge, S. T. *Biographia Literaria*. Oxford: Oxford University Press, 1979.

Coleridge, S. T. Biographia literaria. In Abrams, M. H. (ed.). *The Norton Anthology of English Literature* (Vol. 2). 5th ed. London: W. W. Norton & Company, 1986, pp. 386-405.

Culler, J. *Literary Theory: A Very Short Introduction*. Oxford: Oxford University Press, 1997.

Dickie, G. T. Clive Bell and the method of "principia ethica". *British Journal of Aesthetics*, 1965, 5 (April), pp. 139-143.

Dowling, D. *Bloomsbury Aesthetics and the Novels of Forster and Woolf*. London: Macmillian, 1985.

Ducasse, C. J. *The Philosophy of Art*. New York: The Dial Press, 1929.

Edel, L. *Writing Lives: Principia Biographica*. New York: W. W. Norton & Company, 1959.

Edel, L. The poetics of biography. In Schiff, H. (ed.). *Contemporary Approaches to English Studies*. London: Heinenmann, 1977, pp. 43-59.

Edel, L. & Ray, G. N. (ed.). *Henry James and H. G. Wells*. London: Rupert-Davis, 1958.

Elliott, R. K. Clive Bell's aesthetic theory and his critical practice. *British Journal of Aesthetics*, 1965, 5 (April), pp. 111-122.

Falkenheim, J. V. *Roger Fry and the Beginnings of Formalist Art Criticism*. Ann Arbor: UMI Research Press, 1980.

Ferns, J. *Lytton Strachey*. Boston: Twayne Publishers, 1988.

Fishman, S. *The Interpretation of Art: Essays on the Art Criticism of John Ruskin, Walter Pater, Clive Bell, Roger Fry and Herbert Read*. Berkeley: University of California Press, 1963.

Fleishman, A. *Virginia Woolf: A Critical Reading*. Baltimore: The Johns Hopkins University Press, 1975.

Fletcher, J. G. Lytton Strachey and French influences on English literature. *Books Abroad*, 1934 (April), pp. 132-135.

Forster, E. M. *Goldsworthy Loves Dickinson*. London: Edward Arnold, 1934.

Forster, E. M. Virginia Woolf. In McNees, E. (ed.). *Virginia Woolf Critical Assessments* (Vol. 1). Mountfield: Helm Information Ltd., 1994, pp. 115-127.

Froula, C. *Virginia Woolf and the Bloomsbury Avant-Garde: War, Civilization, Modernity*. New York: Columbia University Press, 2005.

Fry, R. et al. *Chinese Art: An Introductory Handbook to Painting, Sculpture, Ceramics, Textiles, Bronzes & Minor Arts*. London: B. T. Batsford Ltd., 1935, pp. 2-5.

Fry, R. *Last Lectures*. Cambridge: University of Cambridge Press, 1939.

Fry, R. *French, Flemish and British Art*. London: Chatto & Windus Ltd., 1951.

Fry, R. *Last Lectures*. Boston: Beacon Press, 1962.

Fry, R. *Letters of Roger Fry*. Sutton, D. (ed.). New York: Random House, 1972.

Fry, R. A new theory of art. In Reed, C. (ed.). *A Roger Fry Reader*. Chicago: The University of Chicago Press, 1996, pp. 158-162.

Fry, R. Expression and representation in the graphic arts. In Reed, C. (ed.). *A Roger Fry Reader*. Chicago: The University of Chicago Press, 1996, pp. 61-71.

Fry, R. Introduction to the *Discourses* of Sir Joshua Reynolds. In Reed, C. (ed.). *A*

Roger Fry Reader. Chicago: The University of Chicago Press, 1996, pp. 39-47.

Fry, R. Omega workshop: Fundraising letter. In Reed, C. (ed.). *A Roger Fry Reader*. Chicago: The University of Chicago Press, 1996, pp. 196-197.

Fry, R. Post impressionism. In Reed, C. (ed.). *A Roger Fry Reader*. Chicago: The University of Chicago Press, 1996, pp. 109-110.

Fry, R. Rembrandt: An interpretation. In Reed, C. (ed.). *A Roger Fry Reader*. Chicago: The University of Chicago Press, 1996, pp. 366-379.

Fry, R. The double nature of painting. In Reed, C. (ed.). *A Roger Fry Reader*. Chicago: The University of Chicago Press, 1996, pp. 380-392.

Fry, R. The Grafton Gallery—I. In Reed, C. (ed.). *A Roger Fry Reader*. Chicago: The University of Chicago Press, 1996, pp. 86-87.

Fry, R. The Grafton Gallery—II. In Reed, C. (ed.). *A Roger Fry Reader*. Chicago: The University of Chicago Press, 1996, pp. 90-94.

Fry, R. The Grafton Gallery: An apologia. In Reed, C. (ed.). *A Roger Fry Reader*. Chicago: The University of Chicago Press, 1996, pp. 112-116.

Fry, R. The last phase of impressionism. In Reed, C. (ed.). *A Roger Fry Reader*. Chicago: The University of Chicago Press, 1996, pp. 72-75.

Fry, R. The meaning of pictures I—Telling a story. In Reed, C. (ed.). *A Roger Fry Reader*. Chicago: The University of Chicago Press, 1996, pp. 393-400.

Fry, R. The philosophy of impressionism. In Reed, C. (ed.). *A Roger Fry Reader*. Chicago: The University of Chicago Press, 1996, pp. 12-20.

Fry, R. The post-impressionists. In Reed, C. (ed.). *A Roger Fry Reader*. Chicago: The University of Chicago Press, 1996, pp. 81-85.

Fry, R. *Vision and Design*. New York: Dover Publications, Inc., 2011.

Gao Fen, Ma Ye. *Woolf's Ambiguities*: *Tonal Modernism*, *Narrative Strategy*, *Feminist Precursors* by Molly Hite, and *Woolf*: *A Guide for the Perplexed* by Kathryn Simpson. *Style*, 2019, 53(1), p. 146-150.

Garraty, J. A. *The Nature of Biography*. New York: Vintage Books, 1964.

Gersh, G. Lytton Strachey: Pathfinder in biography. *Modern Age*, 1967 (4), pp. 394-399.

Goldman, J. (ed.). *Virginia Woolf*, To the Lighthouse *and* The Waves. Cambridge: Icon Books Ltd., 1997.

Goldman, J. (ed.). *The Feminist Aesthetics of Virginia Woolf*: *Modernism*, *Post-*

Impressionism and the Politics of the Visual. Cambridge: Cambridge University Press, 2001.

Goodwin, C. D. *Art and the Market: Roger Fry on Commerce in Art, Selected Writings, Edited and with an Interpretation*. Ann Arbor: University of Michigan Press, 1998.

Gosse, E. *Some Diversions of a Man of Letters*. New York: Scribner's, 1919, pp. 313-336.

Green, C. (ed.). *Art Made Modern: Roger Fry's Vision of Art Edited*. London: Merrell Holberton Publishers, 1999.

Guiguet, J. *Virginia Woolf and Her Works*. London: The Hogarth Press, 1965.

Hafley, J. *The Glass Roof: Virginia Woolf as Novelist*. Berkeley: University of California Press, 1954.

Handley, W. R. War and the politics of narration in *Jacob's Room*. In Hussey, M. (ed.). *Virginia Woolf and War: Fiction, Reality and Myth*. Syracuse: Syracuse University Press, 1991, pp. 110-133.

Harper, H. *Between Language and Silence: The Novels of Virginia Woolf*. Baton Rouge: Louisiana State University Press, 1982.

Hartman, G. H. *Beyond Formalism: Literary Essays 1958—1970*. New Haven: Yale University Press, 1970.

Heidegger, M. *Gesamtausgabe Band 75: Zu Hölderlin Griechenlandreise*. Frankfurt am Main: Vittorio Klostermann, 2000.

Hite, M. *Woolf's Ambiguities: Tonal Modernism, Narrative Strategy, Feminist Precursors*. New York: Cornell University Press, 2017.

Holroyd, M. Survey of Lytton Strachey's centenary. *Edudes Anglaises*, 1980, 33 (4), pp. 385-392.

Holroyd, M. Introduction. In Strachey, L. *Eminent Victorians*. London: Penguin Books, 1986, Introduction.

Holroyd, M. *Lytton Strachey: A Critical Biography*. London: Vintage, 1994.

Holroyd, M. *Lytton Strachey*. London: Chatto & Windus Ltd., 1995.

Holroyd, M. *Lytton Strachey: The New Biography*. New York: W. W. Norton & Company, 2005.

Holt, D. K. Feminist art criticism and the prescriptions of Roger Fry. *Journal of Aesthetic Education*, 1998, 32 (3), pp. 91-97.

Hussey, M. *The Singing of the Real World: The Philosophy of Virginia Woolf's Fiction*. Columbus: Ohio State University Press, 1986.

Hussey, M. *Virginia Woolf A-Z: A Comprehensive Reference for Students, Teachers and Common Readers to Her Life, Works and Critical Reception*. Oxford: Oxford University Press, 1996.

Johnson, P. *Modern Times: The World from the Twenties to the Nineties*. New York: Harper Collins, 1991.

Johnstone, J. K. *The Bloomsbury Group*. New York: Secker & Warburg, 1954.

Kallich, M. Lytton Strachey: An annotated bibliography of writings about him. *English Literature in Transition, 1880—1920*, 1962, 5 (3), pp. 1-77.

Kallich, M. *The Psychological Milieu of Lytton Strachey*. New York: Bookman Associates, 1961.

Kelley, A. V. B. *The Novels of Virginia Woolf: Fact and Vision*. Chicago: University of Chicago Press, 1973.

Lang, B. Significance or form: The dilemma of Roger Fry's aesthetics. *The Journal of Aesthetics and Art Criticism*, 1962, 21 (2), pp. 167-176.

Lao Tse. *Tao Te Ching or the Tao and Its Characteristics*. Legge, J. (trans.). Auckland: The Floating Press, 2008.

Laurence, P. *Virginia Woolf and the East*. London: Cecil Woolf Publishers, 1995.

Laurence, P. *Lily Briscoe's Chinese Eyes: Bloomsbury, Modernism and China*. Columbia: University of South Carolina Press, 2003.

Leaska, M. A. *The Novels of Virginia Woolf: From Beginning to End*. London: Weidenfeld and Nicolson, 1977.

Lodge, D. *Modes of Modern Writing: Metaphor, Metonymy, and the Typology of Modern Literature*. London: Edward Arnold Ltd., 1977.

Lodge, D. *The Year of Henry James*. London: Penguin Group, 2006.

Love, J. O. *Worlds in Consciousness: Mythopoetic Thought in the Novels of Virginia Woolf*. Los Angeles: University of California Press, 1970.

Majumdar, R. & McLaurin, A. (eds.). *Virginia Woolf: The Critical Heritage*. London: Routledge & Kegan Paul, 1975.

Matro, T. G. Only relations: Vision and achievement in *To the Lighthouse*. *PMLA*, 1984, 99 (2), pp. 212-224.

Maugham, W. S. *The Painted Veil*. London: William Heinemann Ltd., 1934.

Maurois, A. *Aspects of Biography*. Cambridge: Cambridge University Press, 1929.

McConnell-Ginet, S. et al. (ed.). *Women and Language in Literature and Society*. New York: Praeger, 1980.

McLaughlin, T. M. Clive Bell's aesthetics: Tradition and significant form. *The Journal of Aesthetics and Art Criticism*, 1977, 36 (4), pp. 433-443.

McNichol, S. *Virginia Woolf and the Poetry of Fiction*. London: Routledge, 1990.

Meager, R. Clive Bell and aesthetic emotion. *British Journal of Aesthetics*, 1965, 5 (April), pp. 123-131.

Miller, J. H. Mrs. Dalloway: Repetition as the raising of the dead. In Beja, M. (ed.). *Critical Essays on Virginia Woolf*. Boston: G. K. Hall, 1985, pp. 53-72.

Moody, A. D. *Virginia Woolf*. Edinburgh: Oliver and Boyd, 1963.

Morris, W. How I become a socialist. In Briggs, A. (ed.). *News from Nowhere and Selected Writings and Designs*. London: Penguin, 1986, pp. 34-36.

Morse, D. E. The moving finger of literary fashion. *Hungarian Journal of English and American Studies*, 2009, 15 (2), pp. 467-470.

Murdoch, J. Forward. In Green, C. (ed.). *Art Made Modern: Roger Fry's Vision of Art Edited*. London: Merrell Holberton Publishers, 1999, Forward.

Nadel, I. B. *Biography: Fiction, Fact and Form*. London: The Macmillan Press Ltd., 1984.

Naremore, J. *The World Without a Self: Virginia Woolf and the Novel*. New Haven: Yale University Press, 1973.

Nicolson, H. *The Development of English Biography*. London: Hogarth Press, 1927.

Parini, J. Writing biographical fiction: Some personal reflections. *A/b: Auto/Biography Studies*, 2016, 31 (1), pp. 21-26.

Payne, H. C. The significant form of Roger Fry. *Soundings: An Interdisciplinary Journal*, 1987, 70 (Spring/Summer), pp. 33-63.

Peach, L. *Virginia Woolf*. New York: St. Martin's, 2000.

Rascoe, B. Lytton Strachey as raconteur. *English Literature in Transition, 1880—1920*, 1962, 5 (3), pp. 56-60.

Read, H. Clive Bell. *British Journal of Aesthetics*, 1965, 5 (April), pp. 107-110.

Reed, C. Through formalism: Feminism and Virginia Woolf's relation to Bloomsbury aesthetics. *Twentieth Century Literature*, 1992, 38 (1), pp. 20-43.

Reed, C. (ed.). *A Roger Fry Reader*. Chicago: The University of Chicago Press, 1996.

Richards, I. A. *Principles of Literary Criticism*. London: Routledge, 1924.

Richter, H. *Virginia Woolf: The Inward Voyage*. Princeton: Princeton University Press, 1970.

Ricoeur, P. *Time and Narrative*. Chicago: University of Chicago Press, 1985.

Roberts, J. H. "Vision and design" in Virginia Woolf. *PMLA*, 1946, 61 (3), pp. 835-847.

Roe, S & Sellers, S. *The Cambridge Companion to Virginia Woolf*. Shanghai: Shanghai Foreign Language Education Press, 2001.

Rooyen, L. van. *Mapping the Modern Mind: Virginia Woolf's Parodic Approach to the Art of Fiction in "Jacob's Room"*. Herstellung: Diplomica Verlag, 2012.

Roy, D. Lytton Strachey and the masochistic basis of homosexuality. *Psychoanalytic Review*, 1972, 59 (4), pp. 579-584.

Rubin, A. *Roger Fry's "Difficult and Uncertain Science": The Interpretation of Aesthetic Perception*. London: Peter Lang, 2013.

Ruotolo, L. P. *The Interrupted Moment: A View of Virginia Woolf's Novels*. Stanford: Stanford University Press, 1986.

Ruskin. J. *Modern Painters* (Vol. 1-2). New York: John Wiley & Sons, 1885.

Russell, B. *The Problem of China*. London: George Allen and Unwin Ltd., 1922.

Sanders, C. R. *Lytton Strachey, His Mind and Art*. New Haven: Yale University Press, 1957.

Simpson, K. *Woolf: A Guide for the Perplexed*. London: Bloomsbury Publishing Plc, 2016.

Somerset, M. W. *The Painted Veil*. London: William Heinemann Ltd., 1934.

Spalding, F. *Roger Fry: Art and Life*. Norfolk: Black Dog Books, 1999.

Spalding, F. *Roger Fry: Art and Life*. Berkeley: University of California Press, 1980.

Spivak, G. C. *In Other Worlds: Essays in Cultural Politics*. New York: Methuen, 1987.

Spurr, B. Camp Mandarin: The prose style of Lytton Strachey. *English Literature in Transition, 1880—1920*, 1990, 33 (1), pp. 29-37.

Squier, S. M. *Virginia Woolf and London: The Sexual Politics of the City*. Chapel Hill: University of Northern Carolina Press, 1985.

Stolnitz, J. *Aesthetics and Philosophy of Art Criticism: An Introduction*. Boston: Houghton Mifflin Company, 1960.

Strachey, L. A poet on poets. *Spectator*, 1908, 101 (Oct.), pp. 502-503.

Strachey, L. *Queen Victorian*. New York: Harcourt Brace Jovanovich, Inc., 1921.

Strachey, L. *Elizabeth and Essex*. New York: Curtis Publishing Company, 1928.

Strachey, L. *Literary Essays*. London: Harcourt Brace Jovanovich, Inc., 1985.

Strachey, L. *Eminent Victorians*. London: Penguin Books, 1986.

Taddeo, J. A. *Lytton Strachey and the Search for Modern Sexual Identity: The Last Victorian*. Oxford: Harrington Park Press, 2002.

Taylor, D. G. The aesthetic theories of Roger Fry reconsidered. *The Journal of Aesthetics and Art Criticism*. 1977, 36 (1), pp. 63-72.

Thibodeau, G & Avery, T. Lytton Strachey's "The Decline and Fall of Little Red Riding Hood". *Marvels and Tales*, 2011, 25 (1), pp. 147-158.

Thickstun, W. R. *Visionary Closure in the Modern Novel*. London: The Macmillan Press Ltd., 1988.

Waley, A. *A Hundred and Seventy Chinese Poems*. London: Constable and Company Ltd., 1918.

Waugh, A. Mr. Lytton Strachey. *Spectator*, 1932, 148 (Jan.), pp. 146-148.

Wheare, J. *Virginia Woolf: Dramatic Novelist*. London: The Macmillan Press Ltd., 1989.

Whitworth, M. Virginia Woolf and modernism. In Roe, S. & Sellers, S. *The Cambridge Companion to Virginia Woolf*. Shanghai: Shanghai Foreign Language Education Press, 2001, pp. 146-163.

Winslow, D. J. *Life Writing: A Glossary of Terms in Biography, Autobiography, and Related Forms*. Honolulu: University of Hawaii Press, 1995.

Woolf, L. *Beginning Again: An Autobiography of the Years 1911 to 1918*. London: The Hogarth Press, 1964.

Woolf, V. *Roger Fry: A Biography*. New York: Harcourt, Brace and Company,

1940.

Woolf, V. *The Death of the Moth*. New York: Harcocourt, Brave and Company, Inc., 1942.

Woolf, V. *The Moment and Other Essays*. London: Harcocourt Brave Jovanovich, Inc., 1948.

Woolf, V. *A Room of One's Own*. San Diego: Harcourt Brace Jovanovich, Inc., 1957.

Woolf, V. *Granite and Rainbow: Essays*. London: Harcourt Brace Jovanovich, Inc., 1958.

Woolf, V. *The Common Reader* (second series). London: The Hogarth Press, 1959.

Woolf, V. *The Death of the Moth*. New York: Harcourt Brace Jovanovich, Inc., 1970.

Woolf, V. *Books and Portraits*. London: The Hogarth Press, 1977.

Woolf, V. Patmore's criticism. In Lyon, M. (ed.). *Books and Portraits*. London: The Hogarth Press, 1977, pp. 50-54.

Woolf, V. *The Captain's Death Bed and Other Essays*. London: Harcourt Brace Jovanovich, Inc., 1978.

Woolf, V. Mr. Bennett and Mrs. Brown. In Woolf, L. (ed.). *The Captain's Death Bed and Other Essays*. London: Harcourt Brace Jovanovich, Inc., 1978, pp. 94-119.

Woolf, V. *The Diary of Virginia Woolf* (Vol. 2). London: The Hogarth Press, 1978.

Woolf, V. *The Diary of Virginia Woolf* (Vol. 3). London: The Hogarth Press, 1980.

Woolf, V. Books and persons. In McNeillie, A. (ed.). *The Essays of Virginia Woolf* (Vol. 2). London: The Hogarth Press, 1987, pp. 128-132.

Woolf, V. Honest fiction. In McNeillie, A. (ed.). *The Essays of Virginia Woolf* (Vol. 2). London: The Hogarth Press, 1987, pp. 311-314.

Woolf, V. More Dostoevsky. In McNeillie, A. (ed.). *The Essays of Virginia Woolf* (Vol. 2). London: The Hogarth Press, 1987, pp. 83-87.

Woolf, V. Mr Galsworthy's novel. In McNeillie, A. (ed.). *The Essays of Virginia Woolf* (Vol. 2). London: The Hogarth Press, 1987, pp. 152-155.

Woolf, V. Philosophy in fiction. In McNeillie, A. (ed.). *The Essays of Virginia Woolf* (Vol. 2). London: The Hogarth Press, 1987, pp. 208-212.

Woolf, V. The green mirror. In McNeillie, A. (ed.). *The Essays of Virginia Woolf* (Vol. 2). London: The Hogarth Press, 1987, pp. 214-216.

Woolf, V. The perfect language. In McNeillie, A. (ed.). *The Essays of Virginia Woolf* (Vol. 2). London: The Hogarth Press, 1987, pp. 114-119.

Woolf, V. Romance and the heart. In McNeillie, A. (ed.). *The Essays of Virginia Woolf* (Vol. 3). London: The Hogarth Press, 1988, pp. 365-368.

Woolf, V. The obstinate lady. In McNeillie, A. (ed.). *The Essays of Virginia Woolf* (Vol. 3). London: The Hogarth Press, 1988, pp. 42-43.

Woolf, V. The tunnel. In McNeillie, A. (ed.). *The Essays of Virginia Woolf* (Vol. 3). London: The Hogarth Press, 1988, pp. 10-12.

Woolf, V. An unwritten novel. In Dick, S. (ed.). *The Complete Shorter Fiction of Virginia Woolf*. New ed. London: The Hogarth Press, 1989, pp. 106-115.

Woolf, V. Kew gardens. In Dick, S. (ed.). *The Complete Shorter Fiction of Virginia Woolf*. New ed. London: The Hogarth Press, 1989, pp. 84-89.

Woolf, V. The mark on the wall. In Dick, S. (ed.). *The Complete Shorter Fiction of Virginia Woolf*. New ed. London: The Hogarth Press, 1989, pp. 77-83.

Woolf, V. Together and apart. In Dick, S. (ed.). *The Complete Shorter Fiction of Virginia Woolf*. New ed. London: The Hogarth Press, 1989, pp. 183-188.

Woolf, V. *Orlando*. Oxford: Oxford University Press, 1992.

Woolf, V. *Jane Eyre* and *Wuthering Heights*. In McNeillie, A. (ed.). *The Essays of Virginia Woolf* (Vol. 4). London: The Hogarth Press, 1994, pp. 165-169.

Woolf, V. Defoe. In McNeillie, A. (ed.). *The Essays of Virginia Woolf* (Vol. 4). London: The Hogarth Press, 1994, pp. 98-106.

Woolf, V. George Eliot. In McNeillie, A. (ed.). *The Essays of Virginia Woolf* (Vol. 4). London: The Hogarth Press, 1994, pp. 179-180.

Woolf, V. How it strikes a contemporary. In McNeillie, A. (ed.). *The Essays of Virginia Woolf* (Vol. 4). London: The Hogarth Press, 1994, pp. 233-242.

Woolf, V. Jane Austen. In McNeillie, A. (ed.). *The Essays of Virginia Woolf* (Vol. 4). London: The Hogarth Press, 1994, pp. 146-156.

Woolf, V. Joseph Conrad. In McNeillie, A. (ed.). *The Essays of Virginia Woolf* (Vol. 4). London: The Hogarth Press, 1994, pp. 227-232.

Woolf, V. Modern fiction. In McNeillie, A. (ed.). *The Essays of Virginia Woolf* (Vol. 4). London: The Hogarth Press, 1994, pp. 157-164.

Woolf, V. Montaigne. In McNeillie, A. (ed.). *The Essays of Virginia Woolf* (Vol. 4). London: The Hogarth Press, 1994, pp. 71-80.

Woolf, V. On not knowing Greek. In McNeillie, A. (ed.). *The Essays of Virginia Woolf* (Vol. 4). London: The Hogarth Press, 1994, pp. 38-52.

Woolf, V. Poetry, fiction and the future. In McNeillie, A. (ed.). *The Essays of Virginia Woolf* (Vol. 4). London: The Hogarth Press, 1994, pp. 428-440.

Woolf, V. The Pastons and Chaucer. In McNeillie, A. (ed.). *The Essays of Virginia Woolf* (Vol. 4). London: The Hogarth Press, 1994, pp. 20-37.

Woolf, V. The Russian point of view. In McNeillie, A. (ed.). *The Essays of Virginia Woolf* (Vol. 4). London: The Hogarth Press, 1994, pp. 181-189.

Woolf, V. *The Essays of Virginia Woolf* (Vol. 1-4). London: The Hogarth Press, 1986—1994.

Woolf, V. *Mrs. Dalloway*. London: Penguin Group, 1996.

Woolf, V. *Jacob's Room*. New York: Bantam Books, 1998.

Woolf, V. *Virginia Woolf Selected Essays*. Oxford: Oxford University Press, 2008.

Woolf, V. Donne after three centuries. In Clarke, S. N. (ed.). *The Essays of Virginia Woolf* (Vol. 5). London: The Hogarth Press, 2009, pp. 349-361.

Woolf, V. *The Essays of Virginia Woolf* (Vol. 5). London: The Hogarth Press, 2009.

Yela, M. Seventy Years at the Hogarth Press: The Press of Virginia and Leonard Woolf. http://www.lib.udel.edu/udspecexhibits/hogarth/.

Zwerdling, A. *Virginia Woolf and the Real World*. Berkeley: University of California Press, 1986.

后　记

当凉爽的秋风吹过西子湖畔的时候，我为这部新作画上了一个句号。经过浙江大学出版社的细心编辑和反复审校，书稿即将付梓行世，奉献给热爱英美文学的读者，奉献给一直关注我、支持我的教学和科研的师友与同行们，我从内心深处泛起轻松与欣慰之情。

这部书稿的最初构想始于2013年夏季。当时我刚完成国家社科基金项目“弗吉尼亚·伍尔夫小说理论研究”的研究工作，正在申请结项。在伍尔夫小说理论的研究过程中，我曾不断涉及伍尔夫所在的布鲁姆斯伯里文化圈中的艺术家罗杰·弗莱与克莱夫·贝尔、传记家利顿·斯特拉奇、经济学家约翰·梅纳德·凯恩斯、出版家伦纳德·伍尔夫等学者的观点和作品，对布鲁姆斯伯里文化圈学者们在美学、艺术、文学、经济等多学科的关联性及其思想渊源和内涵有一定了解。我发现中西学界对这一基于经验归纳法之上的文化圈学者的观点和方法论以及文化圈成员之间的交互影响关系研究比较少，觉得有必要做一个比较系统的研究，既因为它启示我们去关注西方理论体系中常常被忽略的基于经验归纳的审美思想，又因为它昭示了与中国基于生命体验的审美思想的共通性，具有做一番比较研究的思想张力与学术空间。

为了便于做深入系统的研究，我思索良久，觉得应该将研究重心放在“英国形式主义美学及其文学创作实践”上，可以对布鲁姆斯伯里文化圈在美学、艺术、文学等学科所取得的成果及其内在关联性做整体研究，重点阐明英国形式主义美学的内涵价值及其对英国现代主义文艺的催生和促进作用。设定这一核心议题后，我明白我的研究首先需要追根溯源，以便准确地理解和把握弗莱与贝尔的美学思想和伍尔夫与斯特拉奇的创新性。其次需要寻找合适的参照物，以便将他们基于经验归纳的零散感悟聚合成型。由此我提出“西学为史、中学为镜”的研究方法，将英国形式主义美学及其文学创作实践放置于西方“形式”概念史和英国近代美学史的大框架中，在观照其继承性和创新性的过程中阐明其思想内涵和价值；同时以中国诗学为镜，用基于审美感悟的中国诗学范畴，例如言志说、形神说、情景说、意境说、知人论世说、以意逆志说、文人画理论等来观照同样基于审美体验的英国形式主义美学及其文学

创作实践，以阐明其价值。这一中西互鉴的研究方法是我们提出原创性观点的有效路径。

2014 年“英国形式主义美学及其文学创作实践研究”获得国家社科基金项目立项后，这些年来我除了从事教学工作之外，把时间都献给了这个课题。我将先前在英国剑桥大学做高级研究学者时所查阅的资料全部汇集起来，又托友人到牛津大学图书馆找到了大部分一手资料。我阅读了西方美学史、西方哲学史、西方形式美学论著和部分美学原著，西方经典绘画作品、印象主义绘画作品、后印象主义绘画作品、拜占庭艺术、西方绘画理论、西方视觉艺术研究论著，英国现代主义文学论著、英国传记史、英国传记研究论著等，以便对西方尤其是英国美学、艺术、文学、传记等相关领域有整体理解和把握，尽可能精练地论析西方“形式”概念史和英国 17—19 世纪美学思想。我同时阅读了中国诗学理论、中国绘画理论，尤其是老子、庄子、钟嵘、陆机、王弼、刘勰、王昌龄、苏轼、黄庭坚、欧阳修、王夫子、金圣叹、梅曾亮、朱光潜、宗白华、叶维廉等古今名家的诗论、画论和文论。我反复阅读领悟分析弗莱、贝尔、伍尔夫、斯特拉奇的论著、文集、作品、书信、传记等，在中西美学、诗学、画论、文论的综合观照中提炼和论析他们的理论和创作。研究的过程是艰辛的，又是快乐的，每一天都向前推进，这是我对自己的要求，也是我向我的学生们提出的要求。在我完成书稿的同时，我的几位博士生和硕士生们也先后完成了他们各自的博士论文和硕士论文，顺利从浙江大学毕业。

任何一个课题的推进，都需要研究者持之以恒的坚守。我荣幸得到了我精神矍铄的父母、勤勉尽责的先生、温暖贴心的儿子儿媳、相亲相爱的弟妹及家人与我执着可爱的学生们的关心与帮助，得到了许多师友的帮助和支持。殷企平教授为本书作了序，给予我鼓励。在此谨向大家表示衷心感谢！

逝水年华，春来秋去，时光的脚步永不停歇，唯有不倦前行，方能不负韶华。

在此书出版问世之际，向精心编校书稿的浙江大学出版社责任编辑诸葛勤先生表达诚挚的谢意！

高　奋

2021 年于杭州

图书在版编目(CIP)数据

英国形式主义美学及其文学创作实践研究 / 高奋著
. —杭州:浙江大学出版社,2021.6
ISBN 978-7-308-21962-4

Ⅰ.①英… Ⅱ.①高… Ⅲ.①英国文学－文学美学－研究 Ⅳ.①I561.06

中国版本图书馆 CIP 数据核字(2021)第 237217 号

英国形式主义美学及其文学创作实践研究
高 奋 著

责任编辑 诸葛勤
责任校对 黄静芬
封面设计 周 灵
出版发行 浙江大学出版社
(杭州市天目山路 148 号 邮政编码 310007)
(网址:http://www.zjupress.com)
排 版 浙江时代出版服务有限公司
印 刷 杭州高腾印务有限公司
开 本 710mm×1000mm 1/16
印 张 24.25
字 数 462 千
版 印 次 2021 年 6 月第 1 版 2021 年 6 月第 1 次印刷
书 号 ISBN 978-7-308-21962-4
定 价 88.00 元

浙江大学出版社市场运营中心联系方式 (0571)88925591;http://zjdxcbs.tmall.com